CESARSKI
TRON
ŻELAZO i RDZA

W cyklu „Wojownik Rzymu" tegoż autora ukazały się:

OGIEŃ NA WSCHODZIE

KRÓL KRÓLÓW

LEW SŁOŃCA

WROTA KASPIJSKIE

WILKI PÓŁNOCY

BURSZTYNOWY SZLAK

HARRY SIDEBOTTOM

CESARSKI TRON
ŻELAZO i RDZA

Przełożyła Marta Jabłońska-Majchrzak

Dom Wydawniczy REBIS

Tytuł oryginału
Throne of the Caesars I: Iron and Rust

Copyright © 2014 by Ballista Warrior Of Rome Ltd
All rights reserved

Copyright © for the Polish edition by REBIS Publishing House Ltd.,
Poznań 2015

Map copyright © John Gilkes 2014

Redaktor
Małgorzata Chwałek

Projekt i opracowanie graficzne okładki
Izabella Marcinowska

Ilustracja na okładce
© Nik Keevil / Arcangel

prawolubni

Wydanie I
Poznań 2015

ISBN 978-83-7818-701-1

Dom Wydawniczy REBIS Sp. z o.o.
ul. Żmigrodzka 41/49, 60-171 Poznań
tel. 61-867-47-08, 61-867-81-40; fax 61-867-37-74
e-mail: rebis@rebis.com.pl
www.rebis.com.pl

Druk i oprawa: WZDZ - Drukarnia „LEGA"

dla Ewena Bowiego, Miriam Griffin
i Robina Lane'a Foxa

*W historii naszego państwa okres
złoty obrócił się w czasy żelaza pokrytego rdzą.*

Kasjusz Dion, *Historia rzymska* LXXII 36,4

*(...) na przestrzeni okrągło dwustu lat (...) nie znajdzie
[nikt] (...) tyle wstrząśnień ziemi i zaraz, ani tyle
wreszcie osobliwych kolei życia tyranów i cesarzy,
o jakich dawniej rzadko albo w ogóle się nie słyszało.*

Herodian, *Historia cesarstwa rzymskiego* I 1,4
przeł. L. Piotrowicz

Imperium rzymskie
w latach 235–238

···················· granice prowincji
1. ALPY NADMORSKIE
2. ALPY KOTYJSKIE
3. ALPY GRAICKIE

Dźwina

Dniepr

Tanais

GOCI

Olbia

Paptikapajon

...manowie
Kwadowie

Jazygowie

PANONIA
DOLNA

...rsa

DACJA

ROKSOLANIE

KRÓLESTWO
BOSPORAŃSKIE

Fazis

KOLCHIDA

•Wiminacjum

Durostorum

Morze Czarne

IBERIA

...mium

Naissos

•Novae

MEZJA
DOLNA

Synopa

Artaksata

MEZJA
GÓRNA

Serdika

TRACJA

ARMENIA

Bizancjum•

BITYNIA-PONT

IMPERIUM
PERSÓW

MACEDONIA

Kyzikos

GALACJA

KAPADOCJA

Tygrys

EPIR

AZJA

Samosata

ACHAJA

Efez

CYLICJA

MEZOPOTAMIA

Ateny

Antiochia
CELESYRIA
•Emesa

Eufrat

LICJA-PAMFILIA

Palmyra

SYRIA FENICKA

Morze Śródziemne

SYRIA PALESTYNSKA

Aleksandria

ARABIA

CYRENAJKA

EGIPT

Nil

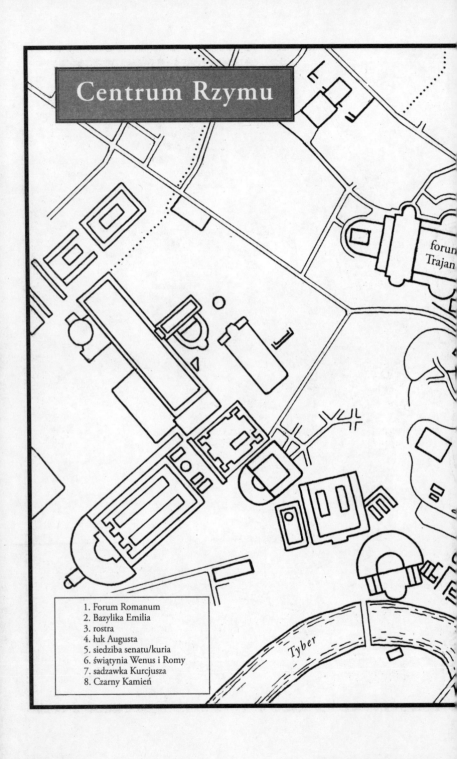

Centrum Rzymu

forum
Trajan

Tyber

1. Forum Romanum
2. Bazylika Emilia
3. rostra
4. łuk Augusta
5. siedziba senatu/kuria
6. świątynia Wenus i Romy
7. sadzawka Kurcjusza
8. Czarny Kamień

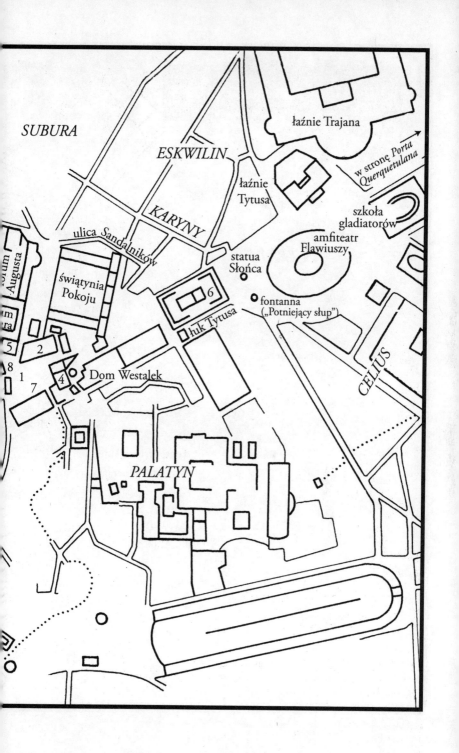

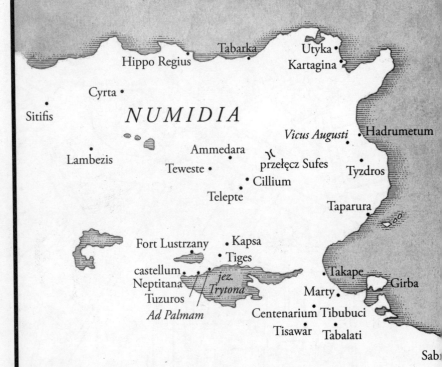

Afryka

Tabarka
Utyka
Kartagina
Hippo Regius

Cyrta
Sitifis
NUMIDIA

Vicus Augusti
Hadrumetum

Ammedara
Lambezis
Teweste
przełęcz Sufes
Tyzdros
Cillium
Telepte
Taparura

Fort Lustrzany
Kapsa
Tiges
castellum
jez.
Neptitana
Trytona
Takape
Tuzuros
Girba
Marty
Ad Palmam
Centenarium
Tibubuci
Tisawar
Tabalati

Sab

A F R Y K A

F A Z A N I A

Cydamus

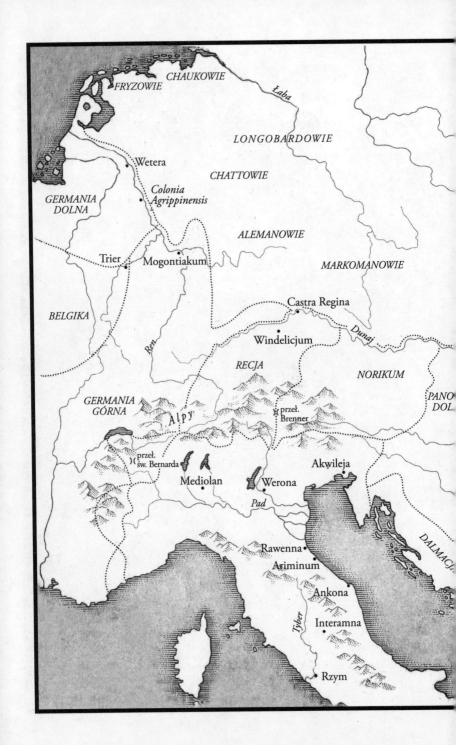

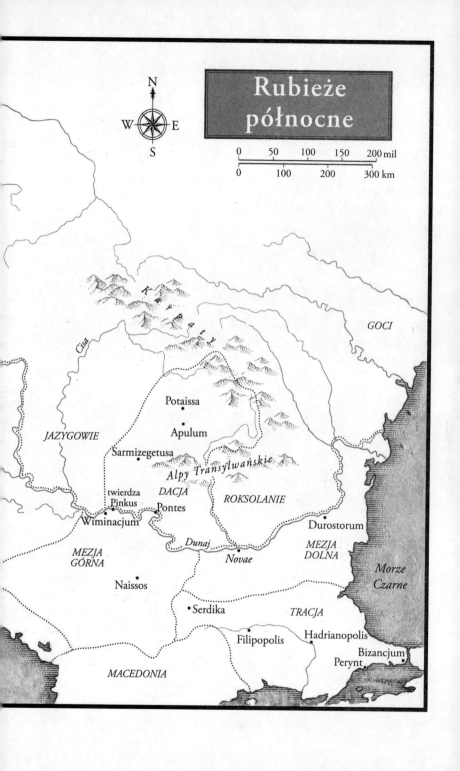

Rubieże
północne

0   50   100   150   200 mil
0   100   200   300 km

GOCI

Karpaty

Cisa

JAZYGOWIE

Potaissa

Apulum

Sarmizegetusa

Alpy Transylwańskie

DACJA

ROKSOLANIE

twierdza
Pinkus

Pontes

Wiminacjum

Durostorum

Dunaj

MEZJA
GÓRNA

Novae

MEZJA
DOLNA

Morze
Czarne

Naissos

Serdika

TRACJA

Filipopolis

Hadrianopolis

Bizancjum

Perynt

MACEDONIA

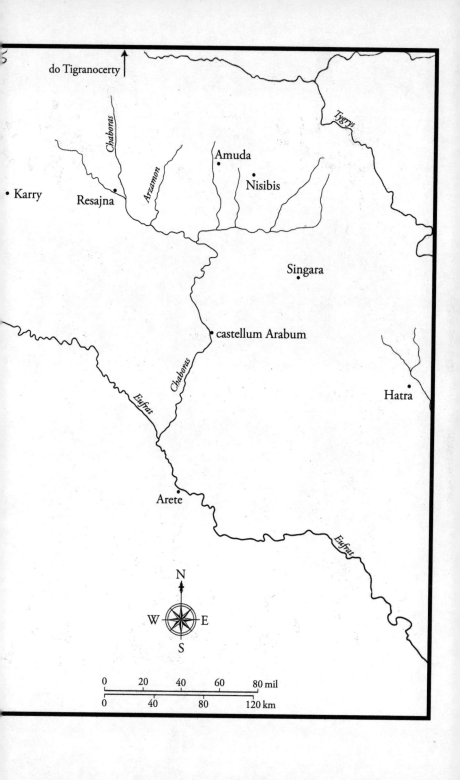

Główne postaci

(pełna lista znajduje się na końcu książki)

NA PÓŁNOCY

Aleksander Sewer: cesarz
Mamea: jego matka
Petroniusz Magnus: cesarski doradca
Flawiusz Wopisk: senator, namiestnik Panonii Górnej
Honoratus: senator, dowódca jednostek wojskowych odkomenderowanych z Mezji Dolnej
Kacjusz Klemens: senator, dowódca VIII legionu *Augusta* w Germanii Górnej
Maksyminus Trak: ekwita, oficer
Cecylia Paulina: jego żona
Maksymus: ich syn
Anullinus: ekwita, oficer
Wolo: dowódca *frumentarii* [tajnych służb]
Domicjusz: prefekt obozu
Juliusz Kapitolinus: ekwita, dowódca II legionu *Parthica*
Macedo: ekwita, oficer

Tymezyteusz: ekwita pełniący obowiązki namiestnika Germanii Dolnej

Trankwillina: jego małżonka

Sabinus Modestus: jego kuzyn

W RZYMIE

Pupienus: prefekt miasta

Pupienus Maksymus: jego syn

Pupienus Afrikanus: jego młodszy syn

Gallikanus: senator o poglądach cynika

Mecenas: jego bliski przyjaciel

Balbinus: patrycjusz prowadzący rozwiązły tryb życia

Junia Fadilla: młoda wdowa, potomkini Marka Aureliusza

Perpetua: jej przyjaciółka, żona Sereniana, namiestnika Kapadocji

grawer: pracownik mennicy

Kastrycjusz: jego młody, podejrzany sąsiad

Cenis: prostytutka odwiedzana przez nich obu

W AFRYCE

Gordian Starszy: senacki namiestnik Afryki Prokonsularnej

Gordian Młodszy: jego syn i legat

Menofilos: kwestor

Arrian, Sabinian i Walerian: pozostali legaci

Kapelianus: namiestnik Numidii i wróg Gordiana

NA WSCHODZIE

Pryskus: namiestnik Mezopotamii

Filip: jego brat

Serenianus: jego przyjaciel, namiestnik Kapadocji

Juniusz Balbus: namiestnik Celesyrii, zięć Gordiana Starszego

Otacyllus Sewerianus: namiestnik Syrii Palestyńskiej, szwagier Pryskusa i Filipa

Ardaszir: sasanidzki Król Królów

Z BIEGIEM DZIEJÓW NASZE
ZŁOTE KRÓLESTWO OBRÓCIŁO SIĘ
W ŻELAZO I RDZĘ

Rozdział pierwszy

Północna granica,
obóz pod Mogontiakum,
osiem dni przed idami marcowymi 235 roku

I chrońcie mnie od niebezpieczeństw.

Słońce musiało już wzejść jakiś czas temu, ale jego światło nie zdołało się przesączyć do sanktuarium usytuowanego w środku ogromnego namiotu.

Wszyscy bogowie, zachowajcie mnie w zdrowiu. Młody cesarz modlił się, bezgłośnie poruszając ustami. *Jowiszu, Apolloniuszu, Chrystusie, Abrahamie, Orfeuszu: przeprowadźcie mnie bezpiecznie przez nadchodzący dzień.*

W świetle lampy ów eklektyczny zbiór bóstw spoglądał na niego obojętnie.

Aleksandrze, Auguście, Wielka Matko: strzeżcie swojego wybrańca, strzeżcie tronu cesarzy.

Jego modlitwy przerwały dobiegające spoza niewielkiego sanktuarium bóstw domowych, zza ciężkich jedwabnych kotar dźwięki przypominające pisk nietoperzy. Z głębi labiryntu przysłoniętych purpurą korytarzy i pomieszczeń dał się słyszeć brzęk tłuczonego naczynia. Cesarska służba to zbiorowisko głupców, niezdarnych głupców i tchórzy. Żołnierze już wcześniej się buntowali. Tak jak wtedy, obecna sytuacja zostanie zażegnana, a wówczas domownicy, którzy porzucili swoje obowiązki lub w inny sposób wykorzystali ten chwilowy chaos, poniosą karę. Jeśli jacyś niewolnicy czy wyzwoleńcy dopuścili się kradzieży, przetnie się im ścięgna obu rąk. Wtedy nie będą już mogli kraść. Dostaną nauczkę. *Familia Caesaris* wymaga stałej dyscypliny.

Cesarz Aleksander Sewer nasunął fałd płaszcza na pochyloną głowę, przyłożył prawą dłoń do piersi, ponownie przybierając modlitewną pozę. Już od miesięcy znaki były złe. W jego ostatnie urodziny umknęło przeznaczone na ofiarę zwierzę. Krew niedoszłej ofiary splamiła mu togę. Kiedy wymaszerowywali z Rzymu, nagle i niespodziewanie zwaliło się na ziemię ogromne stare drzewo laurowe. I jeszcze tutaj, nad Renem, ta druidka. *Idź. Ale nie miej nadziei na zwycięstwo i nie ufaj swoim żołnierzom.* Słowa przepowiedni dźwięczały mu w pamięci. *Vadas. Nec victoriam speres, nec te militi bus tuis credas.* Podejrzane, że mówiła po łacinie. Jednak tortury nie doprowadziły do wykrycia żadnych wrogich ziemskich ingerencji. Nieważne, jakim językiem mówiła, bogów należało sobie zjednać.

Jowiszowi wół. Apolloniuszowi wół. Jezusowi Chrystusowi wół. Achillesowi, Wergiliuszowi, wszystkim wam, herosom...
Przy każdej obietnicy posyłał całusa odpowiedniej statuetce. To było za mało jednak. Opadł na kolana i mimo utrudniającego ruchy wymyślnego pancerza rozciągnął się jak długi, w pozie adoracji, przed *lararium*. Tuż przy twarzy zauważył złotą nitkę w białym, zalatującym stęchlizną kobiercu.

Nie było w tym wszystkim żadnej jego winy. Najmniejszej. W przedostatnim roku na Wschodzie chorował, a razem z nim połowa żołnierzy. Gdyby nie nakazał odwrotu do Antiochii, Persowie by ich roznieśli; nie tylko pozostawiony na miejscu korpus południowy, ale całą rzymską armię polową. Tutaj, na północy, granica została przerwana w wielu miejscach. Wszczęcie negocjacji z niektórymi barbarzyńcami nie było oznaką słabości. Walka ze wszystkimi naraz nie przyniosłaby korzyści. Rozsądne obietnice i dary mogły skłonić niektórych do odstąpienia, a może nawet włączenia się w dzieło unicestwiania współbraci. Nie oznaczało to, że kara ich ominie, została tylko odłożona na później. Barbarzyńcy nie znali pojęcia działania w dobrej wierze, dlatego też obietnic im składanych nie trzeba było dotrzymywać. Takich rzeczy nie mówiło się publicznie, ale dlaczego żołnierze nie dostrzegali tak oczywistej prawdy? Co prawda ci z północy, rekrutowani z tutejszych obozów, sami byli niewiele lepsi od barbarzyńców. Ich zdolność pojmowania była tak samo ograniczona. Dlatego nie rozumieli kwestii pieniędzy. Od czasów Karakalli, cesarza, który możliwe że był jego, Aleksandra, ojcem, a który podwoił żołnierski żołd, skarbiec świecił pustkami. Zarządzający skarbem Weturiusz, mianowany jeszcze przez jego matkę, zabrał go do skarbca i pokazał mu rzędy pustych szkatuł. Aleksander nieraz próbował tłumaczyć na różnych placach apelowych, że fundusze dla armii muszą być siłą wydzierane niewinnym obywatelom, nie wyłączając rodzin samych żołnierzy.

Pojaśniało nagle, kiedy odsunięto kotarę. Do wnętrza wkroczył Felicjanus, starszy stopniem z dwóch prefektów pretorianów. Nikt go nie zaanonsował i nikt nie zasłonił za nim kotary. Za nim wfrunęła chmara maleńkich ptaszków. Śmigały po pomieszczeniu, a przecinając snop światła, błyskały jaskrawą żółcią, czerwienią i zielenią. Ileż to już razy Aleksander powtarzał ich opiekunom, jak wiele starań i wydatków kosztowało ich zgromadzenie. Zawsze podczas kolacji, kiedy wypuszczano je, by skacząc i fruwając, zabawiały biesiadników, co najmniej jeden lub dwa gdzieś się zawieruszały lub padały martwe. Ile ich jeszcze zostanie po czymś takim?

Felicjanus gwałtownie i bezskutecznie się od nich opędzał, zbliżając się do lśniących blado bliźniaczych tronów. Na jednym z nich, w ponurym półmroku, siedziała matka cesarza. Granianus, sędziwy nauczyciel Aleksandra, awansowany teraz do cesarskiej kancelarii, stał obok Mamei, szepcąc coś do niej. Zawsze widziało się go u boku cesarzowej, jak sączy jej coś do ucha.

Aleksander wrócił do modlitw. *Nie czyń drugiemu, co tobie niemiłe.* Kazał to zdanie wypisać nad swoim lararium. Usłyszał je na Wschodzie z ust jakiegoś żyda czy chrześcijanina. Uderzyła go niemiła myśl. Wsparł się na łokciach. Poszukał wzrokiem dworskiego żarłoka. Widywał już, jak pożerał ptaki, z piórami i wszystkim innym. Uspokoił się. Wszystkożerca i jeden z karłów przycupnęli w kącie za muzycznymi instrumentami Aleksandra. Żaden z nich nie zwracał najmniejszej uwagi na ozdobne ptaki. Pustym wzrokiem wpatrywali się w przestrzeń. Wyglądali tak, jakby ten bunt odebrał im ochotę do życia.

– Aleksandrze, podejdź tutaj. – Ton głosu matki był rozkazujący.

Wstawał powoli, by nie okazać zbytniego tchórzostwa.

Powietrze przesiąknięte było zapachem kadzidła, choć święty ogień na przenośnym ołtarzu ledwie się tlił. Aleksander zastanawiał się, czy nie powinien kazać komuś przynieść więcej drewna. Byłoby straszne, gdyby płomień zgasł.

– Aleksandrze.

Odwrócił się do matki.

– Nie wszystko jeszcze stracone. Wieśniak, którego rekruci przyoblekli w purpurę, jeszcze nie przybył. Jego wybór nie znajdzie dużego poparcia wśród wyższych oficerów.

Mamea zawsze sprawdzała się w sytuacjach kryzysowych. Aleksander przypomniał sobie tę noc, kiedy zginął jego cioteczny brat Heliogabal, a on wstąpił na tron, i przeszedł go dreszcz.

– Prefekt pretorianów Kornelianus wyruszył, by sprowadzić kohortę z Emesy. To nasz lud. Ich dowódca Jotopianus jest z nami spokrewniony. Będą lojalni wobec nas. Inni łucznicy ze Wschodu również. Przyprowadzi też Ormian i Osroeńczyków.

Aleksander nigdy nie lubił Jotopianusa.

– Felicjanus zgłosił się na ochotnika, by wyjść na Pole Marsowe. To dowód odwagi. Czyn godny męża. – Mamea przesunęła delikatnie palcami po wymodelowanych w pancerzu prefekta mięśniach.

Aleksander miał nadzieję, że te pogłoski są nieprawdziwe. Nigdy nie ufał Felicjanusowi.

– Chciwość żołnierzy jest nienasycona. – Mamea zwróciła się do syna. – Felicjanus zaoferuje im pieniądze, znaczną sumę. Skończy się finansowe wsparcie dla Germanów. Fundusze dyplomatyczne obieca się żołnierzom. Na pewno zechcą też dostać w swoje ręce tych, których uważają za swoich wrogów. – Zniżyła głos. – Zażądają głowy Weturiusza. Trzeba go będzie poświęcić. Poza naszą czwórką Felicjanus może im oddać każdego.

Aleksander zerknął na żarłoka. Ze wszystkich dworskich dziwolągów *polyfagus* był jego ulubieńcem. Wątpliwe, by buntownicy zażądali śmierci cesarskiego wszystkożercy.

– Aleksandrze. – Głos matki przywołał go do rzeczywistości. – Żołnierze zechcą zobaczyć swojego cesarza. Kiedy Felicjanus wróci, wyjdziesz razem z nim na zewnątrz. Staniesz na podwyższeniu i powiesz żołnierzom, że podzielasz ich pragnienie zemsty za śmierć ich rodzin. Obiecasz pomaszerować na ich czele przeciwko barbarzyńcom, którzy zabili ich bliskich. Razem wyzwolicie jeńców i zemścicie się okrutnie na tych, którzy byli sprawcami tylu cierpień. Przemów do żołnierzy jak *wódz*. Ogień i miecz, palenie wiosek, stosy łupów, góry zabitych nieprzyjaciół. Wygłoś lepszą mowę od tej z dzisiejszego ranka.

– Tak, matko.

Felicjanus zasalutował i wyszedł z namiotu.

To była potworna niesprawiedliwość. Przecież zrobił, co mógł. W szarości przedświtu udał się na Pole Marsowe. Odziany w ozdobną zbroję wszedł na podwyższenie i stał tam, czekając razem z żołnierzami, którzy poprzedniego wieczoru odnowili przed nim przysięgę. Kiedy z półmroku wyłonili się zbuntowani rekruci, nabrał powietrza, by do nich przemówić. Jak zawsze spodziewał się trudności. Łacina nie była jego pierwszym językiem. Nie miało to znaczenia, bo nie dali mu szansy na wygłoszenie nawet jednego zdania. „Tchórz! Słabeusz! Bezsilna dziewczynka uczepiona matczynej kiecki!". Ich krzyki uprzedziły i udaremniły to, co mógł ewentualnie powiedzieć. Po jego stronie placu apelowego żołnierze pierwszego, czy może nawet dwóch pierwszych szeregów, a potem pozostałych, położyli broń na ziemi. Odwrócił się i uciekł. Ścigany gwizdami i szyderstwami, potykając się, dotarł do cesarskiej kwatery.

Po wyjściu prefekta Mamea siedziała bez ruchu jak posąg. Granianus znowu zaczął coś szeptać. Machnięciem ręki nakazała mu milczenie. Ptaszki polatywały bez celu tu i tam.

Aleksander stał niezdecydowany. A cesarz nie powinien być niezdecydowany.

– *Polyfagus* – rzucił.

Tłuścioch podniósł się ciężko i poczłapał za Aleksandrem tam, gdzie stało jedzenie.

– Zabaw mnie, jedz. – Ręką wskazał stos główek sałaty w koszu.

Żarłok zaczął jeść, szczęki poruszały mu się rytmicznie, podskakiwała grdyka. Nie wykazywał jednak szczególnego entuzjazmu.

– Szybciej – ponaglił go cesarz.

Używając obu rąk, wszystkożerca wciskał do ust zielone liście. Wkrótce nie było po nich śladu.

– Koszyk – rozkazał Aleksander.

Był wiklinowy. *Polyfagus* połamał go i zaczął zjadać. Choć kawałek po kawałku znikał w jego ustach, to jednak tym razem żarłok nie jadł z typową dla siebie lubością.

Aleksander bardzo chciał się uwolnić od matki. Nie było jednak nikogo innego. Kogoś, komu mógłby zaufać. Ufał swojej pierwszej żonie, którą mu dali. Tak, całym sercem ufał Memmii Sulpicji. Potem jednak jej ojciec, Sulpicjusz Makrynus, zaczął przeciwko niemu spiskować. Dowody uzyskane przez cesarskich szpiegów nie pozostawiały żadnych wątpliwości. *Frumentarii* Wolona, przełożonego szpiegów, byli skrupulatni. Nawet zanim jeszcze Sulpicjusza poddano torturom, nie było żadnych wątpliwości. Matka chciała, żeby zabito również Memmię Sulpicję. Aleksander jednak okazał stanowczość. Nie pozwolono mu spotkać się z małżonką, zdołał jednak zamienić karę śmierci na wygnanie. Z tego, co wiedział, wciąż jeszcze żyła, gdzieś w Afryce.

Wszystkożerca zakrztusił się i sięgnął po dzban.

Podobnie wyglądała sytuacja w wypadku jego drugiej żony, Barbii Orbiany. Nie miał szczęścia do teściów.

Polyfagus pociągnął potężny haust wina.

Możliwe, że byłoby inaczej, gdyby żył jego ojciec. Zmarł jednak, kiedy Aleksander był jeszcze za mały, by go pamiętać. Potem, kiedy miał dziewięć lat, powiedziano mu, że Gesjusz Marcjanus, niemalże zapomniany oficer z syryjskiej Arki, wcale nie był jego ojcem. Był nim rzekomo Karakalla. Ale wtedy cesarz też już nie żył, od roku czy dwóch. Ta dziwna zmiana sytuacji dotycząca ojcostwa pokazała, że rządzący wtedy od niedawna cesarz Heliogabal był nie tylko jego ciotecznym, ale również przyrodnim bratem. Ich matki, siostry Soemis i Mamea, dopuściły się cudzołóstwa z Karakallą. A potem zmuszono Heliogabala, by adoptował Aleksandra. Niewielu chłopców przed ukończeniem trzynastu lat miało trzech ogłoszonych publicznie ojców, z których dwóch czczono jak bogów, a ten ostatni był zaledwie pięć lat starszy od niego.

Pięć lat starszy, a perwersyjny ponad wszelką miarę. Mamea starała się chronić Aleksandra przed Heliogabalem i jego dworzanami, zarówno przed ich nikczemnością, jak i złym wpływem. Potrawy i napoje przeznaczone dla Aleksandra próbowano przed podaniem na stół. Matka przydzielała mu służących, wybierając ich spoza niewolników pałacowych. Podobnie było ze strażą przyboczną. Za ogromne sumy wynajmowano też tabuny specjalistów od literatury greckiej i łacińskiej i od oratorstwa, a także ludzi biegłych w muzyce, zapasach, geometrii i we wszelkich innych dziedzinach uważanych za niezbędne w procesie wspomagania kulturalnego i moralnego rozwoju syna. Nie było wśród nich żadnego wesołka. Kiedy wstąpił na tron, wielu uczonych pozostało na dworze, podobnie jak Granianus zajmując stanowiska w cesarskim sekretariacie. Ich podwyższony status nie dodał im lekkości.

Podczas rządów Heliogabala Mamea dbała o bezpieczeństwo syna. Jednak pomimo jej wysiłków od osób bliskich Heliogabalowi przesączały się mroczne opowieści o zepsuciu i występkach. Aleksander pamiętał, jak te szeptane opowieści przerażały go i ekscytowały zarazem. Heliogabal odrzucił wszelką przyzwoitość i ograniczenia narzucane mu przez matkę. Życie wypełnił ucztami, kobietami, różami i chłopcami, jedna jałowa przyjemność za drugą; hedonistyczne stawianie Pelionu na Ossie. Takie życie zawstydziłoby epikurejczyków i cyrenaików. Dość pomyśleć o tej wolności, tej władzy. Niczym sumienny strażnik więzienny Mamea chroniła Aleksandra przed możliwością doświadczenia takich pokus. Nie była jednak w stanie ochronić go przed ostatecznym rezultatem tego wszystkiego.

Tamta noc była ciemna, światło pochodni odbijało się w kałużach. Dwa dni przed idami marcowymi. Aleksander miał trzynaście lat, stał z matką na Forum. Po wysokich kolumnach świątyni *Concordiae Augustae* przesuwały się cienie. Pretorianie przekazywali swoje ofiary motłochowi. Tam ci dwoje byli nadzy i zakrwawieni. Heliogabala ciągnęli żelaznym hakiem. Wbity w brzuch, wystawał mu z klatki piersiowej. Soemis wlekli za kostki, sprośnie rozciągając nogi. Jej głowa podskakiwała na nawierzchni ulicy. Zapewne oboje już nie żyli. Mamea obserwowała tę ostatnią drogę swojej siostry, podróż, którą sama po części zorganizowała. Aleksander chciał stamtąd umknąć i skryć się w pałacu. Nic z tego. Na znak dany przez matkę pretorianie obwołali go cesarzem, otoczyli i zabrali do swojego obozu.

Aleksander rozejrzał się wokół, żeby pozbyć się tamtego obrazu. Popatrzył na jedzenie: arbuzy, sardynki, chleb, ciasteczka. Obok leżał stos śnieżnobiałych cesarskich serwetek. Rzucił jedną z nich na drugą stronę stołu.

– Zjedz to.

Polyfagus pochwycił serwetkę, ale nie zaczął jeść.

– Jedz!

Mężczyzna ani drgnął.

Cesarz wyciągnął miecz.

– Jedz! – powtórzył.

Wszystkożerca dyszał ciężko z szeroko otwartymi ustami. Aleksander machnął mu mieczem przed twarzą.

– Jedz!

Nagła zmiana światła. Lekki powiew w znieruchomiałym, przesyconym pachnidłami powietrzu. Aleksander odwrócił się gwałtownie.

W wejściu stał barbarzyński wojownik. Młody, odziany

w skórę i futro, z prostymi długimi włosami opadającymi na ramiona. Jego pojawienie się nie miało żadnego racjonalnego wyjaśnienia. W ręku trzymał nagi miecz. Aleksander uświadomił sobie, że sam też trzyma w ręku miecz. Nagle sobie przypomniał. Od dawna już wiedział od astrologa Trazybulosa, że to się zdarzy. Jakoś zdołał znaleźć w sobie dość odwagi, by podnieść oręż. Wiedział, że to beznadziejne. Nikt nie pokona przeznaczenia.

Kiedy oczy barbarzyńcy przyzwyczaiły się do mroku, na jego twarzy pojawiło się zdziwienie. Najwyraźniej spodziewał się, że pomieszczenie będzie puste. Zawahał się, po czym odwrócił i wyszedł.

Aleksander roześmiał się, wysoko i zgrzytliwie. Śmiał się i śmiał. Trazybulos się mylił. Był głupcem. Źle odczytał gwiazdy. Aleksander nie miał zginąć z rąk barbarzyńcy. Ani teraz, ani kiedykolwiek. Trazybulos był tylko szarlatanem. Gdyby nim nie był, zobaczyłby, jaki los czeka jego samego, wiedziałby, co przyniesie mu kolejny dzień. Stos i wiązka chrustu; niech żywcem płonie albo udusi się w dymie.

To wszystko skończy się dobrze. Cesarz to wiedział. Stawiał już czoło śmierci i potrafi się wykazać. Nie jest tchórzem ani bezradną dziewczynką. Ich słowa już go nie raniły. Jest mężczyzną.

Zdawało mu się, że razem z barbarzyńcą zniknęli też ostatni służący. Nawet karła nie było. Namiot opustoszał i została tylko jego matka na swoim tronie, z nieodłącznym Granianusem, i Aleksander ze swoim wszystkożercą. Cesarz się tym nie przejmował. Uradowany, skupił się znowu na swoim towarzyszu.

– Jedz! – powtórzył.

Twarz tłuściocha pokrywała błyszcząca warstewka potu. Nie zabrał się do jedzenia, tylko wskazywał coś ręką.

W wejściu stało trzech rzymskich oficerów, w pancerzach i hełmach. Stojący na przedzie trzymał coś w ręku. Przyzwyczajali wzrok do półmroku.

– Felicjanus wraca – odezwał się oficer i rzucił przed siebie to, co przyniósł.

Wylądowało ciężko i obróciło się.

Aleksander nie musiał patrzeć, by wiedzieć, że to głowa prefekta.

Oficerowie wyciągnęli miecze i zaczęli posuwać się w głąb namiotu.

– Ty też, Anullinie? – spokojnym głosem spytała Mamea.

– Ja też – odparł.

– Możesz dostać pieniądze, prefekturę gwardii.

– To już koniec – powiedział Anullinus.

– Aleksander cię adoptuje, zrobi cezarem, swoim następcą.

– To już koniec.

Aleksander stanął u boku matki. Wciąż trzymał w ręce miecz. Nie jest tchórzem. Było ich tylko trzech. A jego trenowali najlepsi fechtmistrze w cesarstwie.

Oficerowie zatrzymali się kilka kroków przed tronami. Powiedli wzrokiem wokół, jak gdyby oswajając się z ogromem i potwornością czynu, jaki mieli za chwilę popełnić. Słońce błysnęło na ich mieczach. Wydawało się, że stal migoce i brzęczy złowieszczo.

Cesarz zaczął unosić broń. Dłoń miał śliską od potu. Wiedział już, że to był chwilowy przypływ odwagi. Puścił rękojeść. Miecz stuknął o podłogę.

Jeden z oficerów prychnął pogardliwie.

Z łkaniem Aleksander osunął się na kolana i uczepił rękoma matczynej szaty.

– To wszystko twoja wina! Twoja wina! – zawołał.

– Zamilcz! – rzuciła ostrym tonem. – Cesarz powinien umierać, stojąc. Giń przynajmniej jak mężczyzna.

Aleksander ukrył twarz w fałdach tkaniny. Jak ona może

mówić takie rzeczy? To wszystko jej wina. Nigdy nie chciał być cesarzem; trzynaście lat postępowania wbrew sobie, trzynaście lat nudy i lęku. Nigdy nie chciał nikogo skrzywdzić. *Nie czyń drugiemu...*

Oficerowie ruszyli do przodu.

– Anullinie, jeśli to zrobisz, złamiesz przysięgę, którą złożyłeś w obecności sztandarów.

Na głos matki ponownie się zatrzymali. Aleksander zerknął zza fałdy materiału.

– Czy w *sacramentum* nie przysięgałeś stawiać bezpieczeństwa cesarza ponad wszystko? Czy nie przysięgałeś tego samego dla jego rodziny?

Matka wyglądała wspaniale. Oczy jej błyszczały, twarz stężała, a z włosami jak wypukły hełm przypominała wizerunek nieprzejednanego bóstwa, takiego, które karze za łamanie przysięgi.

Oficerowie stali z niepewnymi minami.

Czy może ich powstrzymać? Aleksander czytał gdzieś o czymś takim.

– Mordercy płacą wedle miary swoich czynów nieszczęściem, jakie bogowie ześlą na ich domostwa.

Aleksander poczuł przypływ nadziei. To słowa Mariusza z Plutarcha, który ogniem w oczach odpędzał zabójców.

– To już koniec – oświadczył Anullinus. – Giń! Przepadnij!

Czar prysł, teraz już rzecz była przesądzona. Mimo to mężczyźni się nie spieszyli. Jakby czekali na jej ostatnie słowa, chociaż wiedzieli, że ona ich nie pobłogosławi, jedynie przeklnie.

– Zeusie, strażniku przysiąg, bądź świadkiem tej ohydy. Hańba! Hańba! Anullinie, prefekcie Ormian, przeklinam cię. I ciebie, Kwintusie Waleriuszu, trybunie *numeri Brittonum*. I ciebie, Ammoniuszu z ciężkiej jazdy. Mroczny Hadesie, uwolnij erynie, straszliwe córy nocy, furie odbierające ludziom rozsądek i obracające ich przyszłość w popiół i cierpienie.

Kiedy umilkła, ruszyli przed siebie. Zatrzymała ich władczym gestem.

– I przeklinam wieśniaka, którego osadzicie na tronie, oraz tych, którzy za nim pójdą. Niech żaden z nich nie zazna szczęścia, dobrobytu lub spokoju. Niech wszyscy żyją w cieniu miecza. Niech nie oglądają długo słońca i ziemi. Cesarski tron został splamiony. Ci, którzy na niego wstąpią, odkryją, że nie zdołają uniknąć kary.

Anullinus podniósł miecz.

– Giń! Przepadnij! – zawołał.

Mamea ani drgnęła.

– *Exi! Recede!* – powtórzył.

Postąpił krok do przodu. Ostrze opadło. I wtedy Mamea wykonała ruch. Nie mogła się powstrzymać przed podniesieniem ręki. Było już jednak za późno. Aleksander patrzył na kikuty jej obciętych palców, na pojawiające się nienaturalnie nagle szerokie czerwone rozcięcie w matczynym gardle, na tryskającą krew.

Ktoś krzyczał, głosem wysokim i zdyszanym, jak dziecko. Anullinus stanął nad nim.

– *Exi! Recede!*

Rozdział drugi

Północna granica,
obóz pod Mogontiakum,
osiem dni przed idami marcowymi 235 roku

Wietrzny wiosenny dzień, typowy dla Germanii Większej osiem dni przed idami marcowymi. Było jeszcze ciemno i dżdżysto, kiedy wyjeżdżali z Mogontiakum. Słońce świeciło, gdy późnym rankiem dotarli do obozu w pobliżu wioski *Sicilia*. Żołnierze wałęsali się tu i tam, nie udając nawet, że obowiązuje ich jakaś dyscyplina. Jedni salutowali, inni nie. Większość była pijana, niektórzy prawie do nieprzytomności.

Jeźdźcy z kawalkady zsiedli z koni. Postawny Maksymin Trak przeciągnął się i podał wodze żołnierzowi. Nieopodal Ren toczył szerokie i połyskujące w słońcu wody. Zewnętrzne ściany kompleksu purpurowych namiotów falowały i łopotały na wietrze.

– Tędy.

Maksymin ruszył za senatorami Flawiuszem Wopiskiem i Honoratusem. W korytarzach leżały nagie trupy. Były białoszare, woskowe, połyskujące, jakby wysmarowane oliwą.

– Nie cała *familia Ceasaris* zdołała umknąć na czas – oświadczył Honoratus.

– Służbę i niektórych sekretarzy łatwo będzie zastąpić – powiedział Wopisk. – Z ważnych ludzi zginęli jedynie prefekci pretorianów.

Przejście zagrodził im stos trupów. Głowy zabitych leżały blisko siebie, jakby uczestniczyły w jakiejś ostatecznej naradzie.

Maksymin pomyślał o ohydzie krwi i śmierci. To go nie przygnębiało. Widział już niejedną masakrę. Po pierwszej nie pozwolił już, by takie widoki wyprowadzały go z równowagi.

Stawiając ostrożnie nogi, przechodzili nad bezwładnymi ciałami zabitych. Maksymin wiedział, że jego twarz wykrzywiona jest, jak określała to Paulina, w na pół barbarzyńskim grymasie. Na myśl o żonie uśmiechnął się. Nawet w tych podłych czasach mogło wciąż istnieć piękno, zaufanie i miłość.

W sali tronowej panowała ponura atmosfera. Było duszno, pachniało kadzidłem i krwią, moczem i strachem. Czekał tam na niego Anullinus i dwóch innych oficerów.

– Bezradna dziewczynka nie żyje – oznajmił Anullinus, podnosząc za krótkie włosy jedną z głów.

Maksymin ujął ją w obie dłonie. Jak zawsze w takim wypadku, zaskoczył go ciężar. Zbliżył głowę do oczu, przyglądając się uważnie pociągłej twarzy, długiemu nosowi, nadąsanym ustom i słabo zarysowanemu podbródkowi.

Czy ten słabeusz mógł być synem Karakalli? Tak twierdziły jego matka i babka. Obie chełpiły się cudzołóstwem. Moralność ustąpiła przed polityczną korzyścią, czego zresztą można się było spodziewać po ludziach Wschodu.

Maksymin podszedł do wejścia. W mocniejszym świetle obracał głowę w prawo i w lewo. Oczywiście, widział Aleksandra już wcześniej wiele razy, ale teraz mógł go sobie dokładnie obejrzeć. Musiał mieć pewność. Nos był rzeczywiście podobny. Włosy i broda przycięte w takim samym stylu. Jednakże Karakalla, mimo że zaczął już łysieć, miał włosy bardziej kręcone. I na pewno bardziej gęstą brodę. Maksymin nie był fizjonomistą, ale kształt tej głowy nie pasował. Głowa Karakalli była bardziej kanciasta, jak u byka albo jak wykuta w kamieniu. I do tego silna, wręcz sroga. Nie przypominała głowy tego delikatnego, słabego młodzieńca.

Maksymin odczuł pewną ulgę. Niewiele bowiem mogło być gorszych rzeczy niż zabicie syna dawnego dowódcy, wnuka wspaniałego patrona. Maksymin nie krył, że zawdzięcza wszystko ojcu Karakalli, Septymiuszowi Sewerowi. Cesarz wyłowił go z leśnych ostępów, obdarzył zaufaniem, za co on odwdzięczył mu się przywiązaniem. Podniósł bezwiednie rękę do szyi i dotknął złotego naszyjnika, którym obdarował go cesarz.

– Pochowajcie to – rzucił – razem z resztą jego ciała.

Anullinus wziął od niego odrażający obiekt. Dwaj inni spryskani krwią żołnierze ruszyli w głąb mrocznej komnaty, zapewne by zabrać stamtąd ciało. Na znak Wopiska znieruchomieli.

– Cesarzu, wielkoduszność, jaką okazujesz swojemu wrogowi, przynosi ci chwałę, lepiej jednak będzie pokazać tę głowę armii, niech żołnierze przekonają się, że on naprawdę nie żyje.

Maksymin rozważał słowa senatora. Nigdy, chyba że podczas bitwy, nie działał pod wpływem impulsu. W końcu zwrócił się do Anullinusa.

– Zrób, jak radzi senator, a potem każ to pogrzebać.

Nim ktokolwiek zdążył wykonać ruch, odezwał się Honoratus.

– Cesarzu, może jednak dobrze byłoby wysłać potem głowę do Rzymu, żeby tam ją spalono na Forum albo ciśnięto do ścieków. Zazwyczaj tak się postępuje z uzurpatorem.

Maksyminowi przemknęła przez głowę myśl, że to on ma być tym uzurpatorem. Ogarnął go gniew, ale szybko się zorientował w czym rzecz. Wciąż jeszcze zaskakiwała go pomysłowość, z jaką senatorowie i pozostali członkowie tradycyjnych elit potrafili pisać na nowo historię, zarówno własną, jak i republiki. Wkrótce okaże się, że w ogóle nie uznawali Aleksandra i nigdy nie przysięgali, że zapewnią mu bezpieczeństwo, ani nie zajmowali stanowisk w jego administracji. Trzynaście lat rządów zostanie zredukowane do krótkiej rewolty, chwilowej aberracji, kiedy to Rzymem zawładnął nieudolny syryjski chłopiec i jego knująca zachłanna matka. Ich własna rola w tych efemerycznych rządach zostanie głęboko ukryta. Możliwe, że spędzili ten okres spokojnie, w swoich posiadłościach, nie biorąc udziału w sprawach publicznych. Kosztowna edukacja pozwalała wygładzić ostre kanty niewygodnych prawd.

– Nie – oświadczył w końcu Maksymin.

– Jak sobie życzysz, władco – odparł Honoratus.

– On nie był jak Neron. Plebs go nie kochał. Nie pojawią się jacyś fałszywi Aleksandrowie. Żaden zbiegły niewolnik nie zbierze rzeszy zwolenników, udając powrót cudownie ocalonego, ani w Rzymie, ani na Wschodzie. Jeśli zaś chodzi o senat... – Maksymin urwał, szukając właściwych słów – ...senatorowie to ludzie kulturalni. Nie trzeba im machać czymś przed oczyma, by uwierzyli. Nie trzeba im niczego obrazować.

– *Quantum libet, Imperator* – powtórzył Honoratus.

– Anullinie, kiedy już pokażesz głowę żołnierzom, pochowaj go. Całego. Wróć tu po resztę.

Oficer przełożył odrażający ciężar do drugiej ręki i zasalutował.

– Rozkaz. – Wymaszerował, a dwaj ekwici za nim.

– Odmówić człowiekowi zstąpienia do Hadesu to jak

zaprzeczyć własnej *humanitas* – powiedział Maksymin głośno, ale w zasadzie tylko do siebie.

Wszedł głębiej do komnaty. Coś obróciło się pod jego butem. Był to palec, równo odcięty, z nietkniętym paznokciem. Ta część pomieszczenia przypominała rzeźnię. Krew była wszędzie, bladosina na białych kobiercach, ciemniejsza na wiszących purpurowych tkaninach. Okaleczone, bezgłowe ciało młodego cesarza leżało obok jego tronu. Matka, również naga i pocięta mieczem, obok swojego. Oba trony z kości słoniowej zbryzgała krew.

Jak do tego doszło? Maksymin tego nie chciał. Wiedział, że Aleksander jest niepopularny. Wszyscy w armii to wiedzieli. Być może kiedyś, przy kielichu, wypowiedział jakieś nieostrożne słowa. Nie mógł jednak przewidzieć, że rekruci, których ćwiczył, zbuntują się. A kiedy już w Mogontiakum zarzucili mu na ramiona purpurowy płaszcz, nie było odwrotu. Gdyby się nie zgodził, to albo ci sami rekruci by go natychmiast zabili, albo Mamea zrobiłaby to później.

Niemal na pewno bunt zostałby stłumiony, i to szybko – nim dzień by minął, głowa Maksymina tkwiłaby zatknięta na włóczni – gdyby Wopisk i Honoratus nie przyjechali do obozu rekrutów. Wopisk był namiestnikiem Panonii Większej. Dowodził legionowymi jednostkami armii polowej zarówno z własnej prowincji, jak i sąsiadującej z nią Panonii Mniejszej. Był legatem XI legionu *Claudia Pia Fidelis*. Poprowadził jednostki z dwóch prowincji Mezji w górę Dunaju. Wspólnie mieli pod sobą około ośmiu tysięcy lojalnych legionistów, w większości zaprawionych w boju żołnierzy.

Mimo to rezultat był niepewny, dopóki Jotapianus nie przyniósł im głowy prefekta pretorianów, Korneliana. Jotapianus był krewnym Aleksandra i Mamei. Łucznicy, którymi dowodził, pochodzili z ich rodzinnej Emesy. Ich odejście od cesarza i jego matki pozbawiało tych dwoje wszelkiej nadziei.

Skoro już chwyciłeś wilka za uszy, nie wolno ci go puścić. Nie, Maksymin nie pragnął tronu, teraz jednak nie miał odwrotu. Przynajmniej jego syna uraduje ich nowa pozycja. To niekoniecznie musi być pozytywne. Maksymus miał osiemnaście lat i już był aż nadto rozpuszczony. A Paulina, co ona będzie o tym sądzić? Zawsze chciała, by jej małżonek się wybił i wyróżnił. Ale żeby dotarł na szczyty? Wywodziła się z senatorskiej rodziny i doskonale wiedziała, jak inni gardzą nim z powodu jego niskiego pochodzenia.

Widok głębokich, czerwonych ran na ciele Mamei był dla niego przykry. Coś w tej starej kobiecie przypomniało mu dzień sprzed lat, kiedy wszedł do wnętrza chaty i zobaczył ciała wyciętej w pień rodziny: staruszkę, starca, dzieci.

Odwrócił się. Zobaczył stół zastawiony jedzeniem i ogromnego martwego tłuściocha na podłodze obok. Nie wiadomo dlaczego po półmiskach skakały maleńkie ptaszki. Zresztą jedzenie było zimne. Maksymin lubił tylko ciepłe posiłki. W rogu namiotu siedział pies, trzymając w łapach ludzką głowę. Ogryzał ją z wielkim zapałem.

– C e s a r z u. – Wopisk i Honoratus znaleźli się tuż przy nim. – Czas przemówić do żołnierzy.

Maksymin odetchnął głęboko. Był tylko żołnierzem. Każdy z tych dwóch senatorów wygłosiłby lepszą przemowę. Każdy z nich byłby lepszym cesarzem. Ale skoro już chwyciło się wilka za uszy...

Był tylko żołnierzem. Ludzie na zewnątrz też. Nie zależało im na niczym skomplikowanym. Przemówi do nich jak ich towarzysz broni, jak jeden *comilitio* do drugiego. Wystarczą proste słowa. Pomaszeruje z nimi, będzie spożywał te same żołnierskie racje, walczył razem z nimi, dzielił niebezpieczeństwa. Razem muszą pokonać Germanów, aż do morza. Muszą to zrobić, bo inaczej Rzym zginie. Zacytuje ostatnie słowa dawnego dowódcy, Septymiusza Sewera: „Wzbogacaj żołnierzy, ignoruj wszystkich innych".

Rozdział trzeci

Siedziba senatu,
cztery dni po idach marcowych 235 roku

Było jeszcze ciemno, kiedy Pupienus wyszedł z domu i ruszył w dół wzgórza Celius. Nie było widać ani jednej gwiazdy, nawet tych z gwiazdozbioru tworzącego kształt latawca ani Wielkiej Niedźwiedzicy. Pochodnie w rękach niewolników chwiały się na boki w silnych porywach wiatru. Choć nawierzchnia ulicy była sucha, w powietrzu czuło się deszcz.

Pupienus miał zwyczaj wychodzić z domu o tej właśnie porze. Zazwyczaj, chyba że było to jakieś święto czy religijna okoliczność, skręcał w prawo, w stronę Świątyni Pokoju i swojej porządnie urządzonej służbowej siedziby wysokiego urzędnika. Ten dzień nie był ani trochę zwyczajny.

Przeszedł pod łukiem Augusta i wyszedł na Forum Romanum. Nad wspaniałą fasadą stojącej po prawej stronie bazyliki Emilia niebo zaczęło się rozjaśniać. Z północy nadciągały strzępiaste czarne chmury. Większości mogły przynieść tyle samo radości co wieści, które poprzedniego popołudnia dotarły z tamtego kierunku.

Na dole, na pogrążonym w półmroku Forum, migotały pochodnie, a za każdą sunęła niewyraźna postać odziana w połyskującą biel. Wszystkie ciągnęły ku jednemu punktowi, niczym ćmy do płomienia czy upiory do krwi. Senatorowie rzymscy spotykali się na posiedzeniu nadzwyczajnym.

Pupienus był jednym z nich. Nawet po tak długim czasie, już prawie trzydziestu latach, wciąż go to ekscytowało i wydawało się czymś nieprawdopodobnym. Był przecież członkiem tego samego zgromadzenia, do którego należeli Katon Starszy, zwany Cenzorem, Mariusz i Cyceron. A i on sam nie był byle kim, wcale nie jakimś prostym żołnierzem. Marek Klodiusz Pupienus Maksymus, *vir clarissimus*, dwukrotny konsul, był prefektem Rzymu, odpowiedzialnym za przestrzeganie prawa i porządek w Wiecznym Mieście i na sto mil wokół niego. Dla wprowadzania w życie swojej woli miał pod komendą sześć tysięcy żołnierzy kohort miejskich. Daleko zaszedł od czasów młodości w dzielnicy Tibur, nie wspominając już dzieciństwa spędzonego w *Wolaterrach*. Pupienus zdusił niemiłe wspomnienia o tamtym miejscu. Bogowie wiedzieli, że niestety, już wkrótce będzie musiał ponownie udać się tam potajemnie i stawić czoło przeszłości, którą z takim wysiłkiem ukrywał.

Solidny budynek kurii stał w rogu Forum, zupełnie jakby tkwił tam od zawsze i miał zostać na zawsze. Pupienus wiedział, że nie jest to pierwotna budowla, co jednak nie zmieniało wrażenia stałości i niezmienności. Wspiął się na schody i przeszedł pod portykiem. Zatrzymał się na chwilę i dotknął palców stopy posągu *Libertas*, co miało przynosić szczęście, po czym spiżowymi drzwiami wszedł do wnętrza. Przeszedł całą długość sali. Nie patrzył ani na lewo, ani na prawo, ani na przyjaciół, ani na wrogów, nie spojrzał nawet na prezydujących konsulów. Szedł powoli, z dłońmi stosownie ukrytymi w fałdach togi, z oczyma utkwionymi w posąg i ołtarz bogini Wiktorii. Dla senatora *dignitas* była wszystkim. Bez tej potężnej mieszanki powagi, obyczajności i godności nie byłby lepszy niż wszyscy inni.

Wstąpił na podwyższenie. Dokonał libacji z wina i sypnął szczyptę kadzidła na ołtarz. Z niewielkiego ognia popłynęły w górę strużki dymu o odurzającej woni. Skierowane w dół pozłacane oblicze bogini miało obojętny wyraz. Przyłożył prawą dłoń płasko do klatki piersiowej, pochylił głowę i zaczął się modlić do tradycyjnych bóstw. Intencją modlitwy była pomyślność republiki, bezpieczeństwo imperium oraz dobro jego własnej rodziny. Wszystkie te sprawy leżały mu na sercu.

Dopełniwszy obowiązków wobec bogów, przeszedł do spraw przyziemnych. Powitał konsulów i ruszył w stronę swojego stałego miejsca w pierwszym rzędzie. Byli tam już jego dwaj synowie, Maksymus i Afrykanus. Pozwolił im poczekać, pozdrawiając wpierw swojego szwagra, Sekscjusza Cetegillusa, teścia Maksymusa, Tynejusza Sacerdosa oraz swojego długoletniego sojusznika i zaufanego powiernika, Kuspidiusza Flaminiusza. Rodzinny afekt bowiem winien ustępować wiekowi i randze. Wreszcie przywitał się z synami.

– Zdrowia i wielkiej radości – życzyli sobie nawzajem. – Zdrowia i wielkiej radości – powtarzali.

Sala była pełna, wszystkie miejsca zajęte. Mniej ważni senatorowie stali zbici ciasno z tyłu. To miał być dzień, o którym będzie się opowiadać wnukom. Zaczynały się nowe rządy, po trzynastu latach. Każdy mógł zdobyć tron, ale jedynie senat mógł ten fakt zalegalizować i przyznać danej osobie niezbędną do rządzenia władzę. Bez senatu nowy cesarz byłby jedynie uzurpatorem.

Pupienus potoczył wzrokiem po szeregach senatorów siedzących w głębi, po przeciwnej stronie kurii. Flawiusz Latronianus o gładkiej, otwartej twarzy uśmiechnął się do niego. Odpowiedział mu uśmiechem. Kilku innych powitał bardziej oficjalnie; żaden z nich nie był jego szczególnym przyjacielem, jednakże, podobnie jak Latronianus, byli oni kiedyś konsulami, ludźmi, którzy dobrze służyli republice i których opinia się liczyła. Wszyscy odpowiedzieli na jego gest.

Widok senatorów zajmujących pierwszą ławę tuż naprzeciwko niego sprawił mu znacznie mniejszą przyjemność. Celiusz Balbinus miał mocne szczęki i czerwoną twarz nałogowego pijaka. Pozdrowił Pupienusa, unosząc rękę z ironiczną uprzejmością. Bogaty jak Krezus i zblazowany niczym jakiś orientalny władca, sędziwy Balbinus szczycił się, że pośród wielu mających słynnych przodków on jest tym, który wywodzi się ze wspaniałego rodu Celiuszów. To mu pozwalało pysznić się więzią łączącą go z ubóstwionymi Trajanem i Hadrianem.

Balbinus siedział w otoczeniu patrycjuszów ulepionych z tej samej co on gliny. Cezoniusz Rufinianus, Acyliusz Awiola i opaśli bracia Waleriusze, Pryscyllianus i Messala, utrzymywali, że przynajmniej jeden z ich przodków uczestniczył w pierwszym posiedzeniu wolnego senatu, ponad pół tysiąclecia wcześniej. W ostatnich czasach cesarzom zdarzało się nadawać status patrycjusza rodzinom niektórych ich ulubieńców, jednak Balbinus i jemu podobni spoglądali na tamtych z wyższością. Dla nich prawdziwymi patrycjuszami nie mogli być ci, których przodkowie nie znajdowali się w kurii owego dnia wolności, po tym jak Brutus przegnał Tarkwiniusza Superbusa i zakończył rządy legendarnych królów. Oczywiście, niektórzy z nich chełpili się jeszcze bardziej. Awiola, na przykład, twierdził, że jego ród wywodzi się od samego Eneasza, a tym samym od bogów. Najwyraźniej ani boskie pochodzenie, ani stulecia przywilejów nie uczyły pokory.

Młodzi krewni tych patrycjuszy byli jeszcze gorsi. Kuzyn Awioli, Acyliusz Glabrion, oraz syn Waleriusza Pryscyllianusa, Poplikola, byli członkami trzyosobowego zarządu mennicy. A nawet nie byli jeszcze senatorami. Tymczasem stali teraz w jego sali posiedzeń, z włosami wymyślnie ufryzowanymi, zlani pachnidłami, jakby to właśnie decydowało o ich prawie do obecności w tym miejscu. Doskonale wiedzieli, oni i wszyscy inni, że szlachetne urodzenie, sczerniałe od dymu popiersia przodków stojące w ich okazałych domach dadzą im stanowiska i awanse, niezależnie od wysiłku i zdolności, tak jak to od pokoleń się działo w ich rodzinach.

Pupienus osobiście nie miał nic przeciwko patrycjatowi czy szerszemu kręgowi ludzi dziedziczących godności. Mężczyźni siedzący po jego bokach, Cetegillus i Sacerdos, należeli do tych ostatnich. Każdy miał wśród przodków kilku konsulów, mimo to pozostali ludźmi rozsądnymi i nieunikającymi ciężkiej pracy. Na pierwszym miejscu stawiali obowiązki wynikające ze stanowiska publicznego, a nie własny interes i przyjemności.

Sam Pupienus uszlachetnił swój ród przez objęcie konsulatu. Podobnie było w wypadku Kuspidiusza i jego innych bliskich przyjaciół. Rutyliusz Kryspinus oraz Serenianus przebywali na Wschodzie jako namiestnicy prowincji, pierwszy Syrii Fenickiej, drugi Kapadocji. Pupienus trochę żałował, że nie ma ich tutaj teraz. Przydałyby mu się ich rady oraz wsparcie.

Na wprost niego Balbinus, opowiadając jakąś historyjkę, zaśmiewał się z własnego dowcipu, a jego twarz przypominała świński ryj. Pupienus szczerze go nie znosił. Im wyżej on i jego przyjaciele wspinali się po szczeblach w hierarchii państwowej, *cursus honorum*, tym bardziej ludzie pokroju Balbinusa drwili z ich pochodzenia, ponieważ mieli przodków należących do ludności napływowej. Rzym był dla nich zaledwie przybraną matką. Ani jeden z ich przodków nie znalazł się w senacie. Jak to miało świadczyć o ich cechach dziedzicznych? Co niby taki *homo novus* mógł wiedzieć o wielowiekowych tradycjach Rzymu?

Drwiące uwagi doprowadzały Pupienusa do furii. *Homo novus* miał zawsze trudniejszą drogę. Służył republice, pnąc się w górę dzięki własnym cnotom, a nie czynom dawnych przodków. Nie było żadnego porównania pomiędzy tymi dwiema kategoriami ludzi. Prawdziwym nobilem było się w duszy, a nie za sprawą genealogii.

Balbinus teatralnym gestem zakończył swoją anegdotę. Patrycjusze roześmiali się, otyły Waleriusz Messala śmiał się bez opamiętania. Może był zdenerwowany. Może też mimo swojej tępoty zrozumiał, że w tej nowej sytuacji jego wspaniałe małżeństwo z siostrą zamordowanego cesarza może okazać się groźne.

Jeden z konsulów, Klaudiusz Sewerus, wstał ze swojego miejsca.

– Niech wszyscy, którzy nie są senatorami, wyjdą. Na miejscu pozostaną jedynie *patres conscripti*.

Kilka chwil po wygłoszeniu tej rytualnej restrykcji dwaj młodzi patrycjusze, Acyliusz Glabrion i Poplikola, ruszyli do tyłu sali. Minęli co prawda podwyższenie, ale zatrzymali się przed drzwiami. Pupienus nie był jedynym spośród obecnych, który piorunował ich wzrokiem. W senacie większość zawsze stanowili ludzie nowi.

Podniósł się drugi konsul, wieloimienny Lucjusz Tyberiusz Klaudiusz Aureliusz Kwintianus Pompejanus.

– Niech pomyślność i szczęście towarzyszą ludowi Rzymu – powiedział.

Kiedy recytował tę formułkę, która zawsze poprzedzała jakąś propozycję, w tłumie gapiów tłoczących się w jednym z wejść powstało jakieś poruszenie.

– Przedstawiamy wam, *patres conscripti*...

Acyliusz Glabrion i Poplikola odwrócili się. I nagle dwaj młodzi aroganccy patrycjusze zostali odepchnięci na boki, Poplikola tak gwałtownie, że aż się potknął. Dwóch senatorów przepchnęło się do podwyższenia, żeby złożyć swoje ofiary.

Konsul okazał godne podziwu opanowanie, którego zresztą należało się spodziewać po potomku boskiego Marka Aureliusza, i mówił dalej.

Okazawszy szacunek bóstwom, dwóch spóźnialskich zeszło z podwyższenia. Stali, spoglądając wyzywająco wokół siebie.

Pupienus patrzył na nich z, jak miał nadzieję, dobrze skrywaną dezaprobatą.

Domicjusz Gallikanus i Mecenas byli nierozłączni. Ten pierwszy, starszy, pełnił w tej parze rolę przywódczą. Był szpetnym mężczyzną, z brązową czupryną i rozwichrzoną brodą. Materiał na jego togę najwyraźniej utkano w domu. Wszystko, co dotyczyło tej niedbałej osoby, świadczyło o umiłowaniu starodawnych cnót i o poczuciu wolności w niemodnym republikańskim stylu. Miał jakieś czterdzieści pięć lat. Kilka lat wcześniej pełnił urząd pretora, jednak jego ostentacyjnie swobodny sposób mówienia oraz zadzierzystość wobec cesarskich władz wstrzymały jego karierę i nie pozwoliły zostać konsulem.

Pupienus nie przepadał za Gallikanusem – szlachetny duch winien szukać nagrody w samej świadomości cnoty, a nie w prostackich opiniach innych; od poprzedniego wieczoru czuł do niego jeszcze większą niechęć.

– I że będzie miał prawo zawetować każdą decyzję każdego urzędnika. – Konsul nie musiał korzystać z notatek, które trzymał w ręce. – I że będzie miał prawo zwoływać posiedzenia senatu, przedstawiać sprawy, proponować dekrety, tak jak miał takie prawo boski August i jak miał je boski Klaudiusz...

Klaudiusz Aureliusz proponował, by Maksyminowi przyznano kompetencje trybuna ludu, co dawało cesarzowi władzę w sferze cywilnej. Zirytowany teatralnym wejściem Gallikanusa i Mecenasa, Pupienus musiał przeoczyć tę pierwszą z dwóch podstaw cesarskich rządów: klauzul dotyczących prawa cesarza do unieważniania rozkazów wojskowych.

Wydarzenia przebiegały wartko od południa poprzedniego dnia, kiedy to senator Honoratus przybył z północy i wraz z eskortą wjeżdżał do Rzymu na ochwaconych wierzchowcach skąpaną w strugach deszczu via Aurelia. Działo się to trzy dni po idach marcowych, w święto zwane *Liberalia*, kiedy chłopcy otrzymują *toga virilis*, mającą świadczyć o ich dorosłości. Senatorowie biorący udział w tych rodzinnych uroczystościach rozsiani byli po całym mieście i poza nim. Dopiero późnym popołudniem dostateczna ich liczba zdołała zgromadzić się w kurii.

Honoratus był jeszcze jednym *homo novus*. Jego rodzinnym miastem było leżące w Afryce Cuicul. Pupienusowi to nie przeszkadzało. Honoratus samodzielnie wspiął się po szczeblach *cursus honorum*. Po stanowisku pretora otrzymał dowództwo XI legionu w Mezji Mniejszej, skąd przeniesiono go na stanowisko dowódcze w armii polowej stacjonującej w Germanii. Honoratus znał równie dobrze sposób działania senatu, jak i obozu wojskowego. Było wiele rzeczy, które można było w nim podziwiać. Teraz doszło też coś, czego należało się obawiać.

Wciąż w ubłoconym podróżnym stroju Honoratus powiedział to, co miał do powiedzenia, spokojnie, bez afektacji. Cesarza Aleksandra zamordowano podczas spontanicznego i niespodziewanego buntu żołnierzy. Starsi oficerowie i armia ogłosili cesarzem Gajusza Juliusza Werusa Maksymina. Bunt żołnierzy i wojna z barbarzyńcami nie dały czasu na konsultację z senatem. Maksymin miał nadzieję, że *patres conscripti* zrozumieją konieczność tego pośpiechu. Nowy cesarz zamierzał korzystać z rad senatorów i kontynuować politykę swojego poprzednika. Maksymin był znany z odwagi i doświadczenia. Rządził w prowincji Mauretania Tingitana oraz Egipcie i piastował wysokie stanowiska dowódcze w kampaniach zarówno na Wschodzie, jak i na północy. Honoratus rekomendował go senatowi.

Była to dobra mowa, której nie zaszkodził nawet lekki afrykański akcent mówcy i „s" czasami zniekształcone w „sz". Senat bezzwłocznie przegłosowałby cesarskie prerogatywy dla Maksymina – niektórzy nawet zaczęli skandować stosowne formuły – gdyby nie Gallikanus.

Niczym jakaś kudłata zjawa z dawnej republiki wstał i zagrzmiał przeciwko psuciu senackiej procedury. Zdążyła już minąć dziesiąta godzina dnia. A po dziesiątej godzinie nie można było przedstawiać izbie żadnej nowej propozycji. Na dworze było już prawie ciemno. Czyżby *patres conscripti* wstydzili się swoich uczynków? Czy woleli działać w ukryciu niczym jacyś obrzydliwi spiskowcy albo ci zepsuci chrześcijanie? Czyżby zapomnieli, że dekret przyjęty po zachodzie słońca nie ma mocy prawnej?

Konsulom nie pozostało nic innego jak zakończyć tę sesję i wezwać senat, by zgromadził się powtórnie o świcie następnego dnia.

Zwyczaj wymagał, by senatorowie odeskortowali do domu prowadzących obrady urzędników. Pupienus był jednym z tych, którzy w padającym deszczu towarzyszyli Klaudiuszowi Sewerowi w drodze do domu. Przynajmniej nie musiał zbytnio zbaczać z drogi, konsul był bowiem jego sąsiadem na wzgórzu Celius.

Ledwo Pupienus wziął kąpiel i włożył suche szaty, jego sekretarz, Kurcjusz Fortunatianus zaanonsował przybycie... Gallikanusa. Tym razem towarzyszącego mu jak cień Mecenasa nie było u boku tego arbitra tradycyjnej senackiej etyki. Gallikanus poprosił prefekta miasta o rozmowę w cztery oczy.

Fortunatianus rozważnie zasugerował, by Pupienus przyjął go w ogrodowej jadalni. Ukryte tylne drzwi umożliwiłyby sekretarzowi, a dla pewności jeszcze jednemu zaufanemu świadkowi słuchać rozmowy bez przeszkód. Choć pomysł był kuszący, Pupienus odrzucił go jako postępowanie niegodne. Gallikanus, owszem, był człowiekiem nieznośnym, szukającym rozgłosu, który może poprowadzić rozmowę w kierunku zdrady – w obecnych okolicznościach Pupienus byłby zaskoczony, gdyby tak nie było – jednak senatorowie nie powinni donosić na innych senatorów, a już w żadnym razie nie powinni zastawiać na nich podstępnych pułapek.

Fortunatianus wprowadził gościa do niewielkiego pokoju, który służył panu domu za ubieralnię. Senatorowie zostali całkowicie sami. Gallikanus nie był znany ze szczególnej subtelności. Zajrzawszy we wszystkie kąty i z trudem powstrzymawszy się przed opukiwaniem ścian, zażądał, by Pupienus przysiągł, że nikt ich nie może podsłuchać i że nic z tego, co usłyszy, nie zostanie nikomu powtórzone. Po odebraniu przysięgi bezzwłocznie przeszedł do sedna sprawy. Nowy cesarz jest zaledwie ekwitą, oświadczył. Dotychczas tron objął tylko jeden człowiek wywodzący się z tej drugiej obok nobilów warstwy ludności. Pupienus zapewne pamięta słabość i krótkotrwałość panowania berberyjskiego biurokraty Makryna. Ten Maksymin jest jeszcze gorszy. W najlepszym razie jest wieśniakiem z dalekich wzgórz Tracji. Niektórzy mówią, że jedno z jego rodziców przybyło spoza granic cesarstwa, należało do plemienia Gotów albo Alanów. Inni twierdzą, że oboje byli barbarzyńcami. Jest człowiekiem bez wykształcenia, bez ogłady.

Pupienus wiedział, że dotyczące zdrady przepisy prawa nie są zbyt precyzyjne, niemniej ich elastyczność zdecydowanie się rozszerzała. Gallikanus powiedział już wystarczająco dużo, by stracić swoje posiadłości i narazić się na wygnanie albo śmierć z ręki kata. Jednak przecież Pupienus dał słowo.

– Co zamierzasz w tej sprawie zrobić? – zapytał.

Gallikanus nie odpowiedział mu wprost. Pryncypat Aleksandra był dla senatu korzystny, stwierdził. Zarówno cesarz, jak i jego matka okazywali kurii szacunek, mówił poważnym głosem. Dali senatorom szansę odzyskania *dignitas*. Więcej nawet, dzięki utworzeniu stałej rady złożonej z senatorów, zawsze obecnej przy cesarzu, mogli uważać, że senat ma realny udział we władzy. Można by to nazwać diarchią, dwuwładzą.

Choć jemu samemu wiodło się nieźle za tamtego reżimu, Pupienus nigdy nie nazwałby diarchią prawie półtorej dekady nieskutecznych i skorumpowanych rządów sprawowanych przez słabego młodzieńca i zachłanną kobietę, którzy otaczali się różnymi ambitnymi i często przekupnymi senatorami, nieustannie dążącymi do uzyskania reputacji mężów stanu. Przemilczał więc słowa rozmówcy.

Senat został na nowo ożywiony, brnął dalej Gallikanus. Od czasów pierwszego Augusta, który ubierał swoje autokratyczne rządy w pięknie brzmiące słowa, a w rzeczywistości zlikwidował resztki prawdziwej wolności – a może jeszcze znacznie wcześniej – senat nigdy nie był tak silny. Ten tracki barbarzyńca nie zdążył jeszcze rozsiąść się na tronie. Ma niewielu zwolenników. Jego upadek zostałby pozytywnie przyjęty przez większość senatorów i przez armię. Nie ma bowiem prawnych podstaw dla władzy Maksymina. Nigdy wcześniej cesarz nie był tak słaby. Czas zatem przywrócić *libertas*. Czas przywrócić wolną republikę.

Tylko długoletniej służbie publicznej Pupienus zawdzięczał, że nie zareagował pogardliwym prychnięciem czy wybuchem śmiechu. Nie licząc głupich dworaków oraz pewnego człowieka z Afryki, któremu słońce wypaliło rozum, od nikogo jeszcze nie słyszał takich bredni.

Tymczasem Gallikanus uznał milczenie rozmówcy za oznakę czegoś zupełnie innego.

– Kohorty miejskie pod twoją komendą liczą sześć tysięcy ludzi. Niemal wszyscy pretorianie przebywają z armią polową na północnych rubieżach. W Rzymie zostało ich nie więcej niż tysiąc. Wielu twoich ludzi jest zakwaterowanych w ich obozie. Byłoby dość łatwo zjednać ich sobie albo zdusić.

– A Herenniusz Modestynus? – odezwał się w końcu Pupienus.

Gallikanus uśmiechnął się, zupełnie jakby niezbyt rozgarnięty uczeń zadał mu pytanie, którego się spodziewał. Przecież prefekt straży był ekwitą tradycyjnego pokroju, z wpojonym szacunkiem dla senatu. Tak czy owak, gdyby okazał się oporny, *vigiles*, którymi dowodził, to tylko siedem tysięcy uzbrojonych oddziałów porządkowych. Prawie tylu samo ludzi było w kohortach miejskich, ale ci byli prawdziwymi żołnierzami. Sam Modestynus był tylko prawnikiem, podczas gdy Pupienus dowodził żołnierzami na placu boju.

– A oddziały flot z Rawenny i Mizenum?

W odpowiedzi Gallikanus wzruszył z irytacją ramionami.

– To zaledwie garstka marynarzy w Rzymie, nadających się do zakładania płóciennych daszków w teatrze – rzucił.

Było oczywiste, że wcześniej o nich nie pomyślał.

– Po tysiącu z każdej floty, a wszyscy przeszkoleni i przestrzegający dyscypliny wojskowej. – Pupienus zawsze starał się znać takie szczegóły: liczbę żołnierzy, miejsce ich stacjonowania i nastroje, możliwości i rodzinne koneksje oficerów. Zawsze rozmawiał z przeróżnymi ludźmi. Od czasu swojego awansu, szczególnie zaś od kiedy został prefektem miasta, dobrze płacił, by wiedzieć takie rzeczy.

Gallikanus machnięciem ręki zbył problem marynarzy jako zupełnie nieistotny. Było coś małpiego w tym jego geście.

– Gdybym połączył swój los z waszym...– prefekt zaczął wolno i ostrożnie; nawet w swoim bezpiecznym domu odczuwał przyprawiający o zawrót głowy lęk przed wypowiadaniem podobnych słów – ...i gdybym zgromadził pod jednym sztandarem wszystkie siły zbrojne Rzymu, to miałbym pod swoją komendą jakieś szesnaście tysięcy. Z których, jak powiadasz, prawie połowa to tylko oddziały porządkowe. Cesarska armia polowa liczy jakieś czterdzieści tysięcy, nie licząc ewentualnych oddziałów, które mogłyby do nich dołączyć z armii nadreńskiej i naddunajskiej.

Chwyciwszy Pupienusa za ramię, Gallikanus przybliżył niezbyt urodziwą twarz do jego twarzy.

– Drogi przyjacielu – powiedział, ściskając mu ramię. Żarliwość w spojrzeniu i głosie pozwalały wierzyć w jego szczerość. – Drogi Pupienie, nikt nie wątpi w twoje oddanie sprawie wolności, senatowi czy w twoją odwagę. Jednakże w wolnej republice to nie my sami będziemy przydzielać sobie stanowiska dowódcze. Tak jak w czasach, kiedy Rzym rósł w siłę i potęgę, senat w głosowaniu zdecyduje, kto poprowadzi armię.

Puścił ramię prefekta i zaczął przemierzać pokój. Plótł o wyborze spośród członków senatu dwudziestoosobowego zespołu, samych byłych konsulów, którzy mieliby bronić Italii. Innych z kolei planował wysłać, żeby przeciągnęli na właściwą stronę żołnierzy i mieszkańców prowincji. Rozgorączkowany podskakiwał i wymachiwał rękoma niczym zamknięta w klatce człekokształtna małpa.

Pupienusa rzadko coś wprawiało w osłupienie, dawno też nie był tak rozgniewany. Co za głupiec z tego człowieka? Przyszedł do jego domu i narażał wszystkich mieszkańców gadaniem o zdradzie. I nie robił tego, by zaoferować Pupienusowi tron czy choćby jedną z głównych ról w nowych władzach. Nie, ten małpiszon chciał, by prefekt opanował miasto dla jego szalonej sprawy, a potem, zamiast zbierać żniwo nagród, po prostu zrezygnował z przyznanej mu władzy i stał się zwykłym obywatelem.

– Temu trzeba położyć kres – oświadczył, szybko dochodząc do siebie.

Gallikanus wbił w niego płonące podejrzliwością i złością oczy.

Pupienus uśmiechnął się. Miał nadzieję, że uspokajająco.

– Wszystko, czego my, senatorowie, pragniemy, to żyć w wolnej republice. Jednak wiesz równie dobrze jak ja, że pryncypat to twarda konieczność. Imperium rozdzierane było wojnami domowymi, dopóki August nie objął tronu.

Gallikanus potrząsnął głową.

– Możemy skorzystać z lekcji historii – oświadczył.

– Nie – prefekt był stanowczy – znowu będzie to samo. Najważniejsi ludzie zaczną walczyć o władzę, aż jeden z nich zwycięży albo cesarstwo upadnie. Czytałeś Tacyta. Teraz pozostaje nam modlić się o dobrych cesarzy, a służyć tym, którzy się zdarzą.

– Tacyt służył Domicjanowi, który był tyranem. On sam był człowiekiem biernym, oportunistą. Nie miał krzty odwagi, był tchórzem! – Gallikanus wykrzyczał ostatnie słowa.

– Ty i ja piastowaliśmy urzędy za Karakalli. – Pupienus starał się, by jego głos brzmiał jak najbardziej rozsądnie. – Porzuć te plany, zanim sprowadzisz nieszczęście na swoją rodzinę i przyjaciół.

Gallikanus stał, na przemian załamując i zaciskając ręce, jakby chciał fizycznie udaremnić ten opór.

– Sądziłem, że jesteś człowiekiem honoru – powiedział w końcu.

Ty małpo, myślał Pupienus, ty głupia, arogancka stoicka małpo.

– Mam nadzieję, że nadal będziesz tak uważał, ponieważ ja nikomu nie wspomnę o tej rozmowie.

Gallikanus odwrócił się i wyszedł.

Słodki ton głosu konsula przywołał Pupienusa do teraźniejszości, czyli posiedzenia senatu.

– ...I będzie miał prawo, tak samo jak boski August, wprowadzać w życie te decyzje dotyczące spraw publicznych i prywatnych, które uzna za zgodne z prawem zwyczajowym republiki oraz wielkością boską i ludzką...

Konsul dotarł do postanowień, które były całkowicie zbędne. Maksyminowi przyznano już władzę trybuna, co pozwalało mu tworzyć i znosić wszelkie przepisy prawa, oczywiście mógł robić to, co uznał za stosowne, zgodnie z prawem zwyczajowym republiki, a także wszystko inne. Pupienus słuchał jednym uchem. Wciąż obserwował Gallikanusa rzucającego się w oczy z powodu złachmanionych szat. Poprzedniego wieczoru zapomniał, że Gallikanus przerzucił się z wyznawania doktryny stoickiej na nauki Diogenesa. A zatem nie stoicka małpa. Raczej cyniczny pies. Niewielka różnica. Obszarpany senator nie przestawał być niebezpiecznym głupcem, tym bardziej niebezpiecznym, że przekonanym, iż jego myśli i działania opierają się na najgłębszym z nurtów filozoficznych.

Gallikanus nie był jedynym gościem tego wieczoru w domu na Celiusie. Pupienus z małżonką właśnie zaczynali spóźnioną kolację, kiedy Fortunatianus zaanonsował kolejnego przybysza. Tym razem sekretarz nie zasugerował żadnych pomysłowych szpiegowskich rozwiązań. Był wyraźnie przerażony. Przed domem stał Honoratus, a na ulicy było pełno żołnierzy.

Pupienus z lękiem myślał o takiej chwili, odkąd tylko zdobył majątek i znaczącą pozycję. Stukanie nocą do drzwi. Cesarski urzędnik stojący w świetle pochodni, z uzbrojonymi ludźmi za plecami. Rozlewający się po domu bezgłośny strach. Za panowania Karakalli coś takiego spotkało kilku bliskich mu ludzi. Ani te przeżycia innych, ani lata oczekiwania nie ułatwiały obecnej sytuacji.

Gallikanus na pewno nie zdążył jeszcze spotkać się z nikim więcej. Nawet taki jak on kudłaty głupiec musiał zdawać sobie sprawę z tego, że nie opanuje Rzymu bez kohort miejskich. Pupienus poczuł ściskanie w żołądku. Czy to możliwe, że źle go zrozumiał? Czy ta jego ostentacyjna cnotliwość była tylko maską? Całe to gadanie o republice pułapką?

Z drugiej strony ta wizyta mogła nie mieć nic wspólnego z tamtą. Ale i tak była śmiertelnie groźna. Nowe władze często rozpoczynały rządy od czystek. A może to jednak nic takiego. Zebrał się na odwagę i z godnością kazał Fortunatianusowi wprowadzić Honoratusa. Czekając, starał się nie dotykać tkwiącego na środkowym palcu pierścienia z trucizną. Położył rękę na dłoni małżonki, ścisnął ją i zmusił się do spojrzenia w jej oczy z uśmiechem.

Honoratus ubrany był w ten sam ubłocony podróżny strój, w którym przemawiał do senatu. Wszedł do jadalni sam. Pupienus zdusił w sobie nagły przypływ nadziei. Bo gdyby okazała się przedwczesna, tym bardziej byłaby druzgocąca.

– Wybacz to najście, prefekcie. – Honoratus rozłożył szeroko ramiona, ukazując przy okazji puste dłonie. – Powinienem był wpierw pchnąć posłańca. Byłem na to jednak zbyt zaaferowany.

– Drobiazg, senatorze.

Honoratus ukłonił się Sekstii.

– Pani, potrzebna mi rada twojego małżonka – oświadczył.

Jak przystało prawdziwej rzymskiej matronie, Sekstia powiedziała kilka uprzejmych słów i wyszła. Tylko delikatnie łamiący się głos zdradzał jej ulgę, że męża nie zawloką na tortury w pałacowych piwnicach ani nie zarżną jak zwierzę na jej oczach.

– Jadłeś już? – spytał Pupienus.

– Nie.

– Wobec tego zapraszam.

Honoratus powstrzymał gospodarza przed przywołaniem niewolnika, który zdjąłby mu buty.

– Sam sobie poradzę. Wskazana jest dyskrecja. – Ostatnie słowo brzmiało „dyszkrecja".

Pupienus patrzył, jak obmywa ręce i dokonuje libacji. Posypał odrobiną soli gotowane na twardo jajko, umoczył je w rybnym sosie. Zaczął delikatnie jeść. Potem sięgnął po kolejne. Jadł coraz szybciej. Był wyraźnie głodny. Pupienus zmuszał się, by zachować milczenie. Mimo brudu i zmęczenia Honoratus był niedorzecznie przystojny: ciemne włosy, ciemne oczy, policzki jak u posągu. Pupienus pomyślał sobie, że byłoby czymś niestosownym zostać zabitym przez kogoś tak urodziwego.

Honoratus opróżnił kielich.

– Mam kazać przynieść więcej? – spytał pan domu.

Senator uśmiechnął się.

– Nigdy nie piłeś dużo wina, Pupienusie. Nie, poczekaj, aż przyniosą kolejne danie.

Gospodarz podsunął mu więcej chleba.

– Aleksander musiał odejść – oświadczył Honoratus. – Próbował opłacać się Germanom. Był zbyt przerażony, by walczyć. Żołnierze nim pogardzali. Mogłoby dojść do katastrofy, znacznie gorszej od tej na Wschodzie. Zachłanność jego matki nieustannie rosła. Były opóźnienia z wypłatą żołdu. Gdybyśmy nie podjęli działań, uczyniłby to ktoś inny.

Pupienus chrząknął ze zrozumieniem.

– Maksymin to dobry żołnierz, dobry administrator. Nie

brak mu odwagi. Będzie walczył z germańskimi plemionami i zwycięży.

Pupienus znów chrząknął, tym razem lekko pytająco.

– Jako ekwita Maksymin nie ma żadnego doświadczenia w senacie – ciągnął Honoratus. – Choć był namiestnikiem prowincji, to jednak całą uwagę musi poświęcić wojnie na północy. Często będzie przebywał poza granicami cesarstwa, na ziemiach należących do barbarzyńców. Sprawy cywilne zleci innym i będzie korzystał z rad innych.

– Czyich rad?

– Mam nadzieję, że między innymi i z moich. – Honoratus roześmiał się. Miał równiutkie białe zęby. – Nowy cesarz liczy szczególnie na namiestnika Panonii Większej, Flawiusza Wopiska, i na dowódcę Ósmego legionu, Kacjusza Klemensa.

Pupienus rozważał jego słowa.

– Znam Wopiska od wielu lat. Klemensa nie znam tak dobrze, ale jeśli jest taki jak jego brat Celer, w tym roku jeden z pretorów w Rzymie, to oznacza, że cesarz dobrze wybrał sobie powierników. Cała trójka to mężowie rozsądni.

Honoratus podniósł pusty kielich, wyrażając w ten sposób wdzięczność za wyrazy uznania.

– Lojalni przyjaciele zawsze są podporą tronu. Maksymin chętnie włączy cię do grona swoich przyjaciół. To, że jesteś znakomitym prefektem Rzymu, przemawia za utrzymaniem ciągłości twojego stanowiska.

Teraz z kolei Pupienus wzniósł kielich w podzięce za te uprzejme słowa.

– Masz synów – ciągnął senator. – Kiedy za kilka miesięcy odejdą dwaj konsulowie, którzy temu rokowi użyczyli swoich imion, Maksymin zamierza uczynić twojego starszego syna, Pupienusa Maksymusa, jednym z konsulów pomocniczych do końca kadencji. Drugim będę ja. Twoją rodzinę czeka jeszcze większy zaszczyt. W przyszłym roku, w kalendy styczniowe, sam cesarz zostanie konsulem. Maksymin myśli, by wziąć na współkonsula twojego młodszego syna, Afrykanusa. Wtedy, już na zawsze, będzie to rok cesarza Gajusza Juliusza Maksymina i Marka Pupienusa Afrykanusa. Zatem, aby cesarz mógł poznać twojego syna, właściwie ocenić jego cnoty, Afrykanus będzie mi towarzyszył, kiedy wyruszę z powrotem do armii polowej.

Zgrabnie przeprowadzone, pomyślał Pupienus, to połączenie wysokich zaszczytów wiążące rodzinę z potencjalnie niepopularnymi rządami i jeszcze wzięcie zakładnika.

– Trudno będzie sprostać okazanym dobrodziejstwom, ale spróbujemy.

– Doskonale – powiedział Honoratus. – Kto to powiedział: „Poskrob powierzchnię jakiegokolwiek systemu rządów, a znajdziesz tam oligarchię"?

– Nie pamiętam.

– Ja też nie. Oczywiście musisz utrzymać w Rzymie spokój, żadnych zamieszek plebsu, żadnych spisków szlachetnie urodzonych.

– Oczywiście.

– Doskonale – powtórzył Honoratus. – A teraz niech twoja służba przestanie podsłuchiwać pod drzwiami i przyniesie główne danie. U s z y cham z głodu.

Pupienus potrząsnął dzwoneczkiem.

– Jeszcze jedno. Sprowadziłem nowego oficera, ekwitę, by objął komendę nad wigilami. Sądzę, że spodoba ci się nowy prefekt straży. Nazywa się Potens.

– A co z Herreniuszem Modestynusem?

– Ależ nie... bogowie, nie! Nic w tym rodzaju.

Pupienus zaklął w duchu. Najwyraźniej głos musiał go zdradzić.

– Za kogo bierzesz naszego nowego cesarza? Za barbarzyńcę? – Honoratus wybuchnął śmiechem. Miał naprawdę idealne zęby.

Prefekt zachował kamienną twarz.

– Niecałą godzinę temu – mówił Honoratus – podziękowałem Herenniuszowi Modestynusowi za jego szlachetny wysiłek włożony w patrolowanie ulic noc po nocy, gaszenie pożarów i chwytanie złoczyńców. Powiedziałem mu, że cesarz bardzo docenia jego pracę, ale uważa, że taki biegły prawnik będzie lepiej mógł wykorzystać swoje umiejętności, zajmując się skierowanymi do tronu wnioskami prawnymi. Kiedy twój syn i ja wyruszymy nad granicę, Modestynus będzie nam towarzyszył. Na cesarskim dworze stanowisko sekretarza do spraw petycji potrzebuje prawnika. A on będzie urzędnikiem *a libellis*. Zawsze był obowiązkowy, ale nie ma sensu, by pozostawał w Rzymie, kiedy cesarz przebywa gdzie indziej. Ktoś powiedział, że trochę za bardzo podoba mu się dawna wolna republika. – W tym momencie Honoratus rzucił Pupienusowi twarde spojrzenie.

Reszta posiłku przebiegła bez żadnych rewelacji, rozmowa toczyła się niegroźnie.

Stojący na mównicy konsul dotarł wreszcie do końca długiej listy częściowo pokrywających się kompetencji, przywilejów i zaszczytów proponowanych dla nowego cesarza, a Pupienus przerwał swoje rozmyślania.

– Zalecamy też, byście to wszystko zatwierdzili, *patres conscripti*. – Klaudiusz Aureliusz usiadł z miną człowieka zadowolonego z dobrze spełnionego obowiązku.

Z wielkim trudem, opierając się na lasce, senior senatu Kuspidiusz Celeryn podniósł się z miejsca. Ponadosiemdziesięcioletni mężczyzna był kruchy, ale umysł miał wciąż bystry. Wiedział, jakiej mowy im trzeba, niezbyt długiej, tradycyjnej w tonie i panegirycznej w charakterze. Jego piskliwy starczy głos niósł się po kurii.

– Podobnie jak oderwany od pługa Cyncynat, Maksymin odpowiedział na wezwanie republiki. Czas wahania minął. Mars zstąpił na ziemię. Bóg ze srogim obliczem przemierzał pola i domy, wył pod murami miast. Nigdy wcześniej zagrożenie nie było tak wielkie. W czasach Cyncynata samotne plemię italskich Ekwów okrążyło jeden legion na górze Algidus. Teraz wszystkie barbarzyńskie plemiona z północy ruszyły przeciw Rzymowi, trzymając w oblężeniu całe cesarstwo, zagrażając samej *humanitas*. I oto w chwili potrzeby pojawia się właściwy człowiek. Zahartowany wojną na każdym kontynencie jedynie Maksymin, popędzając swojego spienionego rumaka, może pokonać dzikich Germanów. Aż po dalekie brzegi morza pochylą oni głowy przed majestatem Rzymu.

Odniósłszy zwycięstwo, wielki Cezar wróci do Rzymu – ciągnął starzec. – W tej metropolii starodawne cnoty wykute w jego wiejskim domu – pobożność, gospodarność, powściągliwość – zmażą plamy obecnego luksusu i zepsucia. Niczym drugi Romulus, cesarz zmyje brudy korupcji, by rozpocząć kolejny złoty wiek. Na ziemię powróci sprawiedliwość. Wszyscy i wszystko odda mu cześć: rozległe ziemie, otchłanie mórz i głębie przestworzy. My też oddajmy mu cześć. Gajusz Juliusz Werus Maksymin cesarzem! – zakończył.

Ryk aprobaty wzbił się pod wysokie sklepienie, strasząc parę wróbli, która ponad głowami zebranych frunęła ku drzwiom. Sędziwy Celerinus usiadł. Senatorowie rzucili się z gratulacjami. Pupienus do nich dołączył. To była dobra mowa, pobrzmiewająca echem Liwiusza i Wergiliusza, bo patriotyzm ich obu pasował do aktualnej sytuacji.

Zgodnie z hierarchią ważności konsulowie zapytali zgromadzonych o opinię. Zgadzam się. Zgadzam się. Jeden za drugim, ponad czterystu wyraziło swoją aprobatę. Konsulowie zarządzili głosowanie.

Zdecydowana większość *patres conscripti* rzuciła się hurmem w stronę, którą im wskazano. Nie obyło się bez przepychania. Stanęli ciasno niczym stado zwierząt zagrożonych przez drapieżnika. Niektórzy poruszali się wolniej z powodu wieku lub niedomagania, inni, by okazać swoją niezależność. Gallikanus i Mecenas ruszali się opieszale, ten pierwszy tylko odrobinę przekroczył środek sali.

Może jednak, pomyślał Pupienus, należało cię wydać Honoratusowi. Przystojny przyjaciel nowego cesarza wiedział, że Gallikanus go odwiedził, i na pewno założył, że rozmowa dotyczyła zdrady, choć zapewne nie domyślał się związanego z tym fanatyzmu. Wolna republika była martwa od trzech stuleci. Wskrzeszenie jej było marzeniem głupca. I Gallikanus był głupcem. Cynicznym głupcem ujadającym jak pies. Niczym podminowana twierdza jego arogancja mogła zniszczyć życie wszystkich wokół niego. Może jeszcze nie było za późno na wydanie go Honoratusowi. Jednak nie, przysięga to przysięga. Z bogów nie można sobie kpić. A przecież gdyby można było znaleźć jakiś sposób, nie zdyskredytowałoby to ani Maksymina, ani jego otoczenia, gdyby Gallikanus posłużył za stosowny przykład.

– Ta strona zdaje się mieć większość. – Formalne stwierdzenie faktu przez konsula nie było zbyt precyzyjne. W rzeczywistości bowiem nikt, nawet Gallikanus, nie był na tyle głupi, by otwarcie głosować przeciwko wstąpieniu Maksymina na tron.

Senatorowie zaczęli skandować podziękowania bogom za nowego cesarza.

– *Iupiter optime, tibi gratias. Apollo venerabilis, tibi gratias.* – Słowa brzmiące jak prosta pieśń odbijały się od marmurowych ścian kurii.

– *Iupiter optime, tibi gratias. Apollo venerabilis, tibi gratias.* Skandując z innymi, Pupienus zastanawiał się, jak długo będą wdzięczni najlepszemu Jowiszowi, czcigodnemu Apollinowi i innym niewymienionym jeszcze bogom. Czy Honoratus, Flawiusz Wopisk oraz Kacjusz Klemens potrafią kontrolować tę istotę, którą wynieśli na szczyty? Czy potrafią ulepić Maksymina w coś, co zdołają zaakceptować nie tylko sami żołnierze? Możliwe. Byli ludźmi zdolnymi i ambitnymi. Poza tym była jeszcze Paulina, żona Maksymina. Pochodziła z warstwy nobilów. Powiadano, że ten Trak ją kocha. Uważano, że ma na niego dobry wpływ.

Z drugiej strony, nieważne jak Maksymin będzie się zachowywał, czy senatorowie rzeczywiście go zaakceptują? Mieli przecież utrwalone poglądy na osobę i rolę cesarza. Powinno się go wybierać spośród senatorów. Winien szanować senat i cenić styl życia jego członków. Nade wszystko zaś musi być pierwszym wśród równych, być *civilis princeps*. Pasterz z północy, wyniesiony do stanu ekwitów poprzez służbę wojskową, nie mógł jednak być takim *primus inter pares*.

Pupienus rozważał zasadność swojego zachowania poprzedniego wieczoru. Nie mógł zrobić nic innego, nic bardziej rozsądnego. Jednak bliskość z tą władzą może się nie opłacić. W obecnej sytuacji obowiązywała rozwaga. Powinno się zbierać informacje, wytężać słuch, by usłyszeć aluzje i szepty. Należało być przygotowanym, ale nie wolno wykonywać żadnych niebezpiecznych ruchów. *Niewiedza prowadzi do pewności siebie, zastanawianie do wahań*, jak mówi porzekadło.

Iupiter optime, tibi gratias. Apollo venerabilis, tibi gratias.

Rozdział czwarty

Rzym, dzielnica Karyny,
pięć dni po idach marcowych 235 roku

Junia Fadilla wiedziała, że bogowie jej sprzyjają. Była potomkinią Marka Aureliusza i przy wielu okazjach różni mężczyźni dawali jej do zrozumienia, że ma zarówno nieprzeciętną urodę, jak i intelekt, co jak twierdzili, jest rzadkością u kobiet. Zanim przedwcześnie zmarł, ojciec zdążył jej znaleźć miłego i szczodrego małżonka. Obecnie, po dwóch latach małżeństwa, ten starszy mężczyzna udał się w ślady jej rodzica, co nikogo nie zaskoczyło. Jak przystało osiemnastoletniej wdowie, Junia nie nosiła ozdób, a jej stola była w najzwyklejszym szarym kolorze. Jednak kiedy ta młoda kobieta wychodziła po przedstawieniu, jej zachowanie kontrastowało z żałobnym strojem.

Jej przyjaciółka, Perpetua, była najwyraźniej tak samo rozbawiona. Idąc pod rękę, przecinały wspaniały dziedziniec łaźni Trajana. Deszcz już nie padał, a niebo w kolorze wypłowiałego błękitu było bezchmurne. Tu i ówdzie, klapiąc sandałami o kamienne płyty, biegały grupy rozwrzeszczanych uczniów, niekontrolowanych przez nauczycieli. Również wolni od pracy medycy, rzemieślnicy i inni przedstawiciele niższych warstw kręcili się w osłoniętych kolumnadą wejściach. Roześmiani foluszncy i farbiarze szli zmyć z siebie brud nierozerwalnie związany z ich zajęciem. Było pięć dni po idach marcowych, *Quinquatrus*, dzień narodzin Minerwy. Zwyczaj wymagał, by nazajutrz wysypano na areny piasek, a na nim umierali ludzie, jednak tego dnia wszelkie walki były zabronione.

Kobiety przeszły przez północno-zachodnią bramę, od strony wzgórza Oppius, i skręciły w lewo. Czarne włosy Perpetui, jej jaskrawa suknia i klejnoty uroczo kontrastowały z blond lokami i smętnym strojem Junii. Udawały, że nie zauważają pełnych podziwu spojrzeń. Za każdą z nich szedł *custos* i pokojówka i nie brali udziału w ogólnej wesołości. Dla nich ten dzień nie był żadnym świętem, a już na pewno nie gustowali we współczesnej poezji.

Perpetua rozprawiała o polityce.

– Mój brat Gajusz mówi, że ten nowy cesarz może się przydać naszej rodzinie.

Junia uważała Gajusza za niedojrzałego i szpetnego. Nie interesowały ją jego poglądy na politykę czy na cokolwiek innego. Polityka ją nudziła. Pozwalała jednak wygadać się przyjaciółce. Bardzo lubiła Perpetuę.

– Teraz, kiedy został jednym z *tresviri capitales*, mógł wczoraj słuchać debaty, stojąc w drzwiach do sali posiedzeń senatu.

– Zważywszy na zamiłowanie senatorów do promowania siebie samych i do czołobitności – powiedziała młoda wdowa – to doprawdy wzruszające, że chcą, by młodsi urzędnicy brali przykład z ich zachowania w kurii.

– To bardzo przypomina wywody twojego zmarłego małżonka.

– Zdarzało mu się trafić w sedno.

– Zawsze mówiłaś, że to często mu się udawało.

– No cóż, przynajmniej przeciętnie.

Wyszły z uliczki pomiędzy łaźniami Tytusa i świątynią bogini Tellus i mijając jej front, ruszyły spokojną drogą prowadzącą wzdłuż grzbietu wzgórza.

– W każdym razie Gajusz mówi, że wieki temu ten Maksymin służył pod komendą dziadka na granicy północnej, gdzieś w Dacji czy Mezji. Ojciec był wtedy trybunem i tam go spotkał. Najwyraźniej, choć to zupełny wieśniak, Maksymin znany jest z lojalności. Gajusz uważa, że dzięki temu ojciec może w końcu zostać konsulem, i to nawet jako *ordinarius*. Tylko sobie wyobraź jakiś rok nazwany imieniem ojca!

– Czy wspomniał o perspektywach dla twojego męża? Albo Toksocjusza? – Junia nigdy nie mogła powstrzymać się od drażnienia przyjaciółki.

Perpetua się roześmiała.

– Nie dam się sprowokować – powiedziała.

Szły obrzeżem Karyn. Nikt nie wiedział, dlaczego ta dzielnica wytwornych rezydencji nosi taką nazwę. Nic w zasięgu wzroku nie przypominało kilu statku. Z lewej strony, u podnóża wzniesienia, biegła ulica Szewców. Na wprost, w dolinie między wzgórzami, rozciągała się, niknąc z pola widzenia na północy, dzielnica Subura. Tam panował ożywiony ruch i przewalały się tłumy. Karyny natomiast tchnęły majestatycznym spokojem wolnej przestrzeni.

Zbliżywszy się do *domus rostrata*, najwspanialszej budowli w okolicy, zaskoczone kobiety zobaczyły czterech mężczyzn stojących im na drodze. Wyglądali obskurnie. Junii nie przychodził do głowy żaden powód, dla jakiego mieli wspiąć się z leżącej w dole dzielnicy nędzy, by stać teraz przed domem Gordianów, w którym mieszkał kiedyś Pompejusz Wielki. Nawet Perpetua zamilkła. Junia poczuła, że chroniący ją opiekun przysunął się bliżej.

Trzech mężczyzn odsunęło się na bok i pochyliwszy głowy, wymamrotało „Pani", kiedy kobiety się zbliżyły. Czwarty krążył wokół. Był wciąż jeszcze chłopcem, młodszy od pozostałych. Niski, o szczupłej kanciastej twarzy, jak złośliwy chochlik z opowiastki, którą straszy się dzieci. Obnosił się ze sztyletem przy pasie, długim jak niewielki miecz. Zszedł im z drogi w ostatniej chwili. Kiedy się kłaniał, ostentacyjnie powiódł wzrokiem po ciele Junii.

– Zdrowia i wielkiej radości. – Mówił porządną greką, zupełnie jakby pozdrawiał równych sobie.

Kobiety przeszły obok. Żadna nie dała najmniejszego znaku, że w ogóle zauważyła obecność plebejskich intruzów. Nie zdążyły się oddalić, kiedy usłyszały wybuch śmiechu, jednocześnie lubieżny i kpiący.

– Wyobraź sobie, co by było, gdyby obezwładnili naszych opiekunów. – Oczy Perpetui błyszczały. – Mogliby zwlec nas ze wzgórza na dół. A w swojej kryjówce rabusiów, kto wie, czego nie zechcieliby zrobić dwóm młodym matronom z senatorskich rodów.

Junia się roześmiała.

– Przeczytałaś zbyt wiele tych greckich opowieści, w których bohaterka zostaje uprowadzona i sprzedana do domu rozpusty, skąd w ostatniej chwili ratuje ją bohater.

– A może w mojej opowieści ten zbawca by się trochę spóźnił?

– Jesteś niepoprawna.

– Ja? – spytała Perpetua. – To nie ja wywracałam oczyma do Tycydy, kiedy recytował poemat o twoich piersiach.

– O piersiach jakiegoś dziewczęcia. Moich nigdy nie oglądał.

– Ale miałby ochotę, tak jak ten młody nożownik.

– W takim razie jego poezja powinna być lepsza. – Junia wyrzuciła przed siebie ramię i zaczęła recytować.

Gdybym zamienił się w szkarłatną różę,
To mógłbym mieć nadzieję, że mnie zerwiesz
I zapoznasz ze swymi śnieżnymi piersiami.

Kobiety roześmiały się, trochę nieumiarkowanie, co było zapewne spowodowane przeżytym przed chwilą lękiem.

– Tycyda jest przystojny – powiedziała Perpetua.

– Owszem – przyznała Junia.

– Nie wzięłaś sobie kochanka od czasu wyjazdu Gordiana do Afryki. Nawet medycy, którzy są przeciwni mężczyznom, przyznają, że abstynencja źle służy zdrowiu kobiety.

– Chociaż twój małżonek przebywa jako namiestnik w dalekiej Kapadocji, to z ulgą myślę sobie, że twojemu zdrowiu nic nie zagraża.

– Toksocjusz jest cudowny – westchnęła Perpetua.

– Powinnaś być bardziej dyskretna – powiedziała Junia. Wiesz, że powinnaś. Kiedy Serenianus po powrocie się dowie...

– Nie dowie się.

– A jeśli? Znasz kary za cudzołóstwo; wygnanie na jakąś wyspę, utrata połowy posagu, brak perspektyw na powtórne przyzwoite zamążpójście.

Perpetua roześmiała się.

– Często się zastanawiałam nad tymi wyspami dla wygnańców, gdzie roi się od zdrajców, cudzołożników i kazirodców. Pomyśl tylko o tych ucztach. W każdym razie Nummiusz się nie rozwiódł, a przecież wiedział o tobie i Gordianie.

– Nummiusz był zupełnie innym człowiekiem niż Serenianus.

– Powiadają... – Perpetua nachyliła się do ucha przyjaciółki – ...że lubił oglądać ciebie z Gordianem.

– Chociaż z zupełnie innych pokoleń, Nummiusz i Gordian byli bliskimi przyjaciółmi – ciągnęła Junia niewzruszenie. – Mieli taką samą pozycję w społeczeństwie, obaj byli wcześniej konsulami. Po uzyskaniu takiej pozycji Nummiusz oddał się przyjemnościom... niektórzy mówią, że i występkowi.

– Mówią też... – Junia czuła na uchu gorący oddech Perpetui – ...że twoje fizyczne wymagania przyspieszyły jego śmierć.

Junia zignorowała te słowa.

– Twój małżonek – powiedziała – nie pochwala hedonistycznych postaw. Serenianus postrzega siebie jako wyższej klasy męża stanu, filar republiki, ucieleśnienie dawnych cnót. A Toksocjusz, choć urodziwy, jest tylko młodzieńcem. Nie jest jeszcze nawet senatorem, tylko jednym z urzędników mennicy. Świadomość, że zwykły chłopiec przyprawia mu rogi, upokorzy i rozwścieczy Serenianusa.

Perpetua milczała. Mijały rezydencję konsula Balbinusa, jeszcze jednego zaprzysięgłego sybaryty. Zazwyczaj w takiej sytuacji Perpetua wspominała, jak to ten mężczyzna uczynił jej niedwuznaczną propozycję. Tym razem głowę miała zaprzątniętą czym innym.

– Może Serenianus nie wróci z Kapadocji – rzuciła.

Junia ścisnęła ramię biednej przyjaciółki. Dobrze być wdową. Nie zamierzała powtórnie wychodzić za mąż.

Rozdział piąty

Afryka Prokonsularna,
oaza Ad Palmam,
cztery dni po kalendach kwietniowych 235 roku

Jazda była męcząca, a na dodatek czas ich gonił. Dwa dni
po tym jak w Taparurze oddalili się od Morza Śródziemnego, krajobraz uległ zmianie. Drzewa oliwkowe rosły coraz
rzadziej. Tam, gdzie nie sięgał ich cień, ziemia była naga
i pożółkła. Domy z czterema kwadratowymi wieżyczka-
mi ustąpiły stojącym samotnie chałupom z cegły mułowej
i zniknęły wygodne rezydencje elit, a pojawiły się nędzne
budy pospólstwa. Przed nimi, na południowym zachodzie,
ciągnęło się za równiną pasmo jasnobrązowych wzgórz.

Gordian nie popędzał zbytnio ani ludzi, ani koni, ale też
ich szczególnie nie oszczędzał. Znaleźli się w siodłach jeszcze dobrze przed świtem. Przez cały poranek jechali równym
galopem. W najgorętszej porze dnia odpoczęli w cieniu, po
czym jechali całe popołudnie aż do zmroku. Spowijał ich ca-
łun złocistego kurzu, wzniecanego kopytami przez wierzchowce. Drobniutki piasek dostawał się im do oczu, uszu,
nosów; zgrzytał w zębach. Gordian wiedział, że najbardziej
dokucza tym z tyłu. Dlatego po każdym postoju zmieniał
porządek w niewielkiej kolumnie. Pomyślał o Aleksandrze

na pustyni Gedros. Tamtej armii doskwierał brak wody. Jakiś żołnierz natknął się na maleńką kałużę. Napełnił hełm błotnistą cieczą i zaniósł swojemu królowi. Aleksander mu podziękował i wylał wodę na piasek. Szlachetny gest. Gordian zrobiłby to samo. I Aleksander nie jechał z tyłu. Wódz musiał prowadzić swoich żołnierzy. Dlatego codziennie, dosiadłszy konia, Gordian zajmował miejsce na czele kolumny, z legatami ojca, Walerianem i Sabinianem, oraz miejscowym posiadaczem ziemskim Maurycjuszem po bokach.

Czwartego dnia dotarli do gór. Z bliska skały nie były jasnobrązowe, lecz różowe. U ich podnóża stała mała kamienna wieża. Poruszając się na zachód nieutwardzoną drogą, ku wyżej położonym terenom, minęli jeszcze trzy takie wieże strażnicze. Każdej złożonej z kilku żołnierzy obsadzie Gordian powiedział to samo: Gdyby nieprzyjaciel tędy wracał, koniecznie prześlijcie wiadomość o tym do mnie, do *Ad Palmam*; później możecie wykazać własną inicjatywę. Na tych ludziach z legionu III *Augusta*, stacjonującego w Lambezis, w sąsiedniej prowincji Numidii, mógł polegać. Nie zastanawiano się, jaką inicjatywę mają wykazać pozostający na miejscu, po tym jak jeden czy dwóch odjedzie, by wszcząć alarm, zabierając z sobą jedyne konie czy muły.

Pokierowani przez Maurycjusza skręcili i ruszyli szlakiem, który wijąc się grzbietami, prowadził na południe. Kiedy podchodzili wyżej przełęczą, Gordian zostawił dwóch ludzi w miejscu, skąd rozciągał się dobry widok na przebyty już odcinek drogi.

Po zejściu na równinę skręcili w prawo i pojechali prosto na zachód. Po upływie jednego dnia między szczytami pojawiła się kolejna przełęcz. Gordian wysłał tam przodem czterech ludzi: dwóch jako obserwatorów w najwyższym miejscu, pozostali mieli przekazać te same co poprzednio instrukcje wieżom strażniczym po drugiej stronie i przy okazji dokonać tam zwiadu.

Od Taparury jechali już sześć dni, przedtem cztery. Ludzie byli wyczerpani. Konie również. Dziewięć wierzchowców okulało, zanim jeszcze dotarli do gór. Porzucili je, a jeźdźcy dosiedli koni jucznych. Ładunki rozłożono na wszystkie zwierzęta. Pięciu ludzi zostało w tyle. Nigdy nie dogonili reszty. Być może zdezerterowali. W tych okolicznościach byłoby to zrozumiałe. A teraz wędrówka stała się jeszcze trudniejsza. Jeden koń się ochwacił. Zabito go bez ceregieli. Jeździec wziął już ostatnie ze zwierząt jucznych. Ładunek zrzucono na ziemię.

Już niedaleko, zapewniał ich Maurycjusz. Wkrótce – dzisiaj, najpóźniej jutro rano – dotrzemy do oazy *Ad Palmam*. Tam już będzie dobrze.

Parli przed siebie, drobiny piasku wciskały się wszędzie tak natarczywie, jakby napędzane czystą złośliwością.

Krajobraz nie przypominał niczego, co Gordian widział wcześniej. Skały po prawej były strome i poszarpane, z wyraźnie widocznym uwarstwieniem. Na ogół były to nagie zbocza. Niektóre wzniesienia otaczał krąg z ciemniejszych pionowych skał przypominających blanki jakichś olbrzymich murów obronnych. Surowe miejsce, ale niebędące niczym niezwykłym. W zagłębieniach i wądołach widać było enklawy zieleni. Tu i ówdzie mignięcie bieli lub czerni zdradzało obecność stada kóz.

Z lewej strony nic nie łagodziło surowości krajobrazu. Jak okiem sięgnąć ciągnęła się tam płaska równina naznaczona smugami jak agat; brązowymi, beżowymi i białymi. Były tam sadzawki pełne wody i jakieś wijące się ciemne linie pomiędzy nimi. Trudno było stwierdzić, czy to są zwierzęce albo ludzkie ślady, czy też wyschnięte rowy wyżłobione deszczem poprzedniej zimy. Przy wysoko stojącym słońcu pojawiały się zmienne obrazy; woda, drzewa budynki. Raz Gordianowi zdawało się, że widzi łódź. Oprócz tych mamideł nic nie poruszało się w tej ogromnej przestrzeni. Nic, co byłoby realne.

To było słone jezioro Trytona, okropne, wielkie bajoro pokryte zaschniętą skorupą. Kiedyś było prawdziwym jeziorem, a może nawet jakąś morską zatoczką. Statek *Argo* żeglował po tych wodach. Nawet wtedy było to złe miejsce. Życie straciło tutaj dwóch Argonautów; Mopsus od ukąszenia węża i Kantus z ręki miejscowego pasterza. Żeby reszta mogła umknąć, musiał się pojawić sam Tryton.

Maurycjusz opowiedział kiedyś Gordianowi miejscowe legendy. Nocą ludzie widzieli przesuwające się po pustyni pochodnie. Słyszeli dźwięki piszczałek i czyneli. Niektórzy powiadali, że widzieli hasające nimfy i satyrów. Były też opowieści o zakopanym skarbie: ogromnym złotym trójnogu z Delf. Ci, którzy go szukali, niczego nie znaleźli, a wielu z nich w ogóle nie wróciło. Niegdyś karawana złożona z tysiąca zwierząt zboczyła z jednego z dwóch bezpiecznych szlaków. Wszelki ślad po niej zaginął.

Wytężając wzrok, Gordian zobaczył miejsca, gdzie skorupa pękła, ukazując ciemny muł.

– *Ad Palmam.*

Jakieś dwie, trzy mile przed nimi ciągnął się pas zieleni, zupełnie niepasujący do tej martwej pustki.

Jechali w milczeniu; wszyscy starali się ukryć niepokój.

Kiedy zostało im jakieś dwieście kroków, Gordian kazał się zatrzymać. Byli spóźnieni, nie wiedział tylko jak bardzo.

Zsiadł z konia, by ulżyć zwierzęciu. Większość zrobiła to samo. Obserwowali oazę. Nie działo się tam nic szczególnego. W cieniu stojących na obrzeżu drzew grzebało w ziemi kilka kur. W pewnej chwili, gdzieś dalej, poderwało się w powietrze stadko gołębi.

– Cóż, nie możemy tkwić tu bez końca – powiedział legat Sabinianus. – Pojadę tam i się rozejrzę.

Gordian poczuł nagły przypływ sympatii do tego człowieka za jego opanowanie i odwagę.

– Oczywiście – ciągnął Sabinianus – gdyby Arrian tu był, poleciłbym wysłanie właśnie jego. Nikomu nie jest potrzebny i z ochotą bym go poświęcił, by tylko zapewnić sobie bezpieczeństwo.

Wszyscy się uśmiechnęli. Sabinianus i Arrian byli najbliższymi przyjaciółmi i mieli zwyczaj wyśmiewać się z siebie nawzajem i ze wszystkiego.

– Szczerze mówiąc – dodał Sabinianus – poświęciłbym każdego. Zapamiętajcie to sobie.

Gordian pomógł mu dosiąść wierzchowca. Chciał coś powiedzieć, ale nie potrafił znaleźć odpowiednich słów. Twarz Sabiniana była bardziej wykrzywiona, a kąciki ust bardziej jeszcze opuszczone niż zazwyczaj. Ścisnął kolanami boki konia i ruszył w stronę osady.

Wszystko stało się zaskakująco nagle. Zaledwie czternaście dni wcześniej nic szczególnego się nie działo. Z tego, co wiedział Gordian – i jego ojciec prokonsul – spokojna prowincja pozostawała w uśpieniu pod promieniami północnoafrykańskiego słońca. Spędzili miesiąc luty w Tyzdros, gdzie trwał sezon oliwkowy, odbywały się miejscowe imprezy, w wieczornym chłodzie spożywano posiłki na otwartym powietrzu. Jak zawsze obecność prokonsula przyciągnęła artystów z całej prowincji i spoza jej granic. Recytowano poezję i wystawiano sztuki sceniczne. Starszy pan polubił tę miejscowość. Kupił w jej pobliżu dwie posiadłości i rozpoczął budowę amfiteatru, ogromnym, możliwe że rujnującym go kosztem. Gordian senior przebywał tam aż do non marcowych, kiedy to uznał, że czas wydać rozkazy przygotowania podróży na północ, do miasta Hadrumetum, gdzie miał wypełnić obowiązek sędziego na sesji wyjazdowej. Przygotowania do podróży prokonsula były skomplikowane. Przedstawiciel majestatu Rzymu nie mógł pojawiać się niczym żebrak. Kiedy wreszcie wyruszono w drogę, pojazd namiestnika i towarzysząca mu kawalkada posuwały się powolnym tempem. Ojciec Gordiana był już dobrze po siedemdziesiątce i pośpiech mógł mu zaszkodzić. Dziesięć mil dziennie musiało wystarczyć. W idy, kiedy w odległości kilku mil dostrzeżono już Hadrumetum, zjawił się posłaniec na spienionym koniu. Zwierzę stało ze zwieszonym łbem i dygotało, kiedy mężczyzna przekazywał złe wieści. Gordianowi trudno było przyjąć je do wiadomości. Jego myśli wciąż wracały do konia; zwierzę najprawdopodobniej doznało stałego uszczerbku na zdrowiu.

Z pustyni na zachód od jeziora Trytona wyłonili się nomadowie. Bez żadnego ostrzeżenia. Pozostawili za sobą spustoszone oazy – Castellum Neptitana, Tuzuros, *Ad Palmam*, Tiges. Wciąż nienasyceni łupami ruszyli dalej na północ. Już wkrótce mieli dotrzeć do Kapsy. Nigdy wcześniej nie widziano ich aż tylu. Przywódcą był Nuffuzi, naczelnik ludu Cynitów. Jego prestiż był tak wielki, że dołączyli do niego wojownicy ludu Getulów, niektórzy aż z odległej Fazanii.

Ojciec Gordiana niewątpliwie zbliżał się do osiemdziesiątki, ale miał też za sobą długą karierę. Rządził wieloma prowincjami, zbrojnie i pokojowo. Nie przeżyłby i nie odnosiłby sukcesów, ulegając panice.

– Jeśli zostawiliście barbarzyńców na drodze do Kapsy – powiedział – a my jesteśmy już w pobliżu Hadrumetum, to mamy czas, by dokończyć podróż, skorzystać z łaźni i przy kolacji zastanowić się co dalej.

Obronę Afryki Prokonsularnej nadzorował Kapelianus, namiestnik Numidii, prowincji przyległej od strony zachodniej. Pomiędzy Gordianem seniorem i Kapelianem istniał zadawniony osobisty spór. Sprawa była delikatna i nie należało o niej wspominać w obecności któregokolwiek z nich. Elita rządząca cesarstwem była pamiętliwa, jeśli chodziło o najdrobniejsze uchybienie, nie mówiąc już o czymś gorszym. Obowiązek, a przynajmniej lęk przed niezadowoleniem cesarza doprowadziłyby ostatecznie Kapeliana do podjęcia działań, jednak zadawniona wrogość nie zachęcałaby go do pośpiechu.

Namiestnik Afryki miał do dyspozycji niewiele wojska. Kohortę miejską w Kartaginie i na zachodzie dwie kohorty sił pomocniczych, jedną w Utyce, a drugą w Ammedarze. Miały służyć do tłumienia rozruchów w mieście, a ta ostatnia do zapobiegania rozbojom w okolicy. Była też rozciągnięta wzdłuż granic kohorta legionistów z III *Augusta* i oddział nieregularny konnych zwiadowców, a na Wschodzie, w Trypolitanii, trzy kohorty pomocnicze. Tylko formalnie w prowincji Afryka wszyscy żołnierze stacjonujący wzdłuż granic znajdowali się pod komendą namiestnika Numidii. Aby zwiększyć bezpieczeństwo ojca i podnieść jego godność, Gordian wyszukał w całej prowincji ochotników zarówno spośród jednostek regularnych, jak i z różnych niewielkich grup odkomenderowanych do innych obowiązków. Dołączył do nich weteranów, których rozczarowało życie poza armią, i utworzył dla prokonsula konny stuosobowy oddział stanowiący jego straż przyboczną. Ta właśnie jednostka, zwana *Equites Singulares Consularis*, była w Hadrumetum jedyną towarzyszącą im siłą wojskową.

Plan, jaki młodszy Gordian przedstawił przy kolacji, był bardzo śmiały i nie spotkał się z ogólną aprobatą. Menofilos, kwestor prowincji, i Maurycjusz, miejscowy właściciel ziemski, dostrzegli jego zalety. Jednego z legatów prokonsula, Waleriana, udało się przekonać, jednak nierozłączni Arrian i Sabinianus pozostali sceptyczni.

– To jak wkładanie ręki do gniazda szczurów – zauważył Arrian.

– Nie jesteś Aleksandrem, a ja nie jestem Parmenionem – dodał Sabinianus. – Powinieneś zarzucić żądzę wojskowej chwały. Zupełnie nie pasuje do twojego filozoficznego stylu życia. Powinieneś przemyśleć taką rozważną radę jak ta, której król macedoński nie przyjął od starego dowódcy.

Gordian trwał przy swoim.

Nomadowie przybyli, by rabować, a nie podbijać, utrzymywał. Było za późno, by ich zawrócić – największych szkód już dokonali – zatem należało ich dopaść w drodze powrotnej. Niezależnie od tego, czy uda im się zdobyć Kapsę czy nie, było wątpliwe, by zapuścili się głębiej na terytorium rzymskie. Wiedzieli, że wojska z Numidii zostaną zmobilizowane, by ich rozproszyć. Było też prawie pewne, że napastnicy spróbują opuścić prowincję tym samym szlakiem, którym do niej weszli. Kluczem była *Ad Palmam*. W tej bowiem oazie suchy ląd znacznie się zwężał pomiędzy jeziorem Trytona i mniejszym słonym jeziorem położonym na zachód od niego. Jeden z dwóch bezpiecznych szlaków przecinających wielkie pustkowie biegł na południowy wschód od tego miejsca. Gdzieś dalej na pustyni krzyżował się z drugim. Każda stacjonująca w *Ad Palmam* siła wojskowa panowała nad obiema drogami ucieczki.

Gordian zdecydował, że on, Sabinianus i Walerian poprowadzą osiemdziesięciu ludzi z konnej eskorty jako lotną kolumnę i ruszą przez Tyzdros i Taparurę. Po dotarciu do gór, by uniknąć spotkania z nomadami, Maurycjusz pokieruje ich na południe nieuczęszczanymi szlakami.

Arrian był z nich wszystkich najlepszym jeźdźcem i dlatego miał jechać przodem, prowadząc na linie zapasowe konie. Na wyżynie skieruje się na zachód, ku Tiges. Mógłby wziąć z sobą kilku żołnierzy, ale i tak w razie natknięcia się na nomadów będzie polegać jedynie na wierzchowcu i swoich umiejętnościach.

– Może spróbuję też modlitwy – powiedział Arrian – choć wiem, że niektórzy uważają to za bezużyteczne.

Od rubieży prowincji Arrian będzie miał już blisko do Fortu Lustrzanego. Stamtąd, objąwszy komendę nad pięcioma setkami zwiadowców, zawróci i po forsownym marszu dołączy do Gordiana i pozostałych w *Ad Palmam*.

Tymczasem Menofilos uda się z Hadrumetum na zachód, przez przełęcz Sufes, zabierze z Ammedary XV kohortę *Emesenorum* i przyprowadzi ją z północy przez Kapsę.

Najeźdźcy będą obciążeni łupami. Poza tym jako barbarzyńcy nie wiedzą, co to dyscyplina. Rozproszą się po całej krainie. Ich odwrót będzie powolny. Gordian i Arrian, jeśli się pospieszą, zdążą przyczaić się w oazie, zanim pojawią się tam nomadowie. Rzymianie mieliby sześciuset konnych. To więcej niż konieczne, by zatrzymać nieprzyjaciół do czasu, kiedy Menofilos z pięciuset pieszymi wpadnie na ich tyły... niczym młot na kowadło.

– Chcesz tysiącem żołnierzy otoczyć znacznie większą liczbę nieprzyjaciół – stwierdził Sabinianus.

Gordian nie zaprzeczył.

– Nie będziemy jednak próbowali zmasakrować czy schwytać ich wszystkich. Jedynie odebrać łupy, zabić niektórych, udzielając pozostałym nauczki. Wtedy dwa razy pomyślą, nim ponownie przekroczą granicę. A jeśli okażemy słabość, wrócą tu jeszcze przed końcem tego roku. I będzie ich więcej. Gramantowie, Nasamonowie, Bagatowie... odległe plemiona ruszą z tym Nuffuzim. Wszyscy znacie naturę barbarzyńców: sukces rodzi arogancję.

Nikt z obecnych na tamtej kolacji nie znalazł odpowiedzi na takie słowa, nawet Arrian czy Sabinianus. Było oczywiste, że Gordian ma rację: tacy właśnie byli barbarzyńcy.

Gordian senior skłaniał się ku przyjęciu tego planu. Nie miał ochoty, by ratował go Kapelianus. Ostatecznie o sprawie zadecydował Maurycjusz. Zapytał, czy mógłby dołączyć do tej ekspedycji. Ten miejscowy krezus miał z sobą eskortę złożoną z dwudziestu pięciu uzbrojonych ludzi na koniach. Był też pewien, że właściciele pobliskich posiadłości wystawią swoich. Gdyby czasu było więcej, to z własnej ziemi zgromadziłby ich około setki.

Prokonsul zatwierdził plan. Powiedział synowi, że może zabrać z sobą całą jego straż przyboczną. Ani jego syn, ani pozostali nie chcieli o tym słyszeć. Razem nalegali, by namiestnik kazał przygotować w porcie statek, który zabrałby jego i domowników w bezpieczne miejsce, gdyby sprawy przybrały zły obrót i nomadowie zagrozili Hadrumetum. Gordian senior odparł, że nigdy nie uciekał przed wrogiem i jest za stary, żeby robić to teraz.

Nazajutrz Menofilos i Arrian odjechali, każdy w swoją stronę. Trzy dni minęły na przygotowywaniu ludzi, broni, zapasów i zwierząt dla lotnej kolumny. Kiedy w końcu Gordian ją wyprowadził, stał na czele osiemdziesięciu żołnierzy i podobnej liczby uzbrojonych miejscowych. Pomachał do ojca, posłał pocałunki Partenopie i Chione, dwóm swoim kochankom, i zaczął się zastanawiać, czy słusznie postępuje.

Kiedy przejeżdżali przez Tyzdros, dowiedział się, że Kapsa upadła. Barbarzyńcy podobno nie spieszyli się podczas plądrowania miasta. Ich liczba była niepewna i jak chcieli wierzyć, znacznie przesadzona. W dalszej drodze nie mieli już żadnych wieści.

Gordian osłonił dłonią oczy i patrzył. Kolejne stado gołębi poderwało się do lotu, kiedy Sabinianus zniknął w oazie. Może jego przyjaciel miał rację... może robi to z niewłaściwych pobudek. Wiedział, że jest za późno, by się martwić.

Gołębie zatoczyły krąg i wróciły na drzewa. Kury zniknęły. Panował spokój – przerażający spokój – i całkowity bezruch. Od czasu do czasu Gordianowi zdawało się, że głęboko w cieniu widzi jakiś ruch. Jeśli coś przydarzyło się Sabinianusowi... Odyseusz musiał odczuwać podobny niepokój, kiedy wysłał Eurylochosa, by sprawdził, co to za dym snuje się nad wyspą Aeaea. Eurylochos wrócił cało z siedziby Kirke. Wszystko będzie dobrze. *Nie zejdziemy do Domu Śmierci, jeszcze nie przyszła na nas pora.* Jednak z Sycylii Eurylochos nie powrócił. *Nam, nieszczęsnym śmiertelnikom, każdy sposób umierania jest nienawistny.* Jeśli posłał Sabinianusa na śmierć... Gordian wypchnął z umysłu wersy poematu, które mu się same nasunęły. Nie czas się martwić Jeszcze nie teraz.

– Tam!

Spośród drzew wyłonił się Sabinianus. Wciąż siedział na koniu. Otaczały go dzieci. Przywołał ich gestem.

– Na koń!

Pod pierzastymi liśćmi było mroczno. Sabinianus poprowadził ich przez oazę do osady. Ziemia pocięta była kanałami różnych rozmiarów. Krzyżowały się i rozgałęziały w przemyślny sposób, a przepływ wody regulowano zaporami i akweduktami z pni palmowych. Tam, dokąd docierało słońce, woda miała kolor nefrytu; wszędzie indziej zimny brązowy. Końskie kopyta stukały na wąskich drewnianych mostkach. Osłonięte palmami daktylowymi rosły figowce i mnóstwo niższych drzew owocowych: cytryn, granatów, śliw i brzoskwiń. Niżej prawie każdy najmniejszy kawałek ziemi wykorzystano pod uprawę zbóż lub warzyw. Kiedy pojawili się nowi jeźdźcy, dzieci się wycofały na większą odległość. Od czasu do czasu Gordian zauważał ich sylwetki, a także dorosłych, pomiędzy drzewami.

– Przeszli ciężkie chwile – wyjaśnił Sabinianus. – Rozmawiałem z naczelnikiem. Tylko kilku zabito, ale nomadowie zabrali, co się tylko dało... całą żywność, wszystko, co miało jakąkolwiek wartość. Kobiety i dziewczynki gwałcono; również wielu chłopców. Pewną ich liczbę nomadowie zabrali z sobą. Jednak wydaje się, że naczelnika najbardziej zmartwiły zwierzęta.

– Zwierzęta? – spytał wstrząśnięty Walerian.

– Nie – odparł Sabinianus. – Nie o to chodzi. Nomadowie zabrali wszystkie zwierzęta, a one stratowały część systemu irygacyjnego.

Przez listowie przeświecały blade ściany z cegły mułowej. Gordian kazał kolumnie zaczekać, a sam z oficerami objechał osadę. Zbudowano ją na planie owalnym. Murów obronnych jako takich w zasadzie nie było. Domy jednak stykały się z sobą, a ich tylne ściany bez okien tworzyły nieprzerwany ciąg, w którym od czasu do czasu widniało jedynie wąskie, łatwe do zablokowanie przejście. Płaskie dachy z niskimi murowanymi barierkami mogły być wykorzystane jako pomosty bojowe. Wieża strażnicza i odcinek wyższego muru od wschodniej strony zapewne służyły jako coś w rodzaju cytadeli. Osada nie była zbyt duża... może siedmiuset, ośmiuset mieszkańców, na pewno nie więcej niż tysiąc; trudno było to ocenić, kiedy domy stały tak ściśnięte. Gordian byłby w stanie bronić tego miejsca, gdyby miał tu Arriana ze *speculatores*, ale linia obrony była zbyt długa, i tych mniej niż stu sześćdziesięciu ludzi, których przyprowadził, nie byłoby w stanie jej długo utrzymać. Jaka szkoda, że Arrian ze swoimi Wilkami Pogranicza nie dotarł tu przed nim.

– Miałem nadzieję... – Gordian zamilkł, żałując, że się odezwał. Nie chciał, by inni tracili ducha. Należało zachować spokój. Zaniepokojenia trzeba unikać, niezależnie od okoliczności. Przygnębienie, boleść są tylko wynikiem niewiedzy i błędnej oceny sytuacji. Wiedza i poprawne rozumowanie złagodzą wszelkie cierpienie. A jednak sprawa była zbyt oczywista. Miał nadzieję; oni wszyscy mieli nadzieję – spodziewali się nawet – że Arrian dotrze tutaj przed nimi.

Trzej jeźdźcy, prowadzący ze sobą zapasowe wierzchowce, poruszają się szybciej od kolumny konnicy. Fort Lustrzany znajdował się bliżej niż Hadrumetum. *Speculatores* byli świetnymi jeźdźcami. Coś musiało się Arrianowi przytrafić: wypadek, spotkanie z nomadami. *Nam, nieszczęsnym śmiertelnikom, każdy sposób umierania jest nienawistny.*

Gordian wziął się w garść. Wyśle kolejnego jeźdźca, by sprowadził zwiadowców. Przynajmniej nomadowie nie zostawili w tej oazie żadnej straży tylnej ani nie zdążyli tu wrócić. Poczuł się lepiej, kiedy zaczął prawidłowo myśleć i działać. Przydały się studia filozoficzne. Niepokojów umysłowych należy unikać jak zarazy.

– Moglibyśmy siłą wcielić do naszego oddziału sprawnych do walki mieszkańców, uzbroić ich jakoś... – Walerian zamilkł, napotkawszy mur milczenia.

Odpowiedział mu Sabinianus, tonem udawanego współczucia.

– Mój biedny, drogi, naiwny przyjacielu, ci ludzie nie będą dla nas walczyć. Oni nas tutaj nie chcą. Gdybyśmy tu nie przybyli, najeźdźcy w drodze powrotnej zawadziliby o nich; byłoby jeszcze trochę gwałtów, na koniec może trochę tortur, żeby wyciągnąć informacje o miejscu ukrycia jakichś wyimaginowanych skarbów. Ale nie doszłoby do zabijania ani żadnego totalnego zniszczenia. Walerianie, mój drogi, jesteś zdecydowanie zbyt ufny. Kiedyś zapłacisz za to śmiercią.

Cytadelę zbudowano wokół dziedzińca, na który wychodziły wrota stajni mieszczących trzydzieści koni. Inne przybudówki były puste. Do nich wprowadzono kolejne czterdzieści koni. Pozostałe wierzchowce przywiązano do palików na zewnątrz. Nie było to najlepsze rozwiązanie, ale w ten sposób większość z nich znajdowała się w cieniu. Kiedy jeźdźcy wycierali konie, Gordian wysłuchiwał oficjalnej, powściągliwej mowy powitalnej naczelnika, wygłaszanej łaciną z ciężkim akcentem.

– Jeźdźcy!

Wszyscy zamarli.

– Zbliżają się od północy! – Człowiek pełniący straż na wieży wychylił się i wskazywał kierunek ręką, jakby ci na dole zapomnieli, jaką drogę przebywa słońce. – Jeźdźcy, całe mnóstwo!

– A niech to – rzucił wściekły Sabinianus. Jadł akurat daktyle. Jego służący oporządzał mu konia. – Właśnie miałem się zdrzemnąć.

Przytrzymując pochwę z mieczem jak najdalej od nóg, Gordian popędził na wieżę. Ledwie co przyjechali, a już musiało się to zdarzyć. Ludzie i konie są wymęczeni. Nie ma Arriana i zwiadowców. Mieszkańcom zapewne nie można ufać... Sam wielki Epikur mógłby mieć trudności z zachowaniem spokoju w tej gównianej sytuacji.

Dotarłszy na górę, zgiął się wpół, dysząc ciężko. Zbyt wygodne życie, za dużo tłustego jedzenia, zbyt wiele nocy z Partenopą i Chione, nigdy dość snu.

Słup kurzu: wysoki, pionowy, z całą pewnością wzniecony przez jazdę. Jeźdźców było wielu, poruszali się szybko, w odległości niecałych dwóch mil.

Rozejrzał się. Blanki muru obronnego z cegły mułowej, w kształcie kwadratu o boku pięciu kroków, wystawały ponad szczyty drzew. Doskonała widoczność na wszystkie strony. Dziwne, że nie zauważył tej wieży, kiedy patrzył na oazę z zewnątrz. Obok niego stanął Walerian. Gordian wciągnął powietrze.

– Poślij jeźdźca... Nie, jedź sam. Do Fortu Lustrzanego. Sprowadź zwiadowców.

Walerian zasalutował.

– Według rozkazu...

– Za późno – przerwał mu Maurycjusz. – Musiałby ruszyć na południe, przez pustynię, omijając zachodnie solne równiny. Potrzebowałby wielbłąda. Zajęłoby to parę dni.

– Ile?

– Trudno powiedzieć, ale tu już będzie dawno po wszystkim, zanim on dotrze do Fortu Lustrzanego. – Wzruszył ramionami. – Wyślę dwóch swoich ludzi. Może...

– Nie zawracałbym sobie tym głowy – powiedział Sabinianus, osłaniając oczy nakryciem głowy. Jego czoło świeciło potem. Nagle zaczął się śmiać.

Gordian pomyślał o skutkach długiej jazdy i pustyni.

– A jednak nie ominie mnie drzemka – oznajmił Sabinianus. – O ile się nie mylę, właśnie nadjeżdża Arrian i mój mały przyjaciel z białym tyłkiem prowadzi z sobą owych słynnych twardzieli, Wilki Pogranicza.

Gordian zwołał naradę wojenną w pomieszczeniu na parterze wieży. Było największe w całej cytadeli i najchłodniejsze, bo wysoko sklepione. Pozamykano okiennice i sprowadzono chłopców z wachlarzami. Mężczyzn było sześciu: sam Gordian, Walerian, Sabinianus i Arrian, znowu razem, Maurycjusz i jeszcze jeden z miejscowych, Emiliusz Sewerynus, dowódca *speculatores*. Pili sfermentowane wino palmowe i pojadali pistacjami. Z zewnątrz dochodził zapach pieczonych kurczaków. A może, pomyślał Gordian, ci nomadowie mają rację: wieśniacy zawsze coś ukryją.

– Tak – mówił Arrian – mogłem tu dotrzeć szybciej, ale zwiadowcy byli rozproszeni wzdłuż całego muru. Obecny tu Emiliusz Sewerynus zgodził się, że najlepiej będzie zgromadzić ich tylu, ilu tylko się da. W oazie obozuje ich teraz czterystu.

– Nikt nie ma do ciebie pretensji – powiedział Gordian.

Sabinianus prychnął.

– Nikt poza twoim bratem bliźniakiem, tym drugim Kerkopem – dodał Gordian z uśmiechem.

– W dniu, w którym choć odrobinę zainteresuje mnie jego opinia...

– Sprzedasz swój zadek na rozstaju dróg – dokończył Sabinianus.

– Może, choć myślałem o czymś innym.

– Jeżeli możemy przełożyć dyskusję o twoim upadku do roli męskiej prostytutki – odezwał się Gordian – to może nam powiesz, ilu według ciebie tych krwiożerczych dzikusów goniło za tobą i kiedy mogą tu dotrzeć.

Arrian podrapał się po krótkiej szczeciniastej brodzie. Pociągnął się za koniuszek zadartego nosa.

– Na czarny kudłaty zadek Herkulesa; zupełnie jakby brał udział w przesłuchaniu i miał wystąpić w komedii bez maski. Ciekawe, co fizjonomista wyczytałby w jego duszy?

Gordian przyjaznym gestem uścisnął Sabinianusa.

– Skoro pomoże mu to w myśleniu – uznał.

Arrian podniósł wzrok, ręce i twarz miał nieruchome.

– Widziałem około dwóch tysięcy, wszyscy konno. Ale na północ od nich był tuman kurzu. Choć większość na pewno wzniecili pojmani ludzie i zwierzęta juczne.

– Kiedy tu dotrą?

Mężczyzna bezradnie rozłożył ręce.

– Z początku te dwa tysiące uparcie nas ścigały. Dali spokój, kiedy się zorientowali, że nas nie dogonią.

– Gdzie to było?

Arrian wskazał ręką Emiliusza Sewerynusa.

– Dziesięć mil na południe od Tiges, piętnaście na północ stąd. – Oficer odpowiedział pewnie i bez wahania. Choć większość stanowisk oficerskich uzyskiwało się dzięki patronatowi, to zapewne dowódca Wilków Pogranicza nie przeżyłby długo na swoim bez pewnych konkretnych przymiotów.

– Zapada zmierzch. Najprawdopodobniej możemy się ich spodziewać jutro w ciągu dnia.

Nikt nie zakwestionował oceny Gordiana.

– Jak ich przywitamy?

Zapadło milczenie, przerwane przez Gordiana.

– Myślałem o jakiejś przeszkodzie... pnie palm, krzewy kolczaste, co tam jeszcze... ułożonej w poprzek tego wąskiego kawałka lądu między słonymi jeziorami.

– Przecież to jest prawie na dwie mile szerokie, a nas jest zbyt mało i mamy za mało czasu – zauważył Sabinianus.

– Atak konny, klinem – stwierdził Walerian. – Jedynie regularni żołnierze mogą się mu przeciwstawić, bo przecież nie horda nomadów z pustyni.

– To prawda – przyznał Emiliusz Sewerynus. – Ale oni wcale nie musieliby się przeciwstawiać. Przy swojej przewadze liczebnej po prostu by się rozstąpili, a potem otoczyli nas. Prawdopodobnie przepuściliby nas, nie stawiając oporu. Ale co by nam to dało? Nacieralibyśmy w pustkę, a tymczasem ich strzały i oszczepy by nas powalały. Powrót mógłby okazać się trudny, a otoczeni, na zmęczonych wierzchowcach...

– Co ci nomadowie cenią najbardziej? – spytał Gordian i natychmiast sam sobie odpowiedział. – Gotowi są zrobić wszystko, byle tylko nie zostawić zgromadzonych łupów.

– Twierdzą, że mają swój honor – odezwał się Emiliusz Sewerynus z pewnym wahaniem. – Oczywiście rzadko dają tego dowody. Stosunki pomiędzy nimi są całkowicie inne od tych, które panują u nas.

– To barbarzyńcy. – Gordian lekceważąco machnął ręką, zbywając tę opinię. – Widzieli kilkuset *speculatores* jadących tutaj...

– A ponieważ – włączył się Sabinianus – ta przestrzeń pomiędzy słonymi jeziorami jest wąska, uświadomią sobie, że trudno im będzie przegnać tamtędy skradzione zwierzęta i jeńców pod naszym nosem.

– No właśnie. – Gordian uśmiechnął się, czując się jak jeden z tych ulicznych magików, którzy zaskakują ludzi na agorze, wyciągając niespodziewanie coś z rękawa. – Albo zechcą bronić stad i wtedy będziemy mieli co atakować, albo spróbują wykurzyć nas z oazy. Tak czy owak, skończy się to walką wręcz. A w tym jest nasza siła i ich słabość.

W nocy, niedługo przed świtem, zerwał się wiatr. Syczał i grzechotał wśród liści palmowych. Gordian czekał na blankach wieży. Nie mógł spać. Na razie niewiele było widać. Tuż pod nim rozkołysany, czarny teraz baldachim liści skrywał osadę. Dalej rozciągała się płaska pustynia, w odcieniach sinych i szarych. Księżyca nie było. Niebo znaczyło mrowie odległych i obojętnych jak bogowie gwiazd.

Poprzedniego wieczoru, krótko po naradzie wojennej, zjawili się pierwsi nieprzyjaciele i odparli wystawionych przez Emiliusza Sewerynusa zwiadowców do wioski. Nocą, od północnej strony, niczym odbicie gwiazd, pojawiły się ogniska nomadów. W końcu ognie zgasły, pozostawiając tylko prawdziwy firmament i czerń.

Nam, nieszczęsnym śmiertelnikom, każdy sposób umierania jest nienawistny. Nie, pomyślał Gordian. Nie trzeba się lękać, powiedział sobie. Skoro, ostatecznie, na końcu jest odpoczynek i sen, to czym się martwić? Śmierć nic dla nas nie znaczy. Kiedy my istniejemy, śmierci nie ma, a kiedy ona jest, nas nie ma. Zresztą i tak do tego nie dojdzie, przynajmniej nie dzisiaj. Rano przybędzie Menofilos, a razem z nim pięciuset ludzi z XV kohorty *Emesenorum*. Nie było się czym przejmować.

Sama myśl o Menofilosie wystarczyła, by Gordian się uspokoił. Na kwestora wyznaczył go senat, inaczej niż legatów, którzy byli przyjaciółmi rodziny, osobiście wybieranymi przez namiestnika. Gordian go nie znał przed przybyciem do Afryki, ale dość szybko polubił. Podczas pierwszego spotkania kwestor wydał mu się skryty, wręcz posępny. Italczyk był młody... nie dobiegł jeszcze trzydziestki. Miał smutne oczy, a przy pasie ozdobę w kształcie szkieletu. Chętnie rozmawiał o kruchości życia i wiadomo było, że zbiera przedmioty mające służyć jako *memento mori*. A do tego był stoikiem. Mimo to nie miał skłonności do prostackiego ascetyzmu, który tak bardzo lubili demonstrować inni przedstawiciele tej szkoły filozoficznej. Ledwie świta namiestnika zdążyła się zainstalować w Kartaginie, kiedy Menofilos wdał się w romans z żoną członka rady miejskiej. Miała na imię Lykenion; o ciemnej karnacji i pełnym ciele. Idealna do łóżka, pomyślał sobie wtedy Gordian. Menofilos lubił też pić. Choć cechy te świadczyły o ciągłym szukaniu przyjemności, to Gordian przywykł polegać na jego kompetencjach kwestora. Menofilos wkrótce przybędzie. Nie było się czym przejmować.

Szybko, nieuchwytnymi etapami, niebo pojaśniało, przybierając jasnoliliowy kolor. Za poranną mgiełką nad horyzontem ukazała się biała tarcza słońca. Na krótką chwilę jezioro Trytona znowu wypełniała woda. Ciemną powierzchnię rozkołysały fale. Niemal można było słyszeć ich plusk. A potem słońce powędrowało wyżej i złudzenie zniknęło. I znowu była tylko sól, błoto i martwe pustkowie.

Gordian zwrócił spojrzenie na północ. Skraj obozowiska barbarzyńców znajdował się w odległości niecałej mili. Unosił się już nad nim kurz i dym. W mdłym świetle świtu wszystko było zamazane i niewyraźne.

Nie był w stanie dostrzec nieprzyjaciół, ale tak samo nie widział własnych żołnierzy. Czterech ludzi, ustawionych w czterech zasadniczych miejscach, towarzyszyło mu na wieży, poniżej, na murach cytadeli, stali wartownicy, a na dziedzińcu koniuchowie. Pozostali, wraz z całą ludnością osady, kryli się za gęstwą stykających się z sobą liści tysięcy palm. Gordian wiedział, że jego ludzie tkwią na pozycjach. W środku nocy, kiedy nie mógł zasnąć, obszedł linie obronne. Przekonał się, że rozmieścił siły najlepiej jak mógł, mimo to nie był do końca zadowolony.

Węższe krańce owalnej oazy skierowane były na północ i południe. Linia drzew ciągnęła się przez trzy czwarte mili, a w najszerszym miejscu miała niecałe pół mili. Nie było tam żadnych przydatnych do obrony przeszkód – żadnego rowu, murku czy nasypu – zresztą i tak Gordian nie miał dość ludzi, by prowadzić obronę na takiej długości. Wioska usytuowana była na południowym krańcu ziemi uprawnej. Ponieważ wykorzystywano każdą piędź nawodnionej gleby, uprawy, krzewy i drzewa podeszły aż do ścian domów. Nie było żadnego odsłoniętego miejsca, gdzie napastnicy wystawieni byliby na niebezpieczeństwo. Mogli pozostawać w ukryciu prawie do chwili, kiedy spróbują przedostać się przez mur albo wedrzeć przez wejścia.

Nie była to mocna pozycja, ale Gordian zrobił wszystko, co mógł, by naprawić sytuację. Pułapki – zaostrzone pale ukryte w płytkich dołach, nazywane przez żołnierzy liliami – rozmieszczono na bardziej wydeptanych ścieżkach ogrodów. Połowa *speculatores*, dwustu ludzi pod komendą urodzonego w tej prowincji młodego centuriona o imieniu Faraksen, przyczaiła się w poszyciu. Małymi grupkami mieli nękać nomadów, uchodząc przed nimi do wioski.

Pozostali zwiadowcy, pod komendą Emiliusza Sewerynusa, czekali w osadzie. Zabarykadowano wszystkie wejścia, z wyjątkiem tych dwóch, którymi mieli wycofać się ludzie Faraksena. Naszykowano ruchome zapory, żeby potem zamknąć drogę. Gordian wolałby uczynić to miejsce znacznie trudniejszym do zdobycia, ale nie miał takiej możliwości. Zabrakło czasu, żeby odpowiednio przygotować teren przed linią obrony. Nie było kowala i nawet metalu, by wykuć i potem rozsypać kulki z kolcami. W normalnej sytuacji kazałby zebrać drewno i przygotować metalowe kotły do podgrzewania oliwy czy piasku. Nie zrobił tego, ponieważ dachy, których tylne ściany tworzyły mur obronny, nie zniosłyby wysokiej temperatury. Większość opierała się na pniach palmowych, a niejeden był kryty strzechą.

Gdyby, co było dość prawdopodobne, nomadowie wdarli się do wioski, wszyscy *speculatores* mieli wycofać się główną bramą do cytadeli. Labirynt ścieżek i typowa dla nomadów nieopanowana żądza łupienia znacznie spowolniłyby pościg. Gordian wolał nie myśleć, jaki los spotka kryjących się w domach mieszkańców.

Cytadela stała w najbardziej wysuniętym na południe krańcu *Ad Palmam*. Zbudowana z cegły mułowej, jak wszystkie inne budynki, miała przynajmniej trochę wyższe i solidniejsze ściany. Z wyjątkiem północy ze wszystkich stron wąskim pasem otaczały ją drzewa. Dwie bramy otwierały się na zachód i południe, wprost na równinę, trzecia, największa, na południe, na wioskę. Pozostałych siedemdziesięciu Afrykańczyków, zebranych przez Maurycjusza oraz innych właścicieli tutejszych posiadłości, ustawiono na murach. Maurycjusz miał być zastępcą dowodzącego Waleriana. Członkowie straży przybocznej prokonsula również stacjonowali w cytadeli. Trzydziestu siedmiu obecnych na murach miało wzmagać determinację ochotników niebędących regularnymi żołnierzami. Pozostałych czterdziestu znajdowało się na dziedzińcu w roli rezerwy. Arrian dowodził ludźmi na murach, Sabinianus rezerwą.

Spojrzawszy w dół, w coraz pełniejszym świetle Gordian

zobaczył, jak obaj legaci przeprowadzają inspekcję szeregów uwiązanych ciasno na dziedzińcu koni. Każdy wierzchowiec był osiodłany i miał założoną uzdę. Przygotowano je na sytuację, gdyby wszyscy, całą siłą, musieli starać się wyrwać na zewnątrz. Gordian nie zamierzał pozwolić, by to miejsce stało się wspomnieniem ich zaciekłego, skazanego na niepowodzenie boju.

Arrian i Sabinianus sprawdzali popręgi każdego zwierzęcia, zaglądali też do pysków, by sprawdzić wędzidła. Nawet przy takim zajęciu udawało im się okazywać patrycjuszowską obojętność, wręcz gnuśność. Zachowywali się tak, jak gdyby nigdy niczego nie traktowali poważnie, i przezwisko Kerkopowie bardzo do nich pasowało. Tamci byli braćmi z Efezu, karłami, które włóczyły się po świecie, dopuszczając się różnych oszustw. Kiedy obrabowali Herkulesa podczas snu, heros ich poskromił, przywiązał za nogi do kija, który zarzucił sobie na ramię. Skóra lwa nemejskiego nie zakrywała pośladków Heraklesa i spaliło je słońce. Bracia mieli szczęście, bo kiedy powiedzieli herosowi, dlaczego chichoczą, dostrzegł komizm sytuacji.

– Jeźdźcy!

Jakichś dziesięciu mężczyzn na koniach i wielbłądach opuściło obozowisko nomadów. Widać było ciemne sylwetki pod ciemną chorągwią. Czasami tylko błysnęła w promieniach słońca jakaś derka, tunika czy nakrycie głowy. Jechali galopem, omijając pojedyncze kępy kolczastych krzewów. Ich drogę znaczył półprzezroczysty obłok pyłu.

Okrążyli zachodni skraj oazy i zatrzymali się pod swoim złowrogim sztandarem kilkaset kroków od wąskiego pasa drzew ciągnącego się przed zachodnią bramą cytadeli.

– Mają gałązkę palmową – oznajmił Sabinianus, zjawiając się na szczycie wieży. – Gdyby byli cywilizowani, można by założyć, że chodzi im o rozejm i rozmowę.

– Na wszelki wypadek przyjmijmy takie właśnie założenie – zgodził się Gordian.

– Może wyślemy Arriana, na wypadek gdybyśmy się mylili. – Sabinianus wzdrygnął się. – Naczelnik wioski powiedział mi, jakie okropności nomadowie wyczyniają z pojmanymi.

– Nie, ale ty możesz pojechać ze mną – powiedział Gordian.

– Czy już za późno, by wyrzec się twojej przyjaźni? – spytał Sabinianus uprzejmym tonem.

Gordian uśmiechnął się.

– Weźmiemy z sobą dwudziestu członków straży przybocznej, byś mógł wyzbyć się dziewczęcych lęków. Arrian obejmie komendę pod naszą nieobecność.

– Jakie to uspokajające – mruknął Sabinianus, po czym odwrócił się i zaczął schodzić po drabinie. – Przynajmniej mam dobrego konia.

Opuścili oazę i ruszyli stępa w stronę nomadów, którzy stali nieruchomo.

Kiedy znaleźli się bliżej, wierzchowiec Gordiana położył uszy i się zaparł. Za jego plecami jakieś konie zaczęły uskakiwać na boki. Wielbłądy, pomyślał: ich zapach je niepokoi. Nieraz o tym słyszał, ale zdążył zapomnieć. Ściągnął mocno wodze i poprowadził wierzchowca do przodu. Można by sądzić, że koń z Afryki jest przyzwyczajony do tych cuchnących bestii. Ale może niektóre wielbłądy cuchną bardziej od innych.

Zatrzymał się kilka długości konia dalej. Zwierzę grzebało nogą i pląsało nerwowo. Uspokoił je, przyglądając się jednocześnie delegacji barbarzyńców. Wszyscy byli odziani w tuniki i okrycia z owczej skóry, mieli po trzy, cztery lekkie oszczepy, małą tarczę i sztylet. U kilku zauważył miecze przy biodrach, wszystkie rzymskie. Niektórzy nosili owinięte wokół głowy chusty i brudne, posplatane w grube warkocze włosy. Z tych ostatnich paru zgoliło część włosów, tworząc na głowach skomplikowane wzory.

Przy koniach wielbłądy wyglądały na bardzo wysokie. Spoglądały na niego z pogardą, z luźnych szczęk zwisały im strużki śliny. Rzeczywiście cuchnęły. Nic dziwnego, że jego koń wolał się trzymać jak najdalej od nich.

Nuffuzi siedział na kasztanku, niemal w samym środku tej grupy. Gordian poznał go nie po stroju, ale po tym, jak głowy jego ludzi zwracały się ku niemu.

Mężczyzna miał smagłą, wąską twarz z wystającymi kośćmi policzkowymi. Siwiejące włosy splecione w wymyślne warkocze przystrajały jaskrawe paciorki, miał też niewielką bródkę. Jeździec obok był jego młodszą wersją.

Nikt nie przejawiał ochoty do rozpoczęcia rozmowy.

Bogowie podziemni, pomyślał Gordian, a może żaden z nich nie mówi po łacinie. Szanse, by znali grekę, są przecież żadne. Jeśli nie przejmie kontroli nad sytuacją, może się to zakończyć całkowitym niepowodzeniem.

– Ty jesteś Nuffuzi z ludu *Cinithii* – zapytał.

Nie wiadomo dlaczego nomadowie zaczęli syczeć, wyraźnie rozdrażnieni tym pytaniem. Nuffuzi zachował spokój. Odezwał się w końcu łaciną obozów wojskowych.

– Skąd się tu wziąłeś?

Nie widząc sensu tego pytania, Gordian je zignorował.

– Niesprowokowany najechałeś na cesarstwo – stwierdził. – Złupiłeś mnóstwo niewinnych ludzi.

– Dokąd się wybierasz?

Legat również to pytanie uznał za nielogiczne.

– Nie mogę pozwolić ci przejść – oznajmił.

Nuffuzi skinął głową, jakby ważył te słowa.

– Nie masz pojęcia, jak sprawy tutaj się mają. Nie było niewinnych. Każdego lata, kiedy moi ludzie przybywają na północ, są obrażani i oszukiwani, kradnie się im dobytek, zabiera zwierzęta, gwałci kobiety i chłopców. To – wskazał ręką obozowisko – nie łupy, tylko kara.

– Wiesz, że nie mogę pozwolić ci przejść.

– Wiem. – Nuffuzi uśmiechnął się niczym mędrzec bliski momentu oświecenia. – Chciałem zobaczyć, z kim przyszło mi walczyć, zanim zacznie się zabijanie i całe zło.

Podniósłszy rękę jakby w geście błogosławieństwa, pustynny wódz odwrócił się i odjechał.

Było dość czasu na przyjrzenie się obozowi nomadów. Zajmował rozległy teren i nie można się było w nim doszukać żadnego planu. Z daleka wszystko wyglądało na wymieszane: ludzie i zwierzęta, wojownicy i jeńcy. W zupełnie przypadkowych odległościach łopotały chorągwie w różnych kolorach. Nomadom najwyraźniej nie spieszyło się do ataku.

– Może to dla nich okazja – zasugerował Sabinianus – by zjeść porządne śniadanie, dokonać jeszcze jednego czy dwu gwałtów. Przecież wiecie, że oni nie potrafią się oprzeć przystojnemu wielbłądowi.

Gordian polecił swoim ludziom zjeść śniadanie. Sam też spróbował coś przekąsić – trochę chleba i sera, kilka oliwek i daktyli. Jedzenie z trudem przechodziło mu przez gardło. Kiedy ludzie odwiedzali koszary, w których gladiatorzy jedli posiłek w wieczór poprzedzający walkę, większość obstawiała tych, którzy jedli z apetytem. Często przegrywali. Gordian wiedział, że poczuje się dobrze, kiedy już dojdzie do walki. Zgłodnieje później. Teraz nie mógł się zmusić do jedzenia. To nic nie oznaczało, zupełnie nic. Wypił trochę mocno rozcieńczonego wodą wina. Chciał mieć jasny umysł.

W obozie nomadów zaczął się ruch. Chorągwie się przemieszczały, raz w jedną, raz w drugą stronę. Pod nimi kłębiły się ciemne postaci. Przez równinę popłynęły jakieś przenikliwe skowyty i zawodzenia. Muzyka dziwnych instrumentów.

– Mamy trochę czasu; oni muszą się wprawić w odpowiedni stan podniecenia – powiedział Gordian, nie zwracając się do nikogo konkretnego. Ze zdziwieniem zauważył, że żuje kawałek chleba.

Spośród namiotów wypłynęła rzeka wojowników. Jeźdźców na czele można było odróżnić, natomiast ci z tyłu tworzyli jednolitą ciemną bryłę. Tuż nad spękaną ziemią, pomiędzy końskimi nogami, błyskało światło.

– Nadchodzą.

Zbliżali się niczym stado wędrujących dzikich zwierząt. Wszystkich, prócz tych na samym przedzie, spowijał gęsty biały kurz. Niektóre konie poniosły. Widać było, jak ich jeźdźcy ściągają wodze i wierzchowce pędzą naprzód z obróconymi w bok głowami. Niektóre gnały ukosem, potrącając inne. Wydawało się, że wojownikom podskakującym na wysokich wielbłądach cały czas grozi upadek.

Nomadowie okrążyli oazę. Trudno było oszacować ich liczbę, bo nie tworzyli żadnych formacji. Ustawieni byli dość luźno i wzniecali tumany kurzu, a to może zmylić obserwatora. Jak również ten straszliwy hałas. Było ich mniej, niż mogłoby sądzić niewprawne oko. Najwyżej trzy tysiące. Może nie więcej niż te dwa tysiące, które ścigały poprzedniego dnia Emiliusza Sewerynusa. Zatem stosunek wynosił cztery do jednego na niekorzyść Rzymian.

A w takim razie – Gordian spojrzał na ich obozowisko – ilu wciąż pilnuje jeńców? Wśród tej gmatwaniny namiotów i szałasów, jucznych zwierząt i przycupniętych nieszczęśników trudno się było rozeznać. Spojrzał ku północy, poza obóz. Wciąż nic: ani śladu znamiennej smugi pyłu na niebie.

Z wieży miał widok tak dobry, jakby oglądał igrzyska z cesarskiej loży w amfiteatrze. Wokół południowego krańca

oazy barbarzyńcy zatrzymali się tuż poza zasięgiem strza
ły. Siedzieli na grzbietach wierzchowców z bronią w ręku
i zawodzili jakąś dziwną pieśń. Teraz, kiedy się nie poruszali,
dawało się oszacować ich liczbę. Nie było ich więcej niż pięciuset, rozsypanych szerokim półkolem, najgęściej zbitych
pod wielką czarną chorągwią. Najprawdopodobniej tam
właśnie był Nuffuzi. Zatrzymali się w tym miejscu, by zablokować drogę ucieczki.

Dalej na północ nomadowie zbliżyli się do linii drzew.
Jadący konno zeskoczyli z siodeł. Dla tych na wielbłądach
ten proces był o wiele bardziej skomplikowany. Najpierw
kazano zwierzętom opuścić się na kolana przednich nóg, po
czym jeździec – kołysząc się gwałtownie w przód i w tył –
zmuszał je do klęknięcia również na tylnych. Zsiadłszy z nich,
jeźdźcy za przykładem konnych rzucali wodze mniej odważnym towarzyszom, którzy pozostali na grzbietach zwierząt.

Jeden z wojowników padł do tyłu trafiony niewidoczną
strzałą. Zwiadowcy Faraksena wzięli się do roboty. Nomadowie natychmiast zniknęli wśród palm.

Gordian wytężył wzrok. Ci, którzy pozostali w siodłach,
oddalali się galopem; każdy prowadził na linie dodatkowe
dwa, trzy wierzchowce. Dokonał błyskawicznych obliczeń.
Nieprzyjaciół mogło być dwa i pół tysiąca, z czego pięciuset
wciąż niezaangażowanych w działania tkwiło tutaj, na południu. To dawało dwa tysiące na północy. Z tych jednak jeden na trzech trzymał zapasowe wierzchowce. Z czego wynikało, że tylko tysiąc pięćset mogło zaatakować. Zatem
trzech na jednego; minimalna liczba potrzebna do natarcia
na bronione pozycje. Do tego nomadowie nie mieli zbroi.
Natomiast wszyscy obrońcy, nawet wystawieni przez nobilów, mieli jakieś pancerze, choćby z utwardzonej skóry czy
wzmocnionej podściółką tkaniny, jeśli nie kolczugi. Zanim
pozwolił, by jego nadzieje zanadto wzrosły, Gordian przypo-

mniał sobie, że *Ad Palmam* nie jest tak naprawdę przyzwoicie ufortyfikowaną wioską. Bez Menofilosa wciąż istniała obawa, że może się to skończyć w jeden tylko sposób.

Usłyszał zgiełk niewidocznej bitwy. Wbił wzrok w przestrzeń, jakby siłą woli mógł przebić zasłonę palmowych liści. Przestraszone ptaki z łopotem skrzydeł umknęły nad słoną pustynię; były to głównie gołębie, wśród których czasem mignął błękitem zimorodek. Wrzawa była coraz bliżej. Zagorzały wyznawca epikureizmu walczyłby o zachowanie umysłowego spokoju. Niewielu epikurejczyków było wojskowymi. Wymuszona bierność stanowiła ciężką próbę dla każdego dowódcy i jego filozoficznych zasad.

Spojrzawszy w dół, Gordian zobaczył, jak tłum wlewa się przez otwartą bramę na dziedziniec. Cywile razem ze zwiadowcami. Najwyraźniej nomadowie byli już na terenie osady. Ludzie rozpychali się i walczyli o przestrzeń. Niektórzy upadali. Przewróciło się jakieś dziecko, a kiedy matka pochyliła się, by je podnieść, została stratowana. Wkrótce ta ciżba całkowicie zagrodzi wejście. Nieprzyjaciel wpadnie, depcząc im po piętach, i wytnie sobie drogę między nimi.

– Legacie! – ryknął do Arriana. – Wejdź tutaj i obejmij dowództwo!

Ocenił szybko sytuację. Na równinie wielka chorągiew Nuffuziego nie zmieniła położenia. Niektórzy wojownicy pozwolili pobrykać wierzchowcom, jeżdżąc wzdłuż linii, jednak większość wciąż tkwiła w miejscu. Inni zsiedli z koni i siedząc w kucki, rozmawiali i pili. Gordian sądził, że gdyby zaatakował teraz na czele straży przybocznej ojca, to pewnie zdołałby się przebić i dotrzeć w bezpieczne miejsce. Zdusił tę niegodną myśl.

– Sabinianie, za mną!

Nim podszedł do drabiny, rzucił ostatnie spojrzenie na północ. Tuman wzniesiony tysiącami kopyt niemal całkowicie przesłonił obozowisko nomadów. Za nim już nic nie było widać.

W dole, na dziedzińcu, panował chaos. Konie grzebały nogami, stawały dęba, usiłując zerwać się z uwięzi. Z oszalałym wzrokiem atakowały się wzajemnie. Gordian krzyknął do żołnierzy, by je zostawili i utworzyli szyk przy nim.

Sformowawszy zbity klin, on i jego ludzie wbili się w tarasujący bramę tłum. Pięściami, butami, uderzając płazem mieczy, utworzyli przejście. Mężczyźni obrzucali go przekleństwami. Kobiety wrzeszczały, darły się dzieci. Mało brakowało, by Gordian upadł, kiedy zawadził nogą o jakieś ciało na ziemi.

Kiedy się wydostali, ścieśnili się na głównej ulicy osady, tworząc ścianę z tarcz, szeroką na ponad dziesięciu ludzi i na trzech czy czterech głęboką. Ogarnięci paniką mieszkańcy omijali ich niczym rzeka opływająca sterczący w wodzie głaz. Po dwóch i trzech spod palm zaczęli wynurzać się zwiadowcy, dotąd strzegący niezliczonych bocznych alejek. Jednej z grupek przewodził Emiliusz Sewerynus.

– Podeszli nas. Byli tutaj już wcześniej i znają ten labirynt lepiej od nas. Są wszędzie wokół, zbyt ich wielu... – Mężczyzna zamilkł, nie kończąc meldunku. Stał, dysząc ciężko, z zawstydzoną miną. Na ramieniu miał szerokie rozcięcie, twarz zakrwawioną.

Gordian chwycił go za ramię.

– To nie twoja wina. Zabierz ocalałych do środka. Kiedy wróg tu dotrze, zamknijcie bramę. Nie przejmujcie się cywilami ani że my wciąż będziemy na zewnątrz.

Emiliusz Sewerynus skinął głową.

– Rozkaz, legacie!

Gordian czekał w pierwszym szeregu, ramię w ramię ze swoimi ludźmi. Mijali ich cywile, zawodząc niczym żałobnicy. Z tyłu dochodziły kwiki i ryki koni. Z alejek na wprost dobiegały wrzaski bólu i jakieś obce krzyki. Było coś wytrącającego z równowagi w tym milczącym, nieruchomym czekaniu pośród hałasu i zamieszania. W cieniu palm rosnących wzdłuż tej ulicy było chłodniej. Światło było zielonkawe, jak pod wodą.

Śmierć nic dla nas nie znaczy, powtarzał sobie Gordian. *Śmierć nic dla nas nie znaczy.*

Ludzka fala uderzyła i popłynęła dalej. Gwardziści czekali. Zgiełk zdawał się słabnąć, jakby dochodził z wielkiej odległości.

Skoro ostatecznie wszystko przechodzi w spoczynek i sen...

Z jednej z uliczek wybiegł nomada. Miejscowi cofnęli się. Mężczyzna zatrzymał się gwałtownie na widok żołnierzy. Ktoś strzelił z łuku. Uderzenie strzały obróciło nim i cisnęło na ziemię. Otaczający Gordiana ludzie roześmieli się.

– A tak dobrze mu szło – zakpił Sabinianus.

Gdzieś dalej zawołano wysokim tonem i natychmiast rozległ się tupot wielu stóp, łoskot broni o tarcze. Mieszkańcy przyspieszyli, klapiąc sandałami o ubitą ziemię. Ulica przed Gordianem opustoszała. Zerknął za siebie. Kłąb bezprzytomnie przedzierających się do przodu ludzi tkwił w bramie.

– Przygotować się! – zawołał Sabinianus.

Rozległ się ryk i zza rogu wypadli barbarzyńcy. Nad głową Gordiana przefrunął z sykiem rój strzał. Biegnący na przedzie wojownicy odwrócili się i padli. Następni przeskoczyli ich ciała. Spadły kolejne strzały, niczym bębniący deszcz. Za mało, by powstrzymać atak. Prawe ręce nomadów sięgnęły do tyłu i natychmiast wyciągnęły się do przodu, a powietrze wypełniło się oszczepami o grotach z ostrymi zadziorami. Gordian poderwał tarczę do góry. Silne uderzenie wstrząsnęło jego lewym ramieniem. Oderwana drzazga omal nie trafiła go w oko. Oszczep przebił tarczę. Rzymianin odrzucił bezużyteczną osłonę, podniósł miecz.

Zobaczył, jak nomada z fruwającymi w powietrzu warkoczykami mierzy groźnym stalowym grotem prosto mu w twarz. Gordian pochylił się, postąpił krok do przodu. Oszczep przeszedł ponad jego lewym barkiem. Rzymianin wbił czubek miecza w brzuch napastnika. Przez chwilę stali jeden przy drugim, oko w oko, w potwornym intymnym uścisku. W powietrzu unosił się odór moczu i krwi. Gordian czuł na twarzy gorący, zwierzęcy oddech wojownika.

Cofnął się o krok, odpychając od siebie umierającego. Jego miejsce zajął kolejny wymachujący mieczem barbarzyńca. Legat odparł cios, raz, drugi, trzeci. Dzwonienie stali rozbrzmiewało mu głośno w uszach. Cofnął się. Żołnierze wokół niego zrobili to samo. Ludzie padali po obu stronach, jednak naprawdę znacząca była ich liczba. Zachęcony biernością przeciwnika wojownik podniósł wysoko ramiona, by zadać jeden potężny cios z góry. Gordian poczekał, aż miecz znajdzie się w najwyższym punkcie, i gładko wbił wojownikowi kawał klingi w gardło.

Ponownie cofnęli się i zwarli. W chwili oddechu Gordian spróbował zorientować się w sytuacji. Z prawej miał tylko trzech żołnierzy i Sabinianusa, z lewej już nikogo. Nomadowie atakowali z obu stron. Żołnierze tylnych szeregów odwrócili się, by utworzyć krąg. W bramie wciąż kotłowała się ludzka masa.

Niczym fala odpływu nieprzyjacielscy wojownicy zaczęli się cofać. Strzały z muru szarpały ich wierzchnie okrycia, bębniły w tarcze. Kilku padło, chwytając dłońmi drzewce pocisków. Zanim w broniących się wstąpiła jakaś nadzieja, zaatakowali ponownie. Młody naczelnik znajdujący się na przedzie ruszył prosto na Gordiana. Nastąpiła błyskawiczna wymiana ciosów i Gordian poczuł, że jego plecy zderzają się z plecami stojącego za nim żołnierza. To ograniczało mu ruchy i dlatego opróżnił umysł ze wszystkiego, skupiając myśli wyłącznie na stali przeciwnika. Dał się prowadzić mięśniom i doświadczeniu nabytemu podczas długich ćwiczeń.

Gordian rozpoznał mężczyznę. Z zadziwiającą precyzją, ostrożnie stawiając stopy, syn Nuffuziego zrobił unik, a po nim wypad. Rzymianin przyjął uderzenie tuż przy głowicy miecza. Ten młodzik umie walczyć, pomyślał. Usłyszał za sobą krzyki. Nie miał na nie czasu. Odbił kolejny cios i wyprowadził własny.

Pot szczypał go w oczy. W piersi czuł ból. Był coraz bardziej zmęczony i z każdą chwilą jego ruchy stawały się wolniejsze, coraz bardziej niezgrabne. Musiał to skończyć jak najszybciej. Zmusił stopy do ruchu, wykonał pchnięcie w kierunku twarzy przeciwnika i cofnął się, by zyskać na czasie. Krzyki stały się głośniejsze. Niektórzy z nomadów podnosili wzrok ponad zbitą ciasno grupkę żołnierzy, inni zerkali za siebie. Syn Nuffuziego zaatakował znowu. Niewiele brakowało, by Gordian życiem zapłacił za chwilę nieuwagi. W ostatniej chwili desperacko powstrzymał wrogie ostrze, spychając je w dół. Rozorało mu lewe udo. Zachwiał się, walcząc o zachowanie równowagi. Młody wojownik był gotów do zadania śmiertelnego ciosu. Niepewną ręką Rzymianin zasłonił się mieczem. Z obu stron nomadowie odstępowali. Syn Nuffuziego coś krzyknął, spoglądając groźnie na wojowników. Gordian przeniósł ciężar ciała z prawej nogi na lewą – wywołując tym mdlący ból – i opuścił klingę na prawy nadgarstek przeciwnika. Młodzieniec zawył i upuścił broń. Zanim zdążył zgiąć się wpół, Rzymianin przyłożył mu czubek miecza do podbródka.

– Poddaj się – powiedział.

Chwyciwszy się za okaleczoną rękę, z szeroko rozwartymi oczyma, młody wódz milczał.

Nomadowie uciekali. Na opustoszałej, ocienionej palmami ulicy pozostały tylko ciała i porzucona broń. Krzyki od strony cytadeli przybrały na sile.

– Poddaj się.

Pomimo bólu i grożącej mu śmierci syn Nuffuziego zachował godność.

– Poddaję się – powiedział w końcu.

Dopiero wtedy Gordian zrozumiał, co wykrzykiwano.

– Menofilos! Menofilos!

Rozdział szósty

Północna granica,
obóz pod Mogontiakum,
kalendy kwietniowe 235 roku

Przed cesarskimi namiotami Tymezyteusz stał z namiestnikiem Germanii Większej, Kacjuszem Pryscylianusem.
Ludzie za ich plecami zaczynali się niecierpliwić. Wszyscy
czekali na dopuszczenie ich przed oblicze cesarza i stali tam
już jakiś czas. Poranek się ciągnął. Chłodny wiatr zza rzeki
szarpał ich starannie udrapowane togi, targał ufryzowane
włosy. Robiło się coraz zimniej. Zaczęto rozmawiać głośniej
niż stosownym, pełnym szacunku szeptem i przenosić się
z miejsca na miejsce. Sanktus, dworski mistrz ceremonii
podczas audiencji, biegał nerwowo tu i tam. *Ab admissioni-*
bus był niezmordowany w przywoływaniu ludzi do porządku i pilnowaniu właściwej kolejności.

Tymezyteusz skinieniem głowy wskazał zabieganego cesarskiego urzędnika.

– Gdyby za ostatniego cesarza był taki skrupulatny i uważał, kogo wpuszcza, to Aleksander wciąż by żył.

Śmiech Pryscylianusa był niezbyt głośny. To było zdawkowe, pomyślał Tymezyteusz. Zbyt zdawkowe w odpowiedzi
na dowcip rzucony przez człowieka pełniącego obowiązki

namiestnika sąsiedniej prowincji Germanii Mniejszej i nadzorującego finanse obu prowincji, a na dodatek jeszcze Belgiki. Zdecydowanie zbyt powściągliwe jako reakcja na dowcip człowieka odpowiedzialnego za planowanie i realizowanie zaopatrzenia armii w broń i żywność podczas kampanii północnej. A pomijając kwestię rangi i bliskości stanowisk, Tymezyteusza uważano za jedną z najbliższych osób brata Pryscylianusa, Kacjusza Celera. Wypadałoby zatem okazać większą wesołość.

Z drugiej wszakże strony, mógł to być wpływ pogody. Pryscylianus niedawno wrócił z pogranicza. Nie zdążył się jeszcze ponownie przyzwyczaić do tego koszmaru. Tymezyteusz pomyślał o swoim pierwszym spotkaniu przed laty z tym przeklętym regionem. Żadne doświadczenia z poprzednich podróży nie przygotowały go na coś takiego. Kiedy za pierwszym razem opuścił Grecję, przejeżdżał przez Italię w drodze na swoje pierwsze stanowisko dowódcze w Hiszpanii. Rok później wracał tą samą trasą i dotarł jeszcze dalej, do Arabii. Kolejnego roku – jego kariera rozkwitała od samego początku – wysłano go na północ. Było to już ponad dziesięć lat temu, ale dokładnie pamiętał przybycie tutaj. Była jesień, niebo szare, powietrze piekąco ostre. Nie sądził, że może być jeszcze zimniej. Mylił się. Tamtej zimy Ren zamarzł, i to nie tylko jego płytkie i wąskie, wijące się odnogi, ale sam główny nurt. Można było przejść po nim, przejechać wozem. Miejscowi i żołnierze, tak opatuleni, że aż nie do rozpoznania, wycinali w lodzie przeręble i łowili ryby. Mówiono, że zamarznięte wody uwięziły straszne, zjadające ludzi potwory, tak ogromne, że aby je wyciągnąć, użyto zaprzęgów z wołów. Podobno wyglądały jak gigantyczne sumy, tyle że były czarniejsze i silniejsze, ale Tymezyteusz żadnego nie widział.

Pryscylianus wyjął chusteczkę. Elegancką, purpurową, po

wyglądzie sądząc, mogła pochodzić z miejscowości Sarepta w Fenicji. Bardzo droga, pomyślał Tymezyteusz. Pryscylianus musnął nos. To, że był hipochondrykiem, też mogło źle wpływać na jego poczucie humoru. Wszyscy trzej bracia Kacjusze poświęcali dużo czasu na ocenę stanu własnego zdrowia i zazwyczaj odkrywali, że coś im dolega. Dwudziestoczterogodzinna gorączka, dwudniowe dreszcze, zły nastrój i zwykły katar stanowiły temat długich rozważań. Nawet w liście z Rzymu, w którym dawał wyraz radości z powodu mianowania go na stanowisko tegorocznego pretora, ulubieniec Tymezyteusza, Kacjus Celer – najmłodszy z braci – nie omieszkał poskarżyć się na ból głowy, skręconą w nadgarstku rękę i na znalezionego w łożu węża.

Należało też uwzględnić niepokój czający się w stanie umysłu Pryscylianusa. Obawy pojawiały się wraz z zaproszeniem do rady cesarskiej. A tym razem niemałe, ponieważ było to pierwsze *consilium* podczas tego panowania. Będą tam wręczane nagrody: urzędy, dowództwa, stanowiska bliskie tronu i wpływów. Jednak aby oczyścić drogę zwolennikom i różnym innym beneficjentom cesarskiej łaski, trzeba się pozbyć dotychczasowych wybrańców. Wszyscy jesteśmy przykuci do przypadku, tak jak Iksjon do wiecznie obracającego się, płonącego koła, pomyślał Tymezyteusz z goryczą.

Dotąd jedynie stałą grupę szesnastu senatorów wpuszczono za purpurowe kotary. Jakiś czas temu mistrz ceremonii powiedział, że następni będą namiestnicy prowincji. Przy armii polowej było ich pięciu. A tylko Tymezyteusz i Pryscylianus stali przed wejściem na tym wietrze. Zważywszy na to, co zaszło, Flawiusz Wopisk z Panonii Większej nie musiał już marnować czasu z resztą stada namiestników. Ale co się stało z Faltoniuszem Nikomachusem z Norikum i Tacytem z Recji? Jedną z możliwości był awans. Mogli już być w środku, wprowadzeni sekretnym wejściem. I teraz, w ciepłym i przytulnym miejscu, razem z Flawiuszem Wopiskiem szeptali do cesarskiego ucha. A może pędzili konno, by objąć nowe prestiżowe stanowiska, w Rzymie albo w jednej ze wspaniałych i bogatych prowincji Afryki czy Wschodu, a niecierpliwe oczekiwania oraz wysiłek podgrzewają im krew. Pozostałe możliwości nie były już tak dobre. Wymuszone przejście na emeryturę było najlepszą z nich; wymagało jedynie ciągłego udawania ulgi z powodu odejścia od politycznej gorączki i zamętu. Reszta to już tylko jakaś przerażająca kombinacja aresztu, tortur, potępienia i konfiskaty majątku, wygnania i egzekucji.

Tak, Pryscylianus mógł mieć pewne obawy. A przecież był *nobilis*, arystokratą z dwoma wpływowymi braćmi i – za sprawą przodków – wieloma rodzinnymi powiązaniami. Tymezyteuszowi natomiast brak było takich pewnych punktów oparcia. Dotarł wysoko... niektórzy powiedzieliby, że zbyt wysoko. Był ekwitą z greckiego grajdołka. Jego główny patron był już starszym człowiekiem, a jedyny krewny był na jego łasce. Tymezyteusza nie chroniło nic poza własną inteligencją i zdobytym majątkiem, a jedno i drugie wywoływało zawiść. Niepokoił się więc i to bardzo.

Nie byłoby tak źle, gdyby miał przy sobie żonę. Sam zadecydował, że Trakwilina zostaje na miejscu, w *Colonia Agrippinensis*, żeby mieć oko na Aksjusza, prokuratora, któremu powierzył zarząd prowincji. To okazało się błędem. Aksjusz tak naprawdę nie wymagał nadzoru, a Tymezyteusz potrzebował żony u boku. Potrafiła go uspokoić, ukazać sprawy z lepszej strony. I potrafiła przewidywać; lepiej niż on sam, musiał to teraz przyznać. Gdyby ona tu była, zamach stanu by go nie zaskoczył, byłby przygotowany. Nienawidził zaskoczeń. Bał się ich.

Lęk żywi się bezczynnością, niczym szczur w rzadko odwiedzanym spichrzu. Tymezyteusz wiedział, czym jest strach, choć jak dotąd nigdy mu się nie poddał. Jedynym sposobem na strach było zajęcie myśli czym innym. Teraz na przykład skoncentrował się na zarysach tego wielkiego zadania, jakim go obarczono. Ale czy do wieczora pozostanie to jego zadaniem? Ukrył wątpliwości w głębi umysłu, zatrzasnął wieko. Grekowi z jego wyspy taki obrazek całkiem naturalnie pojawiał się w głowie. Przez całe lata dobrze mu służył.

Złożoność przygotowań zakrojonej na szeroką skalę kampanii cesarskiej na terenach wolnej Germanii mogła zniechęcić każdego. Ogromną liczbę żołnierzy i zwierząt, wielkie ilości żywności i paszy, góry potrzebnego pomocniczego sprzętu i wyposażenia – namiotów, zapasów broni, butów i ubrań, gotowych elementów obronnych, machin oblężniczych i mostów w częściach, przeróżnych powrozów i pasów, inkaustu i papirusu, a także handlarzy obozowych, służących i dziwki – wszystko to należało zgromadzić tutaj, w Mogontiakum, a potem przetransportować na obszar czegoś, co wciąż było dla nich w przeważającej części *terra incognita*. Pomimo prawie trzech stuleci przeprowadzanych co jakiś czas kampanii Rzymianie nader słabo orientowali się w geografii północnego *barbaricum*. Przed opuszczeniem Rzymu on sam wraz z kilkoma doradcami poprzedniego cesarza, korzystając ze szczegółowo wyrysowanych tras, zaplanowali każdy kolejny dzień marszu w stronę granicy. Z wyprzedzeniem poinformowali, jakimi drogami pomaszerują konkretne jednostki, gdzie zostaną zgromadzone zapasy, kiedy cesarz dotrze do każdego z miast. Nie dysponowano natomiast mapami terenów za Renem, tam nic nie było wiadome.

Na Wschodzie pomagała obecność Eufratu i Tygrysu. Te wielkie rzeki płynęły od terytorium rzymskiego aż do perskiego. Dzięki temu trudniej było się zgubić. Zaopatrzenie mogło płynąć w dół rzeki stale towarzyszącymi armii statkami. Wodą transport obiektów o dużych wymiarach był nieskończenie łatwiejszy i tańszy. Rzeki północy nie były tak dogodne. Gdzieś tam za Renem była Ems, za nią Wezera, a jeszcze dalej Łaba. Tymezyteusz był człowiekiem skrupulatnym i zdobył wiedzę o rzekach jeszcze bardziej odległych, takich jak Odra i Wisła. Wszystkie one biegły w poprzek linii pochodu armii. Mogły okazać się wyłącznie przeszkodami.

I jeszcze na Wschodzie były drogi i miasta; prawdziwe drogi, których używano od tysiącleci, niektóre brukowane, i miasta helleńskie, założone przez Aleksandra i jego następców. Na północy brakowało jednych i drugich. Nie było po czym maszerować i nie było kuszącego celu, do którego chciało się dążyć. Nic, tylko ścieżki i lasy, dzikie pustkowia i moczary.

Tymezyteusz martwił się brakiem dróg. Prawie wszystkie rzymskie jednostki przewoziły przynajmniej część ekwipunku zakrytymi i odkrytymi wozami, które trzeba będzie zastąpić zwierzętami jucznymi. A to okaże się kosztowne i bardzo źle przyjęte. Ale konieczne. Tymezyteusz potrzebował dokładnych danych liczbowych dotyczących zwierząt jucznych oraz żołnierzy w konkretnych oddziałach. Te ostatnie mogły okazać się szczególnie trudne do uzyskania, zważywszy na rozpowszechnioną za poprzednich rządów korupcję. Jednostki niemające pełnego stanu osobowego wciąż pobierały żołd na podstawie liczb figurujących na papirusie; różnica znajdowała sobie drogę do szkatułek różnych prywatnych osób.

– Idziemy – usłyszał głos Sanktusa.

Tymezyteusz, zagłębiony w myślach, nie zauważył, że to już jego kolej, teraz bezzwłocznie ruszył za nim.

Rozchyliwszy ciężkie kotary, weszli do purpurowego labiryntu. Dobrze było skryć się przed wiatrem. Sanktus skręcał to w lewo, to w prawo, kluczył cichymi korytarzami i przemierzał puste sale, w których słychać było szepty niewidocznych osób. Zanurzali się w mrok, w gęstą ciemność, co sprawiało wrażenie, że kręcą się w kółko. Wreszcie, niczym wprowadzeni w tajniki misteriów eleuzyjskich czy wyznawcy innego tajemniczego kultu, wyłonili się w sali tronowej.

Miejsce to urządzono tak, że na siedzącego cesarza prosto z góry padał snop światła. Tron z kości słoniowej lśnił. Maksymin, w sutych szatach, tkwił na nim nieruchomo niczym jakiś potężny posąg z porfiru i białego marmuru.

Po prawej ręce cesarza stał Anullinus. Nie ma w tym nic zaskakującego, pomyślał Tymezyteusz. Wszyscy wiedzieli, że trzech brało w tym udział, ale tylko tożsamość Anullina była pewna. To właśnie prefekt Ormian ściął młodego cesarza i jego matkę. Plotka obozowa głosiła, że rozebrał do naga tę starą kobietę i dokonał gwałtu na jej bezgłowym ciele. Teraz Anullinus miał na sobie zbroję i miecz u pasa. Czy ten sam, którym ich zabił? Czy to było w tej sali? W półmroku nieruchome oczy prefekta emanowały okrucieństwem.

Po lewej stronie Maksymina dwie postaci w togach. Ta bliżej cesarza to Flawiusz Wopisk. Nie było tajemnicą, że senator z Syrakuz, razem z Honoratusem, zorganizował zmianę władzy. Ten drugi nie wrócił jeszcze z Rzymu. Dlatego Flawiusz Wopisk stał najbliżej cesarza, którego obaj wykreowali. Zrealizowanie planów zdawało się nie mieć wpływu na sposób bycia Sycylijczyka. Jak zawsze wyglądał na człowieka znękanego. Przesadnie pobożny lub też po prostu przesądny do szpiku kości podobno nie wykonał najprostszych czynności – takich jak ubranie się czy pójście do łaźni – jeśli nie skonsultował wcześniej swoich zamiarów z *sortes Virgilianae*. Ileż to razy zatem musiał rozwijać *Eneidę* i dźgać palcem w przypadkowy wers, zanim uznał, że bogowie doprowadzili jego rękę do tego jedynego, przychylnie interpretującego łamanie świętej przysięgi, uzasadniającego zdradę i morderstwo?

Obecność drugiego mężczyzny w todze nie była już tak oczywista. Kajusz Kacjusz Klemens – średni z trzech braci – dowódca VIII legionu *Augusta* i legat jego najstarszego brata, namiestnika Germanii Większej. Zatem kiedy czekali, Pryscylianus był raczej chłodny, a nie zaniepokojony. Okropna myśl przyszła Tymezyteuszowi do głowy. Poczuł zęby szczura, usłyszał drapanie jego pazurów. Brat musiał powiedzieć Pryscylianusowi, co się wydarzy. Dlatego na zewnątrz namiotu, w obecności dziesiątków świadków, Pryscylianus nie chciał, by ktokolwiek kojarzył go z człowiekiem przywiązanym do tej części koła, która właśnie schodziła w dół. Raz jeszcze Tymezyteusz szybko zdusił lęk.

Tak jak należało, były konsul pierwszy zbliżył się do cesarza. Podszedł bardzo blisko i czekał, aż wyciągnie się do niego ręka władcy, by mógł ucałować pierścień z cesarską pieczęcią. Tymczasem Maksymin uniósł ogromną dłoń, wnętrzem na zewnątrz.

– Dopóki ja panuję, żaden człowiek nie będzie zginał przed cesarzem karku. – Głos mężczyzny był głęboki, zgrzytliwy jak młyńskie koło.

Tymezyteusz pozdrowił władcę rzymskim salutem, w którym nie było nic helleńskiego. Mógłby być oficerem dawnej republiki, z czasów przed Kannami. To nie była dobrze wróżąca myśl. Zmienił obraz w swoim umyśle na bramy Kartaginy czy Koryntu, czy jakiegoś innego zamożnego miasta, na którego ulicach w swoich najlepszych czasach Rzymianie zabijali i gwałcili.

Za Anullinem stało dwóch mężczyzn: Domicjusz, prefekt obozu, i Wolo, naczelnik *frumentarii*. Drugi dowodził cesarskimi agentami i skrytobójcami i budził strach w całym cesarstwie. Pierwszy odpowiadał za latryny, miejsce i paszę dla koni. I to jego obecność bardziej martwiła Tymezyteusza. Słyszał, że przetrwał on zamach stanu, ale nie wiedział, że pozostał na swoim stanowisku. Tymezyteusz miał nadzieję, że Domicjusz nie brał udziału w spisku.

Zaczęło się to kilka lat wcześniej na Wschodzie. Trzem mężczyznom, ekwitom, powierzono zadanie zaopatrywania armii Aleksandra Sewera w wojnie z Persją. Jednym z nich był Tymezyteusz, drugim Domicjusz. Grek nie brał dla siebie więcej, niż było to ogólnie przyjęte; jeżeli już, to raczej mniej: tylko zwyczajowe prezenty, na pewno nie więcej niż jedną część na dziesięć. Jego żona wykpiwała tę powściągliwość; cóż, Trankwilinę charakteryzowała przesadna śmiałość. Małżonka Domicjusza nie miała podstaw do narzekania. Zachłanność jej męża była wyjątkowa. Żołnierze maszerowali głodni i bez butów, bo pieniądze znikały w księgach Domicjusza. Mężczyźni straszyli się wzajemnie zadenuncjowaniem. Nie zanotowano co prawda żadnych oskarżeń, jednak nim kampania dobiegła żałosnego końca, ich wzajemna wrogość zdążyła już zapuścić głębokie korzenie.

Trzeci człowiek, który zajmował się planowaniem i zaopatrzeniem, siedział teraz na tronie cesarzy. Na Wschodzie Tymezyteusz spotkał Maksymina tylko raz i wtedy wśród wielu osób obecnych na naradzie nie mieli okazji zamienić z sobą słowa. Z tego jednak, co słyszał, działania Traka świadczyły o jego niewątpliwej kompetencji i nieposzlakowanej, nawet zbyt otwarcie podkreślanej uczciwości. Jednakże kiedy po powrocie do Rzymu okazało się, że kampania przeciwko Germanom jest nieunikniona, matka Aleksandra i jej senatorscy doradcy postanowili, że tylko Tymezyteusz będzie odpowiedzialny za wszelkie sprawy związane z zaopatrzeniem. Rola Domicjusza została ograniczona do kopania rowów i czyszczenia stajni. Maksyminowi wyznaczono zadanie ćwiczenia rekrutów. Tymezyteusz uznał to za degradację. Teraz miał nadzieję, że ten rosły Trak tak tego nie widział.

Senatorowie należący do obecnej ścisłej rady tworzyli grupę po lewej stronie tronu. Zebrani razem nigdy nie przedstawiali miłego widoku. Najwyraźniej posłużono się kryterium sędziwego wieku i oczywistej sprzedajności. Na dodatek, pomyślał sobie Tymezyteusz, wszyscy ci starcy byli szpetni. Petroniusz Magnus miał wytrzeszczone oczy jakiegoś przywykłego do półmroku skorupiaka. Z długimi, osobliwie ułożonymi włosami Katyliusz Sewerus przypominał wschodniego kapłana, jednego z tych obwiesi, którzy tańczą przy drogach za miedziaki, łomocząc czynelami i potrząsając tyłkami. Niesamowicie gruby Klaudiusz Wenakus wyglądał, jakby wcześniej zanurzono go w czymś lepkim. Pozostałych trzynastu prezentowało się równie mało estetycznie.

– Wpuścić resztę – rozkazał Maksymin.

Tymezyteusz przeszedł za Pryscylianem na stronę przeciwną szesnastu senatorom. Jak na swój gust znalazł się nieco za blisko Domicjusza. Czuł na sobie spojrzenie prefekta obozu.

Weszli pozostali. Większość, szczególnie senatorowie, próbowała się nie pchać i nie przepychać, starali się zachować *dignitas*. Nie było to łatwe. Zbyt wielu chciało wejść natychmiast. Senatorowie i ekwici, ci, którzy mieli stanowiska dowódcze i urzędnicze, i ci, którzy ich nie mieli, wymieszali się ze sobą. Wszyscy parli do przodu, żeby wpaść w oko nowemu cesarzowi.

To musiał być wynik celowego działania. Sanktus przecież od lat działał jako *ab adminissionibus*. Niezła sztuczka, pomyślał Tymezyteusz. Wpuścić ich wszystkich naraz i niech demonstrują swoją niższość, przepychają się, by znaleźć się bliżej ciebie. Bardziej prawdopodobne, że maczał w tym palce Flawiusz Wopisk, a nie jego władca.

Sabinus Modestus przecisnął się przez ciżbę i uśmiechał do niego, rozdziawiając po swojemu usta. Tymezyteusz pomyślał sobie, że może i jego kuzyn nie jest szczególnie inteligentny, ale przynajmniej dobrze pracuje łokciami i wykazuje godną uznania lojalność. Albo nie zdaje sobie sprawy z niebezpiecznej sytuacji namiestnika.

Maksymin siedział nieporuszenie z dala od tego zamieszania. Po chwili wstał. Jego ogromna, potężna postać górowała nad otoczeniem. W ręku trzymał pochwę. Wyćwiczonym ruchem wyciągnął miecz. Paru prominentnych senatorów wzdrygnęło się nieco na ten widok, a gamoniowaty Klaudiusz Wenakus o mało się nie potknął, cofając się.

Odwróciwszy broń, Maksymin wyciągnął jej rękojeść do Anullina.

– Jako prefekt moich pretorianów, weź ten miecz. Jeśli będę rządził dobrze, używaj go w moim imieniu. Jeśli będę rządził źle, obróć go przeciwko mnie.

Anullinus wziął miecz, a rada zareagowała owacją.

To albo bardzo odważne, albo bardzo niemądre, pomyślał Tymezyteusz. Czyżby Maksymin nie wziął pod uwagę losu Aleksandra? Był przekonany, że cesarz, bez zasięgnięcia czyjejś rady, nie poddałby się osądowi i nie zawierzył ochoczo życia takiemu prymitywnemu i zdradzieckiemu mordercy jak Anullinus.

Maksymin usiadł i ręką dał znak Flawiuszowi Wopiskowi, żeby przemówił.

Tymezyteusz przybrał stosowny wyraz twarzy. Nie okazał najmniejszego rozbawienia, kiedy zauważył, jak Wopisk przez fałdy togi odruchowo dotyka ukrytego na piersi amuletu.

– Otrzymaliśmy wiadomość z Rzymu – powiedział melodyjnym, wyszkolonym głosem. – *Patres conscripti* wydali dekret przyznający Gajuszowi Juliuszowi Werusowi Maksyminowi wszelką władzę, jaką posiadał poprzedni cesarz. Radość senatorów nie miała granic. Wiwatowali przez trzy i pół godziny.

Kolejne owacje.

Czy to *bulla*? zastanawiał się Tymezyteusz. Czy Wopisk wciąż nosił mający chronić go przed niebezpieczeństwem amulet w kształcie małego fallusa, który zawieszono mu na szyi, kiedy był jeszcze dzieckiem? Czy może miał teraz coś innego – egipskiego skarabeusza, kawałek bursztynu, wyrzeźbiony srom?

– Rzym jest spokojny i bezpieczny – mówił Wopisk. – Sprawujący urząd konsulowie usłyszeli, że ich kadencja nie zostanie skrócona. Oczywiście pewni ludzie nie zasłużyli na nagrodę. Wśród konsulów trzeba znaleźć miejsce dla Gajusza Kacjusza Klemensa, Marka Klodiusza Pupienusa Maksymusa i Lucjusza Flawiusza Honoratusa, najpewniej też dla innych. Jednakże sam Honoratus zapewnił tych, którzy obecnie obejmują stanowiska, że ich kadencja zostanie nieco skrócona i wskaże im się przyszłe stanowiska.

Tymezyteusz widział, jak Wopisk wciąż bawi się ukrytym przedmiotem. Cesarz August nosił kiedyś amulet z foczej skórki. To tutaj mogło być czymś zupełnie innym: paznokciem albo jakąś drobną, zasuszoną częścią ciała topielca.

– Nasz najłagodniejszy i najskromniejszy cesarz Maksymin – ciągnął senator – nie pragnie odzierać innych ludzi z godności. W swojej wielkoduszności i skromności postanowił aż do przyszłego roku nie przyjmować konsulatu. Dopiero wtedy, w styczniowe kalendy, obejmie ten urząd razem z Markiem Pupienusem Afrykanusem jako współkonsulem.

– Nie chcę zapomnieć synów dowódców z czasów mojej

młodości spędzonej tutaj, na północy – wtrącił cesarz. – Następnego roku jednym z konsulów zostanie Lucjusz Mariusz Perpetuus. A rok później Poncjusz Prokulus Pontianus.

To akurat było nierozważne, uznał Tymezyteusz. Bo chociaż rola konsula była obecnie niemal wyłącznie ceremonialna, szczególnie w wypadku tych dwóch, których imionami nazywano dany rok, to przecież wciąż ten urząd pozostał życiową ambicją wielu senatorów. Nobilowie uważali go za należny im z racji urodzenia, inni zaś chcieli do nich dołączyć. Rozpoczęcie przyznawania tych stanowisk lata wcześniej na pewno mogło zrazić dużą liczbę członków senatu.

– Twoje oddanie przynosi ci zaszczyt, Cezarze.

Czy ton głosu Wopiska sugerował, że słowa wypowiedziane przez Maksymina odkrywają mniej chwalebne cechy charakteru nowego cesarza? Wopiska nie wolno było lekceważyć. Miał wygląd człowieka znękanego, ale w głębi skrywał jakąś surowość.

– Od śmierci Ulpiana nie było wybitniejszej postaci w dziedzinie prawa od jego ucznia Herenniusza Modestynusa. Największy prawnik swojego pokolenia musi stanąć obok cesarza, doradzając mu jako jego a Libellis. Nowy sekretarz do spraw petycji jest właśnie w drodze na północ. Jego poprzednie stanowisko, prefekta straży, przydzielono Kwintusowi Potensowi.

Jak zapadki w solidnym zamku, w umyśle Tymezyteusza wszystkie te fakty ułożyły się w jedną całość. Starannie to przeprowadzono. Konsulatem dla każdego z synów Pupienusa, młodszego jako współkonsula cesarza w przyszłym roku, kupiono prefekta miasta, a razem z nim zyskano sześć tysięcy ludzi z kohort miejskich. Dając Herenniuszowi Modestynusowi najważniejsze prawnicze stanowisko w cesarstwie, wyciągnięto go z Rzymu. Komendę nad siedmioma tysiącami jego *vigiles* przekazano człowiekowi mocno powiązanemu z obecną władzą. Potens był dowódcą jazdy partyjskiej, tutaj, w armii polowej. Jego szwagrem był Decjusz, namiestnik prowincji *Hispania Tarraconensis*. Pochodził z rodziny, która od niepamiętnych czasów była w posiadaniu rozległych naddunajskich majątków ziemskich. Sięgały one aż do rodzinnej Tracji Maksymina, a sam Decjusz był pierwszym patronem trackiego żołnierza. Ponieważ zdecydowana większość pretorianów przebywała tutaj, nad Renem, wszyscy liczący się w Rzymie żołnierze znajdowali się w rękach ludzi Maksymina. Wopisk może ulegał przesądom, ale nie przeszkodziło mu to, by z godną podziwu zręcznością, razem z Honoratusem, przejąć kontrolę nad Rzymem.

– Tutaj, na północy, czeka nas straszna wojna – ciągnął senator. – Musimy zrobić wszystko, by zapewnić sobie zwycięstwo.

To była właśnie ta chwila. Tymezyteusza doleciał cuchnący oddech szczura, poczuł, jak wilgotny pysk szuka jego gardła.

– Namiestnicy Mezji Większej i Panonii Mniejszej, Tytus Kwartynus i Autroniusz Justus, pełnili swoją służbę sumiennie. Czas, by trochę odpoczęli od męczących obowiązków. Zostali wezwani tutaj, by dołączyć do cesarskiego dworu.

Tymezyteusz zmuszał się, żeby normalnie oddychać. Kwartynus był wysoki, wyglądał na uczonego i nieudolnego. Ten kulturalny senator mógłby się łatwo wywinąć.

– Administracją ich byłych prowincji zajmą się Tacyt i Faltoniusz Nikomachus.

A zatem to tam udali się ci dwaj. Awans, nie wyrok; dla nich koło obracało się w górę. Tacyt, co oczywiste, był jeszcze jednym człowiekiem z północy.

– Kwintus Waleriusz będzie pełnił obowiązki namiestnika Recji, a Ammoniusz prowincji Norikum.

Dwóch ekwitów, jeden to dowódca oddziałów pomocniczych *cataphractarii*, drugi zaś – nieregularnej jednostki złożonej z Brytów. Obaj awansowani ponad wszelkie oczekiwania czy prawdopodobieństwo. To dawało odpowiedź na pytanie, kim byli dwaj pozostali uzbrojeni mężczyźni w namiocie Aleksandra. Bogowie podziemi, co dalej? Tymezyteusz wiedział, że musi zachować zimną krew i nadzwyczajną trzeźwość umysłu.

– Nasz cesarz na razie nie zamierza dokonywać więcej zmian pośród namiestników północy.

Chwała Zeusowi Opiekunowi, wciąż miał swoje urzędy. Tymezyteuszowi spadł kamień z serca, ale nie zamierzał tego po sobie pokazać.

– Dowódców na wakujące stanowiska w poszczególnych jednostkach wyznaczy się na następnym spotkaniu rady.

Armeńscy i partyjscy konni łucznicy, piechota Brytów i ciężka jazda; może kuzyn Modestus nie zbłaźni się jako prefekt jednej z tych jednostek. Tymezyteusz zaczął się już zastanawiać, jak tamten mógłby do tego doprowadzić. Zawsze szybko wracał do równowagi.

Wopisk gestem dłoni udzielił głosu senatorowi trzymającemu rękę w górze.

– Walczymy nad Renem, ale kluczem do Dunaju jest Dacja.

Zupełnie niespodziewanie jeden z członków rady pospieszył z poparciem. Gładki i śliski Wulkacjusz Terencjanus z obojętnego stosunku do świata uczynił sposób robienia kariery. Nie słyszano, by kiedykolwiek wystąpił przeciw bieżącemu nurtowi lub wyraził swoją prawdziwą opinię, a już na pewno nigdy nie stawiał na prawdę. Kto go do tego namówił?

– Kiedy armie Panonii i Mezji są redukowane, by dostarczać jednostki armii polowej, Dacja staje się bastionem, który musi utrzymać w ryzach barbarzyńców na północ od rzeki. A Sarmaci i Goci będą naciskać. Inne plemiona do nich dołączą. Człowiek, który stanie im naprzeciw, będzie musiał sprostać wysokim wymaganiom. Juliusz Licynianus bez wątpienia jest człowiekiem o sprawdzonych zdolnościach i lojalności. Ale on był konsulem lata temu. Dacja potrzebuje kogoś młodszego u steru.

Wulkacjusz zerknął na Domicjusza. Prefekt obozu trzymał rękę w górze, prosząc o głos.

– Mądrość wielu lat debat w radzie cesarskiej – zaczął – i głęboka wiedza zaczerpnięta z zapisów historycznych przemawiają przez szlachetnego konsula Wulkacjusza Terencjana. Ze swojej o wiele niższej, ale praktycznej perspektywy chciałbym poprzeć jego propozycję.

Bogowie podziemni, co za oślizły i obrzydliwy gad z tego Domicjusza. Zupełnie jakby ktoś mógł wziąć nic niewartą gadaninę tego nadętego prostaka za słowa z ogładą.

– Pozwólcie mi też przedstawić imiona dwóch dowódców – ciągnął – Licyniusza Waleriana i Saturninusa Fidusa. Obaj łączą doświadczenie wojskowe ze służbą cywilną, stanowczość młodości z rozwagą dojrzałości.

I obaj są bliscy Gordianom, ojcu i synowi, którzy rządzą Afryką. Tymezyteusz zachodził w głowę, czyja to była inicjatywa; rodziny senatorskiej czy też tego ekwity, który tak bardzo chciał się przypochlebić? Trzeba położyć temu kres, zanim sprawa nabierze rozpędu. Ruszył do przodu z podniesioną ręką, nim jeszcze zdążył pomyśleć, co zamierza powiedzieć.

Wopisk wskazywał na niego. Wszyscy patrzyli na niego. Ogromne szare oczy w ogromnej białej twarzy cesarza Maksymina skierowane były na niego.

– Obrona Dacji wymaga doświadczenia – zaczął. – Ani Walerian, ani Fidus nie dowodzili armią w polu. Licynianus walczył z Karpami, z sarmackimi Jazygami i wolnymi Dakami. Jest zbyt skromny, by się tym chwalić, ale wiadomo, że szlachetny konsul Licynianus jest jak dotąd niepokonany.

– I z Peukinami – wtrącił Maksymin, a wszyscy obecni skierowali spojrzenia na niego. – Grek ma rację. Licynianus to dobry przywódca – dodał.

Tymezyteusz skłonił głowę, na tyle lekko, że nie wyglądało to na ukłon.

– Jednak twój prefekt obozowy nie całkiem się myli, władco. Łączenie obowiązków pokojowego administrowania z dowodzeniem armią od każdego wymagałoby nadmiernego wysiłku – powiedział. Domicjusz nic takiego nie mówił, ale to nie było istotne.

Maksymin mruknięciem przyznał mu rację.

– Cywile zawsze przeszkadzają, kiedy trzeba walczyć – stwierdził.

– Aby odciążyć Licyniusza i pozwolić mu skoncentrować się na obronie granicy, mógłbyś mianować zastępcę, któremu przekazałby wymagające więcej czasu sprawy cywilne, szczególnie finanse. – Tymezyteusz starał się wykorzystać sytuację. – Kwintus Aksjusz Elianus służył jako pełnomocnik cesarski zarządzający sprawami skarbu w Afryce, w Hiszpanii i tutaj, na północy. Pokazał, ile jest wart, kiedy podczas mojej nieobecności zarządzał Germanią Mniejszą.

– Mianujmy go zatem – zgodził się Maksymin.

Za plecami cesarza Wopisk i Kacjusz Klemens wymienili spojrzenia. Ten drugi niemal niedostrzegalnie wzruszył ramionami.

Rozwścieczony Domicjusz nie czekał na udzielenie mu głosu.

– To kto będzie rządził prowincją, kiedy ty i twój zastępca będziecie nieobecni... twoja małżonka? – wybuchnął.

Tymezyteusz policzył do pięciu, po czym odpowiedział:

– Możliwe, że nieźle by sobie radziła. – Wykonał nieznaczny gest w stronę Domicjusza. – Prawdopodobnie lepiej niż niektórzy.

Maksymin obejrzał się przez ramię. Na jego twarz powoli wypłynął uśmiech. Śmiali się już wszyscy, nawet Wulkacjusz Terencjanus. Nikt by się nie ociągał z podzielaniem cesarskiego rozbawienia. Po chwili Domicjusz zmusił się do grymasu, który miał oznaczać uśmiech.

Podejmując przerwany wątek przeglądu cesarstwa, Wopisk zajął się Zachodem. Należało wyznaczyć nowych namiestników Akwitanii w zachodniej Galii oraz Betyki w południowej Hiszpanii. Jeden podupadł na zdrowiu i prosił o zwolnienie z obowiązków; drugi nie żył. W żadnym z tych przypadków nie było niczego podejrzanego. W prowincjach nie przebywały poważniejsze siły zbrojne – zaledwie garstka żołnierzy oddziałów pomocniczych – oba terytoria bagatelizowane przez legion VII stacjonujący na terenie Decjuszowej Hiszpanii Taragońskiej, wobec czego nowa władza mogła zezwolić na dyskusję dotyczącą świeżych kandydatów.

Senatorowie jeden po drugim gorliwie wyliczali zalety przyjaciela albo krewnego. Tymezyteusz milczał. Nie miał nikogo konkretnego, na czyim awansie by mu szczególnie zależało. Wszystko było możliwe, ale batalię trzeba wybierać. Trzymał skromnie spuszczony wzrok, podnosząc tylko oczy co jakiś czas, by odnotować sobie kolejnego mówcę. Gdzieś zza kotar, przytłumione przez modulowane głosy cesarskich przyjaciół, dochodziły rozkazy wydawane ostrym głosem. Za panowania Aleksandra porządku pilnowali *silentarii*. Może ich liczba spadła albo morale się obniżyło, kiedy zgładzono ostatniego władcę. Brak znaczenia nie uratował bowiem służby pałacowej. Uśmiercono nawet wszystkożernego żarłoka.

Domicjusz również milczał. Tymezyteusz czuł na sobie

twarde spojrzenie prefekta obozu i trzymając dłonie skryte pod togą, zacisnął kciuk między wskazującym i środkowym palcem, chroniąc się przed złym urokiem. Nie był przesądny. Bogowie, jeśli w ogóle istnieją, są daleko i nie interesują się ludźmi. Nie wierzył w demony, duchy, wilkołaki czy wysysające krew *lamia* – ale co mu szkodziło zabezpieczyć się na wszelki wypadek. Dawno temu, na wyspie Korkyra, stara niania opowiadała mu o nikczemnych mężczyznach i kobietach, którzy potrafią zebrać całą swoją zawiść i niegodziwość i trysnąć nią z oczu jak niewidzialnym pyłem, który otoczy ofiarę i wniknie w głąb jej ciała. Rezultatem będzie choroba, szaleństwo, nawet śmierć. Daleko, poza granicami imperium, mieszkały plemiona, których członkowie potrafili zabić jednym krótkim spojrzeniem. Od tamtego czasu zarówno w lekturach, jak i rozmowach prowadzonych podczas uczt, w których uczestniczył na terenie całego cesarstwa, odnajdywał ludzi o wielkiej kulturze podzielających poglądy jego wiejskiej piastunki.

– Afryka, niewiele tam nowego – ciągnął potoczyście Wopisk. Nie potrzebował już teraz amuletu, rozkładał natomiast teatralnie ręce. – Gordian i Kapelianus będą mieli wzajemnie na siebie oko. – Zamrugał jak aktor w pantomimie.

Tymezyteusz śmiał się razem z pozostałymi, zanim jeszcze z zakamarków pamięci wyłonił się powód tej powszechnej wesołości. Kiedyś, za panowania Karakalli – było to jeszcze, nim Grek zaczął brać udział w działalności publicznej – wybuchł skandal. Starszego Gordiana oskarżono o cudzołóstwo z małżonką Kapelianusa. Był winny, a mimo to został uniewinniony. Jego kariera troszkę zwolniła tempo, a Kapelianus rozwiódł się z żoną. Ponieważ jednak uznano ją za niewinną, mąż stracił prawo do zatrzymania jej posagu i innej własności. Mężczyźni winili się wzajemnie za swoje nieszczęścia. Teraz byli namiestnikami dwóch sąsiednich

125

prowincji, Afryki Prokonsularnej i Numidii, wciąż wzajemnie darząc się nienawiścią.

Lubieżność jest zapewne dziedziczna, pomyślał Tymezyteusz. Wszyscy Gordianowie, niczym wróble, byli zawsze gotowi do kopulacji i zawsze kręcili się wokół kobiet. Syn dogadzał młodej małżonce starego Nummiusza – jak ona miała na imię? – zanim udał się do Afryki na stanowisko legata swojego ojca. Sędziwemu Nummiuszowi odpowiadała ta sytuacja. Mówiono, że lubił obserwować tych dwoje, a potem dołączać do ich igraszek. Krążyły słuchy, że niewyżyte pragnienia małżonki doprowadziły go do śmierci. No cóż, są gorsze sposoby zejścia z tego świata. Była atrakcyjną blondynką. Jakżeż ona miała na imię?

– Mauretania Cezarejska to całkiem inna sprawa – mówił Wopisk, a w jego zachowaniu już nie było rozbawienia. Nałożył tę swoją maskę aktora tragicznego. – Wysłano rozkazy, by namiestnika aresztowano. Zostanie sprowadzony i oskarżony o zdradę.

Prosta chronologia wykluczała możliwość podżegania do buntu. Aleksandra zamordowano bowiem osiem dni przed idami marcowymi. Teraz były kalendy kwietniowe. Dwadzieścia pięć dni, licząc łącznie. Za mało czasu, żeby wieści o wstąpieniu na tron Maksymina dotarły do Afryki i namiestnik popełnił wtedy coś zdradzieckiego, a raport o tym zdążył dotrzeć nad Ren i *frumentarii* wyruszyli, by go aresztować. Tymezyteusz niewiele wiedział o obalonym namiestniku, teraz jednak zrozumiał, że ten człowiek ma wroga w ścisłym gronie ludzi otaczających cesarza. Ale kogo? I dlaczego? Mógł to być jeden z senatorów, Flawiusz Wopisk albo Honoratus, nowy prefekt pretorianów, Anullinus, jeden z pozostałych ekwitów-zabójców, Kwintus Waleriusz albo Ammoniusz. I nie należy, pomyślał Tymezyteusz, zapominać o Kacjuszu Klemensie; to, że był bratem jego przyjaciela, nie wykluczało morderczej mściwości. Z drugiej strony, mógł to być ktoś inny, kto się jeszcze nie ujawnił. Mógł to być w końcu sam Maksymin.

– Witalianus z wyróżnieniem przeszedł poszczególne szczeble kariery – teraz mówił Domicjusz. – W Brytanii dowodził kohortą wojsk pomocniczych, w Afryce był trybunem w Trzecim legionie *Augusta*, tutaj, nad Renem, dowódcą jednostki konnicy, a w Cyrenajce pełnomocnikiem cesarskim zarządzającym finansami. Przez ostatnie cztery lata dowodził jazdą Maurów, przeprowadzając ją przez trudne walki w kampanii perskiej. Dwukrotnie był w Afryce, jest sprawdzonym wojskowym, znającym zwyczaje Maurów; nie mogłoby być lepszego kandydata na namiestnika Mauretanii Cezarejskiej.

Podniosło się kilka rąk. Maksymin ruchem głowy wskazał Tymezyteusza.

– Nie ulega wątpliwości, że Witalianus to dobry żołnierz, a zawsze są jacyś zbójcy do schwytania i barbarzyńscy najeźdźcy do przepędzenia. Jednakże Mauretania Cezarejska nie jest terenem wojny. Szersza ochrona afrykańskich rubieży znajduje się w rękach Kapelianusa i jego Trzeciego legionu stacjonującego w Numidii. Spokojne prowincje, takie jak Mauretania właśnie, wymagają innych umiejętności i doświadczenia.

Oczy Maksymina były obojętne i czujne zarazem, jak oczy wielkiego kota. Grek brnął dalej.

– Gajusz Acjusz Alcymus Felicjanus dowodził żołnierzami, jednak większość życia poświęcił służbie republice na stanowiskach cywilnych. Był zarządcą cesarskiego skarbca przy organizowaniu pomocy dla ubogich w Transpadanii i prokuratorem we wszystkich czterech prowincjach galijskich. Przez ostatnie dwa lata odpowiadał za podatki spadkowe. Jak wiecie, oczyścił z korupcji tę stajnię Augiasza i pieniądze do wojskowej szkatuły ponownie zaczęły płynąć nieprzerwanym strumieniem. Bez jego pracy ta armia polowa nie mogłaby istnieć. Jest lojalny i pracowity, a następnym etapem jego kariery powinno być namiestnictwo prowincji.

Kiedy skończył, poczuł płynący od tronu chłód. To oczywiste, że biurokrata taki jak Alcymus Felicjanus nie mógł odpowiadać wywodzącemu się z koszar cesarzowi.

– Nigdy nie byłeś w żadnej z dwóch mauretańskich prowincji? – spytał Maksymin i nie czekając na odpowiedź, ciągnął: – Zanim zostałem prefektem Egiptu, zarządzałem Mauretanią Tingitańską. Ta wysoko położona kraina ciągnie się setki mil przez Cezarejską; dobra dla owiec i rabusiów, a dalej za nią są góry Atlas i nomadowie. Niezliczone plemiona nomadów: Bakatowie, Macenitowie, Melanogetulowie, Kwinkwegencjanie... – długie prostackie nazwy; gwałtowni, nieokrzesani ludzie. Ich naczelnicy przychodzą do stołu rokowań pod groźbą miecza. Pokój nastaje dopiero po potwornościach masakry.

Głos Maksymina zaczął się łamać, aż cesarz zamilkł i zapatrzył się w dal, jakby zobaczył tam jakieś przygnębiające obrazy z przeszłości. Nikt się nie odzywał. Tylko święty ogień trzaskał na niskim ołtarzu.

Zza kotary dobiegł głośny metaliczny dźwięk. Ktoś musiał coś upuścić. Maksymin powrócił do teraźniejszości i niemal konwersacyjnym tonem powiedział:

– Zatem mylisz się, mały Greku, obie Mauretanie wymagają forsownego marszu, wielu walk i rozmów z barbarzyńcami. Znajomość prawa dotycząca testamentów czy biednych dzieci jest mniej przydatna niż dobre usadowienie na końskim grzbiecie czy silne prawe ramię. Niech żołnierz Witalianus obejmie to stanowisko.

Tymezyteusz skinął głową, co z pewnością odebrano jako pokłon. Do pioruna! Jak mógł o tym zapomnieć? Oczywiście, przecież to Maksymin prowadził kampanię w Mauretanii; ten głupi, krwiożerczy barbarzyńca potrafiłby wywołać wojnę nawet na Polach Elizejskich. Do stu piorunów!

Domicjusz spoglądał na niego z drwiącym uśmieszkiem. Tymezyteusz poczuł, jak wokół niego, osoby będącej obiektem cesarskiej nagany, zrobiło się pustawo. Nawet bezmózgi kuzyn spoglądał dziwnym wzrokiem. Prawdopodobnie Modestus usiłował sobie przypomnieć, gdzie wcześniej słyszał wyrażenie „stajnia Augiasza".

Tymczasem Wopisk przeniósł się już w swojej mowie na Wschód. Prefekt Egiptu był marionetką matki niedawno usuniętego tyrana. Nikomu nie wolno pozwolić na czerpanie korzyści z występku. Kolejny oficer był już w drodze, by go aresztować i przejąć kontrolę nad Egiptem.

Tymezyteusz był tak wściekły, że słowa ledwo do niego docierały. M a ł y   G r e k. Nazwanie Hellena Grekiem było czymś złym, a co dopiero użycie określenia *Graeculus.* A tutaj ten ogromny szpetny tracki barbarzyńca nazywa go małym Grekiem w obecności całej rady cesarskiej. *Graeculus...* tylko jeden stopień wyżej od *Chłopcze.* I to mówi Trak! Maksymin prawdopodobnie ma na skórze tatuaże przodków pod tą togą. Aż dziwne, że nie spiłował sobie zębów w szpic.

Jak każdy Hellen z wyższej warstwy, Tymezyteusz postrzegał wszystkich Traków przez pryzmat Tukidydesowego opisu obróconego w perzynę Mykalessos. Tego czytanego w szkole fragmentu się nie zapominało. Było tuż po świcie, mieszkańcy małego beockiego miasteczka zaczynali się budzić, kiedy przez otwarte bramy wpadli Trakowie. Powstał straszliwy zamęt i rozszalała się śmierć. Zabijano wszystkich; kobiety i starców, zwierzęta gospodarskie, wszystko, co żyło. Dzieci ukryły się w budynku szkoły. Trakowie wdarli się do środka i wymordowali je co do jednego.

Domicjusz wciąż spoglądał na niego szyderczo. Ty nędzny robaku, wymyślał mu w duchu Tymezyteusz. Kiedyś zaprowadzę cię na miejsce egzekucji. I nie licz na czysty i gładki cios miecza. Każę cię przybić do krzyża, jak niewolnika, albo zabić starym sposobem; nagiego z zasłoniętą głową przywiążą cię do suchego drzewa i będą biczować tak długo, aż spod ciała wyjrzy kręgosłup. Można też rzucić cię na arenę, gdzie przerażonego, leżącego we własnych odchodach, będą cię szarpać dzikie bestie.

Za kotarami słychać było tupot wielu stóp, jakby krążył tam tłum niezdarnych służących. Zanim Wopisk zamilkł, Tymezyteuszowi wpadło w ucho, że Kryspinus przeniesie się do Achai, a Pomponiusz Julianus zastąpi go w Syrii Fenickiej; reszta namiestników Wschodu pozostanie na swoich stanowiskach. Trwało chwilę, nim dotarła do niego waga tej informacji: jego przyjaciel Pryskus wciąż miał Mezopotamię.

Maksymin uniósł się z tronu. Anullinus stanął tuż za nim. Wyciągnął miecz. Wszyscy inni spoglądali pytająco po sobie.

– Teraz! – zawołał Maksymin.

Rozsunięto kotary ze wszystkich stron. Członkowie rady zaczęli obracać głowy dookoła. Błyskały zbroje, kołysały się pióropusze na hełmach pretorianów otaczających *consilium*.

Żaden z zahartowanych w polityce cesarskiej mężczyzn nie okazał słabości. Tymezyteusz widział, jak paru dotyka tego szczególnego pierścienia, zawierającego truciznę, który wielu senatorów nosiło. Wopisk znowu ściskał swój amulet. Patrzyli z Kacjuszem Celerem na siebie, podejrzewając się nawzajem o zdradę. Tymezyteusz przybrał stosowny do sytuacji wyraz twarzy.

– Wojna to wymagająca pani – oznajmił Maksymin. – Musimy dotrzeć do morza, bo inaczej Germanie zdobędą

Rzym. To walka na śmierć i życie. Po jednej stronie cywilizacja, po drugiej mrok. Należy poświęcić wszystko, żeby odnieść zwycięstwo. Nie ma czasu na luksusy pokoju ani gadanie bez końca. Wszystko w cesarstwie musi zostać podporządkowane dyscyplinie wojskowej. – Maksymin zwrócił się do stojącej przed nim szesnastoosobowej grupy senatorów. – *Respublica* jest wam wdzięczna. *Patres conscripti*, nie zatrzymujemy was dłużej.

Tymezyteusz przyglądał się tym pyszałkom o sławnych imionach i wspaniałych karierach. Niektórzy nie potrafili ukryć, jak bardzo są wstrząśnięci i rozgniewani; Petroniusz Magnus wybałuszył z wściekłości oczy, a zniewieściały Klaudiusz Sewerus miał minę, jakby zamierzał splunąć. Inni, na przykład obłudny Wulkacjusz Terencjanus, odetchnęli z ulgą, bo udało im się ujść z życiem. Otyły Klaudiusz Wenakus mrugał kilkakrotnie, jakby nie bardzo rozumiał, o co chodzi.

Z nieświadomym okrucieństwem pretorianie dali odprawionym członkom rady czas, by mogli – jeden po drugim – wygęgać swoje podziękowania, zanim zabrali ich sprzed cesarskiego oblicza.

Bardzo ciekawa sytuacja, pomyślał Grek, patrząc za nimi. Taka grupa szesnastu bogatych, wpływowych ludzi, wyobcowanych i pełnych urazy, mogła się okazać komuś przydatna.

Flawiusz Wopisk i Kacjusz Celer wciąż się wzajemnie w siebie wpatrywali.

No, no, zadumał się Tymezyteusz, żaden z was się tego nie spodziewał. Wasz mały Trak nie jest tak potulny, jak sądziliście.

Rozdział siódmy

Rzym
Subura,
siedem dni po idach kwietniowych 235 roku

Jeszcze nie nadszedł świt. Spotkanie dobiegło końca. Właściciel domu cicho otworzył zasuwę przy drzwiach, spojrzał w obie strony wąskiej ulicy i gestem dał znak grawerowi, żeby wyszedł pierwszy. Nie padło już żadne słowo na pożegnanie.

Na dworze było wciąż ciemno. Grawer nie miał pochodni. Zresztą był krótkowzroczny i widział wyraźnie jedynie na parę kroków. Miał wrażenie, że ulica jest pusta. Dźwigając torbę z narzędziami i podpierając się kosturem, ruszył na południe. Jego kroki odbijały się głośnym echem od litych ścian. Starał się iść normalnie, ani za szybko, ani zbyt wolno. Torba obijała mu się o nogi. Kostur stukał o bruk. Przytłaczały go otaczające mury. Już wcześniej to robił, wielokrotnie. Nie było mu dzięki temu łatwiej. Zmusił się, by nie ruszyć biegiem.

Od czasu do czasu oglądał się przez ramię. Nie oczekiwał, że kogoś dojrzy, ale człowiek samotny w tej dzielnicy, który nie ogląda się za siebie, byłby podejrzany. Nie obawiał się specjalnie rabusiów. Urodził się tutaj, w Suburze, dobrze znał miejscowe zwyczaje. Było już za późno dla wszystkich poza najbardziej zdesperowanymi dziwkami i ich klientami, a tym samym i ludźmi, którzy na tamtych żerowali. Chociaż on sam ponad rok temu wyrzekł się przemocy, wiedział, że ta przemiana jeszcze nie odcisnęła się na jego wyglądzie i zachowaniu. Zresztą miał w ręku duży kij i długi nóż u pasa. To nie zagrożenie ze strony miejscowych nożowników powodowało, że serce biło mu jak młotem i dłonie wilgotniały od potu.

Trwało to już ponad rok. Miał szczęście. Oni wszyscy je mieli. Byli przezorni, podejmowali wszelkie środki ostrożności i modlili się. Wiedział jednak, że to nie może trwać bez końca. Ktoś – najprawdopodobniej ktoś bliski, sąsiad, przyjaciel, a może, co gorsza, krewny albo ktoś z własnego grona – ich wyda. Nie będzie żadnego sygnału ostrzegawczego. Pewnego dnia ludzie, których grawer się lękał, zaczają się w ciemnościach. Nie zauważy ich, aż będzie za późno, a wtedy nie uratuje go żadna broń, siła charakteru czy ciała.

Niebo pojaśniało. W powietrzu snuł się dym palonego drewna. Rozległy się pierwsze dźwięki zapowiadające nadejście nowego dnia: głosy dochodzące zza zamkniętych drzwi, stukot butów na schodach, płacz dziecka. Otwierano drzwi i życie zaczynało wylewać się od nowa na ulice Subury. Kowale, kamieniarze, robotnicy pracujący przy wełnie czy lnie, zbieracze szmat, folusznicy i karczmarze; przeróżni mężczyźni głośno żegnali swoje kobiety i prawie ocierając się jeden o drugiego w wąskich przejściach, pozdrawiali się nawzajem. Raz jeszcze grawer stał się jednym z wielu, w ciżbie *plebs urbana* podążającej ulicami dzielnicy nędzy. Dożył kolejnego świtu. Czekało go bezpieczeństwo dnia.

Wyrosła przed nim ogromna nijaka ściana na tyłach forum Augusta, skręcił więc w lewo, w ulicę Sandalników. Myśli o przyziemnych sprawach czekających go wraz z nadejściem ranka zajęły już w jego głowie miejsce dotychczasowych lęków. O trzeciej godzinie dnia miał stanąć przed urzędnikami prowadzącymi mennicę. Acyliusz Glabrion, Waleriusz Poplikola i Toksocjusz byli tacy sami jak wszyscy członkowie kolegium *Tresviri monetales*, którym wcześniej służył – bogaci, aroganccy, bezmyślni młodzieńcy oślepieni bogactwem i pozycją. Pierwsi dwaj byli chyba jeszcze gorsi od większości; ich fryzury i pachnidła wskazywały na nienaturalne występki. Dla takich jak oni pojawił się już dawno napis na ścianie. Tymczasem grawer, póki nie przyjdzie na tych trzech kres i dzień Sądu, będzie słuchał ich poleceń, trzymał się w cieniu i znosił ich pogardę.

Za bramą po prawej mignęły zacienione rabatki i żywopłoty Świątyni Pokoju. Po lewej, na grzbiecie wzgórza, promienie słońca padły na dachy pięknych rezydencji na Karynach, nad którymi w jasnym i przejrzystym powietrzu śmigały jaskółki. Nastrój mu się poprawił. Lubił tę ulicę. Była szeroka i czysta. Otwierano księgarnie. Za ludzkiej pamięci nie było tu ani jednego szewca. Pierwsi brodaci uczeni zaczynali już swoje szperanie. Źle ogoleni filozofowie patrzyli z jawną dezaprobatą na elegancko odzianych sofistów. Ci ostatni poruszali się leniwie, otoczeni chmarą zamożnych studentów, a wszystko to w aurze wytworności i sukcesu. Samotni młodzieńcy z podkrążonymi oczyma byli zapewne poetami. Prawie każdy z nich ściskał zwój papirusu, uniwersalny znak kultury.

Grawer ziewnął szeroko. Było wcześnie. Miał mnóstwo czasu. Uraczy się zatem śniadaniem. Czeka go kolejny długi dzień. Jadło i coś do picia dodadzą mu sił. W pobliżu posągu Apollina Sandalników wszedł do jadłodajni Pod Lirą. Właściciel, odziany w typową dla swojego zawodu wysoko przepasaną skórzaną tunikę, powitał go i przyjął zamówienie. W środku było tylko dwóch klientów, woźniców rozmawiających sennymi głosami w rogu. Grawer usiadł przy pustym stole.

Przesunął dłonią po torbie, wyczuwając pod palcami uspokajający kształt starannie owiniętych narzędzi: trzech różnych świdrów, obcinaka, dwóch rodzajów rylców, szczypiec i kleszczy, pilników, cyrkla i woreczka ze sproszkowanym korundem. Wiedział, że jest dobry w swoim fachu. Była to jedyna sytuacja, kiedy jego krótkowzroczność z wady stawała się zaletą. Nie potrzebował przemyślnie ustawionych szkiełek, nie musiał wpatrywać się w przedmioty przez napełnione wodą szklane naczynia. Zupełnie jakby jego oczy zaprojektowano wyłącznie do wykonywania misternej pracy z bliska.

Właściciel przyniósł mu chleb i ser oraz ciepłe rozcieńczone wodą wino. Podziękował mu i zabrał się do jedzenia.

Nie chodziło tylko o techniczne mistrzostwo. Duma może być grzechem, ale on wiedział, że jest obdarzony talentem. Przez całe lata potrafił właściwie zinterpretować nawet najbardziej niejasne instrukcje. Często były tak mgliste, że nie mogły mieć sensu dla ambitnych młodych polityków, którzy je wydawali. Jedynym pragnieniem tych ignorantów było przedstawić taki obraz cesarskiego majestatu, który musiałby przypaść do gustu człowiekowi na tronie, gdyby go przypadkiem zobaczył. W marzeniach tych ludzi aprobata znajdowała natychmiast odzwierciedlenie w ich awansach: najpierw stanowisko kwestora z polecenia cesarza, potem pretora, jeszcze przed osiągnięciem wieku wymaganego na ten urząd, następnie jakaś bogata prowincja, a na samym szczycie konsulat ze złudnym zyskiwaniem sobie nieśmiertelności, całe to złoto i purpura, tandetna świetność tego świata. Łącząc pojęcia powstałe ze zwykłego ludzkiego wyrachowania z opornym materiałem, grawer tworzył sztukę.

Przy pierwszej emisji monet szybko stało się jasne, że

Acyliusz Glabrion, Waleriusz Poplikola i Toksocjusz nie mają większego pojęcia, jakie zalety, cele, zainteresowania i sympatie religijne posiada nowy cesarz. Był oficerem pochodzącym z Tracji. Ze sposobu, w jakim owi szlachetnie urodzeni młodzi ludzie się o nim wyrażali, żadna z tych dwóch rzeczy za nim nie przemawiała. Poza tym Maksymin August stanowił dla nich całkowitą tajemnicę. Nie pamiętali, by go kiedykolwiek spotkali, nie mieli najmniejszego pojęcia, jak wygląda.

Zważywszy na te okoliczności, grawer uznał, że portret mu się udał. Ukazany z prawego profilu Maksymin, ani zbyt stary, ani zbyt młody, był dojrzałym człowiekiem w pełni sił. Włosy miał obcięte krótko i nosił wieniec. To ostatnie było bezpieczniejsze niż promienista korona; niektórzy postrzegali ją jako dowód, że cesarz stawia się nazbyt blisko Boga, może zażądać czci, tym samym okazując *hybris*, nieposkromioną pychę. Podbródek miał mocny i gładko wygolony. Broda mogła być niezła, bo wskazywałaby na męskie cnoty dawnej republiki, ale znowu zbyt kunsztowna przywodziłaby na myśl miękkich nieudolnych Greków, za krótka zaś – brutalnych żołdaków. Grawer dał Maksyminowi orli nos i starał się ukazać w jego oczach coś z błyskotliwej inteligencji Juliusza Cezara. Na pewno żaden władca nie miałby nic przeciwko temu.

Wykonał tylko jeden awers, jako przykład dla innych graverów. Ze względu na większy nacisk, jakiemu poddawany był w procesie bicia monet rewers, wykonał już dla niego więcej niż pięć różnych form. Wskazówek *tresviri monetales* nie było żadnych. „To, co zwykle", oświadczył Acyliusz Glabrion, zupełnie jakby ten temat go śmiertelnie nudził. Grawer przemyślał te słowa. Pierwszy projekt, jaki wykonał, ukazywał cesarza pomiędzy dwoma wojskowymi sztandarami; ostatecznie wywodził się z armii. Następny przedstawiał dwie cesarskie cnoty, *Victoria* i *Pax Augusti*; w przekonaniu Rzymian pokój Augusta zawsze zależał od zwycięstwa. Kolejny, *Liberalitas*; bezpieczna koncepcja, jako że zawsze, jak noc po dniu, po wstąpieniu na tron następowało rozdawnictwo. I ostatni, *votis decennalibus*; wszyscy, włącznie z grawerem, złożyli już stosowne przyrzeczenia mające zapewnić bezpieczeństwo nowemu cesarzowi na następne dziesięć lat.

Pierwsze rodzaje rewersów były dobrze wybrane. Nie znalazło się tam nic nowatorskiego. Odpowiadały tradycyjnym gustom. Mimo to grawer wiedział, że nie usłyszy słowa pochwały z ust ludzi stojących ponad nim. Albo *monetales* przywłaszczą sobie jego pomysł, albo będą narzekać i twierdzić, że inne wersje byłyby lepsze. Nieprędko przyjdzie na nich dzień Sądu.

Podskoczył, kiedy poczuł na ramieniu czyjąś rękę.

– Nieczyste sumienie? – spytał Kastrycjusz, siadając obok niego.

– Ty głupcze, o mało się nie sfajdałem.

– Mało że ślepy i głuchy, to jeszcze nietrzymający stolca... to już prawie twój koniec. – Kiedy Kastrycjusz się uśmiechnął, jego mizerną pociągłą twarz poprzecinały dziwne, kanciasto zarysowane linie.

Grawer nie potrafił się powstrzymać i odwzajemnił uśmiech.

Kastrycjusz zamówił wino, nierozcieńczone.

Nie ulegało wątpliwości, że to zły człowiek. Twierdził, że pochodzi z dobrej porządnej, zamieszkałej w Galii rodziny i że miał powody, by uciec nauczycielowi, który przywiózł go do Rzymu. Akcent i sposób bycia zdawały się potwierdzać tę opowieść, ale niezależnie od tego, czy była to prawda czy nie, z zaskakującą łatwością zaczął w Suburze prowadzić życie rzezimieszka. Mimo to grawer lubił młodego sąsiada.

– Wcześnie wstałeś – powiedział.

– Nie, jeszcze się nie położyłem – odparł Kastrycjusz i pociągnął łyk wina z kubka. – To mi pomoże zasnąć. Nie żebym miał z tym jakiś problem. Wczoraj poszedłem do Karyn, żeby popatrzeć na kobiety. Bogowie, czego bym nie robił z taką bogatą suką! W każdym razie już w priapicznym nastroju, przyszedłem tutaj, by odwiedzić Cenis. Wykończyła mnie... powiedziała, że dobrze mieć młodego mężczyznę między nogami zamiast twojego starego, zwiędłego ścierwa.

Grawer poczuł, jak sympatia do młodego człowieka przemienia się w gniew. Było to zupełnie irracjonalne, bo nie Kastrycjusz zawinił. Chodziło o jego własną słabość. Cenis była dziwką, która mieszkała w tej samej kamienicy co oni. Grawer od lat był jej klientem. Wiele już zmienił w swoim życiu, ale tego akurat nie był w stanie. Nawet teraz, kiedy pomyślał o jej ciele, poczuł podniecenie. Brakowało mu samokontroli. Wiedział, że kiedy kobieta już pojawi się w jego myślach, nie potrafi się powstrzymać przed pójściem do niej wieczorem. Był słabym człowiekiem.

Wstał. Mocno chwycił swoją torbę z narzędziami, jakby szukał oparcia.

– Śpij dobrze. Idę do mennicy.

Odegnał lęki, ale kiedy wyszedł na słońce, nie potrafił się powstrzymać, żeby się nie rozejrzeć i nie sprawdzić każdego mężczyzny, który stał w wejściu do domu. Nikomu nie można ufać. A już na pewno nie Kastrycjuszowi.

Rozdział ósmy

Afryka
Hadrumetum,
osiem dni po idach kwietniowych 235 roku

Rozchylono zasłony, by wpuścić trochę świeżego powietrza do sali wyznaczonej dla sądu. Gordian patrzył na członków trybunału. Jego ojciec, sędzia przewodniczący, zaczynał wyglądać na swój wiek. Inaczej niż on sam, wciąż miał gęste włosy. Od lat były siwe, ale teraz twarz pod nimi była wymizerowana, policzki zapadnięte, oczy załzawione, choć wciąż przenikliwe. Głos i dłonie mu drżały. Napełniło to Gordiana smutkiem, również dlatego, że przypomniało mu o jego własnej śmiertelności. Przesunął wzrokiem po doradcach. Serenus Summonikus, jego dawny nauczyciel, był w podeszłym wieku jak ojciec. Walerian, Sabinianus, Arrian i Maurycjusz, tutejszy posiadacz ziemski, byli natomiast jego rówieśnikami, wszyscy po czterdziestce, czyli w kwiecie wieku albo też w połowie drogi do śmierci, zależnie od punktu widzenia. Jedynie Menofilos, kwestor, był jeszcze przed trzydziestką. Ani jeden z nich, nawet ci dwaj patrycjusze Kerkopowie, nie wyglądał na tak znudzonego jak Gordian.

Z willi roztaczał się piękny widok na port Hadrumetum. W jego wewnętrznych basenach woda falowała łagodnie, lśniąc w promieniach słońca. Grupa robotników ładowała amfory na duży statek handlowy. Mieli na sobie tylko przepaski biodrowe i ich ciała błyszczały od potu. Nadzorca ocierał sobie twarz chusteczką. Wysyłano właśnie do Rzymu oliwę przeznaczoną na stoły, do lamp i jako składnik pachnideł. Już od stuleci Wiecznemu Miastu nie wystarczały dostawy z samej italskiej ziemi. Wszystkie produkty spożywcze, takie jak zboże, wino czy oliwa, musiały być sprowadzane z daleka. Każdego roku ogromne ilości przywożono z Egiptu, większość jednak pochodziła z Afryki Prokonsularnej. Dawno temu, za panowania Klaudiusza, namiestnik Afryki przerwał dostawy, kiedy sam usiłował zdobyć tron. Wtedy prokonsul tej prowincji dowodził legionem III, a dodatkowo sformował jeszcze jeden. Nic mu to nie pomogło.

Spokój wokół zacumowanych łodzi rybackich kontrastował z krzątaniną przy statku handlowym. Na pewno wróciły z nocnego połowu, ale teraz, ze złuszczoną farbą, wysłużonym płótnem żagli i stosami sieci piaskowego koloru wyglądały na porzucone. Za nimi, przy krańcu jednego z pomostów, na głazach falochronu leżała grupka chłopców. Kiedy mieli ochotę, wstawali i skakali do wody. Wychodzili z niej roześmiani, otrząsali się i kładli z powrotem, a słońce suszyło ich nagie brązowe ciała. Byli biedni, ale wolni. Gordian żałował, że nie jest teraz w *Ad Palmam*.

Wtedy jego plan się powiódł. Nomadowie pilnujący obozu byli tak zajęci atakiem na oazę, że nie zauważyli Menofilosa zbliżającego się z kohortą XV. Poszli w rozsypkę po jego pierwszym uderzeniu. Panika ogarnęła również opiekunów zwierząt, a następnie tych, którzy walczyli dotąd wśród drzew i u bramy cytadeli. Na łeb na szyję uciekali na południe. Większość umknęła. Poza synem Nuffuziego schwytano ich tylko około dwudziestu, w większości rannych. Znaleziono też jakieś trzydzieści ciał. Nie zorganizowano pościgu. Kohorta była pieszo, a jeźdźcy towarzyszący Gordianowi w osadzie zostali już tak wykorzystani, że nie można ich było wysłać w pogoń. Zresztą nie zrobiłoby to wielkiej różnicy. Nuffuziemu udało się utrzymać w ryzach towarzyszących mu ludzi i osłaniać drogę ucieczki.

Gordian pozostał w oazie przez pięć dni. Żeby odzyskać szacunek dla samego siebie i swoich ludzi, Emiliusz Sewerynus wysłał Wilki, by patrolowały teren od południowej strony. Dojechali daleko, za Tuzuros i *Castellum Nepitana*, w głąb pustyni, ale natknęli się wyłącznie na truchła koni i wielbłądów. Inni żołnierze zdążyli już pochować zabitych i zająć się rannymi. Pomimo zaciekłej walki ani jednych, ani drugich nie było zbyt wielu, w sumie nie więcej niż czterdziestu, głównie spośród *speculatores*. Co najmniej dwudziestu rannych miało wkrótce powrócić do szeregów. Zorganizowano karawanę, by zabrać uwolnionych z rąk nomadów mieszkańców z powrotem na północ, do ich domów. Łupy podzielono pomiędzy żołnierzy. Komplikacje związane z ich zwrotem prawowitym właścicielom byłyby niewyobrażalne, a żołnierzom zawsze przydaje się dodatkowa zachęta do walki. Czwartego dnia wzięci do niewoli a zdolni do marszu nomadowie pod strażą kohorty XV wyruszyli do jej bazy w Ammedarze. Razem z synem Nuffuziego, którego Gordian zatrzymał w swoim orszaku, mogli się przydać w dyplomatycznych targach, do jakich musiało prędzej czy później dojść. Pozostałych siedmiu zabito.

W towarzystwie konnej gwardii namiestnika i afrykańskich sił nieregularnych Gordian wracał przez Kapsę, Ruspe i Cillium. Na dwa dni zatrzymał się w *Vicus Augusti*, blisko Hadrumetum. Ludziom i koniom potrzebny był odpoczynek. Złożył kurtuazyjną wizytę Sulpicji Memmii w willi położonej tuż pod miastem. Cesarz Aleksander co prawda się z nią rozwiódł, ale zdarzało się już wcześniej, że los znakomitych wygnańców potrafił się diametralnie odmienić. Krótki postój pozwolił, by wieści o przybyciu zwycięzców wyprzedziły ich w drodze do Hadrumetum i umożliwiły przygotowanie stosownego powitania. Jemu na tym nie zależało, ale żołnierzy cieszyło. Było oczywiste, że lubili, kiedy poświęcano im uwagę.

– Imię? Pochodzenie? Wolny czy niewolnik?

Otwierano kolejną rozprawę. Sąd już zamknął poprzednią dotyczącą nużącego sporu o spadek pomiędzy dwoma rolnikami. Młodszy Gordian ocenił porę dnia po położeniu słońca. Zaledwie późny ranek – jeszcze co najmniej trzy godziny do przerwy na południowy posiłek – a potem znowu będą tu uwięzieni, wysłuchując kolejnych sporów aż do zmierzchu. Dzięki bogom był kwiecień. Dotarli do Hadrumetum w połowie Cerealiów. Trwające tydzień święta od *Ludi Florales* dzieliło zaledwie osiem dni, z których trzy poświęcone były innym, krótszym obchodom. Aż do maja obecny dzień był pierwszym z pięciu jedynie, podczas których namiestnik mógł wydawać wyroki.

Stroną oskarżającą była grupa dzierżawców z posiadłości będącej własnością cesarza. Gordian przyglądał się, jak składają w ofierze szczyptę kadzidła ku czci cesarza i tradycyjnych bogów. Tuniki mieli pocerowane, ale czyste, a ręce i twarze porządnie wyszorowane.

Oskarżali zarządcę cesarskiej posiadłości, który miał twarz obłudnika. Odziany w togę ekwity z wąskim purpurowym szlakiem, ze wszystkich sił starał się zachować obojętną minę, zupełnie jakby oskarżenia były jego niegodne, wręcz niewarte słownej reakcji.

Dzierżawcy, włącznie z tym, który przemawiał w imieniu wszystkich, wyglądali na przejętych i przerażonych. Mimo to, kiedy obrócono klepsydrę, ich przedstawiciel zdołał się odezwać.

– Jesteśmy prostymi ludźmi, pracujemy w polu. Urodziliśmy się i wychowaliśmy w cesarskiej posiadłości i w imię najświętszego cesarza prosimy o pomoc.

Kiedy uświadomił sobie, że zostanie wysłuchany, nabrał pewności siebie.

– Zgodnie z prawami boskiego Hadriana jesteśmy winni gospodarstwu nie więcej niż sześć dni pracy rocznie, dwa przy orce, dwa przy siewie i dwa przy żniwach. Zawsze to robiliśmy, z radością w sercach, tak jak nasi ojcowie przed nami, a ich ojcowie przed nimi.

Zarządca posiadłości przestał się przyglądać swoim paznokciom i delikatnie, jednym palcem, poprawił sobie włosy.

– Już wcześniej żądano od nas więcej – ciągnął rolnik – i niesłusznie dodawano obowiązki. Ale w ubiegłym roku zarządca wyciągał nas do pracy tak często, że nasze własne pola zostały zaniedbane. Niezebrane zbiory zgniły. Kiedy się na to skarżyłem, kazał żołnierzom mnie pochwycić. Na jego rozkaz rozebrali mnie i bili, jakbym był niewolnikiem, a nie obywatelem. Marka i Tytusa potraktowano równie haniebnie.

Pozostali członkowie delegacji pomrukiem potwierdzili jego słowa.

Zarządca obrzucił ich pogardliwym spojrzeniem, w którym można było wyczytać też groźbę.

Mówca, już ośmielony, nie zwracał na niego uwagi i podawał dalsze przykłady złego traktowania i brutalności.

Gordian tymczasem zaczął myśleć o obchodach świąt. Cerealia, z tymi skąpymi ofiarami w postaci orkiszu i soli, z nieszczerym podkreślaniem czystości i postem aż do skromnego posiłku przy pierwszej gwieździe, nigdy nie były szczególnie atrakcyjne. I jeszcze ów dziwaczny, nieznośny rytuał ostatniego dnia. Zawsze zasmucał go widok lisa, kluczącego szaleńczo w bezskutecznej próbie ucieczki przed przywiązaną mu do ogona płonącą pochodnią. *Ludi Florales* to było coś zupełnie innego. Sześć dni i nocy eleganckich strojów i świateł, wina i miłości. Prostytutki, powoli, kusząco odsłaniające przed wszystkimi w teatrze swoje wdzięki. Przypomniał sobie, jak Partenope i Chione powitały go po powrocie ze zwycięskiej bitwy w oazie; pomyślał o ich ciemnych włosach i oczach, o oliwkowej skórze, kiedy ocierały się o niego, o siebie nawzajem, palcach i językach, którymi pieściły się wzajemnie, jednocześnie przyciągając go do siebie.

Epikur powiedział, że jeśli człowiek traci możliwość spędzania czasu z osobą, którą darzy namiętnością, rozmawiania z nią, patrzenia na nią, to żądza cielesna gaśnie. Utrzymywał też, że żadna przyjemność czy rozkosz sama w sobie nie jest niczym złym. Niektóre pragnienia są naturalne i nieodzowne. Gordian nie wyobrażał sobie czegoś bardziej naturalnego i bardziej nieodzownego od rozkoszy łoża, szczególnie jeśli posiadało się dwoje takich dziewcząt jak Partenope i Chione.

Głos zabrał zarządca.

Gordian nie miał ochoty wysłuchiwać jego litanii zaprzeczeń. Bez wątpienia zjawią się też szacownie wyglądający świadkowie, żeby go wesprzeć. Strona mająca lepsze stosunki i więcej pieniędzy zawsze znajdowała więcej takich osób. Gordian był już na pół przekonany o winie zarządcy.

Co ja tu w ogóle robię? – zastanawiał się. Unikaj rozgłosu, powiedział tamten mędrzec. Epikurejczyk nie powinien angażować się w sprawy publiczne, chyba że coś istotnego go do tego zmusi. Przez całe życie coś istotnego go do tego zmuszało. Spojrzał na ojca. Ambicje starszego Gordiana związane z synem, synowska miłość dla ojca to były dwie stałe. Teraz ojciec był stary i zarządzał ważną prowincją. Gordian wiedział, że jeśli nie ujmie mu nieco z tego brzemienia, to zamęczy go poczucie winy. Pomóc ojcu to było jak pomóc sobie. To było właściwe postępowanie.

Gordian zmusił się, by obserwować dalszy przebieg zdarzeń.

Zarządca rozpoczął swoją obronę w teatralny sposób. Wszyscy wykształceni ludzie znali poezję bukoliczną.

Gordian zgadywał, że mężczyzna, posługując się górnolotnymi metaforami, zamierza zręcznie wykluczyć wiejskich oskarżycieli i nawiązać jakąś nić porozumienia z członkami trybunału. Popatrzył na ojca i doradców. Ich twarze nie wyrażały niczego, podobnie jak jego własna.

Eklogi i *Georgiki* Wergiliusza ukazywały świat niewinności i uczciwości, mówił oskarżony. Sędziwych ludzi o dawnych cnotach przyginała do ziemi ciężka praca całego życia. Młodzi pastuszkowie grali na piszczałkach, nieśmiało zabiegając o względy dziewiczych pastereczek. W każdym skromnym domostwie przybysz znajdował swojską gościnność i mądrość.

Jak dotąd całkiem nieźle – zarządcę najwyraźniej cieszył własny występ – jednakże członkowie trybunału, łącząc aktywne życie z kulturalnym, wypełniając obowiązki względem własnych posiadłości i względem tego, co zwało się *res publica*, bywali w okolicach wiejskich i postrzegali to inaczej. Mieli tam bowiem do czynienia z szorstkim akcentem i nieokrzesanym sposobem bycia. Co gorsza, natykali się na żałosną indolencję i nikczemne przesądy. Bez oparcia w filozofii i kulturze wysokiej kudłaci tubylcy kłamstwo wysysali z mlekiem matki. Niekrępowani współczuciem uważali przemoc i siłę za podstawowe argumenty. Któż nie słyszał powiedzenia: Sporządź testament, nim ruszysz wiejską ścieżką?

Kiedy oskarżony zakończył wyliczankę niegodziwości rolników, trzech świadków przysięgło, że jest niewinny. W końcu starszy Gordian rozkazał stronom wyjść, po czym zwrócił się o opinię do swoich doradców.

Maurycjusz wygłosił improwizowaną mowę. Jego ród należał do najstarszych w Afryce, a wywodził się zarówno z miejscowych posiadaczy ziemskich, jak i z rzymskich kolonistów. Przez całe pokolenia mieli zbyt wiele dzieci. Równy podział spadku doprowadził ich do biedy. On sam dostał po ojcu tylko jedno poletko. Na początku uprawiał je tylko własnymi rękoma. Potem wziął w dzierżawę inne pola, wynajął ludzi. Stopniowo, dzięki ciężkiej pracy i łasce bogów, odbudował majątek rodzinny. Teraz posiadał ogromne połacie ziemi i zasiadał w radach miejskich w Tyzdros i tutaj, w Hadrumetum. Podawał własne życie jako przykład, że bieda nie musi odrzeć człowieka z uczciwości i cnót.

Wypowiadając się bardziej na temat od poprzednika, Menofilos zwrócił uwagę na fakt, że dzierżawcy mieli wiele do stracenia, wnosząc tę sprawę. W razie przegranej narażali się na odwet ze strony zarządcy i jego przyjaciół. A przecież prosili jedynie o to, co prawnie im się i tak należało.

Jeden po drugim, z Gordianem włącznie, członkowie trybunału przychylali się do tego stanowiska.

Do sali sądowej powróciły strony.

– W imieniu naszego świętego cesarza Gajusza Juliusza Werusa Maksymina i na mocy władzy przekazanej mnie, jako prokonsulowi Afryki, stwierdzam, że powództwo jest zasadne. Niech wnoszący oskarżenie ustawią kamień z wyrytą inskrypcją przedstawiającą ten werdykt oraz prawa boskiego Hadriana. Żeby w przyszłości nikt nie wymagał od nich więcej, niż pozwala prawo, i nie stosował wobec nich ucisku czy przemocy.

– Ci wieśniacy to kłamcy – żachnął się oskarżony. – Unikanie obowiązków wobec cesarza równa się zdradzie. Poparcie ich jest ryzykowaniem oskarżenia o to samo. W ramach swoich obowiązków utrzymuję regularną korespondencję z dworem cesarskim.

W sali zapadła cisza.

– Sądzisz, że cesarz ceniłby sobie twoje słowo bardziej od mojego? – W głosie prokonsula nie było najlżejszego nawet drżenia.

W jednej chwili zarządca skapitulował. Nie, nie, w żadnym razie. W rzeczy samej, jest przekonany, że szlachetny prokonsul ma rację. Niektórzy z jego ludzi musieli okazać nadgorliwość w trosce o interesy boskiego Maksymina. Dopilnuje, żeby to się już nigdy nie powtórzyło.

W trosce o interesy boskiego Maksymina. Gordiana uderzyła ironia tego stwierdzenia. Toczyli bitwę w *Ad Palmam* w imieniu Aleksandra, nie wiedząc, że cesarza zabito, a jego ciało okaleczono. Jeden cesarz umarł, inny przejął tron. Zarządzanie cesarstwem trwało nieprzerwanie. Mało prawdopodobne, by akurat Maksymin miał w szczególny sposób wpływać na to, co dzieje się w Afryce.

Rozdział dziewiąty

Północna granica
obóz pod Mogontiakum,
jedenaście dni przed kalendami majowymi 235 roku

Kiedy służący rozłożyli koce i ustawili potrawy, Tymezyteusz kazał im odejść. Nie ma czegoś takiego jak bezgraniczna lojalność.

Spoczywali w cieniu jabłoni; Tymezyteusz, jego małżonka Trankwilina oraz dwóch zniechęconych senatorów. Jedenaście dni przed kalendami majowymi wreszcie i tutaj dotarła wiosna. Świeciło słońce, a na gałęziach pojawiły się pierwsze kwiaty. Jedli i rozmawiali, pozornie spokojni i odprężeni. Oczywiście nie dało się ignorować krzątaniny nad rzeką. A poza tym, pomyślał sobie Tymezyteusz, senatorowie na pewno się zastanawiają, dlaczego zaproszono ich na ten podany na świeżym powietrzu posiłek. Jego część koła bowiem się wznosiła, podczas gdy ich opadała.

Dźwięki niosły się w górę stoku: okrzyki zachęty, szydercze wrzaski i gwizdy, skrzyp drewna o drewno, rytmiczne dzwonienie młota o kowadło, głuchy łomot kafara, a w ten zgiełk od czasu do czasu wdzierały się tubalne władcze głosy. Tam, na dole, tumult był nieustający. Zaprzęgi końskie ciągnęły na brzeg ogromne kłody. Przenośne tartaki cięły je i obrabiały. Brygady robocze wyładowywały z wozów ogromne zwoje lin. Nad kuźniami snuły się wstęgi dymu. Już szósta łódź zmierzała w stronę mostu pontonowego. Manewr ten prowadzono z małej wiosłowej łódki ustawionej dalej w górę rzeki, pozwalając łodzi spływać powoli z prądem. Kiedy już znalazła się na właściwym miejscu, przerzucano przez dziób worek kamieni uformowany w piramidę, by pełnił rolę kotwicy. Zarzucono na łódź powrozy i po chwili kolejny element tkwił już na właściwym miejscu. Drewniane belki łączyły go z resztą mostu. Bliżej brzegu pokryto je już deskami, a po obu stronach ustawiono osłony.

Około dwudziestu kroków powyżej mostu z wody wystawała już pierwsza izbica. Składała się z trzech solidnych pali. Żelazne klamry trzymały je razem, tworząc z nich skierowany pod prąd wody grot. Tratwę z kafarem przycumowano w miejscu, w którym miała stanąć druga izbica. Tymezyteusz zatrzymał wzrok na ludziach powoli wciągających do góry, po łukowatej drewnianej prowadnicy, ciężki żelazny blok. Rozkaz, by go zatrzymać, wyraźnie dotarł do jego uszu. Po kolejnej komendzie nastąpiło zwolnienie dźwigni i mimo niewielkiej odległości ciężar spadł bezdźwięcznie. Odgłos uderzenia dotarł do jego uszu z opóźnieniem. Kiedy kawał metalu znów powędrował do góry, można było dostrzec, że wielki pal, w który uderzył, wbił się co najmniej trzy stopy głębiej w błotniste dno Renu.

– Twój most robi wielkie wrażenie – przyznał Marek Klaudiusz Wenakus, korpulentny mężczyzna średniego wzrostu. Z twarzy nie dało się wyczytać, czy jest inteligentny. Tak czy owak, rozwiązanie przez Maksymina rady szesnastu senatorów, wśród których znajdował się Marek, nie pozbawiło go szacunku dla samego siebie.

– Zawstydzasz nas swoją energią – wyjawił Kajusz Petroniusz Magnus. W jego oczach, choć wyłupiastych, widać było więcej inteligencji niż w spojrzeniu Wenakusa. To zresztą o niczym nie świadczyło, a Magnus nie potrafił ukryć, jak bardzo wstrząsnęła nim utrata oficjalnego stanowiska. – Nie pojmuję, jak znajdujesz czas, by do wielu obowiązków prefekta robót dodawać jeszcze organizowanie zaopatrzenia dla ekspedycji. Ty jesteś przeciążony, podczas gdy inni przymusowo bezczynni.

Tymezyteusz uśmiechnął się.

– Praca wymaga dużo czasu i wysiłku, ale tym większą czerpię przyjemność z przerw spędzanych w takim miłym jak wasze towarzystwie.

Obaj senatorowie zareagowali stosownie uprzejmymi pomrukami.

Tymezyteusz obdarzył Wenakusa najbardziej czarującym ze swoich uśmiechów.

– Niemniej przeceniacie moje wysiłki – powiedział i wskazał ręką w górę rzeki, gdzie w poprzek nurtu stały niepołączone kawałki murowanej konstrukcji. – Gdybyśmy tworzyli coś trwałego, godnego Rzymu, należałoby odbudować wspaniały stary most Trajana. Czy przynajmniej moglibyśmy, naśladując Cezara, postawić stały drewniany most z prawdziwego zdarzenia. Jednak cesarz Maksymin powiedział, że na przeszkodzie takim planom stoją czas i pieniądze. Mój most nie jest budowany po to, by trwać.

A Maksymin nazwał go *Graeculus*. I znowu publicznie. Jak śmie ten wielki tracki barbarzyńca nazywać go m a ł y m G r e k i e m. Tymezyteusz poczuł nagły ucisk w klatce piersiowej. Nie należało teraz się cofać. Naraziłby się tylko na pogardę Trankwiliny.

– Ale może ta ulotność okaże się jego największą zaletą. W razie konieczności mógłbym rozebrać go w kilka godzin. To przywodzi na myśl most Dariusza, u Herodota. Ten, do którego zniszczenia Scytowie próbowali przekonać Jończyków, by Dariusz i jego armia znaleźli się w pułapce po drugiej stronie. Jakże to oni argumentowali? *Mężowie z Jonii, dar, jaki mamy dla was, to wyzwolenie z niewoli, jeśli postąpicie zgodnie z naszą radą.* Mniej więcej coś takiego.

Zapanowało ogólne milczenie. Obydwaj senatorowie wlepili w niego oczy. W Wenakusowych można było doszukać się rosnącego zrozumienia. Magnusa były tak wybałuszone, że przypominały oczy homara.

– Och, wy, mężczyźni, zawsze jesteście tacy sami – odezwała się Trankwilina. – Nigdy nie myślicie o tym, czego dokonują kobiety. Gdyby Agryppina nie stanęła na moście przez tę samą rzekę i nie powstrzymała żołnierzy przed jego rozebraniem, jej małżonek Germanik zostałby po drugiej stronie, na łasce barbarzyńców.

Tymezyteusz spojrzał na żonę. Niewysoka i szczupła miała niecałe dwadzieścia cztery lata. Jej skóra była biała jak marmur, włosy i oczy czarne jak heban. Wiedział, że nie poślubiła go z miłości czy też dlatego, że uważała go za atrakcyjnego pod jakimkolwiek względem. Ale on ją kochał i miał nadzieję – modliłby się nawet o to, gdyby jacyś bogowie słuchali – że przez ponad osiem lat małżeństwa obudził w niej coś więcej niż tylko odrobinę uczucia. Bez wątpienia córa podupadłego senatorskiego rodu wiele zainwestowała w karierę będącego ekwitą małżonka. Nic nie mogło jej powstrzymać przed wyniesieniem go na wyżyny, może na Palatyn czy wręcz na sam Olimp.

– Sądzisz, że mogłoby do tego dojść? – Magnus zadał to pytanie gospodarzowi, jednak jego wzrok ponownie pobiegł ku jego żonie.

Tymezyteusz milczał chwilę, przybierając odpowiedni wyraz twarzy mający wyrażać powagę, gruntowne rozważanie tej kwestii i pewną niechęć, może nawet smutek.

– Ta ekspedycja ma dotrzeć dalej niż jakakolwiek inna

w ciągu stuleci, aż na daleką północ, do morza. Warus stamtąd nie wrócił. Gdyby most rozebrano, Germanik też by nie wrócił. Tam nie ma nic prócz lasów i bagien. To najgorszy z możliwych terenów dla naszych armii. W takim środowisku wojownicy germańscy są najgroźniejsi. A jest ich wielu. Z morzem za plecami nie będą mieli nic do stracenia. Będą walczyć do upadłego. – Tymezyteusz czuł, jak narasta w nim lęk, czuł w uszach wilgotny oddech szczura. – Mam obowiązek wobec Rzymu być gotowy do ewentualnego przerwania tego mostu. Jeśli to oznacza pozostawienie jakichś Rzymian po północnej stronie rzeki... – Szczurze pazury skrobały we wnętrzu jego głowy. Miał ochotę wrzeszczeć. Tymczasem powoli mówił dalej, całkiem zwyczajnie. – To mój obowiązek jako ekwity. Ci, którzy stoją wyżej, powinni być gotowi do pełnienia uciążliwej służby. Rzym nie może się obyć bez cesarza.

– Gotowi? – powtórzył pytająco Magnus.

– Regalia muszą być gotowe – wyjaśniła Trankwilina. – Pamiętacie, jak za Aleksandra ci pretendenci na Wschodzie zrobili z siebie głupców, pozbawiając się swoich i tak niewielkich szans, kiedy musieli kraść purpurowe płaszcze posągom bogów, klecić berła i szukać czegoś, co wyglądało na tron. Jakże to się oni nazywali?

– Jeden miał na imię Taurynus, jestem tego pewien – odparł Wenakus.

– Monety – powiedział Tymezyteusz. – Gładka zmiana władzy wymaga dużego zasobu monet.

– A może był to Raurynus? – Na górnej wardze Wenakusa pojawiła się warstewka potu.

Pozostali nie zwracali na niego uwagi.

– Człowiek odpowiedzialny za finanse trzech prowincji i za zaopatrzenie armii polowej ma dostęp do ogromnych sum pieniędzy – stwierdził Magnus.

Tymezyteusz mu przytaknął.

– Na monetach musi być głowa nowego cesarza – orzekł.

– Nie... Taurynus, jeden na pewno miał na imię Taurynus. – Okrągła twarz Wenakusa odwracała się od jednego do drugiego, jakby zachęcając ich, by zmienili temat.

Tymezyteusz uśmiechnął się uprzejmie do przerażonego senatora, nie zwracając jednak zupełnie uwagi na jego słowa.

– Bez trudu można wybić nowe twarze bezpośrednio na wizerunkach ludzi poprzedniej władzy. Sprawny kowal jest w stanie wyprodukować ich tysiące dziennie. Czasu wymaga natomiast przygotowanie nowych form... choć każdy zdolny fałszerz potrafiłby to zrobić. Niedawno, w trakcie zbierania datków na wojnę, wskazano mi jednego takiego. Doniósł na niego sąsiad... ludzie bywają bez serca. Nie kazałem fałszerza jeszcze aresztować. Mieszka w Mogontiakum.

Trankwilina się uśmiechnęła.

– Chyba na razie wystarczy. Nie możemy wzbudzać podejrzeń, lepiej, żeby nikt na nas nie doniósł. Powinniśmy porozmawiać o innych sprawach. – Gestem ręki przyzwała służących.

– Chcesz mnie zobaczyć?

– Tak – odparł Tymezyteusz.

– Być może zasługujesz na nagrodę.

Miała na sobie tylko zwiewną tunikę. Powoli zsunęła ją z ramion, a potem jeszcze niżej. Odsłoniła piersi. Po czym nagle, ze śmiechem, podciągnęła ją z powrotem do góry.

– Więcej.

– Tyle wystarczyło mężowi Heleny, któremu przyprawiła rogi, by jej nie zabić.

– Czyżby to jakiś nowy sposób informowania o zdradzie?

Trankwilina zrobiła niewinną minę. Sięgnęła rękoma do rąbka tuniki. Przekornie, niczym dziwka podczas Floraliów, uniosła ją, wysoko ponad białe uda, aż powyżej bioder.

– Chodź tutaj – powiedział Tymezyteusz.

W odpowiedzi puściła rąbek i uniosła ręce. Poruszyła ramionami i tunika zsunęła się, układając się u jej stóp.

W sypialni płonęła lampka oliwna. Trankwilina stała naga. Żadna szanująca się kobieta, żadna cnotliwa kobieta, nie pokazałaby się tak mężowi po nocy poślubnej. Poczuł przypływ żądzy, z domieszką czegoś, co mogło być lękiem, a nawet odrazą.

Podeszła i przylgnęła do niego.

– Co ja bym bez ciebie zrobił? – spytał.

– Pewnie byś pasał kozy – odparła i wsunęła rękę pomiędzy nich dwoje, dotykając jego nabrzmiałego członka.

– Moja rodzina nigdy nie zajmowała się pasaniem kóz.

– W takim razie byłbyś nieznanym nikomu oficerem, dowodzącym nieznaną jednostką na jakimś zadupiu.

Odsunęła się od niego, podeszła do łoża i położyła się na wznak, opierając na łokciach.

Kiedy się zbliżył, powstrzymała go, mówiąc dokładnie, czego po nim oczekuje.

Świadomy, że wygląda jak głupiec, podskakiwał wokół sypialni, zaplątany w ubranie, usiłując jak najszybciej się go pozbyć. Bogowie podziemni, a co będzie, jeśli ktoś się dowie? Co, jeśli jakiś sługa ich obserwuje? Na pewno będą mówić. Ten wstyd – cały szacunek, cała godność znikną – będą z niego szydzić, stanie się pośmiewiskiem na resztę życia.

Podniósł wzrok spomiędzy jej ud.

– Bez ciebie bym zginął – oświadczył.

– Nie wątpię – odparła. – A teraz rób, co ci kazałam.

Rozdział dziesiąty

Północna granica
miasto Mogontiakum,
cztery dni przed kalendami majowymi 235 roku

Około dziesiątej godziny nocy z zachodu nadciągnęła ciężka czarna chmura. Kiedy zabębniły pierwsze krople deszczu, Maksymin pomyślał sobie, jak to jest być rybą i spoglądać w górę, na kadłub wielkiego statku, coś ogromnego, obcego i niepojętego. Deszcz przybrał na sile, padał rzęsiście na dachy domów. Woda płynęła rynsztokami i bluzgała z rynien na ulicę, gdzie najpierw tylko unosiła, a potem porywała z sobą śmieci zalegające w głównym kanale ściekowym. Mimo że stał na ganku pod osłoną daszka, naciągnął mocniej kaptur brezentowego płaszcza, zakrywając twarz. Czuł się zmęczony. Przypomniała mu się bajka o żabach, które poprosiły Zeusa o nowego króla. Kiedy wysłał im węża wodnego, pożałowały braku lojalności wobec kłody drewna, która poprzednio nimi władała.

Deszcz ustał jeszcze bardziej raptownie, niż zaczął padać. Maksymin wyjrzał z ukrycia. Pusta ściana domu po drugiej stronie ulicy nie przepuszczała dźwięku ani światła. Wiedział jednak, że w środku są spiskowcy.

Cofnął się w mrok, gdzie kryli się pozostali trzej. Po bo-

155

kach miał teraz Mikkę, członka ochrony osobistej, i Wolona, naczelnika *frumentarii*. Czwarty mężczyzna stał z tyłu. Przed nimi, z okapu dachu, ciurkała woda. Wszyscy milczeli.

Zdrada go irytowała. Kiedyś, w dawnych czasach, senatorowie rzymscy byli ludźmi pełnymi cnót. Żyli prosto, odrywani tylko od pługa, by toczyć wielkie wojny. Jednak kiedy już ten straszny nieprzyjaciel, Kartagina, został ostatecznie pokonany, stulecia pokoju pozbawiły ich męskości. Bogactwo i przepych, stawy z rybkami i biblioteki, wymalowane dziwki i wdzięczący się utrzymankowie pederastów – różne wschodnie praktyki, które tak chętnie przyjmowali – wszystko to razem wzięte doprowadziło do zepsucia. Teraz pojawiło się nowe zagrożenie. Plemiona z północy podążały na południe, ogniem i żelazem sprowadzając niewypowiedziane cierpienia i dokonując rzezi, a tymczasem senatorom brakuje rozumu. Co gorsza, spiskują przeciwko tym, którzy dostrzegli niebezpieczeństwo i wykazali odwagę, by walczyć. Większość wyżej postawionych ekwitów była niewiele lepsza. Kolejni prefekci pretorianów okazywali się zdradzieccy. Spisek Plaucjanusa wymierzony w boskiego Sewera się nie powiódł, jednak Makrynus, ten Maur, zdradził cesarskiego syna, dzielnego i skazanego na niepowodzenie Karakallę. Bogacze nie dochowywali wiary. Potrzebna była nowa krew. Jedynie ludzie niesplamieni bogactwem czy rzekomym wyrafinowaniem mogli uratować Rzym. Tylko twardzi ludzie spoza wielkich miast – tacy, którzy czcili bogów i dotrzymywali słowa – mogli wyprowadzić Rzym z bagna zalewającej go z zewnątrz zgnilizny i sprowadzić na starodawne drogi uczciwości i honoru.

Maksymin ponownie wysunął się do przodu i rozejrzał po ciemnej ulicy. Pod każdym portykiem i w każdym wejściu skulone, otulone płaszczami postaci chroniły się przed nocnym chłodem i deszczem. Gdyby nie ich liczba, przypadkowy przechodzień wziąłby ich za żebraków. Dom był otoczony. Macedo i jego ludzie pilnowali każdego wyjścia. Ponieważ wplątany był w to trybun i trzech centurionów gwardii pretoriańskiej, Maksymin wezwał oddział pomocniczy Osroenów. Smutkiem napawała sytuacja, kiedy cesarz bardziej ufa greckiemu oficerowi i jednostce łuczników wynajętych w Mezopotamii niż własnej gwardii. Cóż, trzeba umieć korzystać z tego, co się ma pod ręką. Zresztą nieważne, byle z dobrym skutkiem. Modlił się żarliwie, żeby wszyscy trzej przywódcy byli tam razem.

Deszczowa chmura przesunęła się dalej i odsłoniła blade gwiazdy. W błocie pod zamkniętymi drzwiami domu po drugiej stronie ulicy poniewierał się wieniec, pozostałość po jakiejś hulance. Maksymin pomyślał, ile to razy wystawał, czekając przed domami senatorów w Rzymie. Młodszy oficer, niedawno przyjęty do warstwy ekwitów, szukał patrona i okazji do awansu. Rzadko wpuszczano go do środka. Najczęściej jakiś natarty oliwą i oblany pachnidłami sługus, który najprawdopodobniej dotarł do Rzymu w łańcuchach niewolnika z Kapadocji lub innej krainy na Wschodzie, z pogardą go odprawiał. Teraz przynajmniej nosił purpurę i jego syn nigdy nie dozna takiego upokorzenia.

Myśl o Werusie Maksymusie przywołała inne zmartwienia. Maksymin i Paulina zawsze zatrudniali najlepszych nauczycieli, na jakich było ich stać, a od czasu jego wyniesienia – najlepszych, jakich można było dostać za pieniądze. Bez wątpienia chłopiec potrafił recytować wersy Homera i Wergiliusza. Gładko przekładał je z jednego języka na drugi. Ci, których honoraria sugerowały, że się na tym znają, twierdzili, że kocha poezję i potrafi ją tworzyć z wrażliwością i w stylu Katullusa. Miał piękny głos śpiewaka. Brakowało mu jednak bardziej męskich osiągnięć. Pomimo najlepszych instruktorów niezgrabnie i niechętnie władał bronią. Jeśli udało się go wyciągnąć na łowy, zaszywał się często w lesie i pod drzewem czytał kolejną książkę, czasem nieprzyzwoitą, taką jak *Opowieści milezyjskie* i jej podobne. I jeszcze ten brak samokontroli: częste wybuchy infantylnej złości, picie, niekończące się romanse z mężatkami. Dzień po wstąpieniu na tron Maksymin musiał zapłacić za milczenie centurionowi, którego żona została zgwałcona. Kobieta w takim wieku, że mogłaby być matką chłopca. Maksymin był pewien, że przyczyną tego zepsucia jest wychowanie w dostatku. Sytuację jeszcze pogarszało przymilne zachowanie senatorów i ekwitów. Tego, co sądziła na ten temat Paulina, nie był już tak pewny.

Choć rzadko orientował się w poglądach małżonki – kobiety były pod tym względem gorsze od cywilów i przeważnie trudno je było zrozumieć – Maksymin miał pewność, że przerażało ją jego wyniesienie na cesarski tron. Ta najwyższa godność nie należała się ekwicie, szczególnie z takim jak jego pochodzeniem. Senatorowie będą nim pogardzać i go nienawidzić. Wszedł do świata, gdzie nic nie było tym, na co wyglądało, gdzie słowa mówiły jedno, a znaczyły co innego. Swobodny język z koszar i placów apelowych nie będzie przydatny. Musiał ćwiczyć powściągliwość, ważyć słowa niczym skąpiec swoje złoto, przed nikim nie odkrywać myśli. Maksymin dziękował bogom za Paulinę. Przynajmniej przy niej nie musiał się pilnować, mógł mówić, co myśli... choć zdawał sobie sprawę, że to nie obejmuje zachowania czy charakteru ich syna.

Coś jednak należało zrobić. Może wezwany przez Wopiska nowy cesarski *a studiis* okaże się właściwą odpowiedzią. Apsines z Gadary zdawał się być porządnym człowiekiem jak na Syryjczyka. Wychwalano jego kulturę i prawość. Pośród tomów w cesarskich bibliotekach musi być jakiś, który wpoi młodemu człowiekowi wojenne cnoty. Maksymin uśmiechnął się. Zawsze należy obracać broń nieprzyjaciela przeciwko niemu samemu. Tak czy owak, rozmowy z jego synem dadzą jakieś zajęcie Apsinesowi. Oficjalne obowiązki sofisty mającego kierować kulturalnymi studiami cesarza na pewno nie zajmą mu zbyt wiele czasu.

Daleki turkot wozu sprowadził Maksymina do rzeczywistości. Najwyraźniej otwarto już bramy i pierwsze dostawy wjeżdżały do miasta. Na wschodzie niebo zabarwiło się purpurą. Był już prawie świt, najlepsza pora na atak.

– Wierność. – Maksymin podał hasło i ruszył przed siebie, wiedząc, że pozostała trójka podąży za nim.

Na ulicy pojawiły się niewyraźne postaci i ruszyły za nimi. Kiedy dotarł do drzwi, miał za plecami trzydziestu ludzi.

– Panie. – Głos należał do Macedo. – Pozwól, by moi ludzi weszli pierwsi.

Maksymin odrzucił kaptur.

– Nigdy nie wydam rozkazu, by inni robili to, czego ja sam nie zrobię.

Dwóch Osroenów miało topory. Maksymin kazał im stanąć z boku. Zrzucił płaszcz z ramion. Spadł w błoto, zanim ktokolwiek zdążył go pochwycić.

– Zostawcie to. Mamy robotę do wykonania.

Uspokoił oddech, dotknął złotego naszyjnika i srebrnego pierścienia na lewym kciuku. Pierwszy był darem od cesarza Septymiusza Sewera, drugi od żony. Nie chodziło mu o pomyślność akcji – tego dopilnują bogowie – ale o przypomnienie sobie tego, co naprawdę ważne: zaufanie i wierność. Te pojęcia go ukształtowały, nigdy ich nie zapomni.

Przyjrzał się drzwiom, po czym wymierzył potężnego kopniaka. Drewno pękło; deski zadrgały i zadudniły, szarpnęły się na zawiasach, ale nie puściły. Jego siła była legendarna. Żołnierze mówili, że potrafi pięścią wybić zęby koniowi, palcem przebić jabłko albo dziecięcą czaszkę. Ludzie mieli zwyczaj opowiadać podobne bzdury.

Wziął głęboki oddech i kopnął jeszcze raz. Jego wielkie bucisko wylądowało w okolicy zamka. Skrzydła drzwi rozwarły się z hukiem. Wyciągnął miecz i wpadł do wnętrza. Ciemny korytarz wychodził na kolumnowe atrium. Z pokoiku odźwiernego wychynęła jakaś twarz i natychmiast znikła. Z głębi domu dochodziły krzyki. Maksymin popędził korytarzem. Za jego plecami ktoś poniewczasie zawołał, by otwierano, w imię cesarza.

W atrium było jaśniej. Znajdował się tam basen z fontanną pośrodku, a w pokoju po przeciwległej stronie płonęły lampy. Dwóch mężczyzn – żołnierzy, sądząc po pasach i wyciągniętych mieczach – ruszyło w jego kierunku z prawej strony. Kolejny obchodził sadzawkę z lewej. Mikko i Wolo minęli go pospiesznie, by zająć się tymi dwoma, Macedo i jeden z Osroenów ruszyli na trzeciego. W ciasnej przestrzeni za Maksyminem pojawiło się więcej łuczników.

Szczęk broni odbił się echem od ścian. Nieprecyzyjnie wymierzony cios miecza trafił w mur; posypały się iskry. Obie wąskie kolumnady były zatarasowane. W następnym pokoju, na tle lamp, przebiegały cienie.

Nie wolno pozwolić zdrajcom umknąć.

Maksymin postawił stopę na murku otaczającym basen i skoczył. Poślizgnął się, ale natychmiast odzyskał równowagę. Woda była bardzo zimna. Dzięki bogom, nie głębsza niż do kolan. Wlewała mu się do butów, kiedy brodząc, mijał fontannę.

Na przeciwległym skraju pojawił się jakiś młody człowiek z mieczem. Misternie ułożone pukle włosów i najlepszej roboty pas wskazywały na zdradzieckiego trybuna pretorianów.

– Tyranie!

Ostrze błysnęło, kiedy oficer wykonał pchnięcie. Lewa stopa Maksymina straciła oparcie. Padając, zdołał odeprzeć cios. Wylądował ciężko na pośladkach w rozbryzgach wody. Poczuł wstrząs. Miecz wypadł mu z dłoni. Trybun zgrabnie, niemalże z wdziękiem, wszedł do basenu. Cesarz gorączkowo przesuwał rękoma po dnie. Oficer zbliżał się ostrożnie. Dłoń Maksymina zacisnęła się na rękojeści. Brnąc do tyłu, wstał. Przeciwnik był już przy nim, zamarkował uderzenie z góry, w rzeczywistości zaś pchnął nisko, w lewe udo. Cesarz przyjął cios na ostrze tuż przy rękojeści swojego miecza i cofnął się.

Krążyli, szukając sposobności. Przy każdym kroku ciemna woda stawiała opór i dodawała ciężaru ich nogom. Dochodzące z daleka odgłosy walki były w tej chwili nieistotne. Teraz ważniejszy był hałas powodowany przez ludzi wskakujących do wody i zbliżających się do nich. Trybun zerknął ponad ramieniem Maksymina. To wystarczyło. Z bezlitosną mocą cesarz odbił w bok klingę przeciwnika. Postąpił krok naprzód i wbił gałkę rękojeści swojego miecza w twarz mężczyzny. Straciwszy równowagę, zataczając się do tyłu, młody oficer nie mógł powstrzymać Maksymina przed opuszczeniem stalowego ostrza na rękę trzymającą miecz. Trybun zawył. Upuścił broń. Chwytając zdrową ręką rozcięty nadgarstek, zgiął się wpół.

– Nie zabijać go – rzucił cesarz, wydostając się z basenu.

W jadalni było dwóch mężczyzn. Maksymin przeszukał wzrokiem wszystkie cztery kąty pomieszczenia. Nie zobaczył żadnego innego wyjścia ani miejsca, w którym można by się ukryć. Może jednak ten tłusty senator Klaudiusz Wenakus nie był taki głupi, na jakiego wyglądał. Albo to, albo też tchórzostwo trzymało go daleko stąd. Niezależnie od motywów jego nieobecności nie mogło mu to pomóc. Szpiedzy Wolona pochwycą go jeszcze przed południem.

– C-co się dzieje? – odezwał się jeden z senatorów.

Maksymin zwrócił na niego spojrzenie.

– Nic nie zrobiliśmy – mówił dalej pobladły Katyliusz Sewerus. Rozłożył dłonie, delikatne i kobiece, pokazując jak mim, że nic nie rozumie. – Składaliśmy ofiary... ofiary bogom.

Maksymin był świadomy obecności uzbrojonych mężczyzn w wejściu za jego plecami.

– Tradycyjni bogowie nie kryją się przed słońcem. A bóstwo, które wymaga, by jego czciciele spotykali się potajemnie, czaili w mroku, jest wrogiem Rzymu.

– Pora na wyjawienie prawdy – odezwał się drugi senator. – Omawialiśmy tu sprawę zdrady.

Z wyłupiastymi oczyma Kajus Petroniusz Magnus wyglądał jak jakieś stworzenie pełzające po morskim dnie, ale Maksymin poczuł dla niego pewien podziw.

– Zaproponowano nam przyłączenie się do spisku. – Senator mówił spokojnym głosem. – Musieliśmy się dowiedzieć, jak szeroki jest jego zakres, zdobyć konkretne dowody, zanim o nim doniesiemy.

– Kto się z tym do was zgłosił?

Magnus spojrzał prosto w twarz Maksymina.

– Jeden z twoich zaufanych ludzi, namiestnik Germanii Mniejszej.

Maksymin machnął ręką do tyłu. Podszedł do niego mężczyzna w cywilu.

– Co o tym sądzisz, mój mały Greku?

– Mówiłem, że tak właśnie powiedzą – odparł Tymezyteusz.

Rozdział jedenasty

Wschód
północna Mezopotamia,
trzy dni przed kalendami majowymi 235 roku

Nowy cesarz zasiadł na tronie. Gajusz Juliusz Pryskus przetrawiał tę wiadomość, siedząc na grzbiecie ciężko stąpającego ze spuszczoną głową wierzchowca. Namiestnik Mezopotamii i krainy Osroene miał mnóstwo czasu na myślenie. Posłaniec dotarł wreszcie do niego, kiedy pustynną drogą jechał na północ, wracając do swojej prowincji z zależnego królestwa Hatra. Widział już góry wznoszące się za miastem, ale jego mała kolumna była wciąż odległa o kilka godzin jazdy od tej wysuniętej placówki, jaką było miasto Singara.

Co ta zmiana władzy oznaczała dla mieszkańców prowincji pomiędzy Eufratem i Tygrysem w ich górnym biegu? Odprawione zostaną stosowne obrzędy, złożone liczne ofiary i nowe imię wystąpi w przysięgach. Z czasem pojawi się nowy portret na używanych przez nich monetach; ta sama twarz spoglądać będzie z posągów na placach oraz z popiersi i malowideł w budynkach państwowych i w domach tych, którzy zechcą demonstracyjnie okazywać lojalność. Jedyne, co odczują natychmiast, to dodatkowe wydatki. Każda społeczność tego obszaru będzie musiała d o b r o w o l n i e wysłać nowemu Augustowi koronę ze złota. Będą się dwoić i troić. Żadne miasto, nawet to zupełnie nieistotne, nie odważy się ryzykować cesarskiego niezadowolenia ociąganiem się czy skąpstwem. Cesarz może być odległy niczym bóg, ale jak każde bóstwo, w każdej chwili, całkowicie nieprzewidywalnie może wmieszać się w ich życie. Miejscowe elity ostentacyjnie obiecają duże sumy pieniędzy, następnie wycisną je ze swoich dzierżawców i klientów. A potem mieszkańcy prowincji będą wieść dalej swoje przyziemne życie: biedacy, pasąc kozy, z trudem utrzymując się z roli; bogaci będą pożyczać od innych pieniądze, nie mając zamiaru ich zwracać, cudzołożyć z żonami innych bogatych i wnosić do sądu sprawy mające na celu odebranie własności sąsiadowi; a wszyscy, wysoko i nisko urodzeni, nie przestaną się martwić, że pewnego dnia perski najazd i tak położy temu kres, a oni wraz z rodzinami pójdą w niewolę albo ich trupy będą się poniewierać pośród ruin tego wszystkiego, co do tej pory znali.

Niektórzy, między innymi jego własny brat Filip, uważaliby, że takie poglądy zabarwione są żółcią, ale Pryskus nie miał zwyczaju się roztkliwiać. I dobrze znał tych ludzi. Ostatecznie sam urodził się w nędznej zapylonej wiosce prowincji Arabia, dorastał, używając języka aramejskiego, którym mówiono tutaj, w Mezopotamii. To był trudny świat – nigdzie nie żyło się tak ciężko jak na tej wyschniętej ziemi wschodnich rubieży – i tylko twardziel mógł się wybić, pochodząc z takiego środowiska.

Od wschodu, milę dalej, wiła się *wadi*, dolina, i przecinała im drogę. Krajobraz nie był już tak martwy jak wcześniej. Przez dwa dni po opuszczeniu Hatry widzieli jedynie ogromne połaci piasku koloru ochry przemieszanej z szarością, od czasu do czasu poznaczone jakimiś skałami i nędznymi szałasami pasterzy, skupionymi wokół rzadkich studni z wodą cuchnącą siarką. Od zwinięcia obozu tego ranka natknęli się na skrawki zieleni i kilka żółtych i niebieskich kwiatków w kotlince. Wydawało się, że nawet muchy przestały tak irytująco obsiadać oczy ludzi i ich wierzchowców. Kraina może była odrobinę mniej ponura, ale wciąż jechali nieprzetartym szlakiem i wiedzieli, że trzeba będzie pokonywać strome brzegi suchego o tej porze roku koryta rzeki, bo przecie żadnego mostu tam nie było.

Pryskus spotkał Maksymina kilkakrotnie, przed trzema laty, podczas wschodniej kampanii Aleksandra. Ten ogromny, uderzająco szpetny mężczyzna był jednym z oficerów odpowiedzialnych za gromadzenie zaopatrzenia. Małomówny i poważny, wykonywał swoje obowiązki uczciwie i kompetentnie, nawet jeśli nie robił miłego wrażenia. Ekwita, jak Pryskus, awansował dzięki armii. Teraz, będąc cesarzem, odziedziczył regularną wojnę na granicy północnej. Nie ulegało wątpliwości, że Maksymin poprowadzi ją z pełną energią. A to dla Pryskusa była zatrważająca perspektywa.

Na Wschodzie nikt nikomu wojny nie wypowiedział, jednak najazdy perskie były coraz częstsze i na coraz większą skalę. Tylko kretyn mógł nie zauważyć, że Persowie szykują się do poważnego ataku. Adaszir, z dynastii Sasanidów, zatrzymał armię Aleksandra i nic nie wskazywało na to, że Król Królów przestał rościć sobie pretensje do wszystkich ziem, jakie kiedykolwiek znalazły się pod perską władzą, nawet jeśli było to całe stulecia wcześniej, za dynastii Achemenidów. Gdyby to zagrożenie stało się faktem, perscy jeźdźcy dotarliby do Morza Egejskiego i jeszcze dalej.

Rzymianie nie byli na to ani trochę przygotowani. Kiedy plemiona północne przekroczyły Ren, doradcy Aleksandra ściągnęli wojska ze Wschodu. Mezopotamia ucierpiała na tym równie mocno jak inne terytoria. Nominalnie Pryskus miał wciąż dwa legiony; I i III *Parthica*, stacjonujące w Singarze i Nisibis. Jednakże uwzględniając jednostki, które zabrano na zachód, dezercje oraz choroby, każdy z nich liczył mniej niż trzy tysiące żołnierzy. Sytuacja wojsk pomocniczych przedstawiała się jeszcze gorzej. Niestety łucznicy z Osroene wyróżnili się w wojnie Aleksandra i durni doradcy tego słabego cesarza przenieśli ich niemal wszystkich wiele setek mil od rodzinnych stron, by walczyli z Germanami. Nie wzięto pod uwagę ani odczuć samych żołnierzy, ani skutków spowodowanych brakiem tych łuczników. Pozostało tylko osiem jednostek wojsk pomocniczych. Dwie *alae*, formalnie liczące po tysiąc jeźdźców, nie miały szansy wystawić razem do walki w polu jednego tysiąca. Żadna z pozostałych sześciu formacji, zarówno konnicy, jak i piechoty, również nie miała swoich nominalnych pięciuset ludzi. Przy najbardziej optymistycznych szacunkach Pryskus dysponował na obronę prowincji mniej niż dziesięcioma tysiącami regularnych żołnierzy i tyloma zaciężnymi, ilu zdołał zgromadzić. A teraz ten nowy cesarz może zażądać jeszcze więcej posiłków na swoją wyprawę w lasy Germanii.

Zamiast szukać pociechy w pokrętnej obłudzie różnych szkół filozoficznych czy w mesjanistycznych bredniach zdeprawowanych sekt, Pryskus znajdował ją we wzorowości swoich najważniejszych oficerów. Prefekci jego legionów, Julianus i Porcjusz Elianus, byli ekwitami z Italii. Obaj mieli za sobą długą historię służby i obaj walczyli dobrze w wojnie perskiej jako dowódcy miejscowych oddziałów pomocniczych. Pryskus ich awansował. Byli kompetentni i lojalni... jeśli w ogóle można było oszacować to drugie w czasach dewaluacji wszelkich wartości. Na zachodzie garnizonem w strategicznie usytuowanym *Castellum Arabum* dowodził najmłodszy syn króla Hatry. Nie była to polityczna nominacja. Mimo że nie miał jeszcze trzydziestu lat, książę Ma'na był już weteranem, który brał czynny udział w wyprawie

Aleksandra, a kilka lat wcześniej w obronie ojcowskiego miasta przed atakiem Sasanidów.

Pryskus obrócił się w siodle. Jechał o kilka długości konia przed resztą. Nic nie mogło powstrzymać much, ale nie widział powodu, żeby jeszcze dodatkowo dusić się od wzbijanego kurzu. Na czele kolumny zobaczył imponującą, ekstrawagancką postać w powiewających szatach z haftowanego jedwabiu, z fryzurą ułożoną w misterne loki, wąsami skręconymi w cienkie spiczaste końce i powiekami uczernionymi proszkiem antymonowym. Księcia Manu z Edessy wychowywano na następcę tronu, dopóki cesarz Karakalla nie położył kresu małemu królestwu. Obecnie ten korpulentny mężczyzna w średnim wieku zdążył się już przystosować do zmienionych okoliczności. Zachował honorowy tytuł i wciąż był arcybogatym posiadaczem ziemskim z wpływami w bliższej i dalszej okolicy. Co bardziej istotne, podobnie jak młodszy od niego książę z Hatry o podobnym imieniu, był urodzonym dowódcą w bitwie.

Pryskus poczuł wkradający mu się do serca niepokój. Otaczanie się potomkami wschodnich królów mogło bez trudu zostać źle przedstawione na dworze nowego cesarza. Odsunął od siebie tę myśl. Cóż innego mógł robić, jeśli nie korzystać z usług miejscowych potentatów, skoro jego prowincja została niemal bez rzymskich żołnierzy?

Jadący obok Manu brat namiestnika, Filip, wyglądał absurdalnie rzymsko i nieskazitelnie mimo upału. W pancerzu modelowanym na tors atlety, pobłyskującym pod kołyszącym się na hełmie pióropuszem, legat sprawiał wrażenie, jakby przybył prosto z Palatynu czy Pola Marsowego. Filip zawsze lubił się obnosić ze swoją *romanitas*. Pryskus z uśmiechem przesunął wzrokiem po swoich trzydziestu zaniedbanych żołnierzach, którzy za nim jechali. Sformował swoją straż przyboczną z ochotników wszystkich jednostek w prowincji. Jedyne kryteria obejmowały umiejętności jeździeckie i sprawność w posługiwaniu się łukiem i mieczem. Brat starał się go przekonać, że powinni być odziani w strój wojskowy odpowiadający godności rzymskiego namiestnika. Pryskusowi zupełnie nie zależało na ich wyglądzie, byle tylko umieli walczyć.

Chwycił łęk i wrócił do poprzedniej pozycji. Był zmęczony, brudny i rozpalony. Pancerz ciążył mu na ramionach, a pod nim płynęły strużki potu. Miał czterdzieści pięć lat i żałował, że zaczyna mu brakować dawnej wytrzymałości. Byli już niedaleko. Pobiegł wzrokiem przed siebie, poza jeźdźca prowadzącego kolumnę i jeszcze dalej niż dolina, nad którą krążyło stadko gołębi. Skrytej za mgłą Singary nie było widać. Nad skalną ścianą wisiały ułożone warstwami chmury. Pomyślał o kąpieli, posiłku, łożu. Przed wyjazdem do Hatry kupił nową niewolnicę: miękkie białe uda, blondynka, piętnastoletnia.

Jego koń potknął się lekko i wyrwał go z rozmyślań o rozkoszach cielesnych. Umysł namiestnika automatycznie wrócił do przerwanych myśli związanych z obowiązkami oficera. Wszystkie siły wojskowe na Wschodzie, zarówno Rzymu, jak i jego sprzymierzeńców, były nadwątlone, wyniszczone wojną i wymuszonym zasilaniem cesarskiej armii polowej. Wiedział, że wiele będzie zależeć od ludzi, którzy je prowadzą. Trydates z Armenii i Sanatruk z Hatry byli urodzonymi wojownikami i mieli mnóstwo powodów, by walczyć z Persami. Pierwszy pochodził z dynastii Arsacydów, którą Ardaszir z Sasanidów obalił niecałe dziesięć lat wcześniej. Ormianie mieli bardziej uzasadnione prawa do Ktezyfonu i tronu Króla Królów niż ten parweniusz, potomek maga Sasana. Czegoś takiego nie zapomniałby żaden z tych dwóch monarchów. Sanatruk stracił syna, trafionego strzałą Persa, kiedy Ardaszir napadł na Hatrę.

Namiestnicy rzymskich prowincji byli bardziej zróżnicowani. W trakcie długich karier wojskowych zarówno Rutyliusz Kryspinus z Syrii Fenickiej, jak i Licyniusz Serenianus dowodzili żołnierzami w polu i obaj się w tej służbie wyróżnili, najpierw jako ekwici, potem senatorowie. Było oczywiste, że spełnią swój obowiązek wzorem dawnych Rzymian. Pryskus uśmiechnął się. Ta staroświecka cnota jego przyjaciela Serenianusa była tak wielka, że kazała mu zostawić piękną, świeżo poślubioną małżonkę Perpetuę w Rzymie. Na takich mężczyznach można było polegać. Mimo najlepszej woli namiestnik nie mógł powiedzieć tego samego o własnym szwagrze, Otacyliuszu Sewerianusie, który zarządzał Syrią Palestyńską, czy o zarządzającym Arabią Solemniuszu Pakacjanusie. Ale najsłabszym ogniwem tego łańcucha był niewątpliwie Juniusz Balbus w Celesyrii. Powiadano, że ten zamożny, bezgranicznie niemrawy i zadowolony z siebie senator otrzymał namiestnictwo tylko dlatego, że był zięciem Gordiana, namiestnika Afryki. Przynajmniej w razie nadejścia kłopotów wrodzona gnuśność zmusi Balbusa do wsparcia się na Domicjuszu Pompejanusie, tym zdolnym *dux ripae*, który z ufortyfikowanego miasta Arete miał pieczę nad siłami pogranicza. Oczywiście – trudno było to wykluczyć – żaden z nich, z samym Pryskusem włącznie, mógł nie dotrwać do tego czasu na stanowisku. Kiedy nowy cesarz wstępuje na tron, upadają najpotężniejsi. Taka jest naturalna kolej rzeczy.

Od przodu dobiegł ich krzyk. Jeździec na czele zawracał wierzchowca. Zgarnąwszy poły płaszcza w prawą rękę, pomachał nimi nad głową, co oznaczało: *Nieprzyjaciel w zasięgu wzroku.*

– Zewrzeć szeregi. Szyk bojowy.

Wydawszy rozkazy, Pryskus przesunął wzrokiem po okolicy. Musieli kryć się w wadi. Nie było żadnej innej kryjówki, tylko ta dolina przed nimi, zakręcająca wokół ich prawej strony.

Oprócz stukotu kopyt słyszał za sobą dzwonienie i grzechotanie charakterystyczne dla pospiesznie zbrojących się ludzi. Przywołał zwiadowców z obu flank i polecił, by żołnierze na końcu kolumny wezwali zwiadowcę jadącego na tyłach.

Pamiętał, że dolina ma strome brzegi, ale nie jest szczególnie głęboka czy szeroka. Ilu jeźdźców mogło się tam ukryć?

Po chwili poznał odpowiedź. Za galopującym zwiadowcą, nad krawędzią suchego łożyska rzeki, odległego o dwieście kroków, pojawiło się ponad trzydziestu rozciągniętych szeroką linią konnych łuczników.

– Na prawo! – rzucił Manu.

Więcej nieprzyjaciół, o wiele więcej, co najmniej stu. Ci znajdowali się dalej – dobre pół mili stąd – też lekko uzbrojeni, ale było ich zbyt wielu, by toczyć z nimi walkę.

Kiedy rozległy się pierwsze wojenne okrzyki, zwiadowca gwałtownie się zatrzymał. Namiestnik zapiął hełm, rozważając niewiele możliwości, jakie miał do wyboru. Na zachód i południe ciągnęła się otwarta przestrzeń, ale nie było tam żadnego schronienia. Wytropiono by ich i osaczono.

– Formować klin, jadę na czele! – zawołał.

Przy jego prawym boku pojawiła się barwna, potężna postać Manu z Edessy; brat ustawił się po lewej. Sporakes, najbardziej zaufany członek straży przybocznej namiestnika, oraz zwiadowca stanęli tuż za nimi. Przed koniem Pryskusa upadła strzała, wzniecając obłoczek kurzu.

– Mamy zbroje, oni nie. Przebijamy się przez nich. Żadnych łuków, tylko miecze. Przez wadi i na północ, do Singary. Nieważne, kto z nas padnie, nikt się nie zatrzymuje.

Na więcej nie było czasu.

– Do ataku! – Pryskus wyciągnął miecz i nie oglądając się za siebie, poderwał konia.

Persowie byli już prawie przy nich. W pełnym galopie ich luźne tuniki i szerokie spodnie wydymały się. Miast łuków wyciągnęli teraz długie proste miecze. Byli urodzonymi jeźdźcami. Pierwszy, z długimi powiewającymi włosami, nadjechał z prawej. Ostrze jego miecza zatoczyło szeroki łuk, wymierzone w szyję Pryskusa. Puściwszy cugle, Rzymianin chwycił rękojeść swojego miecza obiema rękami i przyjął cios na wysokości twarzy, odbijając ostrze ponad głowę. Uderzenie rzuciło go jednak do tyłu. Poczuł przenikliwy ból w okolicy lędźwiowej kręgosłupa. Jego koń nie przerywał biegu. Jedynie tylny łęk uchronił jeźdźca przed wypadnięciem z siodła. Upadek oznaczałby koniec. Lewą ręką wymacał jeden z rogów łęku. Kiedy się podciągnął, usiłując odzyskać równowagę, z lewej zaatakował go drugi Pers. Udało mu się jakoś nastawić swój miecz. Stal szczęknęła o stal. Tuż przed sobą zobaczył ciemną rozwścieczoną twarz, usłyszał wrzask. Potem rozdzieliły ich odskakujące od siebie konie.

Pusto z przodu. Nikogo między nimi i doliną. Manu z jednej strony, Filip z drugiej. Przebili się. Namiestnik z pogardą pomyślał o dowódcy tych Persów. Zebrał cugle i obejrzawszy się, zobaczył Sporakesa i całą resztę, niezbyt rozproszonych. Dalej z tyłu Sasanidzi niczym sfora dzikich psów krążyli wokół kilku żołnierzy oddzielonych od reszty. Jeden był pieszo, pozostali wciąż na koniach. Nie mieli szansy. Dla nich walka się już skończyła.

– Przed nami! – krzyknął Filip.

Z suchej doliny wynurzyło się więcej Persów, około sześćdziesięciu. Byli po drugiej stronie, kręcili się i krążyli, jaskrawi niczym egzotyczne ptaki. Postawny młody Sasanida o rudawych włosach ustawiał ich w linię bojową. Jednak nie taki głupi, pomyślał Pryskus. Ta pierwsza grupa miała nas tylko opóźnić. Teraz chce, żeby ci nas zatrzymali do czasu, kiedy główne siły ze Wschodu zajdą nas od tyłu.

– Zewrzeć szeregi! – Namiestnik chwycił mocno cugle, zwolnił nieco, by dać czas innym na ustawienie się w szyku.

Byli tuż nad wadi. Nie mieli innego wyjścia. Musieli znaleźć się po drugiej stronie. Aleksander Wielki przekroczył Granik w obecności całej perskiej armii.

– To tylko Persowie. Nie wytrzymają. – Pryskus nie wierzył własnym słowom. – Celujcie w ich twarze. Pamiętajcie Granik! Aleksandra!

Przez tętent koni przedarł się głos jednego czy dwóch żołnierzy: A l e k s a n d e r! A l e k s a n d e r!

Od przodu dobiegł głośniejszy krzyk.

– G a r s z a s p! G a r s z a s p!

Persowie wymachiwali bronią. W pierwszym szeregu był ich rudowłosy przywódca. Śmiał się.

Kiedy pojawiło się urwisko, Pryskus popuścił cugli koniowi, udami zachęcając go do skoku. Ziemia opadła. Odchylił się do tyłu i uniesiony nad siodło spadł na nie ciężko, kiedy zwierzę wylądowało. W plecach poczuł okropną drętwotę. Koń się potknął. Zdążył się pozbierać, zanim padł na kolana.

Kilka kroków i wspinali się już na drugi brzeg. Pryskus pochylił się nad szyją wierzchowca, wczepiony w jego grzywę. Luźne kamienie i piasek wystrzeliwały spod ślizgających się kopyt. Koń sprężył się; dwa tytaniczne skoki i wpadli na perskiego rumaka, który stał na górze. Z prawej wystrzeliło ostrze. Pryskus sparował pchnięcie, obrócił rękę w nadgarstku i pchnął. Wstrząs uderzenia powędrował w górę jego ramienia. Poczuł ostry zapach krwi, rozgrzanego konia i strachu. Słyszał jęki ludzi i zwierząt, nie do odróżnienia. Błysk z lewej strony. Cios odbił się od hełmu. Rozdzwoniło mu się w głowie i uderzał na ślepo, raz w lewo, raz w prawo.

Zatrzymano ich. Przy nim było zaledwie kilku żołnierzy. Większość jeszcze nie wyjechała z doliny. Wiedział, że musi utorować im drogę. Jeśli się nie ruszą, będzie po nich. Odparł cios z lewej. Jego prawa strona była odsłonięta. Pers, który tam się znajdował, cofnął miecz i zamarł, wpatrując się z osłupieniem w kikut ręki, w której trzymał broń. Manu miał go właśnie wykończyć. Wtedy wpadł na nich jakiś koń. Odrzucił do tyłu wierzchowca Manu, który kopytami usiłował zaczepić się o krawędź. Manu wyleciał z siodła, z szeroko rozwartymi obwiedzionymi czernią oczyma niemal przeleciał nad końską szyją. Stoczyli się na dół.

Tylko jeden Sasanida przed nim. Pryskus krzyknął do swojego konia i wbił mu pięty w boki. Wierzchowiec Persa obrócił się w jego stronę i po chwili przeciwnicy jechali bok w bok. Pers podniósł miecz, szykując się do zadania potężnego ciosu z góry. Namiestnik wbił mu pod pachę czubek swojego ostrza. Droga znowu była wolna.

– Naprzód! Ruszać się!

Pryskus obejrzał się przez ramię. Zobaczył Filipa i Sporakesa. Żołnierze popędzali konie w górę zbocza. Na dole stał Manu otoczony Persami.

– Naprzód! Do Singary!

Rozdział dwunasty

Rzym
dzielnica Karyny,
siedem dni przed idami majowymi 235 roku

Junia Fadilla zawsze się uśmiechała, kiedy stąpała po mozaice przedstawiającej łaziebnego z ogromnym sterczącym penisem i purpurową moszną. Była to właściwa reakcja. Łaźnie, nawet te w prywatnych domach, jak jej własna, nawiedzały złośliwe demony wszelakiego rodzaju. Szczególnie upodobały sobie wejścia. Nic ich nie odstraszało tak jak śmiech. Wszyscy tak twierdzili.

W tepidarium zrzuciła drewniaki, chroniące wcześniej stopy przed rozgrzaną podłogą gorącego pomieszczenia, pokojówka zabrała jej szatę, a ona naga położyła się na sofie. Nagły, głośniejszy wdech poinformował masażystkę, że oliwa nie została dostatecznie podgrzana. Dziewczyna wymamrotała przeprosiny. W łaźniach Trajana masaż był lepszy. Dzięki zarządzeniu wydanemu przez ostatniego cesarza pozostawały one otwarte również po zmierzchu. Jednakże od południa najlepsze pomieszczenia zarezerwowane były dla mężczyzn. I dochodziła jeszcze dodatkowa komplikacja związana z późnym powrotem; konieczność posiadania lektyki, chłopców z pochodniami, straży. Dzisiaj miała dołączyć do niej Perpetua, zapewne wyjątkowo rozbawiona, jako że był to pierwszy wieczór Lemuriów, kiedy bramy Hadesu stoją otworem. Może powinnam sprzedać tę i kupić sobie nową masażystkę, pomyślała.

A dziewczyna właśnie rozprowadzała pachnącą oliwę na jej plecach. Junia Fadilla spojrzała na malowidło zdobiące ścianę. W porównaniu z tymi, które jej nieżyjący małżonek zamówił do sypialni, Jowisz porywający Europę był bardzo niewinny. Bóg, przyjąwszy postać białego byka, rozpychał na boki fale. Siedząca mu na grzbiecie Europa utrzymywała delikatnie równowagę jedną ręką; z drugiej zwisał jej kosz kwiatów. Zważywszy na przebieg zdarzeń – w jednej chwili, na brzegu, z przyjaciółkami, zbiera sobie kwiatki, w następnej mknie przez morze na grzbiecie oszalałego z pożądania króla bogów ukrytego w ciele zwierzęcia – wydawała się całkowicie spokojna, wręcz zadowolona. Widocznie Jowisz o czymś ją zapewnił: przemieni się w orła, zanim ją zgwałci; a mężczyzna, za którego wyjdzie, będzie królem wśród śmiertelników. Gorsze rzeczy mogły przydarzyć się dziewczynie z dala od domu.

Kiedy niewolnica zajęła się jej ramionami, oddech Junii Fadilli stał się krótki i przerywany, nieomal jak w akcie miłosnym. Tymczasem jej myśli zajmowały całkiem inne sprawy. Niedawno zdecydowała, którą z dwóch willi nad Zatoką Neapolitańską ostatecznie kupi. W jednej ze ścian zewnętrznych domu było pęknięcie, ale inżynier zapewnił ją, że nie zagraża to samej konstrukcji, za to w drugiej posiadłości były kłopoty z zaopatrzeniem w wodę i jeszcze toczono tam jakiś zadawniony spór o granice. Poza tym ta, którą wybrała, miała większe winnice. Dochód, jaki przyniosą, pokryje koszty remontu domu, a z czasem przewyższy nawet cenę zakupu.

O północy pierwszego dnia świąt Junia Fadilla zamierzała dokonać starodawnego obrzędu, mającego udobruchać tego, kto odszedł. Miała powody, by dobrze wspominać Nummiusza. Choć odziedziczyła mniej niż połowę jego majątku – większość poszła do cesarza Aleksandra, przez co dalsi krewni jej męża nie mogli kwestionować swoich skromniejszych spadków – to przecież uczynił ją bardzo zamożną wdową. Dopilnował, by jej posag zwrócono w stanie nienaruszonym, a w ostatnim geście szlachetności w testamencie kazał zaznaczyć, że sama może wybrać sobie opiekuna. Jej kuzyn Lucjusz, choć prawnie był jedyną osobą odpowiedzialną za jej finanse, nigdy by się nie ośmielił przeciwstawić życzeniom Junii Fadilli.

Stukot kroków oznajmił przybycie przyjaciółki. Od razu było widać, że Perpetua przyniosła jakieś wiadomości, którymi jak najszybciej pragnie się podzielić. Kręciła się niespokojnie, podczas gdy dwie pokojówki usuwały zapinki, rozwiązywały taśmy i zdejmowały z niej szaty. Znieruchomiała tylko na chwilę, w pozie pozwalającej podziwiać jej nagie ciało; trudno było wykorzenić dawne nawyki.

Inna przyjaciółka powiedziała kiedyś Junii Fadilli, że wszystkie dziewczęta posiadają saficki aspekt natury. Zastanawiała się nad Perpetuą. Od czasu do czasu myślała o takich rzeczach. Naturalnie, nie obchodziły jej prostackie fantazje stękających mężczyzn. Nie było nic powabnego w zachowującej się po męsku kobiecie wymachującej sztucznym penisem. Mężczyźni nie wyobrażali sobie, że kobieta może doznać rozkoszy inaczej niż za pomocą penisa czy jego podobizny, i to było świadectwem ich arogancji.

– Nigdy nie zgadniesz, co się stało – powiedziała Perpetua, zanim się jeszcze ułożyła na sofie.

Masz nowego kochanka, pomyślała Junia Fadilla. Albo jakiś przystojny nieznajomy obdarzył cię komplementem, kiedy robiłaś zakupy.

– Aresztowano Teoklię. Pretorianie przyszli po nią dzisiejszego popołudnia.

– Kogo?

Perpetua cmoknęła zniecierpliwiona.

– Teoklię, siostrę nieżyjącego cesarza. Tę, która poślubiła otyłego Waleriusza Messalę. Jego też zabrali. Kopniakami wywalili drzwi, wyciągnęli oboje na ulicę. Mówią, że ona była półnaga. Bili jedno i drugie na oczach wszystkich. Potem widziano, jak wrzucano ich do zamkniętego powozu. Najwyraźniej zabierają ich na północ, do samego Maksymina.

– Dlaczego?

Perpetua przewróciła oczyma.

– Zdrada, to oczywiste. Wplątani byli w spisek Magnusa.

– Czy jacyś inni wpadli w ich ręce?

– Mój brat sądzi, że nie, ale jego przyjaciel, Poplikola, jest przerażony. Messala jest jego wujem.

Junię Fadillę przeszedł dreszcz lęku dobrze znanego innym ludziom. To było okropnie blisko niej. Messala i jego brat Pryscyllianus byli najbliższymi przyjaciółmi jej sąsiada Balbinusa. Bracia Waleriusze spędzali mnóstwo czasu w jego domu.

– Jak myślisz, co ich czeka? – zapytała Perpetua.

Będą torturowani, a potem straceni, niemądra dziewczyno, pomyślała Junia. Ich posiadłości zostaną skonfiskowane. Zanim umrą, w mękach, być może wskażą innych, zarówno winnych, jak i niewinnych.

– Trudno powiedzieć – odpowiedziała głośno.

Z całego serca współczuła Teoklii. Teraz już sobie ją przypomniała: ładne dziewczę o ciemnej karnacji i delikatnych rysach, na wschodni sposób. Widziała ją kilkakrotnie, kiedy Aleksander zasiadał na tronie. Niezależnie od tego, co mógł powiedzieć czy zrobić jej małżonek, nie wyobrażała sobie, by ona miała w tym swój udział. Junia Fadilla zmówiła szeptem modlitwę. Kilka pokoleń wcześniej albo inny układ gwiazd i mogła to być ona. Była przecież prawnuczką boskiego Marka Aureliusza. Dzięki bogom za to, że jej ojciec nie miał politycznych ambicji, a mąż po zakończeniu konsulatu wycofał się z życia publicznego.

– Mówią... – Perpetua ściszyła głos, nie zważając na masujące je niewolnice – ...że Maksymin to potwór. Poszedł razem z pretorianami aresztować Magnusa i pozostałych, po to tylko, żeby zobaczyć przerażenie na ich twarzach.

Junia Fadilla milczała.

– A kiedy zabito Aleksandra, wziął jego głowę, godzinami nosił ją z sobą, triumfując, zaglądając w oczy i przemawiając do niej. Mówią nawet... – Perpetuę przeszedł dreszcz – ...że zhańbił ciało starej matki cesarza.

Junia Fadilla dała znak niewolnicy, by przerwała masaż.

– Powiedziałaś, że Maksymin przydzielił twojemu ojcu urząd konsula zwyczajnego za dwa lata.

– Tak, to cudowne – potwierdziła przyjaciółka. – Maksymin obejmie konsulat w kalendy styczniowe, a współkonsulem będzie Pupienus Afrykanus, syn prefekta miasta. Kolejnego roku mój ojciec będzie dzielił ten zaszczyt z Mummiuszem Feliksem Kornelianusem. – Zmarszczyła brwi, coś przemyśliwując. – Gajusz wspomniał, że ojciec biesiadował z Kacjuszem Celerem, bratem Kacjusza Klemensa, który pomógł zachwycającemu Honoratusowi i temu drugiemu osadzić Maksymina na tronie. Ojciec ma się udać na północ, by służyć w cesarskim sztabie.

Junia Fadilla obróciła się na plecy. Niewolnica zaczęła masować jej uda.

– Sprawować urząd pod władzą potwora?

Perpetua uniosła się, wspierając na jednym łokciu.

– To tylko pogłoski, wszystkie zapewne wymyślone. Ojciec powiedział Gajuszowi, że biorąc wszystko pod uwagę, obecne panowanie nie zaczęło się najgorzej. Maksymin przysiągł, że nie zabije żadnego senatora. Honoratus, Klemens i Wopisk... to ten drugi... oni wszyscy są ludźmi honoru. Odkryto spisek i nie było żadnych prześladowań. Tylko winni ucierpieli.

– Wszyscy cesarze składają taką przysięgę – stwierdziła Junia Fadilla. – Heliogabal też ją złożył, a potem zabijał, jeśli tylko nie spodobał mu się wygląd któregoś z nich.

– Ojciec zawsze powtarza, że trzeba się modlić o dobrych cesarzy, ale służyć tym, których mamy.

Junia Fadilla nie zdołała powstrzymać parsknięcia.

– Wszyscy senatorowie to powtarzali, szczególnie służąc tyranowi, którego nienawidzili. Nummiusz był przekonany, że panujący są coraz gorsi. Żył tyle lat, że pamiętał, jak Komodus zdobył purpurę. Ten młody człowiek wspaniale się zapowiadał, ale spiski wywołały u niego lęk, a rozwiązły i wystawny tryb życia spowodował, że stał się chciwy. Nummiusz twierdził, że lęk i ubóstwo są prawdziwą tajemnicą cesarstwa. Po pewnym czasie wszyscy cesarze zabijają z powodu pieniędzy. Oskarżeń się już nie bada, tylko im się wierzy.

Perpetua znowu leżała twarzą do dołu.

– Może ktoś doniesie na Serenianusa – rozmarzyła się – a wtedy nie będzie już niebezpieczeństwa, że mój małżonek wróci do domu.

Rozdział trzynasty

Afryka
miasto Teweste,
dwa dni przed idami majowymi 235 roku

Dzięki bogom za łaźnie w Teweste. Gordian spędził większość przedpołudnia w *laconicum*. Leżał w suchej spiekocie, a pot i alkohol wyciekały z niego wszystkimi porami. Teraz, choć słaby jak jagnię, czuł się już trochę lepiej. Stojąc z innymi na najwyższym stopniu schodów świątyni, odziany w najlepszą paradną zbroję, czując jedynie lekkie mdłości, uznał, że teraz jakoś przebrnie przez resztę dnia.

To była wspaniała noc. Bachiczna w swym szaleństwie. Aleksander i jego towarzysze nigdy nie upijali się bardziej. Menofilos okazał się zdecydowanie mniej sympatyczny niż zazwyczaj. Pokazując prawdziwą naturę stoika, oświadczył, że wzywają go obowiązki, i wcześnie wyszedł. Szkoda: jeśli nie możesz polegać na kimś podczas *symposium*, to czy można mu zaufać na polu bitwy? Jeśli chodzi o innych, to Walerian był zaabsorbowany przez cały czas, ale za to Maurycjusz okazał się świetnym kompanem, a Sabinianus wręcz imponował kondycją. Gordian przesunął wzrokiem wzdłuż szeregu czekających dygnitarzy i uchwycił spojrzenie Sabinianusa. Mężczyzna uśmiechnął się. A może sam za daleko się posunął. Kiedy inni już odeszli, a on czuł w głowie mętlik od nadmiaru wina, kazał Partenope i Chione się rozebrać. Gdy się już wzajemnie zaspokoili, podzielił się nimi z Sabinianusem. Bez wątpienia wielu by coś takiego potępiło, ale on nie zamierzał poddawać się więzom prowincjonalnej moralności. Jedynie to, co dzielisz z przyjaciółmi, jest tak na zawsze twoje.

– Nie rozumiem, dlaczego mielibyśmy ulegać kaprysom tych barbarzyńców – mówił Waleriusz. – Zamiast z nimi negocjować, powinniśmy wykurzyć ich z nor.

Nikt mu nie odpowiedział. Menofilos siedział z nosem w jakimś oprawionym w złoto oficjalnym dokumencie.

– Skoro są tacy wyniośli, to powinniśmy rozszerzyć linie obronne naszego pogranicza i trzymać ich jak najdalej.

Gordian pomyślał, że wiele przemawia za opinią Waleriana.

– Wiesz, że nie możemy tego zrobić. Musimy ich przyjąć – tłumaczył cierpliwie Maurycjusz.

Walerian chrząknął, ale nie wyglądał na udobruchanego. Czasami potrafił być bardzo męczący. Poprzedniej beztroskiej nocy, przy jedzeniu i winie, rozwodził się długo, przytaczając argumenty przeciwko mianowaniu jakiegoś nowego cesarskiego pełnomocnika. Ten człowiek miał być dzikusem, nowym Werresem. Nie zadowoli się strzyżeniem baranków w prowincji, on ich będzie obdzierał ze skóry. Nie na darmo nazwano go „Łańcuch". Walerian brał bogów na świadków, że będą z tego kłopoty. Afrykanie to nie Sycylijczycy, których Werres tyranizował za czasów Cycerona. Zważcie na moje słowa, poleje się krew, mówił.

Kiedy wyczerpał ten temat, rozwiódł się szeroko nad tym, że chociaż na cesarskim *consilium* wysunięto jego kandydaturę, to jednak nie zastąpił Juliusza Licynianusa na stanowisku namiestnika Dacji. Potem przeanalizował przyczyny i negatywne skutki pozbawienia jednego z krewnych jego małżonki namiestnictwa Achai. Egnacjuszowi Prokulusowi zlecono zarządzanie drogami i pomocą dla biednych na terenie Italii: może nie jest to jeszcze zniewaga, ale na pewno umniejszenie. W najlepszym wypadku Egnacjusza pozbawiono jego prowincji po to, żeby Rutyliusz Kryspinus mógł zająć to miejsce. Ale nawet jeśli tak jest, oznaczałoby to, że ród Egnacjuszów nie jest w łaskach u cesarza. I prawdę mówiąc, powody mogły być znacznie poważniejsze.

Gordian przyglądał się niezadowolonej twarzy Waleriana. Powinien przecież uznać, że krewny żony i tak miał szczęście. Tego właśnie ranka nadeszła wiadomość, że Memmia Sulpicja, myszowata była małżonka Aleksandra Sewera, której Gordian złożył wizytę, wracając z *Ad Palmam*, została stracona. Nie uratowała jej ani płeć, ani to, że wiodła spokojny żywot w posiadłości położonej z dala od świata, na peryferiach osady *Vicus Augusti*. Jako powód skazania podano jej korespondencję ze zdrajcą Magnusem przebywającym na północnych rubieżach cesarstwa. To zabójstwo było pierwszym aktem nowego pełnomocnika cesarskiego. Może rzeczywiście był jakiś sens w tym nazywaniu go Pawłem Łańcuchem.

Dźwięk trąbki rozbrzmiał boleśnie w głowie Gordiana. Ułożył płaszcz wojskowy na lewym przedramieniu, wyprostował się, przybrał surową minę Rzymianina. Ktoś kiedyś powiedział, że wygląda jak Pompejusz Wielki. Obok niego wyprężyli się też inni. Żołnierze wokół forum stanęli na baczność. To był pomysł Gordiana, żeby wciągnąć delegację tak daleko w głąb prowincji i na tę okazję mieć pod ręką znaczną część XV kohorty emeseńskich łuczników. *Speculatores* poprowadzili Nuffuziego obok oazy *Ad Palmam*, miejsca jego klęski. Żywiono nadzieję, że zasięg działania i potęga imperium wywołają stosowną refleksję u wodza ludu Cynitów.

Łuk w Teweste był typową dla niewielkiego prowincjonalnego miasta konstrukcją. Tylko dwóch mężczyzn na koniach mieściło się pod nim obok siebie. Emiliusz Sewerynus poprowadził Nufuzziego na forum. Za nimi jechało dwóch nomadów, a potem kolumną dwójkową oddział zwiadowców.

Kiedy kawalkada przecinała otwartą przestrzeń, żołnierze oddziału pomocniczego wykrzyczeli hasło: „*Fides!*". Byłoby idealnie, gdyby to zaskoczyło barbarzyńców, tak żeby jawnie okazali lęk, może nawet kulili się ze strachu i łkali. Tak właśnie zachowywali się w opowieściach. Nic z tego. Nuffuzi przejechał spokojnie kilkadziesiąt kroków, jakie dzieliły go od stopni prowadzących do świątyni, i zsiadł z konia. Dwóch współplemieńców zeskoczyło z wierzchowców i ruszyło za swoim przywódcą. Emiliusz Sewerynus i jego Wilki Pogranicza pozostali w siodłach.

Jako kwestor prowincji Menofilos zszedł na dół, by przywitać delegację. Zatrzymał się dwa stopnie od podnóża schodów. Gordian zastanawiał się, czy nomadowie nie będą się dziwić, że inicjatywę przejmuje akurat najmłodszy z nich. Na pewno nie mieli w swoich tymczasowych obozowiskach niczego takiego, co odpowiadałoby roli urzędników.

– Oby bogowie byli ci niezmiennie łaskawi – zaczął Nuffuzi. Wyglądał tak samo: ozdobione kolorowymi paciorkami, zaplecione w warkoczyki długie, siwiejące włosy, mała bródka i aura spokojnej pewności siebie.

– Obyście ty i twoi najbliżsi byli bezpieczni – odpowiedział Menofilos.

– Nic złego, dzięki bogom. – Nuffuzi skinął głową. – A dla ciebie tylko lekkie ciężary.

– Nic złego, dzięki bogom. I niech tylko samo dobro cię spotyka. – Menofilos najwyraźniej zadał sobie trud nauczenia się rytuałów pustyni. Wynikało z nich, że nie jest dobrym obyczajem pytanie, kim kto jest. To by wyjaśniało reakcję na słowa wypowiedziane wtedy przez Gordiana przed *Ad Palmam*.

Kiedy padło ostatnie „nic złego", Nuffuzi przeszedł do interesów.

– Wasi żołnierze zawrócili moich ludzi na granicy. Od czasów pierwszych ludzi wczesnym latem plemiona przechodziły z pustyni na tereny uprawne.

– Przeszliście niedawno – zauważył Menofilos. – Niosąc ogień i żelazo.

– Te złe rzeczy należą już do przeszłości. – Nuffuzi może i nauczył się łaciny w wojskowych obozach, jednak jego styl był archaicznie dostojny. – Potrzebujesz nas. Wasi bogacze potrzebują naszych młodych do pomocy przy zbiorach. Później, kiedy kobiety i dzieci przyprowadzą stada, zwierzęta dostarczą waszym polom nawozu. Wasi bogacze wynajmują naszych wojowników do nadzorowania robotników pracujących w polu. W przeciwieństwie do niewolników i dzierżawców my nie kradniemy.

– A my jesteśmy wam potrzebni – powiedział Menofilos. – Wasze zwierzęta by zdechły, gdyby nie mogły się tu pasać. Bez naszych targowisk w waszych namiotach nie byłoby pięknych przedmiotów. Musimy mieć gwarancję.

Nuffuzi skinął głową.

– Mój najstarszy syn, Mirzi, jest radością mojego serca. Choć jego nieobecność sprawia mi ból, niechaj zostanie u was jako zakładnik.

Gordian zdążył już zapomnieć o młodzieńcu stojącym z boku podwyższenia przed świątynią, pomiędzy dwoma wyróżniającymi się wzrostem oraz groźnym wyglądem żołnierzami oddziału pomocniczego.

– To szlachetny gest – przyznał Menofilos i zamilkł, najwyraźniej ważąc słowa. – Namiestnik, szlachetny Gordian Starszy, pragnie przyjaźni z twoim ludem. Zdarza się, że

Rzym w swoim majestacie przyznaje pewne zaszczyty przywódcy przyjaznego ludu poza granicami cesarstwa. Obywatelstwo Rzymu, tytuł przyjaciela i sojusznika ludu rzymskiego to są rzeczy znaczące. Ci, których darzy się szczególnym zaufaniem, raz w życiu mogą otrzymać urząd i sprawować zwierzchność nad swoim ludem w imieniu Rzymu. Tytuł *praefectus nationes* przynosi zaszczyt noszącemu go człowiekowi zarówno w samym cesarstwie, jak i poza jego granicami.

Twarz Nuffuziego pozostała obojętna, ale jego dwaj współplemieńcy coś wymamrotali. A więc, pomyślał Gordian, oni też znają łacinę. Ale czy jego ojciec rzeczywiście postanowił dać temu barbarzyńcy jakiś urząd? Nie bardzo pamiętał przebieg posiedzenia rady namiestnika w Hadrumetum.

Menofilos wyciągnął oprawiony w złoto i kość słoniową dokument, który Gordian już wcześniej widział w jego ręku. A więc to był ten obowiązek, który ubiegłej nocy oderwał go od zabawy.

– Przyjaźń pieczętuje się nie tylko słowami, ale i czynami – powiedział Nuffuzi. – Wschodnie rubieże waszej prowincji nęka banda rozbójników. Ich wioska znajduje się pośród wzgórz na południowy wschód od Tisawaru. Niełatwo ją znaleźć. Mój syn was tam poprowadzi. Wioska jest silnie ufortyfikowana. Walka będzie ciężka. Mirzi jest wojownikiem. Będzie walczył w pierwszym szeregu.

Gordian zerknął na młodego człowieka i jego zabandażowany prawy nadgarstek władającej mieczem ręki, którą mu prawie odciął. Jak sobie teraz ten chłopiec poradzi w walce? Bo jemu wciąż dolegała ta rana w udzie, którą w zamian wojownik mu zadał.

– Przywódca rabusiów nazywa się Kanarta. Złupił wiele karawan, wiosek i posiadłości. Zgromadził bogactwa. Dobrze byłoby mu je zabrać. Gdyby coś z tego otrzymał Mirzi czy jego ojciec, byłoby to dobrze przyjęte.

Gordian mógł się tylko uśmiechnąć. Stary Nuffuzi chciał użyć Rzymian, by pozbyć się rywala i wzbogacić ich wysiłkiem. Mimo to myśl o jakiejś akcji była nęcąca. Lepiej mu szło prowadzenie ludzi w polu niż wysłuchiwanie procesów sądowych. Tego rodzaju mordęgę najlepiej pozostawić obowiązkowym młodym stoikom, takim jak Menofilos. Podobnie jak Marek Antoniusz, Gordian potrafił hulać w czasie pokoju, po czym zapomnieć o uciechach i sprostać wymaganiom wojny. Gdyby tylko ojciec powierzył mu dowództwo.

– Przyjaźń pieczętuje się też przysięgami – oświadczył Menofilos. – Wprowadzić sztandary.

Srebrne wizerunki Maksymina Augusta spoglądały z wysoka na obecnych. Przystojne oblicze, mocne, gładko wygolone szczęki; było w nim coś z boskiego Juliusza Cezara.

Pustynny przywódca ucałował koniuszki swoich palców, dotknął dłonią czoła.

– Na nieśmiertelnego Makurtama. Makurguma, Wihinama, Bonchora, Warissima, Matilama i Junama, czcigodnych, świętych, zbawców, ja, Nuffuzi z ludu Cynitów, przysięgam dochować wierności Rzymianom.

Kiedy recytowano te prostacko brzmiące imiona, Gordiana uderzył bezsens całej tej ceremonii. Dlaczego to wszystko miało obchodzić te cudaczne – czy zresztą jakiekolwiek inne – bóstwa? Bogowie są nieśmiertelni, doskonali w swoim szczęściu, spełnieni. Gdyby można było ich zadowolić ofiarami czy rozgniewać niewłaściwymi obrzędami, nie byliby wewnętrznie usatysfakcjonowani, nie byliby więc bogami. Bogowie nie interesują się ludzkimi działaniami. Ale może teraz Nuffuzi dwa razy się zastanowi, zanim złamie dane słowo.

Rozdział czternasty

Oblepiony krwią Gajusz Petroniusz Magnus wynurzył się z bagna. Oczy wychodziły mu z orbit, ręce przyzywały. Tymezyteusz zaczął się cofać. Błoto przyssało się do jego butów. Wyciągnął ręce, żeby odepchnąć martwego senatora.

Jeszcze jeden zły sen. Tymezyteusz otworzył oczy. Przy świetle jedynej lampy zobaczył nisko biegnący poprzeczny drążek namiotu, swój podróżny kufer i pancerz na stojaku, składany stołek. Z zewnątrz dobiegło go ciche rżenie konia, rozmowy i odgłosy ruchu; dźwięki budzącego się obozu.

To tylko zły sen. Żaden demon; one nie istniały. Ani wiadomość od bogów; oni też nie istnieli. I nie wyrzuty sumienia, zdecydowanie nie wyrzuty sumienia. Poddał próbie Magnusa i pozostałych. Gdyby byli lojalni, nie spiskowaliby tak chętnie, nie kazaliby fałszerzowi wykonać formy z podobizną cesarza Magnusa. Gdyby byli lojalni, zadenuncjowaliby go i zostali wynagrodzeni. Trankwilina miała rację. Gdyby nie ujawnił ich potencjalnej zdrady, ktoś inny by to zrobił. Mieli ambicję, a brakowało im inteligencji. Zasłużyli na swój los.

Tymezyteusz ziewnął. Oczy mu łzawiły. Potarł je wierzchem dłoni. Przynajmniej ani tłusty głupiec Wenakus, ani afektowany Katyliusz Sewerus jeszcze nie zaczęli nawiedzać go w snach. Nic dziwnego, że miał koszmary. Był wyczerpany fizycznie i psychicznie, a teraz na dodatek wszyscy w armii mieli powód, by się bać.

Kampania zaczęła się całkiem dobrze. Przekroczyli Ren, przemaszerowali pod starym łukiem Germanika po drugiej stronie rzeki i weszli w rozległe lasy północy. Germanie gdzieś zniknęli. Tubylcze osiedla były puste. Maksymin pozwalał żołnierzom grabić to, co zostało, a potem puszczać je z dymem. Od czasu do czasu chwytali zwierzęta z niepilnowanych stad. Te również cesarz przekazywał żołnierzom. Niewielu barbarzyńców, których złapano – maruderów i pechowców – również zostawiono żołnierzom.

Po kilku dniach sytuacja zaczęła się zmieniać. Ogniska, na jakie natrafiali, były wciąż ciepłe, niektóre jeszcze się tliły. Wśród drzew przemykały dziwne postaci. Najpierw maruderzy, a potem zwiadowcy zaczęli znikać. Pierwsze ataki przypuszczono na grupy szukające żywności i paszy. Radzono sobie z nimi dość łatwo, ale za każdym razem skutkowało to kilkoma zabitymi czy rannymi. Przyczyniało się to do narastającego niepokoju.

W końcu zostawili za sobą góry i wyszli na szerokie równiny. Kilka dni marszu później wrogie plemiona – Alamanowie, Cheruskowie i Angrywarowie – wykazały chęć do boju. Wojownicy ustawili się, mając moczary za plecami. Ledwie legiony się do nich zbliżyły, umknęli na bagna. Porzucając wszelką ostrożność, Maksymin ruszył w pościg, kierując swojego wierzchowca w grzęzawisko. W pewnym momencie woda sięgnęła powyżej brzucha zwierzęcia. Cesarz znalazł się w tarapatach. Wokół niego zaroiło się od barbarzyńców. Tylko odwaga i błyskawiczna akcja żołnierzy II legionu *Parthica* go uratowały.

W pewnym sensie było to zwycięstwo. Wysłano do Rzymu zawinięte w wawrzyny meldunki. Przed siedzibą senatu miały zostać ustawione wielkie malowidła obrazujące ten sukces. Tylko bogowie wiedzieli, czy posłańcy dotarli na pogranicze. Po bitwie w obozie pojawiły się delegacje barbarzyńców. Reprezentujące przyjazne plemiona zamieszkujące daleką północ prowadził Froda, syn króla Anglów Insangrima, panującego nad brzegami Morza Swebskiego. Kiedy barbarzyński książę odjechał, uwożąc z sobą mnóstwo złota, zostawił tysiąc wojowników, którzy mieli przez następne dwa lata służyć z armią rzymską. Przybyły również reprezentacje Alamanów i ich sojuszników. Prosili o pokój. Nie tylko Tymezyteusz wątpił w ich szczerość. Maksymin zażądał zakładników. Obiecano mu ich, ale nigdy nie przysłano.

Zabitych pogrzebano, wzniesiono pomnik zwycięstwa i armia skierowała się na południe, do domu. Nie przeszli nawet pięciu mil, kiedy znowu zaczęły się ataki. Germanie wbijali się w głąb kolumny. Chwilami w najgroźniejszych sytuacjach zdawało się, że mogą ją rozciąć na dwoje. I znowu Maksymin rzucił się do walki wręcz. Tym razem już nikt nie mógł zaprzeczyć, że jego sprawność i przykład odwróciły bieg wydarzeń. Następnego dnia podjęli marsz w szyku zwanym kwadratem, z taborem i bagażami w środku. Spowalniało to marsz, a i tak nie dawało pełnego zabezpieczenia. Bandy wojowników nieustannie wyskakiwały z gęstwiny, ciskały oszczepy i cofały się. Niezdyscyplinowani rzucali się w pogoń i kończyli otoczeni przez nieprzyjaciół. Niewielu z nich wracało. Przeszkody – powalone drzewa i strumienie, których bieg odwrócono lub skierowano w inną stronę – stanowiły kolejne utrudnienia. Tymezyteusz przypomniał sobie historię opowiedzianą przez Tukidydesa o tym, jak to Ateńczyków nękano w dziczy Etolii. Nie skończyło się to dla nich dobrze. W szeregach zapanował chaos, ścigano ich wyschniętymi korytami strumieni i po leśnych bezdrożach, aż osaczono. Teraz żołnierze przy ogniskach rozmawiali o Warusie i jego utraconych legionach.

Wlekli się na południe, tocząc nieustanne walki. Liczba zasadzek wzrosła. Szczególnym celem dla wojowników stały się konie i muły. Żołnierze pozostawiali na swojej drodze porzucony sprzęt, który stawał się łatwym łupem ich dręczycieli. Tych, którzy sądzili, że góry przyniosą jakąś ulgę, spotkało gorzkie rozczarowanie.

Przełęcz była szeroka na około trzysta kroków. W poprzek wykopano rów i usypano szaniec. Za tą przeszkodą czekała niezliczona rzesza Germanów. Po obu bokach wznosiły się strome zbocza. Na ich szczytach usadowili się kolejni barbarzyńcy. Nie było możliwości obejścia tego miejsca. Armia stała obozem. Zapasy były na wyczerpaniu. Tymezyteusz wiedział, że jeśli poranna narada nie przyniesie rozwiązania, mogą się szykować na śmierć.

Zawołał niewolnika, spuścił nogi z polowego łóżka. Nie chciał umierać. Pomyślał o Trankwilinie i o ich córce. Jesienią skończy osiem lat. Jakie będzie życie tego dziecka bez niego? Co zrobi Trankwilina? Myśl o tym nie przyniosła pocieszenia. Trankwilina ponownie wyjdzie za mąż. Jakiś inny mężczyzna będzie czerpał przyjemność z jej łoża, zainspiruje go jej ambicja.

Chłopiec przyniósł nocnik i miskę czystej wody. Tymezyteusz kazał mu przynieść jedzenie.

Wstał, postękując. Wysikał się do nocnika, po czym obmył ręce i twarz w zimnej wodzie. Co on tu robi? W Mogontiakum, następnego dnia po aresztowaniu spiskowców, wezwał go Maksymin. Cesarz, który nigdy nie był wylewny, pochwalił go w krótkich słowach. Powiedział, że jego lojalność zostanie wynagrodzona. Tak jak prosił, jego kuzyn Sabinus Modestus dostał dowództwo ciężkiej jazdy. Przed nim samym stało trudniejsze zadanie. W Bitynii-Poncie pojawiły się problemy: zapanował bałagan w finansach tych dwóch miast, prowincję zalewali chrześcijanie. Senator, który był tam namiestnikiem, zupełnie sobie nie radził. Tymezyteusz otrzyma specjalne pełnomocnictwa, by rozwiązać te problemy. Ale nie teraz. Maksymin nie był jeszcze gotowy rozstać się ze swoim małym Grekiem. Bo któż inny jak nie jego *Graeculus* zapewni armii zaopatrzenie? Ci ateiści i skorumpowani urzędnicy Bitynii-Pontu mogą zaczekać. Tak więc Tymezyteusz stał się odpowiedzialny za przygotowanie taborów, obarczony nadmierną pracą, ochrypł od wywrzaskiwania poleceń. Nie trzeba chyba dodawać, że właśnie wozy, których nie mógł się pozbyć, były przyczyną najgorszych problemów: nieustannie gubiły koła, łamały osie, grzęzły w piasku i błocie. Odczuwał jakąś ponurą satysfakcję za każdym razem, kiedy porzucali niezdatny do użytku wóz.

Niewolnik przyniósł trochę pieczywa i zimnego boczku. Podczas gdy Tymezyteusz jadł, pomagano mu się ubrać. Był tutaj, setkami mil ponurego lasu oddzielony od bezpieczeństwa, ofiara własnej kompetencji. Bogowie podziemni, nie chciał umierać. Powtarzał sobie, że ma być mężczyzną. Był po prostu zmęczony. Trudno było złapać choć trochę snu, kiedy dolina i otaczające ją lasy rozbrzmiewały echem radosnych okrzyków barbarzyńców. Raz jeszcze spojrzał w obojętne czarne oczy swojego lęku i zmusił szczura, by wycofał się do jakiegoś ciemnego kąta.

Już prawie świtało. Lekki wiatr poruszał czarnymi gałęziami drzew. Niskie ogniska dymiły od wilgotnego drewna, kiedy szedł przez obóz. Wysoko na niebie zgromadziły się chmury, ale nie musiały przynosić deszczu.

Maksymin nie znosił wszelkich ostentacji. Cesarski namiot był o wiele mniejszy niż za czasów Aleksandra, choć ogromny. Oficerowie czekali w mroku na zewnątrz. Stali w małych grupkach albo pojedynczo. Niewielu rozmawiało. Sanktus, *ab admissionibus*, wypełniał sobą wejście.

– Zdrowia i wielkiej radości. – Tymezyteusz powitał Macedo w ich ojczystym języku.

Grecki dowódca stał samotnie.

– Zdrowia i wielkiej radości. – Ton głosu Macedo był zaprzeczeniem jego słów.

– Czy cesarz się obudził?

– Tak.

– Wpuszczono już kogoś?

– Triumwirat. – Ponieważ to oni osadzili Traka na tronie, trzej senatorowie, Wopisk, Honoratus i Kacjusz Klemens, rzadko pojawiali się osobno i prawie zawsze trzymali się blisko cesarza. Ich wspólny przydomek był jak najbardziej trafny. – I ulubieni ekwici – dodał Macedo.

Było oczywiste, o kogo chodzi.

– Anullinus jest prefektem pretorianów, a Wolo naczelnikiem jego *frumentarii*. – Tymezyteusz ściszył głos. – Ale w Mogontiakum to my uratowaliśmy Maksymina, a Drugi legion Juliusza Kapitolinusa przyszedł mu z pomocą w tamtym bagnie. A Domicjusz nie zrobił nic.

Macedo mruknął coś.

– Mimo to oni są tam, a my tutaj – rzucił Tymezyteusz.

– Ty przynajmniej otrzymasz swoją nagrodę w Bitynii--Poncie. – Macedo nie próbował kryć rozgoryczenia. – A ja nie dostanę nic.

– Jeśli przeżyjemy, otrzymam nagrodę – powiedział Tymezyteusz z uśmiechem.

– Jeśli przeżyjemy, ja nie otrzymam nic – odparł gniewnie Macedo.

Ab admissionibus oznajmił afektowanym głosem, że święty majestat przyjmie teraz swoich lojalnych oficerów.

Maksymin siedział na tronie z kości słoniowej. Po prawej ręce miał triumwirat, po lewej czterech ekwitów. Za nim stał jego syn Maksymus i jeszcze jeden młodzieniec, jakiś dalszy krewny cesarza o imieniu Rutilus, pochodzący z górzystych okolic Tracji. Inna postać, stojąca z tyłu pomieszczenia, była bardziej niepokojąca. Wszyscy wiedzieli, że Ababa, druidka, podróżuje razem z wojenną ekspedycją. Według pogłosek, odwiedzała Maksymina w środku nocy, by zaspokoić jego żądze albo praktykować składanie niecnych ofiar, a może jedno i drugie. Jednak dotąd nigdy jeszcze nie pokazała się z cesarzem publicznie.

Tymezyteusz przyjrzał się uważnie kobiecie. Ani stara, ani młoda, była bardzo wysoka, z niebrzydką twarzą, bez śladów tortur, jakim ją poddano pod poprzednimi rządami; jej figurę skrywał płaszcz. Dopuszczenie kobiety do narady wojennej zawsze było błędem. Kleopatra nie pomogła Antoniuszowi. Dopuszczenie kobiety z północnego barbarzyńskiego plemienia, i to skażonej bliskością obcych bogów, na pewno mogło zaniepokoić najwyższych dowódców. Co gorsza, to była ta germańska suka, która przepowiedziała śmierć Aleksandra.

Niemal każda decyzja, jaką podjął Maksymin podczas swojego krótkiego panowania, była zła. Przed opuszczeniem Magontiakum, ożywiony optymizmem, jaki wywołał napływ bogactwa w postaci złotych koron składanych mu z okazji wstąpienia na tron oraz konfiskat majątków osób skazanych razem z Magnusem, Maksymin zadekretował podwojenie żołnierskiego żołdu. Triumwirat nie zdołał go odwieść od tej decyzji. Po jej ogłoszeniu nie mogło już być mowy o wycofaniu się. Sprawa była nieodwołalna... i całkowicie nie do przeprowadzenia.

– Koledzy żołnierze – powiedział Maksymin, wstając. Jego potężna postać górowała nad otoczeniem. – Germanie sądzą, że zdradzieckimi podstępami doprowadzili nas do trudnej sytuacji. Mylą się. Odkąd tylko wyruszyliśmy, chcieliśmy stoczyć walną bitwę, ale oni jej unikali. Teraz natomiast sami oddali się w nasze ręce. – Szare oczy Maksymina świeciły w jego wielkiej białej twarzy. – Charakteryzuje ich krótkotrwała wściekłość dzikich bestii. My natomiast mamy odwagę i dyscyplinę. Oni ślepy szał. My dysponujemy machinami miotającymi i mamy plan.

Pomimo złych przeczuć ten chropawy, zgrzytliwy głos podniósł Tymezyteusza na duchu. Kto czy co im się oprze, kiedy prowadzi ich taki Tytan, siła pierwotna z epok minionych, nowy Prometeusz? Mogliby atakować niebiosa.

Rozdział piętnasty

Daleka północ
wzgórze Harzhorn,
idy lipcowe 235 roku

Trzeciego ranka Maksymin wszedł na wysokie podium przed obozem i trąby rozbrzmiały tak samo jak w dwa poprzednie dni. Potoczył wzrokiem po żołnierzach stojących ciasno w szeregach. Dzięki ćwiczeniom ustawiali się teraz znacznie szybciej niż wcześniej. Wszystkie jednostki były na swoim miejscu, ostatnie kilka wozów z obsługą ręcznych balist umieszczono tam gdzie należy. Od świtu minęła zaledwie godzina. Pierwszego dnia wszystko to trwało dwa razy dłużej.

Cesarz spojrzał w kierunku nieprzyjacielskich pozycji, odległych o niecałe czterysta kroków. Przełęcz była zupełnie płaska. Germanie wykopali płytki rów na całą jej szerokość, czyli jakieś trzysta kroków. Dalej widać było ziemny nasyp, wysoki na cztery, może pięć stóp i zakończony drewnianą palisadą. Z przodu umieszczono przeszkody dwojakiego rodzaju. Najpierw atakujący mieli do pokonania plątaninę obalonych drzew o sterczących gałęziach, których końce przycięto w ostre szpikulce. Potem musieli ominąć liczne, częściowo zasłonięte doły najeżone zaostrzonymi palami. Żołnierze nazywali je jeleniami i liliami.

Po bokach wznosiły się strome urwiska. Wschodni grzbiet, po lewej stronie, był wyższy i bardziej oddalony. Po prawej zbocze było krótsze, ale bardziej strome, choć osuwająca się ziemia pozostawiła trzy naturalne szerokie podejścia. Szczyt co prawda porastał las, ale nie było tam za czym się schronić. Na podejściach tylko z rzadka widniały drzewa. Zapewne każdej zimy osuwająca się pod wpływem ulewnych deszczów ziemia zabierała z sobą wierzchnią warstwę gleby razem z młodymi drzewkami.

Nieprzyjacielski obóz usytuowany był na wzgórzach kilkaset kroków za palisadą. W tej sinej dali wozy, namioty i szałasy, przesłonięte częściowo dymem z ognisk, ciągnęły się bez jakiegoś widocznego porządku. Liczba barbarzyńców była niemożliwa do oszacowania, ale musiała być ogromna. Naczelnicy Alamanów, Cherusków oraz ich sojusznicy rozkazali wojownikom, nakłonili ich obietnicami albo zmusili do zebrania się w tym odległym miejscu. Na ich wezwanie opustoszały knieje Germanii. Wojownicy sprowadzili z sobą kobiety i dzieci, by zobaczyły ich męstwo i unicestwienie rzymskiej armii. Jeśli bogowie okażą się łaskawi, pomyślał Maksymin, to pożałują tej decyzji.

Teraz, w słabym świetle wczesnego ranka, wzdłuż palisady i na wzgórzach widać było zaledwie garstkę barbarzyńców. Dziwne, bo przecież wiedzieli, czego się spodziewać. A może jednak sztuczka Maksymina przyniosła skutek. Apsines, urzędnik na stanowisku *a studiis*, porównał sytuację do tej, w jakiej znalazł się Aleksander przed bitwą nad rzeką Hydaspes. Macedończyk wielokrotnie wyprowadzał swoją armię w pole, ale nie rozpoczynał bitwy, dopóki nie uśpił czujności wroga. Maksymin nie wiedział nic o Hindusach, ale według niego tym Germanom zdecydowanie brakowało dyscypliny. Jeśli bogowie zechcą, wielu z nich zostanie w obozie, snując się leniwie albo śpiąc po przepiciu.

Cesarz wolałby, żeby trwało to jeszcze kilka dni, ale Tymezyteusz ostrzegł go, że zapasy są na wykończeniu. Żywności dla armii mogło starczyć zaledwie na pięć dni i choć *Graeculus* pilnował, by kowale pracowali nieprzerwanie dzień i noc, pocisków do balist było dość tylko na jeden ostatni wydłużony ostrzał. Maksymin zamierzał po wygranej bitwie kazać żołnierzom odnaleźć i pozbierać jak najwięcej wystrzelonych pocisków. Po w y g r a n e j bitwie. Taka myśl kusiła los. Maksymin splunął sobie na pierś, by odpędzić złe fatum.

Ślina spływała w dół po grawerowanej stali pancerza. Cesarz zauważył, że kilku oficerów z jego sztabu mu się przygląda. Miał już dość większości z tych cesarskich *amici*. Byli przyjaciółmi jedynie z nazwy. Te ukośne spojrzenia i pogardliwy sposób bycia doprowadzały go do szału. Marsz był długi i forsowny, racje niewielkie, a jakakolwiek wygoda pozostała tylko wspomnieniem. Choć spalili wystarczająco dużo wiosek i pochwycili wiele sztuk bydła, wciąż nie zabili wystarczająco wielu barbarzyńców. Ci zniewieściali głupcy w złoconych pancerzach, nieważne jak często im się to powtarzało, nie potrafili pojąć, że celem tej kampanii było doprowadzenie do tego, by Germanie stanęli z nimi do walki w jakimś opustoszałym miejscu, które Rzymianie sobie sami wybiorą.

– Wszyscy na stanowiskach, władco.

Maksymin nie zareagował. Musiał jeszcze raz przeanalizować swoją decyzję, nim rzucił kości.

Armia ustawiona była w trzy kolumny. W centrum Honoratus stał na czele głębokiej na dwudziestu ludzi falangi, złożonej z sześciu tysięcy żołnierzy wybranych z legionów Mezji Mniejszej i dwóch prowincji germańskich. Oni stanowili pierwszy rzut ataku. Podczas natarcia nad ich głowami miały przelatywać strzały tysiąca pięciuset łuczników z Emesy i Partii, dowodzonych przez Jotapianusa. Kolejne sześć tysięcy legionistów z Mezji Większej i obu Panonii tworzyło drugą falę ataku, prowadzoną przez Flawiusza Wopiska. Rezerwa zgromadzona była wokół podwyższenia: osiem tysięcy pretorianów, a po ich prawej stronie trzy tysiące jazdy utworzonej z *equites singulares*, konnych łuczników z Osroene i z opancerzonych jeźdźców, w równej mniej więcej liczbie.

Na czele prawego skrzydła czekało tysiąc pięciuset żołnierzy nieregularnej piechoty z Brytanii i z plemion rządzonych przez Anglów znad brzegów odległego Morza Swebskiego. Pierwszymi dowodził ekwita Florianus, a drugimi jeden z plemiennych naczelników, Eadwine. Tuż za nimi Juliusz Kapitolinus był gotów do natarcia, stojąc na czele czterech tysięcy legionistów z II legionu *Parthica*. Tysiąc pieszych łuczników z Osroene miało zapewnić im osłonę.

Dowodzone przez Kacjusza Klemensa lewe skrzydło było mniejsze. Do pierwszego ataku miało ruszyć pięciuset żołnierzy wojsk pomocniczych z V kohorty *Dalmatarum*, do kolejnego dwa tysiące legionistów III legionu *Italica* z Recji. Siłę wspomagającą tworzyło tysiąc ormiańskich i perskich łuczników.

Wielu z nich nie dożyje zmierzchu, pomyślał Maksymin. Apsines opowiedział mu kiedyś o pewnym perskim królu, który płakał, patrząc na swoją armię, ponieważ wiedział, że ci ludzie wkrótce zginą. Maksymin nie był Persem. Opanował się, dotknął chłodnego metalowego naszyjnika, a potem pierścienia na lewym kciuku. Nie zawiedzie ani swojego dawnego cesarza, ani żony. Zaufanie i wiara w to, co robił, warte były walki.

Obrócił się powoli, by ogarnąć spojrzeniem tylne oddziały. Obóz był umocniony w staroświeckim rzymskim stylu. Strzegła go pierwsza kohorta Traków, a także ulubiona jednostka paradna nieżyjącego cesarza Aleksandra. *Ostensionales* byli dobrzy na pokaz i niewiele więcej i Maksymin już prawie zdecydował, że po powrocie w granice cesarstwa ich rozformuje.

Lasy otaczające obóz zaczynały się w odległości od pięćdziesięciu do kilkuset kroków. Nietrudno było sobie wyobrazić, jak horda wrzeszczących barbarzyńców wyłania się z ich mroku. Prawie żadna armia nie wytrzyma, kiedy zaskoczy się ją atakiem z obu boków albo od tyłu. Maksymin wyznaczył niewielkie siły do przeczesania lasu po obu stronach. Mógł przeznaczyć tylko kohortę wojsk pomocniczych i pięciuset mauretańskich jeźdźców na każdą ze stron. Wysyłanie konnicy w teren zalesiony było posunięciem wbrew wszelkiej taktycznej doktrynie, jednak ci Maurowie i tak nigdy nie walczyli w zwartym szyku. Gdyby Germanie tam tkwili, liczba Rzymian byłaby niewystarczająca, ale ocalali ostrzegliby resztę. Na wypadek gdyby lasy okazały się puste, dowódcy obu jednostek otrzymali od Maksymina rozkaz obejścia pozycji nieprzyjaciela. Cesarz zastanawiał się teraz, czy wybrał właściwych ludzi do wykonania tego zadania. Mariusz Perpetuus i Poncjusz Poncjanus byli synami dwóch dowódców z czasów jego własnej służby na północnych rubieżach. Jednak żaden z nich nie był taki jak jego ojciec. Obaj byli miękcy, rozpieszczeni, ani trochę nie lepsi od całej reszty senatorów. Jednak jeśli ci dwaj pragnęli otrzymać stanowiska konsulów, o których im wspomniał, to muszą, jak ich przodkowie, zasłużyć sobie na nie na polu bitwy.

– Władco, już czas.

Było nie do pomyślenia, by ktoś inny poza Anullinusem mógł mu przeszkodzić, a co dopiero zrobić to tak, jakby łajał Maksymina. A może prefekt pretorianów na zbyt wiele sobie pozwala. Błyskawiczny awans po zabiciu cesarza mógłby każdego zachęcić do tego, by miał wysokie mniemanie o sobie. A na dodatek w oczach Anullinusa było coś dzikiego.

– Ładować balisty!

Rozkaz cesarza został przekazany dalej. Przez cichy chrzęst towarzyszący ruchom ludzi i koni przebił się metaliczny stukot urządzeń naciągających. Pięćdziesiąt lekkich machin wyrzucających strzały, zamontowanych na wozach, rozstawiono przed frontem armii. Większość znajdowała się pośrodku, ale po prawej stało ich więcej niż po lewej. Maksymin miał nadzieję, że jeśli nieprzyjaciel to zauważy, i tak nie wyciągnie właściwych wniosków.

– Puścić.

Wzdłuż całej linii rozległy się charakterystyczne dla balist dźwięki, szczęk-wizg-łomot. Z ogromną siłą wystrzeliło pięćdziesiąt pocisków o stalowych grotach. Niektóre uderzyły w palisadę, inne zniknęły przeleciawszy nad nią. Szczególnie te drugie musiały siać grozę pośród kryjących się za umocnieniami ludzi. Kilka, na skutek niewybaczalnego błędu w celowaniu, utkwiło w nasypie z ziemi. Jednak zanim pierwsze zdążyły dotrzeć na miejsce, w powietrzu ponownie rozległ się szczęk, kiedy zębatki znów poszły w ruch i zaczęło się kolejne naciąganie.

Zza podwyższenia, na którym znajdował się cesarz, dobiegł inny odgłos, odbijający się echem od górskich zboczy huk. Maksymin siłą woli powstrzymał się od pochylenia głowy czy zerknięcia za siebie. Kilku jego oficerów nie wykazało się takim opanowaniem.

– Dzieciątko w drodze! – rozległ się tradycyjny okrzyk i chwilę później cesarz zobaczył, jak głaz, którego ogrom znacznie pomniejszała odległość, spada za linią nieprzyjacielskiej obrony.

Wielka machina miotała kamieniami nad ich głowami z obozu położonego dokładnie na granicy jej zasięgu.

Przetransportowanie tego urządzenia znad Renu sprawiało ogromne kłopoty. Nawet rozebrane wymagało trzech dużych wozów. Od początku Tymezyteusz przekonywał, że należy je uznać za niepraktyczne i pozostawić na miejscu. Oczywiście tych mniejszych wozów też chciał się pozbyć. Maksymin zastanawiał się, czy *Graeculus* obserwuje teraz sytuację z obozu i w duchu przyznaje, że nie miał racji. Zapewne nie. Bardziej prawdopodobne, że się wścieka, ponieważ to Domicjuszowi, prefektowi obozu, powierzono utrzymanie bezpieczeństwa bazy. Ci dwaj ekwici nienawidzili się od lat, a przynajmniej od czasu, kiedy wraz z Maksyminem organizowali zaopatrzenie dla perskiej wyprawy Aleksandra.

– Trąbić do ataku!

Zabrzmiały trąbki, rozległy się krzyki centurionów i znaki pochyliły się w stronę nieprzyjaciela. Równym truchtem trzy falangi ruszyły do przodu.

Maksymin sprawdził, co robią kolumny wyznaczone do spenetrowania lasu. Spóźniali się z wyruszeniem. Co ten Perpetuus i Poncjanus mogli robić? Pewno poddawali się depilacji nóg albo słuchali tej obrzydliwej poezji o molestowaniu małych chłopców. Typowe nieodpowiedzialne, kompletnie beznadziejne zachowanie... na senatorach nie można polegać w żadnej sprawie.

Teraz odezwały się trąbki z przodu. Kolumny atakujące stanęły w miejscu. Środkowa znajdowała się jakieś sto kroków od umocnień. Te po bokach zatrzymały się u podnóża stoków. Żołnierze trzymali podniesione tarcze, zetknięte z sobą. Z góry, zakreślając łuki, spadały strzały barbarzyńców. Czyżby było ich mniej niż w poprzednich dniach? Pojawiła się znaczna liczba wojowników, ale nie można było stwierdzić ilu. Trąbki przekazały kolejny rozkaz. Już po chwili rzymskie strzały poleciały z sykiem, przesłaniając niebo niczym chmara nietoperzy. Dotąd wszystko przebiegało tak jak wcześniej.

Maksymin obejrzał się przez ramię. Dwóch członków jego świty rozmawiało z sobą, młody Pupienus Afrykanus i jakiś inny senator. Zamilkli pod jego spojrzeniem. Odwrócił z powrotem głowę. Wiedział, że ma gniewną minę. Paulina ma rację: senatorowie go nie znoszą, on natomiast żywił dla nich jedynie pogardę. Podczas długiego marszu żołnierze narzekali. Oni zawsze gderają, nie ma to żadnego znaczenia. Prawdziwemu defetyzmowi graniczącemu z tchórzostwem ulegali natomiast pochodzący z wyższych warstw oficerowie. Przyczajeni w namiotach cytowali ponure wersy, które, jak twierdził Apsines, pochodziły z Wergiliusza. Jakże tęsknili do bezpieczeństwa Rzymu albo swoich posiadłości w Kampanii. Konsekwencje spisku Magnusa zdemaskowały nielojalność senatorów. W rezultacie prześcigali się, denuncjując jeden drugiego. Wielu ekwitów też zostało informatorami. Jedynie żołnierzom można było zaufać. Synom rolników, synom żołnierzy... tylko wśród nich tliła się iskierka starodawnej cnoty. Często przychodziły mu na myśl słowa jego mentora, Septymiusza Sewera: *Wzbogacaj żołnierzy, ignoruj wszystkich pozostałych.*

– Trąbić do ataku!

Trębacz stojący na podwyższeniu zadął w instrument, a jego wezwanie podchwycili wszyscy inni w całej armii. Legioniści znad Renu i Dunaju runęli do przodu. Honoratus świetnie nad nimi panował. Po lewej stronie żołnierze z V kohorty *Dalmatarum* ruszyli w górę pochyłości. Nie przypadało ich wielu na tak otwarty teren i rozproszyli się po nim. Maksymin sprawdził prawą stronę. Żadnego ruchu. To dobrze. Żadnego ruchu też tam dalej, w lesie. Również dobrze.

Ludzie Honoratusa w centrum wspinali się na kłody, tnąc sterczące gałęzie. Pod gradem strzał żołnierze padali, ale pozostali stopniowo i metodycznie posuwali się do przodu.

Maksymin spojrzał w lewo, usłyszawszy radosny wrzask. Ogromny głaz toczył się po zboczu, stale nabierając prędkości. Na grzbiecie wzgórza barbarzyńcy znów ryknęli, spychając kolejny kamień. Pierwszy poruszał się już bardzo szybko, podskakując, wyrywając ziemię i wzbijając obłoki kurzu. Żołnierze auksiliariów z Dalmacji w popłochu umykali na boki. Jeden nie był dość szybki. W mgnieniu oka pozostała po nim plama krwi i zgniecione łachmany.

Natarcie po lewej utknęło. Żołnierze oddziałów pomocniczych zbijali się w grupki, niektórzy w nielicznych kępach drzew, ale większość pozostawała na otwartym terenie. Na szczycie wzgórza barbarzyńcy szykowali się do zepchnięcia kolejnego wielkiego skalnego odłamka. Dalmatyńczycy nie mogli posuwać się dalej, ale nie był to odpowiedni moment, by kazać im się wycofać. Nieźle ucierpią.

Tymczasem legioniści Honoratusa pokonali już tak zwane jelenie i teraz przemykali się pomiędzy przeszkodami, które nazywali liliami. Niewielu przy tym padło, jednak te doły z zaostrzonymi palami rozerwały ich szyki. Ci z przodu dotarli do rowu i palisady rozproszonymi grupkami. Czekała tam na nich zbita masa barbarzyńców. Nie zapowiadało się łatwe zwycięstwo. Ale Maksymin nigdy na to nie liczył. Nic w życiu nie przychodzi łatwo. Zawsze tak było.

Z prawej wymiana strzał nie była zbyt intensywna. Zupełnie jakby obie strony obserwowały przebieg zdarzeń w centrum. Przy odrobinie szczęścia barbarzyńcy mogą założyć, że Rzymianom zabraknie woli, by siłą pokonać to zbocze. Maksymin modlił się, by brak woli nie okazał się prawdą.

– Trąbić na odwrót! – rozkazał.

Honoratus i jego ludzie już dość dokonali. Tysiące żołnierzy zaczęło się cofać, twarzą do nieprzyjaciół, z uniesionymi tarczami. Rozbito ich szyki, ale nie uciekali. Inaczej przedstawiała się sytuacja po lewej, gdzie żołnierze oddziałów pomocniczych pędzili bezładnie w dół zbocza, a każdy z nich myślał wyłącznie o sobie.

Kiedy legioniści Honoratusa dotarli do łuczników ze Wschodu, zaczęło się przepychanie podczas przechodzenia przez ich szeregi. Zamieszanie wzrosło, kiedy przedzierali się przez legionistów czekających w zwartym szyku pod dowództwem Flawiusza Wopiska.

Przeprowadzony w tym momencie kontratak wywołałby zamęt i spustoszenie, być może nawet zmiótł całą rzymską armię. Oczywiście było mało prawdopodobne, by wódz barbarzyńców mógł do tego stopnia zapanować nad swoimi wojownikami. Na pewno nie mieliby ochoty opuszczać umocnień. Musieliby pokonać pułapki, które sami przygotowali, możliwe że dwukrotnie, w razie napotkania silnego oporu. Było to mało prawdopodobne, ale Maksymin pomyślał, że warto zapamiętać tę sytuację. Bardzo wielu barbarzyńskich przywódców służyło w randze oficerskiej w rzymskiej armii, a potem wracało do domu. Rozziew pomiędzy zbrojną potęgą Rzymu i *barbaricum* nieustannie się zmniejszał. Jeśli się pozwoli, by rzymska dyscyplina osłabła, ta różnica pewnego dnia całkowicie się zatrze.

– Posłać drugi rzut.

Legioniści z Panonii i Mezji pod wodzą Wopiska znali swoje rzemiosło. Przywrócili zachwiany szyk i bez najmniejszych problemów przeszli pomiędzy łucznikami. Raz jeszcze niebo pociemniało, kiedy z obu stron nadleciały chmury pocisków.

Po lewej stronie Kacjusz Klemens na ogromnym czarnym rumaku bojowym przewodził dwom tysiącom legionistów z Recji. Ten senator co prawda ciągle narzekał na przeziębienie i gorączkę, ale w przeciwieństwie do większości równych sobie pamiętał o męstwie przodków. Poprowadził swoich ludzi w górę miarowym krokiem. Nie spadły na nich żadne głazy, które by im przeszkodziły w powolnym, cichym marszu. Cierpienia dalmatyńskich żołnierzy nie poszły na marne.

Maksymin spojrzał w prawo, gdzie u podnóża góry przykucnęli żołnierze legionu II *Parthica*, Brytowie i wojownicy znad Morza Swebskiego. Towarzyszący im łucznicy z Osroene bez szczególnego entuzjazmu wymieniali strzały z tkwiącymi na szczycie barbarzyńcami. Teraz przebieg wydarzeń, pomyślał cesarz, zależy już tylko od wyczucia czasu.

Legioniści Wopiska pokonali już jelenie i byli w trakcie omijania lilii. Jeszcze nie teraz, stwierdził w duchu cesarz. Miej odwagę poczekać.

Żołnierze z Recji byli już w odległości rzutu oszczepem od wschodniego grzbietu. Powitała ich stalowa nawałnica. Maksymin zobaczył, jak pada wierzchowiec Kacjusza Klemensa. Legioniści szli wyżej. W dół barbarzyńcy popędzili klinem. Obie siły się zderzyły. Cesarz zacisnął zęby. Wciąż było za wcześnie. Jeszcze trochę.

Ogłuszający hałas, jak grzmot przetaczający się w górach, rozszedł się po całym terenie. Legioniści Wopiska wdarli się na umocnienia. W promieniach słońca błysnęła stal. Mignęła też czerwień, kiedy legionistę podsadzano na palisadę. Spadł. Inny zajął jego miejsce. Kawałek dalej jakiś żołnierz zdołał przeskoczyć na drugą stronę. Walka toczyła się już na całej długości umocnień. Teraz. To musiało być teraz.

– Podnieść czarny sztandar!

Maksymin wbił wzrok w prawą stronę, jakby siłą woli starał się wymusić reakcję. Nawet jeśli sztandar się pojawił, to on go nie dostrzegł. Brytowie i Anglowie atakowali w górę zbocza. II legion *Parthica* szedł w ich ślady, wolniejszy, ale bardziej zwarty. Łucznicy z Osroene strzelali nad ich głowami najszybciej jak mogli. *Jowiszu Najlepszy Największy, daj nam zwycięstwo.* Bezgłośnie, poruszając tylko wargami, cesarz odmówił krótką modlitwę do Boga Jeźdźca z gór swoich przodków. Czy barbarzyńcy chwycili przynętę, uspokojeni brakiem jakichkolwiek działań pod zachodnim zboczem, czy też odwrócili się, by stawić czoło oczywistemu zagrożeniu w centrum?

Ogromna kłoda stoczyła się na dół. Brytowie znajdujący się na jej drodze odskoczyli na boki, niektórym udało się przeskoczyć nad nią. Wpadła na legionistów. Ich linia wygięła się i dopiero kosztem wgniecionych tarcz i połamanych kości wstrzymano jej impet. Żołnierze obiegli ją z obu stron, inni przeskoczyli i na nowo sformowali szyk bojowy.

Wojownicy z plemion północnych byli już na szczycie. Za nimi pojawili się legioniści, podążając w stronę drzew. Nagle zwolnili. Stanęli. W jednym miejscu ich linia się ugięła. Maksymin dojrzał Juliusza Kapitolinusa, który podjechał do miejsca, gdzie panowało największe zamieszanie, i zachęcał swoich ludzi do kontynuowania natarcia. Ważyły się losy bitwy.

Maksymin rozpiął płaszcz. Cofnął się i narzucił ciężką purpurową tkaninę na ramiona kuzyna Rutilusa. Włożył też młodzieńcowi na głowę swój hełm.

– Bądź przez godzinę cesarzem – powiedział.

Rutilus, bez słowa, zawiązywał tasiemki pod szyją.

– Ojcze, dlaczego...

– Bo jest mojej postury. Ty nie.

– Ale...

Maksymin uciszył syna gniewnym spojrzeniem. Świta cesarska rozświergotała się niczym stadko zaniepokojonych ptaków.

– Anullinusie, przejmij dowództwo. Jeśli ludzie Wopiska się cofną, rzuć do boju pretorianów.

Prefekt zasalutował.

– Cisza, cała reszta! Zostajecie tutaj. Mikka, idziesz ze mną.

Maksymin zszedł ze stukotem po stopniach podwyższenia, jego strażnik przyboczny tuż za nim. Na dole ujął wodze konia należącego do posłańca. Mikka podsadził cesarza, po czym sam wskoczył na siodło.

Pretorianie rozstąpili się, robiąc im przejście. Przejechali przed frontem jazdy i obok *esquites singulares* i dotarli do stanowiska Macedo, dowodzącego konnymi łucznikami z Osroene.

– Zabierz ludzi na lewe skrzydło. Wesprzyj Kacjusza Klemensa, jeśli jeszcze żyje. Jeśli nie, przejmij jego komendę. Nie pozwól barbarzyńcom oderwać się od was, nie daj im chwili czasu na zastanowienie się.

– Rozkaz.

Maksymin ruszył ostro na prawo, by znaleźć dowódcę ciężkiej jazdy.

– Modestus, jedź za mną. Ustaw swoich ludzi w trzech grupach u podnóża tego zbocza, przy osuwiskach tworzących podejścia. Kiedy ujrzysz sygnał, poprowadź swoich katafraktów na szczyt.

– Jaki sygnał?

Maksymin pomyślał, że może awans Modestusa był jednak błędem.

– Daj mi swój płaszcz.

Oficer wykonał polecenie. Płaszcz był pretensjonalny, jaskrawy, krzykliwy, szafranowy, haftowany i zdobiony frędzelkami. Maksymin narzucił go na ramiona.

– Kiedy zobaczysz mnie tam, na górze, jak trzymam to nad głową, poprowadź swoich żołnierzy.

– Władco. – Modestus uśmiechnął się zażenowany, a jednocześnie bardzo chcąc zadowolić cesarza. – Co mamy robić, kiedy będziemy na szczycie?

Na Boga Jeźdźca, ten Modestus jest umysłowo ociężały. Trudno uwierzyć, że to krewniak Tymezyteusza.

– Kiedy zobaczysz sygnał, będzie to znak, że piechota zrobiła wyrwę w nieprzyjacielskiej linii. Przejedziesz tamtędy, potem zjedziesz w dół, po drugim zboczu, skręcisz na wschód... to twoja lewa... i uderzysz w środek barbarzyńców od tyłu.

– Wedle rozkazu.

– Powtórz, co masz robić.

– Jechać za tobą, czekać na dole, zobaczyć sygnał, ruszyć zboczem w górę, przez wyrwę, w dół drugą stroną, skręcić w lewo i zaatakować nieprzyjaciela.

– Środek nieprzyjaciela.

– Według...

– Przygotuj ludzi. Jedźcie za nami w porządnym szyku.

Nie czekając, Maksymin skinął na Mikkę i od razu ruszył galopem. Drogę przecięły im dwa strumienie. Pierwszy przeskoczyli, przez drugi przejechali w rozbryzgach wody.

Na wszystkich bogów, niech to się uda! Barbarzyńcy zobaczą taką samą liczbę jeźdźców zbliżających się z obu stron. Jak dobrze pójdzie, wciąż będą widzieli na podwyższeniu rosłą postać w purpurze, nie zdając sobie sprawy, że cesarz dołączył do atakujących na zachodzie. Jeśli nie pojawi się wsparcie, on odwróci to prawe skrzydło, nawet gdyby musiał się sam przebijać.

Maksymin zignorował najbliższe osuwisko i skierował wierzchowca do drugiego, ku samemu sercu bitwy. Podejście było strome i poczuł, że koń mu okulał. Może zgubił jeden z końskich sandałów. Nie oszczędzał go jednak. Nachylił się nisko nad szyją zwierzęcia i parł pod górę. Syryjscy łucznicy uskakiwali mu z drogi. Wulgarne przekleństwa zamieniały się w okrzyki radości, kiedy go rozpoznawali.

Zbliżywszy się do tylnych szeregów legionistów, zeskoczył na ziemię. Mikka tuż przy nim zrobił to samo. Oba konie stały ze zwieszonymi łbami, dysząc ciężko.

– Za mną! Za waszym cesarzem! – zawołał Maksymin, wyciągając miecz z pochwy.

– *Io, Imperator!* – wołali żołnierze, z rozpromienionymi twarzami.

Nawet ranni starali się prostować. Wieść o jego przybyciu rozchodziła się falami po szeregach. *Io, Imperator!*

Maksymin podniósł porzuconą tarczę i między drzewami ruszył na czoło linii bojowej. Mikka i pozostali poszli za nim. Walczący rozdzielili się i odstąpili od siebie na kilka kroków; mężczyźni po obu stronach dyszeli ciężko i starali się przywołać odwagę, by pokonać niewielki kawałek ubitej ziemi i ponownie narazić się na śmiertelne niebezpieczeństwo.

Maksymin zajął miejsce w pierwszym szeregu. Zdecydowanie górował wzrostem nad otaczającymi go mężczyznami.

Barbarzyńcy znajdowali się w odległości jakichś dziesięciu kroków w cieniu listowia. Osłaniali się okrągłymi, jaskrawo pomalowanymi tarczami; niektóre nosiły insygnia rzymskich jednostek. Ich oczy i włosy były jasne, mieli niewiele hełmów i mieczy, błyszczały głównie groty oszczepów. Maksymin dostrzegł tylko dwóch wojowników w kolczugach; stali obok siebie, na prawo od niego. Bez wątpienia wodzowie, przywódcy, ale ci wokół nich to nie była drużyna przyboczna, lecz ludzie z poboru: pasterze zabrani od ich stad, rolnicy oderwani od pługa. Na tym górskim grzbiecie znajdą się też grupy lepszych wojowników, ludzi przywykłych do walki mieczem, gotowych umrzeć, kiedy padnie ich pan. Ale nie tutaj. Jowisz i Bóg Jeździec przyprowadzili Maksymina do słabego punktu w ich ustawieniu. Wystarczy zabić tych dwóch przywódców, a reszta ucieknie.

Wzniósłszy miecz ku niebu, cesarz wydał wojenny okrzyk. Czas podstępów minął. Niech wszyscy się dowiedzą, że on tu jest. Niech ci dwaj wodzowie i ich poddani z głębi kniei poczują strach.

– Gotowi do walki? – Dudniący głos cesarza przebił wszystkie hałasy.

– Gotowi! – ryknęli legioniści.

Trzy razy rozlegało się to wezwanie i trzy razy padła odpowiedź. II legion był w dobrym nastroju.

Przy ostatnim okrzyku Maksymin rzucił się przed siebie, od razu kierując się w stronę dwóch mężczyzn w kolczugach. Zanim do nich dotarł, zobaczył nad tarczą wymierzoną w siebie włócznię. Nie zwalniając, uniósł miecz w górę i odbił ją w bok. Pochylony nisko, ustawił bark na przyjęcie siły uderzenia i grzmotnął tarczą w tarczę dzierżącego włócznię przeciwnika. Germanin zatoczył się do tyłu. Maksymin zajął jego miejsce w nieprzyjacielskiej linii. Zamachnął się mieczem i rozłupał czaszkę mężczyzny po prawej. Obracając się w drugą stronę, odciął połowę szczęki wojownikowi w drugim szeregu. Poczuł mdlący ból w żebrach. Grot włóczni wwiercał się w pancerz na prawym boku. Zginając się wpół, poczuł uderzenie w tył głowy. Nie miał hełmu i czuł gorącą krew spływającą na kark. Jeśli upadnie, zginie.

Ugiął kolana, osłonił się tarczą. Dźgnął spod niej na ślepo. Miecz napotkał opór. Ktoś zawył. Stal trafiła na stal. Potem na drewno i obrzydliwie miękko weszła w ludzkie ciało. Ludzie stękali z wysiłku i przerażenia. Walka straciła impet.

Zebrawszy wszystkie siły, skryty za tarczą Maksymin zaczął naciskać. Dwóch Germanów się szamotało, straciwszy równowagę. Ciął jednego z nich. Mikka drugiego.

Zauważył, że coś się lekko poruszyło, i w tej samej chwili włócznia utkwiła w plecach Mikki. Mężczyzna padł z chrzęstem zbroi.

Nie było czasu na opłakiwanie.

– Zabić tych mężczyzn w kolczugach! – Na wpół tylko świadomy, że krzyczy, Maksymin jednym cięciem pozbawił nóg zaskoczonego wojownika po swojej prawej.

Bliższy z nieprzyjacielskich wodzów zaczął się obracać. Za późno; nie zdążył ustawić tarczy tak, by zasłonić się przed niespodziewanym atakiem z boku. Napierając całym ciężarem ciała, Maksymin wbił czubek miecza w przemyślnie połączone metalowe kółka, w skórzane podszycie i zagłębił w ciało, którego nic nie zdołało ochronić.

– Zabić drugiego wodza! – krzyknął, odepchnąwszy na bok trupa. – Drugiego wodza!

– Cesarzu! – Legionista trzymał za długie włosy odciętą głowę.

– Twoje imię?

– Jawolenus, druga centuria, pierwsza kohorta, wodzu.

– Jeśli do wieczora nie znajdziemy się w Hadesie, będę pamiętał.

– Dziękuję, cesarzu.

Nacisk wojowników osłabł. Po śmierci swoich przywódców zaczęli umykać. Maksyminus rozejrzał się za jakimś oficerem.

– Wy, centurionie, poprowadźcie swoich ludzi w lewo. Zepchnijcie barbarzyńców z tego grzbietu.

Mężczyzna zasalutował i zniknął. Jakiś koń krążył pomiędzy martwymi i umierającymi.

– Juliuszu Kapitolinie, poprowadź ludzi na prawo. Utrzymuj lukę w szeregach.

Dowódca zawrócił konia, krzycząc do żołnierzy, by ruszali za nim.

Pozostało już tylko puścić jazdę przez lukę. Maksymin pobiegł z powrotem. Wychodząc spośród drzew, wsunął miecz do pochwy i zrzucił z barków jaskrawy płaszcz. Był rozdarty i poplamiony krwią. Cesarz pomachał nim nad głową. Modestus i jego ludzie, spieszeni u podnóża zbocza, pokazywali go palcami. Modestus podniósł wzrok, przeszukując grzbiet góry. Bogowie podziemni, chyba ten głupiec potrafi rozpoznać swój płaszcz? Trochę krwi nie zmieniło go nie do poznania. Jakiś żołnierz wziął Modestusa za ramię i wskazał ręką we właściwym kierunku. Oficer zaczął wykrzykiwać i gestami przyzywać żołnierzy stojących przy pozostałych dwóch podejściach z osypanej ziemi. Jeden z żołnierzy pomógł mu wsiąść na konia. Reszta znalazła się na grzbietach swoich wierzchowców.

Kiedy wreszcie katafrakci minęli go z rumorem, Maksymin pomacał ranę z tyłu głowy. Nie było tak źle. Wytarł o spodnie krew z dłoni. Stąpając ostrożnie, by ominąć groty poniewierających się strzał i włóczni, przeszedł pas drzew i spojrzał w dół z drugiej strony. Modestus i jego ludzie pędzili na wschód. Doliną umykali Germanie. Ci, którzy znaleźli się na drodze ciężkiej jazdy, zostali stratowani. Wkrótce rozgromiona armia wojowników dotrze do obozowiska. Pośród wozów zapanuje kompletny chaos. Droga ucieczki dla cywili zostanie całkowicie zatarasowana. Rzymscy żołnierze wyrżną ich wszystkich: starców, kobiety i dzieci. Nikogo nie oszczędzą, nawet niemowląt. Maksymin nie odczuwał litości. Całe swoje dorosłe życie czekał na zemstę takich rozmiarów. To były co prawda inne plemiona, ale wszyscy barbarzyńcy z północy są tacy sami. Zrodzeni do oszustwa i okrucieństwa, ludźmi są jedynie z wyglądu.

Rozdział szesnasty

Rzym
Forum Romanum,
trzy dni przed kalendami październikowymi 235 roku

Dzień zapowiadał się pomyślnie. Pupienus opuszczał siedzibę senatu, podążając za świeżo wprowadzonym na urząd konsulem. By uchronić się przed ludzką zawiścią, dotknął palca u nogi posągu bogini Libertas. Odczuwał wielką dumę, przepełniało go szczęście. Marek Klodiusz Pupienus Maksymus, jego starszy syn, został konsulem Rzymu. Jego mały wnuk będzie dorastał jako syn konsula, wnuk konsula i od przyszłego roku – jeśli bogowie pozwolą – bratanek konsula. Chłopiec miał zapewnione miejsce wśród nobilów. To miejsce nie było już tylko darem dawno nieżyjącego cesarza Septymiusza Sewera, który przyznał status patrycjusza ambitnemu młodemu oficerowi, służącemu mu dobrze w wojnie z barbarzyńcami, a jeszcze lepiej w dwóch krwawych wojnach domowych. Był to ciężko wypracowany rezultat wysiłków i starań całego życia Pupiena. Jego wnuk nigdy nie będzie musiał uciekać się do uników i podstępów, którymi naznaczone było jego własne życie.

Zeszli ze schodów i udali się na Forum. To nic, że jego syn był tylko konsulem pomocniczym i że jego kadencja jako jednego z zastępców głównych urzędników zaczęła się później, niż to zapowiadał Honoratus. Było przecież wiele ważnych rodzin, które nowa władza musiała zadowolić. Fakt, że współkonsul Maksymina musiał objąć swój urząd *in absentia*, spowodował, że uwaga Wiecznego Miasta skupiła się niepodzielnie na zaszczycie, który spotkał jego syna. Ledwie ta samolubna myśl powstała mu w głowie, prefekt natychmiast jej pożałował. Był zachwycony, że syn miał Kryspinusa za kolegę współkonsula. Napisał do przyjaciela wylewny list z gratulacjami. Kryspinus był konsulem i namiestnikiem Achai. Nawet jeśli już nie dowodził armią, jak niegdyś w Syrii Fenickiej, to prawdziwy Rzymianin odznaczał się cnotami zarówno podczas wojny, jak i w czasie pokoju. Kryspinusowi nie wolno zapominać, że sprawował rządy w miejscu, które jest kolebką cywilizacji, zamieszkanym przez potomków Peryklesa i Demostenesa. Może Grecy nisko upadli, ale zasługiwali na szacunek ze względu na sławę i osiągnięcia swoich przodków.

Pod surowym spojrzeniem wyrzeźbionego na koniu Septymiusza Sewera przeszli dostojnie obok czarnego kamienia tkwiącego w miejscu, z którego Romulus został uniesiony do nieba. Licznie zgromadzona pomimo zimnego jesiennego wiatru gawiedź wykrzykiwała radośnie, by zrobić im przejście.

Ogromne płyty pokryte malowidłami ustawiono między sanktuarium nad sadzawką Kurcjusza i rostrą na Forum Romanum. Przedstawione postaci były większe od naturalnych i jaskrawo kolorowe. Ukazana akcja przebiegała z lewej na prawo i przyciągała oko bezpośrednio do postaci Maksymina. Cesarz wjeżdżał na wspaniałym rumaku w moczary. Wokół niego grzęźli w bagnie barbarzyńcy: niektórzy padali śmiertelnie ranni albo kulili się ze strachu; inni wciąż stawiali zaciekły opór. Nie było dla nich ratunku. Żołnierze rzymscy podążali za swoim cesarzem, tnąc i dźgając, zabarwiając bagno krwią nieprzyjaciół. Ponad tym całym chaosem Maksymin, schludny i przystojny, wydawał się dziwnie obojętny na tę rzeź.

Wbrew dotychczasowej tradycji Marek Klodiusz Pupienus Maksymus miał wygłosić mowę dziękczynną za swój konsulat nie w kurii, ale właśnie tutaj, przed świeżo odsłoniętym obrazem ukazującym triumf swojego dobroczyńcy. Od pierwszych jego słów było oczywiste, że wystąpienie będzie miało panegiryczny charakter.

– Nasi przodkowie w swojej mądrości, *patres conscripti*, ustanowili wspaniałą zasadę, że przemowę, podobnie jak wszelkie działanie, winno zaczynać się od modłów.

Pupienus pomagał synowi przygotować orację i dlatego znał ją na pamięć. Słuchając jednym uchem zgrabnych sformułowań, zerkał w lewo. Na frontonie sanktuarium inny zbrojny jeździec wjeżdżał galopem w grzęzawisko. Za rozmieszczenie malowideł z Maksyminem odpowiadał były konsul Sabinus. Jako serdeczny przyjaciel Wopiska miał bliskie związki z nową władzą. Sabinus był człowiekiem wykształconym i artystycznie wyrobionym. Bez wątpienia przemyślał lokalizację malowideł i ich najkorzystniejsze zestawienie z dawnymi pomnikami w tym świętym sercu Rzymu.

Prefekt przeniósł wzrok z jednego jeźdźca na drugiego. Na posągu koń legendarnego Kurcjusza grzązł w mokradłach, tonął ze smętnie opuszczoną głową. Wierzchowiec Maksymina stał dęba, jakby zaraz miał wydostać się z trzęsawiska i szuwarów, wyrwać z samego malowidła i wylądować kopytami na mównicy. Niektórzy wierzyli, że Kurcjusz był sabińskim wojownikiem, który w bitwie uszedł śmierci z rąk Romulusa, kierując swojego konia prosto w bagno znajdujące się w miejscu obecnego Forum. Myśli o klęsce i wrogości wobec Rzymu były mało obiecujące. Zresztą Sabinowie już dawno temu zostali Rzymianami, tworzyli trzon dawnych legionów. Może celem było stworzenie przesłania, że Rzym powinien skwapliwie przyjąć trackiego Maksymina, ponieważ wniesie on na pole bitwy męstwo swoich rodzinnych stron.

Inni widzieli w Kurcjuszu rzymskiego ekwitę, który dla dobra Rzymu złożył się w ofierze bogom podziemnych czeluści. Ci mogą zobaczyć w Maksyminie kolejnego męża, który poświęcił życie dla zwycięstwa Rzymu, ale został oszczędzony przez bogów ze względu na swe wyjątkowe cnoty.

Konsul przeszedł właśnie do fragmentu ckliwie sławiącego cesarza jako dzisiejszego Eneasza, Trojanina ocalonego przez bóstwa opatrznościowe, by mógł dać nowy początek Rzymowi.

Pupienus wrócił wzrokiem do malowideł: Maksymin z armią szedł przez most; pod okiem dowódcy żołnierze puszczali wioskę z dymem, wyrzynali mężczyzn, poniewierali kobiety i dzieci; ocalali barbarzyńcy kryli się w lasach, zanim Maksymin ruszył przez bagna. Nie było jeszcze zakończenia tej opowieści. Zwycięstwo musiało nadejść, ale czekało ich jeszcze wiele walk. Kiedy przybył posłaniec z zawiniętym w wawrzyn meldunkiem i z instrukcjami dla Sabinusa, wojna wciąż trwała. Drugi posłaniec przyniósł wieści o innym wspaniałym zwycięstwie w dalekiej górskiej przełęczy. Maksymin i jego armia zbliżali się do granicy. Alamanowie, Cheruskowie i niezliczone inne plemiona chciały się poddać. Znając jednak ich przewrotność, cesarz nie był skłonny przyjmować kapitulacji. Zamierzał przezimować w *Castra Regina*, dokonać napraw w pobliskich fortach, pozwolić armii odpocząć, uzupełnić jej wyposażenie, przeprowadzić zaciągi, a wiosną ponownie pomaszerować na północ. Pokój mógł nastąpić dopiero po wyplenieniu Germanów. Ziemie

216

aż do morza miały się stać nową prowincją. A każdy, kto by się temu próbował przeciwstawić, musiał zginąć.

Nie wyjdzie z tego nic dobrego, pomyślał Pupienus. Jako młody oficer brał udział w walkach nad Renem; jako starszy rangą dowódca prowadził do walki żołnierzy w Kaledonii; był także namiestnikiem prowincji naddunajskich. W wypadku barbarzyńców z północy wszystko sprowadzało się do forsownych marszów i zażartych walk. Można było wygrywać kolejne bitwy, ale żadna nie okazywała się rozstrzygająca. Boski August próbował podbić Germanię. Nie udało mu się. Wybitny wódz, młody Germanik, i cesarz, boski Marek Aureliusz, mieli takie same śmiałe plany i im też się nie powiodło. Zawsze sprowadzało się to do tego samego: Tylko jeszcze jedna kampania! – oceniano. Jeszcze tylko jeden rok! Podstarzały cesarz Tyberiusz może był tyranem tarzającym się w rozpuście, ale wiedział, jak postępować z tymi północnymi plemionami. Należało wybranym wodzom plemion wysyłać worki monet, skrzynie pełne wspaniałej zastawy stołowej, amfory z winem, by mieli czym obdarowywać swoich zwolenników. Kiedy próbowali lekceważyć polecenia Rzymu, wystarczyło wstrzymać strumień darów i patrzeć, jak ludzie ich opuszczają. Jeśli któryś z wodzów stawał się zbyt potężny, trzeba było napuścić na niego sąsiednie plemiona. Gdy i to zawiodło, pozostawały legiony, które wypalały drogę przez lasy, ustanawiały nowego naczelnika, a następnie wracały w granice imperium. Grecy mieli rację: Rzymianie trzymali w garści cały ten świat, który wart był posiadania.

W wyniku prowadzonej teraz przez Maksymina wojny nie powstanie żadna nowa prowincja. Oczywistym rezultatem będą straty w ludziach, zużycie surowców i zmarnotrawienie pieniędzy. Maksymin położył łapę na bogactwie zgromadzonym przez zachłanną matkę Aleksandra. Teraz, kiedy podwoił żołd, te zasoby szybko się wyczerpią. Ponowne wyposażenie armii będzie kosztowne; nowy zaciąg jeszcze bardziej. Możliwe, że skarb już jest pusty. Pupienus nie znosił Waleriusza Messali, ale nie dał sobie wmówić, że spiskował razem z Magnusem. Ten patrycjusz sybaryta był na to zbyt gnuśny. Już prędzej jego małżeństwo z siostrą Aleksandra, Teoklią, można było uznać za zbrodnię. Oczywiście ona też umarła. Oskarżenie o zdradę byłej małżonki nieżyjącego cesarza, nieszkodliwej Memmii Sulpicji, przeczyło wszelkiej logice. Ofiary wybrano, kierując się powiązaniami z Aleksandrem, ale zabito je dla ich majątków. I to nie koniec. Kiedy cesarzowi zaczyna brakować pieniędzy, donosiciele mają się świetnie, a bogaci żyją w strachu.

Jak to dobrze, pomyślał Pupienus, że jeden z jego synów jest teraz konsulem, a jeszcze lepiej, że młodszy jest w armii i w styczniu obejmie urząd razem z Maksyminem. On natomiast pozostawał prefektem miasta. Wszystko to razem świadczyło o lojalności jego rodziny wobec władzy. Jednakże w atmosferze podejrzeń konieczne mogą się okazać dowody w postaci bardziej zdecydowanych działań.

Przesunął wzrokiem po zebranych senatorach, niczym hodowca dokonujący przeglądu bydła w zagrodach. Dał Gallikanowi słowo, ale przecież ten cynik był zdrajcą. Do tego stanowił potencjalne zagrożenie. Jeśli postawa senatora zaprowadzi go do lochów Palatynu, jak długo wytrzyma dzięki wyznawanej przez niego filozofii rozciągnięty na drewnianym koniu, a biegli w swoim rzemiośle ludzie użyją odpowiednich narzędzi? W jaki sposób mógłby wtedy przedstawić przebieg rozmowy w domu Pupienusa? Oczywiście oskarżeń rzucanych na mękach nie wzięto by za wiarygodne, gdyby to on sam, prefekt miasta, go zadenuncjował.

A tam, obok Balbinusa, stał Waleriusz Pryscyllianus, brat dopiero co skazanego zdrajcy Messali. Bogaty jak Krezus. W tej rodzinie zdrada nie byłaby czymś nowym. Jego dziadka skazano na ścięcie za panowania Karakalli. Ojciec Pryscylliana, Apollinaris, namiestnik Azji, bogatej, dalekiej prowincji, gdzie nie sięgały czujne spojrzenia carskich urzędników, to starzec, zgorzkniały, któremu zgładzono ojca i syna, a pozostały przy życiu potomek szepce o zemście... aż się prosiło, żeby wnieść oskarżenie.

A Balbinus? Przekupny, sprośny, rozpustny... kto powie, że świat nie byłby lepszy bez tego człapiącego, nędznego indywiduum?

Prefekt miasta wreszcie się pohamował. Senatorowie nie powinni denuncjować senatorów. Od czasów bitwy pod Akcjum już dwa i pół stulecia żyli pod panowaniem wciąż zmieniających się cesarzy. Tacyt pokazał, że można sobie z tym radzić, pozostając człowiekiem prawym i zachowując godność. Należy podążać ścieżką pomiędzy otwartą niezależnością, z jednej strony, z jej niebezpieczeństwami i daremnością, a płaszczeniem się i służalczością, które upadlają i korumpują. Módl się o dobrych cesarzy, ale służ tym, których masz. Można jakoś żyć pod pryncypatem, a mimo to za bardzo się nie zbrukać.

– Zwracam się do bogów, opiekunów i obrońców naszego cesarstwa, przemawiając jako konsul w imieniu wszystkich ludzi, by wejrzeli na bezpieczeństwo naszego cesarza. Ponieważ dobrze i w interesie nas wszystkich rządzi republiką, niech go zachowają dla naszych wnuków i prawnuków.

Szlachetne odczucia i piękne frazy na sam koniec mowy. Tu i ówdzie rozległy się oklaski nielicznych słuchaczy. Niepogoda wygrała z zainteresowaniem plebejuszy subtelną retoryką. Większość senatorów odprowadzała nowego konsula do jego domu na Eskwilinie. Pupienus znalazł się obok Balbinusa. Powstrzymując słowa cisnące mu się na usta, prowadził uprzejmą rozmowę z zażywnym patrycjuszem. Senator winien unikać publicznej rywalizacji i sprzeczek z kolegami. Wygrana nie przynosi honoru, a przegrana jest upokarzająca. Kiedy dotarli do Karyn, Balbinus skręcił w stronę własnego domu. To zachowanie co prawda nie świadczyło o szczególnym szacunku dla nowego konsula i jego rodziny, mimo to prefekt poczuł ulgę.

Po domu Maksymusa kręciło się mnóstwo ludzi. Posiadłość była nieduża, za to okolica bardzo droga. Posag, który wniosła Tyneja, choć znaczny, nie należał do oszałamiających. Wśród czekających w atrium Pupienus od razu zauważył Pescennię Marcellinę. Wiedział, że tu będzie. Wyglądała wątło, ale przecież on sam dobiegał już sześćdziesiątki. Kiedy przyjechał do Rzymu i wpadł jej w oko, był bardzo młody. Przyjęła go pod swój dach, ubierała i karmiła, nauczyła stosownego zachowania w wielkim świecie. Jej zawdzięczał początki publicznej kariery i finansowanie aż do czasu, kiedy został pretorem. Dopiero namiestnictwo Bitynii-Pontu przyniosło mu własne pieniądze.

Patrzył, jak jego syn wita Pescennię z niekłamaną radością. Skandaliczne powody, z jakich, jak plotkowano, niezamężna kobieta obdarzyła swoim bogactwem młodszego mężczyznę, w oczach jego syna czyniły zarówno z Pescenii, jak i Pupienusa osoby obdarzone wigorem i fantazją. Grzechy młodości nabierają szczególnego uroku, kiedy już zdecydowanie należą do przeszłości. Pupienus wiedział, że jego żona miała inne zdanie na ten temat.

Sekscja Cetegilla siedziała po drugiej stronie atrium. Po wymianie kilku słów z Pescennią, serdecznych, ale zarazem oficjalnych, prefekt stanął u boku małżonki. Rozmawiała z dwiema młodszymi kobietami. Jedną z nich była ich sąsiadka, Junia Fadilla. O tej niewątpliwie pięknej jasnowłosej prawnuczce cesarza Marka Aureliusza mówiono, że prowadzi rozwiązły tryb życia. Stary Nummiusz pozostawił jej duży majątek, a jej wdowieństwo obfitowało w skandale.

Powiadano, że jeszcze przed śmiercią męża była kochanką młodszego Gordiana, a ostatnio krążyły opowieści o niej i młodym wierszoklecie, niejakim Tycydzie. Drugą młodą kobietą była ciemnowłosa Perpetua, małżonka jego przyjaciela Sereniana. Witając je przyjaźnie, Pupienus pomyślał sobie, że gdyby to on przebywał za morzem jako namiestnik Kapadocji, to nie byłby zadowolony, wiedząc, że towarzyszką pozostawionej w Rzymie młodej żony jest akurat Fadilla.

Kobiety rozmawiały, a prefekt miasta rozglądał się po zgromadzonych gościach. Spodziewał się jeszcze jednej osoby z młodych lat przeżytych, zanim znalazł się w Rzymie. Pinariusz rzucałby się w oczy pośród tego bogatego towarzystwa.

Przy ołtarzyku bóstw domowych, z dala od innych gości, szwagier prefekta Sekscjusz Cetegillus rozmawiał z Kuspidiuszem Flaminiuszem, a towarzyszył im Flawiusz Latronianus. Obecność wybitnego ekskonsula była zaszczytem. Prosząc panie o wybaczenie, Pupienus ruszył w stronę tamtej trójki.

– Przepuśćcie mnie.

To mógł być tylko Pinariusz. Postawny, odziany w strój uszyty z tkaniny domowego wyrobu starszy mężczyzna torował sobie drogę w stronę Maksymusa. Nowy konsul nie wyglądał na zachwyconego.

– Chodź tu, chłopcze.

Pinariusz objął Maksymusa i uścisnął. Konsul zesztywniał. Przypomnienie niekonwencjonalnego stylu życia ojca jako młodego rzymskiego polityka było czymś zupełnie innym od przedstawienia dowodu na to, że pretor wychował się w mieszkaniu zarządzającego ogrodami cesarskiej willi w Tibur. Gdybyś tylko, synu, wiedział, co było jeszcze wcześniej, pomyślał Pupienus.

– Chcesz wiedzieć skąd to? – spytał Pinariusz, puszczając Maksymusa, który natychmiast się cofnął. – Ten zapach cebuli? – Starzec roześmiał się. – Mój pojazd stracił koło w pobliżu kamienia oznaczającego czwartą milę. Z konieczności przyjechałem na jakimś wieśniaczym wozie.

Pupienusa przeniknęła tkliwość tak silna, że mógłby zapłakać. W tym niepewnym świecie, gdzie korzyść nadwątlała wszelką przyjaźń, dobrze było mieć osobę, której się bezgranicznie ufało. Pinariusz wychował go bez narzekania, okazując mu szorstką czułość, niczym jakiś staroświecki ojciec. Minęło niemal pół wieku, a Pinariusz nie wspomniał ani słowem o Wolaterrach, o tym, co się tam wydarzyło i co Pupienus zrobił potem.

Rozdział siedemnasty

Północna granica
miasto Castra Regina,
osiem dni po idach grudniowych 235 roku

Posłaniec szczęśliwie trafił, bo była tam Cecylia Paulina. Jej mąż Maksymin trzymał go za gardło i właśnie zamierzał rozbić jego głowę o ścianę. Nie musiała nawet podnosić głosu. Zawsze umiała powściągnąć jego wybuchy gniewu. Maksymin przypisywał swoją gwałtowność tragicznym wydarzeniom czasów młodości. Paulina uważała, że to efekt życia spędzonego wśród brutalnych żołnierzy. Nigdy nie powiedziała tego głośno. Maksymin nie zniósłby, by w jego obecności padło choć słowo przeciwko armii.

Kiedy Maksymin przysłał po nią, z radością wyruszyła do zimowej kwatery dworu w *Castra Regina*, w Recji. Podróż z Mogontiakum nie była ani szczególnie długa, ani trudna, a jesienna pogoda okazała się łaskawa. Legionowej fortecy brakowało pewnych udogodnień, jakie można było znaleźć w stolicy prowincji, *Augusta Vindelicorum*, ale i tak była ona wystarczająco wygodna. Oczywiście cesarskie obowiązki musiały bardzo absorbować Maksymina. Procesja petentów go nudziła, ale z pewnością wykazywał niezwykłą sumienność, jeśli chodzi o inspekcję napraw granicznych fortów i ćwiczenie żołnierzy przygotowywanych do kampanii w następnym roku. Miała jednak nadzieję, że mimo tej gorliwości w wypełnianiu obowiązków mąż znajdzie czas dla rodziny. Stęskniła się za nim, a syna nie widziała już od miesięcy. Mówiono, że stosunki pomiędzy Maksymusem i ojcem nie są przyjazne. Pocieszała się, że zimą, kiedy będą wszyscy troje razem, potrafi to naprawić. Wieści przyniesione przez posłańca rozwiały jej nadzieje.

Sarmaci napadli na Dację. Dołączyły do nich wolne dackie plemiona z gór oraz Goci z wybrzeży Morza Czarnego. Liczba barbarzyńców była ogromna. Namiestnika Juliusza Licynianusa osaczono w *Ulpia Traiana Sarmizegetusa*. W tej sytuacji uspokojenie Maksymina wymagało najwyższych umiejętności. Można było sądzić, że cesarz, rycząc jak rozwścieczony lew, połamie na kawałki kilka misternie zdobionych mebli. Musiał odłożyć kampanię na północy. Po dotychczasowych zwycięstwach wystarczyłby jeden sezon, by Germania stała się prowincją. Chwała, która umknęła Augustowi i Markowi Aureliuszowi, była już na wyciągnięcie ręki. Tymczasem z nadejściem wiosny będzie musiał pomaszerować na wschód.

Kiedy spadł śnieg i Dunaj pokrył się lodem, w kwaterze głównej zawrzała gorączkowa praca. Nie było wiele czasu na kameralne kolacyjki, a i ogólna sytuacja nie sprzyjała tworzeniu harmonii domowej. Dzień po dniu cesarz zwoływał *consilium*. Co gorsza, Paulina musiała brać w nim udział. Maksymin uznał, że przypomina mu o tym, co jest jego obowiązkiem. Niewątpliwie swoją obecnością studziła jego emocje. Wiedziała jednak, że nikt inny tam jej nie chce. Mamea była obecna na wszystkich radach poprzedniego cesarza i zawsze drwiono z tej słabości Aleksandra. Podobnie było z Heliogabalem i jego matką. Zawsze to samo. Przed Akcjum mężczyźni o niezachwianej dotychczas lojalności opuścili Marka Antoniusza, kiedy się uparł, by Kleopatra towarzyszyła mu podczas kampanii. Żaden Rzymianin nie spodziewał się, że wódz będzie uwzględniał opinię kobiety przy podejmowaniu decyzji. Miejsce kobiety było w domu. Paulina mogła się szczycić cnotami, którymi powinna odznaczać się matrona: skromnością, oszczędnością, niewinnością, rozsądkiem i łagodnym usposobieniem. Dobrze prowadziła dom. Nie znała się na wojennym rzemiośle i nie chciała się znać. Siedziała zatem spokojnie i milczała.

Pocieszała się, że przynajmniej w jednej sprawie pomogła mężowi. W noc po pierwszej naradzie, kiedy znaleźli się w łożu, starała się jak mogła – może nawet bardziej, niż wypadało matronie – a potem przekonała męża, jak wysoce niestosowne jest ciągłe sprowadzanie na narady tej druidki Ababy. Mężczyźni z trudem znoszą obecność jego małżonki, a co dopiero b a r b a r z y ń s k i e j kobiety...

Flawiusz Wopisk kontynuował wywód.

– Potrzeba więcej pieniędzy. W Germanii utracono wiele sprzętu. Trzeba zrobić zapasy na nową kampanię. Przeprowadzenie zaciągu wiele kosztuje.

Paulina słyszała to już wielokrotnie. Trzeba było znaleźć jakieś rozwiązania.

– Podnieść podatki – powiedział Maksymin. – Zażądać jednorazowej daniny od mieszkańców prowincji, od tych bogatych. Żyją tam w luksusie, mogą spać spokojnie, czując się bezpiecznie, bo my maszerujemy i walczymy na rubieżach.

Wopisk dotknął przez ubranie amuletu, o którego istnieniu, jak mniemał, nikt nie ma pojęcia.

– Już wcześniej zauważyłem, że takie posunięcia wywołałyby niepokoje na dużą skalę, władco.

Maksymin wzruszył szerokimi ramionami.

– Cóż może osiągnąć kilku cywili?

– Na dłuższą metę nic – przyznał Wopisk. – Jednak, cesarzu, każdy bunt... nawet ten wątły, z góry skazany na niepowodzenie... trzeba zdusić. Jak to mądrze podkreśliłeś, tego lata musimy pozbyć się barbarzyńców z Dacji i powrócić do Germanii w następnym sezonie kampanijnym. A w razie rewolty twoja obecność mogłaby okazać się konieczna.

Maksymin zmarszczył brwi. Wyglądał groźnie, ale Paulina wiedziała, że tylko głęboko się zastanawia.

– Wszystkie miasta na terenie całego cesarstwa pobierają własne lokalne podatki. Czego radcy miejscy nie zdążą ukraść, trwonią na nowe łaźnie albo na rozdawanie oliwy tym, którzy na to nie zasługują. Zabierzmy wpływy z tych już ściąganych podatków do wojskowego skarbca.

To było coś nowego. Pomysł tak radykalny, że Wopisk na chwilę zaniemówił. Paulina miała ochotę się uśmiechnąć. Jej małżonkowi mogło brakować wykształcenia i ogłady, ale jedynie głupiec odmówiłby mu inteligencji.

– To również, władco, oznaczałoby niezliczone kłopoty. Niekończące się rozruchy. Wszystkie miasta w cesarstwie poszłyby za każdym chętnym do zagarnięcia władzy, kto obiecałby cofnięcie tej decyzji.

– W takim razie co? – Teraz na twarzy Maksymina malowała się autentyczna wściekłość. Nie obchodziło go to, w czym widział przeszkodę, tak jak nie obchodzili go cywile czy bogacze. Paulina poruszyła się lekko, na tyle jednak dostrzegalnie, by przyciągnąć uwagę męża. Twarz Maksymina złagodniała nieco, przybierając tę typową dla niego – tak ją zachwycającą – na wpół barbarzyńską gniewną minę.

Małżonka cesarza przywołała na twarz wcześniejszy wyraz dobrotliwego dystansu do otoczenia. Uważała, że Maksymin jest zbyt prostolinijny jak na cesarza, zbyt honorowy, by otaczali go cesarscy doradcy. Po kampanii germańskiej do senatorskiego triumwiratu: Wopiska, Honoratusa i Kacjusza Klemensa, oraz do trójki ekwitów: Anullinusa, Wolona i Domicjusza, dołączyło dwóch kolejnych ambitnych ekwitów. Jako dowódca II legionu *Parthica* Juliusz Kapitolinus dobrze się spisał w ostatniej bitwie, a Grek Tymezyteusz dopilnował, by ludzie byli obuci i nie cierpieli głodu. Pomimo to obowiązki Greka przekazano Domicjuszowi. Tymezyteusz miał wkrótce wyruszyć na Wschód, by objąć namiestnictwo Bitynii-Pontu. Paulina nie była pewna, czy jest to awans, czy degradacja. Mimo mętnych zawiłości dworskiej polityki ambicje mężczyzn znajdujących się w tym pomieszczeniu były aż nadto oczywiste.

– Rządy Aleksandra były słabe i skorumpowane – oświadczył właśnie Wopisk.

Ty sam nieźle na nich wyszedłeś, pomyślała Paulina. Tak jak i wszyscy pozostali w tym pokoju.

– Mamea była pazerna na pieniądze. Za łapówkę wielu z tych, którzy zasłużyli na śmierć lub przynajmniej wygnanie na wyspę, jedynie wydalono z Italii i ich prowincji. Niektórych nie spotkała żadna kara. Tak czy inaczej, winni zachowali swój majątek. Sprawiedliwość wymaga, by ich sprawy zostały wznowione.

Wszyscy członkowie rady wyrazili głośno swoją aprobatę.

Maksymin skinął głową.

– Wolonie, niech twoi *frumentarii* ich zatrzymają.

Wopisk się zawahał. Potarł ukryty amulet.

– Ogromne skarby pokrywają się kurzem w świątyniach – oświadczył w końcu.

– Nie – odparł Maksymin. – Jeśli zabierzemy coś bogom, zwrócą się przeciwko nam, sprowadzą klęskę na Rzym.

– Nie chodzi o bogów. – W swojej skwapliwości, by wykluczyć podejrzenia o brak pobożności, Wopisk przerwał cesarzowi. – W żadnym razie, władco. Jest mnóstwo skar-

bów, których nie poświęcono bóstwom, lecz tylko dla bezpieczeństwa złożono w świątyniach. Wiele spoczywa tam
od pokoleń. Spadkobiercy ludzi, którzy je tam umieścili, od
dawna nie żyją. Przyjmujący wnioski i pozwy Herenniusz
Modestynus w rozmowie ze mną potwierdził, że majątki
osób, które zmarły, nie pozostawiwszy testamentu, należą
do cesarza. Stosowny prawniczy termin brzmi *bona vacantia*. Zwrócisz się zatem, władco, po to, co twoje.

Paulina nie była taka pewna, czy ludzie pobożni będą po-
strzegać to w taki sam sposób.

Maksymin wychylił się do przodu, położył ręce na kolanach.

– Dla żołnierza brzmi to jak typowy wymysł prawnika.
Wolę nie ryzykować obrazy tradycyjnych bogów. Nie jesteśmy jeszcze tak zdesperowani. Po zwycięstwie nad Germanami złote korony wciąż przybywają z miast. A będą musieli
przysłać ich więcej, kiedy pokonamy Sarmatów. Zachowamy
w pamięci te świątynne skarby. Jeśli okaże się to konieczne,
kto podejmie się tego obowiązku?

– Władco, byłbym szczęśliwy, mogąc spełnić twoje ży-
czenia – wyznał Anullinus.

Nawet bez pogłosek dotyczących jego działań podczas
zamachu stanu – to niemożliwe, kiedy Mamea już n i e
ż y ł a – było w prefekcie pretorianów coś złowrogiego,
a nawet przerażającego. Może, pomyślała Paulina, to te jego
oczy. Najpierw wyglądają na zmętniałe, ale kiedy się lepiej
przyjrzysz, zauważysz, że płoną energią, która nie ma żadnego moralnego celu czy ograniczeń.

– Niech tak będzie. – Maksymin wyprostował się i położył ręce na poręczach krzesła kurulnego.

Paulina dostrzegała coś atrakcyjnego w męskich przed-
ramionach; tę gładką krzywiznę mięśni, której brakuje ko-
bietom. I tak jedna myśl nasuwała kolejną.

– Czy jest coś jeszcze do omówienia, zanim wrócimy do kwestii nowych koni?

Nastrój Pauliny się pogorszył na widok oczywistego entuzjazmu męża.

– Cesarzu – odezwał się Honoratus. Z wystającymi kośćmi policzkowymi i ciemnymi oczyma był zdecydowanie zbyt przystojny. Paulina nigdy nie ufała takim urodziwym mężczyznom. – Czy mogę się wypowiedzieć na temat przyszłości?

Maksymin burkliwie wyraził zgodę, co zabrzmiało, jakby wyrażał nadzieję, że dyskusja o koniach dla żołnierzy nie zostanie odłożona na zbyt długi czas.

– Władco, ciebie i cesarzową bogowie obdarzyli synem. – Honoratus spojrzał na Paulinę z czarującym uśmiechem. Mężczyzna był nie tylko piękny, ale i gładki w obyciu. Paulina nie była jedyną osobą, w której od razu wzbudzał nieufność. – Maksymus włożył togę dorosłego mężczyzny kilka lat temu, ma teraz osiemnaście lat. Ubiegłego lata wyróżnił się w służbie pod legionowymi znakami.

– Cóż – powiedział Maksymin – podróżował z nami.

Paulina rzuciła mu spojrzenie, które powstrzymało go od dalszych uwag.

– Dla twoich poddanych najważniejsze jest bezpieczeństwo – ciągnął Honoratus – a nic tego nie zapewnia tak jak panowanie ustabilizowanej dynastii. Nieważne jak kochają swojego cesarza, jeśli brak mu potomka, martwią się o przyszłość. Cesarzu, twoja odwaga i szlachetność każą ci ryzykować życie dla dobra Rzymu. Gdyby coś ci się stało, doszłoby do zagrożenia wojną domową. Nic nie szkodzi republice bardziej niż ambitni mężowie prowadzący żołnierzy do bratobójczej walki. Władco, przemawiam w imieniu wszystkich twoich lojalnych przyjaciół, kiedy proszę, byś uczynił swojego syna cezarem.

Paulina wiedziała, że kiedyś do tego dojdzie, ale nie spodziewała się, że akurat teraz, w jej obecności, podczas narady. Ludzie będą plotkować. Powiedzą, że podstępnie dostała się do rady, że wykorzystała wpływy, by wynieść swojego syna. Czy Maksymus był gotów zostać cezarem, a cóż dopiero cesarzem? Jego ojciec miał rację; chłopiec był niedojrzały. Wydarzył się przecież ten okropny przypadek ze służącą. Dzięki bogom Paulinie udało się to jakoś zatuszować. Aż trudno sobie wyobrazić reakcję Maksymina, gdyby się dowiedział.

Zatopiona w myślach nie słuchała dalszych słów Honoratusa.

– ...żadnej cesarskiej dynastii nie kochano bardziej niż dynastię Marka Aureliusza. Połączenie dwóch rodów wzmocniłoby znaczenie ich licznych koneksji. Zadowoliłoby szlachetnie urodzonych i powiązałoby twoje rządy ze srebrnym wiekiem. Dziewczyna jest piękna i ujmująca. Będąc wdową, zna już obowiązki małżonki. Raz jeszcze, a mówię w imieniu wszystkich, zachęcam cię, byś zaręczył swojego syna Maksymusa Cezara z prawnuczką boskiego Marka, Junią Fadillą.

Rozdział osiemnasty

Afryka Prokonsularna
poza granicami,
dwa dni przed idami styczniowymi 236 roku

Ostatnia budowla cywilizowanego świata, Tisawar, wyglądała dość nijako. Usytuowana na niewysokim wzgórzu miała mury z nieregularnych kamieni, w kolorze otaczających ją wydm. Bardziej przypominała zwykłą strażnicę niż fortecę. Podjeżdżając bliżej, Gordian ocenił jej rozmiary na nie więcej niż czterdzieści kroków na trzydzieści. Wiedział, że ludziom dobrze zrobi odpoczynek.

Gordon jechał z Kartaginy z kwestorem Menofilosem i dwoma legatami, Sabinianem i Arrianem. Każdy z nich zabrał z sobą tylko jednego służącego. Wziętemu na zakładnika księciu Mirziemu towarzyszyło sześciu wojowników jego ojca. W Takape, na wybrzeżu, Emiliusz Sewerynus czekał na nich z dwustu *speculatores*. Po dniu marszu na południe w miasteczku *Martae* spotkali się z setką żołnierzy z III legionu *Augusta* pod komendą centuriona Weryttusa. Stamtąd przez trzy dni podążali na zachód, trzymając się szlaku wijącego się pomiędzy górami koloru ochry. Kiedy znaleźli się niżej, ruszyli płaską kamienistą równiną na południowy wschód. Dwa dni później, w *Centenarium Tibubuci*, małej placówce na pustkowiu, spotkali się z dwustu żołnierzami oddziałów pomocniczych, z II kohorty *Flavia Afrorum*. Zgodnie z instrukcją jej prefekt Lydus dostarczył żywność, bosaki i liny, materiał na drabiny i lekkie wózki do transportu tego wszystkiego. Po dwu dniach wędrówki, najpierw na południe, a potem na zachód, dotarli do Tisawaru.

Był to forsowny marsz po nieutwardzonych drogach, ale czekało ich coś znacznie gorszego. Tam, dokąd się wybierali, nie było żadnych dróg.

Gordian porozmawiał z centurionem dowodzącym w Tisawarze. Zależało mu na możliwie jak największej wygodzie ludzi. W dwudziestu ośmiu zwróconych tyłem do murów małych pomieszczeniach upchano tylu żołnierzy, ilu się dało, podobnie jak w miniaturowej kwaterze głównej na dziedzińcu. Ustalono, że oficerowie będą spać w miejscowym sanktuarium. Ze stajni stojących na zewnątrz umocnień wyprowadzono zwierzęta, oczyszczono pomieszczenia i umieszczono tam kolejnych ludzi. Pomimo tych wszystkich starań więcej niż połowa uczestników ekspedycji musiała koczować pod gołym niebem.

Wyniesiono na dwór jedzenie, wino i naszykowano drewno na ogniska. Gordian dopilnował, żeby żołnierze dostali gorący posiłek i podwójną rację wina. Oczywiście i tak wypijali więcej, niż wynosił oficjalny przydział – mieli przecież zawsze jakieś własne zapasy – ale legat wiedział, że następnego dnia marsz wyciśnie z nich ostatnie poty, nie pozostawiając śladu po przepiciu.

Żeby mieć choć trochę prywatności, Gordian i jego oficerowie ruszyli na ciągnącą się pod gwiaździstym niebem pustynię. Noc była bardzo zimna.

– Ludzie z drugiej kohorty narzekają – powiedział Menofilos, a z jego ust wydobyła się smużka pary. – Nie podoba im się, że musieli wymaszerować z zimowych kwater, by przez dziewięć dni zatoczyć ogromny krąg. Mówią, że ta wioska jest odległa od bazy w Tillibari zaledwie o dwa, góra trzy dni drogi.

– Wyjaśniłem, że moglibyśmy w ten sposób zaalarmować nieprzyjaciela – odparł Lydus. – A ci rozbójnicy nie spodziewają się ataku z pustyni, od zachodu. I właśnie zimą można ich wszystkich złapać z łupami w tej ich kryjówce.

– Żołnierze zawsze zrzędzą – stwierdził Gordian. – To nic nie znaczy. Taki już mają sposób bycia.

Zamilkli. Gdzieś niedaleko zaszczekał fenek.

– Kiedyś perska armia udała się na pustynię – odezwał się nagle kwestor. – Piasek zasypał ich podczas snu. Nigdy już nie ujrzano żadnego z nich.

Gordian uśmiechnął się.

– Opowieści tego rodzaju to zły omen z tego, co wiem.

– Epikurejczyk taki jak ty nie powinien się tym przejmować – zauważył Sabinianus.

– Jesteśmy wyrozumiali dla tych, którzy wciąż są pogrążeni w przesądach, szczególnie takich ponurych stoików jak Menofilos.

Roześmieli się wszyscy, puszczając dalej w obieg butelkę wina.

– Weź pod uwagę... – Sabinianus zwrócił się do Gordiana – ...że coś więcej niż tylko przesypujący się piasek może stanowić powód naszego niepokoju. Idziemy w głąb pustyni prowadzeni przez młodego nomadę, którego własnoręcznie okaleczyłeś. Na jego miejscu zachowałbym urazę. Całkiem niedawno ojciec tego młodzieńca przeorał się przez tę prowincję, mordując bez litości jej mieszkańców. Jesteś zbyt ufny. Aż się prosisz o zdradę. Niewielkie siły, zagubione w nieznanym terenie, otoczone przez barbarzyńców... kiedy wody zabraknie, pozostanie nam dokonać na sobie wzajemnie tego ostatecznego aktu dobroci.

– To zabrzmiało niemal jak poezja – orzekł Gordian.

– Możesz się śmiać – odparł Sabinianus – ale ja naprawdę mam po co żyć. Byłoby tragedią, gdyby talenty takie jak moje zostały zmarnowane. Ja chcę żyć. Nie oczekuj ode mnie, że poświęcę się dla przegranej sprawy.

– Młody Mirzi nas nie zdradzi. Jako zakładnik był dobrze traktowany. Jego ojciec zaprzysiągł przyjaźń – argumentował Gordian.

– Zgodnie z twoją filozofią bogowie nie wysłuchują takich przysiąg – zauważył Menofilos.

– Ogólnie rzecz biorąc, nie wydaje mi się, by Nuffuzi, wódz Cynitów, mógł być wyznawcą Epikura. Poza tym obiecaliśmy mu część łupów.

Wyruszyli w drogę przed świtem. Kiedy słońce wzeszło, ukazało w całej okazałości ogromną kamienistą równinę, którą przemierzali. Z prawej strony zaczęły się pierwsze piaski prawdziwej pustyni; po lewej szare pagórki pogórza. Robiło się coraz cieplej. Nawet na tym pustkowiu nie brakowało oznak życia. Z zaskakującą prędkością jaszczurki czmychały im spod nóg. Nad głowami fruwały skowronki, dzierzby i białorzytki.

Mirzi opowiedział im o ludziach, których przybyli zabić.

– Kanarta to bardzo zły człowiek. Nikt obcy, kto dostał się do jego kryjówki w Esubie, już z niej nie wyszedł. Szczęśliwcom proponuje, by się do niego przyłączyli, pozostali giną. Kiedy dokonuje napadów, torturuje schwytanych, nie aby wyznali, gdzie ukryli bogactwa, ale dla własnej przyjemności. Oszpeca ładne kobiety i chłopców, tak żeby nie nadawali się do rozkoszy i tracili na wartości. – Młody barbarzyńca pokręcił głową na myśl o takim marnotrawstwie. – Ci, którzy idą za nim, są niewiele lepsi. Większość pochodzi z plemienia Augilów. Czczą tylko bogów piekielnych. Podobnie jak Garamantowie, kobiety mają wspólne. Są bardzo brudni, kobiety wręcz odrażające.

– Na zachodzie – powiedział Sabinianus – Atlantowie przeklinają wschodzące i zachodzące słońce. Tylko oni ze wszystkich ludzi nie mają imion, nie miewają snów.

Mirzi spojrzał na niego ze zdumieniem.

– Nie zwracaj na to uwagi – poradził mu Gordian. – To z jednej książki. Dla nas to właśnie pustynia jest miejscem tajemniczym.

Legat śledził lot stepówki, kiedy Emiliusz Sewerynus odwołał go na bok.

– Obserwują nas.

– Skąd?

– Moi ludzie widzieli ruch na wzgórzach po lewej.

– Może pasterze kóz?

– Podążają za nami.

– Ilu?

– Niewielu.

– Niech twoi ludzie nie mówią nic pozostałym.

Emiliusz Sewerus zawrócił konia i oddalił się galopem. Gordian dołączył do kolumny.

– O co mu chodziło? – spytał Arrian.

– Nic takiego.

Gordian ufał meldunkom *speculatores*. Wilki Pogranicza Emiliusza Sewerynusa znały pustynię. Powie o wszystkim Arrianowi i innym oficerom. Kiedy rozbiją już obóz wieczorem, tak żeby ich nie podsłuchano. Dotąd ufał Mirziemu. Teraz nie był już taki pewien. Może cynizm Sabinianusa był uzasadniony.

Całą noc padało. Zimny, rzęsisty deszcz. Mirzi był zachwycony. Bo to znaczyło, że jeden z jego siedmiu bogów błogosławi tej wyprawie. Żaden z rzymskich oficerów ani żołnierzy nie był o tym przekonany. Zjedli zimny posiłek. Gordian zakazał rozpalania ognisk... zresztą i tak wszyscy już wiedzieli, że są obserwowani.

Rano ruszyli na wschód i weszli między wzgórza wyschniętym korytem rzecznym. Niestety, jak się okazało, deszcz zamienił twardą ziemię w błocko. Ludzie i zwierzęta zapadali się po kolana. Z największym trudem brnęli ci, którzy byli na końcu. Wozy grzęzły. Żołnierze klęli, starając się je uwolnić. Kiedy po godzinie było jasne, że się ledwo posuwają, Gordian podjął decyzję o porzuceniu wozów. Wodę i żywność przeniesiono na zwierzęta juczne. Żołnierze piechoty musieli ponieść drewno potrzebne do budowy niezbędnych przy oblężeniu drabin.

W południe obserwatorzy przestali się kryć. Jeźdźcy w małych grupkach pojawiali się na szczytach wzgórz, przyglądając się powolnej i żmudnej wędrówce kolumny.

Gordian jeździł wzdłuż kolumny, zapewniając ludzi, że nie ma to żadnego znaczenia.

– Wiedzą, że nadchodzimy – mówił. – Tym bardziej będą się bali. Barbarzyński motłoch nam się nie oprze.

Wioskę zobaczyli późnym popołudniem. Zbudowano ją na występie skalnym, sterczącym ze wzgórz niczym taran okrętu wojennego. Mirzi poprowadził ich dookoła, w górę drugiej strony wzniesień, i tam rozbili obóz. Ponieważ skaliste podłoże nie pozwalało wykopać rowów, otoczyli się najszczelniej jak mogli kolczastymi krzakami. Ludzie, którzy je zbierali i ustawiali, dotkliwie się pokłuli i podrapali, co nie poprawiło im humoru.

Jedyną pociechą był fakt, że tubylcy nie przeszkadzali im w pracy. Więcej nawet, ich zwiadowcy zniknęli.

Słońce opadało ku horyzontowi, kiedy Gordian i oficerowie ruszyli razem z Mirzim, by obejrzeć pozycje nieprzyjaciela. Na wszelki wypadek osłaniał ich oddział *speculatores*.

Od tej strony dojście było tylko jedno, ale na tyle szerokie, by zmieścił się zwarty szereg dwudziestu ludzi. Kiedyś włożono mnóstwo wysiłku, by wykopać przed wioską rów. Chociaż jego brzegi nie wyglądały na zbyt strome, to jednak miał około sześciu stóp głębokości. Jeden czy dwa kroki za nim wznosił się kamienny mur obronny, zbudowany bez użycia zaprawy, na jakieś dwanaście stóp wysoki, z nieregularnym zębatym zwieńczeniem. Brama była jedna i wyglądała solidnie. Innych umocnień nie było. Ze wszystkich pozostałych stron zbocza opadały tak stromo, jakby celowo przycięte. Samą osadę tworzyły ustawione blisko siebie kamienne domki o płaskich dachach. Cytadeli nie było, ale gdyby tych domów broniono, ciasnota uliczek utrudniałaby walkę.

Rzymianie nie mieli machin oblężniczych. Użyteczna byłaby artyleria, by ostrzeliwać mur i wioskę z wyższych partii stoków. Jednak trudności związanie z przetransportowaniem tam tego ciężkiego sprzętu były niewyobrażalne. Jeśli zaś chodzi o tarany i wieże oblężnicze, to nawet gdyby dało się je tutaj przyciągnąć, obrońcy podczas jednego wypadu mogliby zepchnąć je z drogi. Podkopy były wykluczone. Musiało skończyć się na drabinach i na frontalnym ataku, z ciężkimi stratami, jakie to za sobą pociągało. Pierwszych należało posłać żołnierzy jednostek pomocniczych. Jeśli nawet nie zdobędą tego miejsca, to zabiją jakąś liczbę barbarzyńców, zmęczą innych, a wtedy legioniści wezmą mury szturmem. Wilki Pogranicza udzielą wsparcia, strzelając nad ich głowami. Zapowiadała się krwawa rozgrywka.

– Jest inny sposób – odezwał się nagle Mirzi.

– Nie mogłeś tego wcześniej powiedzieć? – Gordian starał się, by w jego głosie nie zabrzmiała podejrzliwość.

– Na tę skałę, tam, na samym końcu, da się wspiąć. To niebezpieczne, ale możliwe.

– Skąd wiesz?

– Widziałem, jak dziecko spuszcza się stamtąd, by zebrać ślimaki.

Sabinianus natarł na niego.

– Mówiłeś, że nikt nie opuścił tej wioski, chyba że dołączył do Kanarty.

– Mój ojciec prowadził z nim rozmowy, zanim poznał jego prawdziwą złą naturę. Byłem tu z ojcem.

Gordian włączył się do rozmowy.

– Czy uzbrojeni ludzie mogliby się wspiąć na tę skałę?

Mirzi skubał bandaż na nadgarstku i zastanawiał się nad odpowiedzią.

– Bez tarcz i włóczni. Nie w hełmach czy zbrojach. I najlepiej boso.

– Gdyby ich zauważono z góry, to nie mieliby żadnych szans – powiedział Menofilos.

– Musieliby zrobić to nocą – zgodził się Mirzi.

– Gdybym wziął pięćdziesięciu Wilków Pogranicza – myślał głośno kwestor – to moglibyśmy wejść tam dziś w nocy. Kiedy zaatakujecie mury o świcie, my weźmiemy ich od tyłu.

– Dlaczego ty? – spytał Arrian.

– Jestem dużo młodszy od was wszystkich – oświadczył Menofilos z powagą.

– To szaleństwo! – wykrzyknął Sabinianus. – Jesteśmy na odludziu, w głębi barbarzyńskiego terytorium. Dzielenie naszych sił, wysyłanie części ludzi, niemal nieuzbrojonych, w nocny mrok, to czysta głupota. Ci rozbójnicy wiedzieli, że się zbliżamy. Poprowadzono nas w pułapkę.

Okaleczona ręka Mirziego odruchowo sięgnęła do pochwy.

– Wątpisz w moje słowo? – spytał.

Gordian stanął pomiędzy nimi.

– Sabinianus wątpi we wszystko – oświadczył. Po czym zwrócił się do Menofilosa: – Co o tym sądzisz?

Kwestor bawił się mającą kształt szkieletu ozdobą przy pasku. Po dłuższym zastanowieniu powiedział:

– Zamiast wyznaczać do tego ludzi spośród samych *speculatores*, powinniśmy wziąć ochotników. Zaoferować jakąś porządną sumkę dla tych, którzy dotrą na górę, i tyle samo dla rodzin tych, którzy spadną. Żadnych zbroi, hełmów, tarcz czy włóczni. Ale buty musimy mieć. Nasi ludzie nie są przyzwyczajeni do chodzenia boso. Skały pociełyby im stopy. Zabierzemy żelazne kołki oraz liny, tyle, ile udźwigniemy. – Zamilkł na chwilę. – Gdybyśmy mieli trochę tych lekkich tarcz, których używają Wilki Pogranicza, i trochę oszczepów, to moglibyśmy wciągnąć je na górę, kiedy już się tam wdrapiemy.

– Dużo się w życiu wspinałeś? – spytał Sabinianus.

– To nie należy do moich ulubionych rozrywek. – Te słowa Menofilosa zabrzmiały szczególnie zabawnie, bo towarzyszyła im typowa dla niego stoicka powaga.

Po zapadnięciu zmroku ogniska zapalono, dopiero gdy kwestor i jego ludzie odeszli. Gordian nie mógł spać, podczas drugiej warty wstał i wyszedł na skraj obozu. Z wioski dobiegały strzępy muzyki i śpiewu. Błyskało na krótko światło, kiedy barbarzyńcy wchodzili i wychodzili z domów.

Nam, nieszczęsnym śmiertelnikom, każdy sposób umierania jest nienawistny. Gordian zdążył polubić Menofilosa. Nie chciał być odpowiedzialny za jego śmierć, nie chciał, by przyjaciel zginął. Z przeraźliwą jasnością uświadomił sobie, że sam też nie chce umrzeć. Nie, tak nie powinno być. Jak często czynił, przywołał zasady swojej filozofii. Po śmierci nie ma ani rozkoszy, ani bólu, tak jak nie było przed urodzeniem. Zatem nie ma się czego lękać. *Śmierć nic dla nas nie znaczy.* Mimo to czuł jakieś napięcie, którego nie łagodziły jego własne słowa. Po jakimś czasie wrócił na swoje miejsce, owinął się kocem i patrząc w rozmigotane gwiazdami niebo, czekał cierpliwie, aż noc dobiegnie końca.

Czyjaś ręka potrząsnęła go za ramię i Gordian wynurzył się z najgłębszego ze snów.

– Dwie godziny do świtu – powiedział cicho Sabinianus.

Gdzieś z głębin umysłu Gordiana ulatywały smużki snu; ojciec... szlochające Partenope i Chiona... jakieś wersy z Homera: „Przyjdzie taki dzień, kiedy święty Ilion zginie".

W ciemnościach Lydus najciszej jak to możliwe zebrał żołnierzy II kohorty wojsk pomocniczych. A i tak się wydawało, że szczęk broni i stukot ćwieków sandałów mogą obudzić umarłego. Gordian chodził pośród nich, tu rzucając jakieś słowo, ówdzie poklepując kogoś po ramieniu. Nigdy nie było łatwo posyłać ludzi do walki.

Ze wsi nie dochodziły żadne dźwięki i nie widać tam było żadnych świateł.

Na wschodzie niebo pojaśniało na tyle, by ukazać ciemną linię bojową, szeroką na dwudziestu ludzi i głęboką na dziesięciu. Nie odezwały się żadne trąbki. Przez szeregi przebiegł szmer i żołnierze ruszyli powoli naprzód.

Od strony barbarzyńców nie rozległy się żadne ostrzegawcze krzyki.

Gordian i jego oficerowie dosiedli koni i przejechali między rzędami *speculatores* i żołnierzy z III legionu. Podjechali nieco wyżej, skąd mieli nadzieję obserwować przebieg walki.

Na murach zaczął się jakiś ruch. Słychać też było jednoznaczny brzęk naciąganych cięciw łuków.

– *Testudo*! – krzyk Lydusa odbił się echem wśród skał. Żołnierze natychmiast unieśli tarcze, z trzaskiem stykając je z sobą nad głowami. Chwilę później strzały zabębniły o skórę i drewno. Słychać było dzikie, barbarzyńskie wrzaski, ale jeszcze żadnych krzyków bólu ze strony Rzymian.

– Teraz! – Głos Emiliusza Seweryna niósł się dobrze. Pierwsza seria rzymskich strzał poszybowała w półmrok. Łucznikom, strzelającym na oślep, kazano celować daleko. Najprawdopodobniej większość grotów miała utkwić, nie czyniąc żadnej szkody, w dachach siedzib, ale chmura strzał przelatujących nad głowami atakujących żołnierzy przypomni im, że nie są sami, i doda odwagi.

Rozległ się energiczny grzechot, jakby znacznie wzmocniony dźwięk tamburynów używanych przez wyznawców bogini Kybele. Kiedy obrońcy zaczęli ciskać kamienie, które odbijały się od tarcz, pojaśniało już na tyle, że Gordian mógł ogarnąć wzrokiem wszystko, co działo się poniżej.

Manewr opuszczania się do rowu naruszył zwartość tarcz szyku. Strzały i kamienie zaczęły trafiać w cel. Ludzie padali. Drabiny, które nieśli, tylko zwiększały zamieszanie. Kiedy żołnierze oddziałów pomocniczych znaleźli się na przeciwległym brzegu rowu, zaczęto odciągać pierwszych rannych do tyłu. Gordian posłał Arriana, by sprawnych poprowadził z powrotem do walki.

II kohorta dotarła do podnóża muru. Przystawiono drabiny. Barbarzyńcy byli dobrze przygotowani. Na szczycie roiło się od wojowników. Drągami i widłami spychali drabiny na boki i zwalali na ziemię. Wzmógł się też ostrzał. Na lewym krańcu jakiś żołnierz wdarł się na mur, potem jeszcze jeden. Obu otoczono, powalono. Drabinę odepchnięto. W dwóch innych miejscach po kilku atakujących zdołało przedostać się przez mur. Zniknęli pochłonięci przez gromady obrońców.

Gordian przeniósł spojrzenie poza teren walk. W wiosce panował całkowity spokój. Ani śladu Menofilosa i jego ochotników.

Odwrót zaczął się od kilku żołnierzy z tyłu. Wkrótce wszyscy się wycofywali. Nie rzucali się do ucieczki, ale cofali powoli, ciągnąc z sobą rannych i drabiny.

– Celować w szczyt muru!

Emiliusz Sewerynus wykonał wydany głośnym krzykiem rozkaz Gordiana. Obrońcy skryli się za zwieńczeniem murów. Pierwszy raz od rozpoczęcia ataku musieli się kulić i osłaniać. To pozwoliło żołnierzom II kohorty wycofać się i sformować na nowo za dwiema jednostkami dotychczas niemal nietkniętymi.

– Trzeci legion, naprzód!

Legioniści chwycili drabiny. Kolumna była znów szeroka na dwudziestu ludzi, ale tylko na pięciu głęboka. Utworzyli dach z tarcz i ruszyli do przodu. Centurion Weryttus utrzymywał wzorowy porządek.

Barbarzyńcy okazali ostrożność. Jedynie od czasu do czasu jakiś wojownik prostował się i marnował strzałę, celując w żółwia. Gordian pomyślał sobie, że ten Kanarta mocno trzyma w garści swoich ludzi.

Kiedy legioniści dotarli do rowu, *speculatores* musieli ponownie celować dalej, w stronę osady, żeby nie ryzykować trafienia współtowarzyszy. Na murze znowu zaroiło się od obrońców. Posypały się kamienie i pofrunęły strzały, z jeszcze większą częstotliwością niż poprzednio. Możliwe, że obrońcom pewności siebie dodało odparcie pierwszego ataku. Istniała nadzieja, że zabraknie im pocisków.

W wiosce wciąż panował spokój.

Legioniści wspinali się po drabinach. Niektórzy pospadali na ziemię. Inni, mimo grożącej im ostrej stali, podciągali się na samą górę. Wzdłuż całej długości muru rozgorzała walka. Ważyły się jej losy. Jednak raz jeszcze przewaga liczebna barbarzyńców zaczynała dawać o sobie znać. Jeden po drugim legioniści padali, walcząc na murze. Na dole pierwsi z ich kolegów rozpoczęli odwrót.

Gordian wbił ostrogi w boki wierzchowca i krzyknął na Sabiniana. Przejechali obaj przez rzędy II kohorty i *speculatores*. Przy rowie Gordian zeskoczył z konia i puścił zwierzę wolno. Odbiegło z głośnym stukotem kopyt.

Gordian podniósł porzuconą tarczę żołnierza auksiliariów. Jej uchwyt był mokry od krwi. Ześlizgnął się do rowu, zdzierając sobie skórę z łydek na poszarpanej skale. Kiedy się z niego wydostał, zobaczył leżące na ziemi drabiny. Na murach nie było atakujących. Legioniści się wycofywali. Przepchnął się do chorążego, kazał mu ruszać naprzód. Mężczyzna patrzył na niego tępym wzrokiem. Legat chwycił go za ramię i pchnął w stronę muru.

– Za mną! – krzyknął i złapał za koniec drabiny.

Sabinianus pomógł mu ją postawić. Żołnierze się ociągali. Pod osłoną tarczy Gordian wspinał się po drabinie, używając tylko jednej ręki. Kamień załomotał o tarczę. Kolejny odbił się od hełmu. Bolała go rana zadana przez Mirziego. Zobaczył wymierzone w siebie ostrza. Pchnął tarczę ponad ochronnym zwieńczeniem muru. Szerokim, koszącym ruchem miecza oczyścił przestrzeń przed sobą. Oparł stopę na zwieńczeniu i zeskoczył na pomost biegnący wzdłuż muru.

Barbarzyńca zaatakował go z prawej. Gordian przyjął cios na klingę i grzmotnął krawędzią tarczy w brodatą twarz. Mężczyzna zatoczył się, wchodząc w drogę swoim towarzyszom. Legat zerknął przez ramię. Sabinianus asekurował go z tyłu.

Widząc na szczycie muru swoich samotnych oficerów, legioniści rzucili się do przodu. Każdy chciał być pierwszy na drabinie.

Dwóch kolejnych wojowników ruszyło na Gordiana. Przed jednym pchnięciem osłonił się tarczą, a drugie odbił. Zamarkował cios w lewo, tymczasem pchnął w prawo. Obaj tubylcy ustąpili. Za nimi tłoczyła się jednak cała chmara ich pobratymców.

Przez zgiełk bitwy przebił się trzask pękającego drewna, a po nim krzyki bólu i wściekłości. Barbarzyńcy wydali ryk, triumfalny i drwiący. Tych dwóch naprzeciwko Gordiana odzyskało wigor. Życie spędzone na ćwiczeniach dało o sobie znać. Gordian uniknął jednego ciosu, postępując do przodu i skracając dystans, drugi przyjął na krawędź tarczy. Obracając się, wykorzystał ciężar ciała, by strącić z muru jednego z nich, po czym ciął przez kolano drugiego. Uśmiercił mężczyznę, tnąc ukośnie z lewa.

Ostre krzyki w jakimś barbarzyńskim języku musiały być rozkazami, ponieważ wojownicy się odsunęli. Jakiś człowiek w wiosce na dole wskazywał ręką odseparowanych Rzymian na pomoście. Gordian usłyszał obok ucha okropny świst strzały. Poczuł się tak, jakby tu już kiedyś był: uwięziony wysoko na murze, z połamanymi drabinami na dole. To przydarzyło się Aleksandrowi Wielkiemu w jakimś mieście w Indiach. Macedończyk zeskoczył wtedy z muru.

– Sabinianus, za mną!

Gordian zaatakował barbarzyńców po prawej. Byli tak zaskoczeni, że się cofnęli. Młynkując mieczem, wypchnął ich poza szczyt schodków i bez wahania dał nura w dół.

Stopnie osłaniały ich od prawej. Skulili się obaj za poobijanymi tarczami. Strzały łomotały w deski, odrywały kawałki kamieni z muru. Gordian dyszał ciężko. Czuł wewnętrzną pustkę. *Śmierć nic dla nas nie znaczy.* Coś ugodziło go w bark, grzmotnęło w bok hełmu. Po szyi spływała mu gorąca krew. *Śmierć nic nie znaczy.*

Grad pocisków przerzedził się, a w uszy Gordiana

wdarła się kakofonia dźwięków. Z tyłu i wyżej szczęk stali. Z przodu przenikliwe krzyki zaskoczenia i przerażenia. Gordianowi huczało w głowie. Wyjrzał ponad krawędzią tarczy. Barbarzyńcy kręcili się w kółko, obracając głowy we wszystkie strony.

– Menofilos! – krzyknął Sabinianus. – Ratowanie nas staje się już zwyczajem.

Od strony wioski nadciągali, torując sobie drogę, ustawieni w klinowym szyku żołnierze. Całkowite zaskoczenie odebrało barbarzyńcom zdrowy rozsądek. Niektórzy się bronili, inni stali, pozwalając się zabić. Większość jednak się miotała, rozpaczliwie szukając jakiegoś iluzorycznego bezpieczeństwa.

Podbite ćwiekami sandały zastukały o stopnie. Grupa legionistów osłoniła Gordiana i Sabiniana swoimi tarczami.

– Jesteście ranni?

Legat nie odpowiedział. Usiłował rozjaśnić sobie w głowie, pomyśleć, co trzeba robić.

– Brama... musimy otworzyć bramę.

Legionista pomógł mu wstać. Gordian był zdumiony, że się zatacza. Bolało go udo; bolała głowa.

Wzdłuż całego muru pojawiały się kolejne grupki legionistów. U góry opór osłabł, tylko w kilku miejscach był jeszcze zacięty. Legioniści towarzyszący Gordianowi zmietli tych, którzy stali pomiędzy nimi a bramą.

Podniesienie belki i otwarcie bramy trwało zaledwie kilka chwil. Do środka wlali się legioniści, a tuż za nimi Wilki Pogranicza. Żołnierze II kohorty pomocniczej musieli być blisko. Mieli przyjaciół do pomszczenia, a nie zamierzali przepuścić okazji do gwałtów i plądrowania.

Gordian wsparł się na tarczy. Sabinianus miał twarz białą jak człowiek, który bosą stopą nadepnął węża. Legat pomyślał, że ktoś powinien trzymać choć część żołnierzy razem, na wypadek gdyby napotkano dalszy opór albo gdyby większa liczba barbarzyńców czaiła się na wzgórzach. Był jednak taki zmęczony. Delikatnie dotknął rozcięcia na głowie. Przestawało krwawić, pewnie nie było zbyt głębokie. Przyszły mu do głowy wersy poematu ze snu:

Przecież dobrze to wiem, przewiduję w duchu i sercu:
Przyjdzie taki dzień, gdy święty Ilion zginie,
A z nim i Priam, i lud wybornego włócznika Priama*.

---

* Homer, *Iliada*, ks. VI, przeł. Z. Kubiak.

Rozdział dziewiętnasty

Północna granica
w pobliżu Wiminacjum nad Dunajem,
idy majowe 236 roku

Tymezyteusz obserwował kroczących polem naganiaczy. Obok niego Macedo, prefekt Osroenów, siedział na koniu bez słowa. To były dobre tereny łowieckie: łagodne zalesione stoki opadające na szerokie równiny usiane willami i kępami wieloletnich drzew. Na północy połyskiwały w wiosennym słońcu szerokie wody Dunaju.

Cesarska armia polowa opuściła *Castra Regina* w Recji, kiedy tylko odeszła fala najcięższych mrozów. Dwa miesiące zajęło ogromnej kolumnie dotarcie niezbyt forsownymi etapami do Wiminacjum w Mezji Górnej. Obóz założono w fortecy, w mieście i wokół, przygotowując się do przeprawy przez Dunaj na teren Dacji. Maksymin rwał się do konfrontacji z Sarmatami i innymi barbarzyńcami atakującymi tę prowincję.

Kampania niespecjalnie interesowała Tymezyteusza. Następnego dnia wraz z Trankwiliną i domownikami miał wyruszyć na południe i wschód, wspaniałą wojskową drogą przez Naissos, Serdikę, Hadrianopolis do Peryntu. Dalej via Egnatia do Bizancjum i przeprawa przez Bosfor do jego nowej prowincji, Bitynii-Pontu. Miał przed sobą długą drogę, a na końcu czekała go odpowiedzialna i wymagająca praca: rozwikłanie zagmatwanych spraw dotyczących finansów publicznych oraz konfrontacja z nieustępliwymi chrześcijańskimi ateistami, nie licząc normalnych obowiązków namiestnika. Cieszyło go, że nadarzyła się okazja do polowania i że może być z dala od dworskich intryg.

Macedo miał dwanaście dobrze ułożonych celtyckich psów myśliwskich, kierujących się bardziej wzrokiem niż węchem. Tymezyteusz zawsze lubił polowania. To tutaj bardzo różniło się od tych, jakie znał z dzieciństwa na Korkyrze. Tam górzysty, nierówny teren wymuszał pieszą wędrówkę z kilkoma miejscowymi tropowcami i z siatkami. Zupełnie jak za czasów Ksenofonta. Prawdę mówiąc, jego rodziny nie stać było na celtyckie psy myśliwskie, iliryjskie konie i psiarczyków w stosownych strojach.

Przeszło dwudziestu naganiaczy ustawionych w jednej linii brnęło przez obsiane pszenicą pole. Jeden z ludzi Macedo sprawdził to miejsce jeszcze przed świtem i dojrzał kilka zajęcy. Było ogólnie wiadomo, że odważniejsze i inteligentniejsze z tych zwierząt wybierają sobie na siedziby takie otwarte, uprawne ziemie. Robiły tak, jak pisał Arrian z Nikomedii w swojej pracy *Cynegeticus*, żeby rzucać wyzwanie psom myśliwskim. Tymezyteusz uważał, że bardziej prawdopodobnym wyjaśnieniem wyboru takiego miejsca było utrudnienie zadania podkradającym się lisom. Niezależnie od powodów zachowania zajęcy szykowała się niezła zabawa.

Prefekt nie zaprosił nikogo więcej. Tylko oni dwaj czekali konno za psiarczykiem, trzymającym na smyczach dwa psy. Inni, ustawieni nieco dalej pomocnicy, również w grubych haftowanych kaftanach i mocnych wysokich butach, trzymali pozostałe psy ze sfory. Miotełki z czerwonych i białych piór migotały w rękach naganiaczy, znajdujących się teraz na wprost myśliwych. Tymezyteusz obrzucił fachowym spojrzeniem dwie suki na smyczach. Jedna, cętkowana brązowa, druga czarna, ich wyprężone ciała drgały lekko, a szyje były dumnie wygięte.

Jeden z naganiaczy wydał okrzyk, który powtórzyli pozostali idący w rzędzie ludzie. Wypłoszyli z kryjówki zająca. Zwierzę dało trzy czy cztery długie susy, stanęło słupka i nastawiło słuchy, po czym rzuciło się do ucieczki.

Psiarczyk, schyliwszy się głęboko, poprowadził psy naprzód, obserwując teren z ich poziomu. Suki były świetnie wyćwiczone. Delikatnie ciągnęły, ale nie wydały żadnego dźwięku. Psiarczyk spuścił je ze smyczy. Tylko mignęły Tymezyteuszowi przed oczyma. Trudno byłoby nie zachwycić się takim przyspieszeniem, pomyślał. Wbił pięty w boki wierzchowca.

Zając dostrzegł psy, zmienił kierunek i przeciął pole ukosem.

Tymezyteusz i Macedo ruszyli szybkim galopem.

Zając biegł prosto, dopóki brązowa suka nie znalazła się o krok czy dwa za nim. Wtedy śmignął w prawo. Brązowa wykonała szybki skręt, ale minęła ofiarę. Natychmiast włączyła się czarna. Zając kluczył, ponownie pojawiła się brązowa, grudki ziemi pryskały spod jej łap. Czarna zmuszała zająca do biegu zakosami, skręcania raz za razem. Za czwartym skrętem uderzyła precyzyjnie. Wyhamowała pośród rozbryzgów błota, potrząsając ofiarą. Jeśli nie zabiła zająca, zaciskając na nim szczęki, to teraz złamała mu kark. Macedo zeskoczył z konia i z przytroczonej do siodła, wyłożonej słomą torby wyjął dwa jajka. Podał jedno swojemu towarzyszowi i odebrał psu zająca. Suki kręciły się wokół, dysząc i machając ogonami. Tymezyteusz złapał brązową. Uniósł jej łeb i rozbiwszy skorupkę, wlał płynne jajko psu do pyska. Obaj mężczyźni głośno chwalili zwierzęta, głaskali je, drapali po uszach.

Ledwie wrócili i wyprowadzono dwa kolejne psy, już następny zając pędził susami. Kolejny psiarczyk pokpił sprawę. Zając był tak przerażony, że pobiegł prosto na nich i wtedy mężczyzna spuścił psy. W niecałe dziesięć kroków prowadzący pies zabił ofiarę. Macedo był wściekły.

– Doskonałe zające często giną marnie, nie zdążywszy dokonać niczego godnego zapamiętania. – Tymezyteusz zażartował, by rozładować gniew towarzysza i oszczędzić nieszczęsnego psiarczyka.

– Masz rację. – Macedo zdołał się już opanować. – Napijmy się i coś przekąśmy.

Służący odprowadzili konie i psy, po czym zajęli się rozkładaniem koców w cieniu pobliskich drzew. W końcu pozostawili Tymezyteusza i Macedo samych.

– Jednak nie padnę bez walki, w śmierć nie odejdę bez sławy, dzieła wielkiego dokonam, zostanę w pamięci potomnych*. – Recytując te wersy, Macedo spojrzał w dół i strzepnął trochę ziemi ze spodni.

– Hektor przed walką z Achillesem – powiedział Tymezyteusz.

Macedo nie patrzył mu w oczy.

– Pewnie sądzisz, że się od tego wszystkiego oderwiesz tam, w Bitynii-Poncie.

Grek mruknął potakująco, jednocześnie czujny.

– Witalianus został zastępcą prefekta pretorianów. Wypowiedziałeś się przeciwko jego poprzedniej nominacji na stanowisko w Mauretanii. Może okazać się niebezpiecznym wrogiem.

– Zapewne – przyznał namiestnik.

---

* Homer, *Iliada*, ks. XXII, przeł. Kazimiera Jeżewska.

– Prefekt obozu cię nie znosi. Domicjusz chętnie by zjadł twoją wątrobę na surowo.

– A ja bym chętnie popatrzył, jak jemu ktoś wyżera wnętrzności – rzucił Tymezyteusz.

Macedo się nie uśmiechnął, spojrzał tylko na niego z powagą.

– Awansują ludzie niegodni. Kwintus Waleriusz dostał Mauretanię. W Recji zastąpił go Loreniusz. Moi łucznicy i ciężka jazda twojego krewnego Sabinusa pozwolili Maksyminowi odnieść zwycięstwo nad Germanami. Nie otrzymaliśmy nic. Ty wyciągnąłeś na światło dzienne spisek Magnusa i pozbywają się ciebie, odstawiają do Bitynii-Pontu.

W sposobie, w jaki Macedo wypowiedział „wyciągnąłeś na światło dzienne", było coś znaczącego. Tymezyteusz przybrał stosowny wyraz twarzy.

– Jeszcze całkiem niedawno zazdrościłeś mi tej prowincji – zauważył.

Oficer pokręcił głową.

– Nie będziesz tam bezpieczny. Ostatnie kilka miesięcy pokazało, że namiestnik odległej prowincji nie jest w stanie obronić się przed donosicielami. Możliwe, że Antygonus spiskował w Mezji Mniejszej, jednak jest jeszcze bardziej prawdopodobne, że zginął, ponieważ Honoratus chciał objąć po nim dowództwo w walce z Gotami. Ale już nieszkodliwego starego Ostoriusza z Cylicji skazano dla jego pieniędzy. Domicjusz wniósł to opłacalne oskarżenie. Prefekt obozu wziął ćwierć majątku, skarb cesarski całą resztę.

Tymezyteusz wymamrotał coś wymijająco. Poczuł, jak umysł zalewa mu fala lęku.

– Senatorowie tak naprawdę nigdy nie zaakceptują ekwity na tronie, a kiedy zacznie zabijać przedstawicieli ich warstwy... – Macedo zawiesił głos.

Namiestnik milczał.

– Wolo wznawia – ciągnął Macedo – rozprawy ludzi uwolnionych od zarzutu zdrady za panowania Aleksandra, jego *frumentarii* ściągają z powrotem tych, których jedynie usunięto z Italii... te sprawy przerażają ich wszystkich. Skoro niewinność nie stanowi żadnej obrony dla ludzi bardzo zamożnych...

Tymezyteusz poczuł w uchu gorący i cuchnący oddech szczura.

– W mojej prowincji nie ma żołnierzy – zauważył.

– Zawsze podziwiałem bystrość twojego umysłu – powiedział oficer.

– Dziękuję.

Macedo się wreszcie uśmiechnął.

– W prowincji twojego przyjaciela Pryskusa żołnierzy nie brakuje. Podobnie jak w prowincji jego starego przyjaciela Sereniannusa. Razem mają cztery legiony i wiele jednostek pomocniczych. Wszystkie prowincje razem, Bitynia-Pont, Mezopotamia i Kapadocja, mogłyby kontrolować cały Wschód.

Tymezyteusz wcisnął lęk najgłębiej jak mógł w głąb umysłu. Koniecznie musiał zachować rozsądek.

– Dopiero co powiedziałeś, że senat nie zaakceptuje na tronie żadnego ekwity.

Macedo głośno się roześmiał.

– M n i e nie oślepiła żadna bogini – powiedział. – Chodzi o kogoś innego.

– Kogo?

Macedo pokręcił głową.

– Kogoś bardziej ode mnie kompetentnego.

Tymezyteusz milczał.

– My cię o nic nie prosimy. Jednakże kiedy do tego dojdzie i posłaniec dotrze na Wschód, szybka deklaracja kilku prowincji byłaby korzystna dla Rzymu i zostałaby sowicie wynagrodzona. – Macedo odwrócił się w stronę drzew. – Na dzisiaj wystarczy. Chodźmy coś zjeść.

Podążając za nim, Tymezyteusz czuł się tak, jakby szedł skrajem przepaści. W jego głowie kłębiły się pytania. Kim byli owi m y, którzy o nic go nie proszą? Czy rzeczywiście istniał jakiś spisek? Czy Macedo próbował zrobić mu to, co on sam zrobił Magnusowi? Czy już był wplątany? Czy tylko zdecydowane działanie mogło go uratować? A może należało po prostu odjechać jutro, zostawić to za sobą, jakby te słowa nigdy nie zostały wypowiedziane? Trankwilina będzie znała odpowiedź, uznał.

Jednak nie umrę bez walki. Hektor walczył, ale nie uratowało go to przed Achillesem.

Rozdział dwudziesty

Rzym
dolina pomiędzy wzgórzami Eskwilin i Celius,
nony czerwcowe 236 roku

Wysoki ślepy mur zasłaniał grawerowi świątynię Wenus i Romy, dopóki nie doszedł do jej północnego wejścia. Wtedy rzucił na nią okiem, jak każdego dnia w drodze do pracy. Coraz gorzej widział na odległość. Zobaczył jedynie rozmytą szarość kolumn i błysk pozłacanego dachu. Wiedział, że wewnątrz świątyni dwa posągi przedstawiające siedzące boginie są tak wielkie, że sięgają aż pod sufit. Było to niejakim świadectwem ludzkiej głupoty, że bóstwa nie miały dość miejsca, by mogły stanąć wyprostowane. A jeszcze wyraźniejszym tego świadectwem była wiara w to, że takie idole mogą ożyć.

Wyszedł na otwartą przestrzeń obok ogromnego posągu Słońca. Na jego podstawie leżały wieńce pozostawione po jakimś święcie, poszarpane przez wiatr, z wysuszonymi i wyblakłymi od skwaru wczesnego lata liśćmi. Znajdujący się z tyłu amfiteatr Flawiuszów był nieustającym placem budowy. Za panowania Karakalli uderzył w niego piorun. Niemal dwadzieścia lat później napraw wciąż nie skończono. Z przyzwyczajenia grawer zerknął w górę, pomiędzy rusztowania ustawione przy łukach dwóch najwyższych poziomów. Pod wszystkimi miały stać posągi. Większość wnęk była jednak pusta. Podobnie jak wieża Babel, ten pomnik pychy i okrucieństwa śmiertelników nigdy nie zostanie dokończony, pomyślał grawer.

Po lewej stronie minął schody prowadzące do term Tytusa. Wydawało mu się, że u ich szczytu dostrzega zieleń. Z tym właśnie powinien kojarzyć się Rzym: z ogrodami, kąpielami, wykładami w ocienionych portykach, kulturalną rekreacją po ciężkiej pracy, pokoju po wojnie, z cywilizacją. Warto było o to wszystko walczyć. Ta myśl mu towarzyszyła, kiedy szedł via Labicana. Po prawej widział sklepy z nieodłącznie związaną z nimi chciwością, z tyłu szkołę gladiatorów z nieodzowną brutalnością; po lewej – choć mgliście – eleganckie dachy łaźni Trajana. Dwie strony medalu. Musi istnieć możliwość, by mieć jedną bez drugiej, by wyplenić grzechy ludzkości. Musi być dzielny ze względu na sprawy, które są ważne.

Minąwszy kolejny kwartał ulic, skręcił w zaułek po prawej. W połowie było wejście do mennicy. Przeszedł przez dziedziniec i otworzył drzwi swojej pracowni. Wyniósł stół i taboret na otwarte powietrze. Zawsze lepiej pracować przy naturalnym oświetleniu. Przez chwilę stał niezdecydowany, jakby obawa przed tym, co czeka go wieczorem, była przytłaczająca. Praca, to jest odpowiedź. Ona rozjaśni mu umysł.

Krzątał się i postukiwał, dokładnie badając matrycę nowego awersu. Różniła się od tych, które wykonał przedtem. Podbródek Maksymina był wysunięty do przodu, zaokrąglony, mocny niczym taran. Nos haczykowaty, jakby chciał się z tym podbródkiem spotkać. Teraz cesarz miał krótką brodę. Wgłębienie w policzku wskazywało na siłę potężnych szczęk, które nie tak łatwo puszczały. Oczy, nawet jeśli nie odzwierciedlały takiej samej siły intelektu, pozostały szeroko otwarte i czyste, skupione na celu.

Te ogromne malowidła ustawione przed siedzibą senatu były dla grawera objawieniem. Nie wiedział, czy są bliskie rzeczywistości, czy też przedstawiają świadome odwzorowanie wizerunku prostego żołnierza. Tak czy owak, Maksymin na pewno je zatwierdził. Portret wykonany przez grawera był bardzo podobny. Nowa emisja monet powinna zadowolić cesarza. To była naprawdę dobra robota.

Odłożył awers i wziął do ręki cztery nowe matryce rewersu. Po kampanii germańskiej poprzedniego lata i w związku z Maksyminem walczącym przeciwko Sarmatom oczywistym wyborem była Wiktoria. U stóp bogini siedział maleńki nagi jeniec, z rękoma związanymi z tyłu. Spisek Magnusa spowodował więcej trudności. Brak aluzji do jego zdławienia mógłby zostać odebrany jako nielojalność, natomiast wszelkie bezpośrednie odniesienie do niego było wykluczone. Dla trzech pozostałych rewersów grawer wybrał Bezpieczeństwo Cesarza, Dalekowzroczność Augusta i Wierność Armii. Nic oryginalnego, ale to właśnie wydawało mu się stosowne.

Ci, którzy upadli razem z Magnusem, stanowili dopiero początek. Rozmowy w barach i kamienicach Subury, przynoszone przez służące i kucharki, świadczyły o tym, że ci wyżej od nich postawieni nienawidzą i lękają się Maksymina. *Frumentarii* przeczesywali cesarstwo w poszukiwaniu senatorów, którzy za czasów Aleksandra zostali oczyszczeni z oskarżeń o zdradę albo też ukarani tylko wydaleniem z Rzymu. Sprawowanie wysokiego urzędu nie stanowiło ochrony. Namiestnik Tracji dołączył do Ostoriusza z Cylicji i Antygonusa z Mezji. Wciśniętych do małego pojazdu, dniem i nocą wieziono ich na północ. Krążyły ponure pogłoski o złym traktowaniu, a nawet o torturach, którym normalnie poddaje się wyłącznie niewolników. Pewne było tylko, że majątki skonfiskowano, a o ich właścicielach wszelki słuch zaginął. Żadnych procesów; po prostu zniknęli. Powiadano, że w swoich pięknych rezydencjach senatorowie szepcą między sobą o kolejnym Domicjanie, o nowych rządach terroru.

Zaślepieni własną arogancją urzędnicy zarządzający mennicą rozmawiali, nie przejmując się grawerem. Młody Waleriusz Poplikola zalał się łzami, kiedy aresztowano jego stryja Messalę. Był przekonany, że on sam będzie następny. Nikt nie czuł się bezpieczny. Dwaj pozostali zgodzili się z nim. Acyliusz Glabrio wyszeptał – nie zwracając uwagi na grawera, zupełnie jakby był jeszcze jednym meblem – że Maksymin to potwór.

Grawer nie tak to wszystko postrzegał. Cesarz prowadził kampanię w interesie Rzymu i potrzebował na to pieniędzy. Z dala od toczących się walk ci rozpaskudzeni młodzieńcy i ich senatorskie rodziny rozkoszowali się lenistwem i dopuszczali nieprawości, pławiąc się w niewyobrażalnym luksusie. Niewnoszenie żadnego finansowego wkładu w obronę republiki przy tak niewyobrażalnym bogactwie było czymś bliskim zdrady. Cesarz brał to, co powinno mu zostać ofiarowane. Nie gnębił plebsu. Ani też, na szczęście, jego agenci nie wściubiali nosa w ich życie. Każdego ranka, w ciemności, z braćmi i siostrami, grawer modlił się o powodzenie cesarza.

Wziął gładki krążek z twardego brązu i zacisnął mocno w imadle. Rozpakował i rozłożył na stole swoje narzędzia. Nowy Cezar stanowił prawdziwe wyzwanie. Nie było go na malowidłach. Wziął wiertło z miękkiego brązu, umoczył w oleju i obtoczył w sproszkowanym korundzie wsypanym do miseczki. Umieściwszy je w uchwycie wyborował dziurki, by zaznaczyć miejsca na usta, oczy, uszy i nos. Zadowolony z rezultatu ujął żelazny rylec i zaczął żłobić płynne kontury.

Dzięki jego długoletniej praktyce skrawek brązu wypychany narzędziem niknął w wyżłobieniu.

Kiedy po dłuższym czasie się wyprostował, by popatrzeć na swoje dzieło, zobaczył wyłaniającą się z brązu twarz młodego człowieka. Maksymus miał krótkie włosy, policzki gładko ogolone; przystojna twarz o klasycznych rysach i podbródku odrobinę przypominającym ojcowski, z widocznym pod szyją fragmentem cywilnego ubrania wyglądała jak wzór wyniesionego z domu dobrego wychowania. Ten młodzieniec mógł być potomkiem dynastii Sewerów czy jakiejkolwiek innej. Oczywiście wkrótce wżeni się w dynastię Marka Aureliusza. Grawer raz widział Junię Fadillę. Pokazał mu ją Kastrycjusz, kiedy schodziła z Karyn na Forum. Blondynka, ładna; ona przynajmniej, mimo że należała do senatorskiej rodziny, nie musiała się obawiać nowych władz.

Kiedy grawer skończył twórczą pracę i oczyszczał wizerunek, jego myśli pobiegły ku nadchodzącemu wieczorowi. Spoza Rzymu przybywał pewien człowiek o imieniu Fabianus. Grawerowi polecono czekać przy *Porta Querquetulana* i zabrać go na spotkanie z Pontianusem. Ten Fabianus był wieśniakiem. Na pewno będzie gapił się na wszystko z otwartymi ustami. A co się stanie, jeśli ściągnie tym na nich uwagę? Jeśli zdradzi ich jakimś gestem czy słowem? Grawer wyobraził sobie lochy Palatynu. Nic na to nie mógł poradzić. Nie był bohaterem. Przykuty do ściany w ciemnej, cuchnącej norze, jak długo byłby w stanie znieść łamanie kołem, straszliwe obcęgi? Kiedy oni już wiedzą, kim jesteś, wieszają cię pod belkami i przywiązują do nóg ciężarki o różnej wadze. Kiedy zmęczą im się ramiona od chłostania, rzucają cię do celi, której podłoga pokryta jest tysiącami skorup potłuczonych garnków, z ostrymi jak brzytwa krawędziami. Ich okrucieństwo nie zna granic. Kiedy już wiedzą, kim jesteś, traktują cię gorzej niż mordercę.

Rozdział dwudziesty pierwszy

Italia
Alpy Julijskie,
idy czerwcowe 236 roku

Góry okazały się bardziej ponure niż wszystkie, jakie Junia Fadilla widziała do tej pory. Kiedy droga pięła się w górę, chwilami po prawej w prześwitach między drzewami dostrzegała wielkie nagie granie i puste doliny *Ocra mons*. Jednak przez większość czasu porośnięte sosnami zbocza, między którymi biegła droga, zasłaniały jej wszelkie widoki. Tamtego ranka, po całonocnym wypoczynku, opuścili *Ad Pirum*, niewielką fortecę, i podążali wijącą się drogą do miejsca o nazwie *Longaticum*. Mniej więcej po godzinie minęli nieobsadzoną strażnicę. Poza tym nie było żadnych śladów ludzkich siedzib. Przygnębiał ją ten gęsty, złowieszczy las. Nawet powietrze wydawało się ciemne.

Przynajmniej podróżowała względnie wygodnie. Duży, czterokołowy powóz co prawda trząsł i podskakiwał na każdym kamieniu i bruździe, ale wymoszczono go mnóstwem miękkich poduszek. Zasłonki można było unosić, by podziwiać widoki, albo opuszczać, co robiła często, odkąd wjechali w góry, by się od nich odizolować. Miała względny spokój. Nie musiała wysłuchiwać żadnych rozmów. Całą służbę, poza jedną pokojówką i starą piastunką Eunomią, wysłano przodem, razem z bagażem. Pokojówka milczała, odzywała się tylko, kiedy się do niej zwrócono, a Eunomia nigdy nie przepadała za pogaduszkami. Ośki i hamulce pojazdu były dobrze naoliwione. Turkotały jedynie żelazne obręcze kół, skrzypiało drewno i uprząż, stukały kopyta koni pociągowych i wierzchowców ośmioosobowej eskorty.

Kiedy wyjechali z Rzymu, Junię Fadillę zdumiała długość kawalkady wielkich wozów. Załadowane były namiotami, pościelą, ubraniami, żywnością, winem, naczyniami i sprzętem kuchennym, zastawą stołową, przyborami toaletowymi, komodami. Była tam także pasza dla zwierząt, zapasowe koła, powrozy, drewno i gwoździe do przeprowadzania napraw, nawet przenośna kuźnia. Dziesiątki niewolników dźwigało na plecach bardziej kruche i cenne przedmioty domowe. Tym, którzy zajmowali się zwierzętami, towarzyszyło mnóstwo pokojówek, służących, kucharzy, pomywaczy i chłopców stajennych. Było też dziesięciu Numidyjczyków w kolorowych haftowanych strojach, którzy w razie potrzeby biegli przodem, by usunąć wszelkiego ruchu zawalidrogi. Tym wielkim skupiskiem wozów, zwierząt i ludzi sterował oddział trzydziestu żołnierzy z *equites singulares Augusti* pod komendą trybuna.

Podążali via Flaminia do Narnii, przez Apeniny – teraz, z perspektywy czasu, tamte jasne, otwarte stoki wydawały się tak przyjazne – i wzdłuż wybrzeża Adriatyku. Via Popilia doprowadziła ich do równin północnej Italii i aż do Akwilei. Z tego cywilizowanego miasta wyruszyli w góry.

Każdego ranka, kiedy Junia Fadilla opuszczała łoże, wozy z bagażem były już w drodze od kilku godzin. Oszczędzało jej to hałasu i kurzu i dawało pewność, że urządzony z przepychem namiot – kiedy nie znaleźli w pobliżu dogodnej cesarskiej placówki – był odpowiednio wcześnie przygotowany na noc. Ona sama podróżowała powoli. Oprócz woźnicy był jeszcze człowiek, który szedł przodem, prowadząc konie. Choć Eunemia nie była gadatliwa, trzymała się mocno jednej zasady, tradycyjnie związanej z jej fachem. Przy każdej przydrożnej kapliczce domagała się, by pomóc jej wysiąść z powozu. Pomiędzy Rzymem i Alpami, nie pomijając nawet najskromniejszego ołtarzyka, dokonywała libacji i mamrotała modlitwy, nie było też ani jednego poświęconego Merkuremu kopca, do którego nie dorzuciłaby swojego kamienia.

Któregoś dnia późnym popołudniem, gdzieś na moczarach niedaleko Adriatyku, złamało się koło powozu. Żołnierz pogalopował po pomoc, która nie zdążyła przybyć przed zmierzchem. Jakąś milę wcześniej przy drodze stał mały zajazd, Pod Łanią. Nie był przeznaczony dla gości oficjalnych i jego standard nie odpowiadał wymogom *cursus publicus*. Trybun i jego ludzie szybko pozbyli się przebywających tam podróżnych. Stosownie zachęceni właściciel, jego żona, dwie flejtuchowate dziewuchy i pomocnik wzięli się za szczotki i szmaty. Potem przygotowali posiłek złożony z baraniny, chleba i oliwek. Był obrzydliwy. Mięso nie dawało się pogryźć, w zębach zgrzytał piasek z chleba. Wino było kwaśne. Junia Fadilla okazała całą swoją wynikającą z dobrego wychowania łaskawość. Nalegała, by inni podróżnicy, dotychczasowi goście zajazdu, posilili się resztkami z jej kolacji i mogli się przespać w stajniach. Kiedy ich wprowadzono, by jej podziękowali, przyjrzała się im dokładnie: rodzina cierpiąca nędzę, żołnierz w drodze powrotnej z urlopu, dwóch marnie wyglądających podróżnych w ubiorach do konnej jazdy. Mężczyźni mieli twarde spojrzenia, dziewczynka i jej matka nieufne, a nawet przestraszone. Junia Fadilla wyobraziła sobie, jak trudna musi być podróż dla samotnej osoby, szczególnie dla kobiety.

Powóz niemal stanął w miejscu. Uniosła zasłonkę i wyjrzała. Kolejny ostry zakręt, jeszcze więcej drzew, jeszcze jedno posępne zbocze. Wyszło słońce, lecz z trudem przebijało się przez gałęzie. Były idy czerwcowe, trwało święto Minerwy. Gdyby była teraz w Rzymie, oglądałaby flecistki wędrujące przez całe miasto w maskach i długich szatach. Goniliby za nimi mężczyźni z kijkami, żartobliwie grożąc im karą, jeśli całe miasto nie będzie rozbrzmiewać muzyką.

Czterech jeźdźców z eskorty zsiadło z koni, by asekurować pojazd podczas zjeżdżania ze stromego zbocza. Kobieta wypuściła z palców zasłonkę.

Pomyślała, jak to zgodnie ze zwyczajem westalki zamiotą świątynię i wrzucą brudy do Tybru. Pierwszy raz w roku małżonka najwyższego kapłana Jowisza, zwanego *flamen Dialis*, uczesze włosy, obetnie paznokcie i pozwoli małżonkowi się dotknąć. I kiedy rzeka poniesie już brudy do morza, a najwyższy kapłan Jowisza skorzysta z małżeńskich praw, mężczyźni i kobiety będą mogli wchodzić w związki małżeńskie bez lęku przed złym fatum.

Obawiała się czegoś gorszego, kiedy Witalianus, nowy prefekt pretorianów, zjawił się u jej drzwi. Pomyślała o tej biednej syryjskiej dziewczynie, Teokli. Kiedy nie okazała radości, słysząc nowinę, uśmiechnął się protekcjonalnie i powiedział, że nic w tym dziwnego, bo każda dziewczyna byłaby oszołomiona takim ogromem szczęścia.

Następnego dnia w obecności świadków podpisała umowę. Jak wymagał zwyczaj, obecny był przy tym jej opiekun. Biedny kuzyn Lucjusz wyglądał tak samo niepewnie, jak ona się czuła. Wyglądał jeszcze gorzej kilka dni później, kiedy musiał wyruszyć przed nią na północ. Podobnie jak ojciec i w późniejszych latach jej nieżyjący mąż, nie gustował w polityce.

Po podpisaniu umowy Witalianus włożył jej osadzony

w złocie krążek żelaza na serdeczny palec lewej ręki. Ten, który połączony jest z sercem, powiedział obłudnie. Jego pretorianie przynieśli niedorzeczne zaręczynowe dary. Naszyjnik z dziewięciu pereł, siateczkę na włosy z jedenastoma szmaragdami, bransoletkę z rządkiem czterech szafirów, szaty ze złotą nitką... jeden za drugim, cały zbiór kosztownych, ale zbędnych przedmiotów. Tego wieczoru atmosfera podczas uczty była napięta. Perpetua pochlipywała przez cały czas, a Tycyda recytował kiepską poezję i wyglądał, jakby miał ochotę się zabić. Do Karyn ciągnęły procesje różnych ludzi gotowych dokonać najazdu na jej dom. Wśród chętnych do złożenia gratulacji znalazł się pompatyczny prefekt miasta Pupienus, obaj konsulowie i jej odpychający sąsiad Balbinus. Również z sąsiedztwa świętoszkowata stara suka, siostra Gordiana, Mecja Faustyna, miała czelność pouczyć ją o tym, jak powinna się zachowywać narzeczona Maksymusa Cezara.

Miała poślubić następcę tronu i pewnego dnia zostać cesarzową. Nie chciała tego. Mamea chciała być cesarzową i porąbano ją na kawałki. Sulpicja Memmia była cesarzową i rozwód jej nie uratował. Junia Fadilla nie chciała być żywą ikoną, dźwigać ciężkich brokatów i obwieszać się klejnotami, brać udziału w niekończących się ceremoniach dworskich. Nie chciała stać się cesarską klaczą rozpłodową, której menstruacje są przedmiotem rozważań: jest czy nie jest brzemienna? Czy urodzi się chłopiec, następca do purpury? A już najbardziej nie chciała, by pewnego dnia przyszli po nią mężczyźni z mieczami, uczestnicy jakiegoś buntu przeciwko jej teściowi czy mężowi.

Pojazd podskoczył. Odczuła wstrząs w krzyżu i szyi. Europa unoszona na szerokim grzbiecie byka podróżowała wygodniej i jej porywacz był bogiem, a nie zwykłym śmiertelnikiem. Pragnęła być w swoim domu, w Karynach. Czy będzie jeszcze jej dane zobaczyć kiedyś swój nowy dom nad Zatoką Neapolitańską?

Opanowała się. Nie było sensu buntować się przeciwko losowi. Jak to zwykł mawiać Gordian? Wyłącznym celem życia jest zadowolenie, a pierwszym krokiem do tego celu jest unikanie bólu. Właściwe uczynki i właściwe myśli przynoszą zadowolenie.

Maksymus był młody. Mówiono, że jest przystojny i kulturalny. Sławny sofista Apsines z Gadary był stale przy nim. Maksymus pisał wiersze. Nie mogły być gorsze od wypocin Tycydy. Krążyło mnóstwo pogłosek o przygodach cezara z kobietami i dziewczętami; matronami i dziewicami z szacownych domów. Przynajmniej małżonek nie będzie jej opuszczał, by wybrać łoża swoich paziów, tak jak Hadrian opuszczał Sabinę, pocieszała się. Było coś obrzydliwego w sytuacjach, kiedy mężczyźni tacy jak Balbinus trzymali sobie młodych chłopców. To bieganie po domu nago, nie licząc kilku klejnotów, i wychodzenie na dwór z twarzą zakrytą nie z powodu skromności, jak w wypadku greckich kobiet, ale by chronić delikatną cerę.

Nie miała ochoty nikogo poślubiać... nie teraz. Kiedy zmarł Nummiusz, poślubiłaby Gordiana, gdyby ją o to poprosił. Gdyby poprosił, oszczędziłby jej tej całej podróży, tego małżeństwa, pełnego ograniczeń życia na dworze. Opanowała się. Powodem tych zaręczyn nie była ani jej uroda, ani inteligencja. Była prawnuczką Marka Aureliusza. Zatem zawarto pewną umowę dynastyczną. Cesarz może robić, co mu się żywnie podoba. Neron chciał poślubić Poppeę, więc kazał Otonowi się z nią rozwieść. Junia Fadilla była prawnuczką Marka Aureliusza. Nigdy nie będzie bezpieczna.

Powóz zatrzymał się gwałtownie. Jeźdźcy, którzy zostali w siodłach, przesunęli się do przodu. Uchyliła zasłonkę.

Kilka kroków przed nimi, u podnóża stoku, znajdował

się ostry zakręt. Czekało tam kilkunastu jeźdźców. Mieli płaszcze z kapturami i byli uzbrojeni.

Żołnierze otoczyli powóz.

– W imię cesarza, ustąpić z drogi. – Głos trybuna zdradzał zaniepokojenie. W górach nie brakowało ludzi, którym odmawiano ognia i wody.

Junia Fadilla pomyślała o fantazjach Perpetui dotyczących bandytów i gwałtów. Ci mężczyźni mogli być jeszcze gorsi. Wszyscy cesarze mają wrogów.

Jeden z jeźdźców wysunął się do przodu. Spojrzeniem spod kaptura obrzucił żołnierzy.

– Odsunąć się! – zawołał trybun.

Ignorując go, jeździec zsunął kaptur i wlepił wzrok w kobietę.

Nie był ani stary, ani młody. Twarz miał ogorzałą, ale zadbaną. Wychylił się do przodu, przyłożył palce do ust i posłał jej całusa.

– Polowaliśmy tutaj – powiedział. Miał głos człowieka wykształconego, złoty pierścień na palcu lewej ręki. – Wygląda jednak na to, że ofiarą polowania zostało moje serce. – Odpiął broszę, a jego płaszcz osunął się na koński zad. – Pani, przyjmij to w darze.

Wzięła od niego podarunek. Był ciężki, złoto wysadzane granatami.

– Okaż szacunek. – Trybun podjechał bliżej. – Pani Junia Fadilla jedzie, by poślubić Maksymusa Cezara.

Jeździec nie spuszczał z niej oczu.

– Cezar ma szczęście. – Cofnął konia na skraj drogi, gestem nakazał towarzyszom zrobić to samo. – Gdybyś ponownie jechała tą drogą, pani, zechciej skorzystać z mojej gościnności. Nazywam się Marek Juliusz Korwinus, a te dzikie góry są moje.

Rozdział dwudziesty drugi

Północna granica
Wiminacjum,
siedem dni przed kalendami lipcowymi 236 roku

Światło przy dużym oknie na ostatnim piętrze domu było doskonałe. Otoczona z dwóch stron przez swoje kobiety Cecylia Paulina siedziała pochylona przy krośnie. Makata była już prawie skończona. Cyncynat oderwany od pługa pokonuje Ekwów i jedzie w triumfie przez Rzym, a potem wraca do swojego maleńkiego gospodarstwa nad Tybrem, gdzie jego woły wciąż czekają w uprzęży. Maksymin pochwalał postępowanie Cyncynata, brał wodza za *exemplum*. Dzieło rąk Pauliny nie było duże. Mogło podróżować w jego bagażu.

Paulina zawsze się martwiła, kiedy jej mąż brał udział w kampanii wojennej, Maksymin bowiem uważał, że wódz powinien stać na czele armii. Zdarzały się drobne potyczki, ale w zasadzie jak dotąd barbarzyńcy cofali się przed cesarską armią. Odstąpiono od oblężenia miasta *Ulpia Traiana Sarmizegetusa*. W ostatnim liście Maksymin napisał, że armia maszeruje na północ. Sądził, że Sarmaci i ich sojusznicy zamierzają stanąć do boju w jakimś zakątku Dacji.

Pod wieloma względami Maksymin czuł się lepiej w polu.

Był w swoim żywiole, otoczony przez żołnierzy niczym jakiś tyran w cytadeli. Takie porównanie źle wróżyło. Kobieta przerwała tkanie i ścisnęła kciuk między palcami, by odegnać zło. Maksymin nie był żadnym tyranem. Wiele można było o nim powiedzieć – był znakomitym wodzem, lojalnym mężem, człowiekiem ze staroświeckim poczuciem honoru – ale nie to, że jest politykiem. Dobrze się czuł z dala od zawiłości cywilnych rządów. Do Wiminacjum przybywały tłumy rozmaitych wysłanników i petentów. Macedo i jego łucznicy zatrzymywali ich przy moście. Prócz wojskowych jedynymi ludźmi, którym pozwalano przekroczyć Dunaj, byli ci aresztowani za zdradę i ich strażnicy w zamkniętych powozach. Paulina nie była przekonana o słuszności powtórnego rozpoznawania spraw ludzi uniewinnionych czy ukaranych lekkimi wyrokami za panowania Aleksandra. Mogło to tylko zwiększyć wrogość senatorów wobec władzy. Nie była to jednak wina Maksymina, pomysł wyszedł od Wopiska, a reszta *consilium* poparła jego propozycję. Oczywiście wojna wymagała pieniędzy. Kiedy Galowie napadli na Rzym, ludzie bogaci, kobiety tak samo jak mężczyźni, sami złożyli się na okup. Kiedy Hannibal pojawił się u bram, bogaci ofiarowali cenne przedmioty, oddawali nawet niewolników, wszystko to dla bezpieczeństwa republiki. Taki patriotyzm należał do innych czasów. Epoka żelaza i rdzy wymagała ostrzejszych środków.

Paulina podjęła przerwaną pracę i pochylając się nad krosnem, wygładzała wątek drewnianym grzebieniem. Modliła się o zdrowie syna. Maksymus był za delikatny na życie w obozie wojskowym... chociaż, trzeba przyznać, że ono przytrzyma go z dala od pokus. Jego ostatni wybryk zabolał ją bardziej niż jakikolwiek przedtem. Dziewczyna była jedną z jej towarzyszek, pochodziła z rodziny ekwitów. Paulina odesłała ją, zawoalowaną, w krytym powozie, do gospodarstwa jednego ze swoich wyzwoleńców, w położonym z dala od świata zakątku Apullii. Dziewczyna mogła tam pozostać do czasu, aż będzie mogła ponownie pokazać się publicznie. Maksymin zapewne miał rację. Rzeczywiście rozpieściła syna. Był jej jedynym dzieckiem. Po trudnym porodzie medycy orzekli, że nie będzie mogła mieć więcej dzieci. Zaproponowała mężowi rozwód. Należała mu się szansa spłodzenia kolejnych potomków. Bez wahania odrzucił ten pomysł.

Wśród przodków miała konsulów, ale jej rodzina nie była zamożna. Maksymin był ulubieńcem cesarza Karakalli, a jeszcze przed nim jego ojca, Septymiusza Sewera. Matka Pauliny nie była przychylna temu małżeństwu, a ojciec, chociaż to on zaproponował ten związek, również miał wątpliwości. Ostatecznie decyzję pozostawiono jej samej. Nigdy nie żałowała swojego wyboru. Czasami zastanawiała się, jak wyglądałoby jej życie, gdyby była urodziwa. Mogłaby wejść do któregoś z wielkich rzymskich rodów. Jej mąż nosiłby misternie wykonane sandały patrycjusza, może nawet byłby przystojny. Spędzaliby czas w wielkich marmurowych salach, pośród popiersi jego przodków o surowych twarzach. Nie sądziła, żeby czuła się wtedy szczęśliwsza. Maksymin był dobrym człowiekiem. Owszem, bywał porywczy, ale z jej pomocą potrafił się kontrolować. Najważniejsze, że był człowiekiem szlachetnej prostoty i wielkiego ducha. Ich syn mógł tylko brać przykład z ojca.

Maksymus musiał się jeszcze wiele nauczyć. Małżeństwo często sprzyjało poskromieniu namiętności pełnego temperamentu młodego człowieka. Paulina wiedziała, że nie uda się to w wypadku Junii Fadilli. List od przyjaciółki Mecji Faustyny dostarczył jej wyczerpujących informacji o prawnuczce Marka Aureliusza. Nawet jeśli ta kobieta dziedziczyła krztynę dobroci cesarskiego przodka, to jej mąż zadbał, by ją bezpowrotnie utraciła. Nummiusz nawet jako starzec miał priapiczne upodobania i zapoznał ją z występkami, jakie mogły przerazić koryncką dziwkę. Sprostytuował ją, w domu swoich przodków, nie dla pieniędzy, ale dla swoich własnych perwersyjnych przyjemności. Śliniąc się, ten stary cap obserwował, jak chędożą ją inni mężczyźni, a potem dołączał do tej pary, zabawiając się w obrzydliwych trójkątach, w owych *spintriae*, które nawet Tyberiusz ukrywał przed innymi na Capri. Po jego śmierci nie kryła już wyuzdania. Szanujący się mężczyźni i kobiety wzdragali się przed jej pocałunkiem, nieczystością ust. Dla Mecji Faustyny niewybaczalne było zepsucie jej brata. Skoro uległ tej kobiecie taki dorosły mężczyzna jak Gordian Młodszy, pomyślała Paulina, to jaka jest nadzieja dla takiego młodzika jak Maksymus? Była przekonana, że gdyby jej przyjaciółka napisała wcześniej, to ona zdołałaby przekonać męża, by nie wyraził zgody na te koszmarne zaręczyny.

Drzwi się gwałtownie otworzyły. Wbiegła dziewczyna z rozwianym włosem jak jakaś menada.

– Łucznicy Osroene... obwołali cesarzem Kwartynusa. Senator bronił się, błagał, ale oblekli go w purpurę.

Biedny głupiec, pomyślała Paulina. Opór na nic mu się nie zda. Maksymin będzie musiał go zabić.

– Pani, oni zdarli wizerunki cesarza ze znaków! Cezara też. A teraz idą tutaj.

Zapanował chaos. Kobiety zawodziły jak na pogrzebie. Jedna natychmiast zemdlała.

Paulina zmusiła się, by siedzieć spokojnie. Gdyby tylko Maksymin nie był sto mil stąd, pomyślała.

Dwie z towarzyszących jej kobiet wyciągały do niej ręce.

– Pójdź z nami, pani, zabierzemy cię stąd, ukryjemy.

Paulina miała ochotę wyśmiać ich głupotę. Nie było nigdzie bezpiecznego miejsca, chyba że przy jej małżonku, a do niego nie mogła dotrzeć.

Ciągnęły ją za szaty.

– Zostawcie mnie – powiedziała. – Ukryjcie się. Odejdźcie wszystkie. Oni chcą tylko cesarzowej.

Jedna, może dwie wybiegły z pokoju. Pozostałe stanęły jak wryte.

– Idźcie! Wszystkie! – Skoro miała umrzeć, to umrze z godnością, a nie w otoczeniu będącym obrazem kobiecej słabości.

Kobiety rzuciły się do drzwi, niemal w nich utykając. Ta, która zemdlała, doszła do siebie na tyle, by pobiec za całą resztą. Po chwili już ich nie było. Wszystkich poza dwiema: Pytias i Fortunatą. Jej wysoko urodzone towarzyszki czmychnęły, a te dwie niewolnice zostały.

– Ratujcie się – powiedziała.

– Nie zostawimy cię samej – oświadczyła Pytias, a Fortunata dzielnie przytaknęła jej głową.

– W takim razie ułóżcie mi porządnie stolę, bym wyglądała na osobę godną szacunku.

Teraz, kiedy zapanowała cisza, słyszały przez otwarte okno narastającą wrzawę.

Ktoś wpadł do komnaty przez uchylone drzwi.

Paulina odruchowo wciągnęła gwałtownie powietrze.

– Pani. – Okazało się, że to stary kubikulariusz, osobisty służący Maksymina o imieniu Tynchaniusz. Był z jej mężem przez całe życie. Maksymin awansował go na głównego sypialnianego, ale uznał, że jest już za słaby na trudy wojennej kampanii. Za okazaną mu życzliwość starzec miał teraz zapłacić życiem.

Drzwi się zamknęły prawie do końca.

Na ulicy słychać było głośne krzyki mężczyzn. Tym bardziej przerażające, że w jakimś wschodnim języku. Potem, z głębi domu, dotarł odgłos łamanych sprzętów i tupot ciężkich butów na schodach.

Tynchaniusz obrócił się twarzą do drzwi. W ręku trzymał miecz. Ramiona mu drgały. Fortunata i Pytias stanęły przed Pauliną.

Dwóch łuczników silnym pchnięciem otworzyło drzwi na oścież. Wyciągnęli broń z pochew. Tynchaniusz ruszył na nich. Ominęli go bez trudu. Wpadło dwóch kolejnych łuczników i wtedy otoczyli starca. Ten machał mieczem tu i tam. Ze śmiechem cofali się o krok. Kiedy stał plecami do jednego z nich, ten skoczył do przodu i ciął go przez udo. Tynchaniusz odwrócił się gwałtownie. Otrzymał kolejny cios z tyłu. Starzec zachwiał się, młócąc powietrze ramionami jak niedźwiedź prowokowany na arenie.

– Zostawcie go! – krzyknęła Paulina.

Łucznik uśmiechnął się, błyskając białymi zębami w ciemnej twarzy.

– Jak moja pani sobie życzy.

Pchnął mieczem. Tynchaniusz odbił klingę. Inny żołnierz wbił mu miecz w plecy. Broń starca upadła na podłogę. Jego ręce sięgały do tyłu, na próżno szukając rany. Padł.

Żołnierze ruszyli do przodu. Fortunata i Pytias skuliły się i przylgnęły do kolan cesarzowej.

Tynchaniusz żył jeszcze. Czołgając się we własnej krwi, próbował sięgnąć miecza.

– Gdzie jest wasz dowódca? – Paulina była zaskoczona spokojem w swoim głosie.

Żołnierze się zatrzymali.

– Zaprowadźcie mnie do Tytusa Kwartynusa.

Jeden z łuczników powiedział coś w swoim niezrozumiałym języku. Pozostali wybuchnęli śmiechem.

– Z drogi.

Rozstąpili się, słysząc rzucony za ich plecami rozkaz.

Macedo Macedoniusz miał na sobie paradną zbroję, miecz w pochwie. Jednym spojrzeniem ogarnął sytuację.

Tynchaniusz, drżąc na całym ciele, ślizgając się we własnej krwi, usiłował wstać, podpierając się mieczem.

– Zabić go – rzucił Grek.

Jeden z mężczyzn opuścił ostrze miecza na tył głowy starca, jak człowiek rąbiący drewno.

– Zabierzcie dziewczęta i idźcie. Zabawcie się z nimi.

Fortunata i Pytias zawodziły głośno, kiedy odrywano je od kolan Pauliny. Były już prawie nagie, zanim je jeszcze wyciągnięto z pokoju.

Paulina wciąż siedziała. Poręcze fotela wbijały się jej w dłonie. Oddychała ciężko, jakby każdy oddech wyrywano jej z piersi siłą.

Macedo wrócił do drzwi i zamknął je. Potem obszedł ciało sługi. Krew rozlała się po marmurowej posadzce, sięgnęła dywanu i zaczęła przyciemniać jedwab, z którego był utkany.

– A co z twoją wojskową przysięgą? – rzuciła cesarzowa.

Grek zatrzymał się.

– Nie ja spowodowałem to, co się wydarzyło, pani. Gdybym się do nich nie przyłączył, już bym nie żył. – Rozłożył szeroko ręce. – Zawiozę cię do twojego małżonka. Zaufaj mi.

Paulina się zawahała. Nadzieja może przeczyć rozsądkowi.

Drzwi się otworzyły. Wszedł wysoki mężczyzna w średnim wieku, w narzuconym na ramiona purpurowym płaszczu i z wieńcem na głowie. Za nim sześciu oficerów.

– Imperatorze, twoja obecność tutaj nie jest konieczna – powiedział Macedo.

Kwartynus zignorował jego słowa i zwrócił się do Pauliny.

– Pani, zapewniam cię, że nie stanie ci się żadna krzywda.

Macedo zwrócił się do jednego z oficerów.

– Mokimosie, eskortujcie teraz augusta na Pole Marsowe. Czas, by przemówił do żołnierzy i oficjalnie obiecał im stosowną darowiznę.

Kwartynus otworzył usta, ale się nie odezwał. Nie opierał się, kiedy dwaj oficerowie ujęli go za łokcie i wyprowadzili z pokoju.

– Zamknijcie drzwi. I nie wpuszczajcie już tu nikogo.

Ostatni z wychodzących spełnił polecenie.

– Mogę cię stąd wydostać, póki mam jeszcze nad nimi władzę.

Paulina wstała. Choć obawiała się, że nogi mogą odmówić jej posłuszeństwa, przeszła obok krosna i zbliżyła się do okna.

– Musimy się pospieszyć, zanim zamkną bramy i ustawią na moście straże – ponaglał ją Grek.

– Kłamca – rzuciła.

Macedo robił wrażenie dotkniętego.

– Bądź przeklęty, ty i twoje życie.

Macedo uśmiechnął się, niemal ze smutkiem.

– No cóż, w takim razie...

Rozdział dwudziesty trzeci

Północna granica
Pincus ad Danubium, *fort nad Dunajem,*
trzy dni przed nonami lipcowymi 236 roku

Maksymin siedział na tronie z kości słoniowej. Towarzysze podróży cesarza stali za nim, ale on i tak był sam.

Wieści dotarły do niego, kiedy był w Apulum, trzy dni marszu na północ od *Ulpia Traiana Sarmizegetusa.* W tym właśnie namiocie. Siedział wtedy na stojącym z boku kufrze i naprawiał pasek przy swoim pancerzu. Rzeczy, od których zależy twoje życie, nie zostawia się niewolnikom.

Przybył młody trybun, służący w II legionie *Parthica.* Wracając z urlopu, był świadkiem wydarzeń, jakie miały miejsce w Wiminacjum. Zdołał odjechać, kiedy żołnierze zajęci byli plądrowaniem i nie pomyśleli jeszcze o zamknięciu mostu. Jechał dzień i noc, padły pod nim dwa konie.

Szybko opowiedział przebieg wydarzeń. Łucznicy z Osroene podnieśli bunt. Zerwali ze sztandarów wizerunki Maksymina i jego syna. Cesarzem ogłosili senatora, niejakiego Tytusa Kwartynusa. Był namiestnikiem Mezji Większej, dopóki w ubiegłym roku nie został zdjęty ze stanowiska przez Maksymina. Trybun żałował, ale nie wiedział, co stało się z cesarzową i – zdumiony pytaniem cesarza – nie umiał nic powiedzieć o losie kubikulariusza Tynchaniusza.

Maksymin podjął energiczne działania. Nim zapadła noc, miał już gotową lotną kolumnę. Pięć jednostek, wszystkie konne – *equites singulares*, Partowie i Persowie, Maurowie, katafraktowie pod komendą Sabinusa Modestusa – w sumie cztery tysiące ludzi, więcej niż konieczne na dwa tysiące buntowników. W bezpośredniej walce łucznicy nie mają szans z ciężką jazdą. Nazajutrz pokonali te sześćdziesiąt czy nawet więcej mil dzielących ich od *Ulpia Traiana*. Dwa dni później dotarli do Dunaju, po przeciwnej stronie Pontes. Przeprawili się przez nikogo niepowstrzymywani. Maksymin wiedział, że szczęście im sprzyja. Minęło sześć dni, a zdrajcy jeszcze nie ruszyli na wschód, by zagrodzić drogę przez most.

Tej nocy schwytali w obozie człowieka. Namawiał do buntu kilku oficerów katafraktów. Sabinus Modestus przekazał go w ręce *frumentarii* Wolona. Mężczyzna nie wytrzymał obcęgów i kleszczy. Maksymin bacznie obserwował każdy ruch narzędzi. Nachylając się, wdychał zapach krwi, słuchał każdego jęku, każdego wymamrotanego słowa. Tak, przyznał mężczyzna, jest centurionem łuczników. Wysłano go, by miał oko na most. Kwartynus chciał przejąć wojsko Maksymina bez walki. B o g o w i e, n i e c h   p r z e s t a n i e   b o l e ć, c h o ć   n a   j e d n ą   c h w i l ę. Cesarzowa nie żyje. Tak, jest pewien. Widział jej ciało na ulicy. Kwartynus rozkazał je spalić. B ł a g a m, l i t o ś c i, n i e c h   j u ż   t e n   b ó l   s i ę   s k o ń c z y. Minęło wiele godzin, nim Maksymin spełnił to życzenie. Sponiewierane ciało rzucono psom.

Resztki impetu Maksymina jeszcze przez cały dzień gnały ich na zachód. I tamtej nocy upił się do nieprzytomności. Nazajutrz nie opuścił sypialni. Kacjusz Klemens zgłosił się po rozkazy i po hasło dnia. Maksymin zwalił go na ziemię i wyrzucił z namiotu. Zażądał więcej wina. Pił przez trzy dni. Potem, pamiętał jak przez mgłę, że ściskał syna za gardło, grożąc, że wyłupi mu oczy, bo nie płacze za matką.

Paulina miała wszystkie cnoty, jakie winna posiadać kobieta. Lojalność, rozsądek, życzliwość, nieprzesądną religijność, prostotę w ubiorach i skromność w zachowaniu... ta lista nie miała końca. Zawsze lekceważyła urodę, która jego zachwycała: jej jasne oczy, delikatne małe usta i drobny podbródek. Dlaczego umarła przed nim? To on był starszy. Powinien pójść do grobu przed nią. Ona jego powinna pochować. Czy chociaż włożyli jej w usta monetę dla przewoźnika? Nie pozwoli, by jej życie poszło na marne, nie da popaść w zapomnienie. Z pamięci o jej słowach i czynach zaczerpnie jakoś siłę, by przeciwstawić się losowi. Jednak kiedy o niej pomyślał, żałość ściskała mu serce i niweczyła chęć samokontroli. Jak ma okazać niezłomność w dochowaniu tej obietnicy? Jak do tego doszło? Czy bogowie mogą być tak obojętni?

Czwartego ranka Apsines wyciągnął go z miejsca, w którym się zaszył. *A studiis*, myjąc cesarza i niewprawnymi dłońmi pomagając włożyć pancerz, mówił o tym, jak to mężczyzna musi wytrwać, i cytował wersy z Homera:

Nie ma żadnej korzyści z gorzkich lamentów.
Tak właśnie bogowie uprzędli nić żywota
nieszczęsnych śmiertelników.

Kiedy podjęli przerwany marsz, Maksymin kazał Apsinesowi jechać obok siebie. Słuchał uważnie, kiedy sofista wykorzystywał całą swoją wiedzę, by służyć mu pociechą. Apsines nie wiedział, czy dusza trwa po śmierci; nikt tego nie wie. Jeśli nie trwa, zostaje tylko sen. Jeśli trwa, to istnieje jakieś bóstwo, a z samej definicji bóg jest dobry, zatem dusze ludzi dobrych nie fruwają w ciemności jak nietoperze, ale na całą wieczność znajdują jakąś przystań u nieśmiertelnych bogów. Maksymin cierpiał, ale inni cierpieli jeszcze bardziej. Jazon patrzył, jak płonie jego małżonka, i oglądał zmasakrowane ciała swoich synów. Eneasz uratował ojca i syna, ale stracił żonę i musiał znieść widok stojącej w płomieniach Troi. A poza tym istniał jeszcze obowiązek. Maksymin winien był sobie i pamięci swojej żony zmiażdżenie uzurpatora, wypędzenie barbarzyńców z Dacji, przywrócenie Pax Romana.

Słowa, pomyślał Maksymin, tylko słowa. Czasami jednak i one mają swoją wagę. Czekając, poruszył się lekko. Na małym przenośnym ołtarzyku dymił niewielki ogień. Podjął już decyzję, ale nikomu jej nie zdradził.

Wartownik odsunął połę namiotu.

Wszedł Macedo. Ten *Graeculus* miał na sobie złocony i grawerowany pancerz. W jednej ręce trzymał worek, w zgięciu drugiej alabastrową urnę.

– Cesarzu, zrobiłem wszystko, co mogłem.

Maksymin nawet nie drgnął.

Grek położył worek na podłodze. Nachylił się i jedną ręką próbował go rozwiązać.

Nikt nie podszedł, by mu pomóc.

Macedo wyciągnął za włosy głowę.

– Uzurpator nie żyje – oświadczył.

W namiocie panowała głęboka cisza, słychać było jedynie trzask ognia.

Macedo wypuścił z ręki odciętą głowę Kwartynusa. Upadła ciężko na podłogę.

Wszyscy obecni patrzyli na ten odrażający obiekt, wszyscy poza Maksyminem.

– Jak? – spytał cesarz.

Macedo wytarł rękę w spodnie.

– Ubiegłej nocy, unikając jego strażników, samotnie wślizgnąłem się do pokoju uzurpatora. Zabiłem go, kiedy jak Polifem leżał pijany. Dzisiejszego ranka widok jego głowy przywrócił rozsądek zbuntowanym żołnierzom. W świetle dnia, przed bogiem i ludźmi, przeprowadziłem ceremonię złożenia wojskowej przysięgi ich prawowitemu cesarzowi.

– Cesarzowa? – spytał Maksymin.

– Jej prochy zebrane ze stosownym szacunkiem. – Macedo wyciągnął rękę z białą urną.

Maksymin wstał z tronu. Jego gwardziści naprężyli się. Wziął delikatnie urnę w swoje ogromne, poznaczone bliznami dłonie. Nie zapłakał. Mężczyzna musi wytrwać. Odwrócił się i postawił naczynie na tronie.

– Co się stało?

Macedo pokręcił ze smutkiem głową.

– Buntownicy plądrowali dom. Ona wypadła z okna na ostatnim piętrze. Jedni twierdzą, że sama skoczyła, by zachować honor. Inni, że ją wypchnięto.

Maksymin poczuł pulsowanie krwi w skroniach.

– Pomszczono ją, cesarzu. Dziś rano dokonałem egzekucji wszystkich tych, którzy naszli jej dom, wszystkich, którzy obrazili jej świętą osobę. Ich ciała wrzucono do rzeki, oddano rybom. Ich dusze będą wiecznie się błąkać w nieustannej męce. – Macedo patrzył na cesarza oczyma pełnymi łez.

– Wszystkich?

– Co do jednego – odrzekł Grek, a łzy spłynęły mu po policzkach.

– Bierzcie go.

Macedo zaczął się szarpać, jednak po chwili się uspokoił. Dwóch żołnierzy przygwoździło mu ramiona. Trzeci zabrał miecz i sztylet.

– Imperatorze, gdybym nie udał, że do nich dołączam, zabiliby mnie. Nie mógłbym wtedy pozbyć się tego zdrajcy.

Maksymin wziął miecz od członka swojej przybocznej straży.

– Nie zabiłeś wszystkich, którzy weszli do tego domu.

– Przysięgam na bogów podziemi, zabiłem ich wszystkich.

– Nie wszystkich. – Cesarz utrzymywał miecz w równowadze na czubkach palców. – Pięć dni temu w Pontes zabiłem centuriona Mokimosa. Wy, Grecy, przeceniacie swoją inteligencję.

– *Domine*...

Maksymin wbił mu miecz przez pancerz w brzuch. Puścił rękojeść. Opierała się o złoconą skórę, a czubek klingi przebił pancerz na plecach Greka.

Cesarz wrócił do tronu, podniósł urnę i usiadł. Jego dłonie zostawiły na alabastrze rozmazane czerwone plamy. Krew poplamiła też tron z kości słoniowej.

Gwardziści patrzyli, jak ciało Macedo osuwa się na podłogę namiotu. Mężczyzna wciąż oddychał.

Maksyminowi pulsowało w głowie, ale myśli miał jasne.

– Wyślijcie posłańca do łuczników z informacją, że osobiście odbiorę ich przysięgę. Każcie im się zebrać, bez broni, dzisiejszego popołudnia pod Wiminacjum. Niech nasza jazda otoczy plac apelowy.

Cesarz wskazał ręką Macedo.

– Zdejmijcie mu głowę. Poślijcie ją do Rzymu razem z głową Kwartynusa. Nabijcie je na włócznie przed siedzibą senatu. Honoratusie, udasz się do Rzymu i ogłosisz, że Cecylia Paulina będzie czczona jako bogini.

– Imperatorze, Flawiusz Honoratus jest w Mezji Mniejszej, gdzie walczy z Gotami – powiedział Kacjusz Klemens.

– Zatem ty przekażesz mój rozkaz. Cecylia Paulina ma mieć świątynię, kapłanki, ofiary. Wszystkie nasze środki muszą iść na tę toczoną na północy wojnę. Powiedz Pupienusowi, by ograniczył wydatki na cele kultu innych bóstw. Jeśli to nie wystarczy, zredukuj ilość wydawanego ziarna, a nadwyżkę sprzedaj.

– Według rozkazu!

Maksymin odchylił się do tyłu i spoglądał na poplamioną krwią urnę. Paulina nie żyła. To nie do wyobrażenia, by świat trwał dalej bez zmian. Jeśli gnuśni bogacze i nieodpowiedzialny rzymski plebs chcą spektakli, to niech ją pamiętają. Jeśli chcą chleba, niech nań zapracują.

Jego rozpacz zagrażała jego męskości. Apsines zrobił co mógł, ale jednak się mylił. Ani Eneasz, ani Jazon tak bardzo nie cierpieli. Nikt tak nie cierpiał. Maksymin miał wtedy piętnaście lat. Był na trackim pogórzu, polował z Tychaniuszem. Wiedział, że coś jest nie w porządku, zanim jeszcze dotarli do Owile. W wiosce było zbyt cicho. Zobaczył w błocie pierwsze ciała, wciąż jednak miał jeszcze nadzieję. Wszedł do chaty i ujrzał całą swoją rodzinę: ojca, matkę, małego braciszka i dwie siostry. Nikt nie żył, a matka i siostry były nagie.

Barbarzyńcy z północy zabili jego rodzinę, a teraz ci ze wschodu zamordowali mu żonę.

Rozdział dwudziesty czwarty

Afryka
przedmieścia Kartaginy,
cztery dni przed kalendami sierpniowymi 236 roku

Zeus Filios, król bogów, wyglądał na starego i nieco znu-żonego. Odłożył swój piorun obok kielicha z winem i kiwał głową z zadowoleniem twarzy. Nawet w tym wieku, tak jak przystało, podziwiał ledwie co okryte uroki Afrodyty. Po drugiej stronie sali Hefajstos, z różanym wieńcem osuwają-cym mu się na oczy, kuśtykał z powrotem do stołu.

Gordian odpiął ponury hełm Aresa. Trudno było się od-prężyć pod jego ciężarem. Rozejrzał się wokół stołu. Uczta dwunastu olimpijczyków była jednym z jego najlepszych po-mysłów. Wszyscy goście płci męskiej odgrywali swoje role. Naturalnie jego ojciec, jako namiestnik, był Zeusem. Wale-rian trzymał trójząb Posejdona, a Arrian szeroki kapelusz Hermesa opatrzony skrzydłami. Trochę wysiłku kosztowało wyperswadowanie Sabinianusowi, jako Hefajstosowi, żeby zostawił swojego muła na zewnątrz. Zapomniawszy o stoic-kiej surowości, Menofilos był pijanym Dionizosem. Gość honorowy, sofista Filostratos, wyglądał tylko odrobinę nie-pewnie i pamiętał, by od czasu do czasu zabrzdąkać na lirze Apollina. Wszystkie ich starania były jednak niczym w porównaniu z dokonaniami bogiń. Kochanki Gordiana, Chione i Parenope, nosiły kostiumy, których dziewicze boginie, Artemida i Atena, nigdy by nie wybrały na ucztę. Pierwsza, chcąc ułatwić sobie naciąganie łuku, zdecydowała, że prawa pierś musi być całkowicie odsłonięta, a sutek poróżowany, podczas gdy druga w ogóle zrezygnowała ze zbroi; spoczywała w pozycji półleżącej i miała tylko skąpą osłonę w postaci maleńkiego, zdobionego frędzelkami płaszczyka. Dwie kurtyzany z Koryntu odgrywały Herę i Demeter, ale bez powściągliwości, jaka przystoi takim matronom. Jednak palma pierwszeństwa za lubieżność musiała zostać przyznana kochance Menofilosa. Dzięki bogom jej małżonek był za morzem. Lykenion była Afrodytą, która wyłoniła się z morza. Cienki jedwab szaty oblepiał jej ciało, jakby rzeczywiście był mokry. Te prawie całkiem zakryte kształty wyglądały dużo bardziej ponętnie niż obnażone ciała jej towarzyszek. Gordian czuł, jak twardnieje mu członek za każdym razem, kiedy na nią spojrzał. Może później, kiedy Menofilos wypije jeszcze więcej, zechce podzielić się nią z przyjacielem.

Dziewczęta z Gades – nie było tu żadnego Ganimedesa, gusta jego ojca nigdy nie były w tę stronę skierowane – usługiwały im przy stole. Głównym daniem nie była ambrozja, ale prosię, bażant i kuropatwy, z karczochami, cukiniami, ogórkami i liśćmi rokietty. To ostatnie było afrodyzjakiem, podobnie jak już wcześniej podane ślimaki i ostrygi. Nektar zastępowały im najlepsze wina cesarstwa, falerneńskie i mamertyńskie, wina ze wzgórz Chianti w Etrurii i z wyspy Lesbos. W tym idealnym zaciszu podmiejskiej willi – było kilka takich pod Kartaginą – Gordian zastanawiał się, czy nie byłoby dobrze, gdyby usługujące im dziewczęta zrzuciły tuniki.

– Przypomniałem też sobie dyskusje, jakie prowadziliśmy kiedyś w świątyni Apollina w Dafne, na temat sofistów z Antiochii.

Starszy Gordian oderwał oczy od Afrodyty i uśmiechem odpowiedział na słowa Filostratosa.

– To było bardzo dawno temu – wyszeptał.

– I oczywiście wiem, że twoja rodzina zawsze znana była ze swojej miłości do kultury.

Gordian pomyślał, że Filostratos musiał widzieć bardziej szalone uczty, kiedy był na dworze Karakalli.

– Nie byłem aż taki stary, kiedy zarządzałem Syrią. – Ojciec Gordiana głośno myślał. – A wydaje się, że minęły wieki.

– I ten doskonały sofista, Herodes, był wśród twoich znakomitych przodków – ciągnął Filostratos.

– W ten czy inny sposób. – Myśli Zeusa krążyły gdzieś daleko. – Dafne, to było miejsce stworzone do radości.

– A zatem, najznakomitszy Antoniuszu Gordianie, z ogromną przyjemnością zadedykowałem ci dwa tomy moich *Żywotów sofistów*.

Ojciec Gordiana wrócił do rzeczywistości ze wspomnień o dawnych przyjemnościach.

– Mój drogi Filostratosie, żadne dzieło literackie nie przyniosło mi tyle korzyści i nie sprawiło takiej przyjemności jak przed wielu laty twój *Żywot Apolloniusza z Tyany*. W zakończeniu, kiedy piszesz o sobie i swoich współczesnych, Nikagorasie z Aten i Apsinesie z Gadary, i wielkodusznie włączasz swojego rywala Aspazjusza z Rawenny, dajesz starcowi nadzieję. Tak często się słyszy, że kiedy zmarł boski Marek Aureliusz, nasz świat pogrążył się w epokę żelaza i rdzy. Polityka stała się zajęciem niegodnych, a wolność umknęła z imperium. Tymczasem, mimo wszystko, twoja książka pokazuje, że kultura przetrwa.

Sabinianus roześmiał się.

– Jeśli Maksymin zostawi przy życiu jakichś wykształconych ludzi – powiedział. Nie przestawał pieścić ud Artemidy i nie odrywał od nich wzroku. Bogini zdawała się z przyjemnością przyjmować jego atencję.

Gordian zastanawiał się, czy tamta noc w Teweste nie była jednak błędem.

– Kwartynus był głupcem – stwierdził Arrian. – Jedynym rezultatem jego poronionego przewrotu były dalsze aresztowania, dalsze skazania. Kwartynus był głupcem, tak jak i Magnus.

Sabinianus parsknął, nie przerywając swego zajęcia.

– Maksyminowi niepotrzebny był żaden pretekst – odparł. – Drogi już i tak były zapchane zamkniętymi powozami, pospiesznie wiozącymi więźniów na północ.

– Obcięcie przydziału ziarna i liczby widowisk to pewny sposób, żeby wyprowadzić rzymski plebs na ulice – stwierdził Arrian. – Jedynie chleb i igrzyska powstrzymywały ich zawsze przed wzniecaniem zamieszek.

Menofilos podniósł wzrok znad kielicha.

– Jeśli inni prokuratorzy przypominają choć trochę tego Pawła tutaj w Afryce, to mieszkańcy prowincji już wkrótce się zbuntują. Powiadają, że Łańcuch zastosował starą sztuczkę Werresa. Kiedy rolnicy dostarczają podatek w ziarnie do Tyzdros, każe się im je zabrać do Kartaginy albo jeszcze dalej, chyba że, co oczywiste, zapłacą za jego transport.

– Trakowie zawsze byli dzikusami. – Młodszy Gordian nie mógł oderwać wzroku od ręki Sabinianusa. – Pamiętacie, co zrobili w tej szkole w Mykalessos. Wszelka nadzieja na powściągliwość zginęła razem z Pauliną.

– Prokonsulu, czy taka swoboda wypowiedzi jest rzeczą mądrą? – Głos Filostratosa był trzeźwy, zdławiony niepokojem.

Ojciec Gordiana uniósł rękę, jakby udzielał błogosławieństwa.

– Ta swoboda nie daje powodu do niepokoju następnego dnia i nie każe żałować, że coś się powiedziało. Nic stąd nie wydostanie się na zewnątrz. Jako towarzyszy z jednego namiotu obowiązuje nas lojalność i przyjaźń.

– Nawet twojego syna? – spytał Sabinianus. – Własna przyjemność jest jedynym celem w życiu epikurejczyka.

– Pojmujesz wszystko niczym jakiś doker – odparł Gordian, z powodu Chione może nieco ostrzej, niż zamierzał.

– A nie mam racji?

– Gdybym nie zachowywał się właściwie w stosunku do swoich przyjaciół... nawet do ciebie, Akteonie... sprawiłoby mi to ból.

Sabinianus wysunął dłoń spomiędzy ud Artemidy.

– Nie mam ochoty, by rozszarpały mnie własne psy myśliwskie.

Wszyscy obecni zareagowali owacją na tę wymianę zdań.

– Podczas podróży zatrzymałem się w Atenach – powiedział Filostratos. – Kiedy tam byłem, Nikagoras wygłosił improwizowaną orację na temat dobrodziejstw przyjaźni. Zaczął od Harmodiosa i Aristogejtona.

To nie najlepszy sposób, by skierować rozmowę na bezpieczniejsze tematy, pomyślał Gordian. To byli najsławniejsi tyranobójcy w historii. Może ten sofista był bardziej pijany, niż się wydawało. Wkrótce jednak rozmowa przy stole zeszła na temat pokazowego krasomówstwa.

Myśli Gordiana wróciły do zdobycia wioski Esuba. W przeciwieństwie do Sabinianusa ani na moment nie zwątpił w Mirziego. To było odważne posunięcie, godne wielkiego Aleksandra. Odrzucił sprzeciw wątpiących i posłał Menofilosa z tym tubylczym księciem, by zaatakowali umocnienia obronne od tyłu. Spojrzał poprzez kolumnadę na ciemną równinę pod Kartaginą. To na pewno właśnie gdzieś tam Scypion spytał Hannibala, kto był największym wodzem wszech czasów. Odpowiedź brzmiała, że Aleksander, potem Pyrrus, a trzeci sam Hannibal. Rzymianin jednak nie dawał za wygraną. A gdybyś mnie pokonał? W takim wypadku, oświadczył Kartagińczyk, największym byłby Hannibal.

Rozdział dwudziesty piąty

Wschód
Samosata nad Eufratem,
dzień przed idami sierpniowymi 236 roku

Tymezyteusz miał szczęście, że uszedł śmierci. Ponowne podjęcie ryzyka byłoby już tylko kuszeniem losu. Jechał w stronę Eufratu zaprzątnięty myślami.

Zamach przygotowany przez Macedo skończył się beznadziejnie, spartaczony od samego początku do krwawego końca. Dzięki bogom Trankwilina powiedziała mu, żeby nie robił nic, ani nie demaskował tego spisku, ani się do niego nie przyłączał, tylko po prostu odjechał, zanim jeszcze cokolwiek się zdarzy. Kiedy wieści o tym, że zamach się nie powiódł, dotarły do Bitynii-Pontu, namiestnik, idąc za przykładem mieszkańców prowincji, złożył ofiarę za ocalenie cesarza. Był wtedy śmiertelnie przerażony. Fakt, że nie stracił życia w bezpośrednim następstwie tych zdarzeń, graniczył z cudem. Czas mijał, a on wciąż nie czuł się bezpiecznie.

Powiadano, że śmierć Pauliny rozwścieczyła Maksymina. Cesarz oszalał, zaatakował Kacjusza Klemensa, własnemu synowi zagroził, że go oślepi. Torturował Macedo własnymi rękoma, powoli uśmiercając Greka. Wydał rozkazy, by aresztowano wszystkich w najmniejszy sposób powiązanych ze spiskowcami. Było ogólnie wiadomo, że Tymezyteusz przyjaźnił się z Macedo. *Frumentarii* Wolona na pewno donieśli o ich wspólnym polowaniu, tylko we dwóch, na dzień przed wyjazdem Tymezyteusza na Wschód. Wolo był nieprzenikniony. Domicjusz najwyraźniej nie wiedział o tym polowaniu. Ponieważ prefekt obozu szczerze Tymezyteusza nienawidził i miał dostęp do Maksymina, natychmiast by go zdemaskował.

Istniała też możliwość, że obaj mężczyźni wiedzieli i wbrew wszelkiemu prawdopodobieństwu to wpływ jego niezbyt rozgarniętego kuzyna uratował Tymezyteusza. W typowym dla siebie, kiepsko ułożonym i pełnym powtórzeń liście Sabinus Modestus chełpił się swoją świeżą pozycją u boku Maksymina. Zdobył uznanie cesarza, walcząc niczym jakiś homerycki bohater podczas bitwy w germańskim lesie. Oczywiście jego najdroższy krewny widział go już, jak rozgramia barbarzyńców niczym Parys czy Tersytes, rozprawiający się z Trojanami. Natomiast całkiem niedawno, podczas buntu, pochwycił pewnego niebezpiecznego oficera podległego Macedo, który próbował zachwiać lojalnością swoich żołnierzy. Jak do tego doszło, nie zostało w liście wyjaśnione i Tymezyteusz nie potrafił sobie tego wyobrazić. Czyżby ten centurion podszedł do jego kuzyna i oświadczył, że jest buntownikiem i podżegaczem i że tak jak chrześcijanin pragnie umrzeć? Maksymin zapytał Modestusa, jakiej chce nagrody. Niewysłowione bogactwa, nominacja do senatu, znaczące namiestnictwo... wszystko było w jego zasięgu. Modestus wyznał, że nie pragnie niczego, tylko służyć cesarzowi, nadal dowodząc katafraktami. W ustach człowieka inteligentnego byłaby to odpowiedź genialna, publiczny pokaz dawno przebrzmiałej lojalności i poczucia obowiązku. W wypadku Modestusa świadczyła jedynie o kompletnym braku ambicji oraz niezdolności pojmowania czegokolwiek.

Niewielka grupa znalazła się na grzbiecie ostatniego pasma skalistych wzgórz; na południowym wschodzie ukazała się Samosata i płynął Eufrat. Tymezyteusz zatrzymał konia, by popatrzeć. Podczas udziału w perskiej kampanii Aleksandra Sewera nie dotarł tak daleko na północ. Miasto było duże i ciągnęło się bez końca, jego zewnętrzne mury biegły zgodnie z linią naturalnych wzniesień. Mimo że ulice za murami zdawały się przebiegać bez żadnego z góry założonego planu, to dostrzegał tam typowe place i świątynie. Nad wszystkim górowała cytadela stojąca na wysokim wzniesieniu o płaskim szczycie. Blisko murów po przeciwnej stronie płynęła wielka rzeka, a za nią rozciągały się ogromne równiny Mezopotamii.

Tymezyteusz stłumił myśl o tym, co mogło wydarzyć się w mieście, i dał znak kolumnie, by ruszyła dalej. Koło fortuny nigdy nie przestaje się obracać; człowiek albo się wznosi, albo opada. Odbył długą podróż, by wziąć udział w tym spotkaniu. Do Synopy, na wschodnim krańcu jego prowincji, przez wysoko położoną Kapadocję, przez Komanę, Sebaste i Melitene; zbyt daleko, by się teraz wahać. Chwilami wolałby, żeby wezwanie do niego nie dotarło albo odłożył je na bok nieprzeczytane. Trankwilina jednak miała rację. Zignorowanie go mogło być tak samo niebezpieczne, jak i pojawienie się na spotkaniu.

Brama była otwarta, ale zagradzał ją rząd wiejskich wozów i pieszych rolników czekających na wpuszczenie. Tymezyteusz posłał jeźdźca, by oczyścił im drogę. Mimo to trwało jeszcze czas jakiś, zanim weszli do miasta. Mury Samosaty obłożono cegłami tworzącymi nietypowe dla fortyfikacji rombowe wzory. Co kilka kroków znajdowały się przypory. Pewnie utrudniałyby napastnikom flankowe ostrzeliwanie obrońców z łuków. Ale i tak mury miasta były zbyt długie do obrony, chyba że obsadzone ogromną liczbą ludzi. Cytadela wyglądała na bardziej zdatną do obrony. Baza legionowa gdzieś na terenie miasta mogłaby stanowić jeszcze jeden mocny punkt. Samo miasto jednak wpadłoby w ręce każdego wystarczająco zdeterminowanego najeźdźcy, dysponującego jakąś znaczną liczbą zbrojnych.

Do środka, a dalej ulicą biegnącą prosto aż do stóp cytadeli, poprowadził ich jadący na lśniącym kasztanku młody trybun z XVI legionu. Tam Tymezyteusz zostawił eskortę, zsiadł z wierzchowca i dalej ruszył w górę pieszo. Zadyszał się, nim dotarli na szczyt. Przystanął, złapał oddech i dopiero wtedy udał się za oficerem. Minęli bazylikę i dotarli do rozciągającego się od południa ogrodu. Pozostali już tam byli; spoczywali na sofach pod surowym marmurowym spojrzeniem ustawionych w szeregu posągów sławnych filozofów.

Ponieważ Samosata leżała w Celesyrii, jej namiestnik, Juniusz Balbus, pełnił honory gospodarza. Przedstawił obecnych: Licyniusza Serenianusa z Kapadocji, Otacyliusza Sewerianusa z Syrii Palestyńskiej, Pryskusa z Mezopotamii. Tych trzech namiestników Tymezyteusz znał. Nie miał natomiast okazji poznać młodych książąt Chosroesa z Armenii i Ma'na z Hatry ani też Manu, następcy tronu nieistniejącego już królestwa Edessy. Obecność tego ostatniego zaskoczyła go. Kiedy ostatni raz Tymezyteusz o nim słyszał, był więźniem Persów.

Służący postawili na stole jadło i napoje, po czym wycofali się na odpowiednią odległość. Przez jakiś czas rozmawiano o sprawach ogólnych i banalnych. Grek przybrał stosowny wyraz twarzy, a słowa toczącej się rozmowy przepływały obok niego. Ściana bazyliki miała ten sam wzór z rombów co mury miasta. Zapewne kiedyś był to pałac należącego już do przeszłości królestwa Kommagene. Być może myśli o przemijalności władzy spowodowały, że Tymezyteusz poczuł nagle ogromny lęk.

Żadnemu namiestnikowi nie wolno było opuszczać swojej prowincji bez zezwolenia cesarza. Nie udzielono go teraz, a mimo to był tutaj razem z czterema innymi namiestnikami, a oni, wszyscy razem, mieli kontrolę nad ośmioma z jedenastu legionów stacjonujących na wschodnich terytoriach cesarstwa. Pryskus za sprawą małżeństwa był spowinowacony z Otacyliuszem Sewerianusem. Licyniusz Serenianus był jego bliskim przyjacielem; tak jak i Tymezyteusz. Lukrecjusz z Egiptu i Pomponiusz Julianus z Syrii Fenickiej zostali mianowani za panowania Maksymina i ich dwóch nie zaproszono. Poza tym byli tu jeszcze synowie dwóch podległych Rzymowi królów oraz człowiek, któremu odebrano przynależne z racji urodzenia prawa. Pryskus zwołał tę konferencję, aby omówić spójną strategię wobec najazdu Sasanidów. Jednak obserwator z dworu cesarza – człowiek tak bystry jak Flawiusz Wopisk czy Kacjusz Klemens, nie mówiąc już o tak wrogim świadku jak Domicjusz – mógłby w to wątpić. Ba, oni wszyscy mogliby dojść do tego samego wniosku co Tymezyteusz.

– Dziękuję wam za przybycie. – Pokryta głębokimi bruzdami twarz Pryskusa była poważna.

Wszyscy obecni popatrzyli na niego z uwagą.

– Konnica Persów znajduje się mniej niż sześćdziesiąt mil od miejsca, w którym jesteśmy. Ominąwszy Hatrę i Singarę, armia Sasanidów... piechota i jazda w liczbie, jak donoszą, dwudziestu tysięcy ludzi... rozpoczęła oblężenie Nisibis. Konna kolumna obozuje w pobliżu Resainy. Ich wysuniętych zwiadowców widziano daleko na zachód, w okolicy Karrów. Uszczuplone zaciągami na wojnę północną siły będące w mojej dyspozycji na terenie Mezopotamii nie są w stanie sprostać w polu temu zagrożeniu. Wy macie pod swoją komendą sześć legionów i jeszcze większą liczbę żołnierzy wojsk pomocniczych. Jeśli nie podejmiemy zdecydowanych działań, miasta Mezopotamii upadną, jedno po drugim.

– Jeśli ziemie między tymi dwiema rzekami zostaną stracone, to cały Wschód znajdzie się w niebezpieczeństwie – powiedział Licyniusz Serenianus. – Mogę przysłać z Kapadocji cztery tysiące legionistów i taką samą liczbę żołnierzy wojsk pomocniczych.

– Moi ludzie mieliby znacznie większą odległość do pokonania. Palestyna leży dużo dalej – odezwał się z niechęcią w głosie Otacyliusz Sewerianus.

– I tym samym jest mniej narażona – rzucił ostro Licyniusz Serenianus.

– To prawda. – Namiestnik Syrii Palestyńskiej spojrzał na swojego szwagra.

Pryskus ledwie dostrzegalnie skinął głową.

Tymezyteusz zastanawiał się, czy nerwowy Sewerianus zdobędzie się na odwagę, by powiedzieć to, co najwyraźniej kazano mu powiedzieć.

– Droga zajmie im więcej czasu, ale mogę obiecać takie same siły z Palestyny. – Nieszczęśliwa mina Sewerianusa wskazywała, że nie podoba mu się ten pomysł.

Wszystkie oczy skierowały się na Juniusza Balbusa.

– Zanim zbierzemy jakąś armię polową, powinniśmy uzyskać na to cesarskie pozwolenie – oświadczył korpulentny senator.

– Nie ma na to czasu – odparł Pryskus. – Stracimy Mezopotamię, nim posłaniec wróci z północy.

Namiestnik Celesyrii wił się jak piskorz, nie mogąc podjąć decyzji.

– Jeśli będziemy się wahać, to może być za późno – ponaglił go namiestnik Kapadocji.

– Tak. Pewnie masz rację. – Balbus wziął głęboki wdech. – Zgoda. Choć moja prowincja może zostać w każdej chwili zaatakowana, chyba mógłbym wydzielić jakieś dwa tysiące legionistów i taką samą liczbę żołnierzy z jednostek pomocniczych.

– Ardaszir i ci z bękarciej linii Sasana nigdy nie poczują się bezpiecznie na skradzionym tronie, dopóki nie zamordują ostatniego członka domu Arsacydów – powiedział Chosroes. – Mój ojciec, Trydates z Armenii, prawowity Król Królów, obiecuje dziesięć tysięcy jezdnych na walkę z uzurpatorem.

Gwałtowność tej wypowiedzi i chęć zaangażowania tak wielkich sił wywołały pochlebny pomruk zebranych.

– Mojemu ojcu, Sanatrukowi, Sasanidzi odebrali pierworodnego syna – powiedział Ma'na. – Choć otoczona przez nieprzyjaciół, Hatra wyśle dwa tysiące jezdnych.

– Rzym nie zapomni takiej lojalności – powiedział Pryskus. – Każdy wróg miałby duży problem, by oprzeć się armii złożonej z przeszło trzydziestu tysięcy doświadczonych żołnierzy i wojowników. – Zamilkł.

Jakby na znak odezwał się Licyniusz Serenianus.

– Wyobraźcie sobie, co mogłaby taka armia osiągnąć, gdyby zagrożenie perskie miało się oddalić.

No i wreszcie to powiedziano, niemal otwarcie.

– Kiedy znalazłem się w perskiej niewoli, zabrano mnie przed oblicze Ardaszira. – Wydziedziczony książę Edessy zmrużył czernione powieki. – Sasanid uwolnił mnie, bym przekazał wiadomość. Był gotów wycofać swoich żołnierzy, jeśli miasta Singara i Nisbis zostaną mu oddane.

Tymezyteusz znieruchomiał. A zatem tak to rozgrywano. Pryskus, ten wieczny pragmatyk, miał poświęcić dwa miasta ze swojej prowincji. Ale kto miał włożyć purpurę? Nie Pryskus; nie czas na kolejnego ekwitę. Otacyliusz Sewerianus, jego szwagier, senator, był słaby na tyle, by stać się zwykłym narzędziem. Nie, to musi być ten sprawny Licyniusz Serenianus. W wypadku namiestnika Kapadocji nie była to kwestia ambicji. Bez wątpienia przekonał samego siebie, że został wezwany, by dla dobra republiki wziąć to ciężkie brzemię na swoje barki.

– Ten perski gad to kłamca – wybuchnął Chosroes. – Nie zadowoli się dwoma miastami.

– Powiedział, że zagarnie wszystkie ziemie aż po Morze Egejskie – dodał Juniusz Balbus, a w jego głosie pobrzmiewało zaniepokojenie.

Na pewno, pomyślał Tymezyteusz, ten tłusty głupiec wiedział, że do tego dojdzie, kiedy zaproponowano mu udział w tym spotkaniu. Wszystko wisiało na włosku.

– Gdyby nawet pozostałe siły zostały odwołane – oświadczył Chosroes – to wojownicy Armenii nie zaprzestaną walki przeciwko Sasanidom.

– Hatra jest w zbyt trudnej sytuacji, by jej żołnierze mogli opuścić teren Mezopotamii – oznajmił Ma'na.

Pryskus i Licyniusz Serenianus powinni byli wcześniej zapewnić sobie ich współpracę, pomyślał Tymezyteusz. Bo teraz zaczęło się im to wymykać z rąk.

– Może powinniśmy ustalić, gdzie i kiedy nasze siły mają się zebrać przeciwko Persom – zaproponował Juniusz Balbus.

– Przeprawa na Eufracie pod Zeugmą wydaje się dość oczywista – odezwał się skwapliwie Otacyliusz Sewerianus. – Jednakże zaopatrzenie takiej siły stworzy mnóstwo trudności, szczególnie kiedy wojska oddalą się od rzeki.

Nastąpiła chwila milczenia, po której głos zabrał ponownie namiestnik Mezopotamii.

– Zaopatrzenie można przewieźć statkami do Zeugmy. Za tym punktem trzeba zgromadzić zapasy w Edessie i Batnach.

To był już koniec. Pryskus i Serenianus, za cichym przyzwoleniem Manu z Edessy, przywiedli ich na skraj przepaści, ale nie udało im się przekonać ani tych niezdecydowanych namiestników rzymskich, ani potomków miejscowych dynastii do wykonania niebezpiecznego skoku. Teraz wszyscy muszą żywić nadzieję, że to spotkanie nie będzie wyglądało na zdradę. Gdyby któryś z obecnych chciał zostać informatorem, sam by się uwikłał.

Rozmowa zeszła na temat problemów dotyczących zaopatrzenia i transportu. Jako człowiek mający doświadczenie w tej dziedzinie Tymezyteusz służył obecnym kilkoma radami. Kiedy po jakimś czasie odwrócił wzrok, spojrzał prosto w marmurowe oczy Biona z Borystenes. Obok tego wędrownego filozofa znajdował się Arystoteles. Dawni królowie Kommagene lubili mieć tę swoją helleńską kulturę ułożoną w porządku alfabetycznym.

Tymezyteusz poczuł ulgę, ale Trankwilina będzie rozczarowana. Wiedział jednak, że bez niej u boku nie znajdzie w sobie dość odwagi na otwarty bunt. Jego talenty dotyczyły całkiem innych sfer, działania w sposób mniej bezpośredni. Jedne drzwi się zamykają, inne otwierają. Nadchodzącej zimy wyprawi się do sąsiedniej azjatyckiej prowincji, by omówić finanse miasta z jej namiestnikiem Waleriuszem Appollinarisem. Jeden z synów Appollinarisa był mężem siostry Aleksandra. Na pewno starzec wciąż opłakuje jego śmierć w wyniku egzekucji. Byłoby zadziwiające, gdyby przy kolacji, po wypiciu dużej ilości wina ze współczującym towarzyszem, nie okazał rozgoryczenia, nie powiedział rzeczy, których, gdyby je zameldować władcy, mógłby żałować. Było oczywiste, że nie należy mu ufać. W jego rodzinie zdarzały się już przypadki zdrady.

Rozdział dwudziesty szósty

Północna granica
Sirmium,
dwa dni po idach październikowych 236 roku

Jedną z zalet powtórnego zamążpójścia było ominięcie niektórych obrzędów. Nie wypadało, żeby Junia Fadilla odgrywała teraz przerażenie młodej Sabinki, którą wyrywają z ramion matki, by za chwilę zgwałcić, a co dopiero mówić o poświęcaniu zabawek i dziecięcych strojów domowym bóstwom. Zresztą jej matka nie żyła, a dom w Sirmium nie był jej domem.

Uderzyła ją arogancja, z jaką w trybie natychmiastowym usunięto właścicieli domu, w końcu poważnych obywateli tego dalekiego, zimnego północnego miasta. Nie żeby mieli coś przeciwko temu. Wręcz odwrotnie. Powiedzieli, że czują się zaszczyceni i mają nadzieję, że synowa cesarza będzie ich dobrze wspominać. W rzeczywistości Junia Fadilla zdążyła już zapomnieć ich imiona.

Pokojówka podała jej lusterko. Nie była zachwycona tym, co w nim zobaczyła. Powtórne zamążpójście nie pozwalało niestety pozbyć się wszystkich starodawnych obyczajów. Rano służące zrobiły jej przedziałek wygiętym grotem oszczepu, zardzewiałego od krwi zabitego gladiatora. Wyprostowały i zwinęły włosy w sześć ciasnych pukli. Potem związały je trzema wełnianymi wstążkami, tworząc wysoki stożek, który otoczyły splecionym z majeranku wiankiem. Wyglądała niczym zwierzę składane w ofierze jakiemuś cudacznemu bóstwu.

Reszta jej stroju wyglądała znacznie przyjemniej: biała tunika bez obrzeżeń, welon w płomiennym kolorze osłaniający górę twarzy i pasujące do niego sandałki. Kibić ściśnięto wełnianym paskiem, co eksponowało biodra i piersi. Metalowy naszyjnik w formie obroży przywodził na myśl zniewolenie. Strój panny młodej przeznaczony był do jednorazowego użycia. Jednak stary Nummiusz nie potrafił się oprzeć widocznemu w nim połączeniu niewinności z poddaniem. Choć sprzeciwiała się rytualnej fryzurze i niektórym co dziwniejszym propozycjom, pierwszy małżonek przekonał ją, by wkładała ten strój przy innych, mniej publicznych okazjach.

Junia Fadilla stała w atrium w towarzystwie druhen. Dziewczęta były córkami ludzi należących do ścisłego grona zaufanych cesarza. Najważniejszą z nich była Flawia Latroniana. Jej ojciec był ekskonsulem, którego nowa władza próbowała sobie zjednać. Junia Fadilla nie znała jej lepiej od innych. Obecnych było jedynie dwóch członków jej własnej rodziny. Kuzyn Lucjusz stał z boku z zakłopotaną miną, trzymał się blisko dalszego krewnego, niejakiego Klodiusza Pompejanusa, również potomka Marka Aureliusza. Eunomia przyczaiła się z tyłu. Stara piastunka swoim zwyczajem mamrotała modlitwy z dłonią przyciśniętą do piersi.

Trzech chłopców wprowadziło Maksymusa do domu. Za nimi wszedł jego ojciec. Cesarz miał wystąpić jako *auspex*. A dalej podążał cały orszak ważnych osobistości. Flawiusz Wopisk, Kacjusz Klemens, prefekt pretorianów Anullinus i wielu innych; większości z nich towarzyszyły małżonki. Te ostatnie, tak jak i druhny, przywieziono na północ pospiesznie i chyłkiem, w zamkniętych powozach, znacznie częściej wykorzystywanych do przewozu więźniów. Cel podróży był ten sam.

Ponieważ armia wróciła z przerwanej kampanii w Dacji, Junia Fadilla miała już kilkakrotnie okazję zobaczyć Maksymusa. Był młody, nie starszy od niej, wysoki i proporcjonalnie zbudowany. Trudno było odmówić mu urody, do tego mówił po łacinie i grecku tak, jak mówi człowiek wykształcony. Poza tym niewiele mogła o nim powiedzieć. Oczywiście nigdy nie byli z sobą sam na sam i nic nie wskazywało na to, że taka sytuacja irytuje jej narzeczonego.

Wprowadzono i złożono w ofierze prosię. Rozcięto mu brzuch i wyjęto wnętrzności. Cesarz podniósł je do góry i zbadał. Potem oświadczył, że wróżby są pomyślne, i zmówił krótką modlitwę.

Maksymin stał z rękoma ociekającymi krwią, czekając na miskę i ręczniki. Był ogromny i szpetny. Wyraz twarzy miał zacięty, brutalny. Może i należało tego oczekiwać. Zamordowano mu przecież żonę. Z tego, co słyszała, Cecylia Paulina była kobietą łagodną i życzliwą. Maksymin na pewno boleśnie odczuwał jej brak, a brakowało mu wykształcenia, które mogłoby przynieść mężczyźnie pewną pociechę. Trudno było oczekiwać samokontroli od półbarbarzyńskiego pastucha.

Junia Fadilla dziękowała bogom za swoją powolną podróż. Gdyby jej pojazd nie stracił koła, gdyby Eunomia nie modliła się przy każdej przydrożnej kapliczce, mogła się przecież znaleźć w Wiminacjum wtedy, kiedy wybuchł bunt. Jej ciało mogło się znaleźć na ulicy razem ze zwłokami Cecylii Pauliny. Może jednak Gordian się mylił i bogowie nie są tacy dalecy i obojętni. Może pobożność bywa czasami nagradzana.

Flawia Latroniana ujęła jej dłoń i wsunęła do ręki Maksymusa.

– *Ubi tu Gaius, ibi ego Gaia.*

Junia Fadilla wypowiedziała te tradycyjne słowa. Tak jak i inni obecni nie bardzo rozumiała ich znaczenie.

Państwo młodzi siedzieli na krzesłach przykrytych runem świeżo ubitych owiec i pogryzali ciasto orkiszowe. W uroczystej ciszy dziesięciu świadków podpisało stosowny dokument. Wśród nich wszystkich Lucjusz był jedynym przedstawicielem jej rodziny.

Załatwione.

– *Feliciter!* – wykrzykiwali zebrani. – Pomyślności!

Ze względu na późną porę roku – w Rzymie już dwa dni temu ubito by październikowego konia na ofiarę Marsowi – oraz północną aurę łoża na ucztę weselną rozstawiono w komnatach przyległych do atrium. Rozpalono ogień w żelaznych koszach, by rozproszyć przenikliwy chłód.

W obecności cesarza panowała spokojna atmosfera. Maksymin pochłonął góry pieczonego mięsa, popijając je niewyobrażalną ilością wina. Nie poprawiło mu to nastroju. Nawet jego syn tracił pewność siebie pod tym złowrogim spojrzeniem. Kilkakrotnie Junia Fadilla zauważyła, że cesarz wpatruje się w nią i Maksymusa. Przerażała ją intensywność jego spojrzenia. Czyżby dręczony wielkim bólem nie mógł ścierpieć ich szczęścia? Rodzące się współczucie ustąpiło miejsca zaniepokojeniu. Cesarz był ponad prawem. Nummiusz opowiedział jej kiedyś o ślubie, w którym uczestniczył za panowania Heliogabala. Panna młoda była atrakcyjna. Heliogabal wyprowadził ją z sali. Pół godziny później przyprowadził z powrotem, zapłakaną, potarganą i w stroju w nieładzie. Cesarz zapewnił jej małżonka, że będzie mu z nią dobrze.

W pewnej chwili Maksymin oświadczył, że musi sobie ulżyć. Natychmiast po jego wyjściu rozmowy stały się bardziej ożywione. Kiedy Kacjusz Klemens opowiadał wszystkim jakiś epizod z kampanii w Dacji, Maksymus nachylił się ku Junii Fadilli. Pachniał cynamonem i różami i wyglądał bardzo atrakcyjnie.

– Wyobrażałem sobie – powiedział – że moja małżonka będzie dziewicą, nieskalaną. Powiadają, że obciągałaś połowie mężczyzn w Rzymie. Przynajmniej w tym powinnaś być dobra.

Rozdział dwudziesty siódmy

Północna granica
Sirmium,
dwa dni po idach październikowych 236 roku

Talassio! – krzyczał tłum. – Talassio!
Ludzie nie wiedzieli, co to słowo znaczy. Tak się po prostu krzyczało podczas przejścia ślubnego orszaku.
– Talassio! Talassio!
Maksymin szedł za młodą parą. Dwaj chłopcy prowadzili Junię Fadillę za ręce. Jak na kobietę, która już raz była mężatką, wyglądała dziwnie niepewnie. Maksymus wyprzedzał ją z młodzieńcem, który niósł weselną pochodnię ze splecionego głogu. Młody Cezar rzucał w tłum orzechy, odpowiadał na sprośne uwagi widzów, pławiąc się w ich podziwie.

Jak ten chłopiec mógł tak okazywać radość zaledwie kilka miesięcy po śmierci matki? Maksymin miał ochotę zazgrzytać zębami. Nie wyobrażał sobie, że mógłby się choćby uśmiechnąć. Zabrano mu wszystkich. Pomyślał o lesie w Germanii, o włóczni wbitej w plecy Mikki. Przez czterdzieści lat Mikka go strzegł. Po masakrze w Owile był jednym z pierwszych, który dołączył do jego zgrai. Razem przetrząsali wysokie wzgórza Tracji i brzegi Dunaju, wściekle wymierzając sprawiedliwość i niosąc zemstę rozbójnikom i barbarzyńskim najeźdźcom. Kiedy Septymiusz Sewerus wciągnął Maksymina do armii, Mikka mu towarzyszył w roli służącego. Był z nim w Dacji, Kaledonii i w Afryce... gdziekolwiek tylko stacjonował na terenie cesarstwa. Tynchaniusz towarzyszył mu jeszcze dłużej. Był starszym sąsiadem. Jego rodzina zginęła w chacie sąsiadującej z tą, w której Maksymin znalazł ojca, matkę, brata i siostry. Tynchaniusz dzielił z nim nienawiść do plemion północnych. Maksymin nie pamiętał czasów sprzed Tynchaniusza. I teraz on, podobnie jak Mikka, odszedł.

A przecież utrata ich obu bladła przy utracie Pauliny. Minęły dwadzieścia dwa lata od czasu, kiedy szli oboje, w o wiele mniejszym orszaku, do wynajętego przez niego mieszkania w Rzymie. Po powrocie z kampanii Karakalli przeciwko Alamanom, świeżo wyniesiony do warstwy ekwitów, był ulubieńcem cesarza. Mimo to wyczuwał wątpliwości rodziców Pauliny. Mylili się. Małżeństwo było szczęśliwe. Nawet za panowania perwersyjnego Heliogabala, kiedy Maksymin wycofał się do posiadłości, którą kupił pod Owile, Paulina trwała przy nim.

A teraz ona nie żyła, i to z jego winy. Gdyby nie został cesarzem, nie zginęłaby. Nie pragnął purpury. Została mu narzucona. Paulina była dzielna, ale przewidywała, że skończy się to tragicznie. Gdyby wtedy znalazł sposób na uniknięcie tego przeklętego tronu, wciąż by żyła. Paulina, Tynchaniusz, Mikka: wszyscy nie żyli i była to jego wina.

Krzyki ustąpiły radosnym śpiewom wychwalającym uroki małżeńskiego łoża; pan młody miał pokonać pannę młodą podczas gorączkowych zapasów, którym przewodniczyć będzie bóg Hymen.

Maksymin nie starał się udawać, że uczestniczy w ogólnej wesołości. W migotliwym świetle pochodni przyjrzał się orszakowi: flecistom, młodej parze i ich paziom, gościom i druhnom Junii Fadilli. Dwie niosły wrzeciono i kądziel. To były jedyne rzeczy, jakie panna młoda wniosła do ślubnych uroczystości.

Maksymin nigdy nie pragnął być cesarzem, ale kiedy się już trzyma wilka za uszy, nie wolno go puścić. Honoratus i inni członkowie jego *consilium* zapewniali go, że to małżeństwo pogodzi potomków Marka Aureliusza i nobilów z jego panowaniem. Wyglądało na to, że się mylili. Jedynymi obecnymi ze strony panny młodej byli Lucjusz Juniusz Fadillus, jej kuzyn, ekwita, i pewien dalszy krewny, Klodiusz Pompejanus, były kwestor o wątpliwej reputacji. Oprócz nich, pozwalając, by ambicja wzięła górę nad przyzwoitością, ośmielił się jeszcze pojawić kuzyn w drugiej linii jej pierwszego męża. Marek Nummiusz Tuskus okazał się szczęśliwcem, ponieważ został tylko odesłany, ale to mogło być jedynie odroczenie egzekucji.

Paulina miała rację. Ci porządni i ci wielcy ludzie Rzymu nigdy nie zaakceptują go jako swojego cesarza. A żaden cesarz nigdy sam nie ustąpił z tronu. Maksymin spytał o to Apsinesa. Najbliższy takiej sytuacji przypadek, jaki sofista potrafił znaleźć, to rezygnujący ze swojej władzy dyktator Sulla. Ale to było dawno temu i boski Juliusz widział w tym najlepszy dowód, że Sulla nie rozumiał polityki. Gdyby wkrótce potem Sulli nie zabrała choroba, to czy mógłby czuć się bezpieczny po tej swojej rezygnacji?

Instynkt samozachowawczy łączył się z poczuciem obowiązku. W przeciwieństwie do senatu Maksymin rozumiał, czym jest obowiązek. Przez całe życie służył Rzymowi. Będzie to dalej robił, zasiadając na tronie. Zapewni bezpieczeństwo Rzymowi, pokonując plemiona północne. Wszystko inne musiało ustąpić miejsca tej wojnie. Dację odzyskano i Honoratus zatrzymał Gotów w dolnym biegu Dunaju.

Przez zimę, myślał Maksymin, zbiorę więcej żołnierzy, więcej pieniędzy. Na początku przyszłego roku ruszę za wędrownymi Sarmatami na wielkie równiny. Kiedy już ich pokonam i przepędzę ich stada, będę mógł zwrócić się znowu przeciwko Germanii i pomaszerować aż do morza.

Dotarli do zarekwirowanego domu, który ozdobiony wieńcami i strzeżony przez gwardzistów, pełnił rolę pałacu. Prowadzący młodzieniec cisnął pochodnię. Gapie, zarówno kobiety, jak i mężczyźni, rzucili się, by ją pochwycić, ryzykując poparzenie za obietnicę długiego życia.

Według jednego z przesądów, jeśli zmuszona do małżeństwa panna młoda pochwyciła i zgasiła pochodnię, a potem wsunęła ją pod łóżko, jej niechciany mąż miał wkrótce odejść z tego świata. Można by się jedynie zastanawiać, jak niby miała tego dokonać niezauważenie.

Junia Fadilla poszła przodem, by namaścić framugi drzwi oliwą i wilczym sadłem. Ta archaiczna kombinacja miała zapewnić małżeństwu łaskę bogów. Maksymin wiedział, że nic z tego nie będzie. Paulina przecież zrobiła kiedyś to samo. Gdyby bogowie o to dbali, nie pozwoliliby jej zabić. Czy ją wypchnięto, czy sama skoczyła? Centurion tego nie wiedział, a ulegając wściekłości, Maksymin zabił Macedo za wcześnie, by się dowiedzieć. Zawiódł ją, bo jej nie ocalił, i nawet po śmierci zawiódł ją znowu. Jakie były jej ostatnie myśli w tych kilku krótkich chwilach, kiedy bruk pędził jej na spotkanie? To było zbyt okropne, by się nad tym zastanawiać.

Gdyby bogowie istnieli, nie pozwoliliby jej spaść. Nastąpiłaby jakaś ingerencja w bieg wydarzeń. Flawiusz Wopisk mógł mówić godzinami o tym, jak to zamiary bogów są dla człowieka nieprzeniknione. Był starym przesądnym głupcem, z tymi swoimi wszystkimi amuletami i palcem dźgającym w wersy Wergiliusza. A przecież to właśnie on zasugerował konfiskatę nieodebranych skarbów zdeponowanych w świątyniach. Do Hadesu z *bona vacantia* i innymi prawnymi subtelnościami. Wezmą wszystko. Nawet złożone bogom ofiary. Wezmą, co będzie konieczne. Gdyby północne plemiona zwyciężyły, złupiłyby świątynie. Gdyby bogowie byli realni, rozumieli Rzym i troszczyli się o niego, z chęcią oddaliby swoje złoto i srebro. Cywile będą jęczeć i wyrzekać, załamywać ręce, krzyczeć o świętokradztwie. Niech sobie krzyczą. Jego żołnierze zduszą wszelkie zamieszki. Nie ma wątpliwości, że wiedza Apsinusa dostarczy jakichś stosownych precedensów.

W środku pan młody ofiarował swojej żonie ogień i wodę. Odśpiewano pieśń weselną i kobiety odprowadziły pannę młodą do sypialni. Maksymin współczuł dziewczynie. Wciąż była młoda, ładna. Życie nie obeszło się z nią łaskawie. Rodzina wydała ją za podstarzałego senatora z obrzydliwymi nawykami. Uwolniona od niego została teraz związana z Maksymusem. Paulina sądziła, że Maksymin nie wie, co ich syn wyprawiał z tymi nieszczęsnymi kobietami, które wpadły mu w oko. Ale cesarz miał szpiegów wszędzie, szczególnie zaś wśród swoich domowników.

Z tego, co wiedział, żaden cesarz nie wydziedziczył swojego syna. Mimo swoich wszystkich cnót Marek Aureliusz dopuścił do tego, by słabeusz, jakim był Kommodus, zasiadł po nim na tronie i pogrążył cesarstwo. Dawniej było znacznie lepiej. Kiedy Brutus, który założył republikę, odkrył, że jego synowie spiskują, by ją obalić, kazał ich wychłostać na Forum, potem przywiązać do pala i skrócić o głowę. Współczesna epoka była podlejsza. Ale można było temu zaradzić. Wola cesarza była prawem. Dla cesarza ważniejsze powinno być bezpieczeństwo Rzymu niż więzy krwi.

Rozdział dwudziesty ósmy

Rzym
mennica, w bok od via Labicana
pięć dni przed kalendami grudniowymi 236 roku

Grawer był tak przyzwyczajony do pomieszczenia, w którym bito monety, że zapomniał, jakie może ono robić wrażenie. Fabianusa poraził hałas, nieustanna krzątanina, duszący skwar. Najpewniej widział w tym obraz piekła. Możliwe, że od czasu aresztowania Pontianusa to wyobrażenie nie opuszczało jego myśli. Grawer wybrał to miejsce właśnie dlatego, że trudno tam było ich podsłuchać. Czekał, aż Fabianus oprzytomnieje.

Przy każdym z małych pieców uwijał się czteroosobowy zespół niewolników. Długimi żelaznymi kleszczami pierwszy z nich wyjmował z pieca rozgrzany krążek. Umieszczał go na matrycy rewersu przymocowanej trzpieniem do kowadła. Kolejny niewolnik trzymał nad krążkiem żelazny pierścień matrycy awersu. Trzeci uderzał młotem. Kiedy dźwięk metalu wciąż jeszcze rozbrzmiewał, ostatni z nich usuwał wybitą monetę i odkładał ją na tacę. Jednocześnie pierwszy wyjmował z pieca kolejny gładki krążek. Pracowali nieprzerwanie, wykonując powtarzane bez końca, instynktowne już ruchy.

– Znowu złe wieści? – Grawer zbliżył usta do ucha Fabianusa.

– Aresztowali Hipolita. Dziś rano przyszli po niego *frumentarii*.

Grawer zastanowił się.

– W takim razie to nie on był informatorem – oświadczył.

– Na to wygląda.

Przyglądali się niewolnikom.

– Anteros uważa, że to dopiero początek – powiedział Fabianus.

W głowie grawera pojawiły się obrazy narzędzi tortur z lochów pałacu i mężczyzn wykorzystujących je z wyrafinowanym okrucieństwem.

– Anteros radził mi, żebym opuścił miasto. Kazał mi cię ostrzec. Uważa, że spróbują dosięgnąć nas wszystkich.

– Może nie.

Fabianus ujął go za ramię.

– Ciało jest słabe – powiedział. – Poncjanus jest stary. A Hipolit to wygnaniec. Nie ma żadnego powodu, żeby nas chronić.

– Afrykanus? – spytał grawer.

– Po drodze wpadłem do biblioteki. On jest dzielny, ale z powodu powiązań z Mameą będzie celem tych kreatur Maksymina.

Rozległ się nagły krzyk i praca najbliższego zespołu niewolników uległa zakłóceniu i ustała. Bita moneta przywarła do górnej matrycy. Pośpiech spowodował, że przybito ją do kolejnego czystego krążka. Klnąc, drugi niewolnik wydobył górną matrycę z obudowy i cienkim dłutem zaczął oddzielać od niej zniszczoną monetę. Pozostali trzej odłożyli narzędzia i popijali wodę z beczki stojącej obok ich stanowiska pracy. Ten z młotem polał sobie głowę. Woda spłynęła strumieniem na jego nagą klatkę piersiową.

Podszedł nadzorca i jednym spojrzeniem zagonił niewolników z powrotem do pracy.

Grawer poczekał, aż spadający młot zagłuszy jego słowa.

– Władze mogą mieć ważniejsze sprawy na głowie. Plebs jest niespokojny, odkąd ograniczono pieniądze na igrzyska. Było kilka incydentów związanych z obcięciem ilości wydawanego zboża. A teraz, kiedy Maksymin kazał przejąć skarby świątynne, w Suburze mówi się o postawieniu w świątyniach straży, które by powstrzymały żołnierzy. Powiadają, że Gallikanus i inni senatorowie filozofowie staną na ich czele.

Fabianus nie wyglądał na przekonanego.

– Poncjanus chciałby, byśmy przedsięwzięli środki ostrożności. Nie jest fanatykiem jak Hipolit. Możesz udać się ze mną na wieś.

Grawer zmusił się do uśmiechu.

– Jeszcze nigdy nie opuściłem miasta – powiedział.

– Anteros kazał mi cię stąd zabrać. Nie rozkazuję ci, jakbym miał jakąś władzę. Znam swoje ograniczenia. Ci, którzy wątpią, są skazani na zgubę. Nie szukaj złej sławy. Opuść Rzym ze mną.

– Byłem tam, kiedy zabierali Poncjanusa – powiedział nagle grawer.

Fabianus puścił jego ramię, spojrzał surowym wzrokiem.

– Patrzyłem z drugiej strony ulicy. Tłum szydził, żądał krwi. Nie widzę dobrze dalej jak na wyciągnięcie ręki, ale słyszę doskonale. Mimo tej hałasującej tłuszczy słyszałem, co powiedziano. Poncjanus spytał żołnierzy, dlaczego go aresztują. Odpowiedzieli, że mają rozkazy zabrania wszystkich naszych przywódców, ponieważ sieją zamęt i demoralizują niewinnych.

Twarz Fabianusa wyrażała podejrzliwość.

– Nic nie zrobiłeś? – zapytał.

– Nic nie zrobiłem.

– Następnym razem możesz nie mieć tyle szczęścia.

– Zostanę tutaj.

Fabianus skinął głową i już zamierzał wykonać znak, kiedy grawer chwycił go za rękę.

– Nie bądź głupcem – powiedział.

Fabianus uwolnił rękę, odwrócił się i odszedł.

Jakiś czas potem grawer wrócił do swojego warsztatu na podwórku. Usiadł na ławce. Wziął do ręki swój najnowszy projekt. Praca zawsze go uspokajała.

Patrzyła na niego Cecylia Paulina, najświeższa bogini Rzymu. Podobnie jak to było na samym początku w wypadku Maksymina, nie miał pojęcia, jak ona naprawdę wyglądała. Obrzydliwy stary babsztyl, powiedział niezbyt pomocnie Acyliusz Glabrion. Dwaj pozostali zarządzający mennicą nie byli aż tak obraźliwi, ale równie mało konkretni. Fakt, że tych aroganckich młodych głupców nie zastąpiono kimś innym, i to mimo że ich kadencja na tych stanowiskach dobiegła końca, najlepiej świadczył o tym, że nowej władzy nie obchodzi nic poza wojną na północy.

Dał nieżyjącej cesarzowej fryzurę chętnie noszoną przez kobiety z poprzedniej dynastii: włosy równo zaczesane do tyłu i ściągnięte w kok. Dorzucił jeszcze dodającą skromności woalkę. Jeśli chodzi o rysy twarzy, polegał na niczym nieuzasadnionym podobieństwie do jej małżonka. W całym cesarstwie miano zapamiętać Paulinę Cecylię jako kobietę z wydatnym nosem i podbródkiem.

Praca była udana. Paw, którego obecności na rewersie wymagała tradycja, nie zaprzątał mu głowy. Myślał o tym, jak stał wtedy i przyglądał się aresztowaniu Poncjanusa. Skłamał Fabianusowi. Nieprawda, że nic nie zrobił. Powodowany słabością i lękiem zaprzeczył, jakoby go znał. Kiedy motłoch skandował, grawer bezgłośnie poruszał ustami, niby to wymawiając te same słowa. W przeszłości inni postępowali tak samo. Były na nich odpowiednie określenia. Tak jak na niego.

Rozdział dwudziesty dziewiąty

Wschód
północna Mezopotamia,
idy majowe 237 roku

Przed nami rzeka Chaboras.

Gajusz Juliusz Pryskus uniósł się w siodle i spojrzał ponad głowami legionistów i łuczników.

Juliusz Julianus, prefekt I legionu *Parthica*, wskazał ręką przed siebie.

Poprzez kurz wzniecony przez galopującą perską konnicę namiestnik dojrzał linię ciemnych drzew, odległą o dobrą milę. Na tle listowia dostrzegł kolorowe cętki. Wiedział, że to sztandary Sasanidów, a poniżej zauważył lśnienie odbitego od stali słonecznego światła. Czekała ich kolejna walka o przeprawę przez rzekę.

– Znowu się zaczyna.

Duże tarcze legionistów zetknęły się z brzękiem. Sporakes ustawił konia równolegle do boku wierzchowca Pryskusa, osłaniając namiestnika i siebie swoją tarczą. Mający większy zasięg spieszeni łucznicy i garstka rzymskich procarzy wystrzelili pierwsi. Pryskus miał opuszczoną głowę. Nie miał powodu sprawdzać strat pośród nieprzyjaciół. Nieważne, ilu ich padło, zawsze pojawiało się więcej.

Z przeraźliwym świstem spadł na nich deszcz perskich strzał. Grzechotały o drewno, dzwoniły o stal. Pióra jednej z nich drgały w barku jeźdźca w pobliżu Pryskusa. Mężczyzna kołysał się w siodle. Jego koń się spłoszył i zrzucił jeźdźca.

– Pomóżcie mu! – zawołał Pryskus. Ręką wskazał innego ze swojej konnej ochrony. – Ty, zabierz go do taborów, a potem wracaj.

Żołnierz zeskoczył na ziemię obok leżącego towarzysza. Inny chwycił wodze obu koni. Było trzydziestu *equites singulares*, kiedy wyruszali. Zostało dwudziestu. Teraz już tylko dziewiętnastu.

– Już niedaleko, chłopcy! – przekrzykiwał zgiełk namiestnik. – Jeszcze jedna rzeka i będziemy bezpieczni w Resajnie. Zabijemy jeszcze trochę gadów, a potem chłodna kąpiel, dobry posiłek, dziewczę lub chłopiec, cokolwiek zapragniecie.

Pomimo ciężkiej sytuacji mężczyźni wydali okrzyk mający oznaczać pożądanie.

– Trzymać pozycje. Cisza w szeregach. Nasłuchiwać rozkazów. Jesteśmy już prawie w domu.

W tej kampanii nic nie poszło jak trzeba. Podczas spotkania w Samosacie poprzedniej jesieni namiestnicy, znając niechęć armii perskich do pozostawania w polu przez zimę, zdecydowali, że armia polowa zbierze się w nowym roku. Nie docenili determinacji sasanidzkiego króla. Wysunięte oddziały perskie wokół Resajny i Karrów wycofały się, ale główne siły wciąż obozowały pod murami Nisibisu.

W marcu, kiedy te obiecane przez uczestników spotkania kontyngenty dotarły w końcu do Zeugmy, kilka z nich nie miało pełnych stanów osobowych. Nie przybył Liciniusz Serenianus. Trzęsienie ziemi obróciło w ruinę kilka miast w Kapadocji i namiestnik musiał zostać na miejscu, by tłumić niepokoje, ponieważ miejscowi koniecznie chcieli uśmiercić każdego podejrzanego o wyznawanie chrześcijaństwa, które uznawali za przyczynę kataklizmu. Mimo to przysłał obiecane wcześniej osiem tysięcy żołnierzy. Ma'na z Hatry zjawił się razem z dwoma tysiącami jeźdźców, których obiecał przyprowadzić z miasta swojego ojca. Pozostali nie dotrzymali zobowiązań. Juniusz Balbus przysłał z Celesyrii dwa tysiące, nie cztery, a Otacyliusz Sewerianus też zaledwie dwa tysiące zamiast ośmiu, z Syrii Palestyńskiej. Pryskus nie znosił swojego szwagra Sewerianusa. Rodzina uważała, że ten senator to dobra partia dla jego siostry, ale Pryskus od samego początku wiedział, że Sewerianus ma zajęcze serce. W przeciwieństwie do bojaźliwych Rzymian armeński książę Chosroes miał rzeczywisty i poważny powód, by przybyć na czele zaledwie tysiąca, a nie dziesięciu tysięcy ludzi. Inna perska armia, z Królem Królów na czele, maszerowała wzdłuż rzeki Arakses ku Artaksacie. Tyrydates z Armenii walczył o przetrwanie swojego królestwa.

Był już kwiecień, kiedy Pryskus poprowadził armię przez Eufrat na wschód. Maszerowali przez Batny, Karry, Resajnę i Amudę. Z każdego miasta zabierali niewielki kontyngent armii Mezopotamii. Manu z Edessy przyprowadził pięćsetosobowy oddział miejscowych łuczników. Ogólna liczba walczących ludzi wynosiła więc niecałe osiemnaście tysięcy.

Od Resajny szli za nimi krok w krok nieprzyjacielscy zwiadowcy. Nie próbowano jednak przeszkadzać im w marszu. Powód takiego zachowania stał się oczywisty, kiedy żołnierze straży przedniej pokonali niewysokie wzgórze i oczom wszystkich ukazało się Nisibis. Na murach powiewały proporce Sasanidów. Rzymianie nie mieli pojęcia, kiedy miasto padło. Na równinie pod murami perska armia ustawiła się do bitwy. Liczyła co najmniej trzydzieści tysięcy zbrojnych: jazda, piechota, nawet wielbłądy i kilka słoni. Rzymianie maszerowali i jechali na koniach setki mil, by znaleźć się w pułapce.

Pryskus kazał obwarować obóz. Persowie nie przeszkadzali. Następnego dnia trzymał ludzi za palisadą. Jeźdźcy Sasanidów rozproszyli się po całej równinie. Zbliżali się do rzymskiego obozu i wykrzykiwali wyzwiska, ale nie atakowali. Ponieważ przecięli linie zaopatrzenia, wiedzieli, że Rzymianie długo się tam nie utrzymają. Czas działał na ich korzyść.

Drugiego wieczoru Pryskus obserwował, jak strumień nieprzyjacielskiego wojska wlewa się na noc do Nisibis. Bramy miasta zatrzasnęły się za nimi. I dopiero wtedy namiestnik wezwał do siebie wyższych dowódców i niektórych starszych rangą centurionów, by wydać im rozkazy.

Pozostawili na miejscu wozy. Stu ochotników z oddziałów jazdy pomocniczej, włącznie z trębaczami, zostało w obozie, by podsycać ogniska i wydawać odgłosy towarzyszące zmianom warty. Przed świtem pozostali pogalopowali za armią, która czmychnęła nocą jak złodziej.

W trzeciej godzinie następnego dnia znajdowali się o kilka mil od Amudy, kiedy dopędziła ich lekka jazda Sasanidów. Pryskus rozkazał kolumnie się zatrzymać, piechocie utworzyć *testudo*, a jeźdźcom zsiąść z koni za nimi. Uniesieni szaleńczą pogonią Persowie sądzili, że Rzymianie padają ze zmęczenia, zdani na ich łaskę. Z wrzaskiem ruszyli do ataku. Oficerowie rzymscy powtarzali żołnierzom polecenie namiestnika: nie atakować, czekać na sygnał. Kiedy Sasanidzi znaleźli się w odległości czterdziestu kroków – i już zaczęli ściągać wodze, tracąc pewność siebie na widok tego nieprzewidzianego bezruchu nieprzyjaciela – zabrzmiała trąbka. Wzdłuż całej linii inne podjęły ten sygnał. Zbyt późno wojownicy Wschodu ściągnęli wodze. Runęła na nich śmiertelna nawała tysięcy oszczepów i strzał. Jaskrawo przyodziani ludzie i ich wierzchowce zakrwawieni tarzali się po ziemi. Ci, którzy przeżyli, uciekli. Dało to rzymskiej armii czas, by dotrzeć do bram niewielkiego miasta, wypełnić jego uliczki, portyki i placyki.

Pryskus spędził w Amudzie dwa dni, uaktualniając porządek marszu. Powtarzał wszystko tyle razy, aż uzyskał pewność, że wszyscy, od najwyższych dowódców do najmłodszych oficerów, a nawet prostych żołnierzy, dobrze znali wyznaczone im role. Przeczytał kiedyś opinię senatora Kasjusza Diona, że sam Ardaszir niewiele znaczył i że wszystkie kłopoty na Wschodzie wynikały z nadmiernej swobody, bezmyślności i niezdyscyplinowania żołnierzy. Poznał osobiście Kasjusza Diona za panowania Aleksandra. To trochę wiedzy o samej żołnierce uczyniło z niego służbistę. Zgoda, to żołnierze zamordowali poprzednika Pryskusa w Mezopotamii. Ale Flawiusz Heraklion też nie miał pojęcia o dyscyplinie. Niezbędne były akty zarówno dobroci, jak i okrucieństwa. W Amudzie Pryskus odwiedzał żołnierzy na kwaterach, rozdawał im przeróżne frykasy i kosztowne wino z własnych zapasów i ten sam człowiek kazał chłostać na śmierć kilku niedoszłych dezerterów, a ich ciała powiesić na bramie, by zniechęcić innych do podobnych pomysłów.

Dobrze prowadzona – a namiestnik wiedział, że dotyczyłoby to każdych innych sił przez niego dowodzonych – armia rzymska na Wschodzie, nawet w tarapatach, zawsze stanowiła potężną broń. Problemem było coś innego. Zbyt wielu ludzi zabrano na wojny toczone na północy. Kasjusz Dion się mylił: Sasanidzi byli o wiele groźniejsi od ich partyjskich poprzedników. Persowie mogli sobie poślubiać córki, wnuczki, nawet matki, mogli bezkarnie zabijać swoje żony i synów, rzucać zwłoki krewnych psom na pożarcie, ale trzeba przyznać, że potrafili walczyć.

Trzeciego ranka armia wymaszerowała ustawiona w szyku kwadratu, ze zwierzętami jucznymi i służbą w środku. Juliusz Julianus dowodził częścią przednią, w której skład wchodziło tysiąc żołnierzy z I legionu *Parthica*, tysiącosobowy oddział z VI legionu *Ferrata* z Syrii Palestyńskiej i pięciuset łuczników z wojsk pomocniczych. Porcjusz Elianus na prawym skrzydle miał pod sobą tysiąc żołnierzy z III legionu *Parthica*, dwa tysiące z XV *Apollinaris* z Kapadocji i tysiąc łuczników. Lewe skrzydło Pryskus powierzył swojemu bratu. Filip dowodził tysiącem legionistów z IV legionu *Scythica* z Celesyrii, dwoma tysiącami żołnierzy oddziałów pomocniczych uzbrojonymi we włócznie i pięćsetką łuczników. Tam też był Manu z Edessy ze swoimi pięciuset łucznikami. Na tyłach maszerowało dwa tysiące żołnierzy z XII legionu *Fulminata* oraz tysiąc łuczników, wszyscy z Kapadocji, a dowodził nimi legat legionu Gajusz Cerwoniusz Papus.

Obie flanki miały wsparcie tysiąca jeźdźców z Hatry. Tymi z prawej dowodził książę Ma'na; tymi z lewej Wa'el, arystokrata Hatrejczyk. Książę Chosroes z tysiącem armeńskich jeźdźców wspomagał tyły. Resztą żołnierzy – pięciuset jeźdźcami i taką samą liczbą żołnierzy piechoty z oddziałów pomocniczych Mezopotamii – dowodził sam namiestnik, ustawiony za przednią częścią kwadratu.

Był to niezgrabny, powolny szyk, ale Pryskus nie potrafił wymyślić lepszego. Zwarta piechota mogła odeprzeć zakutą w zbroje konnicę, a łucznicy mogli ostrzeliwać konnych łuczników nieprzyjaciela. Ponieważ proce były skuteczniejsze przeciwko metalowym zbrojom noszonym przez arystokratów Sasanidów, wezwał ochotników. Zgłosiło się około dwustu ludzi, tragarzy i markietanów, a także żołnierzy, którzy twierdzili, że potrafią posługiwać się procami. Rozstawiono ich wszystkich w małych grupkach wszędzie wokół, pośród innych formacji. W ten sposób Hatrejczycy i Ormianie mogli strzelać ponad głowami piechoty. Porządek marszu był daleki od ideału, ale taki musiał wystarczyć.

Pierwszy atak nastąpił godzinę po wyruszeniu. Popędziły ku nim grupy lekkiej perskiej jazdy. Kiedy znaleźli się w odległości jakichś stu pięćdziesięciu kroków, zaczęli posyłać strzały. Pięćdziesiąt kroków od linii wroga – dobrze poza zasięgiem rzutu oszczepem – zawracali i oddalali się galopem, przez cały ten czas celując z łuków znad końskich zadów. Te ataki trwały nieprzerwanie.

Każdy taki atak spowalniał marsz i kosztował kilku zabitych i rannych. Zmarłych, jeśli akurat sytuacja pozwalała, posypywano garstką ziemi i wkładano im do ust monetę dla przewoźnika. Nic więcej nie można było dla nich zrobić i pozostawali tam, gdzie padli. Ciężko rannych, niezdolnych do marszu, przenoszono do środka kwadratu i sadzano na muły albo ich do nich przytraczano. Bardzo szybko szlak przejścia armii znaczyły ciała zabitych ludzi i zwierząt, a także porzucony ekwipunek.

Posuwano się nieznośnie powoli. Mimo zmniejszenia racji o połowę żywności zaczynało brakować. Dwa dni zajęło im dotarcie do jakiejś rzeki o nieznanej nazwie, kolejne dwa pokonanie takiej samej odległości do rzeki Arzamon. Potem już tylko jeden dzień i znaleźli się nad brzegiem Chaboras. Przy pierwszych dwóch przeprawach, kiedy armia rzymska zmagała się z wodą, pancerna jazda Persów fingowała atak, mając nadzieję, że rozerwie szyki na tyle, by późniejszy, prawdziwy atak, okazał się skuteczny. Namiestnik i pozostali oficerowie patrolowali kolumnę, aż do ochrypnięcia wykrzykując rozkazy. Jakoś udało się uniknąć paniki, zachować zwarty szyk. Sasanidzi zawrócili wierzchowce i zachowując porządek, pogalopowali w dal.

Rzymianie musieli kolejny raz pokonać lęk, nim dotarli

na przeciwległy brzeg Chaboras. Było oczywiste, że wielu jeszcze straci życie, zanim osiągną tymczasowe bezpieczeństwo w Resajnie. Pryskusa dręczyła myśl o daremności wszystkich tych poczynań. Należało przyjąć propozycję Ardaszira i oddać mu Singarę i Nisibis. Oczywiście byłoby to przykre dla mieszkańców, a rozejm i tak byłby tymczasowy. Sasanidzi zamierzali prowadzić podbój aż do Morza Egejskiego i Rzym musiałby podjąć próbę odzyskania tych miast, a na dodatek dokonać zemsty. Jednak dałoby to armiom ze wschodnich prowincji czas na wysłanie ekspedycji na zachód i osadzenie na tronie Serenianusa. Maksymin wykrwawiał cesarstwo, prowadząc niemożliwą do wygrania wojnę na północy. Pryskus służył kiedyś nad Renem. Na północy było wiele plemion. Wykorzystywało się pieniądze i zagrożenie w postaci legionów, by byli zajęci rzucaniem się sobie nawzajem do gardeł. Na Wschodzie był tylko Król Królów. Można było postawić przeciwko niemu wszystkich tamtejszych władców – królów Armenii i Hatry, władców Palmyry, wszelkich drobnych królików, jacy tylko istnieli – a Ardaszir pokonałby ich wszystkich i wciąż miał dość konnych do walki z cesarstwem. Prawdziwym zagrożeniem dla Rzymu była dynastia Sasana.

Pryskus szczycił się swoim niezakłóconym sentymentami realizmem i przenikliwością. Poprzedniej jesieni nawet własny brat z przerażeniem słuchał jego propozycji. Dlatego kiedy udał się do Samosaty, zostawił Filipa w Mezopotamii. Pogodził się z tym, że źle przeprowadził to spotkanie. Powinien był wiedzieć, że odwoływanie się do patriotyzmu i potencjalnych korzyści nie przeważy nad lenistwem i tchórzostwem Juniusza Balbusa i Otacyliusza Sewerianusa. Nawet jego przyjaciel Tymezyteusz się nie wypowiedział. Teraz szansa przepadła, za to pojawiła się groźba denuncjacji.

– Piechota przed nami.

Pryskus uprzytomnił sobie, że jest zmęczony, a jego myśli krążą gdzieś daleko.

Pierwsza linia znajdowała się niecałe dwieście kroków od rzeki, prawie w zasięgu strzału.

– Łucznicy, przygotować się! – zawołał.

Żołnierze oddziałów pomocniczych w marszu umieścili strzały na cięciwach, unieśli napięte częściowo łuki.

W ludziach stojących na drugim brzegu Chaboras pod rzadko rosnącymi drzewami było coś dziwnego. Ci z przodu nie mieli ani tarcz, ani broni.

– Bogowie podziemni – odezwał się jakiś żołnierz – to nasi!

Szmer głosów przepłynął przez szeregi niczym wiatr przez łany zboża.

– To garnizon z Nisibis.

Rzeczywiście. Pryskus dojrzał mężczyzn w rzymskich wojskowych strojach polowych, jakichś dwustu albo i więcej. Musieli pochodzić z oddziału wydzielonego z III legionu, zaskoczonego i pochwyconego w Nisibis. Ręce mieli związane. Za nimi stali Persowie.

Zza tej żywej tarczy poszybowała w powietrze chmura strzał. Legioniści unieśli tarcze. Żołnierze oddziałów pomocniczych opuścili łuki, pochylili się. Sporakes zasłonił Pryskusa. Strzały spadały ze świstem. W pobliżu rozległ się czyjś przeraźliwy krzyk.

– Naciągać! – zawołał namiestnik, odpychając Sporakesa. – Oni są już martwi. Naciągajcie, chyba że chcecie do nich dołączyć.

Tylko kilku łuczników go posłuchało.

Spadł kolejny deszcz perskich strzał. Rozległy się wrzaski bólu.

– Wszyscy, naciągać!

Więcej niż poprzednio, ale wciąż nie wszyscy, wykonało rozkaz.

– Wypuszczać!

Pofrunęły nierówno wypuszczone strzały. W oddziale było wciąż niemal czterystu łuczników, ale nie więcej jak dwieście strzał przecięło niebo.

Większość nich, nie czyniąc żadnych szkód, trafiła w drzewa. Jednak Pryskus zobaczył, jak przebity pada jeden z jeńców. Po chwili kolejny stoczył się z brzegu i zaraz po nim następny.

Sasanidzi zabijali bezbronnych żołnierzy.

Z kolumny rzymskiej wzniósł się w powietrze ryk nienawiści.

– Naciągać! Wypuszczać!

Tym razem bez najmniejszego wahania wszyscy żołnierze oddziału pomocniczego skorzystali ze swojej broni.

Kiedy pierwszy szereg dotarł do rzeki, po jeńcach nie było już śladu. Na ich miejscu wyrosła ściana z wielkich wiklinowych tarcz. Znad ich górnych krawędzi zerkali brodaci Persowie.

Brzegi rzeki były kamieniste i w tym miejscu opadały łagodnie. Legioniści zeszli w dół i z pluskiem brodzili w płytkiej wodzie.

Pryskus podniósł rękę, zatrzymując żołnierzy. Jego rozkaz przekazywano do tyłu. Kolumna stanęła w miejscu. Zbyt wielu ludzi wywołałoby tylko zamieszanie. Drogę mogli utorować sami legioniści. Żadna wschodnia piechota nie była w stanie im sprostać. Szczególnie legionistom, którzy właśnie widzieli, jak mordowano ich towarzyszy.

Legioniści z I *Parthica* i VI *Ferrata* zalali przeciwległy brzeg falą bezlitosnej stali. Pryskus widział, jak uciekają Persowie z tylnych szeregów, zanim jeszcze doszło do zwarcia. Trudno byłoby nazwać ich tchórzami. Bez zbroi, z kiepskimi tarczami i niewyszkoleni ci, którzy zostali, nie mieli najmniejszej szansy. Padali pod ostrzami legionistów jak koszone zboże.

Namiestnik przyjrzał się reszcie armii. Przez tumany wznieconego niezliczonymi kopytami kurzu widział przesuwające się na wschód i południe oddziały ciężkozbrojnej jazdy Sasanidów, budzących postrach *clibanarii*. Na szczęście nie było widać żadnych słoni.

– Droga wolna – oświadczył Sporakes.

Pryskus zobaczył, jak na drugim brzegu Juliusz Julianus spina ostrogami wierzchowca, krzycząc i gestykulując. Centurioni odciągali ziejących żądzą zemsty żołnierzy od okaleczania ciał nieprzyjaciół, ustawiając ich ponownie w linię bojową. Żołnierze rozsypali się wachlarzem, tworząc przyczółek.

Pryskus rozkazał żołnierzom ruszać, polecił też prefektowi dowodzącemu jazdą z Mezopotamii, by przejął również piechotę, po czym wycofał z linii swoją konną gwardię.

Filip i Porcjusz Elianus utrzymywali na skrzydłach wchodzących do rzeki żołnierzy we względnym porządku. I bardzo dobrze. Tabor natomiast przedstawiał żałosny widok. Choć rzeka płynęła powolnym nurtem, a woda sięgała najwyżej uda, zaczęły się problemy z rannymi i okaleczonymi kulawymi zwierzętami. Niektóre pchały się i przewracały, tarasując drogę innym albo wręcz pociągając je za sobą. Wkrótce wszystko to kotłowało się w miejscu. Zbrojni strzegący skrzydeł zatrzymali się. Pryskus wysłał jednego ze swoich konnych do Juliusza Julianusa, by powstrzymać straż przednią, ponieważ inaczej powstałaby wyrwa pomiędzy nią a resztą armii. Z tyłu konnica ormiańska i piechota Cerwoniusza Papusa zwróciły się przodem w kierunku, z którego przybyli. Za nimi, nieco dalej w dole rzeki, na równinie, klibanariusze ustawili się w szeroki półksiężyc ciągnący się ze wschodu na południe. Byli gotowi, czekali tylko na odpowiednią chwilę.

Kiedy wreszcie ostatni z tych, którzy nie uczestniczyli w walkach, wdrapali się na drugi brzeg, strażnicy skrzydeł ruszyli z miejsca. Chosroes i Ormianie zawrócili wierzchowce i pognali przez rzekę w rozbryzgach wody. Cerwoniusz Papus posłał za nimi truchtem swoich pieszych łuczników.

Legioniści z XII *Fulminata* byli jedynymi żołnierzami wciąż pozostającymi na drugim brzegu. Czuli zmęczenie i głód. Nie było im lekko podczas całego odwrotu. Zostało ich mniej niż tysiąc pięciuset, wielu rannych. Ci z ostatnich szeregów zerkali za oddalającymi się towarzyszami, przekraczającymi dającą złudne poczucie bezpieczeństwa rzekę.

Od strony Persów dobiegło dudnienie bębnów.

Pierwsi pojedynczy żołnierze zaczęli odrywać się od XII legionu i rzucać do ucieczki.

Pryskus wiedział, co teraz nastąpi; doświadczenie życia spędzonego w armii nie pozostawiało najmniejszych wątpliwości. Krzyknąwszy do jednego z gwardzistów, by zatrzymał tamtych po drugiej stronie, pchnął konia.

Ciężka jazda Sasanidów ruszyła powoli przed siebie.

Niewielkie grupki – trzech czy czterech żołnierzy jednocześnie – odrywały się od rzymskiej falangi i biegły ku rzece. Centurioni i młodsi oficerowie chwytali niektórych, siłą zaciągając z powrotem. Uciekało ich jeszcze więcej. Zaczęli odrzucać tarcze, żeby nie przeszkadzały w biegu.

Warkot bębnów stawał się coraz szybszy. Jazda Sasanidów przeszła w wolny galop.

Namiestnik zagrodził swoim wierzchowcem drogę grupce uciekinierów. Rozkazał im się zatrzymać. Zignorowali to, ominęli go i pobiegli jeszcze szybciej.

Popisywanie się odwagą nie leżało w naturze Pryskusa. Wódz rzymski to nie Achilles. Próbował myśleć spokojnie, wszystko uwzględnić, rozważyć każdą możliwość. Pozostawić legionistów ich losowi, podjechać do Chosroesa, kazać rozstawić Ormian wzdłuż przeciwległego brzegu? Nie, uciekający legioniści rozerwą ich linię. W powstałym zamęcie wszyscy zostaną zmieceni. Kiedy tylko w armii wybucha panika, rozprzestrzenia się niczym pożar na wysuszonym stoku. Czasami nawet dowódca musi stanąć w szeregu i walczyć. Tak, to było jedyne racjonalne rozwiązanie, uznał.

Jazda perska nabierała szybkości.

Legioniści zbijali się w grupy, ich linia się kurczyła, powstawały w niej przerwy. Najgorzej było po prawej stronie, z dala od Cerwoniusza Papusa i legionowego orła.

Pryskus popędził rumaka w poprzek linii.

– Stać niewzruszenie! Trzymać pozycję! Żadna jazda nie wjedzie w uformowaną linię.

Ludzie patrzyli na niego niepewni i przestraszeni.

Sasanidzi zbliżali się szybko. Łoskot szarży dudnił w uszach Pryskusa.

Przełożywszy nogę nad łękiem siodła, zeskoczył na ziemię. Obrócił konia, wyciągnął miecz i uderzył zwierzę płazem po zadzie. Wierzchowiec odbiegł ze stukotem kopyt.

– Staniemy do walki razem. Trzymajcie się swojego dowódcy.

Wcisnął się pomiędzy żołnierzy. Chwycił chorążego za barki i wypchnął na sam przód.

– Rozluźnić szyk. Dajcie sobie dość miejsca na użycie broni. Byle nie za dużo. Tarcza przy tarczy.

Kiedy podniósł wzrok, Persowie, jak jedna lita ściana ze stali i koni, byli nie dalej jak sto kroków od nich.

– Stać w miejscu, a atak nic im nie da.

Pryskus zebrał siły; lewą stopę wysunął do przodu, piętą prawej zaparł się o ziemię.

– Przygotować broń.

Nie mógł oderwać wzroku od pędzącego wprost na niego Persa. Widział wysoki, błyszczący hełm jeźdźca w powiewających jedwabiach, złowrogi grot włóczni i grzmocącego kopytami ogromnego rumaka toczącego pianę z pyska.

Zamknął oczy, przygotował się na nieuchronne uderzenie, które musiało rzucić go w ziemię, wprost pod kopyta.

Wrzaski, krzyki, fala niezrozumiałych hałasów.

Sasanid już prawie na niego wpadał; przesunięty daleko do przodu, uczepiony szyi wierzchowca, z trudem utrzymując równowagę. Kawałek dalej jakieś oszalałe zwierzę uderzyło w ścianę ludzi. Inne usiłowały wedrzeć się w powstałą lukę. Reszta jednak nie słuchała, wysadzając Persów z siodeł. Konie bez jeźdźców wpadały na te z jeźdźcami.

– Jeden krok do zwycięstwa!

Pryskus skoczył do przodu, ciął mieczem przez udo ledwo utrzymującego równowagę jeźdźca. Ostrze przebiło łuskową zbroję. Pers sięgnął ręką do rany. Wierzchowiec skoczył w bok, wpadając na inne zwierzę. W powstałym chaosie jeźdźcy szarpali uzdami, obracając głowy koni, usiłując się stamtąd wyrwać.

– Jeszcze jeden krok!

Miecze wznosiły się i opadały, czerwone od krwawej zemsty, kiedy otaczający namiestnika legioniści zrobili krok w przód.

Rozdział trzydziesty

Rzym
Forum Romanum,
dwa dni przed nonami sierpniowymi 237 roku

Pupienus nie słuchał syna. Afrykanus już to wszystko kiedyś powiedział i zapewne jeszcze nie raz miał to powtórzyć.

Skwar był nieznośny. Zdawał się promieniować z bruku i odbijać od obłożonych marmurem murów amfiteatru Flawiuszów, jeszcze przybierając na sile. Był sierpień, ale nikt w Rzymie nie pamiętał takiej fali upałów. Przesądni wiązali je z różnymi dziwami natury; widziano ogromnego czerwonego wilka, przemykającego w środku nocy przez Pole Marsowe; malowidła z Maksyminem nad sadzawką Kurcjusza rzekomo spływały krwią; w Akwilei kobieta urodziła dziecko z dwiema głowami. To ostatnie przynajmniej było prawdą. Niemowlę przywieziono do Rzymu. By przeciwdziałać tej zapowiedzi nieszczęścia, senat nakazał spalić je żywcem na Forum, a prochy wrzucić do Tybru.

Ledwo dysząc w ciężkiej todze, Pupienus patrzył z utęsknieniem na Potniejący Słup, fontannę obok Koloseum. Woda spływała tam z wysokiego stożka i rozpryskiwała się nęcąco w basenie u jego podstaw. Wszystko to przyszło o niewłaściwej porze. Pupienus wrócił właśnie z Wolaterrów i – zwyczajowo już – miał poczucie winy, a jednocześnie oddychał z ulgą, z tym że to drugie wzmagało jeszcze tylko wyrzuty sumienia.

– Plebs zawsze jest niespokojny podczas upałów – zauważył Kryspinus.

– To nie są jakieś drobne niepokoje – rzucił ostro Afrykanus. Od czasu, kiedy w ubiegłym roku był współkonsulem cesarza, syn Pupienusa nie okazywał należytego szacunku starszym.

– Nie przelano krwi – odparł Kryspinus. – Przy właściwym podejściu może się to wszystko skończyć bez aktów przemocy.

Pupienus był zadowolony, że jego przyjaciel wrócił z Achai. Ich przyjaźń trwała już wiele lat. Podobnie jak on sam, Kryspinus był *homo novus*. Osiągnął ważną pozycję ciężką pracą i talentem. Opinie takiego senatora miały swoją wagę.

– Rozkazy cesarskie są jednoznaczne – skonstatował Afrykanus.

– Rozkazy przyszły od Witalianusa, a nie od Maksymina – zaprotestował Kryspinus.

– Zastępca prefekta pretorianów mówi w imieniu cesarza.

– Jako prefekt tego miasta twój ojciec jest odpowiedzialny za porządek w Rzymie.

Pupienus westchnął. Kolejne obowiązki się nawarstwiały, zanim wypełnił poprzednie, i dlatego widział swoją pracę niczym kolejne ogniwa codziennie dokładane do ciągnącego się bez końca łańcucha.

– Jeśli kohorty miejskie nie rozpędzą motłochu, Witalianus wyśle pretorianów – argumentował Afrykanus. – Nic się nie zyska źle ulokowaną łagodnością. Nie wolno marnować czasu.

– W świątyni są senatorowie – zauważył Kryspinus.

– Z własnej woli. Trzech czy czterech wichrzycieli... niech

ponoszą konsekwencje swojej demagogii. – Afrykanus zwrócił się do ojca. – Musisz tam posłać żołnierzy.

– Na bogów podziemnych, tu jest Rzym, chłopcze – oburzył się Kryspinus – nie jakaś barbarzyńska wioska.

Afrykanus się żachnął, a jego ojciec wiedział, że musi zareagować zdecydowanie, zanim dyskusja jeszcze bardziej rozgorzeje.

– Porozmawiam z nimi – oświadczył.

– Rozmowa nic tu nie da – oświadczył z przekonaniem jego syn.

– Twój ojciec jest prefektem Rzymu, a nie ty.

Po tych słowach Kryspinusa urażony młody człowiek zamilkł.

– Wyślij herolda – podsunął przyjacielowi senator. – Bo oni mogą być w podłym nastroju.

Czekali w cieniu na powrót posłańca, po czym ruszyli przez plac.

Nad nimi górowała świątynia Wenus i Romy. Drzwi do magazynów na poziomie ulicy były zamknięte i dodatkowo zabezpieczone łańcuchami. Z tarasu patrzył na nich tłum ludzi. Łatwo było zauważyć Gallikanusa. Stał z Mecenasem i dwoma innymi mężczyznami w togach z szerokim purpurowym szlakiem.

– Nie robimy nic złego! – zawołał Gallikanus. – Przyszliśmy złożyć cześć bóstwom i strzec ich skarbów.

– Wykrzykiwanie do siebie na ulicy niczym jacyś niewolnicy uwłacza naszej *dignitas*. – Pupienus dowodził kiedyś armiami; potrafił używać głosu. – Zejdźcie i pogadamy gdzie indziej.

– Poczucie obowiązku nie pozwala mi opuścić bogiń.

Świętoszkowaty głupiec, pomyślał prefekt.

– W takim razie zapewnij mi bezpieczeństwo, a przyjdę tam na górę.

Gallikanus rozłożył ręce, wskazując zgromadzony tłum.

– Jesteśmy posłusznymi prawu obywatelami Rzymu. Nie trzeba ci zapewniać bezpieczeństwa. Świątynie są otwarte dla każdego, kto nie nosi w sercu zła.

Bogowie podziemni, ten człowiek jest nieznośny.

– Pójdę tam sam – zdecydował Pupienus, zwracając się do swoich towarzyszy.

Kryspinus i Afrykanus zgodnie oświadczyli, że to niebezpieczne i że chcą pójść z nim. Prefekt był jednak stanowczy. Pomyślał, że wszystkich ogranicza ludzka śmiertelność i jedynie upamiętnione właściwe postępowanie może przynieść wyzwolenie; wszystko inne jest ulotne, tak jak człowiek.

Pupienus ruszył ku biegnącym po prawej stronie wąskim schodom. W połowie, tam gdzie zakręcały w lewo, znajdowała się prowizoryczna barykada. Na twarzach przedstawicieli plebsu, którzy ją częściowo rozebrali, żeby mógł przejść, widać było podejrzliwość, jeśli nawet nie otwartą wrogość. Dalej ułożono stosy kamieni, a kilku mężczyzn, wbrew prawu i nie kryjąc się z tym, nosiło broń. Prefekt nie zareagował i wszedł na samą górę.

Toga, którą miał na sobie Gallikanus, wyglądała tak, jakby sam ją sobie utkał. Gęste brązowe włosy miał potargane, przedramiona odkryte. Jeszcze bardziej niż zwykle przypominał Pupienusowi małpę.

– Jestem zachwycony, że do nas dołączasz – powiedział Gallikanus.

Prefekt nie zareagował na to, co uznał za niezręczny dowcip. Powitał Mecenasa i dwóch pozostałych senatorów, w których teraz rozpoznał byłych kwestorów, Hostilianusa i Walensa Licynianusa.

– Stawką są twój honor, pozycja i reputacja – ciągnął Gallikanus.

– Możemy porozmawiać na osobności? – spytał Pupienus.

Gallikanus obrócił się, rozkładając szeroko ramiona, jakby chciał rzeczywiście objąć najbliżej stojących niedomytych plebejuszy.

– Człowiek uczciwy nie ma nic do ukrycia, nie przed mieszkańcami Rzymu, nie przed bogami.

Z wielkim wysiłkiem prefekt miasta opanował narastający gniew.

– To musi się natychmiast skończyć. Zgodnie z rozkazem cesarza mam usunąć ludzi ze świątyni.

– Wtedy te jego kreatury dobiorą się do świątynnych skarbów, przetopią je, a on potem rozda to wszystko swoim rozpieszczonym żołnierzykom – odparł z wściekłością Gallikanus.

– Wojen nie da się uniknąć – powiedział Pupienus. – Maksymin oznajmił, że bogowie sami ofiarowali mu wszystko, co mają, by mógł bronić Rzymu.

Gallikanus wyprostował się i ryknął:

– To świętokradztwo! Lud Rzymu nie będzie patrzył bezczynnie, jak obrabowuje się bogów.

Tłum zaszemrał na potwierdzenie jego słów. Prefekt potoczył lodowatym wzrokiem po najbliżej stojących mężczyznach. Ucichli. Zwrócił się z powrotem do Gallikanusa.

– Wiesz równie dobrze jak ja, że to obcięcie ilości wydawanego zboża wyprowadziło pospólstwo na ulice, to oraz mniejsza liczba igrzysk. Poza chlebem i cyrkiem nic ich nie interesuje – odparował Pupienus.

Usłyszał gniewny pomruk ciżby. Z tyłu dochodziły obelgi i groźby. W duchu stwierdził, że jego słowa były nierozsądne.

– *Quirites*, słyszycie, jak się was poniża...

– Dość tego – Mecenas przerwał Gallikanusowi. Co zadziwiające, ten drugi natychmiast zamilkł.

Tłum wciąż krzyczał, z narastającym oburzeniem.

– Chodź – powiedział Mecenas do prefekta. – Odprowadzę cię.

Schodząc, Pupienus usłyszał, że Gallikanus znowu przemawia do zgromadzonej hałastry.

– Przyślesz kohorty miejskie?

– Jeśli nie ja, to Witalianus z pretorianami przywróci porządek.

– Musisz robić to, co ci sumienie nakazuje, ale będzie to krwawa łaźnia. – Mecenas zatrzymał się, wziął Pupienusa pod rękę, nachylił się ku niemu. – Maksymin nie potrwa długo. Pospólstwo pójdzie za każdym, który go zastąpi.

– Nawet za Gallikanusem i jego przywróconą republiką?

Mecenas nie zareagował na ten sarkazm ani nie odpowiedział na pytanie.

– Maksymin co prawda ożenił syna z prawnuczką Marka Aureliusza, ale inni potomkowie tamtego cesarza nie zechcą już dłużej pod nim służyć. Klaudiusz Sewerus i Klaudiusz Aureliusz opuścili Rzym i zaszyli się w swoich wiejskich posiadłościach. Szlachetnie urodzeni opuszczają Maksymina. Zbyt wielu z nich zostało skazanych. Sami żołnierze nie mogą bez końca utrzymywać go na tronie.

Pupienus pocił się obficie i nie tylko z powodu upału. Musiał starannie dobierać słowa. Przyszłość zawsze była niepewna. Nie zaszedłby tak wysoko, nieostrożnie robiąc sobie z ludzi nieprzyjaciół.

– Nie życzę źle ani tobie, ani Gallikanusowi, ale przecież wiesz, że każdy senator znaleziony we wnętrzu tej świątyni zostanie aresztowany za zdradę. Nie będzie innego wyjścia. – Nawet w jego własnych uszach te słowa zabrzmiały słabo.

Mecenas puścił jego ramię, odwrócił się i ruszył schodami w górę.

Wydawszy niezbędne rozkazy, Pupienus ruszył Świętą

Drogą biegnącą od południowej strony świątyni. Kryspinus milczał pogrążony w myślach. Pupienus poprosił syna, żeby się nie odzywał. Musiał pomyśleć. Na ulicy było jak w piecu i do tego bolała go głowa.

Potężna, zbudowana z kamienia świątynia mogła pełnić rolę fortecy. Poza dwoma ciągami wąskich schodów od wschodniej strony było jeszcze łatwe do zatarasowania jedno wejście od północy i drugie od południa. Pozostawało jedenaście marmurowych stopni od zachodu, którymi można było wedrzeć się do środka.

Wyłaniając się spod łuku Tytusa, Pupienus natknął się na swoich ludzi, którzy zdążyli już pojawić się na Forum. Niewielki oddział pędził właśnie, by uniemożliwić ucieczkę południowym wejściem. Oficer poinformował go, że inni są już w drodze i zamkną pozostałe wyjścia.

Prefekt wiedział, że w słowach Mecenasa jest wiele prawdy. Niemniej senator był głupcem, jeśli brał poważnie szalone pomysły Gallikanusa dotyczące przywrócenia wolnej republiki. Cała wina leżała po stronie tego wrednego cynika. Oczywiście, że plebejusze się burzyli – mieli powody, a kto ich nie miał? – jednak nie doszłoby do tego incydentu, gdyby Gallikanus nie doprowadził ich do stanu wrzenia. Pupienus teraz wiedział, że powinien był oddać go w ręce Honoratusa tamtego wieczoru, kiedy Maksymin wstąpił na tron. Należało zignorować przysięgę, jaką złożył tej kudłatej, udającej filozofa małpie. Bogowie wiedzieli, że zastanawiał się nad tym już tamtego dnia, kiedy jego pierwszy syn został konsulem. Teraz jednak było za późno. Musiałby wysłać żołnierzy przeciwko ludności cywilnej albo też jego własną głowę wystawiono by na widok publiczny przed siedzibą senatu.

Jakiś trybun zasalutował i oświadczył, że wszystko jest gotowe.

Prefekt podał mu nowe instrukcje.

– Rozkaz! – rzucił oficer.

Kiedy czekali, Afrykanus krytykował działania ojca – zbyt ograniczone, zbyt łagodne – jednak Kryspinus przyznł, że to dobry polityczny kompromis, taka droga pośrednia Tacyta. Kiedy wszystko było gotowe, wycofali się w pobliże Domu Westalek, by nie dosięgły ich rzucane kamienie.

Zabrzmiała trąbka i żołnierze kohort miejskich podnieśli tarcze. Pierwszy szereg przykucnął za swoimi, a ci za nimi trzymali własne tarcze nad ich głowami. Znowu odezwała się trąbka i falanga ruszyła. Żołnierze uderzali w tarcze od wewnątrz zgodnie z rytmem powolnego równego kroku.

Na tarasie najodważniejsi ze zgromadzonych w świątyni pobiegli do szczytu schodów. Poruszali się przy tym bokiem, jakby tańczyli. Wyrzucili nagle ramiona do przodu i w dół poleciały pierwsze pociski. Pupienus zobaczył, jak szyk zafalował tam, gdzie musiał zostać trafiony żołnierz. Jednak większość cegieł i kamieni odbiła się od tarcz.

Żołnierze dotarli do stóp schodów i zaczęli się na nie wspinać. Wyglądało to, jakby pełzł jakiś ociężały płaz. Z góry posypało się więcej pocisków. Zachowanie uczestników rozruchów było chaotyczne, niezorganizowane. I ani śladu Gallikanusa.

Trzeci raz zagrała trąbka. W mgnieniu oka skorupa osłaniająca żołnierzy rozpadła się. Pierwsze szeregi biegiem pokonały pozostałe stopnie. Zaskoczeni ludzie rzucili się do ucieczki. Desperacko starając się umknąć, niejeden poślizgnął się na marmurowych płytach. Guzami i krawędziami tarcz żołnierze powalali powolnych. Pałki spadały na głowy, barki i ramiona.

W jednej chwili tłum ludzi zniknął w rozbrzmiewającym głuchym echem, mrocznym wnętrzu świątyni. Żołnierze ruszyli za nimi, wszyscy poza tymi z dwóch ostatnich szeregów, którzy stanęli na szczycie schodów jako rezerwa. U ich stóp leżało nieruchomo paru buntowników.

Pupienus i jego towarzysze gwałtownie się odwrócili, słysząc stukot podbitych ćwiekami sandałów.

– Co ty, na Hades, wyprawiasz? – krzyknął Witalianus.

Pupienus spojrzał w oczy rozwścieczonego zastępcy prefekta pretorianów, ale się nie odezwał.

– Twoi ludzie przyglądają się, jak zdrajcy uciekają innymi wyjściami.

– Miałem rozkaz usunąć ludzi ze świątyni, a nie przystępować do masakry. – Prefekt miasta mówił głośno i wyraźnie, tak by wszyscy go usłyszeli.

– Nigdy nie odnajdziemy prowodyrów. I będzie to twoja wina.

– Miałem rozkaz usunąć ludzi ze świątyni. Wykonujemy rozkazy.

– Nie spieraj się ze mną. – Witalianus wymachiwał Pupienusowi palcem przed nosem. – Maksymin o wszystkim się dowie. Nie zasłużyłeś się tym cesarzowi, ani trochę się nie zasłużyłeś.

Rozdział trzydziesty pierwszy

Afryka
Kartagina,
kalendy wrześniowe 237 roku

Arenę przygotowano pod wielkim drzewem. Piasek cętkowały plamki słonecznego światła. Gordian pociągnął kolejny łyk wina i postawił na czarnego. Menofilos przyjął zakład i sam postawił na rdzawego. Gordian wciąż nie mógł wyjść ze zdumienia, że kwestor z nim przyszedł; to nie była rozrywka w jego guście. Ale Sabinianus i Arrian przebywali daleko, a Menofilos był dobrym przyjacielem.

Trenerzy trzymali koguty obiema rękami i przesuwali jednego przed drugim, zastygając na moment, kiedy niemal dotykały się dziobami. Na znak sędziego cofnęli się w teatralnie przesadny sposób i schyliwszy się, postawili ptaki delikatnie na ziemi. Uwolnione koguty rzuciły się na siebie. Biły skrzydłami, uderzały dziobami, kopały i była to zwierzęca furia tak czysta i doskonała, i na swój sposób tak piękna, że niemal stawała się abstraktem. Zderzyły się i zlały w zbitą, wirującą, żywą kulę, złożoną z ostróg, pazurów i nienawiści. Dopiero kiedy opuszczały już ostatecznie plac walki, można było je odróżnić. Widzowie westchnęli. Czarny leżał nieruchomy i zakrwawiony, ale wciąż żywy.

Gordian oddał przegraną stawkę.

– To już trzecia z kolei walka tak się kończy. Mój *genius* lęka się twojego. Przymila się do ciebie, jak Antoniuszowy do Oktawiana.

Menofilos włożył wygraną do sakiewki.

– W takim razie ciesz się, że rywalizujemy o garść monet, a nie o panowanie nad zamieszkanym światem.

Legat dopił wino.

– Należało dzisiaj trzymać się od ciebie z daleka. Stoicy raczej nie powinni aprobować walki kogutów.

Kwestor napełnił kubki.

– Nie możemy być wszyscy Markiem Aureliuszem.

Trener podniósł pokonanego koguta. Gładził go i delikatnie stroszył mu pióra i jedynie jego dłonie zdradzały żal, którego nie okazywała twarz. Ludzie patrzyli w ciszy, szanując jego opanowanie.

Gordian pociągnął kolejny haust wina. Wieści nadeszły tego ranka. Nigdy nie był z siostrą zbyt blisko. Nie miała w sobie nic z ich ojca, nie umiała czerpać radości z życia. Mecja Faustyna zawsze była pełna dezaprobaty i wręcz złowrogo nieprzystępna. Wdała się w dziadka ze strony matki. Mimo to na pewno jest zmartwiona. Jutro, jak wytrzeźwieje, napisze do niej list z wyrazami współczucia, postanowił. Żal mu było jej syna. Chorowity blady chłopczyk mało że miał Mecję Faustynę za matkę, to jeszcze stracił ojca.

Zmarszczył brwi, usiłując dojść, gdzie jego szwagier może się teraz znajdować. Statek szybko pokonał trasę z Syrii do Kartaginy. Wypłynął dwa dni po aresztowaniu. Przewieźli Balbusa na północ w zamkniętym powozie. Otumaniony lekko winem Gordian zaczął liczyć na palcach. Najprawdopodobniej Balbus teraz jest gdzieś w Tracji. Czy to prawda, że więźniom nie dają ani jedzenia, ani wody? Ten tłusty głupiec tym się nie martwił. Na pewno nigdy nie miał okazji doświadczać żadnego niedostatku.

Na piasku pojawiły się dwa kolejne ptaki. Sędzia sprawdzał wiązania ich metalowych ostróg.

No nie, to bez sensu, zdecydował legat. Bo jeśli nie wieziono ich z niedaleka, to więźniowie byliby martwi, zanim dostarczono by ich Maksyminowi. Trak nie miałby już kogo obrażać czy torturować. Choć powiadano, że napawał się widokiem odciętej głowy Aleksandra. Mówiono też, że dopuścił się gwałtu na ciele zabitej Mamei.

Gordian dał znak, by przyniesiono więcej wina, rezygnując z rozcieńczenia go wodą. Wiadomo było, że majątek Balbusa przejdzie na skarb państwa. Chociaż Mecja Faustyna nadzorowała dom męża w Rzymie, sama wolała mieszkać w *Domus rostrata* należącym do rodziny Gordianów. Tam też mogła pozostać. Własności Gordianów nie skonfiskują. Przynajmniej jeszcze nie teraz.

Balbusa obarczano winą za dopuszczenie do klęski pod Arete, gdzie to Sasanidzi zabili Juliusza Terencjusza, dowódcę garnizonu. W tym czasie Balbus siedział na tłustym dupsku w Antiochii, wiele mil od tamtego miejsca. Był gnuśny, może niesumienny, ale na pewno nie zasługiwał na karę śmierci. Jeśli jego przewina była niewielka, to już na pewno nie można było oskarżyć o żadne zaniedbania Apellinusa, aresztowanego w jego prowincji, Brytanii Mniejszej. Krążyły pogłoski, że ofiarą czystki padł również namiestnik Arabii, Sollemniusz Pakacjanus. Jednym słowem, nastały rządy terroru, jak za Septymiusza Sewera po pokonaniu Albinusa czy za Domicjana podczas ostatnich, mrocznych lat jego panowania. Kiedy już jakiś cesarz zaczął naśladować Polikratesa, czy który to tam był z tych greckich tyranów, i zabrał się do ścinania główek najwyższych kwiatów, to już wkrótce weźmie się do Gordianów, synów i wnuków konsulów, właścicieli domu Pompejusza w Rzymie, najbardziej przypominającej pałac willi w Preneste i tuzina innych posiadłości. I rzeczywiście nastąpi to wkrótce, skoro już teraz tego głupca, szwagra Gordiana, uznano za zdrajcę.

– Postawię na tego cherlawego nakrapianego ptaka, żeby dać ci szansę na odzyskanie części pieniędzy – oświadczył kwestor.

Legat zaczął grzebać w sakiewce i kilka monet wypadło na ziemię. Zostawił je tam.

– Mój brązowy nie wygląda na zbyt bojowego – powiedział.

Te koguty okazały się bardziej powściągliwe. Krążyły, zbliżały się do siebie, wyrzucały w górę łapy i uderzały ostrogami, po czym odskakiwały i ponownie zaczynały krążyć. Pióra fruwały po piasku podrywane machnięciami skrzydeł.

Gordian rozejrzał się. Arena miała niskie ogrodzenie zbudowane ze skrzynek używanych do transportu ptaków. Poza miejscem, w którym siedział z Menofilosem, odizolowanym ze względu na ich wysoki status, amatorzy widowiska stali stłoczeni. Mężczyźni wychylali się ponad ogrodzeniem, zachęcając swoje ptaki gestami, poruszając się w rytmie ich ruchów, maksymalnie skupieni. Zdarzało się, że jakiś zapaleniec wychylił się za daleko, tracąc palec czy oko.

Ptaki zawisły w powietrzu. Nakrapiany kogut wbił kawałek przywiązanego do kończyny stalowego ostrza w pierś przeciwnika. Brązowy leżał, a zwycięzca triumfalnie oddalał się bokiem, na sztywnych nogach. W jakiś niepojęty sposób brązowy zdołał się pozbierać, by wykonać ostatni, skazany na niepowodzenie atak. Ostrogi nakrapianego odrzuciły go z powrotem na piasek, masakrując potem nie do poznania.

– Dzień na stoicką obowiązkowość, a nie na epikurejską przyjemność – stwierdził Gordian, podając Menofilosowi monety, które trzymał w dłoni.

Tłum się rozstąpił i pojawił się Walerian. Menofilos zawołał o krzesło dla legata.

– Przykro mi w związku z Balbusem. – Walerian usiadł. Gordian uśmiechnął się.

– Dziękuję – powiedział, podając mu kubek z winem.

– Słyszeliście o Maurycjuszu? – ciągnął Walerian. – Paweł Łańcuch wezwał go przed sąd w Tyzdros.

– Dlaczego?

– Kiedy zarządca Maurycjusza chciał zapłacić podatek zbożowy, Łańcuch kazał mu samemu dostarczyć zboże do Tabraki albo opłacić ogromne koszty transportu. Kiedy Maurycjusz o tym usłyszał, przyjechał tam rozwścieczony. Wyzwał Pawła od najgorszych, powiedział mu, że własną pracą dorobił się majątku, nigdy nie poddając się wymuszeniu, i teraz też nie zamierza. Paweł z miejsca by go aresztował, ale miał z sobą tylko niewielu zbrojnych, a Maurycjusz kilkunastu uzbrojonych przyjaciół i klientów.

– To nie może dłużej trwać. – Gordian mówił bardzo wyraźnie, jak zawsze, kiedy był blisko upicia się. – Potrzebny nam nowy Cherea albo Stefanus, albo... – Nie przychodził mu do głowy żaden inny zabójca cesarzy tyranów.

– Mów ciszej – upomniał go kwestor.

Służący byli zbyt daleko, by go usłyszeć, widzowie wykrzykiwali stawki zakładów na kolejną walkę, ale on mimo to zniżył głos.

– Jeśli nie zabijemy Maksymina, on pozabija nas... nas wszystkich.

Miarą ich przyjaźni było, że pozostali dwaj nie szukali w jego słowach pułapki.

– Nie mamy legionów – zauważył Walerian.

– Afryka kontroluje dostawy zboża do Rzymu – dodał Gordian. – Braknie tych dostaw i ludzie wyjdą na ulicę.

– A pretorianie Witalianusa i kohorty miejskie nowego prefekta miasta ich zmasakrują. – Walerian pokręcił głową.

– Dołączą do nas inne prowincje.

– To żołnierze strącają z tronu cesarzy, a nie plebs czy mieszkańcy prowincji – oświadczył Menofilos, wychylając się do przodu. – Tylko trzy armie są na tyle duże, by wygrać wojnę domową, te znad Renu, Dunaju i Eufratu. Mało prawdopodobne, by ta ze wschodu mogła pokonać pozostałe dwie z północy. Maksymin może zostać obalony jedynie przez tych, którzy są razem z nim.

– Musimy ratować Maurycjusza – oświadczył Walerian.

– Łańcuch ma pełne zaufanie Maksymina – powiedział ze smutkiem Menofilos. – Rzecz jest zatem niemożliwa.

Gordian zamilkł i milczał razem z pozostałymi. Wodził oczyma za walczącymi kogutami, ale jego myśli krążyły gdzie indziej. Maurycjusz walczył z nimi w *Ad Palmam*. Był przyjacielem. Prawdziwa przyjaźń wymaga ponoszenia wielkiego trudu dla dobra przyjaciół, każe ryzykować dla ich bezpieczeństwa, jeśli zajdzie taka potrzeba. Człowiek winien unikać bólu, ale bolesne działania mające przynieść pożytek przyjacielowi niosą przyjemność. Bez przyjaźni niemożliwe byłoby zaufanie, pokrzepienie ani spokój ducha. Takie życie nie jest nic warte. Epikur powiedział, że mądry człowiek nie angażuje się w politykę, chyba że coś go do tego sprowokuje. Kiedy tyran zagrozi twoim przyjaciołom, twojemu wewnętrznemu spokojowi, wreszcie bezpieczeństwu samej republiki, nie możesz żyć sobie spokojnie, chcąc nie chcąc znajdziesz się w centrum zainteresowania.

Rozdział trzydziesty drugi

Daleka północ
rzeka Hierasos,
trzy dni przed nonami wrześniowymi 237 roku

Równina była twarda, płaska i brunatna. Jesienne deszcze jeszcze nie nadeszły i trawę pokrywał kurz. Rząd drzew, daleko przed nimi, znaczył kolejną rzekę. Obóz, rozłożony po tej stronie rzeki, wszystkie te dziesiątki, setki wozów i namiotów wyglądały na malutkie przy tej rozległej płaszczyźnie. Po drugiej stronie rzeki poruszały się nieprzebrane stada zwierząt. Z tak dużej odległości trudno było odróżnić konie od owiec, wszystkie wyglądały jak pełzające po ziemi robactwo. Widoczność sięgała wielu mil i to było dobre.

Nikt się go nie spodziewał pod koniec sezonu kampanii wojennej, i to tak daleko na stepie. Przez całe lato Maksymin ścigał sarmackich Roksolanów i ich gockich sojuszników po pokrytych trawą równinach między masywem Karpat i mokradłami delty Dunaju; nieustanne marsze i kontrmarsze, lotne kolumny i przeczesująca teren jazda. Dochodziło do potyczek. Sarmaci napadali na tabory, atakowali pojedyncze jednostki. Rzymianie schwytali paru maruderów, trochę trzody. Nie zdarzyło się nic istotnego, nie doszło do decydującej bitwy. Barbarzyńcy gnali bowiem swoje stada na pogórze albo podmokłe tereny, były to trudne, niepewne miejsca, gdzie Rzymianie woleli się nie zapuszczać. Maksymin jednak poznał ich zwyczaje. Wiedział, że muszą pojawić się na otwartym stepie, gdy zacznie się zimowy wypas w dolinach rzek.

Pod koniec sierpnia, kilka dni przed kalendami wrześniowymi, armia ponownie przekroczyła Dunaj pod Durostorum i Maksymin poprowadził ją na północ. Poruszano się szybko, bo wozy taboru i personel pomocniczy pozostawiono z tyłu. Nad Naparis nikogo nie znaleziono, podobnie jak nad kolejną, bezimienną rzeką. Jednakże tutaj, nad odległą Hierasos, natrafili wreszcie na swoich przeciwników, zebranych razem dla bezpieczeństwa albo oddanych w ręce nieprzyjaciela, zależnie od woli bogów. Dlaczego, zastanawiał się Maksymin, nie starali się zachować życia? Dlaczego się nie poddali?

Zapytał o to Apsinesa. Teraz, kiedy zabrakło Pauliny, często z nim rozmawiał. Sofista powiedział, że to rezultat ignorancji. Barbarzyńcy nie potrafili sobie wyobrazić korzyści wynikających z rządów Rzymu. Jednak podbicie ich było powinnością Maksymina. Dla ich własnego dobra. Kiedy spotykały się byki, przywódcy dwóch różnych stad, dochodziło do walki. Zwyciężał silniejszy i zabierał stado pokonanego byka. To on był skuteczniejszym obrońcą. Podobnie wyglądało to u ludzi. Kiedy jeden król pokonał innego, oznaczało to, że ma większą wartość i więcej może dać swoim poddanym. Maksymin zrozumiał. Mówiąc prosto, bez żadnych ozdobników, król miał przynosić ludziom korzyści, a największą korzyścią było bezpieczeństwo. Tyran rządził dla siebie, król dla swoich poddanych. Maksymin nie chciał tego tronu. Nie chciał być cesarzem. Walczył dla dobra Rzymu. Nie był tyranem.

Półkole wozów otaczających obóz barbarzyńców znajdowało się o niecałą milę od nich. Już czas, pomyślał Maksymin, zatrzymał wierzchowca i kazał znajdującym się z nim chorążym i trębaczom dać sygnał.

„Moneta na golibrodę!", wołali maszerujący żołnierze. Maksymin miał worek przytroczony do łęku. Zanurzał w nim rękę i rzucał garściami monety. Ludzie podbiegli, zebrali je i szybko znaleźli się z powrotem na swoich miejscach. Nawet centurioni niemal dobrodusznie rugali ich za pazerność.

Armia, rozsypując się wachlarzem po równinie, wzbijała ogromne tumany kurzu. Przybierały różne kształty. Przypominało to cesarzowi obserwowanie chmur; sposób, w jaki się zmieniały, przesuwały i łączyły, tworząc raz obraz psa, kiedy indziej konia, a czasem piersi i uda nagiej kobiety. Nie miał kobiety od śmierci Pauliny. Nigdy nie miał innej kobiety za jej życia. Wydawało mu się to niewłaściwe. Ale teraz ona nie żyła, a przecież mężczyzna nie jest stworzony do celibatu. Być może, jeśli dzień potoczy się pomyślnie, pośród chaosu panującego w zdobytym obozie weźmie sobie jedną z tych sarmackich suk o blond włosach.

Armia stała nieruchomo, wiatr gnał kurz w stronę barbarzyńców. Była jesień, ale słońce przygrzewało jeszcze mocno. Pod zbroją Maksymin pocił się obficie. Otarł dłonią czoło. Mrużąc oczy, spojrzał ostatni raz na ustawienie oddziałów, zanim zostawił wszystkie w rękach bogów.

Środek pierwszej linii stanowiła falanga jedenastu tysięcy żołnierzy zebranych ze wszystkich legionów stacjonujących wzdłuż Renu i Dunaju. Głęboka na pięciu ludzi ciągnęła się przez jedną trzecią mili. Flawiusz Wopisk czyta pewnie wers za wersem z *Eneidy*, szukając tam wsparcia, mimo to Maksymin nie wyobrażał sobie, by ktoś inny miał poprowadzić żołnierzy do walki. Gdyby Wopisk poległ, dowodzenie przejąłby Kacjusz Klemens. Ten drugi ciągle wycierał nos, narzekał na tę czy inną przypadłość, ale była to tylko poza. Pomimo swojej hipochondrii Klemens był twardym mężczyzną.

Na obu flankach legionistów stało podobnie ustawionych tysiąc żołnierzy regularnej piechoty wojsk pomocniczych i tysiąc wojowników z Germanii, sprowadzonych na podstawie traktatu zawartego z tamtejszymi plemionami. To miała być ich ostatnia bitwa pod rzymskimi znakami. Maksymin umówił się z ich księciem, Frodą, że tej zimy Anglowie, ze swoim dowódcą Eadwinem, powrócą do rodzinnych domów na dalekiej północy.

Drugą linię tworzyło osiem tysięcy pretorianów Anullinusa i cztery tysiące żołnierzy II legionu *Parthica*, pod wodzą Juliusza Kapitolinusa. Z tarczami opartymi mocno o ziemię będą zapewne się modlić, by pierwsze natarcie się powiodło, bo wtedy oni nie będą musieli walczyć.

Ataki mieli wspierać łucznicy Jotapianusa. Pomiędzy szeregami ciężkiej piechoty porozmieszczano tysiąc żołnierzy z Emesy, pięciuset Ormian i tysiąc Osroenów. Tych ostatnich Maksymin kazał zdziesiątkować po rewolcie Kwartynusa i Macedo, ale poza tym nie potraktował ich szczególnie ostro. Po tym jak co dziesiąty został wybatożony na śmierć przez kolegów, dalszych kar już nie było. Oczywiście ich liczba znacznie się zmniejszyła, a żołnierzy jednostek, które poparły pechowego pretendenta, czekały najtrudniejsze i najbardziej niebezpieczne zadania.

Na prawym skrzydle czekała jazda, cztery regularne *alae* oraz Persowie i Partowie; w sumie trzy tysiące ludzi. Zsiedli z koni, by oszczędzać ich siły. Honoratus z wyglądu może bardziej pasował do sympozjonu niż do bitwy, jednak przez ostatnie trzy lata wielokrotnie udowodnił, że posiada wysokie umiejętności wojskowe.

Po lewej stronie Sabinus Modestus dowodził tysiącem swoich katafraktów oraz tysiącem złożonej z Maurów lekkiej jazdy. Maksymin polubił Modestusa. Nie był najmądrzejszy, ale robił to, co mu rozkazano, był sprawny w boju. Intelekt nie jest najważniejszym i zasadniczym przymiotem oficera.

Jako rezerwę Maksymin zatrzymał przy sobie tysiąc żołnierzy cesarskiej gwardii konnej. Dla uzyskania większej mobilności w ostatniej fazie obsługę balist i wozy do transportu machin pozostawiono w obozie marszowym ponad pięć mil za armią. Miały być strzeżone przez jedną kohortę piechoty wojsk pomocniczych i przez *ostensionales*. Maksymina bawiło, że zredukował ulubioną jednostkę swojego poprzednika do roli strażników taboru.

Tabory przypomniały mu o pewnej niemiłej sprawie. Zaopatrzenie nigdy już nie było takie samo od czasu odejścia Tymezyteusza na wschód. Maksymin kazał Wolonowi sprawdzić dokładnie Domicjusza. Prefekt obozu sprzeniewierzał wielkie sumy. Gdyby to zdarzyło się wcześniej, Domicjusza natychmiast by aresztowano, skonfiskowano nielegalne dochody, a głowę zatknięto na włócznię. Teraz natomiast Maksymin czekał, aż znajdzie kogoś odpowiedniego na jego miejsce. Rozważał odwołanie Tymezyteusza z Azji, ale on był bardziej potrzebny w Rzymie. Ten *Graeculus* miał talent organizacyjny. Rozdawnictwo zboża znajdowało się w kompletnym chaosie. Cesarz wiedział, że Tymezyteusz to uporządkuje, plebs nie będzie miał powodów do protestów. A każdy człowiek, który tego spróbuje, zostanie zabrany ze świątyni czy ulicy przez kohorty miejskie Sabinusa, nowego prefekta miasta, i przez pretorianów pod dowództwem Witalianusa. Może kiedy w Rzymie znów zapanuje spokój, Maksymin każe Tymezyteuszowi wrócić do armii. Na razie obozem wciąż dowodził Domicjusz. Było jednak pewne, że wszystkie łapówki, które przykleiły się mu do rąk, wrócą do skarbu, kiedy nastąpi jego upadek.

Maksymin rozejrzał się. Wokół nie było nic. Żadnej

osłony, żadnych obłoków kurzu; nic, tylko bura trawa i palące słońce. Wydał rozkaz. Zabrzmiały trąbki, pochyliły się znaki. Armia ruszyła w drogę.

– Zbliżają się nieprzyjacielscy jeźdźcy.

Było ich dwóch, nadjeżdżali od strony swoich wozów. Sądząc po spokojnej jeździe, najprawdopodobniej byli to wysłannicy.

– Przyprowadźcie ich do mnie – powiedział cesarz.

Za plecami dwójki jeźdźców nieprzyjaciele opuszczali obóz. Ponieważ barbarzyńcy nie mieli regularnych oddziałów, trudno było ocenić ich liczbę. To akurat była piechota. Ustawili się w linię mniej więcej takiej samej długości jak ta utworzona przez ludzi Flawiusza Wopiska. Może nie tak głęboką; na pewno nie liczniejszą.

Maksymin spoglądał właśnie przez ramię w stronę zachodnią, na otwartą trawiastą równinę, kiedy dotarli wysłannicy. Sądząc po stroju – watowanym haftowanym kaftanie, spodniach, długim mieczu używanym przez jazdę i długim sztylecie przymocowanym do uda – jeden z nich był Sarmatą. Drugi miał kości wplecione w długie włosy. Był gockim kapłanem.

– *Zirin* – rzucił Sarmata.

Słowo to zapewniało na stepie bezpieczeństwo każdemu, kto chciał prowadzić rozmowy.

Maksymin się nie odezwał.

– Przybyliśmy, by doprowadzić do zawieszenia broni. – Sarmata mówił po grecku.

Maksymin wciąż milczał.

– Jeśli zatrzymacie swoich ludzi, omówimy warunki – dodał Sarmata.

– Dlaczego? – spytał Maksymin.

Got mówił po grecku ze znacznie cięższym obcym akcentem.

– Bogowie ujawnili nam swoją wolę – powiedział. Kostki w jego zmierzwionych włosach zastukały na wietrze.

Maksymin wiedział, że ma gniewną minę.

– Przez całe lato was ścigałem i nie przyszliście do mnie. Dlaczego teraz? – spytał.

Sarmata uśmiechnął się.

– Znaleźliśmy się w gorszej sytuacji.

– Brać ich – powiedział cesarz.

– *Z i r i n*! – krzyczeli obaj oburzeni mężczyźni, kiedy żołnierze zabierali im broń, wiązali ręce na plecach. – *Z i r i n*!

– Zabrać ich na tyły.

Byli odważni, ale ludzie nie powinni mieszać bogów do swoich krętactw. Przynajmniej teraz Rzymianie mieli przewagę. Trzy dni wcześniej dwóch dzielnych i zaradnych zwiadowców zameldowało, że widzieli, jak sarmacka konnica opuszcza obóz i wyrusza na zachód. Wczoraj, kiedy spostrzeżono zbliżających się Rzymian, na pewno po nich posłano. Do świtu tego ranka jeszcze się nie pojawili. Atak musiał zatem nastąpić przed ich powrotem.

– Postąpiłeś słusznie, władco. Boski Juliusz Cezar kiedyś zrobił to samo, kiedy jacyś Germanie próbowali grać na zwłokę.

Maksymin spojrzał na konsula Mariusza Perpetuusa. Wyglądał nienagannie, wytwornie. Cesarz zdawał sobie sprawę, że znowu spogląda gniewnie. Ci wykształceni zawsze potrafili znaleźć jakieś usprawiedliwienie, jakieś przykłady z odległej przeszłości. On sam ani trochę nie miał pewności, że to, co zrobił jest słuszne.

Apsines powiedział mu kiedyś, że bezpieczeństwo nie jest jedynym dobrem, jakie powinien zapewniać władca. Innym wielkim dobrem jest bowiem sprawiedliwość, ważniejsza od bogactw i zaszczytów. Za jego panowania skazano wielu ludzi. Maksymin nie był przekonany, że wszystkie wyroki wydano sprawiedliwie. Senatorowie i ekwici prześcigali się we wzajemnych oskarżeniach. Cesarz wiedział jedynie to, co mu powiedziano. Spytał Apsinesa, jak powinien sądzić. Sofista powiedział, że władca powinien słuchać wyłącznie prawdziwych przyjaciół. Łatwo było powiedzieć, jak sofista nie musiał siedzieć na cesarskim tronie. Nie rozumiał, że cesarz nie ma prawdziwych przyjaciół. Teraz, kiedy Pauliny zabrakło, już nikt nie mówił do niego szczerze, nie kierując się korzyścią albo strachem.

Wiatr przybierał na sile. Niósł drobniutki pył i gorzką woń stratowanego piołunu. Po niebie sunęło kilka jasnych chmur; ciemniejsze gromadziły się na południu. Być może zbliżała się pierwsza ze spóźnionych jesiennych burz. Kurz wzniecony przez *equites singulares* popłynął do przodu i wymieszał się z tumanem wzbitym przez żołnierzy drugiej linii piechoty. Straży przedniej i łuczników prawie nie było widać. Z tysięcy żołnierzy prowadzonych przez Flawiusza Wopiska i Jotapianusa widoczne były jedynie znaki oraz hełmy kilku konnych oficerów.

Od przodu dobiegł głos rogów. Pierwsze chmury strzał poszybowały w powietrzu i opadły czarnym deszczem. Barbarzyńcy odpowiedzieli tym samym. Piechota Anullinusa się zatrzymała. Konnica z obu flank zbliżyła się do niej i jeźdźcy zeskoczyli na ziemię, by ulżyć zwierzętom. Maksymin podniósł ramię, zatrzymując rezerwę. Członkowie konnej gwardii również zsiedli z koni. Cesarz pozostał w siodle; on, w przeciwieństwie do żołnierzy, miał zapasowego wierzchowca.

Na wprost, ponad kłębiącym się kurzem, niebo przysłaniały strzały. Fascynujące i jednocześnie straszne było obserwowanie, jak spadają na niewidoczne ofiary. Ci ludzie widzieli je, kiedy już było za późno, natomiast ten, kto z bezpiecznej odległości przyglądał się, jak inni ryzykują wszystko i giną pod nawałą strzał, mógł czuć się po trosze bogiem.

Maksymin spojrzał w prawo, na wschodni horyzont. Metodycznie dokonał przeglądu terenu od wschodu, poprzez południe, ku zachodowi, przyglądając się każdemu zagłębieniu, podążając wzrokiem za cieniem każdej chmury. Wciąż nie widział nic poza wysoko stojącym słońcem nad poruszanymi wiatrem suchymi źdźbłami traw i chwastami.

Z północy dobiegł straszliwy odgłos, przypominający ten, który można usłyszeć w górach, kiedy skalna ściana odrywa się i spada. Legioniści i barbarzyńcy starli się przed półkolem wozów. Maksymin siłą woli usiłował przebić wzrokiem nieprzeniknioną dal.

– Nieprzyjacielska jazda! – zawołał Jawolenus ze straży przybocznej, wskazując ręką.

Od lewej strony, pośród porastających brzeg drzew, pojawiło się sporo sylwetek. Końskie ciała, wynurzające się z nakrapianego cienia, zlały się w ciemną masę. Poniżej migały tylko cienkie pęciny, powyżej majaczyły kształty jeźdźców. Na tle jasnobrunatnej ziemi konnica robiła wrażenie intensywnie czarnej. Wierzchowców było coraz więcej, tak dużo, że to ziemia zdawała się przesuwać.

Maksymin uśmiechnął się. Dowódcy sarmackiej jazdy należał się podziw, kimkolwiek był. Brzegi były wysokie, porośnięte drzewami. Samą rzekę na pewno dało się przejść w bród; obóz był od południowej strony, stada od północnej. Tego ranka ich tam nie było, jeźdźcy zapewne przybyli od zachodu korytem tej płytkiej rzeki, wykorzystując jedyną na całym stepie osłonę. Jeśli spieszyli z daleka, ich wierzchowce musiały być zmęczone.

– Modestus ma do czynienia z przewagą liczebną, imperatorze, musimy posłać mu do pomocy Honoratusa z prawej flanki – powiedział Perpetuus.

Maksymin nie odpowiedział od razu. Być może konsul miał rację. Co najmniej cztery tysiące konnych nomadów stanęło przeciw dwom tysiącom jeźdźców Modestusa. Mogło jednak pojawić się więcej. Cesarz przesunął wzrokiem po rzece.

– Nie – oświadczył w końcu.

Przywołał parę konnych posłańców, wysłał jednego do Anullinusa z rozkazem, by zatoczył ze swoimi pretorianami półkole i wsparł jazdę Honoratusa. Kolejny popędził galopem, by przekazać Juliuszowi Kapitolinusowi, że II legion *Parthica* ma dokonać zwrotu w lewo i wesprzeć Modestusa.

Sarmacka konnica zbliżała się stępa, w pełnym ruchu tworząc szyk bitewny. Podziw Maksymina dla ich przywódcy jeszcze wzrósł; to nie był człowiek, który zmarnowałby swoją przewagę zbyt pospiesznym atakiem. Tymczasem Modestus zareagował całkiem dobrze. Może jednak ten Tymezyteuszowy kuzyn nie był tak nierozgarnięty, jak powszechnie sądzono. Ustawił swoich Maurów w szyku otwartym, zajmując w ten sposób znaczną przestrzeń po swojej lewej, a sam został z katafraktami, ustawionymi ciasno, kolano przy kolanie, w trzech rzędach.

– Imperatorze...

– Cisza w szeregach! – krzyknął Maksymin. Zawsze znajdą się jacyś głupcy, którzy nie wiedzą, kiedy przestać gadać.

Cesarz dokonał przeglądu reszty pola. Niczym skrzydła otwierającej się bramy ludzie Juliusza Kapitolinusa i Anullinusa oddalali się truchtem w lewo i prawo. Na wprost, gdzie doszło do walki, kurz wznosił się kłębami do nieba. Cesarz widział, że już wkrótce piechota rzymska utworzy ogromne odwrócone U. Drugi legion miał tylko cztery tysiące ludzi, podczas gdy pretorianów było osiem tysięcy. Maksymin ocenił, że pomiędzy prawą flanką Juliusza Kapitolinusa a pierwszą linią powstanie wyrwa. Żołnierze Honoratusa, znowu w siodłach, czekali spokojnie na wschodniej flance.

– Z prawej! – powiedział Jawolenus.

Kolejne grupy konnych Sarmatów wyłoniły się z doliny rzeki naprzeciwko jazdy Honoratusa. Wdrapywali się na skarpę, rozsypani, bez żadnego porządnego szyku. Najwyraźniej w tamtym miejscu brzeg był bardziej stromy, trudniejszy do pokonania. Maksyminowi trudno było oszacować ich liczbę, ale wiedział, że ustawienie się w stosownym szyku zajmie im trochę czasu.

– Bogowie podziemni, to będą kolejne Kanny – jęknął Maksymus.

Cesarz spiorunował syna wzrokiem. Żałował, że nie zostawił go razem z cywilami w obozie albo po południowej stronie Dunaju, z dziwkami.

Sarmaci z lewej ruszyli kłusem. Połowa z nich głęboką falangą atakowała ciężką jazdę Modestusa, a jakiś tysiąc skierował się przeciwko Maurom. Pozostali, może kolejny tysiąc, kierowali się skosem w przerwę pomiędzy II legionem a toczącą już bitwę piechotą. Najwyraźniej zamierzali uderzyć na lewe skrzydło Rzymian z boku i z tyłu, aby zwinąć linię.

– *Equites singulares*, na koń!

Maksymin wezwał chłopca trzymającego jego bojowego rumaka, Borystenesa. Przesiadł się na drugiego konia, nie dotykając ziemi. Wielki czarny ogier wiercił się pod jego ciężarem.

– Formować za mną klin. – Maksymin wiedział dokładnie, co się wydarzy i co powinien zrobić. W teatrze nie zawsze nadążał za akcją tragedii i często nie chwytał literackich aluzji, ale na polu bitwy nic mu nie umknęło: wydarzenia przesuwały się w jego umyśle niczym korowody wiejskich tańców z czasów młodości.

Kiedy już ludzie byli gotowi, nie zostało wiele czasu na przemowy. Maksymin poczuł ulgę. Uniósł się w siodle i odwrócił. Zobaczył groźne brodate twarze.

– Koledzy żołnierze, ruszajmy zapolować na Sarmatów. Roczny żołd dla tego, kto będzie przy mnie.

Odpowiedział mu ryk uznania członków cesarskiej gwardii konnej. Byli to ludzie tacy jak on, synowie żołnierzy albo chłopów z północy. Być może Wopisk czy Honoratus przywołaliby parę wersów z Wergiliusza, ale Maksymin dał im to, czego chcieli: swoją obecność w chwili zagrożenia oraz obietnicę pieniędzy. *Wzbogacaj żołnierzy, ignoruj wszystkich pozostałych.*

Ścisnął kolanami boki Borystenesa i koń ruszył stępa. Nie chciał zjawić się w decydującym miejscu za wcześnie albo z przemęczonymi końmi. Poprowadził czubek klina utworzonego przez zbrojnych mężczyzn w sam środek pierwszej linii.

Wewnątrz lewego skrzydła krążyła konnica. Poprzez zasłonę kurzu widział raz pędzące w jego stronę, a raz rzucające się z powrotem w wir walki oddziały Maurów. Migotały w słońcu groty oszczepów i strzał. Afrykanie trzymali się dzielnie. Sprawy wyglądały gorzej w wypadku katafraktów. Walczyli z tak bliskiej odległości, że niemal stali w miejscu. Poprzemieszczali się, nie było już spójności po żadnej ze stron. Rzymska ciężka jazda ustępowała pola przeciwnikowi z powodu jego liczebnej przewagi. Jak dotąd odbywało się to bardzo powoli. Niewielu katafraktów leżało martwych na ziemi. Metalowe zbroje dobrze chroniły ludzi i konie. Poza tym była to sama elita weteranów; jeśli tylko bogowie nie zdecydują inaczej, powinni utrzymać się dostatecznie długo. W każdym razie Juliusz Kapitolinus i II legion byli tuż za nimi.

Jakiś głos krzyczał w umyśle Maksymina, by pomknął

galopem, by rzecz zakończyć, w tę czy w tamtą stronę. Zignorował to natrętne ponaglanie, zmusił się do spokoju i przyjrzał polu bitwy. Po prawej Sarmaci wciąż próbowali sformować szyk. Ludzie Honoratusa czekali gotowi. Pretorianie odgrodzili szykujących się do walki jeźdźców od toczącej się już bitwy. Z przodu wyglądało na to, że tocząca bój piechota z prawej strony i w centrum przesuwa się z mozołem w stronę obozu barbarzyńców. Jednak linia rzymska się wyginała, bo lewe skrzydło stało w miejscu. W pewnym momencie Maksymin zobaczył, jak pierwszych kilku żołnierzy oddziela się od reszty i rzuca do ucieczki. Był to już niemal decydujący moment.

Cesarz spiął konia. Potężny ogier pomknął jak wicher. Maksymin musiał trzymać go w ryzach, żeby się zbytnio nie rozpędził. Za nimi ziemia dudniła pod tysiącami kopyt.

Coraz więcej Rzymian odrywało się od skrajnej lewej strony. Wszyscy byli z dwóch jednostek wojsk pomocniczych.

Maksymin wyciągnął i uniósł wysoko miecz. Jakieś dwieście kroków za pierwszą linią machnął nim i zaczął skręcać w lewo.

– Trzymać się razem! Trzymać pozycję!

Kiedy przejeżdżał za tylnymi szeregami walczących legionistów, jego oczom ukazały się jednostki wojsk pomocniczych. Były otoczone; od przodu piesi Goci, z tyłu konni Sarmaci. Nagle, niczym pękająca zapora, rozerwali się. Ci, którzy mogli, rzucili się do ucieczki; pozostali zwrócili się przeciwko sobie, walcząc o to, by wydostać się z okrążenia, albo rzucali broń i wznosili błagalnie ręce. Sarmaccy jeźdźcy wychylali się z siodeł i opuszczali długie miecze na głowy i barki nie stawiających oporu ludzi.

Kawałek dalej za tą kotłowaniną duża grupa mężczyzn wciąż walczyła pod sztandarem z białym koniem. Eadwine i jego Anglowie stali zbici w krąg i otoczeni tarczami. Sarmaci jeździli wokół, dźgając grotami włóczni i czubkami mieczów, szukając szczeliny w ścianie z tarcz. Maksymin uśmiechnął się. Po tej bitwie może już nie być żadnych Anglów wracających nad Morze Swebskie.

– Jesteście gotowi do wojny? – zawołał cesarz.

– Gotowi!

Trzykrotnie Maksymin wykrzykiwał to pytanie. Za każdym razem odpowiedź była głośniejsza.

Jakiś Sarmata w posrebrzanej zbroi łuskowej i w wysokim spiczastym hełmie dostrzegł Rzymian. Przyłożył róg do ust i wydobył z niego przenikliwy, przeszywający bitewny dźwięk. Jego wojownicy natychmiast zareagowali na ten zew. Jednak drogę tarasowali im piesi Goci oraz ranni i ogarnięci panicznym strachem Rzymianie. Młócili zatem mieczami na lewo i prawo, swoich i wrogów, starając się przepchnąć przez tę ciżbę.

Jakiś ranny żołnierz z oddziału wojsk pomocniczych słaniał się na drodze wierzchowca Maksymina. Borystenes nie zwolnił kroku, zawadzając go barkiem. Mężczyzna zakręcił się w miejscu i upadł. Przejechało po nim tysiąc *equites singulares*.

Sarmata w srebrzystej zbroi jechał pod sztandarem ze smokiem. Było z nim trzystu, może czterystu konnych, więcej starało się do nich dołączyć. Zatrąbił do ataku. W rytm uderzeń kopyt swoich wierzchowców wojownicy ruszyli przed siebie. Pochyleni nisko do przodu, z twarzami ledwo widocznymi pod hełmami wyglądali jak bestie, dzikusy, które zabijają dla przyjemności.

Maksymin chciał splunąć sobie na klatkę piersiową, na szczęście, ale miał zbyt sucho w ustach. Wydał głośny pradawny okrzyk wojenny z trackich gór.

Nieprzyjacielski przywódca zbliżał się z prawej. Miecz

miał wymierzony w pierś Maksymina. Skupiony na połyskującej stali cesarz w ostatnim momencie zdołał odbić go w bok. Z lewej strony coś uderzyło w jego tarczę z taką siłą, że tylko dzięki łękom nie znalazł się na ziemi. To Borystenes i wierzchowiec wodza barbarzyńców zderzyli się bokami. Cesarz odbił się do góry i znów siedział mocno w siodle. Na moment mężczyźni spotkali się twarzą w twarz. W jasną brodę Sarmaty wplecione były czerwone koraliki. Obaj mężczyźni próbowali się wzajemnie atakować, ale rozpędzone konie oddaliły ich od siebie.

W samym centrum tego zamętu świadomość Maksymina nie sięgała poza zasięg jego miecza. Wokół był tylko nieustanny ruch, wrzask, krzyk. Hałas przytępił mu zmysły. W oślepiającym kurzu ciosy spadały nie wiadomo skąd. Odwracał się we wszystkie strony, odbijał uderzenia, ciął i dźgał. Krew tryskała mu w oczy. Jakaś klinga rozłupała tarczę. Inna wgniotła pancerz na prawym barku. Udami wciąż kierował Borystenesa przed siebie.

– Nie zatrzymywać się! – zawołał.

Strzała przeleciała mu ze świstem obok twarzy. Jakiś pieszy Got próbował przebić go włócznią. Odtrącił ją, kopnął mężczyznę w głowę. Wojownik zatoczył się i zniknął. Dwóch Sarmatów natarło na niego z obu boków. W jednego cisnął swoją rozbitą tarczę, cios drugiego odbił krawędzią ostrza. Lewą ręką chwycił wojownika za gardło, wyrwał go z siodła i rzucił na ziemię. Obracając się w siodle, zamachnął się mieczem na Sarmatę po prawej, powstrzymując cios, kiedy tylko uświadomił sobie, że w tym miejscu znajduje się już Jawolenus.

Coś do niego mówił. Krew dudniąca mu w uszach nie pozwoliła Maksyminowi usłyszeć jego słów. Gdzieś z daleka dochodziły do niego radosne okrzyki. W dławiącym płuca kurzu cesarz obrócił wierzchowca, szukając kolejnego zagrożenia, starając się zorientować w otoczeniu. Znajdowali się pośród drzew o cienkich, szarych pniach.

– Imperatorze! – Jakiś żołnierz zbliżył się do jego konia. Za długie włosy trzymał odciętą głowę.

Niżej płynęła szeroka, płytka rzeka, tocząc wzburzone i brudne wody.

– Oto radość twego zwycięstwa, imperatorze. – Żołnierz uniósł głowę do góry. W zlepionej krwią brodzie tkwiły czerwone koraliki.

Rozdział trzydziesty trzeci

Wschód
Efez, prowincja Azja,
nony październikowe 237 roku

Z pałacu namiestnika w Efezie roztaczał się wspaniały widok. Z lewej pasmo poszarpanych gór schodziło ku morzu. Wysoko na stokach poprzez roślinność przeświecał wapień; niżej rzucała się w oczy gmatwanina czerwonych dachów. U podnóża gór widoczne były delikatne kolumny słynnej biblioteki Celsusa wzniesionej przy wielkim czworokącie agory. Tamtędy też, niemal tuż pod samym pałacem, szeroka imponująca ulica biegła na zachód do portu. Po prawej, sine z tej odległości, ciągnęło się półkoliście pasmo łagodniejszych gór. Pomiędzy nimi a miastem rozciągała się szeroka równina, przez którą płynęła, tworząc zakola, rzeka Kaystros. Wewnątrz murów Efezu mieścił się wspaniały olimpiejon oraz monumentalny kompleks łaźni portowych, gimnazjon i kolumnadowy park, a wszystko to razem kierowało wzrok z powrotem ku prowadzącej do portu między dwoma szeregami posągów ulicy. Tymezyteusz nie chciał udawać się do portu. Nie miał ochoty opuszczać Efezu.

Nadeszły październikowe nony, pora trochę późna jak na sezon żeglugowy. Poeta Hezjod odradzał wyruszać w morze później niż w sierpniu. Co prawda Hezjod był rolnikiem w górach Beocji, a i statki były obecnie bardziej zdatne do morskiej żeglugi niż za jego czasów. Wszyscy znający się na rzeczy twierdzili, że trzy dni przed idami listopadowymi zaczyna się zima, a po tym terminie jedynie głupcy i desperaci wypływają w morze. Przy przeciwnych wiatrach Tymezyteusz i osoby mu towarzyszące mogliby mieć spore kłopoty, by zdążyć dotrzeć do portu w Brundyzjum, zanim zamkną szlaki wodne. Choć jego rodzina posiadała własne statki handlowe, nigdy nie przepadał za żeglowaniem. Kiedyś w okolicach Massilii sztorm zaskoczył statek, którym podróżował. Choć sam nie wierzył w bogów, to jednak kiedy załoga zaczęła się modlić, poszedł za ich przykładem. W każdym razie, gdyby teraz udało im się bezpiecznie okrążyć przylądek Malea, to nie powinni natrafić na szczególnie groźne niespodzianki. Zresztą zamartwianie się nic by nie zmieniło. Maksymin kazał udać się do Rzymu morzem, a cesarskich rozkazów się nie lekceważy.

Tymezyteusz stał na tarasie sam. Rano w prytanejonie najważniejsi obywatele wygłosili mowy, żegnając go jako namiestnika. Niewolnicy i tragarze zabrali już bagaże na statek. Teraz Tymezyteusz czekał na Trankwilinę i córkę. Wychylił się przez balustradę i ogarnął spojrzeniem leżący poniżej teatr.

Dawno temu, kiedy zaraza pustoszyła Efez, święty mąż, Apoloniusz z Tyany, poprowadził ludzi do teatru. Siedział tam stary ślepy żebrak z laską i kawałkiem chleba. Okryty łachmanami wyglądał obrzydliwie i nieustannie mrugał. Apoloniusz pokazał go Efezjanom i kazał im zbierać kamienie, i obrzucać nimi nieprzyjaciela bogów. Mieszkańcy wzdragali się przed ukamienowaniem nieszczęśnika. Starzec łkał, błagał o litość, ale Apoloniusz upierał się przy swoim. Tak długo ich przekonywał, że w końcu nikt się nie wahał.

Rzucono tyle kamieni, że utworzyły nad ciałem kopiec. Kiedy je odsunęli, ich oczom ukazał się zgruchotany na miazgę trup. Nie był to już starzec, tylko demon, o wyglądzie nie mniejszego od lwa psa molosa, który znieruchomiał, tocząc pianę z pyska.

Kiedy Tymezyteusz czytał u Filostratosa tę opowieść, zastanawiał się, co też robił namiestnik, kiedy inni uzurpowali sobie jego władzę. Może oparty o tę balustradę spoglądał w dół. Czasami polityka wymagała, by stanąć z boku i pozwolić wypadkom toczyć się własnym torem. A co by się stało, gdyby po odrzuceniu kamieni ujrzano zmasakrowane ciało starca? Bez boskiej inspiracji, jeśli nie było się Apoloniuszem, trudno odróżnić winnego od niewinnego.

Jak wielka wina splamiła duszę Waleriusza Apollinarisa, poprzedniego namiestnika Azji? Minionej zimy najpierw spotkali się tylko we dwóch, przy kolacji, z mnóstwem wina, i kiedy odesłali służbę, Tymezyteusz złożył mu wyrazy współczucia. Trudno było nie zauważyć, że pod władzą cesarzy życie obeszło się z nim okrutnie: Karakalla zabił mu ojca, Maksymin syna. Tymezyteusz nie był jedyną osobą, która obawiała się o bezpieczeństwo Apollinarisa i jego drugiego żyjącego syna. W obecnej sytuacji obawiał się też o swoje, podobnie jak wszyscy wysoko postawieni ludzie. Stary namiestnik nie dał z siebie nic wyciągnąć. Ani jedna skarga nie opuściła jego ust. Miał obowiązek rządzić Azją, tak jak jego pozostały przy życiu syn miał nadzorować brzegi Tybru i ścieki Rzymu. Kompletnie nic do odnotowania dla świadków, których Tymezyteusz tam ukrył.

Trankwilina była wściekła, bo powiedział, że nie powinni tego dalej ciągnąć. Żona natarła na niego. Co się stało z tamtym człowiekiem, którego poślubiła? Niczym kot, chce zjeść rybę, ale bez zamoczenia sobie łapek. Czy możesz dalej tak żyć, sam siebie uważając za tchórza? – pytała.

Przy następnym wspólnym posiłku obrała inną taktykę. Późnym wieczorem, utkwiwszy w Waleriuszu Apollinarisie spojrzenie swoich ciemnych oczu, oświadczyła, że nie wierzy, by starodawne rzymskie poczucie honoru wygasło. Młodzi wciąż mogli powrócić do cnót swoich przodków. Potrzebowali tylko dojrzałych i doświadczonych mężczyzn jako przykładu. A potem powiedziała Waleriuszowi Apollinarisowi o spotkaniu, do którego doszło poprzedniego roku w Samosacie.

Słysząc, jakie podejmuje ryzyko, przerażony Tymezyteusz przybrał kamienny wyraz twarzy. Pod tą maską słyszał drapanie pazurów jego lęku.

Tymezyteusz i Pryskus kochali Rzym, ale byli ekwitami; nikt by się do nich nie przyłączył, mówiła. Senatorowie Otacyliusz Sewerianus, Juniusz Balbus i Licyniusz Serenianus byli ludźmi nieposzlakowanej uczciwości, ale tamtego dnia zabrakło im zdecydowania. Gdyby wykazali więcej odwagi, Juniusz Balbus wciąż by żył, podobnie jak Klaudiusz Apellinus, Sollemniusz i cały zastęp innych. Skromnie ubrana, ale z oczyma płonącymi żarliwością Trankwilina mogłaby być Lukrecją czy jakąś inną cnotliwą matroną z minionej epoki, kiedy tak apelowała do Waleriusza Apollinarisa, by uwolnił republikę.

I wtedy dopiero prawda wyszła na jaw: gorycz i ambicja sędziwego namiestnika, długo skrywane pod płaszczykiem szlachetnych intencji dotyczących obowiązku i publicznego dobra. Tym razem było tego aż nadto dla ukrytych słuchaczy.

Odpowiednio zredagowane – inicjatywę przypisano odwrotnie i pominięto wzmiankę o Samosacie – raporty dotarły *cursus publicus* na dwór. *Frumentarii* wrócili – z zamkniętym powozem przeznaczonym dla Waleriusza Apollinarisa i z oprawionym w kość słoniową cesarskim pełnomocnictwem dla Tymezyteusza do objęcia stanowiska namiestnika prowincji Azja.

Pierwszej nocy w pałacu namiestnika tutaj, na tym tarasie, Trankwilina zaspokoiła go swoimi ustami. Kiedy był już prawie pewien, że więcej nie zniesie, uniosła suknię i przechyliła się przez balustradę. Chwyciwszy ją za biodra, wtargnął w nią, rozkoszując się swoją mocą, niepewny, czy jej krzyki wyrażają rozkosz czy ból. Potem powiedziała mu to, co chciał usłyszeć. Natura zawsze da znać o sobie. Ojciec Waleriusza Apollinarisa był zdrajcą, jego syn był zdrajcą, jego drugi syn też się taki okaże. Zdrada tkwiła w nich niczym złoże rudy w skale. A ona i Tymezyteusz wystąpili tylko w roli górników wydobywających ją na światło dzienne.

Odwrócił się, kiedy jego żona wyszła na taras. Uśmiechnęła się i uświadomił sobie, że wie, o czym myślał. Zawołała przez ramię i pojawiła się Sabinia. Trzymając się za ręce, bez żadnych osób towarzyszących, poszli stromą ścieżką w dół.

Dotarłszy do Świętej Drogi, skręcili w prawo. Przy ulicy stały tłumy wiwatujące na cześć odjeżdżającego namiestnika oraz jego pięknej małżonki i córki. Niektórzy rzucali kwiaty, inni wykrzykiwali pochwały dla jego nieposzlakowanej uczciwości, skromności i przystępności. Popatrzcie tylko, jak się obchodzą bez straży czy przepychu.

Głupcy, pomyślał Tymezyteusz. Ignoranci kochali kiedyś cesarza Tytusa, bo panował zbyt krótko i nie zdążył wyrządzić wiele zła. Namiestnictwo Azji mogło ustawić rodzinę na całe pokolenia. Tymezyteusz gorliwie pomagał cesarskiemu agentowi zajmującemu się konfiskatą majątku Waleriusza Apollinarisa; bądź co bądź jedna czwarta miała przypaść jemu jako oskarżycielowi. Okazało się, że stary senator mimo tego całego gadania o obowiązku i cnotach całymi garściami zapełniał swoje szkatuły. Tymezyteusz zabrał się do tego samego, tyle że z większą powściągliwością i bardziej finezyjnie. Żałował jedynie, że nie ma na to więcej czasu.

Uśmiechy nie schodziły im z twarzy, nie przestawali machać rękami. Skręciwszy w lewo, znaleźli się na ulicy prowadzącej do portu. Tam też tłumy wiwatowały. Pomijając wielkie możliwości, jakie pozostawiał za sobą w Azji, z wielu innych powodów Tymezyteusz nie miał ochoty wracać do Rzymu. Chociaż Kacjusz Celer i Alcymus Felicjanus tam byli, to przecież ich przyjaźni dorówna wrogość innych. Waleriusz Pryscyllianus, żyjący syn Waleriusza Apollinarisa, będzie się poczuwał do zemsty. Witalianus był mniej zajadłym, ale za to lepiej usytuowanym wrogiem. Biedny Macedo miał zapewne rację; zastępca prefekta pretorianów musiał wiedzieć, że Tymezyteusz był przeciwny mianowaniu go na stanowisko w Mauretanii Cezarejskiej. A Witalianus nie wyglądał na człowieka, który łatwo wybacza czy zapomina.

Bardziej przyziemne sprawy jeszcze pogłębiały niechęć Tymezyteusza do powrotu. Wyznaczono go na stanowisko *prefectus annonae*, urzędnika nadzorującego zaopatrywanie Rzymu w zboże. Polecono mu uśmierzyć niepokoje wśród wielkomiejskiego plebsu poprzez rozdanie większej ilości zboża, a jednocześnie wydać na to mniej pieniędzy. Jeżeli poprzedni urzędnik nie był jawnie nieudolny ani skorumpowany, to wykonanie tych sprzecznych z sobą zadań może okazać się trudne. Był jeszcze problem pewnego prywatnego testamentu. Zmarł bowiem Pollienus Auspeks Młodszy, ważny patron Tymezyteusza w latach jego wczesnej kariery. Syn Auspeksa umarł wcześniej. Na krótko przed śmiercią Auspeks adoptował Armeniusza Peregrynusa. Teraz adoptowany syn kwestionował zapis dokonany przez Auspeksa na rzecz Tymezyteusza. W cesarstwie istniały jedynie dwa sposoby dojścia do wielkich pieniędzy. Jednym była służba w administracji, drugim spadek. Tymezyteusz dobrze wyszedł na pierwszym, ale niewiele zyskał na drugim. Prędzej wyląduje w Hadesie, niż pozwoli się oszukać takiemu łowcy spadków jak Armeniusz, obiecywał sobie.

Nie rozumiał, jak to się stało, że obecnie nieodwracalnie obejmuje stanowisko *prefectus annonae*. Przy całej zgrabnej pompatyczności stylu rozkazy cesarskie nie musiały zawierać motywów decyzji. Nie należało się dziwić, że pospieszna wymiana korespondencji z kuzynem Modestusem nie rzuciła światła na ten problem. Modestus napisał o wielkim zaszczycie, jaki spotkał Tymezyteusza i jego rodzinę. Bowiem to sam Maksymin wysunął go jako kandydata na to stanowisko. Żaden członek *consilium* nie podał w wątpliwość słuszności takiego wyboru.

Czy jego kuzyn był aż tak tępy, by wyobrażać sobie, że ktoś mógł jakąś wątpliwość wyrazić? Niby w jakich słowach miałby przedstawić swoje obiekcje? *Władco, najświętszy regencie bogów na ziemi, chociaż twoja wola jest prawem, a ty jesteś człowiekiem cieszącym się złą sławą z powodu potwornego charakteru i gwałtowności, takim, który kiedyś próbował oślepić swojego syna, niech mi wolno będzie powiedzieć, że twoja nierozsądna propozycja dowodzi, iż jesteś na wpół barbarzyńskim prostakiem.*

Modestus napisał, że nawet Domicjusz ją aprobował. Istotnie, prefekt obozu wydawał się obecnie przyjaźnie do niego nastawiony. Często razem ucztowali i Domicjusz stał się dla niego kimś w rodzaju przyjaciela. Bogom niech będą dzięki, że Tymezyteusz nigdy w rozmowach ze swoim durnym kuzynem nie poruszał spraw bardziej delikatnych niż zimowy chłód czy nocna ciemność. Nietrudno było sobie wyobrazić, jak Modestus, rozochocony winem podczas którejś z ich kameralnych kolacyjek, zwraca ku Domicjuszowi swoją pyzatą twarz i radośnie oświadcza: *Wiesz, że to czysty*

absurd, ale Tymezyteusz często powtarzał, że nie spocznie, póki
nie rzuci cię zwierzętom na pożarcie albo też nie każe nagiego,
przy szyderstwach motłochu, powoli zachłostać na śmierć. Wiele
razy wyrażał nadzieję, że ziemia będzie ci lekką. Wtedy psom
będzie łatwiej dokopać się do twoich zwłok.

Ulica prowadząca do portu była długa i tłum się znacznie przerzedził. Mijali wejście do portowego gimnazjonu.
Tam właśnie Apoloniusz z Tyany wygłosił kiedyś swój wykład. Tematu nie zapisano; najpewniej była to jakaś diatryba
o cnocie czy wegetarianizmie. W połowie wykładu zabrakło
mu słów. Ani trochę nie wstrząśnięty banalnym charakte-
rem swoich myśli Apoloniusz doznał wizji. W tej właśnie
chwili, setki mil stamtąd, zasztyletowano tego tyrana Domicjana. Tymezyteusz nie sądził, by Maksymin mógł prze-
trwać o wiele dłużej. Samosata do tego nie doprowadziła,
ale wkrótce w czyjejś wyobraźni pojawi się możliwość jego
upadku. Stary pitagorejczyk, Apoloniusz nie był znowu takim głupcem. Kiedy zabijają cesarza, lepiej jest spacerować
ocienionymi ścieżkami z dala od ulic Rzymu.

Rozdział trzydziesty czwarty

Północna granica
Sirmium,
trzy dni przed nonami styczniowymi 238 roku

Na Jowisza Najlepszego Największego i wszystkich bogów, przysięgam spełniać rozkazy cesarza i cezara, nigdy nie porzucać sztandarów czy wymykać się śmierci oraz ponad wszystko stawiać bezpieczeństwo cesarza i cezara.

Junia Fadilla przyglądała się wymawiającemu te słowa Jotapianusowi. Drobny Syryjczyk był ostatnim z powtarzających tę świętą wojskową przysięgę. Na głowie miał wysoki spiczasty hełm i wyglądał, jakby żywcem zamarzał. Kilka płatków śniegu przefrunęło nad placem apelowym. Oficerowie składali przysięgę w imieniu swoich podkomendnych. Tylko niewielki oddział żołnierzy reprezentował każdą z jednostek, a mimo to kwadratowy plac wypełniony był po brzegi. Zewsząd błyskała stal, lśniła skóra, a sztandary łopotały w słabym świetle wczesnego styczniowego poranka. Stacjonująca w Sirmium armia polowa była niewyobrażalnie wielka. Junia Fadilla nie rozumiała, jak po trzech latach nieustępliwej kampanii wciąż jeszcze na północy byli jacyś barbarzyńcy. Ale najwyraźniej byli; całe ich mnóstwo, wielu wciąż wrogo nastawionych. Wiedziała, że kiedy przestanie padać śnieg, przyjdzie prawdziwy mróz i rzeka zamarznie, Maksymin poprowadzi armię na północ, na okryty bielą step, by zaskoczyć sarmackich Izygotów w ich zimowych obozowiskach.

Była jedną z garstki obecnych na placu kobiet. Ze względu na pogodę większość wyższych dowódców i miejscowych dygnitarzy pozwoliła żonom i córkom pozostać w domach. Ta wyrozumiałość nie dotyczyła członkini rodziny cesarskiej. Wielu mężczyzn spoglądało na nią, wśród nich cesarz. W pewnym momencie ich spojrzenia się spotkały. Maksymin z zakłopotaniem odwrócił wzrok. Zauważyła, że od czasu ślubu często się jej przygląda. Cóż za okropne myśli musiały się kłębić w ogromnej głowie tego barbarzyńcy.

Poryw wiatru szarpnął jej szalem, niemal unosząc go wraz z woalką. Kiedy Junia Fadilla pojawiła się z mężem, Maksymin spytał syna, dlaczego jego żona nosi woalkę; przecież nie byli Grekami. Maksymus roześmiał się i wspomniał, jak to pewien stary Rzymianin rozwiódł się z małżonką, bo pojawiała się publicznie bez woalki.

– Prawo powinno zabraniać kobiecie ukazywania swej urody komukolwiek poza mężem – dodał. – Pokazując się innym, bez potrzeby prowokuje mężczyzn. I co nieuniknione, staje się obiektem podejrzeń i oskarżeń. Niemoralność należy zdusić w zarodku.

Maksymin popatrzył na syna dziwnym wzrokiem, ale nic nie powiedział.

Junia Fadilla poprawiła szpilki tkwiące w siateczce ze szmaragdami, utrzymujące na miejscu szal i woalkę. Przyszedł czas na zaprzysiężenie cywilne. Faltoniusz Nikomachus, namiestnik Panonii Mniejszej, ruszył do przodu na czele delegacji najwybitniejszych mieszkańców Sirmium. Pomocnicy wyprowadzili wołu.

– Władco – przemówił Nikomachus – wznosimy modły do nieśmiertelnych bogów, by zachowali ciebie i cezara Maksymusa w zdrowiu i pomyślności dla dobra całego rodu ludzkiego, którego powodzenie i szczęście zależą od twojego bezpieczeństwa.

Pomocnicy otoczyli zwierzę.

– Za pomyślność naszego pana Gajusza Juliusza Werusa Maksymina Augusta i za pomyślność naszego pana Gajusza Juliusza Maksymusa Cezara i za wieczystość ludu rzymskiego, Jowiszowi Najlepszemu Największemu składamy ofiarę z wołu.

W bladym świetle poranka błysnął topór i zwierzę padło.

Maksymus wyprostował się. Wyglądał olśniewająco w posrebrzanym pancerzu, z pozłacanym i wysadzanym klejnotami hełmem w ręku. Wiatr mierzwił jego ciemne loki. Było coś kobiecego w urodzie młodzieńca. Bez wątpienia, pomyślała Junia Fadilla, żadne próżne dziewczę nie rozkoszowałoby się bardziej takimi momentami niż ten *princeps iuventutis*.

Wół był tylko pierwszą z wielu ofiar. Junonie złożono w ofierze krowę. Potem zwierzęta składano Minerwie, Jowiszowi Dawcy Zwycięstwa, Junonie Zbawczyni, Marsowi Ojcu, Marsowi Zwycięzcy oraz Wiktorii. Za każdym razem powtarzano te same modlitwy.

Młoda kobieta z nienawiścią zerkała zza woalki na Maksymusa. Nigdy nie urodzi jego dziecka. Zbyt często sługa oznajmiał, że małżonek odwiedzi jej sypialnię. Maksymus nie zawracał sobie głowy subtelnościami i kiedy już skończył, po prostu wychodził. Bogom nich będą dzięki, że nie było go tam rankami. Nieważne jak często korzystał ze swoich praw, żadnych dzieci nie będzie. Stara Eunomia miała w tych sprawach duże doświadczenie. Nummiusz nie chciał mieć dzieci. Kobieta udoskonaliła swoje umiejętności. Mieszała zjełczałą oliwę, miód i żywicę cedrową z białym ołowiem. Junia Fadilla palcami wciskała w siebie tę kleistą masę. Może Maksymus myślał, że ona się podnieca. Jeśli nawet tak było, to wyglądało na to, że jest mu to obojętne. Zawsze, kiedy kończył, starała się wstrzymywać oddech. Po jego wyjściu Eunomia trzymała ją za ramiona, a ona kucała, próbowała kichać i dokładnie się myła. Gdyby to wszystko zawiodło – a były takie noce, kiedy wpadał bez zapowiedzi – zawsze istniały jakieś sposoby na pozbycie się niechcianych dzieci.

Bydło ryczało, zaniepokojone zapachem krwi.

Junię Fadillę przeszedł dreszcz. Tęskniła za dawnym życiem: eleganckim domem na Karynach, wyprawami nad Zatokę Neapolitańską, koncertami, przyjaciółmi. Zastanawiała się, jak się teraz powodzi Perpetui. Maksymus z wyraźną przyjemnością poinformował ją, że małżonka jej przyjaciółki aresztowano. Zdrajca nie mógł spodziewać się litości. Maksymus nie miał pojęcia, że Perpetua modliła się, by Serenianus nie wrócił z Kapadocji. Może jednak Gordian się mylił i w rzeczywistości bogowie nie byli wcale tak daleko, może naprawdę słuchali. Jak dotąd, nie odpowiedzieli na jej modlitwy. Bo cezar żył i cieszył się dobrym zdrowiem.

Moraliści zawsze narzekali, że rozwody przychodzą ludziom zbyt łatwo. Proste zdanie wypowiedziane w obecności siedmiu świadków – w e ź s w o j e r z e c z y i i d ź p r e c z – zrywało kontrakt. List odpowiedniej treści opatrzony pieczęciami również załatwiał sprawę. Bardzo łatwe, ale nie dla małżonki cezara. Bo któż zechciałby być świadkiem potwierdzającym prawdziwość takiego listu? Dokąd można było uciec przed zranioną dumą porzuconego małżonka?

Krowę, ostatnią ofiarę, złożono Wiktorii, bogini zwycięstwa i chwały. Utworzono procesję mającą odprowadzić cesarską rodzinę z powrotem do zarekwirowanych, stojących blisko siebie domów, pełniących teraz rolę pałacu. Maksymus wziął ją pod rękę. Bardzo lubił ją szczypać, żeby usłyszeć, jak gwałtownie wciąga powietrze z bólu. Przez cały czas z jego twarzy Adonisa nie schodził radosny uśmiech.

Ulice uprzątnięto ze śniegu i lodu, tylko sople tworzyły się pod okapami dachów świątyń i domów mieszkalnych. Im wcześniej wszystko zamarznie, tym lepiej, myślała. Kiedy zrobi się zimno jak w grobie, armia wymaszeruje, a razem z nią Maksymus. Być może bogowie okażą się łaskawi i skierują sarmacką strzałę prosto w jego serce.

Jej małżeństwo z Nummiuszem było niekonwencjonalne. Dobrze wychowane dziewczę powinno się przerazić. Junia Fadilla nie przeżyła żadnego wstrząsu. W pewien perwersyjny sposób ten związek był bliski ideałom prezentowanym przez filozofów. Nummiusz nigdy nie zmuszał jej do niczego, co uznałaby za odrażające. Łączyła ich przyjaźń i wzajemna troska. Wszystkim się z sobą dzielili, myślami, ciałami, nie mieli przed sobą sekretów. Rzadko zdarzał się tak idealny układ. Rzeczywistość większości małżeństw była bardziej brutalna. Aby pokazać, że rzeczywiście został małżonką woźnicy rydwanów, cesarz Heliogabal pokazał się publicznie z siniakami i podbitymi oczyma.

Kiedy dotarli do pałacu, Junia mogła udać się do swoich pokoi. Jej stara piastunka już na nią czekała, podała gorący napój, odpięła ciężką złotą broszę, a potem zdjęła wierzchnie odzienie i siateczkę ze szmaragdami, bransoletę z szafirami i wszystkie inne nienawistne zaręczynowe dary. Delikatnie wtarła balsam w posiniaczone miejsca. Zazwyczaj Maksymus bił ją po pośladkach, udach i piersiach. Bardzo uważał, by nie zostawić jakichś śladów na jej twarzy. Tym razem jednak nie zwracał na to uwagi. Stwierdził, że poczuł z jej ust zapach wina, a kiedy kobieta pije pod nieobecność męża, odkłada na bok wszelkie cnoty i rozkłada nogi dla wszystkich chętnych. Nie przestawał jej policzkować, nawet kiedy ją brał. *Suka! Jaki mężczyzna mógłby całować usta, które ssały tyle fiutów. Suka!*

Junia Fadilla popijała gorący napar i powstrzymywała się od płaczu. Jej wzrok padł na broszę z granatami. – *Gdybyś ponownie jechała tą drogą, pani, zechciej skorzystać z mojej gościnności. Nazywam się Marek Juliusz Korwinus, a te dzikie góry są moje.* To było tylko takie przyjemne fantazjowanie, nic więcej. W całym imperium nie było gór dość dzikich, by mogła znaleźć w nich bezpieczne schronienie. Ucieczka była nierealna. Jeśli zawiodą Sarmaci, trzeba będzie znaleźć inne rozwiązanie. Eunomia znała się na ziołach.

Rozdział trzydziesty piąty

Północna granica
Sirmium,
idy styczniowe 238 roku

Zdrętwiałymi w siarczystym mrozie palcami Maksymin sprawdził popręg swojego bojowego rumaka. Od tego pasa mogło zależeć życie i dlatego najlepiej było sprawdzić go samemu. Jawolenus stęknął, podsadzając go na siodło. Maksymin poczekał, aż jego przyboczny wsiądzie na swojego konia, po czym wydał rozkaz wymarszu. Bramy miasta zaskrzypiały, kiedy zaczęto je otwierać przed kolumną. Szczególnie przy takiej pogodzie należało je naoliwić. W dzisiejszych czasach nie można polegać na ludziach i wierzyć, że wypełnią swoje obowiązki, pomyślał z goryczą cesarz.

Latem miną dwa lata od jej śmierci. Czas nie zabliźnił rany. Przez większość czasu ból pulsował tępo i cesarz był w stanie go znieść. Jednak od czasu do czasu poczucie straty uderzało go z taką mocą, że nie mógł ani działać, ani mówić; zastygał w środku zdania czy z ręką niosącą pożywienie do ust. Nawet nie próbował maskować swoich uczuć.

Bramy otworzyły się na skuty lodem świat. Droga biegła wprost na północ i jak okiem sięgnąć była obrzeżona grobowcami. Droga i grobowce, i drzewa, wszystko to odcinało się głęboką czernią od ciągnących się po obu stronach lodowych pól. Wiatr strącił śnieg z gałęzi. Zapanował całkowity spokój i drzewa tworzyły nieruchomą czarną ażurową konstrukcję łączącą ziemię i niebo.

Nie ujechali jeszcze nawet czterystu kroków, kiedy Maksymin poczuł, że Borystenes kuleje. Wychylił się i zobaczył, że chodzi o przednie kopyto. Oficerowie natychmiast zaoferowali cesarzowi własne wierzchowce. Maksymin jednak uznał, że poprowadzi armię, jadąc na Borystenesie. Tak to sobie bowiem wyobrażał, to właśnie powiedział Paulinie. Armia się zatrzymała, cesarz zeskoczył z konia. To samo uczynili członkowie cesarskiego orszaku. Kiedy czekali na kowala, cesarz trzymał uzdę. Niektórzy głupcy mogliby wziąć to wszystko za jakiś znak.

Dis manibus. Bogom podziemnym. Grobowce różniły się między sobą. Niektóre były misternie wykonane i przypominały domy. Ozdobiono je rzeźbami i długimi napisami. Inne były niemal gładkimi sarkofagami z kilkoma zaledwie słowami; z jakimś imieniem i tym wszechobecnym *Diis manibus.* Czasami były to tylko dwie litery: *DM* Powinna zostać pochowana. Wszyscy tak mówili. Apsines, Wopisk, Kacjusz Klemens, Wolo, Anullinus... wszyscy po kolei dołączali do tego chóru. Była cesarzową i boginią. Powinno się zatem przestrzegać stosownych obrzędów. Powinna zostać pochowana w Rzymie. Należy wybudować nowe mauzoleum dla nowej dynastii, mówili. Maksymin z góry odrzucił ten pomysł. Wszystkie dochody musiały iść na wojny północne. W takim razie, odpowiadali, niech dołączy do znakomitych lokatorów grobowca Augusta albo Hadriana. Cesarz nie zareagował.

Powinna zostać pochowana w Owile. Wykupił większość swojej rodzinnej wioski i otaczającej ją ziemi, włącznie z terenem, na którym znajdował się wspólny kurhan. Nikt nie będzie się przed nim korzyć, ani za życia, ani po śmierci. Pozwalał nadal chować tam zmarłych ze swojej wioski. I ona właśnie tam powinna się znaleźć. Kiedy spełni swój obowiązek – już pewnie niedługo – dołączy do niej. Ich cienie będą razem wędrowały po wysokich wzgórzach, piły wodę z górskich źródeł, spały w przytulnych jaskiniach. Razem zapolują u boku Boga Jeźdźca.

Na razie jednak nie mógł jej tam odesłać. Prochy Pauliny, w alabastrowej urnie opakowanej w słomę, podróżowały w jego bagażu. Nocami trzymał ten bezcenny obiekt w swoich ogromnych zabójczych dłoniach i przemawiał do żony. Wezwał druidkę Ababę. Wykonała jakieś dziwne rytuały i twierdziła, że rozmawiała z cieniem Pauliny. Słowa, które przytoczyła, nie brzmiały prawdziwie. Na nikim nie można polegać.

W pewnym sensie on sam był już z Bogiem Jeźdźcem. Może zawsze z nim był. Ten tracki bóg walczył i pokonał węża, który próbował zmiażdżyć drzewo życia. Podobnie Maksymin zdeptał tych, którzy próbowali zdusić republikę. Na północy byli ci najgorsi ze wszystkich, Kwartynus i Macedo. Jednak przed nimi był Magnus i jego współspiskowcy, a potem jeszcze tylu innych, z całego cesarstwa: Antygonus w Mezji Mniejszej, Ostoriusz w Cylicji, Apellinus w Brytanii, Sollemniusz w Arabii. Wszyscy zostali zabici. Maksymin miał pewne wątpliwości co do winy niektórych z tej ostatniej grupy. Bogacze cały czas oskarżali się wzajemnie, mając nadzieję na zysk czy awans, czy po prostu z czystej złośliwości. Nie można im było ufać. Z drugiej strony, nawet jeśli nie zdradzili, to przecież wszyscy skazani mieli coś na sumieniu. Każdy z nich był winien, bo albo prowadził haniebny tryb życia, albo nie był z cesarzem szczery, albo uchylał się od finansowego wkładu w wysiłek wojenny.

Tak wielu ludzi skazano na śmierć, ich majątkami zasilając fundusz wojenny, ale Maksymin wiedział, że dzięki tej surowości cesarstwo jest bezpieczniejsze. Decjusz, z dawien dawna patron jego rodziny, wciąż panował nad Zachodem ze swojej bazy w Hiszpanii. Możliwe, że wykonano wyrok śmierci na którymś z powinowatych Gordianów, ale pod ich rządami w Afryce będzie panował względny spokój. Ani osiemdziesięcioletni starzec, ani jego syn, utracjusz i pijak, nie wzniecą przecież buntu. Tak czy owak, Paweł Łańcuch będzie miał na nich oko, a Kapelianus utrzyma Numidię. Większą troskę budził Wschód. Trzymany w lochach Balbus przed śmiercią zadenuncjował Serenianusa z Kapadocji. Na torturach ten ostatni przyznał się do spiskowania przeciwko tronowi, ale upierał się, że działał sam. Ani pomysłowość, ani wytrwałość przesłuchujących nie były w stanie zmienić tej jego wersji. Natomiast otyły senator Balbus uwikłał innych, wśród nich namiestnika Mezopotamii. Na razie Pryskus był potrzebny do powstrzymywania Persów, ale dobrze się stało, że Wolo przekupił jedną z bliskich namiestnikowi osób. W samym Rzymie plebs może sobie wywoływać zamieszki, bo teraz, kiedy Sabinus zastąpił Pupienusa na stanowisku prefekta miasta, kohorty miejskie chętnie dołączą do pretorianów Witalianusa, by wymieść motłoch z ulic. Oczywiście w Wiecznym Mieście zawsze byli jacyś podejrzani. Szkoda, że Balbus wymienił Tymezyteusza. Cesarz musiał nauczyć się cierpliwości i przebiegłości. Lubił tego małego Greka, ale kiedy ten już ureguluje sprawy rozdziału zboża, będzie musiał go poświęcić.

Rozmyślania cesarza przerwało przybycie kowala. Kiedy zajął się wierzchowcem, Maksymin przemawiał uspokajająco do Borystenesa. Już niedługo, tłumaczył koniowi. Dziesięć mil do wzgórz, dwadzieścia do Dunaju, na drugą stronę zamarzniętej rzeki, potem na mroźne równiny, by ścigać tych sarmackich Izygotów na ich zimowych pastwiskach.

Dopadniemy ich, tak jak jesienią dopadliśmy ich kuzynów Roksolanów. A później, latem, jeszcze jedna kampania i Germania zostanie podbita. A potem, kiedy jego obowiązek zostanie spełniony, będzie mógł zdjąć zbroję i wrócić do Pauliny.

Maksymin sprawdził, jak trzyma się koński but, pomacał skórzane paski i całą resztę. Usatysfakcjonowany kazał Maksymusowi dać mężczyźnie monetę. Jego syn, z grymasem niezadowolenia, rzucił ją celowo kawałek dalej, w śnieg. Mężczyzna wygrzebał monetę ze zwału śniegu nawianego pod najbliższy grobowiec.

Kiedy Jawolenus pomógł mu wsiąść na wierzchowca, cesarz rozejrzał się wokół. Popatrzył na ściągnięte zimnem twarze członków swojego orszaku. Ilu z nich przed wieczorem zacznie gadać o złej wróżbie? Jego wzrok padł na nowego barbarzyńskiego zakładnika. Nie pamiętał imienia młodzieńca, którego ojciec, Isangrim, panował na dalekiej północy, nad Morzem Swebskim. Ten przynajmniej oznaczał lepszą wróżbę. Armia Maksymina Augusta, którą upodobali sobie bogowie, podbije wszystko aż do dalekiego północnego morza.

Rozdział trzydziesty szósty

Afryka
Tyzdros,
cztery dni przed kalendami marcowymi 238 roku

Przyczyną wszystkiego jest pogoń za przyjemnością. Większość ludzi tego nie pojmie. Wyśmienite wina, wyborne potrawy, igraszki w łożu z ponętnymi kobietami; trudno zaprzeczyć, że wszystko to jest bardzo przyjemne. Tak samo jak lektura ciekawej książki czy posiadanie dobrego myśliwskiego psa, szybkiego konia, dzielnego koguta bojowego. Jednakże przyjemność, jaką to wszystko daje, nie jest nic warta bez przyjaźni, bez świadomości, że postąpiło się słusznie. Obserwując świt, Gordian zdał sobie sprawę, że motywy jego postępowania zostaną zrozumiane opacznie. Ludzi z zasadami nigdy nie rozumiano.

Niebo zalała purpura, a jeszcze w nocy zerwał się wiatr. W otoczonym murem ogrodzie rozkołysały się topole, rozchwiały jałowce. Powietrze, a nawet ziemia i taras, na którym stał, rozświetliło się niezwykłym różowym światłem, co było zjawiskiem pięknym i zarazem groźnym z racji swojego nieprawdopodobieństwa.

Mógł odnieść się ze współczuciem do Maurycjusza, wyłożyć za niego część pieniędzy, zapewnić mu tymczasowe bezpieczeństwo i zrobić wrażenie, że postępuje jak przyjaciel. Jednak wrażenie to nie to samo co rzeczywistość. Wiedziałby przecież, że nie zrobił dość. Wciąż by się martwił, że zostanie zdemaskowany jako fałszywy przyjaciel. Nie zaznałby spokoju. Zawsze istniałaby obawa, że to samo wydarzy się ponownie, dotknie innego przyjaciela, jego samego, ojca. Ludzie powiedzą, że działał z pobudek ambicjonalnych, ale to nie była prawda. To, co zrobi, posłuży również innym. Przecież nikt nie mógł doznawać przyjemności w życiu wypełnionym lękiem.

Purpura zniknęła z nieba. Kiedy świat wrócił do swojego zwykłego koloru, ucichł wiatr i rozległ się szmer deszczu. Zanim tu przybył, nie sądził, że w Afryce może tyle padać; cóż, wciąż przecież był luty.

Gnębiły go myśli o tym, co miało nadejść. Działał w imię przyjaźni, ale poza Maurycjuszem nie powiedział nic żadnemu z przyjaciół. Wszyscy znajdą się w niebezpieczeństwie pomimo braku ich zgody. Gdyby wiedzieli, staraliby się odwieść go od tego. Walerian powiedziałby, że to ryzykowne i lekkomyślne, a Arrian najpewniej zrobiłby minę, która oznaczałaby mniej więcej to samo. Sabinianus odgrywałby rolę ostrożnego Parmeniona przy impulsywnym Aleksandrze, a Menofilos zrewanżowałby się, cytując mu jego własne epikurejskie zasady: *Unikaj rozgłosu, nie zwracaj na siebie uwagi.*

Zwlekanie nie miało najmniejszego sensu. Później wszyscy będą musieli przyznać, że człowiek nie powinien być obojętny, kiedy coś uprzykrza mu życie. Jeśli sprawy pójdą źle, być może uda im się go wtedy wyprzeć. Jeśli potoczą się dobrze, wtedy ocali ich wszystkich: przyjaciół oraz ojca... przede wszystkim ojca. Gordian poprawił togę i bandaż na lewym ramieniu, po czym odwrócił się, zszedł po schodach i sam, nawet bez jednego towarzyszącego mu niewolnika, wyszedł z domu.

Ulice były błotniste. Sezon oliwkowy dobiegł już końca, jednak mimo wczesnej pory dnia panował spory ruch; widać było wielu wieśniaków. W obszernych płaszczach albo okryciach z koźlich skór na pewno się zgrzeją, kiedy wzejdzie słońce.

Maurycjusz zaprosił go do domu. Rozmawiali już kilka godzin, kiedy z miasta przybyła grupa młodych ludzi z wyższych sfer. Mieli na sobie ciężkie płaszcze. Powitanie było krótkie, a atmosfera, co oczywiste, napięta. Wszystko już było przygotowane. Maurycjusz powiedział im, że kiedy tylko przyznał się do winy, bez trudu udało się przekonać pełnomocnika cesarskiego, by poczekał, aż wymagana należność zostanie zebrana w całości. Trzy dni wystarczyły, by wszystko zorganizować.

Tyzdros nie było dużym miastem. Przeszli obok fundamentów nowego amfiteatru budowanego przez Gordiana Starszego i znaleźli się przed bazyliką, gdzie odbywało się posiedzenie sądu. Przed budynkiem zebrał się spory tłum. Ośmiu strażników stojących przy wejściu kazało grupie Maurycjusza poczekać w pewnej odległości, razem z grupą wieśniaków. Pegaz na tarczach żołnierzy oznaczał, że są oni z III legionu *Augusta*. Kiedy młodych ludzi wpuszczono w końcu do środka, zobaczyli tam kolejnych ośmiu żołnierzy z takimi samymi insygniami.

Paweł Łańcuch siedział na podwyższeniu pod przeciwległą ścianą, z sekretarzem i kilkoma skrybami. Za nim stało czterech następnych legionistów. Pozostali tkwili przy drzwiach. Łańcuch czytał jakiś dokument, udając, że nie zauważył nowo przybyłych.

Gordian, Maurycjusz i pozostali młodzi ludzie czekali

bez ruchu. Sztywny bandaż ciążył Gordianowi na ramieniu. Zmuszał się, by go nie dotykać.

– Masz pieniądze i akty własności? – spytał Paweł, nie podnosząc wzroku.

– Prokuratorze, czy mogę podejść i porozmawiać w cztery oczy?

Łańcuch podniósł wzrok na Maurycjusza.

– Masz pieniądze czy nie? – spytał.

– Mam.

– W takim razie przekaż je mojemu sekretarzowi. – Paweł machnął ręką w stronę jednego z towarzyszących mu mężczyzn i wrócił do lektury dokumentu.

Nie ma się czego bać, pomyślał sobie Gordian.

– Prokuratorze, namiestnik poprosił mnie, jako swojego legata, bym przekazał ci wiadomość przeznaczoną wyłącznie dla twoich uszu – oświadczył.

Nie próbując ukryć irytacji, Paweł spojrzał na Gordiana.

– Podejdź – rzucił krótko, jakby zwracał się do jakiegoś natrętnego interesanta czy niewolnika.

Nie ma się czego bać, powtórzył w myślach Gordian.

Wszedł ostrożnie po stopniach, prawą ręką przytrzymując bandaż.

– Tak?

Gordian ruchem głowy wskazał skrybów i żołnierzy.

– To delikatna sprawa. Dotyczy bezpieczeństwa cesarza.

Paweł dał znak swoim ludziom, by się odsunęli.

Gordian zbliżył się, macając palcami pod bandażem. *Śmierć nic dla nas nie znaczy.*

– Tak? – Łańcuch uśmiechnął się. – Kogo chcesz zadenuncjować?

Lepsza śmierć niż życie w strachu. Palce Gordiana zacisnęły się na ciepłej skórzanej pochwie.

– Kto jest tym zdrajcą?

– Ty.

Wyciągnął ukryty pod bandażem sztylet.

Łańcuch próbował odbić cios zwojem papirusu. Ostrze obcięło mu dwa palce. Gordian zrobił krok do tyłu, by uderzyć znowu. Paweł rzucił się w bok, zsuwając się z krzesła na podłogę. Sztylet rozciął mu togę, przejechał po żebrach. Chwyciwszy się za zmasakrowaną dłoń, starał się odczołgać na łokciach i kolanach.

Skrybowie rzucili się do ucieczki. W zamęcie powpadali na siebie, tarasując niechcący drogę czterem żołnierzom, którzy stali z tyłu podwyższenia. Młodzi ludzie znajdujący się przez cały ten czas poniżej podwyższenia, odrzucili płaszcze i sięgnęli do ukrytych pod nimi mieczy.

Gordian rzucił się na plecy Pawła. Chwycił go za włosy i szarpnąwszy głowę do tyłu, z boku wbił mu sztylet w szyję. Pierwszy cios ześlizgnął się po obojczyku. Paweł próbował wstać, zrzucić go z siebie. Mocowali się, ślizgając we krwi. Za drugim razem ostrze weszło do samej rękojeści.

Maurycjusz i dwóch młodzieńców stanęli nad nim. Żołnierze tkwili w miejscu niepewni, co mają robić. Gordian wyciągnął z ciała sztylet. Krew trysnęła na marmur. Wstał. Przód togi miał unurzany we krwi. Tymczasem legioniści przy drzwiach zostali otoczeni przez wieśniaków wymachujących siekierami i pałkami. Jeden z żołnierzy, który stawiał opór, leżał na podłodze. Na jego ciało spadał grad razów.

– W imieniu namiestnika rozkazuję wam zaprzestać.

W sali zapanowała cisza. Tylko z zewnątrz dochodził tupot i krzyk ludzi.

– Zgodnie z rozkazem namiestnika – zawołał Gordian – wykonano egzekucję na zdrajcy, którym był Paweł Łańcuch.

Oczy wszystkich skierowały się na niego.

– Dalsza przemoc jest całkowicie zbędna.

Przy drzwiach powstało jakieś zamieszanie. Jeden z młodych mężczyzn przepchnął się do przodu i szepnął coś Maurycjuszowi do ucha.

– Motłoch wylał się na ulicę – powiedział głośno Maurycjusz. – Szybko, musimy dotrzeć do twojego ojca, zanim innym się to uda.

Rozdział trzydziesty siódmy

Afryka
Tyzdros,
cztery dni przed kalendami sierpniowymi 238 roku

To był pracowity dzień dla osiemdziesięcioletniego Gordiana. Jak daleko sięgał pamięcią, zawsze wstawał przed świtem i zabierał się do czytania korespondencji przy świetle lampki. O świcie Walens, jego *a cubiculo*, otwierał drzwi sypialni i wpuszczał najbliższych przyjaciół namiestnika. Dzisiaj podczas ubierania towarzyszyli mu tylko kwestor Menofilos i Walerian, człowiek obowiązkowy. Gordian nie winił pozostałych legatów za nieobecność. Jego syn, Sabinianus i Arrian, ludzie młodzi, potrzebowali więcej snu, no i przyjemności pochłaniały im więcej czasu. W każdym razie wszyscy byli przejęci finansową ruiną Maurycjusza.

O trzeciej godzinie dnia Gordian przewodniczył sądowi. Serenus Sammonik dołączył do Menofilosa i Waleriana w charakterze doradcy. Gordianowi zdarzało się zdrzemnąć podczas rozprawy. Z wiekiem ta przypadłość jeszcze przybrała na sile. Serenus był czujny i trącał go w odpowiedniej chwili, jednak tego ranka nie było takiej potrzeby. Sprawa dotyczyła ustalenia tożsamości. Miejscowy właściciel ziemski utrzymywał, że podczas pobytu w Hadrumetum rozpoznał w jednym z dokerów na nabrzeżu zbiegłego od niego dziesięć lat wcześniej niewolnika. Pozwany twierdził, że urodził się wolnym człowiekiem. Nie było możliwości dojść prawdy. Gordian, jak zwykle, okazał łaskawość i szczodrość. Rozsądził sprawę na korzyść robotnika portowego, ale przy tym z własnej szkatuły przyznał właścicielowi ziemskiemu odszkodowanie równe wartości sprawnego niewolnika. Pieniądze są po to, aby je wydawać.

Wysłuchał tylko tej jednej sprawy. Potem razem z Serenusem Sammonikiem pracowali nad Gordianową biografią Marka Aureliusza. W młodości ułożył o tej dynastii epicki poemat w trzydziestu księgach, zatytułowany *Antoninias*. Napisał też wiele innych dzieł. Teraz ogarnięcie umysłem wielu różnych spraw jednocześnie sprawiało mu ogromną trudność.

Serenus Sammonik znał się na pisaniu. Jego *Opuscula ruralia* wytrzymywały porównanie z każdą inną współczesną poezją, a *Dziennik wojny trojańskiej* był arcydziełem pomysłowości w dziedzinie prozy. Gordian przyjaźnił się z jego ojcem, autorem *Res reconditae*, zabitym z rozkazu Karakalli. Kiedy skonfiskowano ich rodzinny majątek, Gordian, sporo ryzykując, uczynił jego syna nauczycielem swojego potomka. Pod jego kierunkiem młody Gordian napisał kilka niezłych utworów, jednak znaczną część swojego talentu zmarnował w pogoni za przyjemnościami.

Gordian nie miał tego synowi za złe; sam bowiem kawał życia poświęcił Bachusowi i Afrodycie. Jego córka, Mecja Faustyna, była zupełnie inna. Gordian nie bardzo wiedział, skąd się u niej wzięło tak surowe usposobienie. Charakter jego nieżyjącej małżonki Orestylli współgrał bowiem z jego własnym. Może Mecja miała coś z dziadka, ojca matki, który zawsze był zasadniczy. Gordian pamiętał, jak kiedyś usiadł we własnym domu, za co Anniusz Sewerus go zrugał, mówięc, że żaden mężczyzna nie powinien siadać w obecności teścia, chyba że osiągnął co najmniej stanowisko pretora. Miał też obiekcje dotyczące mycia się w jego obecności.

Trzeba jednak przyznać, że Mecja była lojalna i niezastąpiona, jeśli chodzi o prowadzenie rodzinnego domu Gordianów w Rzymie. Rządziła tam żelazną ręką. *Domus rostrata* nigdy nie wyglądał lepiej, co miał okazję stwierdzić, kiedy zatrzymał się tam trzy lata wcześniej, w drodze z Achai do Afryki. Jednakże ostatnie wydarzenia musiały się na niej odbić. Egzekucja męża na pewno była ciężkim przeżyciem. Szkoda, pomyślał Gordian, że jej syn, jego jedyny wnuk, zdawał się przejawiać najgorsze cechy Mecji i nieżyjącego już Juniusza Balbusa. Oby tylko młodego Gordiana epikureizm nie odwiódł od małżeństwa. Bogowie świadkami, że jego syn spłodził już wystarczająco wielu bękartów.

Tego przedpołudnia dość szybko stracił ochotę na literackie przedsięwzięcia. Dawniej lubił aktywnie spędzać czas aż do południowego posiłku. Jeździł konno, uprawiał zapasy, grał w piłkę. Nie oszczędzał się i spływał potem, który szedł później zmyć. Jednak już od dawna w ramach porannych zajęć wyruszał tylko na przejażdżkę. Dzisiaj zrezygnował nawet z takiej łagodnej formy spędzenia czasu na świeżym powietrzu. Wziął kąpiel z Serenusem Sammonikiem, zjadł z nim wcześniejszy niż zwykle południowy posiłek i pożegnawszy swojego towarzysza, ułożył się do krótkiej drzemki.

Jedną z wielu irytujących rzeczy stwarzających problemy w starszym wieku był sen. Gordian wciąż czuł się zmęczony; przysypiał przy różnych oficjalnych okazjach, ale kiedy kładł się, żeby odpocząć, sen nie przychodził. Często próbował przywoływać w pamięci wszystkie zwierzęta z ogromnego malowidła, które wisiało w atrium rzymskiego *domus rostrata*. Zamówił je dla upamiętnienia igrzysk, które organizował jako kwestor jeszcze za panowania Kommodusa. Dwieście jeleni z porożami ukształtowanymi jak ludzka dłoń, trzydzieści dzikich koni, sto dzikich owiec, dziesięć łosi, sto cypryjskich byków, trzysta czerwonoskórych strusi mauretańskich, dwieście wielbłądów, dwieście danieli...

Z drzemki wytrącił go jakiś dźwięk. Z zadowoleniem stwierdził, że ma erekcję. Nie tę bolesną twardość z czasów młodości, ale jednak zdecydowane obrzmienie. Śniła mu się żona Kapelianusa z dawnych lat. Była ladacznicą. Przyprawianie rogów Kapelianusowi sprawiało mu dodatkową przyjemność. Przez chwilę zastanawiał się, czy nie przywołać Walensa i nie kazać mu przysłać jakiegoś dziewczęcia. Igraszki w łożu przy świetle dziennym dostarczały szczególnych wrażeń. Widziało się każdy szczegół ciała, rozlewający się na twarzy rumieniec. Nie, to na nic, stwierdził, bo już zdążył poczuć, że wiotczeje. Przez wiele lat jadał afrodyzjaki; ostrygi, ślimaki, dziką trybulę, rokiettę, nasiona pokrzywy, pieprz, orchideę, cebulki hiacyntów. Wreszcie spróbował naśladować tragika i wierzyć, że uwolnił się już od okrutnego tyrana.

Rano padało, ale teraz przez szczeliny w okiennicach sączyło się światło słoneczne. Orestylla byłaby zachwycona Afryką. Lubiła słońce. Kiedy Karakalla wysłał jej męża jako namiestnika do Brytanii Mniejszej, była przekonana, że chciał, by wykończyło go zimno i wilgoć dalekiej północy. Klimat był upiorny, zimy zupełnie niewiarygodne, ale go to nie zabiło, a wręcz ożywiło na nowo karierę. Pogłaskał się po zwiotczałym już członku. Ileż kłopotów spowodował. Chociaż Gordiana uniewinniono z zarzutu cudzołóstwa, Kapelianus i jego przyjaciele poruszyli niebo i ziemię, by odsunąć go od wszelkich stanowisk. Nie miał pojęcia, dlaczego lata później Karakalla mianował go namiestnikiem w Brytanii. Potem, za panowania Heliogabala, jego naturalne skłonności okazały się bardzo przydatne. Ów dziwny młodzieniec mianował go konsulem, a jego następca nie zmienił tej decyzji, a co więcej, pełnił z nim ten urząd jako współkonsul. Gordian miał wtedy kilku przyjaciół w radzie złożonej z szesnastu senatorów – Wulkacjusza Terencjanusa, Feliksa, Kwintyliusza Marcellusa – a za panowania Aleksandra, bardzo płynnie, bez żadnych przerw, z namiestnika Celesyrii został namiestnikiem Achai, a potem Afryki.

Usłyszał dochodzące z atrium odgłosy jakiegoś zamieszania. Małym dzwoneczkiem przywołał Walensa. Ale kubikulariusz się nie pojawił.

Drzwi rozwarły się z łoskotem na oścież. Gordian usiadł, kiedy do sypialni wpadł tłum ludzi. Choć serce biło mu jak młotem, nie dał niczego po sobie poznać. Od czasu skazania Juniusza Balbusa trochę się tego spodziewał. Maksymin może zabrać mu życie, ale nie pozwoli temu Trakowi, by odebrał mu jego *dignitas*.

– Czego chcecie? – spytał spokojnym głosem.

Mężczyźni się zatrzymali. Byli uzbrojeni, ale nie wyglądali na żołnierzy. Na przedzie trzech dobrze ubranych młodzieńców z mieczami w dłoniach. Za nimi stało wielu prostaków uzbrojonych w kuchenne noże i pałki. Rozglądali się po bogato urządzonym pokoju.

Gdzie, na Hades, podziewał się Brennus ze straży przybocznej? Gdzie są domowi żołnierze? Może zdoła zagadać tych tutaj.

Jeden z nich miał w ręku purpurową tkaninę. Podszedł do Gordiana i zarzucił mu ją na ramiona. Na wszystkich bogów, nic z tego... nie da się złapać w taką pułapkę.

– August! – zawołali gromko. – Gordian August!

Gordian zrzucił z siebie ten śmiertelnie niebezpieczny atrybut władzy. Zsunął się z sofy, ukląkł.

– Proszę... – powiedział, unosząc błagalnie ręce – ...darujcie życie niewinnemu starcowi. Znacie moją lojalność i gotowość służenia cesarzowi. Nie w głowie mi żadna zdrada. Oszczędźcie mnie.

Jeden z młodych ludzi gestem nakazał mu milczeć. Stanął naprzeciwko Gordiana z gotowym do użycia mieczem.

– Możesz wybierać – oświadczył – między ryzykiem teraz i tutaj albo ryzykiem w przyszłości.

Gordian milczał. Czyżby nie miał do czynienia z agentami Maksymina?

– Zaufaj nam, przyjmij purpurę i obal tyrana. – Młody człowiek poruszył mieczem. – Jeśli nie zgodzisz się do nas dołączyć, ten dzień będzie twoim ostatnim.

Gordian zobaczył, że tłum za młodzieńcem się rozstępuje. Zobaczył syna, w zakrwawionej todze. Nie, nie to! Wszystko, tylko nie to!

Jego syn zbliżył się, sięgnął po miecz, położył go na podłodze. Bogom niech będą dzięki, był cały i zdrowy.

Uklęknąwszy obok, syn ujął jego dłonie, ucałował, a potem policzek ojca.

– Ojcze, żołnierze i lud obalają posągi Maksymina. Ogłaszają ciebie cesarzem. Nie ma już drogi odwrotu. Musisz uwolnić republikę.

Syn podniósł go z podłogi i wyszeptał mu do ucha:

– „Jednak nie padnę bez walki, w śmierć nie odejdę bez sławy, dzieła wielkiego dokonam, zostanę w pamięci potomnych".

Posłowie historyczne

Miary czasu

Podobnie jak z większością innych spraw, sposoby porządkowania czasu przez Rzymian były tylko częściowo zbieżne z naszymi. Tak jak i my dzielili dobę na dwadzieścia cztery godziny, ale już ich długość była różna zależnie od pory roku. Część doby od wschodu do zachodu słońca liczyła zawsze dwanaście godzin, a ciemność nocy drugie dwanaście.

Juliusz Cezar położył kres zamieszaniu i przeprowadził reformę kalendarzową (w roku 45 p.n.e.), ustalając liczbę dni w poszczególnych miesiącach, i tego trzymamy się do dzisiaj. Z tym że dni miesiąca nie liczono w jednym ciągu, tylko do kolejnego znaczącego dnia. A było ich trzy: kalendy (pierwszy dzień każdego miesiąca), nony (piąty w miesiącach krótkich, siódmy w długich) i idy (trzynasty w krótkich, piętnasty w długich). Na przykład 14 lutego oznaczał szesnaście dni przed kalendami marcowymi. Aby jeszcze bardziej pomieszać w głowach ludziom współczesnym, Rzymianie zazwyczaj, ale nie zawsze, liczyli te dni włącznie (tak jak w podanym przykładzie). Dla nas pierwszy lutego oznacza cztery dni przed piątym, podczas gdy dla Rzymian pięć.

W cesarstwie rzymskim istniało wiele różnych sposobów oznaczania roku. Rzymianie, w przeciwieństwie do Greków,

386

Syryjczyków czy innych ludów, zazwyczaj podawali rok jako „X lat od założenia Rzymu" (według Warrona było to w roku 753 przed Chrystusem, stosując nasze określenia; dla nas to wydarzenie mityczne, dla nich było historyczne) albo też „rok, w którym konsulami byli A i B (to znaczy *consules ordinarii*, czyli ci dwaj, którzy przejmowali ten urząd pierwszego stycznia, a nie *consules suffecti*, konsulowie pomocniczy, dokooptowani później w tym samym roku).

Podane powyżej informacje i wiele innych przedstawił jasno i przejrzyście J.P.V.D. Balsdon w *Life and Leisure in Ancient Rome* (Londyn 1969), najlepszej jak dotąd pracy na ten temat.

By ułatwić czytelnikowi orientację, w podtytułach rozdziałów czasami określam dany dzień jako „X dni po idach (czy co tam wypada), dzięki czemu możemy utrzymać się we „właściwym" dla nas miesiącu. Podobnie rok 235 znaczyć będzie dla większości czytelników więcej niż tylko „989 rok od założenia miasta" czy też „rok, w którym konsulami byli Cn. Klaudiusz Sewerus i L. Ti. Klaudiusz Aureliusz Kwincjanus".

Lata 235–238 – źródła antyczne

Zdecydowanie najważniejszym źródłem dotyczącym okresu 235–238 są dwie ostatnie księgi (siódma i ósma) *Historii Cesarstwa Rzymskiego* pióra greckiego dziejopisa Herodiana. Od dawna już dostępny jest wyśmienity dwutomowy przekład C.R. Whittakera dla wydawanej przez Harvard University Press serii „Loeb Classical Library" (Cambridge, Mass. 1969–1970), ze wstępem i przypisami. Mimo to tekst ten jest mało znany w anglojęzycznym świecie. Zważywszy na brak konkurencyjności w tej dziedzinie, można wybaczyć próżność przejawianą poniżej. W publikacji *Severan Historiography Evidence, Patterns and Arguments* (*Severan Culture*, red. S. Swain, S. Harrison, J. Elsner, Cambridge 2007) H. Sidebottom dokonuje przeglądu współczesnej historiografii (strony 52–82, a przede wszystkim 78–82). Przydługą analizę, naszpikowaną terminami takimi jak „intertekstualność", można znaleźć u H. Sidebottoma w jego *Herodian's Historical Methods and Understanding of History*, ANRW, II,34,4 (1998), s. 2775–2836. Ważne prace to G. Marasco, *Erodiano e la crisi dell'impero*, ANRW, II, 34,4 (1998), s. 2837–2927, i M. Zimmermann, *Kaiser und Ereignis: Studien zum Geschichtswerk Herodians* (Monachium 1999).

Omówienie serii cesarskich biografii znanej jako *Historia Augusta* i poddanie krytyce jej autora zostaje wstrzymane do czasu ukazania się kolejnej powieści w cyklu „Cesarski tron". Pomniejsze źródła (Eutropiusz, Aureliusz, Wiktor, *Epitome*, Zosimos i Zonaras) zostaną omówione w ostatnim tomie trylogii.

Lata 235–238 – współczesne dzieła naukowe

Znaczącym współczesnym dziełem naukowym jest *Imperial Authority and Dissent: The Roman Empire in AD 235–238* (Leuven, Paryż i Walpole, MA, 2010) pióra Karen Haegemans. Wciąż użyteczny w poznaniu karier i powiązań między konkretnymi postaciami pozostaje *„Senatus contra principem": Untersuchungen zur senatorischen Opposition gegen Kaiser Maximinus Thrax* (Monachium 1980) autorstwa K.-H. Dietza. Wiele też można się dowiedzieć z pracy I. Mennena *Power and Status in the Roman Empire, AD 193–284* (Lejda i Boston 2011).

Cesarze

Przeważające obecnie naukowe rozumienie roli cesarza – nade wszystko zaś jego zasadniczo r e a k t y w n e g o temperamentu – zostało ukształtowane przez jedno monumentalne dzieło: *The Emperor in the Roman World (31 BC–AD 337)*, Londyn 1977, przedruk z nowym posłowiem, 1991, autorstwa Fergusa Millara. Chociaż trudno byłoby znaleźć pracę równie obszerną i precyzyjną, należy zauważyć, że książka Millara uwzględnia jedynie pewne aspekty życia cesarza, i można uznać, że autor ujednolica do jednej roli wiele nader różniących się między sobą osób. Pewien aspekt, jednoznacznie pominięty przez Millara, kiedy to cesarz nie okazuje bierności, analizowany jest przez J.B. Campbella w *The Emperor and the Roman Army 31 BC–AD 235* (Oksford 1984). Najnowsza, popularna praca, *The Complete Roman Emperor: Imperial Life at Court and on Campaign* (Londyn 2010) Michaela Sommera jest nowatorsko skonstruowana i pięknie ilustrowana. Niestety pojawiają się tam pewne błędy rzeczowe oraz przestarzałe albo dziwaczne interpretacje przedstawiane tak, jakby były niepodważalne.

Namiestnicy prowincji

Formalnie rzecz biorąc, istniały dwa rodzaje prowincji: senackie, którymi zarządzali prokonsulowie mianowani przez senat (np. Afryka), i cesarskie, których namiestnikami byli legaci (zastępcy) wyznaczeni przez cesarza (te drugie obejmowały niemal wszystkie prowincje dysponujące armiami i wszystkie zarządzane przez ekwitów). W praktyce jednak różnice pomiędzy nimi były minimalne. Bez zgody cesarza nikt nie mógł zostać namiestnikiem żadnej prowincji. Wykorzystując swoje *maius imperium* (władza najwyższa), cesarz mógł wydawać rozkazy każdemu namiestnikowi i od początku pryncypatu spotykamy cesarzy wydających *mandata* (instrukcje) prokonsulom prowincji „senackich".

Jedną z różnic była długość kadencji. Prokonsulowie mogli spodziewać się wymiany po upływie roku, podczas gdy legaci mogli piastować swoje stanowisko przez kilka lat, często co najmniej trzy. W niniejszej powieści, wspominając niemal wszystkich znanych historykom sprawujących ten urząd ludzi, aby uniknąć nadmiaru pomniejszych postaci, zachowałem na stanowiskach w latach 235–238 namiestników obu typów, a przynajmniej tych, którzy nie zostali zabici. Ten chwyt literacki może być usprawiedliwiony odwołaniem się do czasów takich jak lata spędzone przez Tyberiusza na Capri, kiedy nastąpił zastój w rządach cesarskich. Maksyminus nigdy nie opuścił północnych rubieży i nie interesowały go rządy cywilne; oba te czynniki zdecydowanie nie sprzyjały mianowaniu nowych namiestników.

The Roman Empire and Its Neighbours (2. wydanie, Londyn 1981) dobrze wprowadza czytelnika w te zagadnienia i wiele innych.

Bitwa pod Harzhornem

Pewne znalezisko dokonane w 2008 roku przez archeologa amatora doprowadziło do odkrycia i zbadania miejsca bitwy stoczonej w starożytności w rejonie wzgórza Harzhorn, na terenie dzisiejszych Niemiec. To niewiarygodnie ważne miejsce jest w anglojęzycznym świecie praktycznie nieznane; chociaż trzeba przyznać, że *www.römerschlachtamharzhorn.de* podaje krótkie streszczenie w języku angielskim, a historyk Adrian Murdoch umieścił kilka informacji na swoim blogu *adrianmurdoch.typepad.com*.

Odkrycie pocisków do balist i końskich butów, nieużywanych w ogóle, jak się powszechnie sądzi, przez plemiona germańskie, wskazuje na uczestnictwo w walce armii rzymskiej. Najpóźniejsze monety tam znalezione pochodzą z czasów panowania Aleksandra Sewera. Starożytne źródła literackie zgodnie podają, że cesarz ten został zamordowany przed rozpoczęciem planowanej wyprawy na Germanię i przeprowadził ją dopiero jego następca, Maksymin Trak, wskazując na jakąś datę z okresu jego panowania.

Miejsce to znajduje się jakieś 150 mil w linii prostej od Moguncji, w którym to miejscu armia Maksymina zapewne wkroczyła do Germanii. Mamy tu rzadki i nietypowy przykład sytuacji, kiedy to *Historia Augusta* przekazuje dość dokładną informację, nieznaną z innych źródeł. W manuskryptach znajduje się informacja, że cesarz prowadził kampanię na ziemi Germanów około 300 do 400 mil od granicy. Oceniając to jako nieprawdopodobne, wszyscy współcześni wydawcy zgodzili się na 30 do 40 mil.

Są dwa powody, dla których zakładamy, że Rzymianie zwyciężyli w tej walce. Po pierwsze, źródła starożytne, a przede wszystkim Herodian (patrz wyżej), określają Maksymina jako zwycięzcę nad Germanami. Po drugie, ponieważ ćwieki, które na pewno pochodziły z butów rzymskich żołnierzy, znaleziono przy pociskach do balist, wyciągnięto wniosek, że Rzymianie najpierw miotali pociski z machin w tę stronę, a potem do boju ruszyła piechota, a także jazda, ponieważ w tym samym miejscu odnaleziono sandały dla koni.

W niniejszej powieści, aby wyjaśnić, dlaczego Rzymianie szli do ataku przez górski grzbiet, kazałem Germanom zatarasować przełęcz fortyfikacją polową (obecnie biegnie tam Autobahn A7). Co więcej, uczyniłem tę okolicę mniej zalesioną niż w czasach późniejszych, ponieważ pociski ówczesnej machiny wojennej nie przedarłyby się skutecznie przez las. Wreszcie, w niezgodzie z ocenami archeologów prowadzących wykopaliska, rozmnożyłem rzymską armię, opierając się na stwierdzeniu Herodiana, że Maksymin dokonał najazdu na czele „ogromnych zastępów" (7,2,1).

Nie zakładam, że rekonstrukcja wydarzeń dokonana w rozdziale 17. powieści oddaje ostateczny stan badań. Nowe odkrycia mogą całkowicie zmienić nasze spojrzenie na wiele spraw. Przedstawiam ją w nadziei, że być może stanie się ona zachętą do dyskusji.

Doskonałym punktem wyjścia jest praca *Roms Vergessener Feldzug: Die Schlacht am Harzhorn*, pod red. H. Pöppelmanna, K. Deppmeyera i W.-D. Steinmetza (Darmstadt 2013), wydana dla uzupełnienia prezentowanej w latach 2013–2014 wystawy w Braunschweigisches Landesmuseum.

Łowy

U schyłku republiki rzymskie elity przejęły zwyczaj urządzania łowów od dalekich potomków Aleksandra Macedońskiego z dworów hellenistycznego Wschodu. Rozrywce tej oddawano się, siedząc na końskim grzbiecie, w otoczeniu armii służących i sfory egzotycznych psów. Organizowanie polowań było ostentacyjnie kosztowne, przydające znaczenia w sensie społecznym i ideologicznym. Nie jest mi znana żadna wnikliwa, metodyczna praca w szczególności poświęcona tym aspektom. Byłby to dobry temat rozprawy doktorskiej czy interesującej książki, może coś w stylu *English Fox Huning: A History* Raymunda Carra (Londyn 1976).

Tymczasem czytelnik może sięgnąć po *Essai sur la chasse*

romaine des origins à la fin du siècle des Antonins, autorstwa
J. Aymarda (Paryż 1951) lub zajrzeć na strony 83–153 *Hunting in the Ancient World* J.K. Andersona (Berkeley, Los Angeles i Londyn 1985).

Grawerowanie matryc i bicie monet

Z żadnego starożytnego źródła się nie dowiemy, jak wyglądała praca grawera ani jak działała mennica. Badacze mogli jedynie wyciągać wnioski, analizując gotowe wytwory. Jest to dziedzina, w której sprawdza się archeologia eksperymentalna. Przy opisie technik przedstawionych w rozdziale 20. i 28. sięgnąłem do *Ancient Methods of Coining* G.F. Hilla, „Numismatic Chronicle" 5,2 (1922), s. 1–42, i do *Minting* D. Sellwooda w pracy pod red. D. Stronga i D. Browna *Roman Crafts* (Londyn 1976), s. 63–73.

Zgodnie z powszechnie panującą opinią przyjąłem, że cesarska mennica w Rzymie mieściła się pod obecnym kościołem św. Klemensa, choć nie jest to całkiem pewne; zob. A. Claridge, *Rome: an Oxford Archaelogical Guide* (Oksford 1998), s. 287.

W kwestiach inicjatywy i ideologii trzymałem się w znacznym stopniu modelu Andrew Wallace'a-Hadrilla, zaproponowanego w artykułach *The Emperor and His Virtues*, „Historia" 30 (1981), s. 298–323, oraz *Image and Authority in the Coinage of Augustus*, JRS 76 (1986), s. 66–87: młodsi urzędnicy zarządzający mennicą proponowali wizerunki, które, jak mieli nadzieję, spodobają się cesarzowi, po czym – za sprawą dziwnego odwrócenia sytuacji – kiedy monety weszły do obiegu, pogląd, że „to, czego dokonano w imię cesarza, zostało dokonane przez cesarza", kazał użytkownikom monet zakładać, że znajdujące się na nich „przesłania" to słowa cesarza, który w ten sposób „zwraca się" do swoich poddanych.

Hannibal i Scypion

W rozdziale 24. trunek spowodował pewien zamęt w głowie Gordiana. Scypion pytał Hannibala o największych wodzów nie przed Kartaginą – w rzeczywistości do ich afrykańskiego spotkania doszło pod Zamą – ale wiele lat później, w Efezie.

Walki kogutów

Niewiele napisano o walkach kogutów w Rzymie, jako że zmagania gladiatorów są o wiele bardziej wstrząsające dla ludzi o współczesnej wrażliwości. Wydaje się, że była to rozrywka szumowin i biedaków. Gdyby któryś z czytelników chciał wiedzieć, to informuję, że nigdy nie oglądałem walki kogutów. W internecie można obejrzeć całe ich mnóstwo, zazwyczaj z Meksyku. Inspiracją opisu w rozdziale 31. była anegdota dotycząca Antoniusza i Oktawiana oraz pewien artykuł ze współczesnej antropologii zatytułowany: *Deep Play: Notes on the Balinese Cockfight* autorstwa Clifforda Geertza, przedrukowany w *Interpretation of Cultures* (Nowy Jork 1973), s. 412–453 [wyd. pol.: *Interpretacja kultur*, przeł. M. Piechaczek, Kraków 2005]. Zaczerpnąłem myśl z tego znakomitego tekstu, tworząc jego nową wersję.

Serenus Sammonik

Edward Champlin utrzymuje, że Serenusa Sammonika, autora *Res reconditae*, straconego na rozkaz Karakalli, powinno się utożsamiać zarówno z Lucjuszem Septymiuszem, autorem *Ephemeris belli troiani*, jak i z Septymiuszem Serenusem, autorem *Opuscula ruralia* („Harvard Studies in Classical Philology" 85 (1981), s. 189–212). Wywód ten jest streszczony przez H. Sidebottoma w *Severan Culture, op. cit.*, s. 60–62.

Postać syna Sammonika, noszącego te same imiona, nauczyciela Gordiana Młodszego i właściciela biblioteki, która obejmowała 62 tysiące ksiąg, została najprawdopodobniej wymyślona i umieszczona w *Historia Augusta, Gord. tres* 18.2. Dla swoich powieści przyjąłem istnienie Sammonika syna i przypisałem mu dwa ostatnie, wspomniane wyżej dzieła.

Cytaty

Poeta Tycyda nie tylko pożyczył sobie imię od twórcy z czasów republiki Lucjusza Tycydy, ale jest na dodatek plagiatorem. Jego wiersz, przywołany przez Junię Fadillę w rozdziale 4., wyszedł spod pióra anonimowego poety z czasów cesarstwa, zachowany został w *Greek Anthology* (5.84) i przetłumaczony przez W.G. Shepherda w *The Greek Anthology*, red. P. Jay (wyd. popr. Harmondsworth 1981), s. 324, nr 748.

Kiedy Pupienus w rozdziale 16. pomagał synowi ułożyć mowę, musiał mieć pod ręką *Panegiryk* Pliniusza Młodszego, znany nam w przekładzie B. Radice'a (Cambridge, Mass. i Londyn 1969).

Znajomość literatury, a przede wszystkim Homera, była w cesarstwie rzymskim oznaką przynależności do elity. Wszystkie wersy z *Iliady* pochodzą z przekładu Richarda Lattimore'a (Chicago i Londyn 1951).

Wcześniejsze powieści

We wszystkich swoich powieściach staram się oddać hołd pisarzom, którym zawdzięczam ogromną przyjemność podczas lektury ich książek i którzy mnie zainspirowali.

Kiedy Mamea przeklina swoich zabójców, jej słowa rozbrzmiewają echem słów Jaques'a de Molay, Wielkiego Mistrza templariuszy, wypowiedzianych w *Królu z żelaza*, pierwszym tomie wyśmienitej serii Maurice'a Druona *Królowie przeklęci*.

Kiedy Tymezyteusz „przybiera stosowny wyraz twarzy", przypomina Thomasa Cromwella w powieści *W komnatach Wolf Hall* (Katowice 2014) i *Na szafocie* (Katowice 2013). Do pochwał, jakimi obsypano te powieści Hilary Mantel, nie da się już nic dodać.

Zapożyczyłem pewną frazę z *White Doves at Morning* (Londyn 2003) Jamesa Lee Burke'a. Cóż za wspaniały pisarz, powinien być szerzej czytany po tej stronie Atlantyku!

Słowniczek

Jeśli hasło ma kilka znaczeń, podane są tylko te, które mają związek z powieścią.

a cubiculo: urzędnik odpowiedzialny za cesarską sypialnię
a libellis: urzędnik odpowiedzialny za prawne petycje kierowane do cesarza
a studiis: urzędnik, który wspomagał cesarza przy studiowaniu dzieł literackich i innych zajęciach intelektualnych
ab admissionibus: urzędnik dopuszczający petentów przed oblicze cesarza
Achaja: rzymska prowincja Grecji
Achemenidzi: perska dynastia założona przez Cyrusa II Wielkiego ok. 550 r. p.n.e., której panowanie zakończył Aleksander Wielki w 330 r. p.n.e.
Ad Palmam: oaza na obrzeżach jeziora Trytona (Szatt al--Dżarid), w południowo-zachodniej części Afryki Prokonsularnej
Ad Pirum: rzymska forteca zbudowana we wschodnich Alpach powyżej Longaticum, w najwyższym punkcie drogi łączącej Akwileję z Emoną
Adonis: greckie bóstwo piękności (ukochany bogini Afrodyty)
Afrodyta: grecka bogini miłości

Afryka Prokonsularna (*Africa Prokonsularis*): prowincja rzymska w centralnej części Afryki Północnej, mniej więcej tereny współczesnej Tunezji

agora: w miastach greckich centralnie położony plac/rynek, najczęściej czworokątny, gdzie koncentrowało się życie polityczne i religijne

Akcjum: miasto w zachodniej części Grecji, położone na przylądku o tej samej nazwie, w pobliżu którego w roku 31 p.n.e. stoczono słynną bitwę morską; jej rezultatem było przejęcie całkowitej kontroli nad imperium rzymskim przez Oktawiana Augusta

Akteon: w mitologii greckiej myśliwy, który podpatrzył nagą boginię Artemidę podczas kąpieli; za karę został zamieniony w jelenia i rozszarpany przez własne psy

Akwileja: miasto w północno-wschodniej Italii

Akwitania: prowincja rzymska w południowo-zachodniej i środkowej Galii; część dzisiejszej Francji

ala, l. mn. *alae* (łac.): jednostka jazdy rzymskiej, licząca zazwyczaj około 500, czasami około tysiąca jeźdźców; dosłownie „skrzydło"

Alanowie: koczowniczy lud żyjący na północ od Kaukazu

Alemanowie: związek plemion germańskich. Nazwa prawdopodobnie oznacza „wszyscy ludzie", co albo mówi o tym, że pochodzili z różnych plemion, albo że byli prawdziwymi mężczyznami

Algidus: wygasły wulkan na południowy wschód od Rzymu, miejsce, w którym w latach 458–457 p.n.e. toczyły się walki pomiędzy Rzymianami i Ekwami

ambrozja: mityczny pokarm bogów dający im nieśmiertelność

amfiteatr Flawiuszów: potężna budowla o owalnym kształcie, mieszcząca 60 tysięcy widzów, przeznaczona na igrzyska, które obejmowały najczęściej walki gladiatorów; obecnie zwany Koloseum, w starożytności zaś nosił nazwę dynastii cesarzy, którzy go wybudowali

amfora: wysokie, smukłe naczynie gliniane z dwoma uchwytami, służące głównie do przechowywania i transportu wina, oliwy oraz miodu

amicus, l. mn. *amici* (łac.): przyjaciel

Ammedara: miasto rzymskie, obecnie Haïdra na zachodnim pograniczu Tunezji

Amuda: miasto w północno-wschodniej Syrii

Anglowie: północno-germańskie plemię zamieszkujące tereny współczesnej Danii

Angrywarowie: północne plemię germańskie zamieszkujące tereny obecnej Saksonii i Westfalii

Antiochia: starożytne miasto nad rzeką Orontes w północno-wschodniej Syrii; drugie najważniejsze (po Aleksandrii) miasto wschodniej części cesarstwa rzymskiego

Antoninias: poemat epicki o cesarzach Antoninie Piusie i Marku Aureliuszu, napisany rzekomo przez Gordiana ojca; do naszych czasów zachował się tylko tytuł

Apollo: grecki bóg życia i śmierci, światła, muzyki i poezji

Apollo Sandaliarius: słynny posąg Apolla na ulicy Sandalników (*vicus Sandaliarius*)

Apulia: „pięta" Italii; w apulijskiej Wenuzji urodził się Horacy

Apulum: rzymski fort w prowincji Dacja; obecnie Alba Iulia w Rumunii

Arabia: prowincja rzymska obejmująca większą część współczesnej Jordanii oraz półwyspu Synaj

Arakses: grecka nazwa rzeki Araks, biorącej początek we wschodniej Turcji i wpadającej do Morza Kaspijskiego

Ares: grecki bóg wojny

Arete: fikcyjne miasto nad Eufratem, wzorowane na Dura-Europos

Argo: legendarny statek Argonautów

Argonauci: załoga *Argo*, mitycznego statku Jazona

Armenia: starożytne królestwo buforowe pomiędzy Rzymem i Partią, obejmujące większość terenów na południe od Kaukazu i na zachód od Morza Kaspijskiego; o wiele większe niż obecne państwo Armenia

Arsacydzi: dynastia, która rządziła Partią w okresie od 247 roku p.n.e. do roku 228 n.e.

Artaksata: stolica królestwa Armenii; obecne Artaszat

Artemida: grecka bogini łowów, zwierząt i roślin, płodności i księżyca

Arzamon: grecka nazwa rzeki Zergan płynącej przez południowo-wschodnią Turcję i północno-wschodnią Syrię

Atena: grecka bogini mądrości, sztuki, opiekunka Aten i Sparty

Atlanci: plemię zamieszkujące zachodnią część Afryki Północnej; od niego tamtejsze góry noszą nazwę Atlas

atrium: w domu rzymskim pomieszczenie przykryte dachem z czworokątnym otworem, przez który woda deszczowa ściekała do basenu

Augilowie: plemię libijskie mieszkające wokół oazy Audżila

Augusta Vindelicorum: stolica rzymskiej prowincji Recja; obecnie Augsburg

August: przydomek [*augustus* (łac.) – wspaniały] pierwszego rzymskiego cesarza (Gajusza Juliusza Cezara Oktawiana), używany jako tytuł przez kolejnych cesarzy

auspeks: rzymski kapłan odpowiedzialny za przepowiadanie przyszłości na podstawie różnych rytuałów i zjawisk naturalnych, włącznie z lotami ptaków

auxilia: regularne jednostki pomocnicze w rzymskiej armii

Azja (*Asia*): rzymska prowincja obejmująca obszary dzisiejszej zachodniej Turcji

Bachus: rzymskie imię greckiego boga wina Dionizosa

Bakwatowie: wędrowne plemię berberyjskie żyjące na terenach środkowego Atlasu, należących obecnie do Maroka

barbaricum: ziemie barbarzyńców poza granicami cesarstwa rzymskiego, wytyczającymi zarazem granice cywilizowanego świata

Batny (*Batnae*): miasto w prowincji Mezopotamia; obecnie Suruç w południowo-wschodniej Turcji

bazylika: rzymska budowla służąca za salę posiedzeń sądu i innych zgromadzeń

bazylika Emilia (*basilica Aemilia*): budynek sądu po północno-wschodniej stronie Forum Romanum, wybudowany w roku 179 p.n.e. i w czasach starożytnych kilkakrotnie restaurowany

Belgika (*Belgica*): prowincja rzymska obejmująca współczesną Belgię i północno-zachodnią Francję

Beocja: w starożytności tereny środkowej Grecji położone na północny wschód od Zatoki Korynckiej

Betyka (*Betica*): jedna z trzech rzymskich prowincji na Półwyspie Iberyjskim, usytuowana w południowo-wschodniej części współczesnej Hiszpanii

biblioteka Celsusa: monumentalna biblioteka podarowana miastu Efez na początku II w. dla uczczenia senatora Celsusa Polemenusa, którego pochowano w krypcie pod jej czytelnią

Bitynia-Pont: prowincja rzymska na południowym brzegu Morza Czarnego

Bizancjum (*Byzantion, Byzantium*): miasto greckie założone nad prowadzącą do Morza Czarnego cieśniną Bosfor; obecnie Stambuł

bona vacantia: łaciński termin prawniczy, dosłownie „własność nieodebrana", należąca do zmarłych, którzy nie pozostawili testamentu; główne źródło dochodów cesarzy

Bonchor: bóg czczony przez Numidyjczyków, utożsamiany z Saturnem, rzymskim ojcem bogów

Borystenes: grecka nazwa obecnego Dniepru

Brundyzjum: ważny port na południowo-wschodnim wybrzeżu Italii, obecnie Brindisi

Brytania Dolna (*Britannia Inferior*): jedna z dwóch rzymskich prowincji w Brytanii; usytuowana w północnej Anglii

bukolika: gatunek poezji antycznej, opiewający życie pasterzy; od greckiego *boukolos* „pasterz"

bulla: medalion z amuletem zakładany dzieciom na szyi, noszony do osiągnięcia dojrzałości

campus Martius, Pole Marsowe: w czasach republiki miejsce zgromadzeń, przeglądów wojska i spisów ludności; ogólnie nazwa placu defiladowego

Capri: wyspa w Zatoce Neapolitańskiej, gdzie cesarz Tyberiusz, popadając w coraz większe szaleństwo, spędził ostatnie lata życia

castellum Arabum: fort rzymski, obecnie Tell Ajaja we wschodniej Syrii

castellum Neptitana: oaza w zachodniej Tunezji, obecnie Nefta

Castra Regina: forteca legionowa i osada w południowo-wschodniej Germanii, obecnie Ratyzbona

Celesyria (*Syria Coele*): Cała Syria, prowincja rzymska

Celius: jedno z legendarnych siedmiu wzgórz Rzymu, położone na południowy wschód od Forum Romanum, pomiędzy Eskwilinem i Awentynem

Celiusze: rzymski ród plebejski; jego członkowie bywali konsulami w okresie republiki, co wprowadziło ich do warstwy nobilów

Centenarium Tibubuci: wysunięta placówka rzymska w południowej Tunezji, współczesne Ksar Tarcine centurion: oficer rzymskiej armii dowodzący oddziałem osiemdziesięciu do stu żołnierzy

Cerialia: rzymskie święto ku czci bogini urodzaju Ceres, obchodzone 10 kwietnia

Cezar: imię przybranej rodziny pierwszego cesarza rzymskiego, Augusta, później przyjęte jako jeden z tytułów tego najwyższego urzędu; często używane dla określenia następcy cesarza

Chaboras: rzeka płynąca w południowej Turcji i północnej Syrii, dopływ Eufratu, obecnie Chabur

Cheruskowie: plemię germańskie żyjące w północno--zachodniej Germanii

Chian: czerwone wino z greckiej wyspy Chios, bardzo cenione w starożytności

Cillium: miasto u stóp gór Atlas; obecnie Kasserine we wschodniej Tunezji

civilis princeps: dosłownie „cesarz jak obywatel"; władca rządzący z taktem i umiarem, a nie monarcha absolutny czy dyktator

Cohors I Thracorum: I kohorta tracka; jednostka wojsk pomocniczych

Cohors II Flavia Afrorum: II kohorta flawijska, afrykańska; przez długi czas stacjonowała na południu obecnej Tunezji

Cohors V Dalmatorum; V kohorta dalmacka; pod koniec II w. stacjonowała w Germanii Górnej

Cohors XV Emesenorum: XV kohorta emeseńska, jednostka pomocnicza rekrutująca się z mieszkańców okolic Emesy w Syrii

Colonia Agrippinensis: stolica prowincji Germania Dolna; obecnie Kolonia w Niemczech

comilitio (łac.): „kolega żołnierz", często tak nazywali siebie dowódcy, chcąc podkreślić swój bliski związek z żołnierzami *consilium* (łac.): rada lub grupa doradców cesarza lub wysokiego urzędnika

consul ordinarius (łac.): „konsul zwyczajny", obejmował urząd na początku roku. W republice wybierano dwóch konsulów na jeden rok, jednak cesarze skrócili długość kadencji i mianowali na ich miejsce dodatkowych konsulów. *Consul ordinarius* pozostał najbardziej prestiżowym stanowiskiem, ponieważ Rzymianie określali dane lata imionami konsulów, którzy objęli urząd pierwszego stycznia

consul suffectus: konsul dokooptowany; w czasach pryncypatu jeden z pomocniczych konsulów, mianowanych przez cesarza w miejsce tych, którzy złożyli urząd; stanowisko mniej prestiżowe niż *consul ordinarius*

cubicularius (łac.): służący sypialniany; oficjalne stanowisko w domu cesarskim i w domach elity

Cuicul: miasto garnizonowe w prowincji Numidia; obecnie Dżamila w Algierii

cursus honorum: dosłownie „ciąg urzędów"; obowiązkowa ścieżka kariery w urzędach publicznych, którą musiał podążać każdy ambitny rzymski polityk, jeśli chciał zostać konsulem

cursus publicus: obejmująca system zajazdów cesarska służba pocztowa, dzięki której osoby z oficjalnymi upoważnieniami mogły zmieniać konie i otrzymywać kwaterę na noc

Cylicja: rzymska prowincja na południu Azji Mniejszej

cynicy: szkoła filozoficzna założona przez Antystenesa w V w. p.n.e. i prowadzona dalej przez jego ucznia Diogenesa z Synopy; głosili oni, że prawdziwą niezależność może dać jedynie cnota polegająca na życiu zgodnym z naturą

Cynitowie: plemię berberyjskie żyjące w południowej części obecnej Tunezji

cyrenaicy: wyznawcy filozofii Arystypa z Kyreny, który nauczał, że należy dążyć do szczęścia, ale trzeba we wszystkich okolicznościach być panem samego siebie [*Wszystko, co zapewnia przyjemność, jest pożyteczne i dobre*]

Cyrenajka: rzymska prowincja obejmująca wschodnią Libię i wyspę Kretę

Dacja: rzymska prowincja na północ od Dunaju, w regionie wokół współczesnej Rumunii

Dafne: luksusowe przedmieście Antiochii; sławna była tamtejsza świątynia Apollina i jej wyrocznia

Demeter: grecka bogini urodzaju

demon: istota nadprzyrodzona; określenie to może się odnosić do wielu różnych rodzajów istot: dobrych/złych, indywidualnych/zbiorowych, wewnętrznych/zewnętrznych oraz do duchów

diarchia (gr.): rządy dwóch

diatryba: popularny wykład filozoficzny, najczęściej na tematy etyczne

dignitas (łac.): ważne rzymskie pojęcie obejmujące dużo więcej niż tylko godność w naszym rozumieniu; cześć, sława, honor; znane jest powiedzenie Cezara, który stwierdził, że *dignitas* znaczy dla niego więcej niż życie

Dionizos: grecki bóg wina

dis manibus: „zmarłym przodkom"; często spotykany napis na rzymskich nagrobkach, skracany do D.M.

Dom Westalek: dom dziewic westalskich, kapłanek opiekujących się świętym ogniem bogini Westy; usytuowany na wschód od Forum Romanum, po południowej stronie Świętej Drogi, naprzeciwko świątyni Wenus i Romy

domus rostrata: dom republikańskiego wodza Pompejusza stojący w modnej dzielnicy Karyny; ozdobiony używanymi do taranowania dziobami okrętów (*rostra*) pirackich zdobytych przez Pompejusza, stąd nazwa domu

Durostorum: rzymska forteca na południowym brzegu Dunaju; obecnie Silistra w Bułgarii *dux ripae*: dowódca brzegów rzeki; oficer rzymski odpowiedzialny za obronę brzegów Eufratu w III wieku; dotyczyło to miasta Dura-Europos

Edessa: miasto pograniczne, w III wieku administrowane przez Rzym, Partię i Armenię; obecnie Sanliurfa w południowej Turcji

Efez: jedno z ważniejszych miast założonych przez greckich kolonistów w IX w. p.n.e. na zachodnim brzegu Azji Mniejszej (współczesna Turcja)

egida: mityczna tarcza lub płaszcz noszony przez Zeusa i Atenę

Egnacjusze: ród rzymski, którego członkowie byli senatorami

Eklogi (*Bukoliki*): tytuł zbioru sielanek z życia pasterzy

ekwici: druga obok nobilów uprzywilejowana warstwa ludności. Pierwotnie jeźdźcy konni (*equites*), stąd nazwa

Ekwowie: plemię italskie zamieszkujące Apeniny na północny wschód od Rzymu; podbite w V w. p.n.e.

Eleusis: ośrodek religijny Greków; miejsce starodawnego kultu Demeter, wymagającego od jej czcicieli przejścia różnych tajemnych ceremonii inicjacyjnych (misteria eleuzyjskie)

elizejskie pola: w mitologii greckiej kraina nad Oceanem, miejsce wiecznej szczęśliwości i wiecznej wiosny

Eneida: poemat epicki Wergiliusza, zawierający mityczną opowieść o założeniu Rzymu. W starożytności najwyżej cenione dzieło literatury łacińskiej

epikureizm: grecki system filozoficzny, którego wyznawcy albo zaprzeczali istnieniu bogów, albo twierdzili, że są oni daleko i nie wtrącają się w sprawy ludzkości

equites (łac.): jeźdźcy, jazda, konnica

equites singulares Augusti: stały oddział jazdy dbający o bezpieczeństwo cesarza *equites singulares consularis*: oddział konny utworzony dla ochrony namiestnika prowincji

equites singulares: konna straż przyboczna

erynie: w mitologii greckiej bóstwa zemsty

Eskwilin: jedno z siedmiu wzgórz Rzymu, wznoszące się po wschodniej stronie Forum Romanum

Esuba: starożytna wioska w Afryce Północnej; lokalizacja niepewna

Etolia: górski region Grecji na północ od Zatoki Korynckiej

Europa: w mitologii greckiej fenicka księżniczka porwana i zgwałcona przez Zeusa

Exi! Recede! (łac.): Wyjdź! Odejdź!

falern: bardzo drogie białe wino z północnej Kampanii, szczególnie cenione przez Rzymian

familia Caesaris: ogół domowników cesarza, obejmujący zarówno służbę, jak i cesarskich urzędników; w dużej części złożony z niewolników i wyzwoleńców

Fazania: starożytny region geograficzny w południowo--zachodniej Libii; obecnie Fazzan

Feliciter! (łac.): Powodzenia!, Niech żyją!, wykrzykiwane przez gości pod adresem nowożeńców

Fenicja: starożytna kraina na wschodnim wybrzeżu Morza Śródziemnego (dzisiejsze Liban, zach. Syria i pn. Izrael)

fides (łac.): wierność, lojalność

fiscus: prywatny skarb cesarza, pod zarządem cesarskich prefektów

fizjonomista: człowiek parający się starożytną sztuką badania ludzkich twarzy, ciał i sposobu poruszania się, by poznać ich charakter, tym samym ich przeszłość i przyszłość

flamen Dialis: najważniejszy z kolegium 15 kapłanów Jowisza; obowiązywało go wiele rytualnych zakazów i ograniczeń

Floralia: rzymskie święto ku czci bogini Flory, obchodzone od 28 kwietnia do 3 maja, połączone z igrzyskami i obscenicznymi pantomimami

Fort Lustrzany: łacińskie *Ad Speculum*; rzymski fort przygraniczny, obecnie oaza Szabika w Tunezji

forum: centralny plac o kształcie prostokątnym w rzymskim mieście, rynek targowy i miejsce zebrań publicznych, posiedzeń sądowych. Otoczony budynkami urzędów i świątyniami

forum Augusta: wybudowane przez cesarza Augusta na północ od Forum Romanum, odgrodzone wysokim murem od przylegającej z tyłu dzielnicy nędzy, źródła częstych pożarów

Forum Romanum: główny i najstarszy plac publiczny w Rzymie, gdzie roi się od posągów i pomników sięgających czasów wczesnej republiki. Otoczony świątyniami, łukami, gmachami sądów, włącznie z kurią

frumentarii: jednostka wojskowa stacjonująca na rzymskim wzgórzu Celius; tajna policja cesarza; szpiedzy i skrytobójcy

Gades: port rzymski; obecnie Kadyks w Hiszpanii

Ganimedes: w mitologii greckiej słynny z urody młodzieniec uprowadzony przez Zeusa i obdarzony nieśmiertelnością

Garamantowie: plemię berberyjskie zamieszkujące południowo-zachodnią Libię

Gedrozja: pustynna kraina, przez którą armia Aleksandra Wielkiego wycofywała się z Indii; pustynia w obecnym Beludżystanie

geniusz (*genius*): bóstwo opiekuńcze człowieka; istnieje pewna niejasność, czy zewnętrzne (jak anioł stróż), czy wewnętrzne (jak iskra boża); były też geniusze zbiorowe – rodziny, okręgu, ludu, miejsca. W okresie cesarstwa w całym imperium czczono geniusza cesarza

Georgiki: poemat Wergiliusza w czterech księgach poświęcony tematyce rolniczej

Germania Inferior (Dolna): najdalej na północ wysunięta prowincja Germanii; w większości położona na zachodnim brzegu Renu

Germania Superior (Górna): prowincja germańska leżąca bardziej na południe

Getulowie: plemiona berberyjskie żyjące na obrzeżach Sahary w Afryce Północnej, w zasadzie poza rzymską kontrolą

Goci: związek plemion germańskich

Graeculus (łac.): mały Grek; Grecy nazywali siebie Hellenami, Rzymianie nie zamierzali odnosić się do nich tak uprzejmie i nazywali ich, nieco pogardliwie, Grekami, a czasami wręcz małymi Grekami

Granik: rzeka w Azji Mniejszej, nad którą w roku 334 p.n.e. Aleksander Macedoński stoczył zwycięską bitwę z Persami

gymnasion: miejsce do ćwiczeń gimnastycznych; nazwa utworzona od gr. *gymnos*, „nagi", ponieważ efebowie i atleci ćwiczyli nago

Hades: podziemny świat Greków

Hadrianopolis: stolica prowincji rzymskiej Tracji; obecnie Edirne w europejskiej części Turcji

Hadrumetum: miasto na wschodnim wybrzeżu Afryki Prokonsularnej; obecnie Susa w Tunezji

Hatra: niezależne miasto-państwo (dzisiejszy północny Irak), o które na początku III stulecia Rzymianie i Partowie toczyli walki

Hefajstos: grecki bóg ognia, kowali i złotników

Hera: królowa Olimpu, grecka bogini niebios, płodności, małżeństwa

Herakles: w mitologii greckiej słynący z wielkiej siły heros, który został bogiem

Hermes: grecki bóg podróżnych, dróg, kupców, pasterzy i złodziei; posłaniec bogów

Hierasos; grecka nazwa rzeki Siret, dopływu Dunaju

Hiszpania Taragońska (*Hispania Tarraconensis*): jedna z prowincji, na jakie Rzymianie podzielili Półwysep Iberyjski, leżąca w jego północno-wschodniej części

homo novus (łac.): dosł. człowiek nowy; którego przodkowie nie byli urzędnikami kurulnymi

humanitas (łac.): człowieczeństwo, kultura, cywilizacja, przeciwieństwo *barbaritas*; Rzymianie uważali, że oni sami, Grecy (ci z wyższych warstw), a czasami i inne ludy (zazwyczaj bardzo odległe) się nią wyróżniają, podczas gdy większości ludzkości tego brakuje

Hydaspes: grecka nazwa rzeki Dźhelam w pn. Indiach i Pakistanie, miejsce zwycięstwa Aleksandra Wielkiego nad indyjskim królem Porusem w roku 326 p.n.e.

Hymen: grecki bóg małżeństwa

idy: trzynasty dzień miesiąca w przypadku krótkich miesięcy, piętnasty w długich

Iksjon: w mitologii greckiej zabił teścia, kiedy tamten odmówił dotrzymania warunków kontraktu ślubnego, za co został ukarany (w Tartarze), gdzie go przykuto do wiecznie obracającego się, płonącego koła

Ilion: inna nazwa legendarnej Troi

imperator: pierwotnie tytuł nadawany przez żołnierzy wodzowi po zwycięskiej kampanii. Potem używany przez cesarza Augusta i kolejnych cesarzy; nazwa ta przetrwała w tym znaczeniu we francuskim słowie *empereur* oraz angielskim *emperor*

imperium: władza Rzymian, tzn. cesarstwo rzymskie, często określane pełną nazwą jako *imperium Romanum*

in absentia (łac.): pod nieobecność

Io, Imperator! (łac.): „Hura, Imperator!", okrzyk zwycięstwa wznoszony przez żołnierzy podczas triumfu wodza

Iunam: berberyjski bóg kojarzony z Sol lub Marsem, rzymskimi bogami słońca i wojny

Iupiter optime, tibi gratias, Apollo venerabilis, tibi gratias: „Jowiszu Najlepszy, Tobie dzięki składamy, łaskawy Apollinie, Tobie dzięki składamy"

iuvenes (łac.): młodzi mężczyźni; często oznaczające elitarną organizację paramilitarną

Jazygowie: koczownicze plemię sarmackie żyjące na północ od Dunaju, na Wielkiej Równinie Węgierskiej

jezioro Trytona: starożytna nazwa Szatt al-Dżarid, dużego słonego jeziora w środkowej Tunezji

Jonia: zasiedlone przez Greków tereny dzisiejszej zachodniej Turcji graniczące z Morzem Egejskim

Jowisz (Jupiter): rzymski król bogów

Junona: rzymska bogini małżeństwa

Iuno Sospes: tytuł Junony: Zbawicielka

Iupiter Optimus Maximus: tytuł Jowisza: Największy i Najlepszy

Iupiter Victor: tytuł Jowisza: Zwycięski

Kaledonia: tereny Brytanii leżące na północ od prowincji rzymskich; mniej więcej współczesna Szkocja

kalendy: pierwszy dzień miesiąca

Kampania: żyzny region leżący na zachodnim wybrzeżu południowej Italii, ulubione tereny wakacyjne rzymskiej elity

Kanny: starożytna wioska w Apulii, miejsce druzgocącej klęski Rzymian poniesionej w bitwie z Hannibalem w roku 216 p.n.e.

Kapadocja: prowincja rzymska położona na północ od Eufratu

Kapsa (*Capsa*): miasto w środkowej Tunezji, obecnie Gafsa

Karpaty: łańcuch górski w środkowej i wschodniej Europie, nazwany tak od starożytnego plemienia Karpów (*Carpi*)

Karpowie (*Carpi*): plemię dackie żyjące na północny zachód od Morza Czarnego

Karry (*Carrhae*): miejsce, gdzie w roku 53 p.n.e. Partowie rozgromili Rzymian, obecnie w północnym Iraku

Kartagina: drugie miasto cesarstwa rzymskiego; stolica prowincji Afryka Prokonsularna

Karyny (*Carinae*): dosł. „kile statków"; modna dzielnica starożytnego Rzymu położona na Eskwilinie; obecnie S. Pietro in Vincoli

katafrakci (*kataphraktoi*): ciężkozbrojna konnica; nazwa pochodzi od greckiego słowa oznaczającego zbroję łuskową

Kaystros: rzeka w zachodniej Turcji, obecnie Küçükmenderes

Kerkopowie: mityczni złośliwi i przebiegli bliźniacy znani z oszustw, kradzieży i kłamstw

klibanariusze: ciężkozbrojna jazda

kohorta: jednostka armii rzymskiej, zazwyczaj w sile 500 żołnierzy

kohorty miejskie: jednostka wojskowa stacjonująca w Rzymie, gdzie miała działać w charakterze policji i stanowić przeciwwagę dla gwardii pretoriańskiej

Komana: miasto w Kapadocji; obecnie Sar w środkowej Turcji

Kommagene: niewielkie królestwo w południowo-wschodniej Turcji, najpierw włączone do cesarstwa rzymskiego w 17 roku, od 38 roku niezależne, w roku 73 połączone w jedną prowincję z Syrią

konsul: w republice najwyższy urząd państwowy; w czasach cesarstwa stanowisko głównie honorowe

końskie sandały: metalowe płyty mocowane skórzanymi paskami pod kopytami koni, używane przed wprowadzeniem końskich butów w V wieku

Korkyra: grecka nazwa wyspy Korfu

Korynt: starożytne miasto na Peloponezie, znane z luksusowego trybu życia jego mieszkańców i z prostytutek

krzesło kurulne: składane krzesło z kości słoniowej, symbol stanowiska ważnych rzymskich urzędników

Ktezyfon: stolica imperium Partów, położona na wschodnim brzegu Tygrysu, na południe od obecnego Bagdadu w Iraku

kuria: miejsce posiedzeń senatu rzymskiego; budynek, który postawiono po pożarze pod koniec III wieku, zachował się do dziś

kwestor: rzymski urzędnik pierwotnie odpowiedzialny za sprawy finansowe, urząd senatorski ustępujący rangą pretorowi

Kwiryci (*Quirites*): archaiczny sposób nazywania obywateli Rzymu; czasami stosowany przez tych, którzy chcieli przypomnieć jego republikańską przeszłość

Kybele: frygijska bogini matka, przyjęta przez Greków i Rzymian

Kynegetikos: tytuł zbioru starożytnych traktatów o polowaniu z psami

laconicum: suche, gorące pomieszczenie w łaźni rzymskiej (sauna)

Lambezis: forteca III legionu *Augusta* i stolica rzymskiej prowincji Numidia; obecnie Tazoult w północno-wschodniej Algierii

Lamia: starogrecki upiór wysysający ludzką krew, potem porywaczka dzieci, którą piastunka mogła straszyć nieposłuszne dziecko

lararium: rzymski ołtarzyk domowy

legat: wysoki oficer w armii rzymskiej pochodzący z warstwy senatorskiej

Legio I Parthica: stacjonował w Singarze, w Mezopotamii (Sinjar w Iraku)

Legio II Parthica: *Pia Fidelis Felix Aeterna*, II Legion partyjski, Dozgonnie Lojalny, Wierny i Mający Szczęście; w tym okresie przebywał w Mogontiakum w Germanii (Moguncja), choć w czasach pokoju stacjonował na wzgórzach albańskich w pobliżu Rzymu

Legio III Augusta: stacjonował w Lambezis w Numidii

Legio III Italica: zazwyczaj stacjonował w Castra Regina (Ratyzbona), w prowincji Germania Górna

Legio III Parthica: sformowany pod koniec II w. dla prowadzenia kampanii przeciwko Partii; stacjonował w Resajnie (Ras al-Ajn) na terenie Syrii

Legio IV Scythica: od drugiej połowy I w. stacjonował w Zeugmie w Celesyrii (Kavunlu, wcześniej Belkis, w Turcji)

Legio VI Ferrata: nazwę legionu można tłumaczyć jako „żelazny" czy „opancerzony", co zapewne ma związek z nowymi metalowymi zbrojami legionistów; stacjonujący w Carporcotani w Syrii Palestyńskiej (Al-Kanawat w Syrii)

Legio VII Gemina: Bliźniaczy, stacjonował w Legio (Léon) w Hiszpanii Taragońskiej

Legio VIII Augusta: stacjonował w Argentoratum (Strasburg) w Germanii Górnej

Legio XI Claudia Pia Fidelis: Lojalny i Wierny; stacjonował w Durostorum w Mezji Dolnej (Silistra w Bułgarii)

Legio XII Fulminata: Niosący Grom; w tamtym okresie stacjonował w Syrii

Legio XV Apollinaris: stacjonował w Satali, w Kapadocji (Sadak w Turcji)

Legio XVI Flavia Firma: Flawijski Niezłomny; stacjonował w Samostacie, w Celesyrii (Samsat w Turcji)

legion: jednostka ciężkiej piechoty, zazwyczaj w sile 5000 ludzi; od czasów mitycznych trzon armii rzymskiej; liczba żołnierzy w legionie i przewaga legionów w armii zmniejszyła się w III w., ponieważ coraz więcej wchodzących w ich skład oddziałów oddzielano od macierzystej jednostki, przez co stawały się w mniejszym lub większym stopniu jednostkami niezależnymi

legionista: zawodowy żołnierz rzymski służący w legionie

Lemuria: 9, 11 i 13 maja, dni, w które, jak powiadano, krążyły niebezpieczne duchy, co wymagało złożenia ofiary błagalnej

lew nemejski: monstrualny lew z mitologii greckiej odporny na broń śmiertelników; uduszony przez Heraklesa

libacja: składanie bogom ofiary z trunku

Liberalia: święto rzymskie ku czci boga Libera (odpowiednika greckiego Dionizosa), obchodzone 17 marca ucztami i sprośnymi piosenkami. W tym dniu czternasto-piętnastoletni chłopcy wkładali męską togę

liberalitas (łac.): szczodrość, cecha dobrych cesarzy

libertas: łacińskie określenie na wolność lub swobodę; slogan polityczny przewijający się przez większą część rzymskiej historii, choć jego znaczenie ulegało zmianie zależnie od filozoficznych zasad autora lub systemu aktualnych rządów. Także rzymska bogini wolności

Longaticum: obecnie Logatec w zachodniej Słowenii

ludi florales: rzymskie święto ku czci bogini Flory, obchodzone 28 kwietnia, a uświetniane sześcioma dniami igrzysk

łuk Augusta: monumentalny łuk w południowo-wschodnim narożniku Forum, wzniesiony ku pamięci dyplomatycznego zwycięstwa nad Partami w 19 roku p.n.e.

łuk Germanika: monumentalny łuk wzniesiony na prawym brzegu Renu w Mainz-Kastel (dzielnica Wiesbaden), dla upamiętnienia germańskich kampanii Germanika na początku I w.

łuk Tytusa: monumentalny łuk wzniesiony pomiędzy Forum i amfiteatrem Flawiuszów, upamiętniający odzyskanie Jerozolimy w roku 70

Macenitowie: plemię wędrowne z zachodniej Afryki Północnej

Magna Mater: Wielka Macierz; rzymski tytuł bogini Kybele, w okresie cesarstwa bóstwo cesarskiego bezpieczeństwa oraz rolnictwa (płodności i urodzaju)

Makurgum: bóg berberyjski utożsamiany z Sol lub Marsem, rzymskimi bogami słońca i wojny

Malea: najdalej na południowy-wschód wysunięty przylądek Peloponezu

mamertyńskie wino: ulubiony trunek Juliusza Cezara pochodzący z północno-wschodniej Sycylii

Mars: rzymski bóg wojny

Mars Pater: Mars Ojciec

Mars Victor: Mars Zwycięzca

Marty (*Martae*): miasto na południowo-wschodnim wybrzeżu Tunezji, obecne Mareth

Massilia: rzymski port na południowym wybrzeżu Galii; współczesna Marsylia

Matilam: berberyjski bóg utożsamiany z rzymskim królem bogów Jowiszem

Mauretania: rzymska nazwa zachodniej części Afryki Północnej, obejmującej obecne tereny Maroka i Algierii

Mauretania Cezarejska (*Mauretania Caesariensis*): rzymska prowincja we wschodniej Mauretanii, obejmująca obecną północną Algierię

Mauretania Tingitańska (*Mauretania Tingitana*): rzymska prowincja w zachodniej Mauretanii, mniej więcej obecne północne Maroko

Melitene: miasto i legendarna forteca w środkowej Turcji; obecnie Malatya

Memento mori (łac.): Pamiętaj o śmierci

menady: w greckiej mitologii oszalałe kobiety z orszaku boga Dionizosa

Merkury: rzymski bóg podróżnych; odpowiednik Hermesa

Mezja (*Moesia*): starożytny region geograficzny ciągnący się wzdłuż prawego brzegu Dunaju na Bałkanach

Mezja Dolna (*Moesia Inferior*): rzymska prowincja na południe od Dunaju, rozciągająca się od Mezji Górnej na zachodzie do Morza Czarnego na wschodzie

Mezja Górna (*Moesia Superior*): rzymska prowincja na południe od Dunaju, granicząca od północy z Panonią Dolną, a od północnego wschodu z Mezją Dolną

Mezopotamia: ziemie pomiędzy rzekami Eufrat i Tygrys; nazwa rzymskiej prowincji (zwanej też Osroene)

Minerwa: rzymska bogini mądrości

Mizenum (*Misenum*): baza rzymskiej floty u zachodniego wybrzeża Półwyspu Apenińskiego, obecnie Miseno

Mogontiakum (*Mogontiacum*): rzymska forteca legionowa i stolica Germanii Górnej, obecnie Moguncja

molos: starożytna rasa psa myśliwskiego z terenu południowo-zachodnich Bałkanów

Morze Środkowe: *Mediterraneum*, morze „w środku lądu", Śródziemne

Mykalessos: miasto w Beocji, które zniszczyły wojska ateńskie, wybijając w pień jego mieszkańców; obecnie Ritsona w Grecji

Naissos: rzymskie miasto w Mezji; obecnie Nisz w Serbii

Naparis: dopływ Dunaju na wschód od Karpat, wspomniany przez Herodota, dzisiejsza Jałomica (Wołoszczyzna)

Narnia: starożytna osada w Umbrii u podnóża Apeninów; obecnie Narni

Nasamonowie: plemię koczownicze żyjące na terenach wokół oazy Audżila na północnym wschodzie obecnej Libii

nektar: napój bogów

Niedźwiedzica likaońska: według greckiego mitu Zeus

uwiódł nimfę Kallisto z Likaonii; jego rozwścieczona żona zmieniła ją w niedźwiedzicę. Kiedy została wytropiona, bóg przemienił ją w konstelację Mała Niedźwiedzica

nimfy: w mitologii greckiej i rzymskiej pomniejsze żeńskie bóstwa kojarzone z konkretnym miejscem; lasem (driady), strumieniem (najady), górami (oready) czy morzem (nereidy)

Nisibis: legendarna rzymska forteca na granicy z Partami; obecnie Nusaybin w południowo-wschodniej Turcji

nobilis, l. mn. *nobiles* (łac.): szlachetnie urodzony, człowiek z rodu patrycjuszowskiego albo plebejskiego, którego chociaż jeden przodek był konsulem

nony: dziewiąty dzień miesiąca przed idami, tzn. piąty dzień krótkiego miesiąca, siódmy długiego

Norikum (*Noricum*): rzymska prowincja leżąca na północny wschód od Alp

numeri Brittonum: rekrutowana ad hoc w Brytanii jednostka armii; takie oddziały pomocnicze zachowywały tubylcze stroje, broń oraz technikę walki

Numidia: rzymska prowincja w zachodniej Afryce Północnej

Ocra mons: najwyższy szczyt w Alpach Julijskich, góra Triglav

Olimp: góra w północnej Grecji, mityczna siedziba bogów

Olimpijczycy: dwunastka najważniejszych bóstw religii greckiej, mieszkających na szczycie Olimpu

Olimpiejon: sanktuarium poświęcone Zeusowi olimpijskiemu, najbardziej znane w Olimpii, z posągiem dłuta Fidiasza

opowieści milezyjskie (*milesiaka*): gatunek greckich nowel erotycznych

Oppius mons: południowy cypel Eskwilinu

Opuscula ruralia: „Drobne utwory wiejskie"; tytuł zbioru poezji Serenusa Sammonika

Orfeusz: mityczny muzyk grecki

Osroene: rzymska prowincja w północnej Mezopotamii

ostensionales: żołnierze specjalnie ćwiczeni do pokazów na placu defiladowym

Ovile: osada w górach Tracji, nazwana tak od łacińskiego słowa oznaczającego owczarnię

Palatyn: jedno z siedmiu wzgórz Rzymu, położone na południowy wschód od Forum Romanum. Miejsce, gdzie wznoszono pałace cesarskie.

Panonia Dolna: rzymska prowincja położona na południe od Dunaju, na wschód od Panonii Górnej

Panonia Górna: rzymska prowincja położona na południe od Dunaju, na zachód od Panonii Dolnej

patres conscripti: grzecznościowa forma zwracania się do członków senatu rzymskiego (podkreślająca ich status)

patrycjusze: ludzie o najwyższym statusie społecznym w Rzymie; pierwotnie tak nazywano potomków tych, którzy brali udział w pierwszym posiedzeniu wolnego senatu po wypędzeniu ostatniego z mitycznych królów Rzymu w roku 509 p.n.e.

pax Augusti (łac.): dosł. „pokój cesarza"; od dobrego władcy oczekiwano, że zapewni cesarstwu pokój

pax Romana: pokój rzymski; uzasadnienie misji i istnienia imperium rzymskiego; w połowie III w. była to bardziej ideologia niż obiektywna rzeczywistość

Pelion na Ossę stawiać: w mitologii greckiej dwóch olbrzymów chciało rzucić górę Pelion na górę Ossę, albo odwrotnie, aby z nieba wedrzeć się na Olimp, uprowadzić i pojąć za żony dwie boginie

Perynt (*Perinthos*): miasto na północnym wybrzeżu morza Marmara; obecnie Marmara Ereğli w Turcji

Peukinowie: plemię scytyjskie zamieszkujące tereny na północ od ujścia Dunaju pitagorejczycy: wyznawcy filozofii żyjącego w VI w. p.n.e. Pitagorasa, greckiego filozofa, matematyka i mistyka, który podkreślał wagę mistycyzmu w liczbach i reinkarnacji

plebs urbana: plebejusze rzymscy, w literaturze zazwyczaj określani jako brudni, przesądni, leniwi, w odróżnieniu od *plebs rustica*, których wiejski styl życia czynił ich moralnie lepszymi

Polifem: w mitologii greckiej pijany jednooki olbrzym oślepiony przez Odyseusza

polyfagus: wszystkożerca; dwory kilku cesarzy korzystały dla rozrywki z ludzi tego rodzaju. O jednym z nich powiadano, że dla zabawienia cesarza Nerona zjadał żywcem skazanych na śmierć

Pontes: fort wybudowany dla obrony od południa rzymskiego mostu wojskowego na Dunaju; fort i znajdująca się po drugiej stronie rzeki osada to obecnie Drobeta-Turnu Severin w południowo-zachodniej Rumunii

Porta Querquetulana: brama do Dębowego Gaju; brama w starożytnych murach Serwiusza otaczających Rzym zapewne usytuowana na wzgórzu Celius

Posejdon: grecki bóg morza

praefectus annonae (łac.): prefekt zaopatrzenia; tytuł urzędnika odpowiedzialnego za zaopatrzenie Rzymu w zboże

prefekt Egiptu: namiestnik Egiptu: ze względu na strategiczną wagę tej prowincji stanowiska tego nigdy nie powierzano senatorom (ponieważ mogłoby im przyjść do głowy rzucić wyzwanie cesarzowi), jedynie ekwitom

prefekt miasta Rzym: wyższe stanowisko senatorskie w mieście Rzym, dowódca kohort miejskich

prefekt obozu: oficer odpowiedzialny za wyposażenie, zaopatrzenie i zakwaterowanie

prefekt Ormian: dowódca jednostki wojsk pomocniczych, do której żołnierzy powoływano pierwotnie w Armenii prefekt pretorianów: dowódca pretorianów, ekwita; jedno z najbardziej prestiżowych i wpływowych stanowisk w cesarstwie

prefekt straży: oficer dowodzący rzymską strażą (*vigiles*), ekwita

Preneste (*Praeneste*): ulubiony kurort Rzymian na skraju Apeninów w centralnej Italii; obecnie Palestrina

pretor: rzymski urzędnik odpowiedzialny za sprawy sądowe, stanowisko senatorskie ustępujące rangą jedynie konsulowi

pretorianie: żołnierze gwardii pretoriańskiej powołani do ochrony osoby cesarza oraz członków jego rodziny, najlepiej płatna jednostka w cesarstwie. Na nieszczęście cesarzy ich lojalność zadziwiająco łatwo można było kupić

primus inter pares (łac.): pierwszy wśród równych; rzekomo równy status cesarzy i senatu; zasada, której dobrzy cesarze nigdy nie łamali

princeps iuventutis (łac.): pierwszy wśród młodzieży; tytuł następców tronu

princeps (łac.): pierwszy spośród obywateli republiki, piastujący jednocześnie wszystkie najważniejsze funkcje w państwie: imperatora, przywódcy senatu, pontyfeksa, trybuna ludowego i cenzora

prokonsul: tytuł senatorskich namiestników niektórych rzymskich prowincji

prokurator: łaciński tytuł stosowany wobec wielu urzędników, za pryncypatu byli to zazwyczaj ekwici, pełnomocnicy cesarza wyznaczeni dla nadzorowania zbierania podatków w prowincjach i obserwowania pochodzących z warstwy senatorskiej namiestników

Prometeusz: jeden z tytanów, który stworzył człowieka z gliny, podstępem skłonił bogów do przyjęcia przyjmowania ofiar jedynie z kości i tłuszczu, a następnie wykradł z Olimpu ogień dla śmiertelników. Zeus przykuł go łańcuchem do skały na Kaukazie, gdzie każdego dnia orzeł wyżerał mu wątrobę, odrastającą potem w ciągu nocy

pryncypat: rządy princepsów; forma rządów wprowadzona przez Oktawiana Augusta – władza w rękach jednostki, z zachowaniem pozorów instytucji republikańskich

Quantum libet, Imperator (łac.): Cokolwiek sobie życzysz, władco

Quinquatrus maiores: rzymskie pięciodniowe święta na cześć Minerwy, trwające od 19 do 23 marca

Quinquegentiani (łac.): dosł. „ludzie pięciu plemion"; wędrowne ludy żyjące w przymierzu na obrzeżach Sahary, w zachodniej części północnej Afryki

Rawenna: baza rzymskiej floty na Adriatyku w południowo-wschodniej Italii

Recja (*Raetia*): prowincja rzymska; teren obecnej Szwajcarii

Resajna (*Resaina*): miasto w północnej Syrii, obecnie Ras al-Ajn

res publica (łac.): termin oznaczający republikę rzymską; za panowania cesarzy – cesarstwo rzymskie

Res reconditae: dosł. „Sprawy niejasne"; tytuł zagubionej antykwarycznej pracy Sammonika

Roksolanie: wędrowne plemię sarmackie żyjące na stepach na północ od Dunaju i na zachód od Morza Czarnego

romanitas: rzymskość; pojęcie, którego waga rosła w III w., w związku z konotacjami dotyczącymi kultury i cywilizacji

rostra: mównica po zachodniej stronie Forum Romanum; nazwę wzięła od dziobów (*rostra*) nieprzyjacielskich okrętów, których fragmentami ją udekorowano

sacramentum: rzymska przysięga wojskowa, traktowana nadzwyczaj poważnie

sadzawka Kurcjusza: prastary pomnik pośrodku Forum Romanum mający kształt wodnego oczka i posągu; sami Rzymianie opowiadali przeróżne historie o jego pochodzeniu

Samosata: miasto na prawym brzegu Eufratu w południowo-wschodniej Turcji, chroniące ważną przeprawę przez rzekę; obecnie, po wybudowaniu zapory Atatürka, zalane wodą

Sarepta: fenicka osada nieopodal Tyru, znana z produkcji kosztownej purpurowej tkaniny przy użyciu barwnika z morskiego ślimaka z gatunku *Murex*, noszonej jako przywilej przez rzymską elitę; obecnie Sarafand w Libanie

Sarmaci: ludy wędrowne żyjące na północ od Dunaju

Sasanidzi: Persowie z dynastii, która obaliła Partów w latach dwudziestych III w. i aż do VII w. była potężnym rywalem Rzymu na Wschodzie

satyrion: starzec jakubek, roślina będąca pospolitym składnikiem starożytnego afrodyzjaku; nazwa wzięła się od lubieżnych satyrów

satyrowie: w mitologii greckiej i rzymskiej, pół kozły, pół ludzie, wesołe i rozpustne bóstwa lasów i pól

Scytowie: termin używany przez Greków i Rzymian na określenie ludów żyjących na północ i wschód od Morza Czarnego

Sebaste: miasto nazwane tak ku czci Augusta. Nazwa grecka jest tłumaczeniem imienia cesarza; obecnie Sivas w centralnej Turcji

senat: rada Rzymu rządząca republiką; w okresie cesarstwa złożona z około sześciuset mężczyzn, w zdecydowanej większości byłych urzędników oraz cesarskich ulubieńców. Najzamożniejsza i najbardziej poważana grupa ludzi w cesarstwie; z upływem czasu coraz bardziej odsuwana przez cesarzy od wpływów

Serdika (*Serdica*): miasto rzymskie; obecnie Sofia w Bułgarii

Sicilia: wioska w Germanii w pobliżu Mogontiakum; zapewne współczesne Sicklingen

silentiarii (łac.): (*silentium*: spokój, milczenie) rzymscy urzędnicy, którzy pilnowali, by podczas audiencji u cesarza zachowywano się cicho i obyczajnie

simulacrum (łac.): imitacja/obraz/podobizna/portret/naśladownictwo

Singara; mocno ufortyfikowana wysunięta placówka cesarstwa rzymskiego w północnym Iraku; obecnie Balad Sinjar

Sirmium: strategiczne miasto graniczne w Panonii Dolnej; obecnie Sremska Mitrovica w Serbii

sofiści: posiadający wysoki status nauczyciele retoryki, którzy wędrowali z miasta do miasta, nauczając i wygłaszając mowy dla rozrywki słuchaczy

sortes Virgilianae: popularna metoda przepowiadania przyszłości przez wybieranie przypadkowych wersów z poematu Wergiliusza *Eneida* i interpretowania ich tak, by pasowały do sytuacji

speculatores (łac.): wywiadowcy i szpiedzy armii rzymskiej

spintriae (łac.): męskie prostytutki. Z greckiego terminu *sphinkter*, zwieracz (analny)

stoa: długa hala kolumnowa, którą zamykała z tyłu ściana zdobiona malowidłami. W portyku Stoa Pojkile przy ateńskiej agorze wykładał Zenon z Kition, stąd nazwa założonej przezeń szkoły filozoficznej – stoicyzm

stoicy: wyznawcy stoicyzmu. Cechuje ich przekonanie, że żyć należy zgodnie z naturą i rozumem. Trzeba zachować hart i pogodę ducha bez względu na okoliczności, bo wtedy ubóstwo, chorobę, utratę kogoś czy śmierć traktuje się w sposób obojętny, bez lęku

stola: szata rzymskiej matrony

Subura: uboga dzielnica w Rzymie

Sufes: rzymska nazwa przełęczy Kasserine w górach Atlas na terenie wschodniej Tunezji

Swebskie Morze: starożytna nazwa Bałtyku

symposion (gr.)/*symposium* (łac.): druga część arystokratycznej uczty greckiej, wspólne picie połączone z rozmowami i rozrywkami, dysputami filozoficznymi itd. Zwyczaj przejęty przez elity rzymskie w formie zebrania towarzyskiego

Synopa (*Sinope*): miasto na południowym wybrzeżu Morza Czarnego, na wschodnim krańcu rzymskiej prowincji Bitynia; obecnie Sinop w Turcji

Syrakuzy (*Syracusae*): miasto greckie na południowo-wschodnim wybrzeżu Sycylii

Syria Palestina: Syria Palestyńska, prowincja rzymska

Syria Phoenice: Syria Fenicka, prowincja rzymska

świątynia *Concordiae Augustae*: dosłownie „zgody Augusta", świątynia wybudowana po zachodniej stronie Forum Romanum dla uczczenia dobrych rządów tego cesarza

świątynia Pokoju: monumentalna budowla z zazielenionym dziedzińcem, usytuowana na północny wschód od Forum Romanum

świątynia Tellus: poświęcona bogini ziemi Tellus; charakterystyczny punkt orientacyjny dzielnicy Karyny na zboczu Eskwilinu

świątynia Wenus i Romy: zaprojektowana przez cesarza Hadriana, stykająca się tylną ścianą z sanktuariami poświęconymi Wenus, rzymskiej bogini miłości, oraz Romie, ubóstwionej personifikacji Rzymu. Roma czytana wspak daje *amor*, miłość. Świątynia usytuowana na wschód od Forum Romanum, po północnej stronie Świętej Drogi

świątynia Westy: zbudowana na planie koła w południowo-wschodniej części Forum Romanum. Tam kapłanki podtrzymywały wieczny ogień Westy, bogini ogniska domowego

Święta Droga (*via Sacra*): w Rzymie trasa pochodów biegnąca poniżej północnego zbocza Palatynu i mijająca od południowej strony świątynię Wenus i Romy, a kończąca się po zachodniej stronie Forum Romanum; w Efezie główna ulica wyłożona marmurem, biegnąca obok biblioteki Celsusa i prowadząca do głównych sanktuariów tego miasta

Takape (*Tacape*): miasto na południowo-wschodnim wybrzeżu Afryki Prokonsularnej; obecnie Gabès w Tunezji

Talassio!: tradycyjny okrzyk podczas rzymskich zaślubin; jego pochodzenie było niejasne nawet dla starożytnych

Taparura: miasto na wschodnim wybrzeżu Afryki Prokonsularnej; obecnie Sfax w Tunezji

Telepte (*Thelepte*): miasto w północnej Afryce Prokonsularnej, obecnie Medinet-el Kedima w Tunezji

tepidarium: w starożytnych łaźniach rzymskich sala do wypoczynku z ciepłą wodą

termy Trajana: wielkie łaźnie oraz kompleks wypoczynkowy, oddane do użytku przez cesarza Trajana w roku 109, wybudowane na zboczu Eskwilinu i górujące nad sąsiadującymi z nimi termami Tytusa

termy Tytusa: wybudowane przez cesarza Tytusa około 81 roku na wzgórzu Eskwilińskim, na północ od amfiteatru Flawiuszów

testudo (łac.): dosł. „żółw"; szyk piechoty, w którym legioniści z pierwszego szeregu i z boków formacji trzymali tarcze pionowo przed sobą lub od strony odsłoniętego swojego boku, natomiast legioniści z wewnętrznych szeregów trzymali tarcze poziomo nad sobą i nad legionistami pierwszego i bocznych szeregów, tworząc w ten sposób dla wszystkich żołnierzy szyku osłonę przed strzałami

Teveste (*Theveste*): miasto w północno-zachodniej Afryce Prokonsularnej, obecnie Tebesa w Tunezji

Thabraca: miasto nadmorskie w północno-wschodniej

Afryce Prokonsularnej, w odległości pięciu dni morzem najkrótszą trasą od Tyzdros, obecnie Tabarka w Tunezji

Tibur: starożytne miasto na północny wschód od Rzymu, popularny górski kurort

Tiges (*Thiges*): rzymski fort na obrzeżach Sahary w południowej Afryce Prokonsularnej, obecnie Henshir Ragoubet Saieda we wschodniej Tunezji

Tillibari: rzymski fort w południowej Tunezji; obecnie Remada

Tisavar: wysunięta rzymska placówka wojskowa w południowej Tunezji; obecnie Ksar Ghilane

toga virilis: szata, którą otrzymują młodzi mężczyźni jako symbol dorosłości; zazwyczaj w wieku czternastu-piętnastu lat

Tracja (*Thracia*): prowincja rzymska położona na północny wschód od Grecji

Trakowie: lud zamieszkujący starożytną Trację, w południowo-wschodniej części Bałkanów

tresviri capitales: kolegium młodszych urzędników odpowiedzialnych za więzienia

tresviri monetales: dosł. trzech ludzi z mennicy; kolegium młodszych urzędników odpowiedzialnych za bicie monet

triumwirat: termin stał się powszechnie znany po zawarciu porozumienia w celu podziału wpływów przez trzech najważniejszych obywateli Rzymu: Cezara, Pompejusza Wielkiego i Marka Krassusa, co doprowadziło do kresu republiki i początku pryncypatu

Troja: legendarne miasto w Azji Mniejszej; historia jego oblężenia przez Greków jest tematem *Iliady* Homera

trybun: niższe senatorskie stanowisko w Rzymie oraz stanowiska wojskowe; niektórzy trybuni dowodzili jednostkami wojsk pomocniczych, inni byli oficerami średniego szczebla w legionach trybun ludu: znaczący urząd za czasów republiki, utworzony w roku 494 p.n.e., dla ochrony interesów warstwy plebejskiej. W okresie pryncypatu tytuł grzecznościowy przyznawany przez cesarza młodszym senatorom

Trypolitania: starożytny region geograficzny w centralnej Afryce Północnej, na wschodnim krańcu Afryki Prokonsularnej

tryton: w mitologii greckiej bóstwo morskie

Tuzuros (*Thusuros*): oaza na południowym krańcu Afryki Prokonsularnej; współczesne Tozeur we wschodniej Tunezji

tytani: pierwsze pokolenie bogów pokonanych przez Olimpijczyków

Tyzdros: miasto w środkowej Afryce Prokonsularnej, odległe o pięć dni morzem (najkrótszą trasą) od Tabarki; obecnie El Dżem w Tunezji

Ubi tu Caius, ego Caia: „Gdzie ty, Gajuszu, tam i ja Gaja"; rzymska formuła ślubna; jej pochodzenie, a nawet znaczenie były już w starożytności przedmiotem domysłów

Ulpia Traiana Sarmizegetusa: forteca legionowa i stolica prowincji Dacja; obecnie na terenie zachodniej Rumunii

Utyka (*Utica*): nadbrzeżne miasto w Afryce Prokonsularnej, położone na północny zachód od Kartaginy

Vadas, nec victoriam speres, nec te militia tuo credas: „Idź, (ale) nie miej nadziei na zwycięstwo, nie ufaj też swoim żołnierzom". Według *Historia Augusta*, słowa przepowiedni przeznaczonej dla Aleksandra Sewera

via Aurelia: droga biegnąca wzdłuż wybrzeża na północny zachód od Rzymu

via Egnatia: rzymska droga wojskowa wschód-zachód biegnąca przez południowe Bałkany, prowadząca do Bizancjum

via Flaminia: droga biegnąca z Rzymu na północ, przecinająca Apeniny i kończąca się na wybrzeżu Adriatyku via Labicana: droga prowadząca z centrum Rzymu na południowy wschód

via Popilia: przedłużenie via Aurelia prowadzące na północ, na równinę rzeki Pad

Vicus Augusti: miasto we wschodniej Afryce Prokonsularnej; obecnie Sidi-el-Hani w Tunezji

Waleriusze: stary ród patrycjuszowski z Sabinum

Warissima: berberyjska bogini utożsamiana z Wenus, rzymską boginią miłości

Wihinam: bogini berberyjska, kojarzona z porodem

Wiminacjum (*Viminacium*): stolica prowincji Mezja Górna; obecnie Kostolac we wschodniej Serbii

Wolaterry (*Volaterrae*): miasto w środkowej Italii; obecnie Volterra

votis decennalibus (łac.): „przysięga dziesiątego roku"; słowa często widniejące na monetach, oznaczające przysięgę lojalności składaną przez wszystkich obywateli, a mającą zapewnić cesarzowi bezpieczeństwo w nadchodzącej dekadzie

wigilowie (*vigiles*): jednostka paramilitarna pełniąca obowiązki policji i straży pożarnej

Wiktoria: rzymska bogini zwycięstwa

Zeugma: miasto na brzegach Eufratu, strzegące mostu zbudowanego z łodzi (pontonowego); obecnie, po wybudowaniu zapory Birecik, zalane wodą

Zeus: grecki władca bogów

Zeus Filios: Zeus Przyjacielski, Gościnny

Zirin: okrzyk Scytów; według Lukiana używany przez wysłanników dla zapewnienia sobie bezpieczeństwa, nawet podczas bitwy

Spis postaci

Poniższa lista ułożona jest alfabetycznie w ramach regionów geograficznych. Aby nie ujawniać szczegółów fabuły, postaci na ogół zostały opisane w sytuacji, kiedy pierwszy raz pojawiają się w powieści.

Północ

Ababa: druidka goszcząca na cesarskim dworze

Agryppina: małżonka Germanika; zmarła w roku 33

Aksjusz: *Quintus Axius Aelianus*, ekwita, prokurator Germanii Dolnej, współpracownik Tymezyteusza

Alcymus Felicjanus: *Caius Attius Alcimus Felicianus*, ekwita, urzędnik z długą listą stanowisk, włącznie z zarządzaniem podatkami od spadków; przyjaciel Tymezyteusza

Aleksander Sewer: urodzony w roku 208 w Emesie (Syria), cesarz rzymski od roku 222

Ammoniusz: ekwita, dowódca jednostki katafraktów

Antygonus: *Domitius Antigonus*, senator, namiestnik Mezji Dolnej

Anullinus: ekwita, dowódca oddziału Ormian

Apoloniusz (Apollonios) z Tyany: wędrowny pitagorejski filozof i cudotwórca, którego życie rozciągnęło się niemal na całe pierwsze stulecie; według *Historia Augusta*, w prywatnych kaplicach cesarza Aleksandra Sewera stały posągi Abrahama, Apoloniusza z Tyany, Jezusa i Orfeusza

Apsines z Gadary: Waleriusz Apsines, grecki retor z Syrii, żyjący mniej więcej w latach 190–250

Arrian Flawiusz z Nikomedii: grecki historyk i filozof, a także rzymski konsul i wódz, żyjący mniej więcej w latach 85/90–145/146

August: pierwszy rzymski cesarz, w latach 31 p.n.e.–14 n.e.; przed dojściem do władzy znany jako Oktawian

Autroniusz Justus: senator, namiestnik Panonii Dolnej

Barbia Orbiana: *Gnaea Seia Herennia Sallustia Barbia Orbiana*, druga żona cesarza Aleksandra Sewera od 225 roku, po rozwodzie w roku 227 zesłana na wygnanie do Libii

Decjusz: *Caius Messius Quintus Decius*, z senatorskiej rodziny posiadającej rozległe dobra nad Dunajem, patron początków kariery Maksymina, tutaj: namiestnik prowincji Hispania Tarraconensis

Domicjusz: ekwita, prefekt obozu za panowania cesarza Aleksandra Sewera; wróg Tymezyteusza

Eadwine: naczelnik plemienny i wódz w służbie Isangrima, króla Anglów

Faltoniusz Nikomachus: *Maecius Faltonius Nicomachus*, namiestnik Noricum

Felicjanus: starszy rangą prefekt pretorianów za panowania Aleksandra Sewera

Flawia Latroniana: córka byłego konsula Flawiusza Juliusza Latronianusa

Flawiusz Wopisk: senator rzymski z Syrakuz; miłośnik literatury, zwłaszcza biografii, człowiek bardzo przesądny

Florianus: *Marcus Annius Florianus*, ekwita, dowódca nieregularnej jednostki piechoty brytańskiej, przyrodni brat Marka Klaudiusza Tacyta

Fortunata: niewolnica Cecylii Pauliny

Froda: książę Anglów, najstarszy syn króla Isangrima

Germanik: bratanek i następca cesarza Tyberiusza, zyskał sławę podczas wojennych kampanii ojca (Druzusa) w Germanii; zmarł w podejrzanych okolicznościach w roku 19

Gesjusz Marcjanus: ekwita z Syrii; drugi mąż Mamei i ojciec cesarza Aleksandra Sewera

Granianus: *Iulius Granianus*, nauczyciel retoryki cesarza Aleksandra Sewera

Heliogabal: przydomek znanego z rozpusty cesarza rzymskiego Marka Aureliusza Antoninusa z dynastii Sewerów (218–222), który wprowadził do Rzymu kult boga słońca Elagabala, ze swojego rodzinnego miasta, Emesy w Syrii. Był kapłanem tegoż boga

Honoratus: *Lucius Flavius Honoratus Lucilianus*, homo novus w senacie rzymskim, były pretor, legat XI legionu i dowódca wszystkich jednostek wydzielonych z Mezji Dolnej do służby w cesarskiej armii polowej; mężczyzna wyjątkowej urody, nawet zęby miał jak perły

Isangrim: król Anglów z dalekiej północy (obecna Dania)

Jawolenus: legionista z II legionu *Parthica*

Jotapianus: *M. Fulvius Rufus Iotapianus*, ekwita, dowódca kohorty z Emesy, skąd sam pochodził

Juliusz Kapitolinus: ekwita, oficer dowodzący II legionem *Parthica*; robił sobie notatki, które zamierzał rozwinąć w biografie

Juliusz Licynianus: *Quintus Iulius Licinianus*, senator, namiestnik Dacji

Karakalla: Marek Aureliusz Sewer Antoninus, rzymski cesarz w latach 211–217, przydomek zawdzięczał noszeniu długiego płaszcza z kapturem, zwanego *caracalla*

Katyliusz Sewerus: *Lucius Catilius Severus*; jeden z szesnastu senatorów tworzących grupę doradców cesarza Aleksandra Sewera; nosił długie włosy i Tymezyteusz uważał go za zniewieściałego

Kacjusz Klemens: *Caius Catius Clemens*, dowódca VIII legionu *Augusta* w Germanii Górnej; brat Kacjusza Pryscyllianusa i Kacjusza Celera

Kacjusz Pryscyllianus, *Sextus Catius Clementius Priscillianus*, namiestnik Germanii Górnej; starszy brat Kacjusza Klemensa i Kacjusza Celera

Kastrycjusz: *Caius Aurelius Castricius*, młody człowiek niewiadomego pochodzenia, wiodący rozpustne życie w dzielnicy Subura

Klaudiusz Wenakus: *Marcus Claudius Venacus*, ekskonsul, jeden z szesnastu senatorów tworzących radę cesarza Aleksandra Sewera

Klaudiusz Pompejanus: ekskwestor, potomek cesarza Marka Aureliusza i dalszy krewny Junii Fadilli

Kornelianus: *Marcus Attius Cornelianus*, prefekt pretorianów za panowania cesarza Aleksandra Sewera, od ok. 230 roku

Ksenofont: ok. 430–ok. 350 p.n.e.; ateński żołnierz i pisarz, uczeń Sokratesa, zachowały się jego pisma historyczne, filozoficzne, polityczne, a także podręcznik łowiectwa oraz sztuki jeździeckiej

Kwintus Waleriusz: *Quintus Valerius*, ekwita, dowódca *numeri Brittonum*, regularnej jednostki piechoty brytańskiej

Licyniusz Walerian: zob. Walerian (Afryka)

Loreniusz: *Tiberius Lorenius Celsus*, namiestnik Recji

Lucjusz Mariusz Perpetuus: konsul zwyczajny w roku 237, syn poprzedniego namiestnika Mezji Górnej, ojciec Perpetui, przyjaciółki Junii Fadilli

Macedo: *Macedo Macedonius*, ekwita, dowódca jednostki wojsk pomocniczych złożonej z Osroenów, przyjaciel Tymezyteusza

Maksymus: *Caius Iulius Verus Maximus*, syn Maksymina i Cecylii Pauliny

Maksyminus Trak: *Caius Iulius Verus Maximinus*, ekwita, oficer ćwiczący rekrutów w cesarskiej armii polowej

Mamea: *Iulia Avita Mamaea*, matka cesarza Aleksandra Sewera

Marek Nummiusz: *Marcus Nummius Tuscus*, były kwestor; wnuk M. Nummiusza Albinusa, konsula zwyczajnego w roku 206, brat Nummiusza, zmarłego niedawno małżonka Junii Fadilli

Mariusz: *Gaius Marius*, rzymski mąż stanu i wódz, 157––86 p.n.e.; homo novus, który chociaż pochodził z ubogiej rodziny, siedmiokrotnie został konsulem; reformator armii rzymskiej

Memmia Sulpicja: córka senatora Sulpicjusza Makrynusa, pierwsza żona cesarza Aleksandra Sewera, po rozwodzie zesłana do Afryki

Mikka: przyboczny strażnik Maksymina od czasów, kiedy obaj byli bardzo młodzi

Mokimos: centurion w kohorcie łuczników Osroene

Neron: rzymski cesarz w latach 54–68

Ostoriusz: namiestnik Cylicji

Paulina: *Caecilia Paulina*, małżonka cesarza Maksymina

Petroniusz Magnus: *Caius Petronius Magnus*, jeden z szesnastu senatorów tworzących grupę doradców cesarza Aleksandra Sewera

Plaucjanus: *Caius Fulvius Plaucianus*, prefekt pretorianów za cesarza Septymiusza Sewera, oskarżony o spiskowanie przeciwko niemu i Karakalli; zamordowany w roku 205

Plutarch: ok. 45–125, jeden z największych pisarzy greckich; na jego bogatą spuściznę składają się pisma biograficzne oraz pisma filozoficzne, etyczne, polityczne i religijne o zróżnicowanej tematyce

Pomponiusz Julianus: senator, namiestnik Syrii Fenickiej

Poncjusz Prokulus Poncjanus: konsul zwyczajny w roku 238; syn Tyberiusza Poncjusza Poncjanusa, byłego namiestnika Panonii Dolnej

Pytias: niewolnica należąca do Cecylii Pauliny

Rutilus: daleki krewny Maksyminusa

Sabinus Modestus: kuzyn Tymozyteusza, uważany przezeń za niezbyt rozgarniętego

Sanktus: *ab admissionibus* (mistrz ceremonii podczas audiencji u cesarza)

Saturninus Fidus: *Titus Claudius Saturninus Fidus*, senator; przyjaciel Gordianów

Septymiusz Sewer: cesarz rzymski w latach 193–211

Soemis: *Iulia Soaemis (Soaemias) Bassiana*, siostra Mamei, ciotka cesarza Aleksandra Sewera, matka cesarza Heliogabala, zamordowana razem z synem w roku 222

Sulla: wybitny wódz i dyktator rzymski, ok. 138–78 p.n.e., zrezygnował z dyktatury w roku 81 p.n.e. i wkrótce wycofał się z działalności publicznej; zmarł z przyczyn naturalnych wkrótce po napisaniu wspomnień

Sulpicjusz Makrynus: skazany na śmierć ojciec Memmii Sulpicji, rozwiedzionej pierwszej żony cesarza Aleksandra Sewera

Tacyt: *Marcus Claudius Tacitus*, namiestnik Recji; przyrodni brat Marka Anniusza Floriana

Taurynus: wbrew swojej woli obwołany cesarzem przez żołnierzy w Syrii podczas rządów Aleksandra Sewera; uciekając przed zbuntowanymi żołnierzami, wpadł do wód Eufratu i utonął

Trankwilina: żona Tymezyteusza

Trazybulos: astrolog pozostający w przyjaznych stosunkach z cesarzem Aleksandrem Sewerem

Tymezyteusz: *Caius Furius Sabinius Aquila Timesitheus*,

ekwita, wyższy urzędnik odpowiedzialny za cesarskie finanse w Belgice, Germanii Górnej i Dolnej; pełnił też obowiązki namiestnika Germanii Górnej; ożeniony z Trankwiliną

Tynchanius: pochodził z tej samej wioski w Tracji co Maksyminus; jego nieodłączny towarzysz i sługa od najwcześniejszych lat

Tytus Kwartynus: *Titus Quartinus*, senator, namiestnik Mezji Górnej

Ulpian: *Domitius Ulpianus*, sławny prawnik, mianowany prefektem pretorianów przez Aleksandra Sewera w roku 222, zamordowany już następnego roku przez pretorianów za ograniczenie ich przywilejów

Warus: *Publius Quinctilius Varus*, wódz, który stracił życie oraz trzy legiony w zasadzce w Germanii (9 rok)

Weturiusz: *a rationibus* (skarbnik) Aleksandra Sewera

Witalianus: *Publius Aelius Vitalianus*, ekwita, urzędnik

Wolo: *Marcus Aurelius Volo*, dowódca *frumentarii* (cesarskich szpiegów)

Wulkacjusz Terencjanus: jeden z szesnastu senatorów tworzących radę cesarza Aleksandra Sewera

Rzym

Acyliusz Awiola: *Manius Acilius Aviola*, patrycjusz, senator; z rodu wywodzącego swoje pochodzenie od Eneasza, a tym samym od bogini Wenus. Acyliusze doszli do znaczenia za cesarza Augusta, a jeden z przodków sprawował w roku 24 urząd konsula; kuzyn Acyliusza Glabriona

Acyliusz Glabrio: *Marcus Acilius Glabrio*, kuzyn Acyliusza Awioli; młody patrycjusz, jeden z *tresviri monetales*; jego ojciec Maniusz Acyliusz Faustynus sprawował urząd konsula zwyczajnego (*consul ordinarius*) w roku 210

Alcymus Felicjanus: *Caius Attius Alcimus Felicianus*, ekwita sprawujący kolejno wiele urzędów, włącznie z urzędem zarządzającego podatkami od spadków; przyjaciel Tymezyteusza

Anteros: znajomy Fabianusa

Balbinus: *Decimus Caelius Calvinus Balbinus*, patrycjusz, senator, uważający się za spokrewnionego z zaliczonymi w poczet bogów cesarzami Trajanem i Hadrianem poprzez wyśmienity rzymski ród Celiuszów; konsul zwyczajny za cesarza Karakalli w roku 213; wśród wielu politycznych przyjaciół ma Acyliusza Awiolę, Cezoniusza Rufinianusa oraz braci Waleriusza Messalę i Waleriusza Pryscyllianusa

Cenis: prostytutka mieszkająca w rzymskiej dzielnicy Subura

Cezoniusz Rufinianus: *Lucius Caesonius Lucillus Macer Rufinianus*, patrycjusz, senator; konsul pomocniczy ok. 225–230; przyjaciel Balbinusa

Cyncynat: *Lucius Quinctius Cincinnatus*, rzymski mąż stanu w czasach wczesnej republiki (519–430 p.n.e.); później wsławił się, opuszczając dwukrotnie swoje małe gospodarstwo rolne, by poprowadzić rzymską armię podczas grożącego zamachem stanu wojskowego kryzysu

Domicjan: cesarz rzymski w latach 81–96, cieszący się złą sławą z powodu okrutnych, bezwzględnych rządów i paranoicznej osobowości

Eunomia: wiekowa piastunka Junii Fadilli

Fabianus: gość ze wsi w Rzymie

Fortunacjanus: *Curius Fortunatianus*, sekretarz Pupienusa

Gajusz: *Caius Marius Perpetuus*, jeden z *tresviri capitales*; syn Lucjusza Mariusza Perpetuusa i brat Perpetui

Gallikanus: *Lucius Domicius Gallicanus Papinianus*, senator o prostackim wyglądzie, niektórym przypominał małpę, pozostający pod wpływem filozofii cyników; co najmniej trzech innych senatorów – Mecenas, Hostylianus i Licynianus – podzielało jego niezwykłe poglądy dotyczące republiki

Geta: współwładca z bratem Karakallą do czasu, kiedy w roku 211 brat kazał go zamordować

Gordian: zob. Gordian Młodszy (Afryka)

Hadrian: cesarz rzymski w latach 117–138, po śmierci zaliczony w poczet bogów

Herenniusz Modestinus: ekwita, prefekt *vigiles* w Rzymie; wcześniej uczeń Ulpiana i sekretarz ds. prawnych Aleksandra Sewera w latach 223–225

Hipolit: znajomy Fabiana

Hostylianus: *Marcus Severus Hostilianus*, senator i były kwestor; przyjaciel Gallikanusa

Junia Fadilla: prawnuczka cesarza Marka Aureliusza

Kacjusz Celer: *Lucius Catius Celer*, senator, pretor w roku 235; młodszy brat Kacjusza Pryscyllianusa i Kacjusza Klemensa; przyjaciel Tymezyteusza

Katon Cenzor: *Marcus Portius Cato*, znany także jako Katon Starszy (234–149 p.n.e.), surowy moralista w czasach republiki

Klaudiusz: cesarz rzymski w latach 41–54; po śmierci zaliczony w poczet bogów

Klaudiusz Aureliusz: *Lucius Tiberius Claudius Aurelius Quintianus Pompeianus*, potomek cesarza Marka Aureliusza i daleki krewny Junii Fadilli; konsul zwyczajny w roku 235

Klaudiusz Sewerus: *Gnaeus Claudius Severus*, potomek cesarza Marka Aureliusza i daleki krewny Junii Fadilli; konsul zwyczajny w roku 235

Kommodus: cesarz rzymski w latach 180–192

Kuspidiusz Celeryn: „ojciec senatu"; najstarszy senator w kurii

Kuspidiusz Sewerus: *Cuspidius Flaminius Severus*, homo novus w senacie, ekskonsul i przyjaciel Pupienusa

Latronianus: *Marcus Flavius Iulius Latronianus*, senator, konsul pomocniczy przed rokiem 231

Lucjusz: *Lucius Iunius Fadillus*, kuzyn Junii Fadilli

Makrynus Maur: *Marcus Opellius Macrinus*, prefekt pretorianów; w roku 217 doprowadził do zamordowania cesarza Karakalli i na krótko sam zasiadł na tronie

Mecenas: senator i bliski przyjaciel Gallikanusa

Mecja Faustyna: siostra Gordiana Młodszego, córka Gordiana Starszego; poślubiona Juniuszowi Balbusowi, namiestnikowi Celesyrii, przyjaciółka Cecylii Pauliny

Marek Aureliusz: *Marcus Aurelius Antoninus*, cesarz w latach 161–180

Marek Juliusz Korwinus: ekwita, właściciel ziemski i możliwe, że przywódca bandytów we wschodnich Alpach

Mummiusz Feliks Kornelianus: *Lucius Mummius Felix Cornelianus*, konsul zwyczajny w roku 237

Nummiusz: *Marcus Nummmius Umbrius Secundus Senecio Albinus*, konsul pomocniczy w roku 206, potem całkowicie oddany przyjemnościom; mąż Junii Fadilli, niedawno zmarły

Oton: zanim został cesarzem (w roku 69), został zmuszony do rozwodu z Poppeą, by mogła poślubić Nerona

Perpetua: córka Lucjusza Mariusza Perpetuusa, małżonka Serenianusa i przyjaciółka Junii Fadilli

Pescennia Marcellina: starsza zamożna mieszkanka Rzymu; patronka młodego Pupiena, finansująca początki jego kariery i stanowisko pretora

Pinariusz: *Pinarius Valens*, krewny, który wychował Pupiena

Poppea: *Poppaea Sabina*, małżonka Otona, zanim zmuszono ją do rozwodu i poślubienia cesarza Nerona

Potens: *Quintus Herennius Potens*, prefekt partyjskiej jazdy służącej w cesarskiej armii polowej, świeżo mianowany przez Maksymina jako prefekt straży w Rzymie; szwagier Decjusza

Pupienus: *Marcus Clodius Pupienus Maximus*, homo novus o niejasnym pochodzeniu, wychowany w domu krewnego, Pinariusza Walensa, w Tibur; obecnie patrycjusz, mianowany po raz drugi konsulem zwyczajnym, a w roku 234 prefektem miasta Rzym; mąż Sekscji Cetegilli oraz ojciec Pupienusa Maksymusa i Pupienusa Afrykanusa. Wśród jego wielu politycznych przyjaciół znaleźli się Kryspinus, Kuspidiusz Sewerus, Serenianus, Sekscjusz Cetegillus i Tynejusz Sacerdos

Pupienus Afrykanus: *Marcus Pupienus Africanus*, senator, syn Pupienusa i brat Pupienusa Maksymusa

Pupienus Maksymus: *Marcus Clodius Pupienus Maximus*, senator, syn Pupienusa i brat Pupienusa Afrykanusa; mąż Tynei

Rutyliusz Kryspinus: zob. Kryspinus (Wschód)

Sabinus: konsul, koneser sztuki; przyjaciel Flawiusza Wopiska

Sekscja Cetegilla: małżonka Pupienusa

Sekscjusz Cetegillus: senator, ojciec Sekscji Cetegilli, szwagier Pupienusa

Teoklia: siostra Aleksandra Sewera, małżonka Waleriusza Messali

Tycyda: *Caecilius Ticida*, autor pisanej po łacinie poezji miłosnej

Tyneja: córka Tynejusza Sacerdosa; żona Pupienusa Maksymusa, syna Pupienusa

Tynejusz Sacerdos: *Quintus Tineius Sacerdos*, konsul zwyczajny w roku 219, za panowania Heliogabala; ojciec Tynei i teść Pupienusa Maksymusa, przyjaciel Pupienusa

Toksocjusz: członek kolegium *tresviri monetales*; kochanek Perpetui

Trajan: cesarz w latach 98–117; po śmierci zaliczony w poczet bogów

Tyberiusz: znany z wyjątkowej rozwiązłości rzymski cesarz w latach 14–37

Walens Licynianusz: *Iulius Valens Licinianus*, senator i były kwestor; przyjaciel Gallikanusa

Waleriusz Apollinaris: zob. Waleriusz Apollinaris (Wschód)

Waleriusz Messala: *Marcus Valerius Messala*, patrycjusz, senator, syn Waleriusza Apollinarisa, brat Waleriusza Pryscyllianusa, ożeniony z Teoklią, siostrą cesarza Aleksandra Sewera

Waleriusz Poplikola: *Lucius Valerius Poplicola Balbinus Maximus*, młody patrycjusz, syn Waleriusza Pryscyllianusa; jeden z *tresviri monetales*

Waleriusz Pryscyllianus: *Lucius Valerius Claudius Acilius Priscillianus Maximus*, patrycjusz, senator, konsul zwyczajny w roku 233, syn Waleriusza Pryscyllianusa, brat Waleriusza Messali, ojciec Waleriusza Poplikoli

Afryka

Albinus: *Clodius Albinus*, obwołany cesarzem przez legiony Brytanii i Hiszpanii za panowania Septymiusza Sewera; zginął w bitwie w roku 197

Anniusz Sewer: ojciec Orestylli, zmarłej niedawno małżonki starszego Gordiana

Apellinus: *Claudius Apellinus*, namiestnik Brytanii Dolnej; w High Rochester w Northumberland zachował się napis upamiętniający wprowadzenie przez niego machin miotających

Arrian: legat Gordiana Starszego w Afryce; bliski przyjaciel Sabinianusa

Aspazjusz z Rawenny: orator i sekretarz Aleksandra Sewera; zachowała się jego biografia napisana przez żyjącego mniej więcej w tym samym czasie Filostratosa

Brennus: członek straży przybocznej starszego Gordiana; jego imię sugeruje, że jest Galem

Chione: kochanka młodszego Gordiana

Egnacjusz Prokulus: *Caius Luxilius Sabinus Egnatius Proculus*; senator, usunięty ze stanowiska namiestnika Achai otrzymał stanowiska administracyjne w Italii; spowinowacony przez małżeństwo z Walerianem

Emiliusz Sewerynus: *Lucius Aemilius Severinus*, zwany również Filyrionem; dowódca *speculatores*

Faraksen: centurion pochodzenia berberyjskiego dowodzący oddziałem *speculatores*

Gordian Starszy: *Marcus Antonius Gordianus Sempronianus*, sędziwy były konsul; po długiej, choć przerywanej karierze obecnie namiestnik Afryki Prokonsularnej; ojciec Gordiana Młodszego i Mecji Faustyny

Gordian Młodszy: *Marcus Antonius Gordianus Sempronianus*, były konsul służący jako legat swojego ojca w Afryce; wyznawca filozofii Epikura; niegdyś kochanek Junii Fadilli

Herodes: *Lucius Vibullius Hipparchus Tiberius Claudius Atticus Herodes* (znany jako *Herodes Atticus*), zamożny senator z ateńskimi przodkami, i mecenas greckiej kultury nauczyciel Marka Aureliusza, wybitny sofista (101–177)

Juliusz Terencjusz: dowódca garnizonu w Arete, zabity przez Sasanidów; w Dura Europos, starożytnym mieście nad Eufratem, zachowało się poświęcone mu epitafium oraz malowana podobizna

Kanarta: naczelnik Berberów mieszkający we wsi Esuba

Kapelianus: namiestnik Numidii; wróg Gordiana Starszego

Kwintyliusz Marcellus: jeden z szesnastu senatorów tworzących radę cesarza Aleksandra Sewera

Lykenion: kartagińska kochanka Menofilosa

Lydus: dowódca II Flawijskiej Kohorty Afrykańskiej

Maurycjusz: zamożny posiadacz ziemski i radca w położonych w Afryce Prokonsularnej miastach Tyzdros i Hadrumetum

Menofilos: *Tullius Menofilus*, kwestor prowincji Afryka Prokonsularna

Mirzi: najstarszy syn Nuffuziego, wodza plemienia Cynitów

Nikagoras Ateńczyk: ateński retor, którego biografię napisał Filostratos, ok. 175–250

Nuffuzi: wódz plemienia Cynitów

Orestylla: *Fabia Orestilla*, nieżyjąca małżonka starszego Gordiana i matka Gordiana Młodszego

Partenope: kochanka młodszego Gordiana

Paweł: znany jako Łańcuch, pazerny prokurator Afryki Prokonsularnej

Filostratos: grecki orator i biograf sofistów (ok. 170–250); na początku trzeciego stulecia wprowadzony na dwór Septymiusza Sewera w Rzymie

Polikrates: grecki tyran (ok. 540–522 p.n.e.); w rzeczywistości Gordianowi chodzi o tyrana Trazybulosa (ok. 440–
–388 p.n.e), który pytany, w jaki sposób utrzymać tyranię, rusza przez pole porośnięte zbożem i ścina wystające najwyżej kłosy, tzn. eliminuje tych, którzy się wyróżniają

Sabinianus: legat Gordiana Starszego w Afryce Prokonsularnej; bliski przyjaciel Arriana

Walens: *a cubiculo* starszego Gordiana

Walerian: *Publius Licinius Valerianus*, wżeniony w ród Egnacjuszów; legat starszego Gordiana w Afryce Prokonsularnej

Werres: *Caius Verres*, znany z korupcji namiestnik Sycylii, oskarżony o zdzierstwa przez Cycerona w roku 70 p.n.e.

Weryttus: centurion w III legionie *Augusta*

Wschód

Ardaszir: Ardaszir I, założyciel nowej dynastii perskiej, Sasanidów, panował w latach 224–242

Armeniusz Peregrynus: *Tiberius Pollienus Armenius Peregrinus*, adoptowany syn Pollienusa Auspeksa Młodszego

Bion Borystenita: filozof ze szkoły cyników, ok. 345–245 p.n.e.

Kasjusz Dion: *Cassius Dio*, ok. 163–ok. 235 senator z Bitynii, konsul w roku 229, za panowania Aleksandra Sewera; autor napisanej po grecku historii Rzymu, obejmującej okres od legendarnych początków miasta do roku jego konsulatu

Chosroes: książę Armenii, syn króla Tyrydatesa II; jako zakładnik mający zapewnić lojalność ojca służył w armii rzymskiej na Wschodzie

Domicjusz Pompejanus: *dux ripae*, dowódca wojsk strzegących granicy na Eufracie, stacjonujący w Arete; według graffiti odnalezionego w Dura Europos, miał przybranego syna, który został greckim aktorem tragicznym

Filip: *Marcus Iulius Philippus*, brat Gajusza Juliusza Pryskusa; urodzony w rzymskiej Arabii i odbywający służbę jako legat swojego brata na pograniczu partyjskim

Flawiusz Heraklion: namiestnik Mezopotamii zamordowany przez własnych żołnierzy około roku 229

Gajusz Cerwoniusz Papus: legat XII legionu *Fulminata*

Garszasp: wojownik sasanidzki

Juliusz Julianus: prefekt I legionu *Parthica*

Juniusz Balbus: namiestnik Celesyrii, mąż Mecji Faustyny i szwagier Gordiana Młodszego

Kryspinus: *Rutilius Pudens Crispinus*, ekwita, oficer, który wszedł do senatu, namiestnik Syrii Fenickiej, przyjaciel Pupienusa

Lukrecjusz: *Lucius Lucretius Annianus*, ekwita, namiestnik Egiptu

Ma'na: syn Sanatruka II, książę królewskiego rodu z Hatry; służył w armii rzymskiej

Manu: syn Abgara VIII, tytularny następca tronu w Edessie, choć zamożny, stracił prawdziwą władzę, gdy na początku III w. Karakalla włączył jego królestwo do cesarstwa rzymskiego

Otacyliusz Sewerianus: *Marcus Otacilius Severianus*, senator, namiestnik Syrii Palestyńskiej; szwagier Pryskusa i Filipa

Parys: mityczny książę trojański z *Iliady* Homera; zdecydowanie niebohaterski

Pollienus Auspeks Młodszy: ojciec usynowionego Armeniusza Peregrynusa, patron Tymezyteusza; konsul pomocniczy i namiestnik kilku różnych prowincji za panowania Aleksandra Sewera

Porcjusz Elianus: ekwita; prefekt III legionu *Parthica*

Pryskus: *Caius Iulius Priscus*, ekwita, namiestnik Mezopotamii, brat Marka Juliusza Filipa; urodzony w rzymskiej Arabii

Sabinia: *Furia Sabinia Tranquilina*, córka Tymezyteusza i Trankwiliny

Sanatruk: Sanatruk II, ok. 200–240/1 władca Hatry, podległego Rzymowi królestwa

Sasan: założyciel dynastii Sasanidów

Serenianus: *Licinius Serenianus*, homo novus w senacie, namiestnik Kapadocji, przyjaciel Pupienusa i Pryskusa, małżonek Perpetui

Sewerianus: zob. Otacyliusz Sewerianus (Wschód)

Sollemniusz Pakacjanus: *Claudius Sollemnius Pacatianus*, namiestnik Arabii od roku 223

Sporakes: członek przybocznej straży Pryskusa, namiestnika Mezopotamii

Tyrydates: Tyrydates II, król Armenii od roku 217; będąc członkiem dynastii Arsacydów, obalonej przez Sasanidów, upominał się o imperium partyjskie

Tytus: cesarz rzymski w latach 78–81

Waleriusz Apollinaris: *Lucius Valerius Messala Apollinaris*, senator z jednego z najwspanialszych patrycjuszowskich rodów, ojciec Waleriusza Messali i Waleriusza Pryscyllianusa; konsul zwyczajny w roku 214, po czym, kiedy cesarz Karakalla skazał na śmierć jego ojca, spędził kilka lat z dala od polityki, a po powrocie do niej został namiestnikiem Azji

Wa'el: arystokrata z Hatry dowodzący jednostką jazdy, w służbie Rzymu

Podziękowania

Gorące podziękowania należą się, jak zawsze, mojej rodzinie: żonie Lisie, Tomowi i Jackowi, cioci Terry i mojej matce Frances. Rozpoczynając nową serię, musiałem zapoznać się z mnóstwem materiału i stworzyć wiele nowych postaci, dlatego przez okrągły rok pogrążony byłem w nieustannej pracy, a oni to wytrzymywali.

Pisanie powieści jest czymś nienaturalnym, wręcz aroganckim. Nie jestem pewien, czy dokonałbym tego bez wsparcia profesjonalistów i otaczających mnie przyjaciół. Zatem wielkie dzięki dla mojego agenta Jamesa Gilla i mojej nowej redaktorki Katie Espiner; a także dla Kate Elton, Damona Greeneya, Cassie Browne i Charlotte Cray (wszyscy z HarperCollins), dla Richarda Marshalla (za aneks i za to, że wie o powieściach więcej ode mnie) i po raz siódmy, dla mojej adiustatorki Sarah Day. Podziękowania należą się również przyjaciołom, z uczelni i spoza niej, Peterowi i Rachel Cosgrove'om, Katie i Jeremy'emu Habberleyom, Marii Stamatopoulou, Michaelowi Dunne'owi, Vaughanowi Jonesowi i Jeremy'emu Tintonowi.

Studenci musieli zadowolić się fikcją literacką, chociaż być może spodziewali się historii; są wśród nich Jonny Riches, Olly Jones, Torsten Alexander, Fergus O'Reegan i Michalina Szymanska.

Swego czasu trzech poważnych naukowców z Oksfordu powiedziało lub zrobiło coś świadczącego o tym, że pokładają wiarę w moich umiejętnościach, mimo że ja sam w siebie nie wierzyłem. W różnych momentach, na różne sposoby, czego nie mogą pamiętać, Ewen Bowie, Miriam Griffin i Robin Lane Fox pozwolili mi nabrać przekonania, że należy zacząć pisać. To im dedykuję niniejszą powieść.

Harry Sidebottom
Newmarket i Oksford
luty 2014

Spis treści